오늘부터
천생연분

2

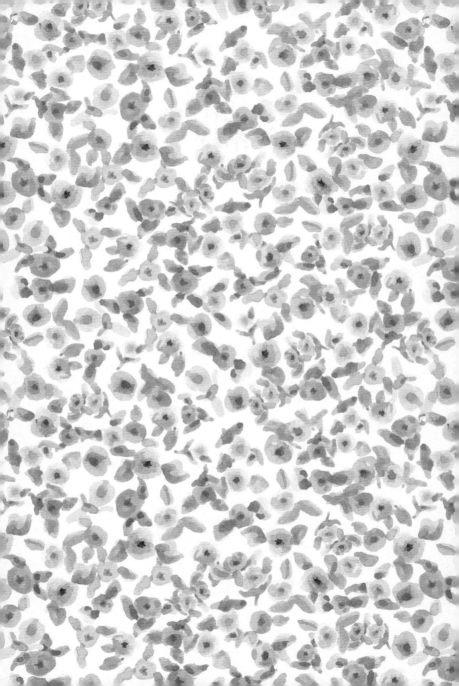

오늘부터
2 천생연분

노승아 장편소설

Soulmate

가하)

오늘부터
천생연분 2

지은이 노승아
펴낸이 이형기
펴낸곳 도서출판 가하

초판인쇄 2019년 9월 11일
초판발행 2019년 9월 18일
출판등록 2008년 10월 15일 제 318-2008-00100호

주소 서울 영등포구 양평로 67, 1209 (당산동5가, 한강포스빌)
전화 02-2631-2846 **팩스** 02-2631-1846

www.ixbook.co.kr

ISBN 979-11-300-3949-7 04810
     979-11-300-3947-3 04810(set)

값 12,800원

c o n t e n t s

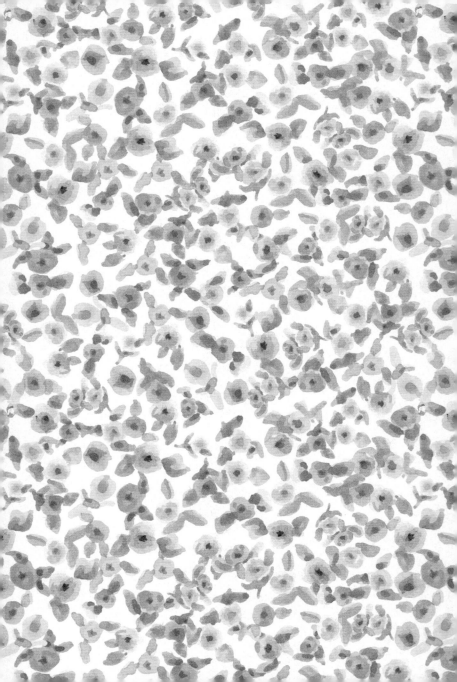

part 8

불씨

"아주 영화를 찍어라, 영화를."

주아가 못 말린다는 듯 고개를 절레절레 저었다.

촬영장을 나와 집으로 돌아가는 늦은 시각, 운전대를 잡은 주아가 소품실 앞에서 남편의 품에 안겨 엉엉 울던 다경을 놀렸다.

어떻게 촬영을 끝냈는지도 모르겠다. 다경은 일주일처럼, 아니, 한 달처럼 길었던 오늘 하루를 떠올리는 것만으로도 기운이 빠졌다.

"하여튼 소다경, 날 너무 좋아한다니까."

민우가 싱긋 웃으며 장난스레 던진 말에 다경은 정색하며 대답했다.

"맞아. 나 너 너무 좋아해."

"……순순히 인정하면 재미없는데."

"재미없어도 돼. 나 너 정말 좋아해."

"야, 웃지도 않고 그렇게 말하면 무섭잖아."

"무서워도 돼. 내가 너 진짜진짜 좋아하는 것만 알고 있어."

민우를 향한 다경의 열렬한 고백에 주아가 웃음을 터뜨렸다.

"위험한 소품실, 뭐 그런 재난 스릴러 찍고 온 거야? 아님 안에서 귀신이라도 나왔었어?"

"언니는 몰라. 얼마나 무서웠는데."

새삼 사랑이 샘솟는지 다경은 민우의 손을 꼬옥 잡았다.

잠깐이 억겁 같았다. 밖에선 두 배우가 소품실에 갇혀 있으리라 곤 생각도 못 했다고 했다. 다른 곳만 열심히 찾아대던 중에 마침 고장 난 소품실 문을 고치러 온 사람들이 도착했고, 그럼 혹시 거기서 못 나오고 있는 건가 싶어 다들 달려왔다고 했다.

"암튼 잘 끝났으니 다행이지 뭐. 이틀은 너 촬영 없으니 푹 쉬고, 아, 모레 화보 하나 있으니까 새벽에 데리러 갈게."

"응, 언니. 고생했어."

집에 도착했다.

주아와 헤어져 민우와 함께 올라온 다경은 거실에 들어서자마자 소파에 발랑 누워버렸다.

"씻고 자야지."

"잠깐만 누워 있을게. 딱 5분만."

집에 오자 힘이 더 빠져버렸다. 익숙한 소파에 누워 눈까지 감고 있으니 비로소 마음이 평화로워졌다.

"어어어……?"

그렇게 복잡했던 마음을 가라앉히는데, 몸이 붕 뜨는 느낌이 들었다. 다경은 눈을 떴다. 민우가 자신의 등 뒤와 무릎 밑으로 손을 넣어 들어올린 것이었다.

민우는 다경의 상체를 조금 올려 제 목을 안게 하고, 그대로 몸을 돌려 자신이 소파에 앉았다. 그의 허벅지에 엉덩이를 대고 올라앉긴 자세가 되어버렸다. 그것도 아기처럼 꼬옥, 아주 꼬옥 안긴 모습.

소파에 등을 깊이 대고 앉은 민우는 다경을 놓아줄 생각이 없다는 양 품에 가둔 채 입을 뗐다.

"이렇게 좀 쉬어. 안 괴롭힐 테니까."

따뜻한 체온과 듣기 좋은 심장 소리를 나누면서.

"……지민우 품 자주 내주네. 비쌀 줄 알았더니."

"너한테만 저렴하게 제공하는 거야. 원래 되게 비싸."

"알지, 알지."

다경은 기분이 좋아져, 그의 품에 얼굴을 비비며 더 깊이 파고들었다. 운동을 얼마나 했는지 벽처럼 단단한 가슴인데도, 왜 이리 포근한지 알 수가 없었다.

역시 남편 품. 조금씩 밀려드는 잠을 반가이 맞으며 다경은 눈을 감았다.

그런 그녀를 안은 채, 민우는 조금 냉랭해진 눈빛으로 앞을 응시했다.

'강유현은 그 시간에 왜 거길 갔던 거지?'

스태프를 도와주느라 소품실을 찾았다는 다경의 상황은 금세 이해가 갔다. 하지만 강유현은…… 글쎄. 그가 왜 직접 소품실까지 갔던 건지, 그건 풀리지 않는 의문으로 남았다. 아깐 다들 경황이 없어 그냥 넘긴 부분이다.

다만 두 사람이 밀폐된 공간에 함께 있던 건 분명 묘하긴 했다. 그곳에 있던 몇 사람들은 놀람과 안도를 넘어선, 의아한 눈빛을 보내기도 했었으니까. 왜 저 두 사람이 외진 소품실 안에 같이 있었지, 하고.

'……강유현이 일부러?'

민우는 작게 고개를 저었다. 그렇게까지 멍청하진 않겠지. 현장에서 괜한 소리가 돌아봤자 손해만 볼 뿐, 그가 얻는 건 아무것도…… 없는 게 아니네.

모든 걸 잃고 하나를 얻는다. 그래도 된다면, 얻고 싶은 게 소다경 하나라면, 딱 그 하나뿐이라면 남자는 언제든 돌아버릴 수도 있을 테니까.

민우는 팔에 힘을 주어 다경을 더 세게 안았다. 제 품에 가득한 존재는 허상이 아닌 실체다. 이 향기도, 이 감촉도, 이 숨결도, 자신의 품에서야 안심하는 다경 그 자체였다.

소품실 문이 열리자마자 울먹이며 안겨들던 다경. 집으로 돌아오는 내내 새삼스레 고백을 퍼붓던 다경. 그녀의 머릿속에 강유현은 없는 것이다. 오로지 자신, 지민우로 가득한 게 분명했고, 민우는 그걸 확실히 느낄 수 있었다.

그는 복잡한 생각을 단순하게 정리했다. 나 역시, 너 하나를 지키기 위해서라면 내 전부를 잃어도 상관없어. 그게 다야.

＊→＞＊＜←＊

"누구라고요?"

"소다경이요, 소다경 모르시나?"

정 여사는 허리를 꼿꼿이 펴고 입술에 힘을 주어 딸의 이름을 말했다.

강남 번화가 건물의 1층 코너 자리. 목이 무척 좋은 곳에 위치한 프랜차이즈 디저트 카페였다. 대기업 산하에 있는 카페 브랜드로 직영점이 대부분인데, 워낙 이용객이 많아 가맹점을 운영할 기회를 갖는 것만으로도 로또나 다름없단 소리를 들었다.

"하하, 황 사장 놀랐나 보네. 우리 정 여사 딸이 진짜 소다경 맞다니까. 정 여사 미모 보면 딱 답이 나오지 않나."

"아, 정말 놀랐습니다. 그 유명한 소다경 씨가 정 여사님 딸이라니, 하하하. 진짜 어머님 미모를 물려받았나 보네요."

정 여사의 맞은편에 앉아 감탄하는 황 사장은 이 건물의 주인이자, 현재 그들이 앉아 있는 카페를 가맹점으로 운영하는 남자의 아버지라 했다.

이 카페의 사장인 아들이 외국에 나가게 되어 다른 사람에게 인수해주려 한다 들었다. 정 여사는 현재 만나고 있는 남자친구, 박 사장을 통해 이 카페에 오게 됐다. 박 사장은 황 사장과 아주 절친한 사이라 가능하다며, 이 카페를 인수받을 수 있게 도와준다고 했다. 권리금도 싸게 쳐준다면서.

"우리 다경이가 절 많이 닮긴 했죠. 애가 예쁘기도 하지만 너무 착해서 제 말이라면 아주 껌뻑 죽어요."

"아이고, 좋으시겠습니다. 그런 효녀 딸을 두셔가지고."

"사진 보실래요?"

정 여사는 뿌듯하게 웃으며 휴대전화에 담긴 사진을 보여주었다. 다경의 결혼식 때 찍은 사진, 물론 사위인 지민우도 함께였다.

"아주 선남선녀가 따로 없지. 요즘 정 여사 딸이랑 사위가 안 나오는 데가 없다니까. 사진도 안 걸린 데가 없고. 광고를 얼마나 많이 찍는지 아주 대세라고, 대세."

옆에 앉은 박 사장은 다경이 마치 자신의 딸이라도 되는 양 의기양양했고, 맞은편 황 사장은 역시나 감탄을 거듭했다.

"그럼 박 사장, 곧 소다경 씨 친정아빠가 되는 건가! 부럽구먼, 이렇게 예쁜 딸을 거저 얻다니!"

"에이, 무슨 그런 성급한 소리를. 아직 정 여사가 허락도 안 해줬는데."

허허, 웃으며 주고받는 말들.

정 여사는 비웃음을 삼켰다. 누가 재혼을 해준대? 곰처럼 커다란 몸에, 움직이는 모습조차 굼뜬 박 사장은 정 여사의 마음에 차는 인물이 결코 아니나, 인품이 좋아 주변에 활용할 만한 사람들이 넘쳤다.

정 여사는 박 사장의 대인관계를 적당히 이용하려는 것뿐이다. 제 일이라면 발 벗고 나서서 뭐든 도와주려는 박 사장의 친절 역시 적극적으로 이용했고, 지금도 그런 상황이었다.

"그런데 정말 카페 관리를 잘하셨네요."

"그러믄요. 우리 아들이 얼마나 꼼꼼한지, 매장부터 직원 관리까지 제대로 신경 써서 잘 관리했죠. 그냥 인수하기만 하시면 따로 걱정하실 것 하나 없을 겁니다. 우리 부인이 10년만 젊었어도 운영을 맡기겠는데, 아무래도 조금이라도 더 젊으신 분이 해주시는 게 낫겠죠. 저야 여기 장사가 잘되어야 세도 꼬박꼬박 받을 수 있고 말입니다. 하하하."

정 여사는 흡족한 얼굴로 카페를 구석구석 살펴보았다.

이삼십 대 여자들이 좋아하는 곳이라 들었는데 직접 보니 실감이 났다. 본사에서 공수받는 예쁜 디저트들에, 교육을 잘 받은 직원들, 쾌적하고 아름다운 인테리어, 게다가 유동인구가 끊이지 않는 노른자 자리.

'이곳의 주인이라…….'

매장을 도맡아 관리하는 매니저까지 본사에서 교육해 보내준다하니 자신은 한갓지게 커피나 마시며 살피기만 하면 될 것이다. 상상으로 그린 자신의 모습은 더없이 우아하기만 했다. 욕심이 났다.

"우리 인연을 봐서라도, 황 사장님이 특별히 신경 좀 써주시죠. 인수비용도 그렇고, 세도 그렇고……."

박 사장은 넉살 좋게 웃으며 딜을 시도했다. 정 여사에게 잘 보이기 위함이다.

"아이고, 물론이죠. 우리 박 사장님이 이렇게까지 부탁하니 내가, 좋은 게 좋은 거라고 당연히…….”

오가는 말을 듣는 정 여사는 제 곁의 박 사장을 미쁘게 바라보았다. 인물 신경 안 쓰고 여태 만난 보람이 있네. 그래, 얼굴 그거 다 소용없어. 내가 역시 사람 보는 눈이 있지. 써먹을 가치가 있는 남자야.

“그렇다고 마냥 기다릴 수는 없는 거 아시죠? 보겠다는 사람들이 줄을 선 상황이라.”

“아유, 알다마다요. 그런데 우리 정 여사님이 누구냐, 소다경 씨 엄마잖습니까. 이렇게 딸이랑 사위가 광고를 다 쓸어가다시피 하는데, 뭐가 문제겠어요. 안 그래요, 정 여사님?”

아무리 박 사장의 얼굴을 보아 편의를 봐준다 해도, 기본적으로 막대한 비용이 들 건 분명했다. 지금 가진 돈으로는 턱도 없다. 그럼에도 정 여사가 욕심을 내는 건, 믿는 바가 있기 때문이다.

“그럼요. 우리 딸이 엄마 생각은 또 얼마나 하는지, 뭐든 말만 하라고 하는 통에 아주 귀찮을 지경이거든요.”

“아유, 그럼 이 카페 정도야 엄마 몫으로 당장 해주시고도 남겠어요, 따님이.”

결혼식 후 한 번도 보지 못한 데다 전화만 하면 갖은 핑계를 대며 피하는 딸 다경이 못내 괘씸했지만, 정 여사는 대수롭지 않게 생각하며 웃었다. 그래도 내가 엄만데, 딸 도리 안 하고 지가 배겨?

“그럼요. 우리 딸이 당연히…….”

딸이 직접 해주지 않겠다고 해도 상관없다. '딸의 이름'만으로도 제게 해줄 수 있는 게 많을 거라고, 정 여사는 확신했다.

“얘는 왜 이렇게 통화가 안 돼.”

정 여사는 신경질적으로 휴대전화를 던졌다. 침대 이불로 퉁 하고 떨어진 전화기를 노려보다가, 짜증 섞인 한숨을 푹 내쉬었다.

"배은망덕한 것 같으니. 아무리 바빠도 그렇지, 지 엄마를 이렇게 무시해?"

며칠째 다경은 전화를 받지 않았다. 딸의 소식은 매일 아침저녁으로 검색하는 기사 속에서나 접할 수 있었다. 영화 촬영이 시작되었다는 기사를 읽었기에, 정신없이 바쁘리라는 건 충분히 예상할 수 있지만 괘씸한 건 어쩔 수 없었다.

"*화숙 씨, 서둘러야 할 겁니다. 워낙 좋은 자리라 보여달라는 사람들이 많다고, 황 사장이 마냥 기다리긴 좀 곤란하다고 몇 번이나 말하더라고요.*"

박 사장이 몇 번이나 조심스레 운을 뗐다. 물론 무조건 재촉만 하는 건 아니다. 딸에게 비용을 다 대라고 할 순 없을 테니 일부는 자신이 융통해준다며, 박 사장은 정 여사에게 큰 도움을 주었다. 덕분에 인수비용의 절반 정도는 걱정하지 않아도 될 것 같았다.

워낙 발이 넓고 사교성이 좋은 박 사장이다. 나서서 정 여사에게 돈을 빌려줄 이들까지 알아봐주고 챙겼고, 다들 박 사장을 봐서, 그리고 그녀의 딸 소다경의 이름에 혹해 선뜻 돈을 내줄 약속까지 해주었다.

볼수록 인품이 좋고 믿음직스러워 정 여사 역시 박 사장에게 점점 호감이 생겼다. 카페를 인수하고 상황이 안정되면 그가 바라는 대로 재혼을 하는 것도 나쁘지 않겠다는 생각이 들 정도였다.

그런데 정작 딸 다경은 얼굴조차 보기 힘드니, 정 여사도 안달이 나기 시작한 것이다.

"내가 다경이한테 할 말이 있어서 그래."

– 촬영 중에는 다경이가 조금 예민한 편이라서요. 여유가 생기

면 연락드리겠습니다.

사위 지민우도 마찬가지였다. 다경이 하도 전화를 받지 않아 사위에게 전화했더니, 싸가지 없게도 저딴 대답이나 내놓았다. 이쁘다, 이쁘다 했더니 이것들이 부모 무서운 줄을 모른다.

사실 반년 넘게 연락하지 않고 지냈던 시절도 있었다. 정 여사 본인이 푼돈이라도 필요해지면 그때야 다경을 찾아가곤 했었지만, 대부분은 딱히 연락할 이유를 찾지 못했었다. 뜨지도 못하는 만년 조연배우 딸은 어디 써먹을 데도 없고, 만나봐야 제 속만 뒤집힐 뿐이니 말이다.

하지만 이제 사정이 다르다. 다경의 이름은 어디서든 통했다. 뭐든 쉽게 할 수 있는 프리패스 같은 것이 되었다. 그러니 앞에 두고 그 이쁜 얼굴을 넘치게 보면 좋겠건만 이건 부부가 쌍으로 자신을 피하고 있으니 정 여사는 화가 치밀었다.

"아후우, 성질나."

다시 휴대전화를 든 정 여사는 인터넷을 열어 습관처럼 검색창에 '소다경'을 입력했다. 오늘 오전에 뜬 기사에, 다경과 민우가 나란히 마트 광고의 전속계약을 했다는 소식이 올라와 있었다.

"한두 개도 아니고."

지금까지 얘들이 계약한 광고만 이게 다 몇 개, 아니, 얼마야.

두 사람의 사랑과 결혼에 천문학적인 액수가 오가는 건 명확했다.

"누구 때문에 연기를 시작해서 이 호강을 하는지도 모르고, 못된 것."

기사에 실린 다경과 민우의 아름다운 결혼사진을 바라보며 정 여사는 중얼거렸다. 아무리 생각해도 딸이 잘되기 시작한 게 전부 자기 덕분인 것만 같았다.

"내 딸이 예쁘긴 예쁘지. 날 닮아서."

활용가치가 높은 딸은 얄미워도 예쁠 수밖에 없었다. 엄마인 자신이 좀 더 마음을 다스리자 생각하며 화를 가라앉힌 그녀는 연락처 목록을 검색했다. 딸과 사위가 전화를 피한다고 받을 사람이 아예 없는 건 아니다.

저장해둔 전화번호를 찾아낸 정 여사는 씩 웃으며 통화 버튼을 눌렀다. 한참 이어진 통화연결음 끝에 상대가 전화를 받았다. 정여사는 상냥하게 말끝을 늘이며 인사했다.

"오오, 왕 대표. 오랜만이죠? 나 다경이 엄마예요."

전화를 받은 왕 대표는 지금 당장 만나자는 정 여사에게 거절의 뜻을 표했다.

— 제가 지금은 외부에서 미팅 중이라 조금 곤란합니다, 어머님. 다른 날 미리 약속을 잡아서 뵙는 게 나을 것 같아요.

일단 빼고 보는 왕 대표가 마음에 들지 않았다. 정 여사는 쌀쌀맞게 나가려는 말투를 상냥하게 다듬었다.

"왕 대표님 바쁜 거 내가 알죠. 우리 다경이 일도 잘되고 찾는 곳도 많아서 요즘 얼마나 정신없이 바쁘겠어요. 그렇다고 내가 시간많이 뺏을 건 아니고 잠깐 차 한잔할 시간이면 돼요."

이렇게까지 얘기하니 왕 대표도 마냥 거절만 하긴 힘들 것이다. 정 여사는 좀 더 밀어붙였다. 저도 시간이 많은 건 아니기에 서둘러야 한다.

"내가 왕 대표님 있는 곳으로 갈게요. 거기가 지금 어디죠?"

전화기 저편에 잠시 침묵이 흘렀다.

그래서 지가 어쩔 거야. 다경이 재계약 시점이 얼마 남지 않은 걸로 알고 있는데, 자신에게 거슬리게 굴면 그냥 두지 않을 거란 생각까지 했다.

정 여사는 자신이 본격적으로 나선다면 모든 일을 제 뜻대로 할 수 있으리라 믿었다. 딸을 다루기란 어렵지 않다. 다경이 무른 성격이라서는 아니다. 오히려 제게 자꾸 선을 그을 정도로 똑 부러지는 아이다. 그러니 지금껏 이만큼이나 야무지게 해낸 것이겠지.

다만 정 여사가 만만하게 생각하는 건 다경의 직업이다. 늘 대중의 시선과 평판을 신경 써야 하는 자리에 있는 다경은 자신에게 절대 함부로 할 수 없었다. 정 여사의 믿는 구석이란 예전부터 그것뿐이다.

– 제 사무실에 가서 뵙겠습니다. 어머님도 그쪽으로 오시죠.

그제야 허락이 떨어졌다.

밖에서 보는 건 역시 싫다 이거지? 왕 대표의 토독토독 부러지는 말투가 역시나 거슬렸다. 젊은 여자가 사업한다며 목에 힘주는 꼴이 볼 때마다 마음에 들지 않았다. 그 콧대를 한번 꺾어놔야 할 텐데, 하는 적대감도 들었고.

"그래요. 지금 사무실로 바로 갈게요."

정 여사는 전화를 끊은 후 외출 채비를 서둘렀다. 왕 대표를 만나 돈 얘기나 꺼내야 하는 게 자존심도 상하고 짜증스럽지만, 지금으로선 달리 방도가 없다.

"그럼 나 먼저 일어나야겠다."

전화를 끊은 왕 대표는 맞은편에 앉은 남 대표에게 먼저 가겠다는 뜻을 밝혔다. 갑작스레 걸려온 다경의 엄마 전화에 왕 대표는 음식이 얹힐 것처럼 불편해졌다.

남 대표가 눈에 띄게 서운한 기색으로 말했다.

"음식 계속 더 나올 건데 벌써?"

창밖으로 잘 꾸민 조경과 연못이 보여 분위기가 꽤 좋은 고급 한식집의 밀실에서, 모처럼 남 대표와 식사를 하고 있었다. 단둘이 제대로 하는 식사는 꽤 오랜만이었다. 매번 서로 밥 한번 사라, 아니, 네가 먼저 사라, 미루기만 하다가 만든 자리기도 했다.

다경과 민우가 함께하는 일은 끊임없이 들어왔고, 곧 국내 굴지의 패션기업 '샤인어패럴'에서 론칭하는 한 브랜드의 모델 계약까지 앞두고 있어 논의할 게 많았다. 샤인어패럴에서 건넨 제안은 파격적이라 할 만큼 이들에게 훌륭한 조건이라 더욱 신경이 쓰이는 참이다.

이렇게 좋은 일만 가득한 요즘, 마치 찬물을 끼얹은 듯 정 여사로부터 전화가 온 게 왕 대표는 영 꺼림칙했다. 뭔가 뽑아먹으려고 작정을 했겠지.

"응, 미안해. 빨리 가봐야 할 것 같아."

정 여사는 아마도 다경과 연락이 되지 않으니 제게까지 전화한 것일 터다. 어제 다경은 촬영장에서 소품실에 갇히는 해프닝을 겪었고, 오늘은 마침 스케줄이 없어 민우와 함께 휴식을 취하고 있을 것이다.

대체 무슨 일이기에 이렇게 당장 봐야 한다고 성화일까.

자신마저 피하려 한다면 어디로든 쳐들어갈 사람이다. 왕 대표는 정 여사가 다경의 휴식을 방해하는 걸 두고 볼 수는 없었다. 한창 중요한 촬영 중인 배우를 보호하는 차원에서라도 그건 안 될 말이다.

"다경이 모친 쪽은 아직도 그러신 거야?"

"그렇지, 뭐."

왕 대표는 리넨 천으로 입가를 톡톡 닦고, 손거울과 립스틱을 꺼내 간단히 단장하며 대답했다. 파우더룸에 가서 할 수도 있지만, 한시가 급해 어서 일어나야 할 것 같아서였다. 앞에 있는 남 대표가 그만큼 편하기도 하고.

"사고 치는 건 아니겠지. 그 어머니 좀 불안한데."

립스틱을 덧바르는 왕 대표의 손이 멎었다. 자신도 그 의견에는 동의한다. 언제 터질지 모르는 시한폭탄처럼, 다경의 어머니는 늘 위험물질처럼 느껴졌다. 그러니 항상 경계하고 조심하고 대비해 왔다.

"걱정하지 마. 조이 엔터에는 피해 안 가게 잘할 테니까."

"우리 쪽에 피해 오는 게 문제가 아니야."

이제 다경 혼자만의 일이 아니다. 민우와 남 대표 회사까지 전부 엮이게 되었으니 왕 대표는 그 점을 신경 쓸 수밖에 없었다. 그런데 그쪽에 피해 가는 게 문제가 아니라니?

"그럼 뭐가 문젠데?"

"나는 네가……, 아니다."

"뭐래, 무슨 말을 하다가 말아."

남 대표가 또 뭔 시비를 걸려는 걸까. 이런 일이 자신의 뜻대로 되는 것도 아니고, 최대한 깔끔하게 해결하려는데 무슨 토를 달려는 걸까 싶다.

"내가 같이 갈까?"

"남 대표가 왜."

"원래 싸움판에선 하나보다 둘이 낫지."

1 대 17로 싸운다면, 1보다는 17 쪽에 있고 싶다던 남 대표의 평소 지론이 우러나는 한마디에 왕 대표는 풋, 하고 웃었다.

이 오빠, 하여튼 웃긴다니까.

정 여사의 전화를 받고 다소 긴장했던 마음이 조금 풀렸다.

"내가 진짜 싸우러 가는 것도 아니고, 됐어."

그녀는 가방을 챙기며 자리에서 일어섰다.

"아까 하던 얘기는 어느 정도 끝났으니 계약사항 정리되는 대로 보내라 할게. 남 대표는 음식 나오는 거 천천히 맛있게 먹고 가. 오늘 이건 내가 살게."

서둘러 인사를 남기고 나오는 등 뒤로 남 대표의 중얼거리는 소리가 작게 들렸다.

"음식이 문제가 아니라니까."

저 오빠는 자꾸 뭐가 문제라는 거야.

"무슨 문제든, 알아서 잘할 테니까 걱정을 마셔."

일단 사무실로 어서 가야겠다는 생각에 왕 대표는 걸음을 재촉했다.

"네가 상처받거나 힘들어질까 봐 난 그게 제일 문제라고."

왕 대표가 나가고 허전하게 비어버린 방에선, 차마 전하지 못한 남 대표의 한마디가 애틋하게 흩어졌다.

⟶⟫⟦⟨⟵

소파 지박령이 된 두 사람, 민우와 다경은 종일 거실에서 영화를 보는 중이다.

"어, 맞다. 그거 봐야지. 로다주 나오는 영화. '온리 유'라고 했었나?"

신혼여행을 갔을 때, 귀국하면 이탈리아를 배경으로 한 영화를 내리 보자고 했던 두 사람은 여행이 끝난 후엔 정신없이 바빠서 좀처럼 여유가 나지 않다가 오늘에야 미뤘던 영화들을 보던 참이다.

벌써 두 편을 보았고, 바로 다음 영화를 고르며 다경이 '온리 유'

를 기억해냈다. 이탈리아 도시 곳곳을 배경으로 한 영화라서 보는
재미가 꽤 있을 거라 했었다.

"근데 넌 이거 다 본 거지?"

"난 중학교 때 봤나. 하도 옛날에 본 거라 내용은 기억이 잘 안
나. 나도 처음 보는 거나 마찬가지야."

"그런데 여긴 리메이크작만 있네?"

IPTV의 영화 검색으로 찾아보던 다경이 고개를 갸웃했다. 탕웨
이 주연의 최신작만 있었고, 로버트 다우니 주니어가 남주인공으
로 나온 영화는 보이지 않았다.

"저번에 보니까 거긴 없더라. 잠깐만."

민우가 벌써 찾아본 적이 있었는지 랩톱을 가져와 원격으로 TV
와 연결했다. 글로벌 영상 서비스 홈페이지에 접속한 그는 원작 영
화를 찾아 재생 버튼을 눌렀다. 곧 커다란 TV 화면으로 영화가 시
작되었다.

"오오."

거침없이 영화를 찾아 재생한 민우를 보며 다경이 감탄했다.

"너무 오래된 영화라 못 보나 했는데, 이건 언제 또 다 찾아봤대.
지민우 좀 짱인데?"

다경이 언제 보겠다고 할지 몰라 미리 세팅해둔 건 사실이다. 덕
분에 헤매지 않고 바로 이렇게 볼 수 있어 다행이다.

"내가 뭐든 확실하게 하긴 하지."

사실 민우는 늘 그러고 싶었다. 열 번을 돌고 돌아 마음이 닿은
사이라서일까. 일분일초가 아까웠다. 헤매지 않고, 시간을 낭비하
는 일도 전혀 없이 다경을 그저 편하게 해주고 싶은 마음뿐이다.
다경은 그런 그의 마음을 아는지 모르는지 눈을 반짝이며 영화에
집중하고 있었다.

"헐, 저 배우 너무 예쁘다."

어린 시절 이야기가 짧게 지나가고, 성인이 된 여주인공 마리사 토메이의 미모에 흠뻑 빠진 다경은 연신 감탄했다.

민우의 시선은 중간중간 다경을 향했다. 내 눈엔 네가 더 예쁜데. 간지러운 그 말이 입속에서 자꾸만 맴돌았다. 입이 달다, 꿀이라도 머금은 것처럼. 눈이 달다, 별사탕이 시야에 가득한 것처럼.

"우와. 여주인공 진짜 이탈리아까지 가네. 대박."

민우의 눈에 이 순간 세상 어느 여배우보다도 아름다운 다경은, 소파 위에서 무릎을 당겨 안은 채 영화에 완전히 집중하고 있었다.

극 중 여주인공 페이스는 어린 시절 미래의 신랑이 '데이먼 브래들리'라는 이름의 남자라 듣고, 그 운명을 철석같이 믿게 되었다.

하지만 그런 이름의 남자를 만날 기회는 없었고, 성인이 된 페이스는 운명과는 거리가 먼 다른 남자와 결혼을 하게 되었다. 약혼자와는 그다지 사랑이 깊은 사이로 보이지 않았다. 그런 와중에 '데이먼 브래들리'가 나타난 것이다. 그는 약혼자의 동창으로, 걸려온 전화를 통해 목소리만 들었을 뿐이다.

여주인공 페이스는 결혼을 불과 일주일 남겨둔 채 '데이먼 브래들리'를 찾으러 머나먼 이탈리아까지 날아가게 되었다.

"우와아……. 아무리 운명이라고 해도 저렇게까지 할 수 있을까? 영화니까 가능한 거겠지?"

미리 입어본 웨딩드레스 차림으로 정신없이 공항까지 달려간 페이스를 보며 다경은 의아해했지만, 그래도 어느 정도는 이해하겠다는 듯 덧붙였다.

"하긴. 그 남자를 안 보고 그냥 결혼해버리면 평생 후회할지도 모른다니까 그럴 수도 있을 것 같긴 하고."

운명, 인연, 진짜 사랑. 낭만적인 의미들을 한데로 모으며 영화는 여주인공의 시선을 따라 흘러갔다.

페이스는 말했다.

"잘못된 인연과 결혼하는 것이야말로 운명에 무책임한 일이야."

그녀가 정말 운명을 만날 수 있을 것인지. 그 운명과 사랑을 이룰 수 있을 것인지. 민우 역시 점차 영화 속 이야기에 스며들며 집중했고, 더불어 언젠가 이명 후 봤던 장면이 다시금 떠올랐다.

"운명 같은 사람을 만났어. 왜 그렇게 헤맸는지 몰라. 나 이제 진짜 행복해질 일만 남은 것 같아."

환영 같은 장면 속에서 설레는 얼굴로 '운명'을 말하던 다경.

"'운명' 같은 여자를 기다리거든. 좀 바보 같지. 요즘 같은 세상에."

그리고 현실 속에서 다경을 바라보며 '운명'을 말하던 강유현.

매캐한 연기가 눈을 찌르듯 민우는 눈 안쪽까지 시큰해졌다. 동시에 심장도 따가웠다.

'대체…… 운명이 뭔데.'

만나야 할 사람들은 만나고, 이뤄져야 할 인연은 이뤄지는 것이 결국 운명이던가. 실제로 아홉 번의 생 속에서 강유현과 다경, 두 사람이 부부였다면 그 둘은 정말 운명인 걸까.

마지막 삶, 자신이 정해진 운명 속에서 불청객이 되어버린 걸까, 설마?

운명의 무게가 민우의 가슴을 짓눌렀다.

영화에 집중하고 있는 다경을 보며, 민우는 사실 묻고 싶었다. 네 운명은 어디 있는지 궁금한 적 없었냐고. 혹시 나와 이렇게 결혼한 삶을 후회하고, 네 운명이 나타난다면 언제든 떠나려는 것 아니냐고. 나와 결혼해서, 이렇게 일찍 결혼하게 되어서, 억울한 건 아니냐고.

'그런데 어쩌냐, 소다경. 나는…….'

옆에서 전해오는 애틋한 눈빛을 알지 못하는 다경은 그저 낯익은 이탈리아의 풍광에 설레며 감탄하고 있을 뿐이다.

'너를 놔주고 싶은 생각이 전혀 없는데.'

행여 네 진짜 운명이 다른 이라 하더라도. 널 살리기 위해, 아니, 그게 아니라 너 없으면 안 되는 나 자신을 위해. 네가 없는 내 삶은 이제, 상상하기도 싫으니까.

'운명 따위…… 개나 줘.'

민우는 어떤 험난한 일이 생기더라도, 기꺼이 견디겠노라 마음먹었다. 어찌 되었든 지금 다경의 곁에 있는 건 자신이니까 운명을 거슬렀다면, 그 대가는 얼마든지 치를 수 있다. 이미 그녀를 사랑한다는 사실을 깨달았을 때, 그 정도 각오야 해뒀다.

"어어……."

소파에 나란히 앉은 다경을 향해 몸을 기울였다. 화면에서 떨어진 그녀의 시선이 민우에게 닿았다.

"뭐, 뭐. 왜, 왜 그래……, 뭐."

당황한 다경이 눈을 피하며 눈을 깜빡거렸다. 그녀의 상체가 점점 옆으로 기울었고, 민우는 덮치듯 그 위를 점령해갔다.

영화는 흘러가고, 화면 속에선 앳된 외모의 로버트 다우니 주니어가 여주인공에게 끊임없이 구애하는 장면이 연신 펼쳐졌다. 그러나 두 사람의 신경은 영화로부터 이미 멀어져 있었다.

"뭐긴 뭐야."

왜긴 왜고.

영화 보다 말고, 둘만 있는 집에서 이러는 이유가 대체 뭐 있겠어.

다가드는 민우의 눈빛이 뜨거웠다. 다경은 그의 눈빛이 닿는 볼이, 귀가, 입술이, 델 듯 화끈거렸다. 영화 속 주인공들의 대사나 음악보다 심장 소리가 훨씬 크게 들리는 것만 같았다.

"오늘은 너도 쉬고, 나도 쉬고."

"……."

"저렇게 운명 찾아 뜬구름 잡는 영화 보는 것보다, 더 하고 싶은 게 따로 있는데."

그의 말에 다경은 애써 아무렇지 않은 척하며 침을 삼켰다.

"아니, 그게 뭔데……."

"너만 보면 맨날 하고 싶은 거."

민우의 착 가라앉은 음성이 귓가를 간지럽힌다. 귀에 대고 속삭이는 것도 아닌데 그만큼 자극적이었다.

맨날 하고 싶은 그거. 키스.

나도 맨날 하고 싶긴 하지. 입술만 봐도 설레고, 할수록 더 좋은 그거. 다경의 심장이 더욱 쿵쿵거렸다.

야릇한 기운이 두 사람을 화염처럼 감쌌다.

얘는 뭘 믿고 이렇게 섹시한지. 이 정도로 색기가 흐르는데 난 왜 옆에 붙어 있으면서 그것도 모르고 살았는지. 헛살았네, 인생 헛살았어.

다경은 온몸의 세포들이 바짝바짝 곤두서는 기분이 들었다. 몇 번이고 나누었던 키스의 감각이 남아 있기에 더욱 미칠 듯했다. 어서 이 키스가 시작되었으면 좋겠다. 이래서 아는 맛이 더 무섭다니까.

"……해."

"뭘."

아직 여유를 잃지 않은 민우의 입가에 옅은 미소가 어렸다. 태연하게 '뭘' 하냐고 되묻는 그에게 다경은 이미 진 상태였다. 그의 유혹에 넘어가 스스로 '하라고' 먼저 말해버렸으니까.

"……너 하고 싶은 거."

그래요, 인생 뭐 있어요. 우리 친구, 하고 싶은 거 다 하세요.

"괜찮겠어?"

그의 말에 다경의 눈이 살짝 동그래졌다. 얜 뭐 그리 대단한 걸 하려고 다시 확답까지 받는 거야?

"나 하고 싶은 거 정말 많은데."

감당하겠냐는 듯, 그의 자비 없이 섹시한 눈빛이 한층 더 가까워졌다.

전과는 확연히 다른 섹시함이다. 그의 눈이 원하는 건, 키스가 아니었다. 지금 민우가 말하는 '하고 싶은 것'과 자신이 허락한 '하고 싶은 것'의 차이는 분명 크다는 걸 이제야 알았다.

다경은 분위기에 휩쓸려 아무 말이나 내뱉은 자신의 경솔함을 깨닫고 서둘러 수습하려 했다.

"이, 일단 키스……."

"키스는 당연하고."

민우의 손가락이 다경의 도톰한 아랫입술을 살짝 쓸었다. 마른 입술에 부드러운 손의 감촉이 닿자 다경의 어깨가 움찔 떨렸다.

그가 다가와 살짝 입술을 머금어 물기를 더해주었다.

"흐읍……."

머리가 깨질 듯한 아찔함이 밀려들었다. 안으로 파고들지도 않았는데. 그저 입술을 물었다 놓은 것뿐인데, 그런데도 왜 이렇게 야하게 느껴지는지…….

촉촉해진 입술을 떨어뜨리고 다시 시선을 맞추며 그가 나른히 젖은 눈빛으로 내려다보았다.

"키스 말고 하고 싶은 것, 훨씬 많은데 나는."

그들이 서로의 눈에만 집중하는 그 순간, 화면에는 정신없이 흘러가던 영화 속 한 노인이 남주인공에게 말하고 있었다.

"운명은 별에 다 쓰여 있어."

늦은 밤, 까만 하늘에 빛나는 별에 그 운명은 쓰여 있겠지만, 지금 민우가 바라보는 다경의 눈 속에도 별이 빛나고 있었다.

반짝거리는 빛을 놓지 않고 그는 말했다.

"네가 허락해줬으면 좋겠어."

운명에 맞서 내가 한 발 더 다가갈 수 있도록.

다경은 심장이 터질 듯했다. 그 어떤 유혹보다도 강렬했다. 전혀 강압적이지도 않고 막무가내인 조름과도 거리가 멀었지만, 민우의 눈빛은 그 자체만으로도 엄청난 설득력이 있었다.

스스로 녹게 만든다. 허락해주는 게 아니라, 먼저 매달리고 싶어질 정도로. 방금 했던 키스, 그 이상의 무언가를 얼마든지 해도 좋다고, 해달라고. 아니, 부디 날 그냥 두지 말라고 부탁하고 싶을 정도로 만든다.

다경 역시 그를 원하는 마음이 폭발하듯 온몸을 뒤흔들었다.

너무도 가까운 거리에서 숨이 섞였다. 민우가 조금만 고개를 내려도 입술이 닿을 것이다. 얼마든지 범하고도 남을 거리요, 자세였다.

하지만 그는 끈질기게 버티고 있었다. 허락해주지 않으면 당장이라도 몸을 물릴 것처럼. 싫다고 한마디만 해도 민우는 제게 손끝 하나도 대지 않을 것이다.

그때 다경의 기억 속에 한순간이 겹쳐졌다. 지금과는 완전히 다른 분위기였던 어제의 한 장면이다.

"네가 나 좋아하는 거, 남편도 알아?"

자신을 거침없이 벽으로 밀어붙이던 강유현. 밀폐된 공간에서, 자신을 작은 짐승처럼 낚아채 품에 가두었던 강유현.

울컥. 감출 수 없는 감정이 목구멍을 비집고 치밀어 올랐다.

"우읍…….."

다경은 민우를 밀치며 일어서서 욕실로 달려갔다.

밀려난 민우는 소파에 덩그러니 남겨졌고, 쾅 닫히는 욕실 문을 멍하니 바라보았다. 이게 무슨 일이지?

✦→◈←✦

"형님, 고생하셨어요!"

"그래, 가서 쉬어."

매니저 강호는 촬영을 마친 유현을 지하주차장에 내려주고 돌아갔다. 오늘 촬영은 그래도 꽤 일찍 끝난 편이다.

엘리베이터 안으로 들어선 유현은 자신의 집 층수를 누르려다가 마음을 바꾸어 1층 버튼을 눌렀다.

어제 다경과 소품실에 갇혔던 일이 있었고, 오늘 그녀는 촬영이 없어 세트장에 오지 않았다. 다경이 없는 현장이 이렇게나 허전한지, 이전엔 상상할 수도 없었다.

1층에 내려선 유현은 빌라 밖으로 나와 정원 산책로로 들어섰다. 걷다가 잠시 멈추어 선 그는 빌라를 올려다보았다. 자신의 집 바로 아래층, 지민우와 소다경의 집에는 사람이 있는지 불이 켜져 있다.

그걸 홀로 바라보는 것만으로도 비참했다. 대체 자신이 왜 이런 기분을 느껴야 하는지 모르겠다.

"선배님을 좋아하는 건 맞는데요, 팬으로 좋아했어요. 존경하고, 동경하는 선배님이세요. 저한테는 그게 다입니다."

싸늘할 만큼 분명한 음성이었다. 다경의 그 말은 제 심장을 아프게 할퀴었다. 아니, 말로 그친 게 아니다. 그녀의 존재 자체가 제겐 아픔이었다.

다른 남자와 결혼한 그녀가, 다른 이의 아내가 된 후에야 제 앞에 나타난 그녀가 그 고운 눈으로 자신을 바라보고, 그 예쁜 입술로 제게 말하는 그녀가, 거부할 수 없는 통증이었다.

"세상에 강유현 씨를 마다할 여자가 있을까요?"

"다시 태어나도 저는 강유현 씨에게 반할 것 같은데요!"

"벌써 몇 년째인가요? 이삼십 대 여성들의 이상형으로, 부동의 1위 강유현 씨! 정말 대단합니다."

매스컴에서 자신을 향해 쏟아지는 찬사는 지겨울 정도로 익숙하다. 팬들의 성원도 변함없었다. 그뿐일까, 연예인들조차 실제로 본 스타 중 헉 소리 날 정도로 대단한 외모의 소유자는 단연 강유현이라고 꼽을 정도였다. 강유현이 선택하지 않을 뿐, 그를 바라고 원하는 여자는 차고도 넘쳤다.

오히려 지겨웠다. 신물이 났다. 손짓 한 번에 넘어올 여자들에게 흥미를 느낀 적은 없었다.

'그런데 소다경이라…….'

……그녀 역시 어찌 보면 마찬가지다. 자신을 설레는 눈으로 바라보고 좋아하는 눈치가 분명했으니까. 그런데도 묘하게 선을 긋

는 태도가 그를 자극했다. 좋아하면서도 아닌 척, 제게 관심이 있으면서도 시선은 다른 곳에 가 있는 그녀가 유현의 신경을 건드렸다.

'팬…….'

웃기지도 않는다. 팬이면 여자가 아니고, 스타면 남자가 아닌가. 그녀는 여자, 자신은 남자일 뿐인데, 그따위 말로 제게 선을 긋는 소다경을 꺾어놓고 싶었다. 사실은 자신을 원한다고, 미치도록 바란다고 그녀도 솔직히 말할 수 있도록 부딪혀보고 싶었다.

처음으로 갖고 싶어진 여자인데, 포기할 이유가 없다. 설령 다른 남자의 여자라 할지라도, 마음 한구석이 잘못 끼워진 퍼즐 조각처럼 어긋나버린 그에게 아무런 문제가 되지 않았다.

❋❋❋

"대표님은 오고 계십니다."

"알고 있어요."

정화숙 여사는 왕 대표의 비서에게 쌀쌀맞게 대구하며 대표실 문을 벌컥 열고 안으로 들어섰다.

"여기서 기다릴 테니 나가보세요."

가운데 있는 소파에 다리를 꼬고 앉는 그녀를 비서는 고깝게 바라보았지만 이내 그 눈빛을 지우며 차를 권했다.

"커피나 차, 어떤 걸로 드릴까요?"

"됐어요. 나가라니까요."

존대하고는 있지만 묘하게 깔아뭉개는 듯한 말투였다.

비서는 여러 해 지켜봤지만 소다경이 회사의 그 어느 배우들보다 인성이 바르고 따뜻한 성품을 가졌다고 느껴왔다. 그런 소다경의 엄마가 어떻게 저 정도로 안하무인일까 이해가 되지 않았다.

비서가 나간 후, 정 여사는 팔짱을 낀 채 왕 대표의 사무실을 눈으로 슥 훑었다. 해가 잘 드는 창에 깔끔한 인테리어가 인상적이다.

"돈 많은 남자랑 결혼했다가 1년 만에 위자료 잔뜩 챙겨서 이혼하더니."

남자 등쳐 먹은 돈으로 이런 회사 하나 번듯하게 차려 대표랍시고 꼴사납게 구는 왕현지가 역시나 마음에 들지 않았다. 정 여사가 그녀에게 갖는 반감은 한두 해 일이 아니다. 제 딸 다경과 계약한 후로 제대로 스타를 만들지 못한 건 다 왕현지 대표의 무능함이라 믿었던 까닭이다. 답답하기 그지없었다.

왕 대표가 험한 업계에서 다경을 얼마나 필사적으로 보호하고 지지해주었는지 정 여사는 알지도 못했고 알고 싶은 생각도 없었다.

"이제야 우리 다경이가 제힘으로 일어서니 그 덕 보려고나 하고. 쯧."

정 여사는 마뜩잖은 얼굴로 자리에서 일어섰다. 다경과 왕 대표의 더블유 엑터스 재계약이 얼마 남지 않았다. 정 여사는 다경을 종용해 계약금과 그 조건을 파격적으로 올리는 방안을 생각하고 있었다.

"엄마인 내가 뒤에서 든든히 지키고 있는데, 대표라는 것이 장난질은 못 치겠지."

픽, 웃으며 그녀는 팔짱을 낀 채 사무실을 슬슬 돌아보았다. 눈으로만 훑는 것이 성에 차지 않았다. 책상과 책장 쪽으로 가서 이것저것 손으로 툭툭 건드리는 모양새가 마치 시비를 거는 것만 같았다. 보는 눈이 없으니 행동은 점점 대담해졌다. 마치 자신의 사무실인 것처럼 거침없었다.

정 여사는 왕 대표가 오면, 이런저런 의논을 해서 다경에게 갈 돈을 제게로 끌어오도록 할 생각이었다. 일단 카페 인수비용을 메우는 것이 중요하니 왕 대표에게 아쉬운 소리를 하긴 해야겠지만, 재계약 얘길 꺼내면 어렵지도 않을 거다.

그러다 구석에 단단히 닫힌 캐비닛 하나가 눈에 띄었다. 출입문 쪽을 바라본 정 여사는 슬쩍 캐비닛 문을 건드려보았다.

"잠긴 건 아니네."

호기심이 동한 그녀는 캐비닛 문을 당겨보았다. 역시나 열렸다. 안에는 잘 정리된 서류가 가득했다. 여느 사무실에나 있을 법한 일반 서류들이라 특별한 건 없어 보였다. 뭘 뒤질 의도로 열었던 건 아닌지라 정 여사가 그냥 문을 닫으려던 참이다.

"이건 뭐야?"

아래 칸 쪽에는 파일 모음들이 잘 분류되어 정리돼 있었는데 옆면에 가지런히 라벨링된 이름들이 눈에 띄었다. 익숙한 이름들은 바로 이 회사에 소속된 배우들의 것이었다.

"오호……."

그중 '소다경'을 찾아낸 정 여사가 얼른 파일을 꺼냈다. 서둘러 안을 보니 다경과 관련된 서류를 모아둔 것이었다. 각종 계약서, 지출 내역서, 세무 관련, 활동 내용과 프로필 등 모든 것이 그 안에 있었다. 사무실에서도 쉽게 손이 닿지 않는 곳에 꽁꽁 모아둔 이유를 알 것 같았다.

"잘도 숨겨놨네."

사무실에 드나드는 비서도 쉽게 발견할 수 없는 위치긴 했다. 서류를 손에 든 정 여사는 씩 웃었다. 이쪽까지 들어와 뒤져보길 잘했다. 어쩐지, 앉아만 있기 답답하더라니.

"계약서. 그래, 계약서 중요하지."

정 여사의 관심은 적나라한 액수가 찍힌 계약서들이었다. 예전부터 현재에 이르기까지, 최근 광고와 관련한 서류까지 전부 있었다.

"어머……. 이렇게 많아?"

생각했던 것보다 다경이 받은 금액이 컸다. 왕 대표는 다경에게 꽤 유리하게 정산을 해주는 편인 듯했다. 게다가 활동도 많아지고 몸값까지 높아져 있어, 제 딸은 자신이 생각했던 것보다 훨씬 부자가 된 모양이다.

속이 다 든든했다. 마치 그 돈이 다 제 것 같은 착각이 들었다. 이걸 어떻게 진짜 내 것으로 만들지, 정 여사의 머리가 팽팽 돌아가기 시작했을 때였다.

"……이게 뭐야?"

그 서류 중에서도 숨겨진 듯 고이 접혀 있던 종이가 정 여사의 손에 잡혔다.

이를 펼쳐본 그녀의 눈이 번쩍 빛났다. 잠시 얼이 나간 듯한 표정을 지은 정 여사는 서둘러 휴대전화를 꺼내 그 내용을 카메라로 찍었다. 그리고 누가 볼세라 서둘러 원래대로 접어 넣고, 서류 역시 원래 자리에 정리한 후 캐비닛 문을 닫았다.

"……풋."

그런 거였어. 정 여사의 입술에 비릿한 미소가 스쳤다.

왕 대표가 사무실에 도착했을 때, 정 여사는 소파에 앉아 있었다. 다리를 꼰 채 팔짱을 끼고 앉아서 왕 대표를 날 선 눈으로 물끄러미 바라보았다.

"오랜만에 뵙습니다, 다경 어머님."

왕 대표는 단조로운 음성으로 인사를 건네며 앉았다.

"그러네요."

정 여사는 희미한 미소를 지으며 대답했다. 비서가 차 두 잔을
준비해 와서 내려놓을 때까지 둘 사이엔 아무런 대화가 없었다.

"어서 퇴근하세요. 많이 늦었는데."

왕 대표는 비서에게 퇴근을 권유했다. 퇴근시간이 한참 지났는
데 정 여사의 갑작스러운 방문으로 여태 회사를 벗어나지 못하고
있는 비서에게 미안했다.

"네, 그럼 대표님. 들어가보겠습니다."

비서까지 나가고 사무실에 둘만 남자, 정 여사는 차를 한 모금
마신 후 입을 열었다.

"우리 다경이 덕분에 왕 대표도 요즘 많이 바쁘겠어요."

전화로 했던 말을 앵무새처럼 다시 읊었다. 자신의 딸을 치켜세
웠지만, 왕 대표는 불편하기만 했다. 정 여사는 그런 말을 할 자격
이 없는 엄마라는 생각이 컸기 때문이다.

"네, 다경이가 많이 고되고 피곤하죠."

"저 좋아서 하는 일에 피곤은요, 무슨."

다경의 입장을 고려해 너무 나대지 말라는 의미였건만, 정 여사
는 호호, 웃으며 아무렇지 않게 맞받아쳤다.

왕 대표의 속이 파르르 끓었다. 다경이 지금까지 속앓이한 것만
해도 얼만데, 이제 와 잘 풀리니 어쩜 저렇게 엄마 노릇을 하고 싶
어 안달일까. 염치도 없지.

"거두절미하고, 왕 대표와 꼭 상의하고 싶은 일이 있어 들렀어
요."

"네, 말씀하시죠."

"우리 다경이 체면도 있고 해서 내가 생각을 해봤는데요. 다경이

가 이만큼 성공했는데, 아빠도 없이 혼자서 그렇게나 잘 키워준 엄마 은혜도 모르고 나 몰라라 사는 딸이란 소리 안 듣게 하려면요, 어떻게 하면 좋을지."

당장 그 입 닫으라 하고 싶지만 왕 대표는 초인적인 힘을 발휘해 꾹 참았다.

"우리 다경이도 날 위해 뭔가 해주고 싶은 마음이 굴뚝같을 텐데, 워낙 바빠서 미처 거기까진 신경을 못 쓰고 있을 거 아니에요."

정 여사는 생긋 웃으며 덧붙였다.

"그렇다고 우리 착한 딸이 남의 입에 오르내리는 건 싫고. 엄마로서 그런 걸 어떻게 두고만 보겠어요. 그러니 적당한 선에서 다경이가 날 위해……."

"어머님을 위해."

듣다못해 왕 대표가 말을 끊었다.

"다경이가 뭘 해야 한다고 생각하시는 거죠?"

말투에 슬쩍 묻어나는 반감에도 정 여사는 아랑곳하지 않았다. 어차피 이 정도야 다 예상한 바라는 듯.

"내가 조그만 카페를 하나 하려고 해요. 자금이 없는 건 아닌데, 그래도 절반 정도는 다경이가 보태는 게 남 보기에 모양새도 좋지 않겠어요? 이래저래 돈 자잘하게 녹여봤자 티도 안 나고, 차라리 큰 거 하나씩 하는 게 다경이도 어디에 얘기하기도 좋을 거고요. 왜 있잖아, 잘 풀린 친구들은 부모님 집을 사드렸다, 건물을 사드렸다, 효녀네 뭐네 얼마나 이미지가 좋아요."

대놓고 자식에게 돈을 바라면서 꽤 뻔뻔했다.

"우리 다경이도 그 정도 능력은 되잖아요, 그렇죠?"

그런 건 우러나서 해야 하는 일이다. 정 여사가 직접 '날 위해'라는 이유로 다경에게 요구할 순 없다.

"뭐, 다경이가 알면 아예 전부 다 해주겠다고 할 것 같은데 그건 또 내가 부담스럽고. 어느 정도 밸런스를 맞춰야 하니까 절반 정도만 보태는 게 좋겠다, 난 그렇게 생각했어요."

왕 대표의 동의를 구하는 게 아니라 통보에 가까웠다.

"다경이야 마음만 있지 하나하나 일일이 신경 쓸 여유는 없을 거 아니에요. 그래서 왕 대표한테 온 거예요. 어떤 절차로 진행하면 좋을지, 다경이 번거롭지 않게 왕 대표가 알아서 해줄 것 같아서."

왕 대표는 낮은 한숨을 흘렸다. 익히 알고는 있지만, 정 여사의 기묘한 화법에 어이가 다 없었다.

하지만 왕 대표가 가장 중요하게 생각하는 건 무엇보다 다경이다. 저 엄마라는 자가 말도 안 되는 효도를 요구하며 다경의 삶을 갉아먹게 둘 순 없다.

정 여사가 이런 식으로 구는 걸 도저히 용납할 수도 없다. 그렇다고 대놓고 돈을 바라는 모친에게, 자신도 대놓고 싸우자 들면 그 불똥은 다경에게 튈 수밖에 없을 터다. 차분히 마음을 가라앉혔다.

차라리 잘됐다. 자신을 찾아오는 게 다경을 괴롭히는 것보단 훨씬 낫다. 게다가 준비하고 대비하고 있던 과정의 하나일 뿐이므로 왕 대표에겐 그다지 타격도 없었다. 그저 정 여사 스스로 무덤을 파고 있는 꼴이었다.

저럴수록 본인만 손해라는 걸, 돈에 눈먼 정 여사는 알 리 없다. 다만 이렇게까지 바닥으로 치닫는 걸 눈앞에서 봐야 하는 게 괴로웠다.

"너는 이 애비한테 그 정도도 못 해준다는 거야? 망할 년 같으니! 입히고 먹이고 키워놨더니 이제 와 나 몰라라 해?"

다경은 저와 닮은꼴이다. 그리고 정 여사는 자신의 아버지와 많은 부분이 비슷했다. 다경의 불행한 가정사를 누구보다 더 잘 이해하는 게 왕 대표였다. 단순히 소속 배우와 대표 사이라서가 아니라, 사랑하는 동생을 아끼는 마음이었다.

"어머님께서 잘 알고 계시듯 다경이가 요즘 세심하게 신경 쓸 여력이 없는 건 맞습니다."

"그렇죠."

"절 믿고 맡겨주신다니, 그럼 제가 알아서 진행하도록 하겠습니다."

툭 떨어진 허락에 오히려 정 여사의 눈이 살짝 커졌다.

"바로요?"

단번에 호구 잡힐 성격은 아닌 것 같은데. 왕 대표에게 다른 속셈이 있진 않을까 싶은지 정 여사의 음성엔 의심이 섞여 있었다.

"그럼요, 다경이가 얼마나 어머님을 애틋하게 생각하고 잘 모시려 하는지 누구보다 어머님께서 잘 알고 계시죠. 그러니까 이런 말씀도 서슴없이 해주시는 거고요."

왕 대표는 부드럽게 일렀다.

"저는 다경이 뜻에 전적으로 동의합니다. 어머님께 뭐든 다 해주고 싶은 다경이 마음 헤아려 제가 성심껏 준비하도록 할게요."

정 여사는 말없이 왕 대표를 바라보았다. 마음을 꿰뚫으려는 듯 날카로운 눈길이었지만, 사심 없이 온화한 미소로 일관하는 왕 대표에게선 그 무엇도 읽어낼 수 없었다.

"오늘은 너무 늦었고, 그럼 제가 내일쯤 연락드려 다시 자세하게 상의하는 건 어떨까요?"

이어진 왕 대표의 말에 정 여사가 되물었다.

"그러니까 카페 인수 건은, 다경이 이름으로 왕 대표가 나서주겠다는 거죠?"

확답을 받듯 정확하게 되짚는 말에 왕 대표가 웃으며 고개를 끄덕였다.

"네. 어머님을 위해."

눈앞의 이익에 마음이 동해서일까. 원하는 바를 바로 이루어내 뿌듯한 걸까. 의심이 걷힌 정 여사의 태도는 눈에 띄게 부드러워졌다.

"왕 대표랑은 이렇게 얘기가 잘 통할 줄 알았어요."

오길 백번 잘했다는 듯 정 여사는 활짝 웃기도 했다. 그 미소가 가증스러웠지만 왕 대표는 용케 잘 참아내었다.

"그럼 내일 연락 줘요. 다경이랑 같이 보면 더 좋겠지만, 우리 딸 은 워낙 바쁘니까."

"네, 그럼요."

정 여사는 일이 생각보다 잘 풀려 흡족한 얼굴로 호호호 웃으며 일어섰고, 그녀를 엘리베이터까지 깍듯하게 배웅하고 사무실로 돌아온 왕 대표는 그제야 지친 숨을 내쉬었다.

"후우우……."

자신의 아버지를 상대하는 것보다 훨씬 기가 빠졌다. 다경의 엄 마를 만날 때마다 매번 그랬다. 참아야 했기에. 그리고 제가 한번 겪은 일을 토대로 훗날을 도모하고 있기에.

부모에게 맞선 세상 나쁜 년은 자신 하나로 족하다. 아무리 바닥 을 친 부모라 할지라도 다경이 자신과 같은 길을 걷게 할 수 없다. 대중의 시선으로부터 자유롭지 못하다는 점이 다경을 괴롭게 해서 는 안 되었다.

왕 대표는 휴대전화를 꺼내, 이 방에 들어서기 전 눌러두었던 음 성녹음을 해제했다. 새로 녹음한 파일을 백업하기 위해 데스크톱 앞으로 향했다. 보안이 확실한 폴더에 차곡차곡 쌓여 있는 파일들 에다 새 파일 역시 잘 옮겨둔 왕 대표는 이어서 또 다른 프로그램을 실행시켰다.

회사 곳곳에 설치된 CCTV 화면이 펼쳐졌다. 그중 대표 사무실 카메라 화면을 선택해 녹화된 영상을 재생했다.

대표 사무실 카메라는 상시녹화되는 건 아니나 아까 정 여사가 도착하기 전, 왕 대표는 비서에게 전화로 사무실 CCTV 녹화를 당부했다. 만약을 위해 빈틈없이 준비하는 일이었다.

"소다경 씨 어머님 도착하시면 회의실로 모실까요?"

"이번에도 그건 싫다고 하시겠죠. 그냥 내 사무실에서 기다리시라 하고, 혹시 모르니 카메라 녹화 부탁해요."

워낙 초소형 카메라라 정 여사는 눈치채지 못했을 것이다. 이전에도 왕 대표 없는 시간에 회사에 들이닥쳐 굳이 사무실에서 기다리겠다는 정 여사 때문에 비서가 곤란을 겪은 적이 있었고, 그 이후 왕 대표는 바로 카메라를 설치해두었다. 그리고 오늘 그 카메라 앞에서 정 여사는 또 한 번 스스로 바닥을 보여주었다.

"설마 했는데."

사람을 기다리는 중에 사무실 곳곳을 뒤지는 버릇이라니.

"……정말 너무하시네."

게다가 책상 뒤 구석에 있는 캐비닛에까지 손을 대고, 직원들조차 함부로 들여다볼 생각도 못 하는 문을 과감히 열고, 그것도 쉽게 손닿기 어려울 정도로 가장 아래쪽에 있는 서류까지 뒤져 기어이 뭔가 찾아내는 모습에 기가 다 질렸다. 저건 웬만한 악의로는 설명할 수 없는 일이다.

안 그래도 사무실에 비치했던 금고를 수리해야 하는 바람에 그 안에 보관했던 서류들을 잠시 캐비닛에 옮겨둔 게 마음에 걸렸었다. 그래도 거기까지 손대진 않겠지, 하면서도 웬만한 상식으로는 이해할 수 없는 사람인지라 마음을 놓지 않았었다.

자신의 신혼집까지 쳐들어와 쑥대밭을 만들어놓던 아버지가 오
버랩되었다. 화가 나다 못해 마음이 쓸쓸하고 아프기까지 했다.

　정 여사의 행적을 기록한 모든 파일을 꼼꼼히 백업해놓고, 왕 대
표는 가라앉은 표정으로 전화기를 들었다.

　"어, 남 대표, 나야. 늦었는데 미안해."

　─ 아니, 괜찮아!

　언제나 그렇듯 씩씩한 음성과 기운. 남 대표의 목소리를 듣자 마
음까지 밝아지는 것 같았다.

　"상의할 일이 있는데. 시간 괜찮으면 우리 좀…….."

　─ 만나야지.

　"괜찮겠어? 이미 집에 들어간 거 아니야?"

　─ 아무리 피곤해도 왕 대표가 보자면 보는 거지, 내가 무슨 힘이
있나.

　든든했다. 어쩐지 외롭지 않아졌다. 그와 같은 편이라는 게 위로
가 되는 밤이었다.

→≫⋇≪←

　욕실로 뛰어 들어간 다경은 기분 탓인지 헛구역질만 했다. 양변
기를 붙들고 재차 울렁거리는 속을 비우려 했지만 헛수고였다.

　"소다경! 야, 소다! 괜찮아?"

　잠근 문 너머선 민우가 걱정스러운 음성으로 묻고 있었다.

　"……괜찮아. 금방 나갈게."

　겨우 대답을 한 다경은 세면대에서 얼굴과 입을 씻었다. 찬물로
세수한 후에도 마찬가지로 어지러웠다. 뇌가 조이는 듯 따끔하면
서도 뭔가 생각나려는 듯해서 자꾸만 눈을 질끈 감게 됐다.

'아……, 뭐지?'

어제 유현과 함께한 순간이 너무 충격이었던 걸까. 연기라 하기엔 미심쩍은 구석이 너무 많았던 그 일이 트라우마를 남긴 걸까.

자신이 알고 있던 강유현과 어제의 강유현은 몹시 달랐기에, 다경이 놀란 건 사실이다. 하지만 그 이상의 충격이 자신을 덮쳤다는 걸 애써 잊고 있다가, 어떤 계기로 인해 감춰져 있던 두려움이 순간 발현된 것처럼 떠오른 듯한 느낌이다.

가슴이 이상하게 뛰었다. 설렘과는 다른 유의 박동이었다.

"내가 널 조금만 더 일찍 만났다면."

"……."

"그럼 네가 날 선배가 아닌, 남자로 봐주지 않았을까. 그런 생각을 해."

영화 속 대사였다는 말로 그 상황은 넘어갔지만, 그때의 당황스러운 감정은 아직 다경의 마음에 남아 있었다.

"조금만 더 일찍 만났다면."

그 말이 서걱서걱 가슴에 걸렸다.

만약 유현을 일찍 만났다면, 어떻게 됐을까. 민우에 대한 마음을 깨닫기 전에, 아니, 민우와 아예 결혼하기도 전에 그를 만났다면 강유현을 남자로 사랑했을까. ……팬으로 좋아했던 마음이 사랑으로 번졌을까.

절대 아니라고 장담할 수 있을까. 그렇게 완벽한 남자를 두고, 어떤 여자가 다른 생각을 할 수 있을까.

'그런데…….'

다경은 세면대 앞 거울 속 자신을 바라보았다. 객관적인 판단과는 다른 감정이 제 눈에 들어 있었다.

'아니. ……나는 아니야.'

아무리 강유현이 매력적이고 대단한 남자라 한들, 자신은 그를 이성으로 볼 수 있을 것 같진 않았다. 이유는 알 수 없다. 민우와 이런 사이로 발전되기 전에 만났다 하더라도, 강유현과 남녀관계로 발전할 수 있었을지 분명히 말할 수 없다.

왜일까. 내가 지금 이렇게 생각할 수 있는 이유가, 대체 뭐 때문일까.

딸깍. 욕실 문을 열고 나오자, 그 앞에 서성이고 있던 민우가 다경의 어깨를 붙들었다.

"괜찮아? 괜찮은 거 맞아?"

걱정스럽게 살피는 그의 눈빛에 온몸이 부드럽게 풀어졌다. 다경은 눈물이 날 것 같았다. 안식. 위안. 그 모든 편안함이 민우와 주고받는 시선에 어려 있었다.

다경은 팔을 뻗어 그의 허리를 꽉 안았다. 갑자기 안겨드는 몸짓에 민우는 살짝 당황한 것 같았지만 곧 부드럽게 감싸주었다. 솜이불처럼 따뜻하고 포근했다. 형체 모를 불안과 두려움이 사르르 없어지는 기분이었다.

'알 것 같아.'

욕실 안에서 혼자 있을 때 찾지 못한 답이 이곳에 있는 것 같았다.

'나는 어쩌면…….'

강유현을 거부할 수밖에 없는 이유. 그를 남자로 볼 수 없는 이유.

'널 아주 오래전부터 좋아했는지도 몰라.'

가늠할 수 없을 만큼 아득히 먼 예전부터, 내 마음속엔 오직 너뿐이었는지도. 그래서 잠시 헷갈릴 순 있어도, 다른 사람을 내 가슴에 온전히 들일 수는 없었는지도 몰라.

목이 멨다.

그의 가슴에 얼굴을 파묻은 채, 다경은 간신히 입술을 열어 뭐라 말했다. 드문드문 이어지는 음절을 알아듣지 못한 듯 민우는 되물었다.

"응?"

그녀는 겨우 다시 목소리를 내었다. 처음 하는 말.

"……사랑해."

하지만 몇 번을 말해도 부족할 것 같은 말.

"……사랑한다고, 지민우."

안긴 채로 고개를 들어 그를 보았다.

뜻밖의 표현에 민우는 멍한 눈빛이었다. 소파에서 야릇한 분위기를 내던 중에 자신을 밀치며 욕실로 뛰어가 헛구역질을 했으니, 아마도 그 상황이 되게 싫었나 보다 오해를 했을 법도 하다.

그런데 욕실에서 나오자마자 사랑고백이라니. 좋아한다는 말도 겨우 했던 친구 사이에, 이토록 절절한 눈빛으로 사랑한다 말하니 그가 놀란 것도 당연했다.

다경은 감추고 싶지 않았다. 왜인지는 모르지만, 그와 함께 있게 된 순간이 몹시도 애틋하고 소중했다. 다시는 오지 않을 시간처럼 간절했고, 이 시간을 낭비하고 싶지 않았다. 지금이 마지막인 것처럼 사랑하고 싶었다.

"안아줘."

안고 있지만, 더 안고 싶었다.

"네가 안고 싶은 만큼. 네가 하고 싶은 대로."

허락이 아니었다.

"다 해."

함께 나누고 싶은 걸 인정하는 마음.

"그게 내가 원하는 거야."

사랑이었다.

민우는 다경의 말에 머리가 다 어질했다. 살짝 가라앉은 목소리가 그 어느 때보다 섹시했다. 그녀의 눈빛은 또 어떻고. 간절히 원하는, 뜨겁게 끓는 눈빛은 그마저 들끓게 했다.

순식간에 닥친 분위기에 민우는 정신을 차릴 수가 없었다. 자신이 아는 소다경이 맞는지 의아하면서도, 이 순간을 절대 놓치고 싶지 않았다.

하고 싶은 대로 다 하라니. 안고 싶은 만큼 안으라니. 그게 자신이 원하는 거라니. 그게 어떤 불씨를 떨어뜨리는 건지 알고나 있는 걸까. 걷잡을 수 없이 번져가는 불이 어떻게 될 줄 알고 저런 소릴 하는 걸까.

"너 지금 되게 위험한 발언 한 거다."

"몰랐구나. 나 위험한 거 좋아해."

"……후회할 텐데."

"그딴 후회 안 해."

생긴 것과 다르게 평소 순하기만 하던 눈빛이 아니다. 지금의 소다경은 무척이나 야했다. 가만히 눈을 치켜뜨는 것만으로도 아찔하게 도발하는 듯 보이는 시선에 몸이 녹을 것만 같았다.

그렇게 시선을 맞댄 채 다경의 허리를 안은 민우의 손이 움직였다. 부드럽지만 세밀하게 움직인 손이 그녀의 옷자락을 들춰 등 쪽 피부를 가만히 쓸었다. 맨살에 닿는 손끝이 불에 타는 것 같기도 하고, 얼어붙는 것 같기도 하고, 감각이 사라진 듯 아득하기만 했다.

"아앗……."

이내 다경이 한쪽 눈을 찡그리며 보다 강하게 안겨들었다. 무너지듯 쏟아지듯, 그에게로 몸을 기울였다는 것이 더 정확했다.

만지는 게 끝은 아니었다. 자신의 손끝 움직임에 따라 다경은 몸을 흠칫 떨기도, 밭은 숨을 터뜨리기도 했다. 그녀의 녹는 듯 보드라운 살을 만져서 기분이 좋은 것보다, 제 손길에 따른 그녀의 반응이 민우를 더 미치게 했다. 참을 수 없었다.

스스로 어떤 표정을 짓는지도 모른 채 제게 안겨드는 다경만 눈에 보였다. 다른 그 무엇도 생각하기 싫었다. 아니, 생각이 나지 않았다. 모든 것이 지워지고, 눈앞엔 다경만 남았다. 이런 세상이 있을까 싶을 정도였다.

한 손으로 그녀의 옷 안에서 등을 쓸며 다른 한 손으론 다경의 머리 뒤쪽을 받쳤다. 둘은 더욱 가까이 맞붙었다. 빈틈 하나 없이 몸을 붙인 그는 기어이 다경의 입술을 열었다. 폭포처럼 쏟아진 키스에 그녀가 휘청였지만 민우의 단단한 품 안에서 무너질 리 없었다.

바짝, 더 바짝. 그녀를 가득 안고서 거침없이 입술을 맞대고 머금고 쓸고 삼키며 여린 입속을 마음껏 헤집었다. 다경의 입술이 환영하듯 열리고, 반기듯 움직였다. 위험하고도 아찔한 키스였다. 그 어느 때보다 거칠지만 또 한편으로는 더없이 서로를 간절히 원하는 몸짓이었다.

키스는 오랫동안 이어졌다. 이대로 밤을 새워도 지루하지 않을 것만 같았다. 남김없이 맛보고 싶은 듯 두 사람은 서로 떨어질 줄 몰랐다.

"……자, 잠깐만."

호흡이 달리는 듯 잠시 다경이 그의 단단한 가슴을 힘겹게 밀어냈다.

틈은 아주 조금 벌어졌다. 뜨거운 스킨십은 중단됐지만, 분위기는 여전했다. 오히려 더 달아올라 있었다. 상기된 볼, 물기로 촉촉하게 젖은 입술, 애끓는 눈빛, 그 모든 건 아까보다 훨씬 야해져 있었으니까.

"왜, 그만하고 싶어?"

민우는 마음에도 없는 질문을 던졌다. 설령 다경이 그만하자 해도 놓아주고 싶지도 않으면서.

"아니, 그게 아니라."

그게 아니면, 이 뜨거운 분위기를 가르며 지금 할 말이 대체 뭔지.

"그럼?"

"서 있으니까 허리도 아프고, 고개도 아프고."

시선을 내리며 가만히 민우의 팔을 눌러 잡는 손짓이 못내 간절했다. 터져 나온 말은 더했다.

"침대로…… 갈까?"

소다경, 진짜. 민우의 입술 사이로 나직한 음성이 열기와 함께 새어나왔다.

"……돌겠다, 너 때문에."

✦⟩⟩※⟨⟨✦

어둑해진 침실 안에 스탠드 불빛만 은은히 퍼졌다.

거센 심장 소리와 미약한 숨소리가 뒤섞였다. 수없이 품에 안고 잠들었던 침대 위에 민우는 다경을 눕히고 그 위로 몸을 가두듯 포개었다. 상상 속에서만 있던 순간이다. 도저히 현실 같지가 않았다.

먼저 침실로 자신을 이끈 것도 다경이었다. 그녀의 도발에, 돌겠다는 말을 한숨처럼 내뱉었다.

정말 괜찮다는 듯 눈빛으로 달래며 그녀는 기꺼이 둘만의 시간을 재촉했다. 얼마나 위험한지도 모르고, 이대로 시작된 순간이 어떻게 흘러갈지도 모르면서. 자신조차 감당할 수 없는 화염에 휩싸여 폭주해버릴지도 모르는데 다경은 뭐든 받아들일 준비가 된 얼굴로 기꺼이 유혹했다.

앞으로 견뎌야 할 일들을 이겨낼 힘이라도 받으려는 건지, 담대하고도 비장한 기운마저 느껴졌다. 그러면서도 야했다. 이토록 색기가 지나칠 줄 친구 사이일 땐 미처 몰랐다.

침대에서 보는 그녀는 평소와 달랐다. 누워 있어 굽이치며 펼쳐진 머리카락과 눈빛이 흐트러진 얼굴은 민우의 심장을 세차게 두드려댔다.

"……씻고 와야 하나?"

자신을 올려다보던 다경이 그새 마른침을 삼키고 물었다. 민우는 고개를 저었다.

"아까 씻었잖아. 뭐 하러 또."

영화를 보기 전 이미 샤워를 했던 몸을 붙이고 있으니 아직 향긋하게 남은 바디클렌저 내음이 더욱 짙게만 느껴졌다.

"어차피 또 씻을 텐데."

다른 극 자석이 맞부딪히듯 다시 입술이 가까워졌다.

누운 채로 시작된 키스는 그 어느 때보다 깊고 진했다. 야릇한 소리가 섞이며 흘러나왔다. 마치 원을 풀 듯, 오래도록 바라고 그렸던 순간을 이제야 맞이한 듯, 모든 걸쇠를 풀어버린 것처럼 엄청난 해방감이 밀려들었다. 온몸이 저릿했다.

아무리 생각해도 너와 이러고 있다는 게 믿기지 않는다는 얼굴로, 별이 빼곡하게 반짝이는 눈빛으로, 다경이 말했다. 키스만으로도 숨이 찬 목소리가 못 견디게 섹시했다.

"지금 나 엄청 행복해."

나도 그래.

"더 행복해지고 싶어. ……너만 있으면 돼."

거리낄 건 아무것도 없었다. 망설일 것도 없었다.

상체를 일으킨 민우는 순식간에 티셔츠를 벗어냈다. 잘 다듬어
진 근육이 약한 불빛을 받아 근사하게 빛났다. 신혼집 침대 위, 두
사람의 세상이 펼쳐지는 순간이었다.

행복의 끝이 어디 있을까. 느끼는 만큼, 바라는 만큼, 원하는 만
큼 행복할 수 있다고 믿었다.

나쁜 생각은 지우고, 두려운 마음은 버렸다. 마주하는 눈빛 속
에, 섞이는 숨결 속에, 그들의 모든 행복을 꽉 채웠다. 필요한 건
서로뿐이었다. 원하는 행복 안에 오직 둘만이 의미 있는 존재였다.

부드러운 손길이 다경의 머리카락을 쓸었다. 어떻게 이렇게 예
쁜 사람이 다 있을까 하는 얼굴로 민우는 천천히 그녀의 옷에 손대
었다. 이래도 될까. 이제 정말 괜찮을까. 더 이상 참지 않아도 되는
걸까. 네 모든 걸 알고 싶단 마음, 이제 멈출 수 없어.

수없이 많은 시간 속 그리도 힘겹게 눌러왔던 본능이 폭발하기
직전이다. 맹렬히 끓는 욕망과 다르게 민우의 손길은 더없이 섬세
하고 조심스러웠다. 그게 얼마나 큰 인내심을 요하는 일인지 다경
은 알 리 없었다. 그저 솜사탕이 입에서 녹듯 부드러운 기운에 몸
과 마음이 사르르 이완되었다.

"너 진짜……."

민우를 올려다보며 다경은 감탄 섞인 한숨을 흘렸다. 오랜 시간
쌓아온 익숙함은 저 멀리 사라졌다. 어느새 이토록 근사하고 멋있
는 남자로 자랐을까. 그려놓은 듯 잘생긴 얼굴 아래 탄탄한 근육이

꽉 들어차 움직일 때마다 아찔했다.

내 몸 위로 올라와 있는 너. 이게 정말 현실일까.

드문드문 몰아쉬는 숨도, 나지막이 가라앉은 목소리도, 단단하면서도 뜨거운 살갗도, 한 침대에 같이 있는 남자의 것이라는 게 믿기지 않았다. 그게 지민우라니, 더더욱.

"나 진짜 뭐."

"아니……."

말이 뭐 필요할까. 너 그런 눈빛 너무 야하다고. 침대 위에서의 네가 이렇게나 섹시할 줄 정말 몰랐다고. 나 솔직히 지금 너무 좋고 떨린다고.

이미 다경의 시선은 그 마음을 전부 전하고 있었다.

그토록 익숙한 친구의 모습이 아니었다. 팽팽하게 이어진 긴장감은 가느다란 끈처럼 아슬아슬했다.

"내가 벗……, 아니, 네가 벗기……, 아니, 그냥 내가 벗……."

다만 다경은 이제 뭘 어떻게 해야 할지 몰라 허둥댔다.

"가만."

민우가 제 옷을 살짝 잡고 그 부근을 어루만지는 걸 느끼면서, 그다음으로 나아가야 하는데 싶어 뭐라도 좀 해보려는데, 그런 다경을 진정시키는 그의 음성은 하염없이 낮고 부드러웠다.

"가만히. 내가 할게."

순간 오랜만에 민우가 얄미워졌다. 얘는 왜 이렇게 여유가 넘치는 거지? 내 심장은 지금 밖으로 튀어나올 것처럼 미치게 뛰는데. 이성을 잃게 생겼는데. 정신이 하나도 없는데. 나만 안달 났나, 하는 생각에 없던 부끄러움도 생길 지경이었다.

하지만 그건 여유가 아니었다. 그녀는 민우가 어떤 마음으로 날뛰는 욕구를 누르며 힘과 속도를 조절하는 건지 알 수가 없었다.

처음이니까. 서로가 서로에게 처음이라서. 한쪽은 모르는 게 많았고, 또 한쪽은 조심하고 싶은 생각이 컸다. 그건 모두 서로를 바라고 원하는 마음 그 자체였다. 사랑하므로.

몸을 둘러싼 것들이 하나씩 사라졌다. 옷이 벗겨지고 점차 맨살이 드러나는 동시에 키스는 계속됐다. 잠시 떨어지는 순간도 아까운 듯 부딪혀오는 입술 덕에 창피한 줄도 몰랐다.

얇은 옷을 사이에 두고 닿았을 때의 감촉도 아찔했는데, 그보다 백 배, 천 배, 아니, 만 배는 훨씬 더 짜릿한 느낌이 온몸을 휘감았다. 손끝에 닿는 피부가 부드럽고 맞닿은 곳마다 뜨거운 불길이 일었다. 남김없이 느껴지는 감각에 숨이 몹시 막혔다.

민우는 서두르지 않았다. 애지중지하는 보물을 대하듯 귀하게 공을 들이며 정성껏 사랑을 드러냈다. 붉은 입술에서 희고 긴 목으로, 동글고 보드라운 어깨로, 그리고 그녀가 기꺼이 허락해준 만큼 아래로, 또 아래로, 민우의 숨은 하염없이 번져갔다.

그 어떤 생각도 할 겨를 없이 다경은 아득해지는 정신을 뜨거운 공기 중에 흘려버렸다. 제 것 아닌 듯 낯선 소리가 고요를 잠식하며 하염없이 퍼졌다.

젖은 입술이 섞이고, 젖은 손이 깍지를 끼었다.

하나가 되기에 완벽한 밤. 결국 생경한 전율이 등줄기를 꿰뚫으며 그가 다경의 안을 가득히 채우고 들어왔다. 서로를 품던 순간, 애타는 음성이 입술 사이로 사라지고 사랑은 말없이 차올랐다.

뜨겁게, 더 뜨겁게 달아오르는 열기 안에 오직 둘만 남고, 그 세상은 온전히 두 사람의 것이었다.

❖

"……으."

다경은 새벽녘 문득 잠에서 깨었다가 퍼드득 깨달은 현실에 흠칫 놀랐다.

여기는 민우의 방 침대. 자신은 욕실 쪽을 향해 모로 누워 있고, 뒤에서 제 맨살을 꽉 안은 이 단단한 팔은…… 민우의 것이다.

지쳐 쓰러지다시피 했다. 어떻게 잠들었는지도 모르겠다. 심지어 잘 잤다, 정말 잘 잤다. 불면증이 뭐였더라. 먹는 건가, 씹는 건가.

이게 진정한 남편 품이구나, 생각하니 혼자 깨어난 새벽에 볼이 화르르 달아올랐다.

'아…… 되게 야한 말이었어.'

남편 품에서 푹 잘 잔다는 그 말. 물론 해석하기 나름이겠지만, 이건 그냥 단순히 손만 잡고 잔다는 수준이 아니었던 거다. 자신의 몸이 아닌 듯 여기저기 쑤시고 아픈 건 별개로, 정신은 상쾌하기까지 했다.

"흐음……."

뒤쪽에서 민우가 뒤척이더니 몸을 반대로 돌리는 게 아니라, 인형이라도 안듯 다경을 더욱 꽉 끌어안았다. 그의 입술이 제 뒤쪽 어깨에 닿고, 맨살은 빈틈없이 포개져 있다. 태산처럼 든든하고 탄탄한 몸이 뒤에 버티고 있고, 그물에 걸린 듯 그의 손과 다리는 자신을 포박하고 있었다.

묘한 안정감이 느껴졌다. 이런 식이라면 얼마든지 갇혀 있고 싶을 정도다. 다만 적나라하게 느껴지는 몸의 움직임은 감당하기 어려운 수준이었다. 옷이라도 대충 입고 잘 걸 그랬나. 아니지, 그건 불가능하긴 했지.

'으아……, 나 왜 이렇게 일찍 일어난 거야.'

다시 잠이 오지는 않았다. 이렇게 감각이 생생한데 어떻게 다시 잠들 수가 있을까.

다경이 견디다 못해 꼼지락거리며 품에서 살짝 빠져나오려 했다. 민우는 잠이 완전히 든 것 같으니 조금만 몸을 틀어 사이를 벌리면 좀 수월하게…….

"……어디 가려고."

벗어날 수 있을 리가 없다. 잠에 취해 한참 가라앉은 목소리가 뒤에서 났다. 하지만 놓아주고 싶지 않다는 듯 더 단단히 끌어안는 손의 힘은 잠결이 아닌 것만 같았다.

"안 잤어?"

"아니, 지금 자는 중…….”

태연히 눈을 감은 채 잠꼬대처럼 내뱉었다. 아마 꿈 반, 현실 반쯤 되려나. 그 와중에도 다경을 품에 안고 있으려는 의지가 느껴졌다.

민우의 손은 그녀의 부드러운 살결을 더 간절히 부여잡으며 파고들었다.

"가지 마…….”

타는 듯 애처로운 음성이 들려왔다.

"아무 데도, 가지 마."

들릴 듯 말 듯 작아진 소리.

다경은 가슴이 욱신거렸다. 가긴 내가 어딜 간다고. 이렇게 널 사랑하게 됐고, 우리는 부부고, 이제 행복하게 살 일만 남았는데 내가 갈 데가 어디 있겠어.

다경은 그의 품속에서 간신히 몸을 돌렸다. 가깝게 마주 보는 자세로 누운 채, 눈을 감고 있는 민우의 얼굴을 가만히 바라보았다.

얼마나 등과 허리, 다리까지 단단히 엮어 안으려 하는지 얼굴을 보는 것조차 힘들었다. 엷은 미소를 머금고서 다경은 민우의 빈틈 없이 잘생긴 얼굴을 쓰다듬었다. 왠지 가슴이 먹먹했다.

"어디 안 가."

"…….."

"네 옆에만 있을게."

네가 생각하는 것보다 나 훨씬, 아주 많이 널 사랑하고 있는 것 같아. 진심으로.

✦≫※≪✦

"혈색이 왜 이렇게 좋아요? 다경 씨 결혼하더니 점점 더 예뻐지 네요."

"그래요? 감사합니다."

화보 촬영장으로 출장을 나온 헤어 메이크업팀이 연신 감탄하며 그녀를 단장해주었다.

다경은 빰을 복숭앗빛으로 물들이며 웃었다. 날아갈 듯 가뿐한 컨디션과는 달리 여기저기 쑤시는 몸이 불편하긴 했다. 걷고 앉는 것조차 불편했다. 그렇다고 티를 낼 순 없기에 다경은 겨우 참아가 며 촬영 스케줄을 소화했다. 아마 민우가 보았다면 독하다고 혀를 내둘렀을 것이다.

단독 인터뷰와 화보 촬영까지 마친 그녀는 오후에야 이동할 수 있었다. 새벽부터 내내 불편했던 몸도 나아진 건지 익숙해진 건지, 조금 살 것도 같았다.

"그럼 언니도 같이 저녁 먹는 거지?"

다경은 운전 중인 주아에게 밝은 음성으로 물었다.

원래 오늘 저녁에는 왕 대표와 식사하면서 일 이야기를 하기로 했었다. 그런데 그 자리에 남 대표와 민우도 참석하게 됐다는 소식을 들은 다경은 반가운 마음이 들었다. 안 그래도 집에 얼른 가서 민우를 보고 싶었는데, 이렇게나마 빨리 볼 수 있다니 다행이다.

"응, 나랑 공 부장님도 다 같이."

"와, 오랜만에 진짜 다 같이네."

좋은 사람들과 함께하는 자리는 언제나 환영이다. 거기에 보고 싶은 민우까지 더해지니 새삼 같은 일을 하고 있다는 사실에 감사하게 되는 저녁이다.

모자람이 없었다. 넘칠 듯 행복한 마음만 가득했다. 세상이 아름답게 보이는 건 착각일까.

"다경아, 다 왔어."

"……어? 음식점이 아니네."

잠깐 눈을 붙였다가 깨어난 다경은 어리둥절한 얼굴로 말했다. 도착한 곳은 식당이 아니라 한 고급 아파트 주차장이었다.

"응, 내리자. 남 대표님이 맛있는 거 해주신대."

"아아, 남 대표님 댁이구나."

대답하던 다경이 문득 깜짝 놀란 얼굴로 말했다.

"빈손으로 와서 어떡하지? 언니, 뭐 좀 사러 갔다 오자."

"걱정을 마세요."

주아가 차에서 과일 꾸러미와 베이커리 박스를 잔뜩 꺼냈다.

"아까 너 촬영 중일 때 미리 사다 놨지."

"우와, 이 언니 일 잘하네."

흐뭇하게 웃는 주아와 함께 다경은 두 손 무겁게 남 대표의 집으로 향했다. 탑층의 펜트하우스는 맛있는 음식 냄새로 가득했다.

"어유, 뭘 이렇게 많이 들고 왔어! 집들이도 아닌데. 그냥 간단히 밥이나 먹자니까."

앞치마를 입은 남 대표가 그녀들을 반겼다. 직접 요리까지 한 모양이었다. 간단히 밥이나 먹자는 사람치고, 음식을 얼마나 많이 준비했는지 이미 차려진 식탁은 다리가 휠 정도였다.

왕 대표, 공 부장도 먼저 와 있었다.

"왔어?"

주방에 함께 있던 민우 역시 웃는 얼굴로 나오며 인사했다. 남의 집에서 보는 내 남편, 어쩌 새삼스레 더 멋진 느낌이다. 다경은 배시시 웃으며 그에게로 갔고, 두 사람은 자연스럽게 시선을 맞추며 손을 잡았다.

기분이 이상했다. 야하고도 달콤한 밤을 보낸 후라서일까. 함께 보낸 첫 밤의 여파가 심장을 간질간질하게 했다.

새벽에 화보 촬영하러 나올 때는 어찌나 발이 떨어지지 않던지. 촬영장에서도 내내 그의 생각만 했었다. 안색이 좋고 표정이 풍부하단 칭찬을 들은 건 그 덕분인지도 모른다.

그런데 민우도 마찬가지였나 보다. 고작 하루였는데도 억겁처럼 긴 시간이었는지 반기는 눈빛에 애정이 흘러넘쳤다.

"어우우우……, 신혼부부 눈꼴시어 볼 수가 없네!"

"진짜 못 살겠다. 쟤네 언제 저렇게까지 된 거야."

남 대표, 왕 대표가 번갈아 한탄했다. 주아와 공 부장도 '진짜' 부부의 모습을 보이는 이들을 막상 눈앞에서 보니 신기하고도 흐뭇한 얼굴이었다.

"왜요, 우리가 뭘."

다경이 새초롬히 입술을 모으며 쑥스러움을 감췄다.

"우리는 집 구경하자. 형들이 식사 다 차리면 부른댔어."

민우가 다경의 손을 잡아끌었다.

두 사람의 관계가 가짜 스캔들로 인한 비즈니스 연애로 시작했

다는 걸 아는 사람만 모인 자리였다. 비밀을 공유한 사이. 식당이
아닌 남 대표의 집에서 모이자고 한 이유도 알 것 같았다. 일 이야
기라고 했지만 뭔가 더 편안하게 대화를 나누기 위해서인 듯했다.

"집 진짜 넓다."

"넓지. 혼자 사는데 쓸데없이."

봐도 봐도 끝이 없는 집 곳곳을 돌아보며 다경이 감탄했다. 그러
면서도 안타까운 듯 덧붙였다.

"이렇게 돈도 많으시고, 성격도 좋으시고, 요리도 잘하시고, 외
모도 끝내주는데……."

"끝내주는데 뭐."

"애인이 왜 없을까. 몰래 만나는 분 따로 계신 건가. 혼자 지내기
너무 아까운 분이셔."

"언젠간 하겠지. 결혼."

"결혼?"

다경이 살짝 놀라 돌아보았다. 분명 민우가 남 대표는 동성애자
가 아니라곤 했지만 그건 확인되지 않은 사실이다. 아니라는 말을
덜컥 믿기엔, 남 대표는 지나치게 여자에게 관심이 없어 보였다.
그런데 민우가 확실하게 '결혼'을 말하는 걸 보니 뭔가 헷갈렸다.
혹시 동성결혼을 말하는 건가.

"조만간 형도 정신 차릴 거야. 그냥 두고만 보면 놓치기밖에 더
해?"

인생은 타이밍. 사랑도 타이밍. 운명을 이길 방법은, 진심으로
부딪히는 것뿐임을 민우는 이미 경험해 알고 있었다. 어쩌면 지난
아홉 번의 생에서는 깨닫지 못했을지도 모르는 사실이었다.

"남 대표님 좋아하는 분 있으셨구나."

"응, 좋아하는 '여자'분."

"아아…….."

좋아하는 여자가 있어서 지금껏 그렇게 혼자 지내고, 다른 여자들한테는 눈길도 안 준 거구나. 그제야 알겠다는 듯 다경이 고개를 끄덕였다.

민우는 다경을 곁에 둔 지금에야 남 대표의 입장을 더욱 잘 이해하게 됐다. 동시에 안타깝기도 했다. 그 사람을 잃을까 두려워 지켜만 보는 건, 또 다른 상실로 이르는 길임을 잘 알기에.

이전 삶에서 다경과 결혼한 남자가 누구였는지, 그와의 사랑이 어떠했는지 궁금했던 적도 있었다. 지금은 그가 '강유현'일 거란 생각을 하고 있다.

더불어 민우는 또 하나의 궁금증이 생겼었다. 그때도 자신은 다경을 사랑했을까. 강유현의 아내였던 다경을 변함없이 홀로 사랑했을까. 지금 그녀를 사랑하고 원하듯, 예전에도 그렇게 사랑했던 걸까.

아마도 그렇겠지. 그 마음이 아니고선 이렇게 여러 번의 삶을 되풀이할 수 없을 테니까. 그녀에게 이르기까지 이십 대를 반복해 살아내며, 수없이 많은 실수를 하고 또 잃고 또 노력해온 건 '사랑'이 아니곤 설명할 수 없다.

'나 진짜, 힘들었겠다.'

스스로 위로했다. 자신이 왜 소다경 때문에 이 고생인지 억울했었는데 그게 다 '사랑' 때문이었다는 걸 알게 되자 지나온 삶 속의 자신이 안쓰러워진 것이다.

좋아하고 사랑하면서도 결국 그녀가 다른 남자와 결혼하는 걸 전부 지켜봐야만 했다니, 그건 남사친의 숙명일지도 모른다. 자신에 대한 상대의 마음이 어떤지 알 수 없으니, 행여 친구로도 볼 수 없을까 두려워 지켜만 보았을 터.

그러다 놓치고 후회했겠지. '살리지 못해' 미치게 후회했겠지. 그리고 사랑뿐 아니라 그 후회가 아마 자신을 여기까지 오게 한 것일 테다.

'이젠 그럴 일 없어.'

이렇게 말도 안 되는 결혼부터 추진했던 게 아니라면, 다짜고짜 쪽지의 지침대로 밀어붙인 게 아니었다면, 어쩌면 이번 생에도 그녀를 놓쳤을지도 모른다. 생각만 해도 끔찍했다.

"다경아."

운명은 자신이 만드는 것. 간절하고도 절박한 마지막 이 삶. 이젠 널 절대 놓치지 않아.

"소다경."

잠시 테라스에 나와 바깥을 바라보던 다경이 고개를 돌렸다. 민우는 그녀에게 다가서며 허리를 안았다.

"아직 운명을 믿어?"

너와 내가 운명이 아닐지라도, 그래도 넌 그 운명을 믿는지. 행여 다른 곳에서 뻗친 강한 운명의 끌림에, 네가 혼란을 겪게 되진 않을지 난 사실 무서워.

"운명?"

그녀를 반드시 지킬 자신이 있으면서도, 혹시나 잃게 될까 두려워 양가감정에 휩싸였다.

"응."

"당연히 믿지."

그런 민우의 얼굴을 부드럽게 감싸며, 다경이 흔들림 없이 분명한 눈빛으로 말했다. 마주 바라보며 허리를 안은 채 '운명'을 말하는 지금, 달콤한 숨이 눈빛에 섞여들었다.

"내 눈앞에 있는 네가, 내 운명이야."

순간 민우의 심장에 뜨거운 피가 돌았다.

천천히 말하는 다경의 목소리는 보다 더한 확신은 세상에 없다는 듯 곧고도 분명했다.

"다시 태어나고, 또 태어나도. 몇 번을 다시 살게 돼도."

"……."

"난 아마 널 또 사랑하게 될 거야."

그게 내 운명이야.

내 답은 너야. 내 길도 너. 내 별도, 내 하늘도, 내 땅도 너. 이제 내 세상이 전부 너야. 삶이 아무리 바뀐대도 계속 너. 그저 너 하나. 다른 건 아무 필요 없다는 걸 이젠 알았어.

그녀의 눈빛이 너무도 투명하고 깊었다.

민우는 가슴이 저렸다. 그 안에 새겨진 이가 자신이라는 게 믿을 수 없을 만큼 벅찼다. 이토록 확신이 깊은 사랑이라니 무슨 말이 필요할까.

겹쳐지는 입술이 뜨거웠다. 다경이 고개를 높여 먼저 입을 맞춘 것이다. 달콤한 숨결이 촉촉한 입술 사이로 밀려들었다. 열린 틈새로 촉촉함이 짙게 뒤섞여 불처럼 번졌다.

키스는 언제 해도 좋다. 입술이 닿아서 좋고, 손이 닿아서 좋고, 몸이 닿아서 좋다. 무엇보다도 마음이 닿아서 좋았다.

여린 숨이 흩어졌다. 짜르르 전기가 등줄기를 훑었다.

자칫하면 남의 집에서 큰일 나겠다 싶을 즈음 인내심이 훌륭한 민우가 먼저 입술을 떨어뜨렸다. 그러고도 아쉬웠다. 100년을 다시 사는 능력 말고 이럴 때 공간이동 능력이 있으면 얼마나 좋아. 눈만 감았다가 떠도 바로 우리 집이었으면, 우리 방 우리 침대면 얼마나 좋아.

그는 다경의 어깨를 감싸 제게로 당겼다. 맞춘 듯 꼭 안겨드는 그녀의 몸이 보드라웠다.

"안고 싶다."

민우는 먹먹한 음성으로 중얼거렸다.

"안고 있잖아."

"이미 안고 있지만, 더 안고 싶어."

무슨 말인지 몰라? 설명이 필요해? 부족해? 구체적으로 해줘? 말로? 아니면 몸으로?

입술만 연다면 끝없이 쏟아졌을 질문에 대한 대답은 물론 뻔하다.

답을 하는 듯 다경이 품속에서 꿈틀거렸다.

알지, 왜 몰라. 안고 있지만, 나도 안고 싶은데. 내가 원하는 것도 너와 같은 건데.

"……좋다. ……진짜 좋다."

다경이 품을 더 깊이 파고들며 말했다. 단단한 민우의 가슴도 그녀의 온기에 사르르 녹아내렸다. 구름에 얼굴을 파묻으면 이런 느낌일까. 아니, 이보다 좋진 못할 것이다.

"사실 말이야."

다경은 조금 망설였던 이야기를 꺼냈다. 민우의 얼굴을 바라보며 말할 자신은 없으니, 이렇게 폭 파묻혀 안겨 있을 때 하는 편이 더 나았다. 여긴 누군가 들을까 걱정할 필요도 없고. 여러모로 완벽한 순간이다.

"응, 얘기해."

"……강유현 선배 있지."

움찔, 민우의 몸이 살짝 굳었다. 남편 지민우가 견제했던 상대 강유현. 그것도 꽤 여러 차례였다. 그때마다 다경은 언감생심 누굴 갖다 붙이냐 어이없어했었지만…….

"네 말이 맞았어."

"무슨?"

듣고 싶은 얘기였던 듯, 아니, 꼭 들어야만 하는 이야기인 듯 민우가 서둘러 몸을 떼어냈다. 시선을 낮춰 그녀를 바라보며 재차 물었다.

"어떤 말이 맞았다는 거야? ……소품실에서 무슨 일이 있긴 했었지? 그런 거야?"

먼저 묻진 않았지만 그래도 어느 정도 생각은 하고 있었나 보다. 바로 소품실 얘기가 튀어나왔다.

다경은 숨을 크게 내쉰 후 입을 열었다.

"묘하게 느껴졌어. 나를 대하는 태도나, 하는 말이나……."

이어 그녀는 소품실에서 강유현이 자신을 벽에 붙이고 했던 행동에 대해 자세히 설명했다. 강유현은 끝내 극본 대사라 수습했지만, 석연치 않게 느껴졌던 분위기까지 그 모든 걸 전부 민우에게 털어놓았다.

"누가 들으면 정신 나간 애라고 비웃을지도 모르지만, 아무래도 선배님은 날 다르게 생각하시는 것 같아. 후배 이상으로. 도끼병이라고 해도 어쩔 수 없어. 조심해서 나쁠 건 없잖아."

그 말인즉슨, 다경은 전혀 생각이 없다는 소리다. 아무리 강유현이 이성의 감정으로 다가온다 해도 흔들릴 일 없다는 소리로 들렸다. 그게 사실이었고.

사랑한다는 말도, 내 운명은 너라는 말도 전부 좋았는데, 지금 민우가 좋은 건 '강유현을 조심해야겠다'라는 말이었다. 민우의 가슴이 뿌듯하게 차올랐다. 내 아내 맞구나. 그렇게 동경하고 좋아했던 강유현 앞에서도, 그만한 뚝심이라니.

"조심하고 싶어? 강유현인데, 정말? 이런 기회가 흔치 않을 텐데. 후회하는 거 아니야?"

"조심하지 말까? 유부녀 소다경 이참에 한번 막 나가봐?"

장난 섞인 도발에 맞대응하는 다경을 보니, 그녀 역시 마음이 조금 편안해진 모양이다. 역시 부부 사이에는 대화가 제일이다.

"어후우우, 내 마누라 예뻐 죽겠네, 진짜."

민우는 흐뭇한 얼굴로 다경의 볼을 감싸 잡았다. 쪽, 하고 입술을 맞추는 것도 잊지 않았다. 한 번, 두 번, 입술은 또 입술을 부르고, 기습 뽀뽀 세례가 이어진 끝에 다경이 말했다.

"내가 이 얘기를 한 건……."

"날 안심시키려고."

"……맞아. 내 착각이 아니라 진짜 선배 마음이 그렇다고 해도, 나는 아니야. 그래서 얘기하는 거야. 혹시 너 오해하지 말라고."

"안 해, 오해. 절대 안 해."

"그렇다면 다행이고."

민우는 진지하고도 따뜻한 눈으로 다경을 보며 말했다.

"네 눈빛이 이렇게 분명한데, 쓸데없는 오해 따위로 왜 감정을 낭비해. 나는 그런 거 안 해. 시간 아까워서라도 안 해."

나는 너만 보고. 너는 나만 보고. 이렇게 서로만 보고 사랑하기도 바쁜데. 그딴 걸 왜 해.

"우리 어쩌다 이제야 연애를 하게 됐냐. 좀 일찌감치 할걸."

다경의 목소리에는 행복과 아쉬움이 반씩 섞여 있었다. 민우는 그에 담담히 대꾸했다.

"이제라도 하는 게 어디야."

100년을 헤맸는데. 지난 삶 속에서도 나는 어쩌면 너만 좋아했을지 모르는 건데. 아픈 짝사랑이 쌓이고 쌓여, 여기까지 흘러와 나는 지금 네 앞에 있는 건데. 이 순간이 얼마나 대단하고 소중한

지 너는 아마 모를 거다.

그래서 나는, 이제라도 좋아. 이제라도 감사해. 우리 결혼이 어이없는 출발이었지만, 그렇게라도 해서 너와 내 끈이 이어진 게 기적처럼 느껴져.

"잘해줄게."

민우는 진심을 담아 말했다.

소다경을 살리는 게 1차 목적이었다면 그다음은 그녀를 행복하게 해주는 일이다. 아니, 그로 인해 자신도 행복해지는 것. 아홉 차례나 잘못 끼운 단추를 다시 제대로 끼워 맞추고, 온전한 생의 아름다움을 함께하는 것. 그게 민우가 쪽지의 남은 부분을 채워가는 일이었다.

"어후우, 내 남편, 예뻐 죽겠네, 진짜아아."

엉뚱한 결혼의 깊은 내막까지는 알지 못하는 다경이, 민우의 진심만으로도 충분히 감동한 얼굴로 뽀뽀를 돌려주었다.

쪽, 쪽, 쪽. 입술이 붙었다 떨어지는 소리가 급격히 진득해지더니 조금씩 길어져갔다. 분명 귀여운 뽀뽀로 시작했는데, 장르가 명랑에서 순정으로, 다시 멜로로, 그리고 그보다 고수위로 바뀌는 건 순간이었다. 서로의 귀에도 젖은 소리가 꽤 진하다 느껴질 때쯤엔 스스로 제어할 생각까지 잃은 후였다.

"흠! ……흐으음! 흠, 흠!"

한번 붙으면 떨어질 줄 모르는 찰떡이 되어버린 두 사람은 격한 헛기침 소리에 겨우 입술을 떨어뜨렸다.

뜨거운 숨을 삼키며 두 사람이 고개를 돌리니 테라스 입구 쪽에 공 부장이 하늘을 바라보며 서 있다.

"아아아, 맛있는 거 엄청 많이 차리셨던데, 밥 먹으러 가야겠다아아."

열렬한 키스신을 눈앞에 두고서, 차마 두 사람을 부르지는 못하고 어쩔 줄 몰라 얼굴만 붉히고 있었나 보다. 겨우 식사가 다 차려졌단 걸 알린 공 부장은 후다닥 사라졌다.

푸흡, 다경과 민우의 입술에 민망하고도 유쾌한 웃음이 터졌다. 민우가 반성하듯 말했다.

"우리, 진상이네."

"신혼이니까 그러려니 해주실 거야."

"뻔뻔한 자세, 아주 마음에 들어."

"그래도 남의 집에서 수위를 더 높일 순 없으니 이쯤하고……."

"……나머진 우리 집에서."

다경이 눈을 반짝거리며 고개를 끄덕거렸다. 아직 식사는 시작하지도 않았는데, 조속한 귀가를 열망하며. 오늘 밤, 돌아갈 집이 같은 곳이라는 건 너무도 행복한 일이다.

✦➤⋗※⋖◀✦

모처럼 즐거운 식사였다. 식사 자리를 어느 정도 마무리한 후엔 음식과 함께했던 와인을 그대로 이어 마시며 이야기를 계속했다. 화제는 새로운 쪽으로 향했다.

"저희 엄마가요……?"

다경의 모친 이야기가 주였다. 오늘 자리가 만들어진 목적이기도 했다.

왕 대표는 정 여사가 다녀간 후, 남 대표와 만나 이야기를 나누었었다.

"우리 집에서 해."

"다경이랑 얘기하는 걸, 남 대표 집에서?"

"다 같이 저녁 한 끼 할 겸 자리 마련하지 뭐. 그런 얘기 괜히 밖이나 회사, 누군가 들을 수도 있는 곳에서 하면 안 되잖아."

남 대표는 자신의 집을 비밀회담의 장소로 선뜻 제공하겠다고 했다.

"굳이 그걸 왜 남 대표 집에서?"

"그럼 왕현지네 집에서 하겠냐? 너희 집 가봤자 탕수육이랑 짜장면 시켜줄 게 뻔한데. 아니면 치킨, 아니면 떡볶이? 후식은 롤케이크지?"

"그게 뭐가 나쁜데."

"야아, 다경이, 민우 요즘 한창 촬영 중인데 메인도 탄수화물, 디저트도 탄수화물, 애들 얼굴 호빵 만들기 적합한 식단 참 좋네. 이왕이면 호빵 크기로는 남부럽지 않게, 누구에게도 뒤처지지 않게, 애들 네임밸류에 걸맞게 크고 빵빵하게 한번 빚어보자. 우리가 어떤 민족이냐, 너희 동네 음식이란 음식은 싹 다 배달시켜서……."

"내가 미안해."

장소도 제공하고, 요리까지 해주겠다는 남 대표를 말리지 못했다. 사서 고생하겠다는 사람을 무슨 수로 말려.

"건강과 미용, 맛까지 모두 잡은 식사로 준비할 테니 걱정하지 말고 내일 집으로 와."

"괜히 번거롭게 해서 어떡하지."

"나는 정말정말 진짜진짜 괜찮지만 정 그렇게 부담스럽다면, 끝나고 설거지랑 뒷정리 좀 돕는 걸로 해."

"내가?"

"그럼 누가?"

"그냥 하루 와서 일해주실 분을 내가 알아보……."

"나, 내 살림 남한테 못 맡기는 거 모르나? 평소에도 안 쓰는 인력을 내가 왜. 그냥 왕 대표가 해. 내 손 빠르니까 같이 하면 얼마 안 걸려."

"……알았어, 뭐."

그렇게 어쩌다 보니 남 대표 집에서의 식사 자리가 만들어진 것이었다.

왕 대표로서는 고맙고 미안한 마음이 컸지만 남 대표는 어쩐 일인지 즐거워 보였다. 하여튼 사람 참 좋아하고 자리 만들기 좋아한다. 툭하면 밥 먹자, 심심하면 놀자 괴롭히는 남 대표를 보며 저 사람은 일 안 하나 의아하기도 했었다. 회사가 야무지게 굴러가는 걸 보면 그런 것도 아닌 듯한데. 남 대표가 어떻게든 핑계를 만들어내 자신과 시간을 보내고 싶어 한다는 걸, 왕 대표는 아직 알지 못했다.

어쨌든 남 대표의 공간은 훌륭했고, 요리는 완벽했으며, 덕분에 깊은 이야기를 나누기 충분한 밤이었다.

"아아……, 저희 엄마가 대표님을 또 귀찮게 했네요. 그냥 제가 전화를 받을 걸 그랬나 봐요."

"그렇게 해서 끝이 있겠니. 쳇바퀴 돌듯 계속 도는 거지. 차라리 잘됐어."

왕 대표는 할 말이 가득해 보였다. 지금까지와는 뭔가 상황이 다른가 보다. 그렇다면 끝이 보인다는 건가. ……어떻게?

"오늘 점심때 다시 만났었어. 일단 내 선에서 끝내고 너한테 말하려고. 얘기는 다 마무리 지었어."

정 여사가 카페를 인수하기 위해 필요한 돈을 다경에게 요구한다는 이야기가 전해졌다. 모친은 자신이 다경의 어머니로서 그럴 자격이 충분하다고 생각했다.

다경의 가슴이 꽉 막혔다.

"그래서, 그 돈을 저한테 만들라고 하시던가요?"

어쩌면 엄마는 그토록 당당한지. 딸들을 은행 ATM으로 취급했고, 자신의 노력과 희생에 대한 '본전'을 찾겠다고 뒤흔들었다. 누구도 강요한 적 없으나 엄마는 자식을 상대로 투자하는 삶을 살아왔다. 그럴수록 다경은 비참한 기분이 들었다.

이익을 내지 못하면 휴지조각이 되어 버림받는 존재였다. 그나마 지금은 상승세를 타고 있어 주목을 받지만, 그 역시 유쾌하지 못한 신세다.

사람이니까. 자식이니까. 딸이니까. 가족이니까. 엄마에게 원한 건 그저 따뜻한 품이었을 뿐이다.

다경의 마음을 잘 아는 왕 대표는 차분한 음성으로 말을 이었다.

"너 이제야 주목받기 시작했는데, 당장 그렇게 큰돈을 대드릴 만한 여유가 있는 건 아니라고 충분히 설명했어. 어머님께선 이미 네가 대단한 부자가 되었다고 생각하셔서."

그렇게 다경은 정 여사가 규모가 큰 카페를 인수할 생각으로, 그 자금의 절반 정도를 제게 요구한다는 상황을 처음 알게 됐다. 왕 대표까지 찾아갔다는 사실에 볼이 다 화끈거렸다. 부끄럽기도 했다.

하지만 이 자리의 누구도 다경의 잘못이라 생각하는 이는 없었다. 모두 그녀를 걱정하는 마음만 가득할 뿐이다.

"그래서 일단 우리 회사에서 투자하는 방식으로 자금은 해결할 거야. 정식으로 절차 밟을 거고. 적어도 그 건으로 널 곤란하게 하는 일 없을 거야."

의외로 정 여사는 왕 대표의 제안을 선뜻 받아들였다. 정 여사는 왕 대표의 투자든, 다경에게 직접 뜯어내는 자금이든 상관없었다.

어떻게든 돈만 나오면 된다는 얼굴로, 그녀는 우아하게 웃었다.

"어차피 그 돈도 다경이 돈이나 마찬가지니까. 내 거절하진 않을게요."

그럴 줄 알았다. 마치 자신이 선심 쓰듯 받아준다는 자세가, 돈을 요구하는 사람치고 상당히 고압적이었다. 이유는 뻔했다. 꽤 영양가 있는 약점을 쥐고 있다고 생각해서겠지. 정 여사는 아마 자신이 캐비닛을 뒤져 서류를 봤다는 사실까지, 왕 대표가 물증으로 확보해두었다는 건 상상도 하지 못할 터다.

"우리 계약서까지 찾아보셨다고요?"

다경의 얼굴이 창백해졌다. 설마 그걸로 엄마가 뭘 어떻게 해보려는 속셈일까. 그럼 어쩌지?

민우가 다경의 손을 꼭 잡아주었다. 그 역시 처음 듣는 소리에 놀란 얼굴이었지만, 왕 대표와 남 대표, 그리고 공 부장과 양 실장의 덤덤한 태도를 보며 심각한 상황이 아니라는 걸 파악했다.

"너희가 비즈니스 관계로 묶여 있다는 걸 알게 되시긴 했지만, 사실 그건 전혀 위험하지 않아. 적어도 너희 어머니께는."

"그게 무슨 말이에요?"

"너희 어머닌 오히려 반기실 일이지. 그 비밀을 더 지켜주려 할 거고."

왕 대표의 말은 다경의 우려와 상반되었다. 오랜 세월 당해오며 끝장까지 본 왕 대표답게, 그쪽 심리에는 빠삭한 구석이 있었다.

"네 성공의 비결이 가짜 결혼이라고 생각하시는데, 그걸 왜 스스로 망치려고 하겠어. 가짜든 진짜든 이 결혼이 유지되는 것만 중요하게 여길 거야. 거기서 돈이 원하는 만큼 충분히 나온다면 이 판을 뒤집을 필요가 없지."

"……그래서 투자를 결정하신 거네요."

"응. 일단 원하는 건 들어드려야지."

정 여사가 원하는 건 돈이었다. 돈이 나오지 않는다면 '비즈니스 결혼'은 약점으로 쥐고 흔들 수도 있는 키였다. 그저 왕 대표가 순순히 길을 열어주어 그럴 필요까진 없어졌기에 정 여사는 배가 불러 흡족한 짐승처럼 얌전히 돌아갔다. 덕분에 진짜 키는 이쪽에 쥐어졌다.

"너와 우리 회사는 어머니께 할 수 있는 도리는 다한 거야. 지금까지도 그랬고, 이번에도 그랬고, 앞으로도 그럴 거고."

"네."

"하지만 어머니는 아니지."

왕 대표는 쓸쓸하고도 날카로운 눈빛으로, 칼을 갈았다. 공격을 위한 것이 아니라, 스스로 지키기 위한 칼이었다. 그 칼을 다경에게 조심스레 건네주며, 그녀는 덧붙였다.

"여차하는 순간, 어머니가 널 얼마나 힘들게 해왔는지 밝힐 준비는 충분히 되어 있어. 그러니까 다경아, 너는 네 마음만 챙겨."

"……"

"그것만으로도 넌 충분히 아프잖아."

쓰지 않길 바라며 칼을 품고 있는 심정이 어떤 것인지 너무도 잘 알기에 왕 대표는 다경이 그만 아프길 진심으로 바랐다. 이 자리 모두가 같은 마음이었다.

"대표님이 그 정도까지 준비해놓으신 줄은 몰랐어요."

다경은 먹먹한 심정으로 입을 뗐다. 왕 대표는 그간 정 여사가 무례한 요구와 폭언을 일삼을 때마다 증거를 남겨 모아두었다.

"딸인 너는 차마 할 수 없는 일이지."

왕 대표 역시 자신이 당할 때는 하지 못했던 일이기도 했다. 부모와 함께 진흙탕을 뒹굴 각오, 웬만해선 할 수 없었다.

"친어머니가 이렇게 길을 막고 발목을 잡는다는 걸, 네가 직접 호소해봤자 세상 사람들은 증거 없으면 안 믿을 거야. 어머니가 약자인 척 감정적으로 나오면 그쪽 편을 들 수도 있고."

"……."

"네가 여기까지 어떻게 올라왔는데. 난 네가 어머니 때문에 무너지는 꼴은 절대 안 볼 거야. 그래도 되도록 아무 일도 없는 편이 낫겠지. 어머니도 이 정도로 만족하고 조용히 지내주시면 좋겠고. 아무튼 내가 준비하는 모든 건, 만약을 위해서야."

공 부장과 주아도 가만히 고개를 끄덕거렸다. 모두가 다경의 아군이었다.

"그런데 회사에서 엄마 일에 투자하는 건 정말 괜찮은 거예요? ……투자금을 회수 못 하면 어떡해요."

정 여사가 순순히 돈을 내어줄 것 같지는 않은데. 왕 대표는 손해 볼 각오까지 단단히 하고 더 큰 그림을 보며 판을 짜는 듯했다.

"단순히 이익금을 위해 결정한 투자는 아니고. 이것도 만약을 위한 장치라고 보면 돼. 카페 인수에 우리 쪽 말고도 다른 자금이 들어갈 텐데, 행여 그 사업이 잘 안 되어 너한테까지 불똥이 튀면 안 되니까. 너와 우리 회사 역시 피해자가 되려면 실제로 돈이 투입되어 있어야 하는 거지."

정 여사의 '딸'이라는 이유로 다경이 모든 걸 뒤집어쓸 순 없다.

"힘든 싸움이야."

왕 대표는 엷게 웃어 보였다. 이만큼 강해지기 위해 그녀가 겪었을 아픔이 얼마나 컸을지 눈에 선했다. 남 대표는 새삼 그게 안쓰러워 가슴이 미어졌다.

"아이고, 우리 왕 대장 아주 믿음직하니 장군감이네."

남 대표는 일부러 활짝 웃으며 분위기를 바꾸었다.

"자아, 다경이랑 민우, 계속 꽃길만 걸을 테니까 걱정하지 말고 건배합시다."

남 대표가 먼저 와인잔을 들었다.

"그래, 마음 굳게 먹자."

민우도 다경의 어깨를 살짝 감싸 토닥거리며 잔을 들었다. 우리의 '가짜 결혼'이 약점이 될 순 없지. 이제 이렇게 사랑하니까. 그분이 허황된 욕심으로 불구덩이에 뛰어드는 일만 없길 바라는 수밖에.

"다들 이제 빨리 가서 쉬어. 내일 오전에 광고주 미팅 있잖아. 다경이는 오후에 촬영도 있지? 오늘 새벽부터 화보 찍었다며, 피곤할 거 아냐."

자리를 마무리하는데 유독 남 대표가 서두르는 느낌이다. 다경은 접시를 챙기며 대답했다.

"치울 게 너무 많은데요? 좀 도와드리고 갈게요."

"무슨 소리야. 그냥 가, 빨리 가. 돕긴 뭘 도와."

"에이, 요리하고 준비하느라 고생하셨는데 뒷정리까지 다 하시면 죄송하죠."

도리를 지키려는 다경의 손에서 민우는 접시를 빼앗아 내려놓았다.

"형이 가라잖아. 우리는 그냥 가자."

남 대표와 시선을 주고받은 후였다.

'안 도와줘도 되니까 네 마누라 좀 빨리 데려가.'

알 만하다. 뒷정리가 문제가 아닌 거지. 왕 대표와 그저 둘만 있을 수 있는 시간이 중요한데. 다경이 그런 남 대표의 속을 알 리 없으니 민우는 다경을 서둘러 주방에서 데리고 나왔다.

"그래, 내가 도와주고 가기로 했으니까 너흰 그냥 가. 주아가 데려다주고, 공 부장님도 어서 가세요."

남 대표가 알차게 부려먹으려 한다고 생각하며 왕 대표 역시 체념한 얼굴로 앞치마를 펼쳤다. 장소와 음식도 제대로 제공받았겠다, 안전한 곳에서 얘기도 잘 끝낸 마당에 모른 척 입 씻으면 안 될 일이다. 왕현지가 그래도 의리 하나는 끝내주니까.

그녀도 물론, 남 대표의 의중을 읽지는 못했다.

오늘도 고구마 한 상자 물 없이 씹을 만큼 답답한 짝사랑 속에서 남 대표는 허우적대고 있었다. 그래도 같이 있기만 해도 좋은가 보다. 산더미 같은 설거지도 왕 대표와 함께 해치울 생각에 그의 얼굴은 반짝반짝 빛이 났다.

민우는 피식 웃음이 났다. 저 순수한 형을 어쩌면 좋을까.

"다들 빨리 가. 냉큼 가."

"그래, 뭘 미적거리고 서 있어. 어서 가라는데."

왕 대표는 서둘러 테이블을 치우며 맞장구쳤다. 그녀 역시 피곤한 터라 어서 치우고 돌아가 쉴 생각이 간절해 보였다.

"그럼 저희 정말 가요오……. 애들 집에 데려다주고 갈게요오……."

운전을 위해 와인을 마시지 않았던 주아가 민우와 다경을 데려다주기로 했고, 공 부장은 택시로 귀가하고자 다 같이 인사하고 남 대표의 집을 나섰다. 잡일을 대표들에게만 맡기고 나온 것이 찜찜하긴 했지만, 본인들이 자처한 걸 어쩌겠는가. 그저 고마운 마음으로 집으로 향할 뿐.

"내일 아침은 푹 자고, 오전에 내가 데리러 갈게. 민우랑 다경이 같이 움직일 거지?"

오늘 수고하는 주아 대신 공 부장이 내일 오전을 맡기로 했다.

같은 스케줄로 함께 움직일 때는 서로 동선을 조정하는 게 어느덧 익숙해져 있었다.

"네, 같이 갈게요."

다경의 대답에 민우가 보태어 물었다.

"샤인어패럴이라고 했지? 미팅할 회사."

"어. 아까 연락 왔는데, 실무자만 나오는 게 아니라 거기 대표님이 같이 나올 거라는데? 자리가 꽤 커졌어."

"굳이 그렇게까지?"

작은 회사도 아니고, 샤인어패럴처럼 큰 기업의 대표가 광고 모델 미팅에 직접 나오다니.

공 부장이 어깨를 으쓱하며 대답했다.

"이번 론칭하는 브랜드가 국내뿐 아니라 아시아 전체를 겨냥한다고 하고, 너희한테 거는 기대가 엄청 큰가 보더라. 이번에 모델 계약 꼭 성사시키자고 의욕이 대단해."

"그래도 그렇지 무슨 광고주 미팅에 회사 대표까지 나온대."

부담이 안 된다면 거짓말이다.

"아무튼 내일 보자. 양 실장님 운전 조심하고."

"네, 들어가세요!"

좋은 일만 있는 날들. 좋은 생각만 해도 부족한 시간이다.

part 9

달콤한 신혼

"아직 안 늦었지?"

청담동 레스토랑의 프라이빗 룸으로 주아가 서둘러 들어왔다.

공 부장과 함께 다경과 민우는 한참 전에 먼저 도착해 기다리는 중이다. 주아와 왕 대표가 같이 올 줄 알았는데 혼자 들어오자 궁금한 다경이 물었다.

"왕 대표님은?"

"어어, 연락드려보니 컨디션이 안 좋다고 오전엔 쉬고 이따 사무실로 나가신대."

"여기로 안 오시고?"

"응."

원래 대표들이 의무로 참석할 자리는 아니다. 그저 샤인어패럴 쪽에서 신경을 많이 쓰는 게 느껴져 이쪽 대표들도 조금 오버해서 오려고 했을 뿐.

"왕 대표님은 집안일 적성도 아닌데 어제 너무 무리하신 거 아닌가."

다경은 어젯밤 뒷정리 때문에 왕 대표를 남 대표 집에 그냥 남겨두고 온 것이 못내 마음에 걸렸다. 아무리 컨디션이 안 좋아도 정해진 일정은 꼭 소화하는 왕 대표님인데 얼마나 힘들었으면, 하고 걱정도 되었다.

그때 남 대표가 들어왔다. 오셨냐며 인사를 건네는데, 어, 대충 대답하며 그가 멍하니 자리에 앉았다. 다경과 민우의 맞은편, 그러니까 샤인어패럴 관계자들이 앉을 자리였다.

"형, 뭐 해. ……이쪽으로 와서 앉아야지."

민우가 손을 뻗어 허우적거리며 관심을 끌자, 그제야 아차 하고 남 대표가 일어섰다. 건너와 민우 곁으로 앉긴 했지만, 여전히 남 대표의 정신은 콩밭에 가 있어 보였다.

"왜 이래, 어디 아파?"

민우가 그의 이마에 손을 대어봤지만 열은 없고 멀쩡했다.

"아니야, 괜찮으니까 신경 쓰지 말고, 그냥 나 없다고 생각하고 잘 진행해. 우리 공 부장이랑 양 실장이 그쪽 실무자랑 다이다이 잘 뜨면 되지. 나는 그냥 병풍이야. 잘생긴 병풍."

"뭐라는 거야. 잠꼬대하나."

아무 말이나 중얼거리듯 내뱉는 남 대표는 확실히 평소와 달랐다. 헤실헤실 웃으려 하다가, 갑자기 눈빛이 심각해지기도 하고. 정상은 아닌 듯했다.

다경과 공 부장, 주아는 역시 남 대표님도 어제 너무 무리하신 거야, 생각하며 관심을 거두기로 했다. 하지만 민우는 의미심장한 눈빛으로 남 대표를 보았다.

'이 형…….'

뭔가 있지 싶다. 왕 대표는 왔는지, 아직 안 왔으면 대체 언제 올 건지, 그것부터 따지고 있을 사람이 이렇게 넋을 놓고 있다니. 오늘 자리에 왕 대표가 안 온다는 걸 이미 알고 있던 것처럼 말이다.

"형 혹시……."

"응?"

"아니야. 나중에. ……아니, 형이 얘기하고 싶을 때 얘기해."

민우는 싱긋 웃으며 남 대표의 어깨를 툭툭 두드렸다. 그냥 예감에 나쁜 일은 아닌 듯했다.

조금 후 문이 열리고 샤인어패럴의 관계자들이 들어섰다. 명함을 주고받으며 인사를 나누고, 계약의 주인공인 민우와 다경에 대한 찬사도 이어졌다. 분위기는 화기애애했다.

"최혁준, 입니다."

다만, 대표이사라는 사람이 좀 이상했다. 인사를 건넬 때부터 싸늘한 냉기가 흐르는 것이, 자신의 회사 광고를 맡길 모델을 보러 온 게 아니라 천하의 원수를 만나 앙갚음을 하러 온 자객의 눈빛이 아닌가.

그만큼 살벌했다. 카리스마가 장난이 아니었다. 눈빛 하나로 상대를 씹어먹는 대배우들 사이에서도 기 한번 죽지 않았던 민우였는데, 어쩐지 간이 쪼그라드는 느낌이다. 그만큼 지금 앞에 앉아 있는 남자는 차원이 다른 싸늘함을 숨이 턱 막힐 정도로 뿜어내고 있었다.

"하하, 저희 대표님은 두 분 뵙고 싶어서 그냥 참석하신 거고요, 일단 설명은 제가……."

광고주로서 실무자들이 나서 대화를 주도하는데, 그 와중에도 최혁준 대표의 날카로운 시선은 여전했다. 다경과 자신에게 파격적인 조건을 제시하며 모델로 기용하려 한 장본인이라던데 왜 저러는 걸까? 게다가 자신들이 보고 싶어서 굳이 이 미팅에까지 따라 나온 거 아닌가?

'뭐지……?'

분명 자신을 보는 게 맞는데. 눈빛만으로도 충분히 때려잡을 것 같은데.

민우는 내가 뭘 잘못한 게 있었나 반성의 시간을 가져보려다가 문득 옆을 보았다. 다경의 눈은 예쁘게 총총 반짝이고 있었다.

'얜 또 뭐야.'

이 시선의 엉킴, 대체 뭐란 말인가. 생전 처음 보는 최혁준 대표는 자신을 싸한 눈빛으로 노려보고 있고, 그 와중에 다경은 감탄하는 얼굴로 그를 보고 있다. 그 사이에서 자신의 시선은 길 잃은 아이처럼 헤매고. 무슨 미팅이 이래?

게다가 저 남자, 분위기가 저렇게 살벌한데 다경이 얘는 무섭지도 않은가. 설마 잘생겨서 감탄하는 건가.

기업 경영진이라 믿기 어려울 만큼 외모가 훌륭한 건 맞지만, 궁극의 미모를 자랑하는 자신을 옆에 두고 외간 남자에게 저런 눈빛이라니.

결국 테이블 아래에서 다경의 손을 꽉 잡았다. 네 남편 여기 있거든.

"활동성이 극대화된 캐주얼 의류 제품들이라 두 분의 건강한 이미지를 최대한 활용하려고 해요. 자, 여기 보시면…….."

동석한 광고회사 관계자의 설명이 이어지는 가운데, 민우에게 손이 잡힌 다경이 움찔 놀라 옆을 돌아보았다.

'아, 미안.'

민우의 의중을 파악한 듯 다경이 고운 눈웃음을 지어 보였다.

일반인이라 믿을 수 없는 대표이사의 외모에 놀란 건 사실인 모양이었다.

그제야 민우는 조금 억울해졌다. 상대를 노려볼 쪽은 최 대표가 아니라 바로 자신 아닌가? 지금 아내가 그의 외모에 감탄하고 있는데, 화가 나는 건 내 쪽이라고.

그러나 여전히 팔짱을 낀 채 굳은 표정으로 자신을 보는 최혁준 대표는 범접할 수 없는 아우라를 풍기고 있다.

의문이 풀린 건 잠시 후였다.

"여기, 드시면서 말씀 나누세요."

한 여자가 들어와 예쁘게 세팅한 쿠키와 케이크를 놓아주었다. 이 레스토랑에 있는 음식은 아닌 것 같고, 손대기도 아까울 만큼 아기자기한 간식이었다. 편하게 이야기를 나누는 자리긴 했지만 그래도 긴장이 도는 건 어쩔 수 없었는데, 덕분에 분위기가 부드럽게 풀어지고 있었다.

"사모님, 제가…….."

그런데 직원 한 명이 그녀의 손을 덜어주려 일어섰고, '사모님'이라 불린 그녀가 화들짝 놀랐다.

"아니에요! 저 신경 쓰지 마세요!"

방해할 생각은 추호도 없었다는 듯 서둘러 나가려는 그녀를 부드럽게 잡은 건, 방금까지 눈에 칼을 품고 있던 최혁준 대표였다.

"내가 말씀드릴 테니 당신도 인사하고 가."

"아…… 진짜 그래도 돼요?"

조심스럽게 되묻는 그녀가 사랑스럽다는 듯, 최혁준 대표는 살짝 웃었다.

이를 본 민우는 말문이 막혔다. 뭐야. 웃으니까 더 무서워, 저 남자.

"제 아내인데, 케이크 굽는 일을 하거든요. 두 분께 꼭 대접해드리고 싶다고 해서 잠시 들르게 됐는데, 폐가 안 된다면 인사 좀 드려도 되겠습니까."

자신을 잡아먹을 듯 맹렬히 뿜어내던 시선과 다르게, 아내가 나타나자 더없이 순한 양이 된 그가 깍듯하게 굴었다.

"네, 뭐."

민우가 대답하고 다들 웃는 얼굴로 수긍했다. 그러자 그녀가 너무도 수줍은 표정으로 입을 열었다.

"안녕하세요, 신해수라고 합니다. 제가 너무 팬이라서……, 이렇게 직접 인사까지 할 기회가 생기다니 진짜 꿈 같고 안 믿기고……, 아무튼 정말 영광이에요."

우상을 만난 소녀처럼 그녀의 볼이 발그레해졌다.

최 대표의 아내가 나타나고서야 민우는 상황을 이해했다. 아내의 등장에 분위기까지 바뀔 만큼 '아내 바보'인 최혁준 대표가, 자신을 질투했던 거였나. 그래서 그렇게 살벌하게 노려본 거? 그렇게 끔찍이 사랑하는 아내 신해수가 평소 자신의 팬이라서? 어쩔 수 없이 광고 모델로 기용하기는 했지만, 그러면서도 내심 언짢았던 거고?

실제로 보니 나, 지민우가 생각보다 훨씬 젊고 잘생겨서 심하게 짜증이 났던 모양이네. 내적 미소가 은은히 퍼진다. 그랬던 거였군.

'나도 그 심정 알지, 알지.'

그 무섭던 최혁준 대표도 하찮고 귀엽게 느껴지면서, 동질감도 느껴지고 공감도 갔다.

민우 역시 다경의 호감이 미치는 곳마다 살벌한 질투가 치밀었으니. 그러면서도 신해수라는 저분이 자신의 팬이라니 내심 뿌듯하기도 한데……. 하아, 이놈의 인기는 결혼을 했어도 꺼질 줄을 몰…….

"소다경 씨! 제가 진짜진짜 팬이에요. 하아, 진짜…… 너무 좋아서 어떡하지……. 제가 연예인 좋아하는 건 처음이라……, 저희 남편 회사 모델이 되신다는 얘기에 이렇게 살짝 인사라도 할 수 있을까 했는데……, 이게 꿈이야 생시야, 암튼 너무 좋아해요, 언니. 언니라고 해도 되죠? 제가 한 살 어려요, 언니이이…….”

　신해수는 먼저 악수를 청해온 다경의 손을 두 손으로 부여잡고
서 후아후아, 숨을 몰아쉬며 어쩔 줄 몰라 하고 있었다.

　최혁준 대표와 민우의 시선이 가만히 허공에서 마주쳤다. 갸웃,
고개가 기울었다. 지민우가 아니었어?

　팬이라면 당연히 이성인 지민우 쪽이라 생각했던 두 남자였다.

　“저야 감사하죠. 이 쿠키 진짜 맛있어 보이는데요? 직접 만드셨
다니 재주가 너무 좋으세요.”

　“저기, 제가 언니도 드실 수 있게 일부러 통밀 쓰고, 설탕도 천연
감미료로 대체해서 넣고 그랬어요. 칼로리도 많이 낮추고요.”

　“그런데도 이렇게 맛있어요? 와아, 대박.”

　“안 그래도 선물로 드리고 싶어서 좀 포장해 왔는데 이따 드려도
될까요?”

　“아, 진짜요? 너무 좋다. 정말 감사해요.”

　헤어져 살던 자매가 만난 듯 합이 척척 맞는 두 여자 사이에서,
헛다리를 짚었던 두 남자가 피식 웃었다. 둘만 아는 웃음이었다.

　“혜움 보육원?”

　레스토랑에서 나와 이동하는 길, 민우가 되물었다.

　샤인어패럴과의 미팅은 순조롭게 진행되어 잘 끝났고, 관계자
들과 함께 점심식사도 했다. 그리고 다경은 자신의 팬이라고 한 신
해수, 샤인어패럴 대표의 아내와 따로 커피를 한잔 마시며 잠시 이
야기를 나누기도 했다.

　밴에 타자마자 다경은 그녀와 나눈 대화를 민우에게 전하는 중

이다.

"혜움 보육원이라면, 거기 네가 몇 번 후원하러 갔던 곳 아니야?"

"응, 왕 대표님이랑 분기마다 한 번씩 갔지."

신해수는 그곳에서 다경을 보았다고 했다.

"사실 거기서 언니 처음 봤었거든요. 2년 전에 처음 보고, 그 후로도 몇 번 봤어요. 물론 저만 알고, 언니는 절 모르시지만요. 워낙 멀리서 보기만 해서요."

갈 때마다 시간을 오래 보낸 건 아니고, 후원물품을 전달하며 사진을 찍고 온 정도였다. 다경은 자신을 몇 번이나 봤을 정도면 신해수는 그곳에 자주 갔나 보구나 했다.

"네, 저는 시어머님이랑 같이 한 달에 두어 번 일 도와드리러 가거든요."

"아, 그렇군요. 몰랐네요. 같은 시간에 같은 장소에 있었는데."

"어우, 모르는 게 당연하죠. 제가 뭐라고."

신해수는 일반인인 자신을, 배우인 다경이 알아볼 리 만무하다고 여기며 그저 웃었지만, 다경은 생각이 달랐다.

샤인어패럴 대표이사의 아내, 그리고 그 시어머니라면 회장의 아내가 아닌가. 기업의 안주인들이 보육원에 와서 봉사하고 있었는데 같은 시간에 함께 있으면서도 그 상황을 모르고 있었다니, 그건 이들이 외부로 전혀 티를 내지 않으려 했기 때문일 거다.

보이기 위한 봉사가 아니라, 그녀의 말대로 정말 '일하러' 가서 자원봉사자들 틈에서 노동을 하고 있었겠지. 기업의 이름으로 후원이야 적잖은 금액을 하고 있겠지만 그렇게 시간을 내어 손을 보태기까지 하면서, 생색 하나 내지 않는 신해수의 가족이 새삼 대단하게 보였다.

"아이들이 인형처럼 예쁜 공주님이 왔다면서, 언니 다녀가면 너무 좋아하고 그랬어요."

"아하핫, 공주님은 무슨요."

"사실 스케줄로 와서 후다닥 사진만 찍고 가고, 카메라 없는 곳에서는 아이들 손 닿는 것도 싫어하는 사람들 좀 있어요. 저리 가라며 애 밀치기도 하고, 자기 옷이나 가방에 손대지 말라고 아이 손등을 찰싹 치는 사람도 있었어요. 그럴 거면 뭐 하러 오는지. 아, 이미지에 이용하려고 오긴 하죠. 정말 못된 사람들이에요."

"……그렇군요."

"그런데 우연히 언니 봤을 때요. 한 아이가 손에 우유를 들고 있다가 뒤에 있던 아이가 미는 바람에 언니 쪽으로 넘어졌는데요. 그 우유를 언니 치마에 쏟았거든요."

신해수의 말에 기억이 날 것도 같았다. 1년 전인가, 2년 전인가. 아무튼 오래된 일이다.

"제가 더 철렁했었어요. 그 애가 무척 소심하고 여린 성격이었거든요. 언니를 가까이에서 보고 싶으면서도 차마 곁에 가지도 못하고 있던 앤데. 혹시나 언니가 불쾌해하거나 화를 내거나 하면 어쩌나, 애가 엄청 겁먹고 상처도 받을 텐데 하고요. 그런데 애가 죄송하다고 사과하기도 전에 언니가 무릎을 꿇고 앉더니, 아이를 토닥이더라고요."

그 아이 눈빛이 떠올랐다. 스스로 더 놀란 얼굴. 어른이 뭐라 할까 두려워 순식간에 움츠러든 어깨. 다경의 가슴이 아프게 죄여왔었다.

그럴 수 있지. 어른도 실수하는데, 아이야 당연히 그럴 수도 있지.

"'괜찮아, 우유 좀 쏟을 수도 있지. 가서 갈아입으면 되니까 괜잖아. 이 치마 엄청 싼 거야.' 하고 언니가 막 웃었는데, ……그 스커트, 디자이너 리미티드였잖아요. 브랜드 론칭 행사가 같은 날이었던데, 아, 남편이 수입하고 싶어 했던 브랜드라 알고 있었어요. 아무튼 보육원 왔다가 그 행사 가려고 입었던 옷……, 맞죠?"

"아, 맞아요. 기억력 대박."

"기억력이 좋은 건 아니고, 그때 언니한테 관심이 생겼었거든요."

비싼 옷이었다. 왕 대표가 행사를 위해 협찬도 마다하고 일부러 한정판으로 힘들게 공수했던 옷이기도 했다.

아름다운 모습으로 시선을 끌어 사진 한 장 더 찍히는 것보다 중요한 건 없었다. 시간이 촉박해 중간에 환복할 여유가 없을 것 같아 보육원에 갈 때부터 입고 갔었는데, 그날의 정성은 물거품이 되고 말았었다.

그래도 다경은 화를 내거나 당황하지 않았다. 아이의 눈빛이 가시처럼 가슴에 박혔다. 뭉개고 싶지 않았다. 짓밟고 싶지 않았다. 세상에 귀하지 않은 아이가 어디 있을까. 그깟 옷이 뭐라고, 그깟 우유 엎은 게 뭐 대수라고, 가뜩이나 주눅이 들어 있는 아이를 저까지 짓누르고 싶지 않았다.

아직 상처로 곪아 있는 제 가슴마저 터질 것만 같아서.

"그 후로 계속 언니 행보라든가 작품이라든가, 관심 있게 보게 됐는데 언니가…… 소다경이라는 배우가 그냥 멋만 부리는 사람이 아니구나, 진짜 멋있는 사람이구나 알게 되고 그렇게 자연스럽게 언니 팬이 되었어요. 몇 번이나 보육원에서 보고, 또 보고 했었는데 언니는 참 한결같았고요. 남편한테도 얘기를 못 했었는데 이번에 우리 회사 모델이 된다고 해서 너무 좋았어요. 이렇게 얘기 나눌 기회까지 생겨서 지금 얼마나 떨리고 좋은지 모르실 거예요.”

팬심 가득한 얼굴로 미소 짓는 신해수는 이십 대 후반의 나이에
비해 훨씬 앳됐다.

차분하게 이어가는 이야기에 다경의 기분까지 편안해졌다. 뜻
하지 않게 좋은 인연을 만나게 된 것 같아 더욱 좋았다.

이야기를 들은 민우가 웃으며 말했다.

“난 또, 처음엔 내 팬인 줄 알았더니, 소다경이 우유 하나로 사람
홀려놨었네. 역시 마성의 소야.”

“내가 좀 매력적이긴 하지.”

“말도 안 되는 소리.”

“헐, 뭐래. 내가 뭐…….”

“조금이 아니거든. 엄청 대단히 많이, 매력이 넘치지. 우리 소
가.”

싱긋 웃으며 여유롭게 대꾸하는 민우의 말에 다경이 살짝 눈을
흘겼다.

“하여튼 들었다 놨다 해, 사람을.”

“얄밉게?”

“아니까 다행.”

앞에서 운전하던 주아가 혀를 끌끌 찼다.

“좋으면 그냥 좋은 거지, 애정표현도 말싸움으로 하고. 너흰 참
기운도 좋다.”

“멱살 잡고 고백하는 게 아닌 것만 해도 어디야.”

다경이 아무렇지 않게 받아쳤다. 민우가 “암, 그럼.” 하고 고개
를 끄덕였고. 그들만의 방식으로 사랑하는 날들이었다.

“그런데 샤인어패럴 대표, 분위기가 엄청 냉랭하던데 자기 부인
오니까 확 바뀌더라. 피도 눈물도 없는 사람 같아 보이더니 부인

앞에선 눈에 꿀이 뚝뚝 떨어져."

최혁준 대표의 돌변하는 분위기가 인상 깊었던지 다경이 말을 꺼냈다. 이에 주아가 기억 하나를 떠올렸다.

"예전에 그 사람들 엄청 유명했었잖아. 대표 취임하기 전이었을 걸. 두 사람 뭐 정략결혼에, 그 와이프 집안 문제에, 띠동갑 나이 차이에, 기업 간 문제로 매스컴에서도 시끄러웠던 걸로 기억하는데."

"띠동갑? 히익, 나이 차 많이 나네."

"그때 문제 다 해결되고 사랑꾼 남편이라고 난리도 아니었지. 실제로 보니 그럴 만하네. 뭔가 선하고 사랑스러운 느낌이야, 아내분이."

그렇구나, 다경은 고개를 끄덕이며 말했다.

"둘이 너무 잘 어울리기도 하고. 해수 씨가 한참 어려서 그런지, 남편도 되게 든든해 보여."

그 모습을 가만히 바라보던 민우가 입을 열었다.

"연상 남편이 좋은 거야? 너보다 더 나이 많은, 든든한 남편을 원해?"

"이미 너랑 결혼했는데 그게 무슨 소용이야."

"나랑 안 했으면, 원했을 거냐고."

이렇게 늘 투닥거리는 친구 말고, 무게감이 느껴지는 연상을 원하는지.

"연상은 연상의 장점이, 동갑은 동갑의 장점이, 연하는 연하의 장점이 있겠지. 내가 갖지 못한 걸 원하고 말고 그런 건 없어."

모처럼 다경이 진지하게 대답했고, 민우는 알쏭달쏭한 소리를 했다.

"넌 참 복 받았다. 그 세 가지 다 갖춘 남자가 네 남편이라."

나이는 이미 정해져 있는데 연상, 동갑, 연하의 세 가지를 다 갖춘 남자라니 그게 무슨 말인지.

민우는 당당히 이어 말했다.

"일단 너보다 정신연령이 낮다는 점에서 난 연하나 마찬가지지."

"……아, 네. 그거. 자랑이네요."

"그리고 실제 나이는 동갑이고."

"그럼 연상은?"

"……네가 상상할 수 없을 만큼 내가 연륜이 깊어."

농담이라 여긴 다경이 어련하실까, 하는 표정으로 맞장구를 쳐주었다.

"네, 암요."

"띠동갑은 우습지. 너와 나의 차이가, ……아무튼 그냥 연상도 아니고 초특급슈퍼울트라 연상이야. 그러니까 무조건 믿고 의지해. 나 아주 든든한 사람이야."

민우의 돌고 돌아온 세월을 나이로 치면 그게 얼마가 될지, 다경은 알 리 없다. 물론 그 세월, 민우 혼자 보낸 것이 아니고 함께 보내긴 했지만 다경은 지난 생을 기억하지 못하니 연륜은 혼자서만 깊게 쌓아온 것이 분명하다. 민우는 그냥 그렇게 생각하기로 했다.

"뉘예. 연상 연하 동갑까지, 팔색조 매력을 갖춘 지민우가 내 남편이라 얼마나 좋은지 모릅니다. 결혼해주셔서 감사합니다? 이 정도면 만족?"

"만족."

마주치는 시선에 웃음이 흘렀다. 연상이면 어떻고, 연하면 어떤가. 사랑하는 우리 둘이 함께라는 사실이 중요하지.

"참, 그래서 이번 주 일요일에 해수 씨 보육원 봉사하러 가는데 나도 가려고. 그날 촬영 없거든."

"나도 가."

다경은 자신의 말에 바로 대답하는 민우를 살짝 놀라서 바라보았다.

"너도 간다고?"

"바늘 가는 데 실 가고, 소 가는 데 나도 가야지."

"그래, 같이 가자."

귀찮아할 것 같아 먼저 얘기하지도 않았는데, 선뜻 나서주는 민우가 반가웠다.

"근데 진짜 일하러 가는 거야. 우아하게 사진만 찍고 오는 게 아니고."

"알아."

"해수 씨 말 들어보니까, 빨래에 청소에 궂은일도 많이 해야 하고."

"궂은일이든 편한 일이든 상관없어. 거기가 어디든."

너만 있으면 돼. 너 있는 곳이면 어디든 갈 테니까.

민우는 다경의 눈을 바라보며 머리카락을 귀 뒤로 살며시 넘겨주었다. 밴 안에 고소한 내음이 진동하는 것만 같았다.

두 사람은, 한창 달콤한 신혼이었다.

‧‧‧✦✦✦✦✧✧✧‧‧‧

민우는 남 대표와 할 얘기가 있다며 가는 길에 자신의 회사 앞에서 내려달라고 했다.

그를 내려주고 주아는 다경을 태운 채 세트장으로 향했다. 밤에 한 신만 촬영하면 되는 날이라 비교적 여유가 있었다.

"다경이 왔구나. 컨디션 괜찮고?"

우 감독이 반갑게 맞이했다. 저쪽에서는 유현이 동선 체크 중이었다. 곧 촬영에 들어가는 모양이다.

"네, 컨디션 좋아요."

대답하면서 다경은 다시 유현 쪽을 보았다. 지난번 소품실 사건 후로 처음 보는 것이다. 그때의 기억이 아직 생생하기에 유현을 보는 마음이 조금은 불편했다.

그러다 고개를 돌리던 유현과 눈이 마주쳤다. 유현이 먼저 웃어 보였다. 사심 없이 말간 미소였다. 다경은 고개를 살짝 숙여 인사했다. 그렇게 주고받은 짧은 인사 후에 유현은 아무렇지 않게 시선을 돌렸다. 이 모습만 본다면 평범한 선후배 그 이상도 이하도 아닌 사이였다.

'그래, 불편한 마음으로 촬영을 어떻게 하고, 영화를 어떻게 마무리하겠어.'

다경은 마음을 단단히 다지기로 했다.

잠시 후, 유현의 촬영을 지켜보게 되었다. 보좌관 역할을 맡은 다른 배우와의 신이었다. 자신에게 가해지는 압박에 스트레스를 받은 차 의원이 이를 억누르며 일상적인 업무를 보고, 비서인 고영주가 틈을 파고들며 그의 숨통을 트이게 해주는 장면이다.

아직은 억눌린 감정을 분출하지 못한 차 의원의 내면을 섬세하고 예민한 연기로 표현해야 했다.

'아…… 잘한다, 정말.'

강유현이라는 배우 자체가 개연성이라는 말이 이해가 되었다. 자신이 존경하고 동경했던 건, 바로 저 배우였다. 설레고 떨렸던 마음 모두, 작품 속 강유현의 깊은 눈빛과 연기 때문이 아니었던가.

인간 강유현이 아니라, 배우 강유현.

"내가 널 조금만 더 일찍 만났다면."

"……."

"그럼 네가 날 선배가 아닌, 남자로 봐주지 않았을까. 그런 생각을 해."

남자 강유현이 아니라, 연기 선배 강유현.

그렇게 다경의 가슴에는 점점 더 진한 답이 새겨졌다.

'정말 멋있어. 연기는 진짜 끝내주고.'

그게 전부다. 이렇게 그의 연기를 직관하는 지금이 영광이라 느껴지는 건 사실이다. 그것만으로도 큰 행운이었다.

'그러니까 선을 지키자. 나부터 조심하고.'

제게 남자는 지민우 하나뿐이다. 그리고 지금의 평범한 행복을 절대 잃고 싶지 않았다. 다행히 유현도 그때의 일에 큰 의미를 두는 것 같지는 않았다.

촬영장에 나와 직접 부딪치니 마음이 조금은 가벼워졌다. 다경은 홀가분한 기분으로 돌아서서 촬영 준비를 하러 향했다.

그때였다.

"선배님, 어머님 정말 미인이시던데요."

한 스태프가 다경에게 살가운 음성으로 말을 건넸다.

다경과 옆에 있던 주아까지 모두 멈칫했다. ……어머님이라니?

"아까 오셨잖아요. 다경 선배 어머님이 맞는지 확인이 안 되니 촬영장 통제하던 진규 씨가 매니저님께 전화 드리려고 했는데요."

"그런데 전화 왜 안 주셨……."

"리호 씨가 뵌 적 있다며 바로 알아보더라고요. 다경 언니 오늘 미팅 있다는데 그래서 연락이 안 되나 봐요, 하고 모시고 들어왔어요. 리호 씨 아니었으면 어머님 여기까지 오셨는데 곤란하실 뻔했어요."

　곤란한 건 이쪽이다. 정 여사가 여기까지 찾아오다니, 엄마 행세
하기 위해선 어디든 오겠다는 생각인지.

　"아직 연락 안 되셨나 보네요. ……혹시 어머님이 미리 말씀도
안 하시고 오신 거예요?"

　"아이고, 아뇨. 설마 그럴 리가요."

　주아가 활짝 웃으며 먼저 대꾸했다. 거절할 수도 없이 무례하게
들이닥쳤다는 사실을, 누가 이해해줄까.

　이런 상황에선 약자가 될 수밖에 없는 다경의 처지를 정 여사는
악착같이 이용했다. 이제는 남들 앞에서 사이좋은 모녀 코스프레
라도 하고 싶은 건가. 스타가 된 딸의 명성을 함께 누리고 싶은 욕
심이 강하게 피어나는 모양이다.

　"촬영장 한번 오고 싶어 하셔서 모시고 오려 했는데 연락이 꼬였
나 봐요. 아휴, 리호 씨 있어서 다행이었네요. 지금 어디 계신가 전
화해봐야겠어요."

　다경 대신 주아가 둘러쳐 말하며 정 여사의 소재를 파악하려 하
는데.

　"리호 씨 대기가 길어져서, 선배님 어머님 모시고 커피 한잔 마
시고 온대요."

　"네?"

　커피까지? 다경이 놀란 마음을 감추지 못하고 되물었다.

　"……리호가요?"

　"네. 아까 모시고 들어와 리호 씨가 직접 감독님이랑 강유현 선
배님 인사도 다 시켜주고, 어머님께도 엄청 친절하게 대하더라고
요."

　나리호와 정 여사라니, 그 조합은 뭔가 석연치 않다. 다경이 리

호에게 전화를 걸기 위해 휴대전화를 찾던 참이다.

"아하하, 어머니, 진짜요? 저 그럼 진짜 자주 갈 거예요."

"리호 씨 자주 오면 나야 너무 좋죠."

"에이, 편하게 말씀하시라니까요."

정 여사에게 착 붙어서 팔짱을 끼고 걸어오는 리호가 보였다.

"다경 언니랑 저랑 친자매나 다름없는데, 그냥 저도 딸이다, 생각해주세요."

무슨 속셈인지 살살 꼬리를 치는 불여우 옆에,

"어쩜 이렇게 말도 예쁘게 할까."

홀랑 넘어가는 불여우가 있었다.

→>%<←

정 여사가 다경의 촬영장을 찾은 건 다분히 의도적이었다. 엄마고마운 줄도 모르고 도도하게 구는 딸이, 그나마 남들 앞에서는 꼼짝도 못 하는 걸 알고 있기에 일단 들이닥치면 얼굴 보는 거야 어렵지 않으리란 계산이었다.

'제깟 게 아무리 그래봤자 엄마한테 어쩔 거야.'

자꾸 연락도 피하고 얼굴조차 잘 보지 않으려는 통에 다경의 회사까지 찾아가 대표를 만났었다. 물론 그 덕에 새로운 비밀도 알게되고, 투자도 수월하게 받고, 더 좋은 결과가 있긴 했지만.

'다경이 고 앙큼한 게, 결혼을 가짜로 해?'

생각만 해도 웃음이 피식피식 흘러나왔다.

큰딸은 꽉 막힌 구석이 있다. 요령이라고는 하나도 모르고 지름길도 마다하던 아이가 비즈니스 결혼처럼 큰일을 벌여?

정 여사는 흐뭇하기까지 했다.

'그래, 그렇게 해야지. 성공하려면 수단과 방법을 가리지 말아야 하는 거야. 애가 주목도 못 받고 만년 조연으로 빌빌거리더니 이제야 정신을 차렸네.'

과정이야 어찌 됐든 다경이 민우와 결혼하여 지금의 자리에 오른 것이 반갑게만 느껴지는 정 여사였다. 그래서 일부러 촬영장으로 가서 다경을 보려 했다. 장한 딸 어깨라도 한번 두드려주려고.

'내가 이렇게 저를 아끼고 생각하는 것도 모르고, 매정한 것.'

실상은 그게 아니면서. 다경이 어떻게든 성공하고, 어떻게든 돈을 많이 벌어야 자신도 그 덕을 볼 것이 아닌가.

정 여사의 머릿속은 오직 다경으로 인해 얼마나 편하게 살 수 있을지 그뿐이었다. 딸 덕을 보려는 마음을 스스로 모른 척하며, 좋은 엄마 행세를 하려 연락도 없이, 당당히 촬영장으로 향한 것이다.

촬영장 통제는 예상대로 심했다. 한때 어린 다경을 끌고 열심히 다녀봤으니 그걸 모르는 바는 아니었다. 그럼에도 불구하고 '소다경의 엄마'라는 말이 프리패스처럼 통할 줄 알았기에 뻔뻔하게 버텨보았다.

철저한 통제에 막혀 곤란해졌을 무렵, 배우 나리호가 그냥 지나치지 않고 정 여사에게 와주었다.

"다경 언니랑 저랑 친자매나 다름없는데 그냥 저도 딸이다, 생각해주세요."

살랑살랑 눈웃음이 예쁜 배우, 나리호는 정 여사에게 무척이나 친절했다. 정 여사의 어깨가 으쓱하니 올라갔다. 국민배우 나은기의 딸로도 유명한 나리호가 제게 살갑게 굴다니. 무척이나 뿌듯했다.

나리호는 정 여사를 극진히 모시고 다니며 감독과 배우들에게도 인사를 시켜주었다. 그 유명한 배우 강유현도 처음 보았다. 웬 사람이 저리도 대단한 기운이 풍기는지, 강유현과 마주 보고 인사하는 순간에는 그의 압도적인 존재감에 심장이 철렁하기도 했다. 정여사는 제 딸이 성공하긴 했구나, 새삼 실감하며 구름 위를 걷는 기분으로 촬영장을 누볐다.

"다경 언니가 애교가 좀 없는 편이긴 하죠. 마음은 그렇지 않은데, 표현을 잘 못 하는 것뿐이잖아요."

"어머, 우리 다경이 정말 좀 그런데. 리호 씨가 진짜 잘 아네요."

"그럼요. 제가 다경 언니를 얼마나 좋아하는데요. 언니가 도도해 보이긴 하지만 속은 엄청 깊은 거 저도 다 알죠. 어머님, 궁금한 거 있으시면 저한테 다 물어보고 그러세요. 언니가 얘기 잘 안해서 답답하실 때 연락도 하시고요. 제 전화번호 찍어드릴까요?"

나리호는 정 여사에게 연락처까지 선뜻 건넸다. 자신을 딸이라생각하라며 애교 있게 달라붙는 나리호가 정말 예뻐 보였다.

"어, 저 그 카페 아는데! 가본 적 있거든요. 이제 어머님이 운영하시는 거예요? 언제부터요?"

곧 카페를 인수할 거란 얘기도 나리호에게 술술 털어놓았다. 소다경과 지민우의 이름값도 모자라 그 동료 배우들까지 등에 업으면, 카페 매출은 문제없을 것이다. 생각만으로도 흐뭇했다.

다경이 아직 촬영장에 도착하지 않은 사이, 정 여사는 그렇게 나리호와 함께 시간을 보내고 있었다.

"어쩜 이렇게 말도 예쁘게 할까."

나리호의 애교에 살살 녹아내린 정 여사는 그녀가 흠뻑 마음에 들었다.

"엄마."

다경의 목소리가 들렸다.

정 여사는 고개를 돌려 딸을 보고는 함박웃음을 지으며 다가갔다.

"아유, 우리 딸."

촬영장이 놀이터가 아닌 이상, 이렇게 무턱대고 찾아오는 것은 분명 결례다. 하지만 정 여사는 아랑곳하지 않았다.

"어째 더 말랐어. 너무 굶으면 안 된다니까."

예뻐 죽겠다는 듯 딸의 볼을 쓰다듬는 모습에, 옆에 서 있던 주아마저 울컥했다. 정 여사가 가증스러워 보이기까지 했다. 자신도 이런데 다경의 심정은 어떨지 가슴이 다 미어졌다. 주아는 애써 마음을 가라앉히며 입을 뗐다.

"어머니, 다경이랑 밴으로 같이 가세요. 리호 씨는 이제 촬영 준비도 해야 하니까."

"그래, 리호야. 너무 고마워. 이렇게 신경 써주고."

다경도 옅게 웃으며 이 만남을 마무리하려 했다.

"에이, 언니. 우리 사이에 뭘."

나리호의 도가 지나친 친절은 어쩐지 찜찜한 느낌이 들었다. 이유를 알 수 없으니 더더욱 그랬다.

"어차피 엄마도 이제 카페 인수 때문에 바쁘고, 너 볼 시간도 별로 없어. 그래도 너희 회사에서 투자도 해줬으니 고맙다는 인사는 해야 하지 않겠니? 그래서 이렇게 온 거잖아."

밴에 올라타 다경과 둘만 있게 된 정 여사는 기세등등한 얼굴로 그렇게 말했다. 고마움을 표하는 자세라고는 볼 수 없었다.

다경은 별다른 이야기를 붙이고 싶진 않아서 "네." 하고 대답할 뿐이다. 무표정한 얼굴로 입술만 열었다 닫는 다경을 보며 정 여사는 고개를 작게 흔들었다.

"생각할수록 신기하단 말이야. 이렇게 앞뒤 없이 꽉 막힌 애가 어떻게……, 아니다."

정 여사가 하고 싶은 말이 뭔지 다경은 알았다. 어떻게 비즈니스 결혼을 감행했냐 묻고 싶은 거겠지.

하지만 왕 대표의 말이 맞았다. 정 여사는 모르는 척하고 있었다. 딸에게 묻고 싶은 말은 많지만 좋은 게 좋은 거라고 정 여사는 애써 참고 있었다.

"이렇게 좋은 기회가 많이 생겼으니 다른 생각하지 말고 일 열심히 해. 민우와 잘 지내고. 두 사람 결혼생활에 뭐 필요한 거 있으면 언제든 엄마 불러서 얘기해. 엄마가 뭐든 다 해줄게."

실상은 반대였다. 정 여사는 자신의 이익을 위해 다경이 뭐든 다 해주길 바랐다.

"카페 인수하고서 얘기할 테니, 지 서방이랑 같이 다녀가는 거 잊지 말고."

"……저 이제 일 들어가야 해요. 엄마 그만 가세요."

"말도 참 매정하게 한다. 알았어. 안 그래도 갈 거야, 이제."

그렇지만 정 여사는 바로 돌아가지 않았다. 준비를 마친 다경이 강유현과의 촬영을 위해 카메라 앞에 선 사이, 나리호가 정 여사를 붙든 것이다.

"어머님, 벌써 가시게요? 언니 연기하는 거 조금 보다가 가시지."

"그러고 싶긴 한데. 괜히 방해될까 봐."

"에이, 아니에요. 저랑 같이 있으시면 돼요."

본 촬영에 들어가기에 앞서 감독이 배우들과 동선을 살피고 디렉팅을 하는 중이다.

스태프들에게서 좀 떨어진 곳에 자리를 잡고 이를 지켜보며 나리호는 정 여사에게 작은 소리로 말을 건넸다.

　"언니 연기 정말 잘해요. 카메라가 돌아갈 땐 완전히 다른 사람이 되는 거 있죠. 제가 항상 배우고 있어요."

　"리호 씨도 잘하던데. 아버님 닮아서 연기도 잘하고, 인물도 좋고."

　"헤헤. 감사합니다."

　나리호는 살살 웃으며 다경 쪽을 바라보다, 아까부터 하고 싶었던 얘기를 드디어 입 밖에 냈다.

　"다경 언니, 유현 선배랑 서 있는 거 진짜 그림처럼 잘 어울리네요."

　정 여사가 반사적으로 눈을 반짝였다. 강유현 같은 톱배우와 제 딸이 함께 있는 모습을 칭찬하니 정 여사의 기분이 좋아지는 건 말할 것도 없었다.

　나리호는 좀 더 나아갔다.

　"아까워요. 언니가 결혼만 안 했어도, 유현 선배랑 잘됐을지도 모르는데 말이에요."

　"……그게 무슨 소리야?"

　정 여사는 미끼를 덥석 물었다.

　"아아, 그냥 제 생각이에요. 제가 워낙 다경 언니도 좋아하고, 유현 선배도 좋아하다 보니까. 두 사람을 지켜보면서 좀 아쉽더라고요."

　워낙 작은 소리로 하는 말이었다.

　분주한 촬영장 안의 공기마저 굳어졌다. 나리호의 검은 속삭임이 정 여사의 마음을 파고들었다.

　"사실 유현 선배가 언니한테 호감이 있는 것 같았거든요. 동료 이상으로요. 아, 어머님만 알고 계셔야 해요. 어차피 제 예감일 뿐이지만요. 언니는 이미 유부녀인데, 이제 와 뭘 어떻게 할 수도 없는 거구요."

별일 아니라는 듯 나리호는 싱긋 웃었다.

"유현 선배가 얼마 전에 이사한 집도, 다경 언니 신혼집이랑 같은 빌라던데요. 두 사람이 유독 친하기도 하고요. 원래 유현 선배가 저 말고는 그렇게 친한 여자 연예인 거의 없거든요."

생각이 깊어진 듯한 정 여사의 얼굴을 슬쩍 보고, 나리호는 덧붙였다.

"민우 오빠보다야 유현 선배랑 잘되는 편이 언니한텐 훨씬 좋았을 텐데. 아, 이건 다 제가 언니를 너무 좋아하다 보니까 그냥 안타까워서 하는 말이에요. 친언니나 다름없어서요."

나리호의 말은 불씨가 되어 정 여사의 눈앞에 툭 하고 떨어졌다. 불길이 번져 화염에 휩싸이는 건 이제 시간문제였다.

※

"잠잠해서 더 불안해."

왕 대표가 중얼거렸고 주아가 고개를 끄덕였다.

"그러니까요."

다경의 엄마, 정 여사에 대한 얘기였다.

"지난번에 촬영장 와서도 나리호랑 꼭 붙어 다니는 게 영 찝찝했는데. 그 이후로 너무 조용하잖아요. 카페 때문에 바쁘긴 하겠지만, 그래도 뭔가 불안해요."

"그 어머니, 나리호한테도 돈을 꾸거나 엉뚱한 소리를 하는 건 아니겠지. 난 나리호 걔도 마음에 안 든단 말이야. 요즘 점점 더 안

하무인이던데."

"저도 나리호 별로예요. 저번에 보니까 걔 매니저한테도 엄청 함부로 굴더라고요. 그러면서 인터뷰할 때 착한 척은 실컷 하고. 어휴, 대중이 얼마나 똑똑한데, 요즘 같은 세상에 아직도 다 속을 줄 아나 봐요."

"그러게 말이야."

나리호에 대한 생각도 일치했다.

"가만히 보면 다경이한테도 대놓고는 아니어도 무시하는 투로 말하는 거 있어요. 올려치는 척하면서 돌려 까고 그런 거. 교묘해서 더 재수 없어. 다경이가 아주 보살이에요, 보살. 나 같으면 말도 섞기 싫을 텐데. 본인은 더 잘 느낄 거 아니에요."

"맞아. 다경이도 몰라서 참는 거 아니지. 걔가 그런 거 얼마나 민감하고 빠른 앤데. 그냥 봐줄 만해서 봐주는 건데 그것도 모르고 아버지 백만 믿고 까불다가, 나리호 하여튼 크게 한번 깨질 날 있을 거야."

"다경이처럼 순둥순둥한 애가 화나면 또 무섭죠. 어쨌든 제가 잘 지켜볼게요."

고개를 끄덕이던 왕 대표가 물었다.

"그건 그렇고, 양 실장, 오늘 일요일인데 왜 나왔어? 다경이 스케줄도 없는 날인데 좀 쉬지 않고."

"다경이, 민우랑 보육원에 봉사하러 간다고 해서 데려다줄까 했는데, 민우 차로 벌써 출발했다더라고요. 그래서 나온 김에 그냥 사무실로 왔어요. 법카 영수증도 정리할 겸."

"아, 오늘이 그날이구나. 샤인어패럴 대표 와이프랑 같이 간다고 한?"

"네. 사실 가서 애들 일하는 거 몰래 사진 좀 찍어서 회사 공계(공

식계정)에 올릴까 했는데, 아무래도 저 그럴까 봐 다경이가 먼저 가버린 거 같아요."

"그러고도 남지."

왕 대표가 싱긋 웃는데, 주아가 물었다.

"대표님은 일요일인데 왜 나오셨어요?"

"그러게. 우리가 일요일이 따로 어딨나 싶다만."

"참, 아까 골목 카페에서 남 대표님 나오시던데. 남 대표님도 회사 나가시나 봐요. 왜 맨날 우리 회사 근처 카페에서 테이크아웃하시는지 몰라. 라테가 그게 그거지, 뭐가 그렇게 더 맛있다고. 아무튼 이따 점심 같이 드시자고 할까요?"

"아니!"

왕 대표가 대뜸 큰 소리로 거절을 외쳤다.

"하긴. 남 대표님 말씀이 너무 많으셔서 별로 안 좋아하시죠."

"……응, 별로 안 좋아해."

"그래도 요즘 두 분 너무 뜸하신 거 같은데. 지난번에 남 대표님 집에 남으셨을 때 무슨 일 있으셨어요?"

"이, 일은 무슨 일?!"

왕 대표의 되물음에 주아는 건조하게 대꾸했다.

"혹시 싸우셨나 하고."

"싸, 싸우긴. 우리가 애도 아니고."

"안 싸우셨음 다행이고요. 민우네 회사랑 우리 회사가 척을 져서 좋을 거 없죠."

그게 아니면 별 관심 없다는 듯 주아는 무심하게 영수증을 정리했다.

왕 대표는 벌써 에어컨을 틀어야 할 때가 되었다고 중얼거리며, 손부채질을 했다. 그녀의 볼과 귀가 금세 붉어졌다.

"와아, 두 분 같이 오시고. 진짜 와주셔서 감사해요, 언니."

다경과 민우가 보육원에 도착하니, 먼저 와 있던 신해수가 반갑게 맞이했다.

"도움이 되어야 할 텐데, 폐만 끼치는 거 아닐지 걱정이에요."

다경의 말에 원장과 직원들이 아니라며 손을 내저었다.

"이미 일할 준비 완벽하게 하고 오신 것 같은데요. 와주신 것만으로도 감사하죠, 저흰."

"정말요, 두 분 의상부터 확실하신데요."

다경과 민우는 나란히 트레이닝복을 입고 왔다. 앉았다 일어날 일은 물론, 소매와 바짓단을 걷을 일도 많을 것 같아서였다. 아이들 이불 빨래와 계단 청소, 후원물품 정리도 해야 한다고 했다.

"뭐든 시켜만 주세요. 열심히 하고 갈게요."

다경은 언제나 그렇듯 일 하나는 확실히 하겠다며 의욕을 불태우며 온 참이다. 알바로 다진 노동 짬밥을 아낌없이 쏟아부을 시간이다.

그런 다경이 은근히 걱정된 민우가 그녀의 머리를 쓰다듬으며 말했다.

"몸 축나지 않게 적당히 해. 너무 오버하지 말고."

그럴까 봐 여기까지 함께 온 것이기도 했다. 다경이 몸 아끼지 않고 너무 열심히 할까 봐서.

"역시 신혼 좋다, 신혼. 두 분 너무 보기 좋아요."

신해수가 흐뭇한 미소를 지었다. 자신은 벌써 결혼한 지 10년이 되어간다면서, 신혼부부인 두 사람이 참 상큼하고 예뻐 보인다고도 했다. 나이는 어리지만 결혼으로는 산전수전 다 겪고 한참 선배가 된 신해수가 어쩐지 귀엽게 느껴졌다.

"자, 자. 일하기 전에 아이들이랑 기념촬영 한번 할게요. 끝나고는 너무 지치니까, 지금 상태 멀쩡할 때 찍는 거예요."

별 좋은 마당에 아이들과 봉사자들이 함께 모여 단체로 사진을 찍었다. 그리고 구역을 나누어 맡은 일을 하기 시작했다.

다경과 민우는 아이들이 쓰는 이불과 카펫을 전부 내왔다. 세탁기에 돌릴 빨래를 추려내어 세탁실로 보내고, 나머지는 앞마당에서 밟아 빨기로 했다.

일요일 오전, 맑은 하늘 아래 눈부신 햇살이 쏟아지고, 커다란 대야 가득 하얀 거품이 몽실몽실 일어나고, 달착지근한 바람을 타고 웃음이 흩어지고, 어디선가 어쿠스틱 로맨틱 송도 흘러나올 것 같은 분위기……가 딱일 것 같은 공간인데.

"아우, 지민우. 팍팍 좀 밟아봐. 그래야 때가 쏙 빠지지."

"야, 야, 안 보이냐. 내 다리에 힘 빡 들어간 거? 지금 열심히 밟고 있거든?"

"발이 헛돌잖아. 세게 밟는다고 다가 아니야. 결정적인 부위에 야무지게 팍팍……."

"와아, 잔소리. 입 다물고는 일 못 하지, 소 씨?"

영화나 드라마, 심지어 광고에서도 이런 장면은 로맨틱하게 그려지던데, 현실은 달랐다. 좋아서 눈에 꿀이 뚝뚝 떨어지는 사이가 된 것과는 별개로 일은 일이었다.

"한 큐에 딱 끝내고 다음 거 넘어가야지, 설렁설렁하면 안 된다고."

우직하나 말은 많은 소 씨와,

"한 소리 또 하고 또 하고, 일 다 하기 전에 귀에 못부터 박히겠네."

빼질빼질 제멋대로 지 씨의 '환장 콜라보'로 시끄러운 시간이 이어졌다.

"근데 왜 이렇게들 보고 가지. 이게 구경할 일인가."

아이들이며, 보육원에서 근무하는 어른들, 심지어 같은 봉사자들까지 틈틈이 다녀갔다. 멀찌감치 서서 구경하는 눈빛에는 설렘이 가득했다. 민우와 다경은 서로 일 좀 잘하라며 투닥거리고 있지만, 지켜보는 사람들 눈에는 그저 예쁜 부부의 모습이었을 뿐이다. 멀리서 보면 딱 영화나 드라마, 심지어 광고에서 그려진 것처럼 로맨틱한 분위기 그 자체였다.

"원래 인생은 가까이에서 보면 비극이고, 멀리서 보면 희극이라잖냐."

"그래, 가까이에서 보면 우린 싸우는 건데, 멀리서 보면 연애하는 것처럼. 그 덕을 봐서 여기까지 오긴 했지."

민우의 말에 다경도 맞장구를 쳤다. 가짜 결혼이 진짜가 된 것도 다 그 덕분이었고.

인생 참 묘하고 신기하다 싶어 웃음이 흘렀다. 흰 거품과 함께 미소도 예쁘게 부서졌다. 그렇게 서로 떠들며 빨래를 하고, 헹구기 위해 세탁실로 옮겨가기 전이었다.

"나오지 말고 그냥 있어, 내가 들어가서 다른 슬리퍼 가지고 올게."

다경이 건물 안에서 신고 나왔던 슬리퍼 옆이 벌어질 것처럼 보였다. 이를 발견한 민우가 바꿔 오겠다고 했다.

"그냥 신어도 될 것 같은데."

"아니야. 발도 젖어서 미끄러질 수 있어. 가만히 있어. 빨리 다녀올 테니까."

민우가 몸을 돌릴 때였다.

"어……?"

한 아이와 눈이 마주쳤다. 샛노란 원피스를 입은 여자아이였다. 일곱 살, 아니 여덟 살?

"쟤 어디서 봤더라."

기억이 나지 않지만, 분명 낯이 익다.

"누군데?"

등지고 있던 다경도 민우의 시선을 따라 고개를 돌렸다. 그사이, 아이는 뒤돌아 반대쪽으로 뛰어가기 시작했다.

"잠깐만!"

홀린 듯 민우가 서둘러 아이를 따라갔다.

건물 모퉁이를 돌아 뛰어간 그는 우뚝 멈추어 섰다. 아이는 사라지고 어디로 갔는지 보이지 않았다. 그토록 빠르게 쫓아왔건만 그 아이를 발견할 수는 없었다.

"뭐지……."

참 이상한 일이다. 아무리 아이가 빠르다고 해도 성인 남자보다 빠를까. 그것도 운동신경이 뛰어난 민우인데. 곧이어 허겁지겁 따라온 다경이 슬리퍼를 바닥에 내려놓았다.

"이것부터 얼른 신어."

민우의 것이었다.

"아무리 급해도 맨발로 뛰어가냐. 발 다치면 어쩌려고."

그제야 민우는 자신이 슬리퍼도 신지 않은 채 잔뜩 젖은 발로 뛰어온 것을 깨달았다. 그는 다경이 가져다준 슬리퍼를 대충 꿰신었다.

"대체 누굴 봤길래 그래? 아는 애야?"

다경이 의아한 듯 물었다. 민우는 미련을 버리지 못하고 아이가 사라진 쪽을 응시하며 고개를 저었다.

"아니, 아는 건 아닌데…….."

모른다고 할 수도 없다. 분명 어디선가 봤던 아이니까.

그것도 이토록 강렬한 끌림을 느낄 만큼, 말로 설명할 수 없는 기운이 느껴졌다.

마침 보육원 원장이 다가왔다.

"무슨 일 있으세요?"

이불 빨래를 밟다 말고 건물 모퉁이에 뛰어와 서 있는 두 사람은 눈에 띌 수밖에 없었다.

민우가 원장에게 얼른 물었다.

"여기 아이 중에 오늘 노란색 원피스 입은 여자애 있죠? 키는 이만하고…… 유치원생쯤 되어 보였는데요."

"노란색 원피스요?"

원장이 고개를 갸웃했다. 잠시 생각하는가 싶더니 이내 고개를 흔들었다.

"없었던 것 같은데요. 노란색이면 기억이 날 텐데, 오늘 노란색을 입은 아이는 없었어요."

"……아까 단체사진 찍은 거 있죠. 그 카메라 가지고 계신 직원 분 어디 계시죠?"

민우는 꼭 찾아야겠다는 듯 기념촬영했던 사실까지 떠올려 물었다. 그리고 원장이 알려준 직원을 찾아 건물 쪽으로 거침없이 달려 갔다.

"오늘 쟤가 왜 저러지?"

다경은 민우를 따라갔다. 아무리 생각해도 이해가 되지 않았다.

평소 아이를 별로 좋아하지 않는 민우였다. 그런데 왜 그렇게 아이를 찾으려 하는지. 그것도 아는 애도 아니라면서. 어떤 인연이라고 속 시원히 대답하지도 못하는 걸 보면, 그리 가까운 사이도 아닌 것 같은데 말이다.

다경은 건물 안으로 들어갔다. 원장이 얘기한 사무실로 가니 민우는 어느새 직원을 찾아 카메라 LCD창을 통해 아까 찍은 사진을 확인 중이다.

기념사진 속 아이들의 모습을 확대해서 본 민우가 물었다.

"이 아이들이 전부라는 거죠?"

"네. 우리 아이들 모두 있는 거 맞아요. 두 분 오셨다고 몸살 난 아이까지 다 나와서 사진 찍은걸요."

"그럼 보육원생 말고 다른 아이들이 원에 있는 일은…… 없나요? 혹시 여기 계신 분들 자녀라든가……."

"그런 적이야 있었겠지만, 오늘은 아뇨. 외부 아이는 없는 걸로 알아요. 무슨 일 있으세요? 혹시 저희 아이들이 무슨 잘못이라도……."

"아니요, 아니, 그런 건 아니고요."

민우가 손을 저었다. 역시 이상한 일이다. 그 아인 어디서 왔을까. 그리고, 어디로 갔을까.

다경은 천천히 다가갔다. 발이 미끄러웠다. 그녀 역시 놀라서 민우를 빨리 쫓아오느라 발의 물기도 제대로 닦지 못한 상태였다. 게다가 슬리퍼까지 그 수명이 간당간당해 보이는데, 이 꼴로 쫓아오게 만든 장본인이 바로 제 남편이다. 얘가 오늘따라 왜 이리 우왕좌왕일까 싶다. 지민우답지 않게.

"뭐야. 그럼 헛것 본 거 아니야?"

다경의 말에 민우 역시 뭔가에 홀렸던 양 멍한 얼굴로 대답했다.

"그러게. 내가 진짜 헛것을 봤나."

"나가자, 우리. 발부터 씻어야지."

"그래, 일단."

두 사람이 사무실에서 나오던 순간이다. 민우가 바꿔다 주려 했던 다경의 슬리퍼가 말썽을 부렸다.

"으아앗!"

한 발 내딛는 걸음에 다경이 쭈욱 미끄러졌다. 발을 감싼 슬리퍼 등이 툭 터진 탓이다. 사라진 아이 생각에 넋이 반쯤 나가 있는 것 같던 민우의 몸이 반사적으로 돌아갔다.

"아악!"

턱!

단단한 팔이 다경의 등허리를 강하게 감싸 안았다. 발을 뻗으며 머리가 뒤로 넘어가려던 다경이, 종종 그랬던 것처럼 민우의 품에 안착했다.

크고 든든한 품이다. 익숙한 향기가 코끝에 미칠 정도로 가까운 거리. 결혼했고, 키스했고, 함께 밤을 보냈고. 그런 사이까지 되었으니 사소한 접촉에 심장이 떨릴 일은 이제 없을지도 모른다고 생각했다.

하지만 절대 아니었다. 다경의 가슴이 미친 듯 뛰어댔다.

"봤냐, 내 순발력."

민우가 싱긋 웃었다.

다른 생각에 빠져 있던 상황에서도 위험을 감지하고 재빠르게 움직인 지민우. 그녀가 소리 지르기 무섭게 빠른 속도였다.

"그러게. 내 남편, 끝내주네."

몸을 내맡겨도 좋을 만큼 믿음직한 남자. 진짜 남편. 내 남편. 사랑하는 내 남자, 지민우. 그냥 이대로 안기고 싶다. 여기가 보육원이 아니면 얼마나 좋을까.

다경의 눈에 하트가 송송 솟아났다.

뒤로 넘어가는 그녀를 안고 있던 민우가 순간 잘생긴 미간을 좁혔다. 다경을 좀 더 자세히 바라보는 듯 그녀의 얼굴에 새삼스러운 시선이 닿았다.

"……왜?"

그윽한 눈빛이 아니다. 장난기와 색기가 반반 섞인 표정도 사라졌다.

"내 얼굴에 뭐 묻었어?"

다경의 물음에 민우가 고개를 저으며 대답했다.

"그게 아니라…… 알겠다, 그 여자애."

"응?"

"왜 낯이 익었는지."

다경이 중심을 되잡으며 바닥을 발로 딛고 몸을 일으켰다. 노란 원피스를 입은 그 애? 그 애 정체를 알겠다고?

"그래? 누군데?"

설렘은 잠시 미뤄두었다. 민우의 혼을 쏙 빼놓은 그 아이가 누군지, 다경도 심히 궁금했다.

그는 다경의 얼굴을 꼼꼼히 훑더니 믿을 수 없다는 듯 천천히 입을 열었다.

"……소다경인 줄 알았어."

"뭐?"

널 닮은 아이.

"걔, 너랑 똑같이 생겼더라."

그 아이가 거짓말처럼 나타났다가 순식간에 사라진 날이었다.

"한 번도 외부 아이가 혼자 온 적은 없었는데. 여긴 차를 타고 들어와야 하는 곳이잖아요."

고무장갑을 낀 신해수가 수세미로 욕실 바닥을 박박 닦으며 말했다. 벽에 붙어 선 다경이 타일 사이 줄눈을 따라 세제 묻힌 칫솔로 때를 제거하며 고개를 끄덕였다.

"내 말이요. 여자애가 그렇게 빨리 사라졌다는 것도 이상하고, 아무도 보지 못했다는 것도 이상하고. 민우가 정말 환영을 본 게 아닌가 싶어요. 혹시 너무 피곤해서 그런가."

다른 봉사자들의 도움을 받아 아이들이 목욕하고 나간 후, 큰 욕실을 두 사람이 청소하는 중이다. 신해수는 종종 해봤는지 무척 능숙하게 움직였고, 다경도 그녀를 따라 빠릿빠릿하게 일했다.

그러면서 다경은 좀 아까 있었던 일을, 민우가 봤다는 아이에 대해서 말해주었다.

"아주 샛노란 원피스였다는데, 해수 씨도 못 봤죠?"

"네, 못 봤어요. 나중에 노란 원피스로 옷을 갈아입은 애가 있는 것도 아니고. 목욕 시간 이후였으면 모를까요."

해수는 고개를 갸웃하며 덧붙였다.

"게다가 언니를 닮았다니. 저 여기 자주 왔지만, 언니를 쏙 빼닮은 아이는 없었어요. 본 적도 없고."

"그럼 걘 뭘 본 거죠, 대체?"

여전히 실마리를 찾지 못하는 다경을 보며, 해수가 방긋 웃었다.

"언니, 저 왠지 알 것 같아요."

"네, 뭔데요?"

너무 답답하니 어떤 추리라도 반갑다는 듯 다경이 얼른 물었고, 여전히 웃으며 해수가 조심스레 말했다.

"언니 닮은 딸을 원하는 거 아닐까요?"

"네에?"

물이라도 마시고 있었으면 시원하게 뿜을 뻔했다. 그만큼 다경은 해수의 말에 경기할 정도로 놀라고 당황했다.

"따, 딸이라뇨."

"아직 자녀계획 없으시면 괜한 말씀 드려서 죄송하지만, 혹시 그럴 수도 있지 않을까 하고요. 오빠분이 그 정도로 언니를 사랑하고, 언니 닮은 딸이 있으면 좋겠다고 생각하다 보니 그런 착각도 한 게 아닐까 하는 거죠. 그냥 여러 가지로 생각하면요."

진짜 부부가 되었고, 진짜 신혼생활을 하게 되었지만, 두 사람 사이의 아이라니. 다경의 귀에 그건 너무도 멀고 아득한 이야기처럼 들렸다.

해수는 자신의 예전을 떠올리며 말했다.

"사실 저도 완벽하게 계획을 세웠던 건 아니었거든요. 열아홉에 결혼해 아기 가진 게 스무 살이었는데, 뭘 알았겠어요."

"스무 살이요?"

또 다른 놀라움이 밀려들었다. 해수가 최혁준 대표와 결혼한 지 10년이 되어간다고는 했는데, 아이까지 그렇게 빨리 가졌을 줄이야. 요즘 같은 세상에?

"네. 뭐, 그렇게 됐어요."

"아이고, 그럼 한창 재밌게 보낼 이십 대를 결혼해 아이 키우는 걸로 다 보냈겠어요."

"어휴, 말도 마세요. 우리 애들 처음 키울 때 얼마나 멘붕이었는데요."

"애들?"

아이가 하나도 아니었나 보다. 놀라움의 연속이었다. 다경은 대체 이 어리고 여린 아가씨가 어떤 삶을 살아왔는지 새삼 궁금해졌다.

해수는 말간 얼굴에 복사꽃 같은 미소를 터뜨리며 말했다.

"네. 남매인데요, 연년생이에요. 둘이 동시에 울어도 멘붕, 번갈아 울어도 멘붕. 아무리 달래도 안 그치면 애기들도 울고 나도 울고요. 종일 먹이고, 씻기고, 입히고, 그러다 아프기라도 하면 억장이 무너지고, 그렇게 하루하루가 천년처럼 길었는데, 지나고 보니 또 그 하루하루가 찰나처럼 짧았어요. 이제는 말을 제법 어른처럼 잘하거든요. 초등학교 들어가던 날엔 그 뒷모습 보는데 가슴이 뭉클해서 혼났어요. 언제 그렇게 아기였던 시절이 있었나 싶게 아쉽기도 하고, 또 점점 더 커가는 게 신기하고 감사하고 예쁘고. ……그래요, 아이들이 없었으면 어쩔 뻔했나 싶어요. 너무 좋아서."

연년생 남매 육아가 고된 건 당연하겠지만 그래도 한 기업 회장의 며느리, 대표이사의 아내가 아닌가. 육아를 도와주는 이 없이 해수 혼자 감당하진 않았을 거다.

그래도 그 아이들을 키워내는 데 가장 중요한 건 엄마와 아빠의 역할이다. 다경은 해수의 말이 길어지지 않아도 잘 알 수 있었다. 그 무게와 함께 그 행복이 얼마나 큰지도, 활짝 피어나는 해수의 표정이 충분히 말해주었다.

"애들 사진 좀 보여줘요. 해수 씨 닮았으면 너무 예쁘겠다. 아빠 인물도 훌륭하고."

"사진, 잠깐만요."

다경의 말에 해수가 얼른 고무장갑을 빼고 휴대전화 속 앨범을 열었다.

아들과 딸 연년생 남매. 사진 속 딸은 차갑고 시니컬한 아빠를 꼭 닮았고, 아들은 순하고 부드러운 엄마를 닮았다. 바닷가에서 찍은 사진은 더없이 행복한 가족의 모습을 포착한 것이었다.

"어머, 딸이 진짜 대표님 눈매랑 닮았네요. 하핫, 신기하다. 아들은 완전 해수 씨 붕어빵이고. 어떡해, 너무 예쁘다."

다경은 감탄하며 사진을 보고 활짝 웃었다.

"그럼 지금 애들은 대표님이랑 있는 거예요?"

"네. 아빠랑 노는 거 엄청 좋아해요."

"히익, 진짜요?"

딱 한 번 봤을 뿐이지만, 최혁준 대표가 어린아이들과 신나게 놀아줄 스타일은 전혀 아닌 것 같았는데 그렇게 카리스마 넘치는 남자도 애들 앞에선 자식바보 아빠가 되는 걸까.

"실내 수영장 데려간댔어요. 애들이 물 엄청 좋아하거든요. 그건 절 닮았나 봐요."

흠뻑 행복해하는 해수를 보니 다경의 마음까지 흐뭇해졌다. 반면 지금까지 한 번도 해보지 못한 생각이 가슴을 무겁게 내리눌렀다. 민우는 정말 이런 가족을 원하는 걸까. 진짜 결혼, 진짜 부부, 그리고 진짜 아이. ……진짜 가족.

"……소다경인 줄 알았어."

"걔, 너랑 똑같이 생겼더라."

착각인지 환영인지 자신을 닮은 아이를 볼 정도로, 가족의 완성을, 진심으로 바라는 걸까.

✦⟫⟪✦

"힘들지? 좀 자."

늦은 오후, 봉사를 마치고 인사까지 다 나눈 후 민우와 다경은 차에 올랐다.

민우는 종일 몸이 부서져라 뛰어다닌 다경이 조수석에 앉자마자 버튼을 조작해 시트를 편안하게 눕혀주었다. 의자에 기댄 다경의 상체가 자연히 뒤로 기울었다.

"어어, 나 이러면 진짜 자는데."

"자."

"집까지 한참 걸리는데, 너도 일해서 피곤하잖아."

"난 농땡이 부리면서 해서 별로 안 피곤해."

매니저 없이 보육원까지 둘이서만 왔기에 갈 때도 민우가 직접 운전해야 했다.

"그러니까 걱정하지 말고 눈 좀 붙여. 봉사하러 간 게 아니라 체험 삶의 현장 찍으러 간 줄 알았다. 뭘 그렇게 열심히 일해? 내일 촬영도 해야 하는 애가."

그토록 염원했던 소다경 배우의 로드매니저 일일체험인 셈이다. 민우는 그녀를 따라 보육원에 와서 고된 일도 군말 없이 해야 했지만, 오늘 내내 다경과 함께라 좋기만 했다. 좋은 일을 했으니 더 좋고.

"이왕 하는 거 제대로 해야지. 다음에도 시간 내서 해수 씨 올 때 또 오려고."

"내 시간도 맞춰. 혼자 오지 말고."

"같이 오면 나야 좋지. 이렇게 운전도 해주시고요."

교외에 있는 보육원을 떠나 서울까지 다시 가는 길, 둘만 차에 탄 채 이동하는 시간이 나쁘지 않았다.

"이렇게 가니까 데이트하는 것 같고 좋은데?"

조수석에서 45도 각도로 얌전히 누운 다경이 말했고, 민우가 장난스레 받아쳤다.

"응급환자 호송하는 구급차 같고 좋은데?"

"뭐래, 네가 눕힌 거잖아."

"상태 안 좋으니까 잠이나 자라고."

"상태는 네가 안 좋지. 헛것이나 보고."

다경의 말에 민우는 고개를 끄덕였다.

"맞아. 기가 허한가 봐. 밤에 너한테 시달려서 그래."

"헐, 내가 뭐? 내가 얼마나 뭘 어쨌다고."

"괜찮아. 나는 지금보다 더 시달려도 좋으니까 마음껏 괴롭혀. 웬만하면 하루도 안 빠지고 매일 밤 괴롭혀주면 더 좋고. 물론 밤낮 안 가리면 더더욱 좋겠고."

안 되겠다는 듯 다경이 조수석 시트를 세우며 몸을 일으켰다.

"말은 바로 해. 내가 괴롭혀? 네가 날 괴롭히지."

얼굴이 빨개진 채 입술까지 앙다물며 따지는 다경이 귀여워 민우는 풋 하고 웃었다. 하여튼 놀리는 맛이 있다니까.

"이왕 데이트하는 기분 나는 거, 밖에서 저녁 먹고 들어갈까?"

그러고 보니 제대로 데이트를 해본 적이 없었다. 굳이 꼽자면 신혼여행을 갔던 이탈리아에서 함께 보낸 시간 정도랄까.

그때는 서로의 마음을 깨닫기 전이었다. 얼굴이 알려진 연예인이기에 밖에서 데이트할 엄두를 내지 못했지만, 결혼한 부부 사이니 공개 데이트를 꺼릴 것도 없다. 얼마든지 함께할 수 있었다.

다만 문제는 따로 있다.

"이 차림으로?"

다경의 지적에 정신이 들었다.

"그러네."

둘 다 트레이닝복 차림. 그것도 고된 봉사 노동에 분위기마저 후줄근해진 상태인데 다른 사람들 눈에 띄는 곳에 가기는 곤란했다. 사진이며 영상이며 찍으려 드는 이들이 많을 텐데. 이러고 데이트는 무슨 데이트.

그렇다고 옷 사 입고 메이크업까지 한 다음에 데이트할 정성은 없었다. 그러기엔 너무 피곤했다.

"그냥 집에 가야지 뭐."

"아니다. 갈 만한 곳 있어. 들렀다가 집에 가자."

"이러고 간다고, 정말?"

"응."

운전대를 잡은 민우가 싱긋 웃었다.

"어딘데?"

"너랑 가고 싶었던 곳."

그 미소가 초여름 산자락에서 불어오는 바람처럼 시원하고 청량했다.

― 야, 지민우. 그리고 어딜 돌아다니는 거야.

바로 전화가 걸려왔다. 남 대표였다. 또 지민우 실물 목격담이 SNS에 올라왔단다. 실시간이었다.

옆에 앉은 다경이 인터넷에 접속해 사진을 찾아내고는 휴대전화를 내밀었다. 주차를 한 민우는 운전석에 앉은 채로 다경이 내민 화면 속 자신의 사진을 들여다보았다. 사람들 눈썰미가 대단하다 싶었다.

"와……, 다 가렸는데도 귀신같이 알아보네."

민우의 휴대전화와 블루투스로 연결된 실내 스피커를 통해 통화 중인 남 대표의 음성이 차 안을 메웠다.

― 가린다고 가려질 미모야? 얼굴 믿고 함부로 돌아다니지 말랬지. 스타일 어디다 팔아먹었는데. 슬리퍼가 뭐냐, 슬리퍼가.

좀 아까 민우는 다경을 차에 둔 채 혼자 내려 카페에 들렀었다. 커피를 포장해 오기 위해서였다. 그런데 그 잠깐 사이에 카페에 있던 모습이 찍힌 것이다. 보육원에서 일하고 나온 그대로 트레이닝복 차림으로 말이다.

그것뿐이면 남 대표가 말도 안 하겠지. 민우는 슬리퍼를 신은 채였다. 처음에 신고 간 운동화는 차에 던져두고, 일하느라 신었던 슬리퍼가 편해 갈아 신지 않았다.

─ 항상 긴장을 놓지 말란 말이야. 언제 어디서 사진이 찍힐 줄 알고. 내 몇 번을 얘기해. 스타일이 생명이라니까. 이탈리아 남자들 신조를 본받으라고 했지. 성격 더러운 건 참아도 스타일 망가진 건 못 참는다는, 그 배우신 양반들. 어려서부터 다른 건 몰라도 옷 잘 입는 교육이 제일 중요하…….

"알겠고."

그래도 사람들이 있는 카페에 들른다고 나름 신경 써서 비니도 눌러쓰고 선글라스도 쓰고 나간 건데, 이게 이렇게 구박당할 일인가.

다경과 데이트할 곳에 도착도 했는데, 이제 방해받고 싶지 않았다.

"형, 나니까 이 정도 핏 나오는 거야. 혹시 알아? 이 슬리퍼 완판될지."

─ 딱 봐도 시장에서 파는 삼천 원짜리 슬리퍼잖아.

"그걸 내가 또 이렇게 훌륭하게 소화했네?"

카페 안에 비스듬히 서 있는 민우의 전신 옆모습은 그야말로 그림 같았다.

남 대표가 지적했듯 슬리퍼가 옥의 티는 맞지만, 기본적으로 옥 자체의 퀄리티가 너무도 훌륭하기에 티는 그리 눈에 띄지 않는 것이다. 실제로 사진을 올린 이와 그에 달린 댓글들도 모두 찬양 일색이었다. 지민우의 일상적인 모습조차 화보 아니냐며. 드라마 촬영 중인 줄 알았다며. 태생부터 다른 듯한 비율은 무엇이고, 꾸미지 않은 차림마저 범접할 수 없는 분위기가 물씬 느껴진다며.

얼굴이 또 패션을 이겼다. 선글라스 아래 반듯한 코와 입술, 날카로운 턱선까지, 패션의 완성인 그의 얼굴은 오늘도 '열일' 중이었다.

할 말이 사라진 남 대표가 자신의 소속사 배우를 격하게 비난했다.

— 너 재수 없다. 진짜.

"성격 더러운 건 참아도 스타일 망가지는 건 못 참는다며. 삼천 원짜리 슬리퍼로 이 정도 선방했으면 나 재수 없는 건 좀 참아주셔야지."

— 나 너 너무 싫어, 진짜.

차체 스피커로 들리는 남 대표의 투정에 다경이 소리 없이 웃다 민우와 시선이 마주치자 눈짓으로 말했다. 너희 대표님 귀여워, 정말.

민우 역시 웃는 얼굴로 통화를 마무리하려 했다.

"싫은 사람이랑 이렇게 오래 통화하는 거 아니야. 그만 끊고 형도 마음의 평화를 찾아."

— 봉사 끝났으면 와서 나랑 와인 한잔 마시자.

"와인?"

용건은 따로 있었나 보다. 남 대표가 웬만하면 술 마시자고 부르는 경우는 없었는데.

"그래서 전화했구만."

— 그냥 나랑 한 잔만 마셔. 아니, 두 잔도 좋고. 야, 세 잔이면 더 좋다.

사업 때문에 아무리 힘들고 일이 꼬여도 남 대표는 특유의 긍정 마인드로 잘 헤쳐가곤 했다. 힘들다고 술이나 사람을 찾는 일은 거의 없었다. 그러니 다짜고짜 트집을 잡고, 투정을 부리고, 술 마시자고 부르는 게 걱정스럽기도 했다.

"무슨 일 있어? 나 당장은 못 가."

— 늦게라도 볼 수 있음 좋고, 안 되면 내일이라도.

옆에 있는 다경이 자신은 괜찮다는 의미로 고개를 끄덕였다. 그렇게 하라고.

그녀의 의사를 확인한 민우가 말했다. 지금은 데이트해야 하니 안 되고, 다경을 집에 데려다준 후에 잠시 보면 되겠다고 생각했다.

"그럼 이따 밤에 너무 늦지 않게 잠깐 갈게. 무슨 일인데 그래?"

다경도 스피커로 듣고 있다는 사실을 알지 못하는 남 대표가 툭 털어놓았다.

— 현지가 나를 피해.

"어어?"

왕 대표 얘기가 튀어나올 줄은 몰랐다. 그의 마음은 민우밖에 모르는 것이었다. 하지만 이 순간, 알게 된 사람이 하나 더 늘었다.

당황한 민우가 막을 틈 없이 남 대표는 또 말했다.

— 나랑 밥도 안 먹으려고 해. 전화도 안 받아. 자꾸 날 피해, 우리 현지가!

다경의 눈이 놀라움으로 벌어졌다. 우리 현지? 왕 대표님?

"아니, 형. 그게, 아, 저……, 그러니까."

제 마음을 쉽게 드러내고 싶지 않다고 했던 남 대표였다. 그런데 당사자가 알기도 전에 타인이 알게 된 상황, 그것도 왕 대표와 가까운 사이인 다경이 옆에 있으니 민우는 당황할 수밖에 없었다.

— 예민하게 굴지 않고 싶은데, 신경이 쓰여서 어쩔 수가 없어. 현지는 아무래도…….

막으려고 해도 소용없었다. 사랑에 빠진 남자의 고뇌는 깊기만 했기에.

— 내가 좋아하는 걸 눈치챈 거 같아. 그날 밤 이후로, 아니, 그 다음 날 아침에 집에서 나갈 때 분위기가 영 그렇더니 나한테 없던 일로 하…….

"아침!?"

다경의 목소리가 터져 나왔다. 내가 지금 무슨 소릴 들은 거지?

하지만 놀란 건 남 대표도 마찬가지였다.

— ……거기, 다경이니?

"네……, 여기, 다경이에요. 안녕하세요, 대표님."

"형, 방금 막 블루투스 끄려고 했는데. 형이 그런 얘기할 줄 모르고……."

예기치 않게 왕 대표를 좋아하는 마음을 다경에게 들켜버리고 말았다. 이른바 '왕밍아웃'. 거기다, 왕현지와 함께 밤을 보낸 사실까지도.

바보가 아닌 이상 아까 잠깐 흘린 말로도 어떤 상황인지 다 알 것이었다.

— 하아…….

남 대표는 한숨을 쉬었지만,

— 다경아, 잘됐다. 이왕 이렇게 된 거, 이따 너도 같이 보자.

지금의 복잡한 심경은, 짝사랑을 들킨 상황과 비할 바가 아닌 듯했다. 오히려 다경을 반기는 목소리였다. 아군은 하나라도 늘면 감사한 일이다.

"네, 네. 이따 민우랑 같이 갈게요."

— 그래, 연락 기다릴게.

남 대표의 아련한 음성이 멀어져갔다. 전화를 끊은 후 다경이 여전히 놀란 얼굴로 민우를 보았다.

"그러니까, 남 대표님이 왕 대표님을?"

"어."

그렇게 마음을 감추고 비밀을 지키려고 하더니, 사고를 친 후로는 무서울 게 없나 보다. 다경까지 막 부르고.

"헐, 대박. 언제부터?"

"좀 된 거 같아."

"진짜 몰랐어. 와……, 두 분이…….."

"두 분이 아니라 한 분이. 형만 혼자 좋아하는 거니까."

"그런데 아까 그 얘긴 뭐야. 남 대표님 집에 갔던 그때 말씀하시는 거야? 그날 밤, 다음 날 아침, 그건……, 내가 생각하는 그런 거 맞아……?"

밤, 그다음 아침. 그럼 그 사이엔……?

다경의 말에 민우는 잠시 그녀를 바라보다가 말을 아끼며 답했다.

"당사자한테 들어. 내가 마음대로 얘기하는 건 좀 그렇고."

"어, 그래. ……대박이다, 진짜."

"그렇다고 두 분이 잘 풀리는 상황은 아닌 것 같은데. 형이 우려하던 대로 흘러가는 듯해서."

고개를 끄덕이며 다경이 말했다.

"정리해보면 남 대표님 혼자 짝사랑하신 거고 이후엔 뭐, 이래저래 일이 생겼어도 두 분이 이성관계로 발전하긴 어려운 상황, 그런 건가. 우리 대표님이 남 대표님 피하시는 거고."

"그런가 봐."

다경은 자신의 일처럼 걱정이 되기도 하고, 공감도 됐다.

"하긴. 그게 쉬운 게 아니지. 지금까지 오랫동안 쌓아온 관계가 있으니까. 갑작스럽기도 하실 거고."

왕 대표의 입장에서 얘기하는 다경에게 민우가 물었다.

"만약 우리가 결혼한 상황이 아니라, 친구 사이로 지내던 중에 내가 먼저 고백을 했더라면. ……너도 그랬겠지?"

"음……, 특별한 계기가 없는 한 마음을 깨닫긴 쉽지 않으니까. 아마 나도 피하기부터 했을지도 모르겠다. 섣부른 선택으로 가까운 사람 잃게 될까 봐, 두려웠을 거야."

역시 그랬다. 자신 역시 다경을 좋아하는 마음을 자각하기 어려웠을 것이다. 고백도 어려웠을 거고, 그 후 서로 마음이 통하는 건 더 어려웠을 터다.

지금 이렇게 함께 있는 게 기적이었다. 열 번의 이십 대를 치열하게 보내며, 100년을 돌고 돌아온 삶에서 이뤄낸 기적.

"너도 마찬가지 아니야? 만약 내가 좋아한다고 먼저 고백했으면, 너도 피했을 거 같은데?"

"……그랬을지도 모르지."

다경의 말을 부정할 수 없었다. 민우 역시 뒷걸음질로 답했을 것이다. 관계의 전환은 그리도 힘든 일이다.

"다짜고짜 결혼부터 한 게 신의 한 수였네. 어쨌든 우리, 부부로 엮였으니까 이렇게 마음 놓고 직진도 한 거고."

다경의 말은 틀리지 않았다. 10회차 인생까지 오면서 수많은 시행착오 끝에 내린 결론, 결혼부터 해야 한다는 쪽지의 지침은 그토록 정확한 것이었다. 시간이 지나니 더욱 잘 느낄 수 있었다. 간단히 적힌 쪽지 속 이야기가 전부 맞아들어가고 있음을.

"일단 나가자. 차에서만 있지 말고."

주차했던 차에서 민우가 커피를 들고 내렸다.

다경과 함께 오고 싶다고 했던 곳이다. 부암동의 한적한 길을 따라 윤동주 시인이 거닐었다는 '시인의 언덕'을 걸어 올라갔다. 늦어서 윤동주 문학관과 청운문학도서관까지 들르지는 못하겠지만, 길을 따라 걸으며 불이 켜지기 시작한 초저녁의 풍경을 내려다보는 것만으로도 기분이 새로웠다.

늘 집과 촬영장, 일과 관련된 곳에서만 시간을 보내다가 이렇게 운치 있는 산책을 하니 참 좋았다.

살짝 식기는 했지만, 손에는 부암동에서 커피 맛이 좋기로 유명한 카페에서 사온 커피도 들려 있고 다른 손은 서로 꼭 잡은 채 한 발 한 발 딛는 걸음이 느릿느릿 여유롭기까지 했다.

"아, 좋다……."

역시 다경이 좋아할 줄 알았다.

다경은 잠깐의 여유를 맞이해 편안한 얼굴로 미소 지었다. 늘 빡빡하게 살아내는 일상이라 그 미소가 더 달콤하게 보였다.

민우는 그녀에게 그런 존재가 되어주고 싶었다. 달고도 시원한 휴식. 좋아하는 마음을 깨닫기 전부터, 친구일 때도 그랬다. 민우는 다경을 보면 쉬게 해주고 싶었다. 그조차 사랑하는 마음이었다는 걸 너무 늦게 알았지만.

"앞으로 여기저기 많이 가자. 같이 다니면서 좋은 거 많이 보고, 맛있는 것도 많이 먹고."

민우는 어느새 어둑해진 풍경 속 반짝이는 불빛을 내려다보며 덤덤히 말했다.

깊이 사랑해서 하는 약속이었다. 함께하는 미래를 꿈꾸며, 헤어지지 않길 바라며, 오래도록 서로의 곁에서 행복하게 살았으면 하는 마음으로. 운명은 멀리 있더라도, 지금 맞잡은 손은 우리가 찾아낸 사랑이니까.

"응……."

다경은 또 먹먹해졌다. 자신의 손을 잡은 민우의 옆모습을 가만히 바라보았다.

갑작스러운 고백에 뒷걸음질로 물러나는 사이가 아니다. 이제 서로의 눈에 서로를 담고, 서로만 바라보는 그런 사이가 되었다. 순간 눈물이 날 뻔했다.

"오빠분이 그 정도로 언니를 사랑하고, 언니 닮은 딸이 있으면 좋겠다고 깊게 생각하다 보니 그런 착각도 한 게 아닐까 하는 거 죠."

날 닮은 아이. 널 닮은 아이.

너는 정말 그런 미래를 꿈꾸었을까. 우리가 바라보고 살아가는 삶 속에 그런 행복이 있을까.

널 닮은 아이. 날 닮은 아이.

그런 아이가 세상에 있다면…… 예쁠까. 아마 예쁘겠지. 보는 것만으로도 행복할 거야.

그렇게 평범한 행복이 우리에게도 날아들까. 그런 날이 올까.

다경의 가슴이 이유 없이 메었다. 문득 고개를 돌린 민우가, 다경의 눈에 반짝이며 맺힌 눈물을 보았다.

"뭐야, 너 왜 울어. 뭐가 슬픈 거야, 산책이 그렇게 슬퍼?"

마시던 커피도 바닥에 내려놓은 민우가 황당해하며 다경의 눈물을 닦아주었다. 화장지나 손수건도 없어서 엄지로 살살 눌러가며.

"슬픈 게 아니라 좋아서."

"울 일도 많다. 너 울 때 되게 못생겼어. 별로 울지도 않던 애가 요즘 왜 이러시나."

"나 너무 좋은데. ……정말 좋은데."

"그런데."

"……그냥 우리 이렇게, 둘이서만 살면 안 될까?"

"어?"

살짝 멈칫한 민우가 다경의 손에서도 커피를 받아 내려놓고, 마주 서서 그녀의 볼을 가만히 감싼 채 바라보았다.

　다경은 미안한 얼굴을 하고 있었다. 갑자기 그런 말은 왜 한 걸까. 둘이서만 살면 안 되냐니. 그리고 왜 이런 표정을 짓고 있는 거지.

　"네가 원하는 대로 해. 말했잖아. 무조건 그게 답이라고."

　우선 그녀의 생각을 존중해 답해주었다. 다경이 원하는 것이 자신도 원하는 것임을 잘 알고 있었다.

　"그런데 지금도 둘이 살고 있잖아."

　군식구를 들이라고 강요하는 사람도 없는데 왜 그러지?

　곧 머뭇거리며 나온 다경의 말에서 그제야 이유를 알았다.

　"아이 없이 그냥, 우리 둘이서만."

　"……아이?"

　"응, 난 사실 자신 없어."

　뜬금없이 여기서 가족계획을?

　"나 결혼할 생각도 없었잖아. 아이 생각은 더더욱 없었어."

　"그래, 알고 있어."

　"상처 줄 것 같아. 내 아이한테, ……나도 상처를 줄지 모르잖아."

　안 그러겠다고 다짐해도, 혹시, 혹시나 엄마처럼…… 나도 혹시 아이한테 사랑을 다 주지 않고 상처만 주게 될까 봐. 두려워, 나는 아이가. 그 예쁘고 귀한 존재를 내 손으로 아프게 할까 봐.

　"……알아. 네 마음 알아."

　민우는 가만히 그녀를 당겨 안았다. 폭 안겨드는 다경이 오늘따라 유독 여리고 작게 느껴졌다.

　그녀가 구구절절 설명하지 않아도 왜인지 알았다. 유리처럼 맑은 눈빛 너머 얼마나 많은 아픔이 새겨져 있는지 다른 이는 몰라도 민우는 알았다. 그런데 그 상처가 다경에게서 엄마가 될 용기까지 앗아가고 있었다니.

자신과 그녀 사이의 아이를 꿈꾸기엔 짧은 시간이었기에 깊이 생각해본 적 없지만, 다경의 아픔을 마주하니 그 역시 가슴이 미어졌다.

"둘이서만 살자. 네가 바라는 대로 하자."

너만 있으면 돼. 그 무엇도 네 아픔을 담보로 내어주지 마.

"아까 보육원에서 봤다는 아이 말이야."

민우의 품속에서 머뭇머뭇 다경이 말을 꺼냈다.

"날 닮았다는 아이."

이상하긴 했지만 아이의 흔적을 다시 찾을 수 없었기에 민우는 잠시 잊고 있었다. 떠올리지 못한 이전 삶의 기억 속에서 한두 번 본 적 있는 아이인지도 모른다. 물론 다경을 쏙 빼닮았다는 게 의아하긴 했지만, 그래서 낯이 익었을 뿐이다. 다시 볼 수 없다면 제게 특별한 의미가 있는 아이는 아닐 것이다.

"혹시 그런 딸을 원하는 거라면…… 나는 그건 힘들 것 같아서."

하지만 다경은 좀 더 깊게 생각하고 있었다.

다경을 제 품에서 떨어뜨린 민우가 허리를 살짝 숙였다. 그녀의 얼굴을 자세히 들여다보는 민우의 입가에는 옅은 미소가 맴돌았다.

"괜한 걱정을 하고 있네."

부부 사이에 아이를 낳는 문제는 정말 중요한 것이었다. 생의 모든 가치관과 목적, 삶의 방식이 전부 맞물리는 결정이므로.

그리고 막상 이런 이야기를 서로 나누고 있자니 정말 완전한 부부가 된 것만 같아서, 민우는 가슴이 깊이 벅차올랐다. 그것만으로도 충분했다.

"난 널 닮은 딸을 원하는 게 아니야."

"······."

"너를 원해."

내 삶에 가장 중요한 건, 너야. 모든 건 전부 그다음이야.

반짝거리는 불빛이 시야에서 살며시 멀어졌다. 아픔도 아득히 사라져갔다. 입술에 온기가 내려앉았다. 따뜻하다가, 뜨겁다가, 말랑거리는 입술이 열리며 물기가 가만히 번졌다.

민우의 손이 다경의 머리를 부드럽게 어루만지며 제게로 좀 더 당겼다. 그녀의 가슴이 설렘으로 부풀어 조금씩 오르내렸다.

고개가 옆으로 틀어지며 입술이 깊게 맞물렸다. 숨이 섞이는 순간이 좋았다. 따뜻한 키스가 말할 수 없이 좋았다.

그때였다.

"으으읏."

갑자기 입술을 뗀 민우가 한 걸음 물러서며 손으로 귀를 막았다. 이명이었다.

"······괜찮아?"

다경의 걱정스러운 물음조차 멀게만 들렸다. 아니, 거의 들리지 않았다.

검게 물든 눈앞에 불이 번쩍하더니 차로가 보였다. 샛노란 원피스를 입은 아이가 초록불 신호에 횡단보도를 건너기 위해 차로로 내려섰다. 맞은편이었다.

민우와 시선이 마주친 아이가 방긋 웃으며 손을 흔들었다. 햇살에 부서지는 미소가 너무도 예뻤다.

확실했다, 그 아이. 다경을 닮은 여자아이였다. 이명 후엔 과거의 삶을 한 조각씩 볼 수 있었으니, 역시 만난 적이 있는 아이였던 거다.

그런데 저쪽에서 오토바이가 한 대 달려왔다. 속도를 줄이지 않는 오토바이에는 결함이 생긴 게 분명했다. 그 판단도 찰나, 민우는 이미 몸부터 던지고 있었다.

순식간에 달려가 아이를 품에 안아 돌렸다. 빠른 속도로 몸이 바닥으로 떨어지고, 오토바이는 그 옆을 스치듯 지나 쓰러지며 간신히 멈췄다.

세상이 무너지는 줄 알았다. 순간이지만 놀람과 아픔이 무섭게 쏟아져 내렸다.

하지만 바닥으로 구른 민우는 세상에서 가장 귀한 것이 제 품속에 있는 듯 급히 시선부터 내렸다. 가슴이 터질 것 같았다.

무서웠는지 크게 놀란 얼굴로 아이가 자신을 바라보고 있었다.

"아빠."

아이의 울먹이는 소리를 끝으로 파바밧, 눈앞이 까매졌다. 그게 끝이었다. 다시 눈앞이 검게 물들고 모든 장면은 사라졌다.

분명 아이는 뭔가 더 말하려는 것 같았는데. 이명 후 보이는 모습마저 드라마 엔딩 급으로 끊어내니 다음 편은 어디서 봐야 할지 알 수 없어 답답했다.

"귀에서 또 소리 들려? 그거 진짜 문제네. 괜찮아?"

다경이 그의 어깨를 잡으며 물었고, 그제야 민우는 눈을 떴다. 자신의 앞에는 사랑하는 그녀, 다경이 걱정스러운 얼굴로 바라보고 있었다.

다경을 닮은 아이. 아이를 닮은 다경.

그 여자애가 자신에게 '아빠'라고 불렀다. 어떻게 된 거지?

"가서 좀 쉬어야겠다. 너 얼굴 안 좋아."

다경이 그의 손을 잡았다. 부드럽게 어서 가자고 이끄는 그녀를 민우는 살며시 당겨 안았다.

"잠깐만."

보육원에서, 그리고 과거 속 장면에서 사라져버린 아이의 존재가 가슴에 남았다.

"이대로 있자. 잠깐만."

현실일 수도 있고, 아닐 수도 있다. 무엇이 진짜인지 알 수 없는 건, 이미 많은 생을 거쳐올 때부터였다.

대체 어떤 확신을 가질 수 있을까. 믿을 수 없는 일들이 가득한 삶이 반복되고 있는데.

"다경아."

그건 과거의 삶이었을까. 너와 내가 이전에도 결혼해 아이가 있던 걸까. 그럼 나는 왜 열 번이나 다시 돌아온 걸까. 너는 왜 서른이 되기 전에 생을 마감했던 걸까.

그렇게 생각하면 말이 되지 않는 일이다. 아이는 적어도 일곱 살은 되어 보였으니까.

아니면 미래의 삶일까. 이명 후에 과거 장면만이 아니고, 미래까지 보여주는 걸까. 대체 무슨 일이 일어나고 있는 거지?

"나, 너……."

불확실한 날들 속에서도 뒤바뀔 수 없는 사실 한 가지는,

"많이 사랑해."

그녀를 사랑한다는 것이다.

"나도."

"네가 생각하는 것보다 훨씬 많이. 정말 상상할 수도 없을 만큼."

어떻게 표현해야 할지 모르겠지만. 과거든 미래든 상관없어. 네 남편은 나야. 사랑하는 널 지킬 사람도 나. 네 곁에서 너를 행복하

게 해줄 사람도 나.

그렇게 정한 인생이야. 내 강의 모든 줄기는 너라는 바다로 흘러
갈 거야. 반드시 그렇게 만들 거야, 내가.

part 10

운명

"아아, 그래. 어쩔 수 없지. 괜찮아. 들어가서 푹 쉬어."

남기혁 대표는 축 처진 목소리로 대답하며 전화를 끊었다. 민우와 다경이 와주기로 했었는데, 못 올 것 같다고 연락이 온 것이다. 민우의 컨디션이 안 좋다는 이유였다.

안 하던 봉사를 해서 그렇다며 장난스레 타박하려다가 말았다. 그럴 기분도 아니었다. 차라리 잘됐다. 안 그래도 제 연애사로 괜히 오가게 해서 번거롭지 않을까 했는데.

"괜찮아. 내가 잘할 수 있어."

혼자 중얼거렸다.

아무리 조언을 구한다 해도 그때뿐, 하소연만 하게 될 것이다. 어차피 제 일이다. 자신이 헤쳐가야 할 일.

"만나야지. 만나면 돼."

전화를 안 받으면 직접 만나러 가면 되지. 기혁은 왕 대표, 현지를 보기 위해 힘찬 걸음으로 사무실을 나섰다.

"어……, 남 대표. 안녕."

더블유 엑터스 근처 카페에 갔다.

다경에게 전화해 현지가 어디 있는지만 알려달라고 했다. 기혁은 그녀가 있다는 카페에 도착해 들어갔다.

늦은 저녁이지만 현지는 집에 바로 들어가지 않았다. 주로 회사 근처 식당이나 카페에서 식사하기도 하고, 남은 업무를 보기도 했다. 오늘은 카페였다.

현지는 어색한 미소를 지으며 인사했다. 기혁이 일부러 찾아온 게 뻔해 보이지만 그 사실을 콕 집어 말하지는 않았다. 그냥 시선을 피하며 일어서려고 할 뿐.

"그럼 커피 마시고 가. 난 먼저 갈게."

"잠깐 얘기 좀 해."

기혁은 우선 현지를 잡았다. 대화가 우선이었다.

"언제까지 이렇게 피할 건데. 이제 나랑 얼굴도 안 봐?"

현지가 가만히 바라보았다. 조금 기가 찬 표정이다.

"남 대표는 뭐가 그렇게 자연스러워?"

자연스러울 리 있나. 그런 척하는 것뿐이다.

그날 밤 이후 그녀의 얼굴을 보는 것도 버거울 만큼 기혁은 가슴이 벅차기만 했다.

와인이 만들어준 분위기였다. 어쩌면 희망이 있을지도 모른다고 생각했다.

"왕현지."

"……."

"그날 일은……."

현지가 손을 들어 그를 제지했다.

"없던 걸로 하자고 했지."

하지만 다음 날 아침, 그 희망은 산산이 깨어졌다. 현지는 도도한 얼굴로 그의 집을 나서며, 어젯밤 일은 잊자고 했다. 서로 사고를 당한 거나 마찬가지니 그냥 없던 일로 하자고.

"그래놓고 피하기는 왜 피해. 피하는 것 자체가 없는 일로 할 수 없게 된 거 아니야?"

그의 말에 정곡을 찔린 듯 현지가 입을 다물었다.

이건 기혁이 원했던 전개가 아니다. 마음을 빨리 전하고 싶었으면 고백을 먼저 했겠지.

그런데 그날 밤은 어쩔 수 없었다. 분명 설거지와 뒷정리를 위해 함께 있었던 것뿐인데. 남은 와인은 왜 그렇게 맛이 있었으며, 새 와인은 또 왜 그렇게 충분했는지.

차라리 남은 와인만 먹고 끝냈으면 됐을 텐데. 새로 딴 와인을 한 잔, 또 한 잔 채우는 동안 마주 앉은 현지의 얼굴은 더없이 매혹적이고 아름다웠다.

약해진 모습을 보였고, 눈물이 흘렀고, 어깨를 내주었고, 그러다 자연스레 입술이 닿았다.

꿈일 줄 알았다. 누가 먼저랄 것 없었으니 누구의 유혹이라 할 수도 없었다. 하지만 꿈처럼 달콤했던 시간이 지난 후 현실은 싸늘했다.

"그날은 그냥 그날로 끝내. 감정이 있으면 우리가 어떻게 더 얼굴을 봐. 난 사적으로 엮인 상태에서 일하는 거, ……싫어."

현지는 선을 그었다.

"남자, 여자 그런 거 말고. 남 대표, 왕 대표, 그것만 해. 남기혁, 왕현지, 이런 거 하지 말자고."

기혁은 어느새 현지를 현지라 불렀던 자신을 돌이켜보았다. 아마 눈빛도 속일 수 없었겠지. 애타는 마음을 전하고 싶어, 어쩌지 못하는 제 속을 그녀는 들여다보았겠지.

"난 아직 하고 싶은 일도 많고, 딱히 연애하고 싶은 것도 아니고……."

"누가."

기혁이 말을 툭 잘랐다. 그 역시 무감한 얼굴로, 아니, 일부러 그러려고 노력하면서.

"누가 연애하재."

그냥 얼굴이라도 볼 수 있으면 그걸로 좋으니까. 원래 그랬으니까. 그것만으로도 감지덕지니까. 너에게 바라는 거, 나는 원래 없었으니까.

"아아, 진짜 왕 대장, 도끼병도 불치병인데 큰일이네."

너는 그냥 그 자리에 있어주면 되는 거니까. 그러니까.

"설마 내가 너 좋아한다고 오해한 거야? 말도 안 되는 거 몰라? 나 좋다고 하는 여자들이 지금도 얼마나 많은데, 내가 널? 왜?"

너 하고 싶은 일 다 해. 나 피하지 말고. 얼굴만 보여주면 그것만으로도 충분하니까.

"그래서 피한 거였다니, 왕 대표 못쓰겠네. 내 얘기는 들어보지도 않고 무조건 피하기만 하면, 우리가 지금 같이 논의할 일이 얼만데 그건 다 어쩌려고."

현지의 귀가 빨개졌다.

"아니, 난, 혹시 남 대표가 그런 건가 하고. 그럼 곤란해서."

"전혀 아니야. 걱정을 마시라고. 왜 그런 고민을 해. 푸하핫. 너랑 나 사이에?"

어이없다는 듯 웃는 기혁을 보며, 현지가 한숨을 짧게 내쉬었다.

"이미 말했듯이 우리 그날은……."

"없던 걸로. 뭐, 왜, 무슨 일이 있었어? 난 전혀 모르겠는데?"

"그럼 됐고."

현지는 그제야 다행이라는 듯 웃었다. 여전히 약자인 기혁은 그녀의 미소만으로도 감사했다. 현지는 후련한 얼굴로 긴 팔을 쭉 뻗어 기지개를 켰다.

"아아, 배고프다. 쓸데없는 일에 신경 썼더니 배만 꺼지고. 밥이나 먹자."

"내가 살게. 우리 회사 앞이니까."

"당연하지. 여기까지 왔는데 내가 사야겠냐."

나중에 민우가 들으면 가슴을 치며 안타까워할 것이다. 그렇게 큰 사건이 있었는데도 두 사람 결론이 그거냐고. 형 그러다 평생 혼자 살 거라고. 아니, 그 전에 답답해 죽을 거라고.

그래도 우리 현지 얼굴만 보면 좋다, 기혁의 마음은 그랬다.

네가 뭘 알아, 네가 짝사랑을 알아? 이따금 울컥하는 심정을 애써 누르며, 오늘도 모태짝사랑인의 길을 흔들림 없이 가겠다고 생각했다. 오늘의 이 결론이, 다시 어떤 일로 이어질지 알지 못하면서.

사람 일은 역시 끝까지 두고 봐야 하는 거였다.

지하주차장에 정차했다.

"도착했습니다."

매니저 강호가 조심스럽게 도착을 알렸다.

유현은 피곤한 눈꺼풀을 들었다. 자고 있던 건 아니었기에 금세 눈을 뜰 수 있었다.

"그래, 고생했다."

강호가 막 먼저 내리려던 참이다. 문득 창밖을 본 유현이 입을 열었다.

"잠시만."

먼저 내려 유현을 배웅하려던 강호가 멈칫했다.

"아, 소다경 씨네요."

저 앞쪽으로 주차한 차에서 다경과 민우가 내리고 있었다. 다른 이는 보이지 않고 단둘이었다. 다경은 오늘 촬영이 없는 날이었는데, 둘이 어디 다녀오는 걸까.

좋은 곳에 갔다 오는 걸로는 보이지 않았다. 둘 다 지나치게 내추럴한 트레이닝복 차림이다. 아무래도 남들 눈을 신경 쓰는 직업이니 저대로 데이트를 한 것도 아닐 텐데. 몰래 연애하는 것도 아니고 다 알려진 사이에 저런 모습을 하고 있다니. 어딜 다녀오는 거지?

"두 분이 어디 동네 나갔다 오시나 보네요."

강호가 룸미러로 유현을 보며 말했다. 약간 의아하다는 얼굴이었다.

"……형, 안 내리세요?"

"아. ……좀 피곤해서."

이해한다는 듯 강호가 고개를 끄덕였다.

서로 아는 사이인데 내려서 인사를 안 하나 싶었는데, 유현은 어젯밤부터 내내 일하고 이제야 집에 온 거니 그럴 법도 하겠거니 했다. 원래 동료들과 허물없이 가깝게 지내는 사람도 아니니까. 전에 초콜릿을 구해달라고 하고, 그걸 다경에게 준 것만으로도 놀라웠었다.

그사이 민우와 다경은 손을 잡고 주차장 내 빌라 출입구 쪽으로 향했다. 서로 눈을 보기도 하고, 미소를 짓기도 하고, 뭐라 농담을 했는지 슬쩍 밀어내기도 하다가, 다시 손을 잡고 가는 모습이 무척 다정해 보였다.

그들이 들어가고, 엘리베이터를 타고 올라갔을 시간이 되어서야 유현은 몸을 일으켰다.

"수고했다. 들어가."

강호를 보내고 유현은 집으로 올라왔다. 적막한 집 안이 마음에 들지 않았다. 어째 계속 한숨이 나온다.

욕조에 물을 채웠다. 머리가 멍한 느낌이었다. 옷을 벗고 부스 안에서 샤워를 했다. 다경과 민우의 모습이 눈앞에 그려졌다.

"젠장. ……왜."

딱따구리가 뇌를 마구 쪼아대는 것만 같았다. 어느덧 욕조에 따뜻한 물이 가득 찼고, 유현은 그 안으로 들어갔다. 피곤이 풀리는 느낌이다.

반면 머리는 아직 아팠다. 그는 손을 뻗어 휴대전화를 들었다. 가볍게 뉴스 검색이라도 할 요량으로 인터넷을 켰다. 하지만 눈에 들어온 건 포털사이트 아래쪽에 있던 기사였다. SNS에 있는 사진을 기사로 옮겨오는, 평소 같으면 별 시답잖은 내용이라 보지도 않았을 종류의 것.

[지민우♥소다경, 꿀이 뚝뚝 떨어지는 휴일 데이트]

트레이닝복을 입은 채 카페에 커피를 사러 들른 지민우의 사진. 두 사람이 테이크아웃한 커피를 들고 산책을 하는 사진. 꼭 껴안은 사진까지.

가는 곳마다 사람들이 카메라를 들이대 SNS에 실시간으로 올라왔다는 사진들을 보자면 더없이 사이가 좋은 부부, 연인의 모습이었다.

두 사람이 오전부터 오후까지는 한 보육원에 가서 자원봉사도 했다는 얘기도 있었다. 외부로 알리지 않고 조용히 다녀간 걸 한

직원이 댓글을 달아 알려졌다. 촬영이 없는 날 봉사를 하고, 편안한 차림으로 한적한 동네에서 데이트하는 모습을 예쁘게 본 이들의 칭찬이 이어졌다.

두통이 훨씬 심해졌다. 가슴속이 뜨겁고, 아프고, 화까지 치밀었다. 눈을 꽉 감아도 다른 남자 옆에서 웃는 그녀의 미소만 선할 뿐이었다.

'왜 내가 아니라…….'

그 자식인 거지. 내 마음이 이렇게 아픈데. 내 눈에 네가, ……이렇게 예쁜데. 어째서, 왜, 네 옆에 내가 아니라, 지민우인지.

제대로 된 판단을 할 수 없었다. 이해가 되지 않았다.

머리가 너무 아프고, 가슴이 너무 아프다 보니, 제 감정에만 집중하게 되었다. 아무런 생각도 들지 않았다.

오늘 촬영장에서 리호가 스치듯 했던 한마디가 떠올랐다.

"제가 아무리 약혼녀 역할이지만, 역시 비주얼은 선배님이랑 다경 언니가 함께 잡히는 샷이 훨씬 보기 좋은 것 같아요. 두 분 너무 잘 어울리셔서. 제가 봐도 막 긴장감이 살고, 뭔가 위태위태한 분위기도 너무 좋고 섹시해요."

당연히 배역 간의 합을 칭찬하는 것이었겠지만, 유현의 마음에는 다르게 와닿았다.

이전 같으면 상상도 못 할 일이다. 그에게 연기는 언제나 연기일 뿐이고, 배역은 배역일 뿐이다. 로맨스 연기를 하더라도 상대역에게 설렘을 느껴본 적은 거의 없다.

그런데 다경과는 일상적인 연기만 해도 가슴이 울렁거렸다. 더 가깝게 닿고 싶고, 제게 더 세게 당기고 싶었다. 소품실에서의 일은 결코 막을 수 없는 파도와 같았다.

"저번에 다경 언니 어머니 오셨었잖아요. 어휴, 얼마나 아쉬워하시던지."

리호가 그녀의 어머니 얘기를 꺼냈다. 촬영장에서 보고, 자신도 인사를 했던 어머니.

"민우 오빠가 아니라 선배님이랑 더 잘 어울린다고요. 하하, 농담이시겠죠. 어떻게 선배님과 언니를 엮으실 수 있겠어요. 그냥 그만큼 두 분 케미가 좋다는 건데, 저도 부정할 수가 없더라고요."

그녀의 어머니가, 유현을 눈여겨본 모양이다.

"나중에 언니랑 같이 밥 한번 먹으면 소원이 없겠다고 하시던데, 선배님 보고 너무 좋으셨나 봐요. 저 같아도 그렇죠. 딸이 선배님 같은 엄청난 배우랑 연기를 한다는데, 얼마나 자랑스러우시겠어요. 그 어머니, 예전에 선배님 사시던 쪽에 큰 카페 하나 인수하신다는데요. 나중에 시간 되시면 같이 가요. 다경 언니한테도 힘이 되고 좋을 것 같아서요."

유현은 톡톡, 휴대전화를 두드리다가 마음을 굳힌 듯 일어섰다.

큰 타월을 허리에 두르고 욕실에서 나간 유현은 연락처를 검색해 나리호, 그녀의 전화번호를 클릭했다.

— 어? 선배님!

유현의 번호가 뜨자마자마자 리호는 전화를 받았다. 형식적인 인사 후에 유현이 말했다.

— 역삼 쪽에 볼일이 있어서 나갔다 오려고 하는데, 아까 리호 씨가 그쪽에 있을 거라고 해서 커피나 한잔할까 하고. 괜찮아요?

아무리 그래도 유현이 먼저 만나자고 할 줄은 몰랐는데, 생각보다 반응이 빠르다. 이러면 나야 재밌지.

리호는 소리 없이 웃고는 대답했다.

"그럼요. 괜찮죠. 그런데 커피 말고 술은 어떠세요? 저 바에 갈 건데, 거기 회원제라 아무나 못 들어와요. 사장 오빠랑 아는 사이라 룸도 안쪽으로 따로 잡을 거니까 편하게 오시면 돼요."

유현의 마음이 바뀔까 봐 리호는 그의 입맛에 맞춘 장소를 제시했다.

─ 그래요, 그럼 한 시간 정도 후에 그쪽 도착해서 전화할게요.

"네. 선배님이랑 밖에서 따로 뵌 적도 없고, 우리 작품에 대해서도 얘기할 시간 별로 없었는데 오신다니 너무 좋아요."

알아서 덫에 빠져준다니 더더욱 좋고요.

전화를 끊은 리호는 싱긋 웃고는 운전 중인 매니저 석중에게 말했다.

"수길 오빠네 바로 가. 어딘지 알지? 관리실은 안 갈 거야."

"모레까지 쉬니까 네가 오늘 밤에 그 시술 꼭 해야 한다고 해서 원장님 예약 어렵게 잡은 건데, 취소하려고?"

"두 번 말하게 하네. 안 간다니까."

리호는 언제나 내키는 대로 일정을 바꾸었고, 그 뒷수습은 모두 매니저의 몫이었다. 한두 번도 아니지만, 석중은 오늘따라 정말 짜증이 났다. 다른 예약이 있는 걸 바꾸게 하여 무리해서 잡아둔 일정인데, 갑자기 가지 않는다고 하면 원장은 또 얼마나 히스테리를 부릴지, 다음 예약은 또 어떻게 잡을지 곤란하다 못해 성질이 났다.

"나리호. 너 이렇게 변덕 부릴 거면 애초에 고집을 피우지 말든가, 장 원장님 성격 모르는 것도 아니면서 중간에서 나만……."

"뭐라는 거야!"

탁! 뒤에서 날아온 500밀리리터 생수병이 앞유리에 맞고 떨어졌다.

플라스틱 통에 들어 있던 물이 사방으로 튀어 석중의 얼굴과 옷, 앞쪽 차 내부까지 젖었지만 리호의 새된 음성이 이어졌다.

"가라면 가지 무슨 말이 그렇게 많아. 아, 씨, 짜증나게, 진짜."

운전 중이었기에 석중은 아무 말도 하지 못하고 핸들만 꽉 움켜잡았다.

"오빠 오빠 해주니까 지가 뭐라도 되는 줄 아나. 시끄럽게 굴지말고 운전이나 해."

리호는 가뜩이나 유현을 만나 이번엔 어떤 얘기들을 할지 생각을 정리하기 바쁜데, 토를 다는 석중이 성가셨다.

운전석에 앉은 석중이 조용해지자 리호는 그제야 만족스러운 얼굴로 커다란 손거울을 꺼내 용모를 점검했다. 자신이 우위에 있다는 걸 확인하는 일은 언제나 즐겁다.

'별것도 아닌 게 자꾸 까불기는.'

찍소리도 못 하고 구겨진 석중이 우습기만 했다. 이따가 제 한마디 한마디에 감정이 휘둘릴 유현을 상상하는 일 역시 재미있었다.

그뿐일까. 그로 인해 다경과 민우가 어떤 일들을 겪을지도 기대됐다. 제 손바닥에 사람들을 올려놓고 장기판의 말처럼 움직여대는 게 짜릿하기만 했다.

'뭐, 선배님한테는 미안하지만.'

유현에게 별다른 감정이 있는 건 아니다. 하지만 유부녀에게 혹하는 게 제정신은 아니지 않은가. 그러게 누가 별 매력도 없는 다경에게 흔들리랬나. 무슨 일이 생긴다면 그건 모두 유현의 자업자득이다.

리호는 죄책감 따위는 집어치운 채, 장기말을 어떻게 움직여야

효과가 있을지만 고심했다. 얄미운 소다경이 나락으로 처박히는 걸 보면, 그보다 더 재미있는 일은 없을 것이다.

"언니도 선배님 정말 좋아하는 것 같던데. 그래서 이 영화 택했나 봐요."

받은 술잔을 입으로 가져가지 않고 내려놓던 유현이 멈칫했다.

"저번에 다른 언니랑 얘기하는 거 들으니, 선배님 작품 안 본 게 없더라고요."

리호가 웃으며 잔을 든 손을 뻗었다.

유현이 자연스럽게 살짝 잔을 부딪쳐 건배했다. 이번엔 내려놓지 않고 입으로 가져갔다. 크리스털 잔에 담긴 호박색 액체가 식도를 뜨겁게 태우며 넘어갔다.

"하긴, 선배님 안 좋아하는 배우가 어디 있어요. 연예인의 연예인이신데. 그래선지 언니가 이 영화 들어왔다고 너무 들떠 했었어요."

나쁘지 않은 얘기였다. 이렇게라도 듣는 다경의 얘기가 아픈 유현의 마음을 쓸어주었다. 나리호를 만나러 나오길 잘했다는 생각이 들었다. 듣기 좋은 말을 해주는 나리호의 목소리가 악마의 입술에서 나오는 속삭임처럼 달콤했다. 약해진 마음은 허물어지기 직전이다.

함께 있던 소품실에서 자신을 등지고 달려 나가 지민우에게 안기던 그녀의 모습. 지민우와 다정히 시간을 보내는 모습. 그 모든 게 유현에겐 괴로움이었다. 손에 쥘 수 없으니, 더욱 심장이 조였다. 촬영장에서는 애써 아무 일도 없었던 것처럼 웃어 보였지만, 아니었다. 아무렇지 않은 게, 아니었다.

"동료로서 서로 좋은 마음을 가지고 있으면 연기하기도 좋죠."

"그러게요. 그래서 우리 촬영장 분위기가 화기애애한가 봐요. 서로 생각하고 아끼는 마음들이 있어서. 저도 다경 언니 정말 좋아하거든요. 꼭 친언니처럼 마음이 가고 의지하게 되고 닮고 싶고, 아무튼 너무 좋아요."

비뚤어진 마음과 비뚤어진 마음이 만나면, 모든 게 거짓이 된다. 무엇을 감추었는지 알 수 없기에.

"전 언니가 민우 오빠하고는 결혼까지 할 줄 몰랐어요. 전에 회식했을 때, 언니는 평생 결혼 생각이 없다는 식으로 얘기했었거든요."

다경과 가까운 나리호의 이야기라 유현은 귀를 기울였다. 사실 그녀에 대해 모르는 게 더 많았고, 알 기회는 별로 없었다. 다가가 알아가고 싶지만 이젠 기회조차 없는 게 사실이다. 그러니 이렇게 듣는 한마디 한마디가 단비처럼 느껴졌다.

"다경이가요? 의외네요."

"아, 선배님. 저한테도 말씀 편하게 하세요. 언니한테만 말 놓으시고. 저랑 더 먼저 아셨는데, 거리감 느껴지잖아요."

"……그래. 그러자."

얘기를 더 듣기 위해서라도, 나리호의 말대로 했다. 유현은 부드러운 미소를 지으며 말을 놓고, 다음 이야기를 기다렸다.

"네, 편하게 하시니까 얼마나 좋아요."

"그러네."

"어쨌든 언니는 일 오래 하고 싶다고, 결혼 생각은 딱히 없다고 했는데 갑자기 민우 오빠랑 스캔들 나고 결혼 발표해서 얼마나 놀랐다고요. 물론 결혼해서 일이야 더 잘되긴 했지만요."

비혼이었는데 결혼했다, 라. 그것도 갑자기.

"두 사람, 친구 사이였다고 했지?"

"네, 같이 드라마 할 때도 언니 오빠 엄청 친해 보였어요. 어릴 때부터 옆집에 살았다니 소꿉친구죠, 뭐. 근데 저도 그런 어릴 적 친구 있긴 한데, 남자로 보이진 않거든요. 이렇게 갑자기 결혼도 하고, 언니 오빠 진짜 신기해요. 촬영할 땐 사귄다는 느낌 거의 없었는데."

리호는 그래서 다경이 더 괘씸했다. 아닌 척 뒤로는 호박씨 다 까고 있었을 다경이 너무도 얄밉기도 했다. 지민우가 제게 관심을 한 톨도 보이지 않은 게 그녀 때문이라 생각하니 자존심도 상했다. 그런데 유현 역시 다경을 마음에 두고 있고.

여우 같은 것. 사람들이 모두 다경에게 혹하여 그녀가 좋은 평판을 듣고 있는 게 못내 분했다.

"이렇게 선배님이랑 작품 할 기회가 있을 줄 알았으면 언니도 서둘러 결혼했을까 싶어요. 아무래도 유부녀가 됐으니 러브신 찍을 때도 부담스러울 거 아니에요. 조금 더 미뤘어도 좋았을걸."

"아, 그런가."

"그래선가 언니 쪽에서 수위 낮춰 조정했다고 하던데. 맞아요?"

"응, 감독님과 얘기 많이 한 모양이야. 작품에 피해 안 가는 선에서."

"다른 건 몰라도 작품만 놓고 봤을 때, 선배님 역이랑 언니 배역 사이의 그 위태롭고 섹시한 분위기 잃으면 어쩌나 전 그게 걱정이에요. 과감하게 들어가는 신들이 너무 멋있던데."

유현은 딱히 그게 아쉬운 건 아니었다. 카메라 앞에서의 애정신에 의미를 부여하고 싶진 않으니까.

원하는 건 그런 것이 아니라 소다경, 그 자체였다. 위아래 집 그토록 가까운 곳에 그녀가 다른 남자와 함께 있다는 사실에 유현은 숨이 다 막혔다. 어쩌면 미쳐가고 있는지도 모른다.

왜 결혼한 후의 그녀를 만나게 된 걸까. 조금만 더, 아주 조금만 더 일찍 만났어도 좋았을걸.

"말 나온 김에 언니도 부를까요? 촬영 없을 때 이렇게 따로 보고 그럼 더 친해져서 호흡도 잘 맞출 수 있고요."

"……난 상관없어."

"잠깐만요. 제가 전화할게요."

리호가 활짝 웃으며 휴대전화를 들었다. 다경은 아마 나오지 않을 것이다. 유현은 알면서도 리호를 막지 않았다.

"아, 언니 피곤하구나. 그래, 알았어. 괜찮아, 다음에 같이 보면 되지. 선배님도 이해하실 거야. 응, 그래, 언니, 푹 쉬고. 촬영장에서 봐."

통화를 마친 리호가 전화를 끊고 멋쩍게 생긋 웃었다.

"언니가 많이 피곤한가 봐요. 오늘 촬영 없어서 쉴 줄 알았는데."

지민우와 봉사도 다녀왔고, 데이트도 했고, 바쁜 하루를 보낸 그녀는 많이 피곤했나 보다. 물론 그게 아니더라도 오지 않았겠지만.

"괜찮아. 우리끼리 마시고 가지."

자신이 모르는 다경에 대한 이야기나 좀 더 들으면 그걸로 충분했다. 같은 작품을 하는 중이라서인지 리호는 입만 열면 다경의 얘기였으니까.

"한 잔 줄까?"

리호의 잔이 비어 유현이 술병을 들었다.

"넹, 감사합니다."

애교 있게 웃으며 리호가 두 손으로 잔을 받았다.

하지만 다른 생각에 빠져서였을까. 유현은 그녀의 잔을 채워주고 나서 자신의 잔을 채우다가 병을 잘못 기울였다. 스스로 잔을 잡았던 손 위로 독주가 흘렀다.

"어, 괜찮으세요?"

"괜찮아."

흐트러진 마음이 마치 잘못 기울인 술 같았다. 따르지 말아야 할
곳에 쏟아졌다.

"나 잠깐 손 좀 씻고 올게."

옅은 미소를 지으며 일어섰다. 룸 안에 화장실이 따로 없어 유현
은 복도로 나왔다.

화장실에 들러 손을 씻고 다시 나와 리호가 있는 방으로 돌아오
는데, 복도에서 낯익은 사람을 보았다. 중년 남녀 몇 사람과 그 안
에 여왕벌처럼 자리한 여자, 세련된 외모와 옷차림이 눈에 띄는 그
녀는 얼마 전 촬영장에서 보았던 다경의 어머니였다.

"안녕하십니까."

유현이 먼저 인사를 건네자 정 여사를 둘러싼 모두의 눈이 휘둥
그레졌다. 유현을 알아본 이들의 놀라움이 침묵 속에 퍼졌다.

"어머나, 강유현 씨."

태연한 척하지만 정 여사의 음성이 살짝 떨렸다. 예상치 못한 만
남이라 정 여사도 무척 놀랐나 보다.

유현이 웃으며 살갑게 물었다.

"여긴 어쩐 일로 오셨어요?"

그가 먼저 인사해준 것에 대해 놀라움 다음은 뿌듯함인지, 정 여
사가 어깨를 쫙 폈다.

"아유, 강유현 씨를 다 만날 줄 몰랐네요. 우리 박 사장님이 여긴
VIP들만 오는 곳이라더니, 정말이네."

옆에 있던 남성이 고개를 끄덕이며 웃었다.

"내가 계약 진행 중인 게 하나 있어서, 여기, 투자해주시는 분들

하고 이야기 좀 하느라고 왔거든요."

정 여사의 목소리에 힘이 들어갔다. 누가 들으면 카페가 아니라 큰 사업체라도 인수하는 줄 알 것이다.

유현의 눈에도 정 여사의 허영과 허세가 보였다. 딸 다경과는 결이 다른 사람이다. 하지만 그게 무슨 상관일까. 어찌 됐든 다경의 어머니가 아닌가.

다른 사람이라면 절대 길게 대화를 나누지 않았을 것이다. 먼저 다가가는 일도 물론 없었을 테고. 그만큼 다경은 제게 특별한 의미로 새겨졌다.

"일 때문에 오셨군요. 카페를 하나 인수하신다고도 들었는데, 혹시 그 일이세요?"

"어머, 우리 다경이가 얘기해요? 얘가 강유현 씨랑 아무리 친해도 그렇지 별 사사로운 얘기를 다 하네. 호호."

세상이 다 아는 톱배우 강유현이 자신에게 이렇게 친절하다니. 그것도 사람들이 보는 앞에서.

박 사장이 만들어준 자리였다. 근사한 술집에서 대접 한번 하면서 돈을 수월하게 빌려 받기로 했다. 물론 딸 소다경의 이름을 앞세운 덕이다. 얼마 전 딸의 일터에 다녀온 얘기도 무용담처럼 풀어내기 좋았다. 이미 계약도 했겠다, 투자도 술술 받아 곧 잔금 걱정도 없게 되었다. 카페 규모가 큰지라 생각보다 자금이 많이 필요했는데 이제 한시름 놓았다.

일이 잘되어 기분까지 좋은 상태로 돌아가는 중이었는데, 강유현이 나타나 직접 다경과의 친분을 증명하고 있는 상황이다. 정 여사의 기분은 하늘 높은 줄 모르고 치솟았다.

"다경이한테 들은 건 아니고, 리호한테 들었어요. 어머니께서 카페 인수 준비하신다고요. 나중에 카페 꼭 가볼게요."

리호? 나리호? 사람들의 눈이 또 커졌다.

역시 소다경이네. 이름만 대면 아는 배우들이랑 이렇게 친하다니.

"혹시 일 마치고 돌아가시는 길이면, 어머니, 저희랑 한 잔만 하고 가실까요. 안에 리호가 있는데 어머니 오시면 좋아할 것 같네요. 다경이는 피곤하다고 해서 못 왔어요."

유현의 말에 다들 또 놀랐다. 딸이 자리에 없어도 격의 없이 모시려는 유현의 태도가 두 눈으로 보고도 믿기지 않았다.

"오호호, 안 그래도 되는데, 그럴까요, 그럼."

정 여사는 굳이 사양하지 않았다.

"먼저들 가세요. 박 사장님, 내가 이따 연락할게요."

"아이구, 그러셔야지. 좋은 시간 보내시고, 전화해요, 그럼."

일행과 인사를 나누고 헤어진 정 여사는 유현을 따라 방으로 들어갔다.

"어머! 어머니! 여기 어쩐 일이세요!"

리호가 놀라더니 과장된 음성으로 정 여사를 반기며 일어섰다.

비뚤어진 마음과 비뚤어진 마음과, 또 비뚤어진 마음. 세 사람이, 한자리에 모인 첫날이었다.

새벽.

뒤에서 안은 단단한 팔의 느낌이 좋았다. 다경은 문득 눈을 뜨다가 새삼스러운 행복에 미소가 번졌다. 이렇게 단단한데, 또 이렇게 포근해. 민우의 품에 있다는 사실이 못 견디게 좋았다.

"흐으음……."

꼼지락거리는 자신 때문에 뒤에 있는 민우도 잠에서 깨려는 모양이다. 다경은 몸을 돌려 그의 품에 마주 들어갔다.

"깼어……?"

착 가라앉은 그의 목소리가 좋았다. 잠에 푹 잠긴 음성이 이토록 섹시한지 몰랐다. 아무것도 몰랐다. 20년지기 친구면서도, 오랫동안 알고 지냈다고 생각했는데도, 모르는 게 너무 많았다.

무엇보다 침대 위에서 지민우가 어떤 모습일지 미처 상상도 하지 못했다. 지금은 너무 많이 알아가고 있지만.

"깼는데, 더 잘 거야."

"그래, 더 자."

민우가 그녀를 좀 더 당겨 안았다. 품에 폭 파묻힌 다경의 머리를 부드럽게 쓰다듬었다. 그러다 손길은 조금씩 야해질 기미를 보이고, 마음이 바뀌었는지 그가 잠에서 덜 깬 음성으로 말했다.

"아니, ……그냥 일어날까."

"뭘 일어나. 밤새 그렇게……. 어우, 음, 하여튼 피곤할 거면서."

맨살이 서로 닿는 감촉이 미치게 좋아서. 그래서 피곤한 것도 모르겠는데.

"후우, 너 아침에 나가야 하는 것만 아니면 안 참았다."

민우는 선심 쓰며, 이른 아침 촬영하러 나갈 그녀를 다시 부드럽게 쓰다듬었다. 기꺼이 오늘 새벽은 참아주겠다는 듯.

"이렇게 안고만 있어도 너무 좋은데, 뭐."

다경이 웃음기 어린 목소리로 말하며 민우의 품을 더 깊게 파고들었다.

어느덧 이렇게 함께 잠들고 일어나는 일이 자연스러워지고 있었다. 한 침대에서, 서로가 없으면 안 되는 날들.

좋다. 정말 좋다.

스르륵, 다시 눈이 감기고 새벽에 안기는 시간. 곤한 숨소리가 퍼졌다. 아름다운 꿈을 꿀 것 같았다.

햇살이 가득 들어오는 창가에서 다경은 무릎을 대고 앉은 채로, 자신의 앞에 선 아이의 옷 단추를 아래서부터 하나씩 잠가주고 있었다. 샛노란 원피스에 작은 진주 단추들이 많이도 달렸다.

"어?"

가장 위의 마지막 단추를 잡는데, 구멍이 남아 있지 않다. 아이가 고개를 돌려 옆에 있는 아동용 전신거울을 보더니 까르르 웃었다.

"뭐야아."

원피스 매무새가 삐뚜름해 있었다.

"잘못 끼웠잖아."

"맞아, 단추 잘못 끼웠어. 다시 해줄게."

다경도 웃음을 터뜨리며 잘못 끼운 단추를 풀어나갔다.

"내가 할 수 있는데."

"아니야, 오늘은 내가 해줄 거야."

아이와 가볍게 실랑이하는 사이에도 웃음은 가만히 퍼졌다.

단추는 새로 끼웠다. 아래부터 다시 천천히 하나씩, 그리고 정성껏.

"아아, 예쁘다, 진짜."

원피스를 다 입은 아이를 앞에 두고 다경이 감탄했다. 눈에는 사랑이 가득 묻어났다.

얼굴 가득 함빡 미소를 지으며 아이가 팔을 벌려 다경의 목을 감싸 안았다. 그리고 말했다.

"운명이란 말이 있대. 우리도 만날 운명이었을까?"

어디서 이런 얘길 들었을까. 새삼 신기하고도 벅찬 음성으로 다경이 아이를 안고서 가만히 대답했다.

"운명은 정해진 게 아니라, 만들어가는 거래. 아마 우리는 서로 찾고 찾아서 이렇게 만나게 된 걸 거야."

그래서 더 소중해. 그래서 더 애틋해.

"만약에 서로 못 찾아서 못 만나면 어떡해?"

사랑하니 두려운 마음. 아이의 그런 마음을 달래며 다경이 말했다.

"그럼 윤서가 얘기해주러 오면 되지."

운명은 분명 다시 만들어갈 수 있을 테니까. 시간을 거슬러서라도.

"내가? 어디로 가서?"

"어디든지 윤서는 찾아올 수 있어."

마음이 있으니까. 그곳이 어디든.

"와서 꼭 알려줘."

잘못 끼운 단추처럼,

"엄마 아빠가 윤서를 만날 수 있게."

다시 처음부터 끼울 수 있도록.

"……울어?"

따뜻한 손길에 잠에서 깼다. 민우의 음성이 바로 곁에 머물렀다. 다경은 그제야 눈물이 흐른 걸 깨달았다. 가슴이 먹먹하고 목이 멨다. 흐릿한 잔상이 남아 있지만, 정확히 떠오르진 않았다.

어떤 꿈이었더라.

"……나 꿈꿨어."

"무슨 꿈?"

"글쎄."

모르겠다. 꿈이 정확하게 기억나는 일은 별로 없었다. 햇살은 어여쁘고, 자신의 목소리가 다정했다는 것만 맴돌았다.

먼저 잠에서 깼는지, 자신의 눈물을 엄지로 부드럽게 쓸어 닦아주는 민우가 옆에 있었다. 웃음이 가만히 섞인 목소리에 마음이 편안해졌다.

"아주 예쁜 꿈이었어."

손닿을 듯 가깝지만 또 한없이 멀게도 느껴지는, 아련한 기억의 꿈.

"그런데 왜 우냐."

"……그러게. 나 왜 울었지."

무언가 그리워서. 알 수 없는 그리움이 가슴을 세차게 두드리는, 그런 꿈이었다.

"꿈꾸고 울고, ……기가 허한가. 보약 좀 해줄까? 먹을래?"

"아니."

"먹고 기운 내서 밤에 좀 더 파이팅해도 나쁘지 않은데."

"지금보다 더? 됐네요."

민우의 농담에 살살 정신이 돌아온 다경은 몸을 일으켰다. 꿈은 꿈이고, 현실은 현실. 촬영을 위해 아침 일찍 나가야 했다.

"이제 씻고 준비해야겠다."

"힘이 하나도 없어 보이는데. 정말 괜찮겠어?"

"괜찮아."

다경이 침대에서 내려가기 전에 민우가 일어섰다. 오후에 잡지 인터뷰 하나만 있어 늦잠을 자도 될 텐데.

"이리 와."

그가 먼저 욕실로 가며 다경을 불렀다.

"내가 씻겨줄게."

"뭐래, 아침부터."

다경이 기겁하며 이불로 몸을 감쌌다. 아침부터 활기가 넘치는 지민우를 피해 침실 밖에 있는 욕실로 뛰어가야 하나 고민하면서.

"너야말로 뭐래, 무슨 생각을 하는 거야."

큰 수건을 꺼내 대충 허리춤에 두른 민우가 욕실 문을 짚고 삐딱하게 서서 말했다.

"양치해주고, 머리 감겨주고, 세수해주고, 물론 샤워도 시켜줄 거지만, 위험한 짓은 안 해. 걱정하지 말고 빨리 와, 늦는다."

아무 짓도 안 해도 그냥 생긴 게 위험한데. 잠에서 덜 깬 나른한 눈빛부터 너무 섹시한데.

"나 믿어. 그냥 와."

민우의 말에 다경은 입술을 꾹 다물었다. 못 믿는 건 네가 아니라, 나라고. 건전하게 씻겨주기만 하는 널 덮치고 싶어지면 어쩌라고. 나더러.

"아아, 아무래도 안 되겠어."

다경은 고개를 절레절레 흔들었다.

"나 그냥 밖에 있는 욕실 가서 씻……."

말을 다 마칠 틈도 없었다. 저벅저벅 걸어온 민우가 시트를 둘둘 만 다경을 그대로 안아 올렸다.

"으아앗."

"가만히 있어."

아무래도 제정신으로 촬영장에 나가긴 글렀다 싶었다. 다경은 체념한 음성으로 말했다. 이왕 이렇게 된 거.

"그냥 촬영 째고 싶다."

'땡땡이'라는 게 있으면 치고 싶을 정도였다.

다경을 안고 욕실로 향하며 민우가 웃었다.

"촬영을 왜 째. 내가 깨끗이 씻겨주면 상큼한 기분으로 나가서 열일하고 오셔야지."

"그러고 싶은 기분이 아니야. 그냥 너랑 있고 싶지. 특히 내 몸에 손을 대는 순간, ……아아, 난 글렀어."

그에게 안긴 다경이 태연스럽게 하는 말에 민우가 좋은 마음을 감추지 않으며 또 웃었다. 그러면서도 타박 섞인 말투로 받아쳤다.

"도대체 부끄러움이라고는 전혀 모르시네. 너 원래 이런 애였어?"

"나도 몰랐지. 내가 이렇게 밝히는 여자인 줄은."

당당하고도 떳떳하게 드러내는 취향. 민우는 욕조 옆 넓은 난간에 다경을 조심스레 내려놓고, 자신도 앞에 걸터앉으며 말했다.

"이래서 소다경을 사랑하지, 내가."

"빼고 그러는 건 내 스타일 아니거든."

"그랬으면 애초에 좋아하지도 않았을걸."

오가는 말에 가득한 사랑이 아이스크림처럼 시원하고 달콤했다. 계산 없이 서로에게 곧게 향하는 애정은 순수하기만 하다.

"밀당 안 해도 되겠어, 정말?"

다경은 혹시나 표현을 아끼지 않는 제 방식에 민우가 흥미를 잃지 않을까, 그건 좀 걱정이 되었다. 그러나 전혀 걱정할 필요 없다는 듯, 민우가 그녀와 눈을 맞추며 말했다.

"그딴 걸 왜 해, 사랑만 해도 아까운 시간에."

예뻐 죽겠다는 눈빛이 자신에게로 향했다.

다경의 마음이 그득히 차올랐다. 무조건적인 사랑을 받고 있다. 그걸 알게 되는 순간순간이 이토록 행복할 수가 있을까 싶었다. 자꾸 물어보고 싶고, 자꾸 확인받고 싶었다. 사랑한다고 자꾸 얘기하고 싶었다.

아무리 표현하고 또 표현해도 모자라다. 이런 연애를 하고 있다. 이런 결혼생활을 하고 있다. 이런, 삶을 살고 있다. 행복해 미칠 것만 같았다.

그런 생각을 하고 있는데, 새삼 민우가 감탄하는 얼굴로 다경을 보았다.

"와, 너 지금 표정……."

"왜?"

"몰라. 나 지금 좀 심장 아픈데."

장난스레 자신의 가슴을 주먹으로 꾹 누르며, 네가 너무 예뻐서 심장에 무리가 온다는 표현을 했다.

언젠가, 그때가 결혼식 날이었던가. 그가 진심도 아닌 말을 남들 앞에서 연기로 했던 때가 떠올랐다.

"너 오늘 너무 예뻐서, 내 심장에 무리가 온 것 같아."

그때는 태연스럽게 연기하는 민우가 얄밉기도 했었는데, 지금은 누가 봐도 진심이다.

다경 역시 가슴이 쿵덕거리며 뛰었다. 아마 이렇게 좋은 마음을 감추지 못하는 건 자신의 얼굴도 마찬가지겠지. 다경은 벅차올랐다. 우리에게 이런 날이 올 줄, 어떻게 알았을까.

"아무래도 나, 씻겨주기만 할 자신 없는데."

민우가 말을 바꾸었다. 이렇게 제대로 걸친 옷도 없는 채로 욕실에 함께 들어왔을 때부터 예상했고, 기대했고, 또 기다렸던 바다. 다경은 가늘고 탄탄한 팔을 뻗어 그의 목을 감싸 안았다.

"잠깐은 시간 될 거야. 일찍 일어난 거니까."

그 말에 민우가 샤워기 꼭지를 돌렸다. 한여름 소나기처럼 뜨거운 열기를 달래는 시원한 물이 쏟아졌다.

그 비에 젖듯, 그 사랑에 빠지듯, 서로를 놓지 못하는 손길 속에서 깊은 키스와 함께, 그들의 신혼은 뜨겁고 평화롭게 흘러가고 있었다.

✦≫※≪✦

"이제 아무 문제 없어. 아아아주 좋아."

남 대표, 기혁이 자신만만하게 말했다. 다리를 꼰 민우가 비웃음을 머금었다.

"문제없기는."

"왜? 현지 얼굴 계속 볼 수 있고, 연락도 아무 때나 할 수 있고, 밥도 같이 먹을 수 있는데. 무슨 문제가 있어?"

왕현지와의 관계가 진전될 기미는 보이지 않았지만, 기혁은 인연이 끊어지지 않은 것만으로도 충분하다고 생각했다.

누군가는 기혁을 보고 생긴 건 족제비처럼 생겨 여자 수백은 너끈히 후리겠다고 말도 했었다. 하지만 저 남자가 저렇게나 맹탕인지 그 누가 알까.

"벌써 한 달 된 거 아니야?"

"그래, 완전히 제자리로 돌아오는 데 한 달이나 걸렸지."

기혁이 고개를 끄덕였다.

현지가 말했던 것처럼 '없던 일'로 만들고, 예전과 같은 관계로 돌아갔다. 그녀를 볼 때마다 가슴이 쓰라렸지만, 얼굴을 보지 못하는 것보다는 훨씬 나았다. 애써 태연한 척, 애써 아무렇지 않은 척 기혁은 웃기만 했다.

문이 드르륵 열리고 왕현지와 다경이 들어왔다. 어제 샤인어패럴의 TV 광고를 촬영했고, 다가오는 주말에는 홍콩에서 화보를 찍기 위해 출국할 예정이다. 그 전에 남 대표, 왕 대표, 민우, 다경 이렇게 넷이 한식 레스토랑에서 저녁을 먹기로 해 모인 자리다.

"우리가 좀 늦었네. 미안해."

그런데 현지의 얼굴빛이 무척 좋지 않았다. 민우가 같이 들어온 다경에게 눈짓해보았지만, 그녀 역시 이유는 모르는 듯 살짝 고개를 저었다. 좋은 일만 있는 요즘인데, 딱히 기분이 상할 일은 없을 것 같은데. 아니, 기분이 나쁘다기보다는, 현지는 마음이 뭔가 복잡해 보였다. 개인적으로 무슨 일이라도 생긴 걸까?

"와아, 맛있겠다."

미리 주문해둔 음식이 나오기 시작하자 다경은 웃으며 젓가락을 들었고, 민우도 분위기를 살피며 맥주병을 들었다.

"한 잔 받으세요. 왕 대표님 먼저."

"그래, 먼저 받아야지. 우리 일 잘하는 왕현지."

기혁도 말로 거들었다. 현지의 기분을 맞춰주려는 태도였다. 그러나 현지가 고개를 저으며 잔을 치웠다.

"아니, 난 됐어."

"운전하셔야 해요? 차 안 가지고 오셨잖아요."

민우의 말에 현지가 어색하게 웃었다.

"오늘 술이 안 받을 것 같아. 난 괜찮으니 한 잔씩들 해."

웬일로 술을 다 마다하실까.

"다경이랑 저도 좀 그렇고. ……형, 받아."

결국 기혁의 잔만 찼고, 어딘지 모르게 긴장이 도는 분위기가 이어졌다.

"다경이 촬영은 안 힘들어? 이제 반은 진행됐나?"

"네. 어려운 장면들은 후반부에 몰려 있어서, 아직까진 힘든 거 모르고 했어요."

그러던 중, 직원이 갈비찜을 가지고 들어왔다. 테이블 가운데에 음식을 내려놓자, 안색이 안 좋던 현지가 기어이 입을 틀어막으며 일어섰다.

"우리 왕 대표 좋아하는 갈비……."

"잠깐."

현지가 서둘러 방에서 뛰쳐나갔다. 남은 이들의 눈이 동그래졌다.

"대표님 어디 안 좋으신가?"

"……언니가 아픈 데는 없어 보였는데."

민우와 다경이 걱정하는데, 기혁의 표정이 심각해졌다. 단번에 진지한 분위기가 되어버린 기혁은 잠시 생각을 하는 듯하더니 일어섰다.

"너희 먹고 있어."

"가보시게요?"

"응."

기혁이 지체 없이 밖으로 나갔다.

"얘기해."

"할 말 없는데."

복도 끝 구석진 자리였다. 화장실에서 나온 현지를 붙잡고 기혁이 재촉했다.

"너, 뭐 있잖아."

현지는 그의 눈을 피했다. 거짓말은 못 하는 성격이다.

"있긴 뭐가. 배고픈데 빨리 들어가자."

"먹지도 못하고 있잖아, 제대로."

"아니야, 잘 먹고 있어."

"얼마 전에도 속 안 좋다고 했었지."

농담도 하지 않고, 장난도 치지 않고, 자신을 곧게 내려다보는 기혁이 낯설었다.

현지는 속이 울렁거렸다. 머리가 어지럽고 금방이라도 토할 것만 같았다. 어떻게 해야 할까.

"이것 좀 놔줘."

세게 잡히지도 않은 손목을 들어 괜히 아픈 척했다. 하지만 말을 돌리려는 시도는 먹히지 않았다.

"저번부터 이상한 점이 한두 개가 아니야. 나한테 분명히 할 말 있잖아."

현지는 멈칫했다가 목소리에 힘을 주었다.

"뭐가 있어도, 남 대표한테 할 말은 없어. 남 대표랑은 상관없는 일이니까."

얼마 전부터 몸이 이상했다. 감기인 줄 알고 약을 먹으려다가 싸한 기분이 들었다. 기혁과 보냈던 하룻밤이, 기억 속에 묻어두었던 그 밤이 왜 떠올랐을까. 그래도 필요한 조치는 다 취했다고 생각했는데 아니었던 걸까.

해서, 급히 약국에서 임신진단 키트를 사서 확인해보았다. 그리고 그 당혹감이란.

오늘 낮에는 병원에 들렀다. 마지막 생리일로부터 계산되는 날짜로, 임신 6주 진단을 받고 나니 오히려 마음이 차분해졌다.

'나의 아이…….'

한 번도 생각해보지 못했던 존재가 자신의 몸속에 있다니 알 수 없는 전율이 일었다.

단순하게 생각하기로 했다. 지키기로 마음먹었다. 세상에 자신 혼자라 생각했었는데, 이유 모를 든든함을 느끼게 해준 이 존재를 반드시 지켜내기로.

그러고 나니 기혁을 어떻게 봐야 할지 그게 난감해진 것이다. 절대 밝히지 말아야지. 이를 핑계로 잡고 싶은 생각도 없고, 부담을 주고 싶은 생각은 더더욱 없었다.

"설마 내가 너 좋아한다고 오해한 거야? 말도 안 되는 거 몰라? 나 좋다고 하는 여자들이 지금도 얼마나 많은데, 내가 널? 왜?"

"걱정을 마시라고. 왜 그런 고민을 해. 푸하핫. 너랑 나 사이에?"

웃음을 터트리던 기혁의 모습이 생생했다. 그런 그에게, 내가 엄마가 될 결심을 했다는 말을 어떻게 할 수 있을까. 그럴 수 없고, 그래서는 안 되었다.

그런데 기혁이 뭘 알고 이러는 걸까. 이렇게 깊은 눈빛으로, 왜 자신의 마음까지 모두 들여다보듯 바라보는 걸까.

아니라면서. 아니라고 했으면서.

"내 생각엔 나와 상관있는 일 같은데. 아니야?"

다 알고 있다는 듯. 자신의 눈만 봐도 알 수 있다는 듯.

"말해줘. 그다음은 같이 생각해."

자신이 말을 아낄수록 기혁은 점점 더 애틋한 얼굴이 되어갔다.

"현지야."

달래듯 부드러운 부름에 현지는 한숨을 쉬며 툭 내뱉었다.

"그래, 일이 있어. 남 대표와 무관한 일 아닌 거 맞아. 그런데 무관했으면 좋겠어. 신경 쓰지 않도록 내가 알아서 할게. 나 충분히 능력 있고, 남 대표한테 요구하고 싶은 거 없어."

내 결정이니까. 오히려 내 결정으로 인해 당신이 피해를 입어서는 안 되니까.

"그러니 남 대표는 책임 안 져도 돼. 내가 알아서 해."

바로 알아들은 기혁의 표정이 변했다. 애타는 얼굴에서, 놀란 얼굴로. 그리고 다시…… 다시 애타는 얼굴로.

"현지야."

이름을 부르는 소리에 수만 가지 감정이 실려 있었다. 어른어른
피어오르는 기쁨. 어쩌면 그게 가장 컸을지도 모르겠다.

"책임지고 싶어."

기혁이 벅찬 음성으로 말했다.

"질게. 지게 해줘. ……현지야. 그 책임, 질 수 있게 해줘."

제발.

싱글벙글.

"굿모닝! 오오, 이 대리 오늘 패션 조오아, 굿! 어, 장 실장 머리
새로 했나 보네, 구우웃! 그래, 그래, 다들 굿모오오닝."

근무 중인 직원들의 인사를 받으며 대표실로 향하는 기혁의 발
걸음은 가벼웠다. 기분 좋은 웃음에 직원들까지 덩달아 웃으며 시
작하는 하루였다.

대표실 문을 열고 들어가자 소파에 퍼져 누워 있는 민우가 보였
다.

"어이고, 우리 죽돌이 일찍 출근하셨네!"

소속사 직원인지 배우인지 헷갈리는 민우의 출석 체크. 다른 때
같으면 또 왔냐며 투닥투닥했을 텐데 오늘은 그런 민우도 귀여워
보일 만큼 기혁은 온화하기만 했다.

"다경이 주말에 화보 스케줄 빼느라고 영화 촬영 빡세게 당겼잖
아. 밤새 찍고 들어와서 한 시간 만에 새벽부터 또 나갔어."

"그래, 잘 왔다. 새신랑 혼자 집에 있으면 뭐 하냐. 나온 김에 너

단막극 들어온 거 대본 좀 보자."

방글방글 웃으며 기혁이 대본 뭉치부터 들고 왔다. 하지만 그건
테이블 위에 그냥 내려놓고.

"그 전에 이것 좀 봐줄래?"

휴대전화부터 급히 내밀었다. 보여준 화면에는 아동용 책가방
구매 페이지가 열려 있었다.

"이거 어때? 예쁘지? 살까?"

민우가 그야말로 '벙찐' 표정으로 바라봤다.

이 형, 해도 해도 너무하네.

"책가방까지 사놓겠다고? 하아, 이건 사용하려면 몇 년은 더 있
어야 해."

"아, 그래?"

건성으로 대답하며 다시 휴대전화 화면을 보는 기혁은 여전히
싱글벙글했다. 아무렴 어때.

"이것저것 찾다 보니까 나왔는데, 미리 사두면 좋지 않을까?"

"답정너야 뭐야, 왜 물어봐. 형 마음대로 할 거면서."

민우의 말대로 기혁은 이미 해당 상품을 장바구니에 담고 있었
다.

"와아, 진짜 또 사려고? 이틀 사이에 아이 물건 산 게 백화점 하
나 분량은 나올 것 같은데. 형 제정신이야?"

"내가 제정신일 리가 있냐."

함박웃음을 지으며 대답하는 기혁을 보며, 민우는 저게 바로 살
아 있는 빙구구나, 실감했다.

놀라운 소식을 들은 건 그제였다. 정말 뒤로 넘어갈 만큼 충격적
인 소식에 다들 기함했었다.

"우린 먼저 가볼게. 마저 식사하고 가."

저녁을 먹다 말고 밖에 나갔던 현지와 기혁이 돌아와 짐을 챙겨 나가는 모습에 민우와 다경은 걱정부터 했다.

"무슨 일 있으세요? 왕 대표님 어디 안 좋으신 거 아니에요?"

"아니야, 아무 일도 아니야. 괜찮으니까 신경 쓰지 말고 밥 먹어, 밥."

기혁이 싱글벙글 웃음을 입에다 박제했던 건 그때부터였다.

"식사도 안 끝났는데……. 형, 음식 더 나올 건데 좀 더 먹고 가지."

"아냐, 아냐. 우리끼리 할 얘기도 있고, 너희 편하게 먹어."

"그래, 다경아, 민우야, 우리 그냥 먼저 갈게."

몸을 돌려 나가려던 현지가 테이블 모서리에 살짝 부딪힐 뻔했고, 기혁이 화들짝 놀라 그녀를 감쌌다.

"괜찮아?! 안 다쳤어? 아프지 않아? 놀란 건 아니고?"

"……아니, 남 대표만 조용하면 괜찮을 것 같은데."

"가방 이리 줘. 업힐래? 어떡할까, 안고 갈까?"

이게 무슨 분위기인가 싶어 민우와 다경이 눈을 깜빡깜빡했다. 기혁은 눈에 왕현지만 보이는 사람처럼 그녀를 애지중지 어쩔 줄 몰라 했고, 현지는 체념한 얼굴로 한숨을 폭 내쉬었다.

"아무래도 남 대표, 계속 이럴 것 같고."

아니, 앞으로 더할 것 같고.

"어차피 알게 될 일, 미리 얘기할 테니 당분간 너희만 알고 있어."

왕 대표가 먼저 말했다.

"나, 임신했어."

"……네?!"

놀란 두 사람이 동시에 되물었다.

현지는 오히려 차분한 표정으로 말을 이었다.

"남 대표가 아빠야. 아무튼 그렇게 됐어. 남 대표랑도 이제부터 차차 풀어야 할 문제니 당장 더 해줄 말은 없고, 티는 날 수밖에 없으니 얘기하는 거야."

현지와 기혁의 태도를 보니, 원만히 해결될 문제 같아 보였다. 적어도 나쁜 상황으로 가진 않을 듯했다.

멍하니 있던 다경이 정신을 차리고는 손뼉을 치며 외쳤다.

"축하드려요!"

왕 대표가 임신했다니. 그것도 남 대표와 왕 대표의 아이라니. 믿기지 않는 이 일은, 분명 축복이리라.

옆에 서 있던 민우도 기혁을 놀란 얼굴로 바라보며, 다경을 따라 짝짝짝 손뼉을 쳤다. 얼떨떨한 기분도 잠시, 나란히 선 기혁과 현지가 너무도 잘 어울려 저절로 가슴이 따뜻해졌다. 더욱이 민우는 그간 얼마나 기혁이 마음고생을 했는지 잘 알고 있었다.

기혁은 언제나 현지가 가장 우선이었다. 자신의 감정보다, 자신의 욕심보다, 세상 그 무엇보다 왕현지가 일순위, 아니, 영순위인 남자였다.

하도 배려를 하고 이해를 하고 알아서 조심하다 보니 그 짝사랑을 싹틔울 일마저 다른 나라 얘기처럼 멀어졌었는데. 그 모습이 바보 같기만 했는데 이런 일이 생길 줄 누가 알았을까.

민우도 기뻐하며 축하했다.

"앞으로 두 분한테 좋은 일만 있을 거예요. 축하드려요."

마음 같아서는 정말 잘됐다고도 말하고 싶지만 그건 참았다. 적어도 왕 대표는 어떤 마음인지 민우로선 알 수 없으므로.

그들의 축하에 현지의 얼굴에도 아주 옅은 미소가 번졌다. 보일 듯 말 듯 살짝 스친 웃음 뒤에 그녀는 다시 덤덤한 표정으로 먼저 가겠다 말하며 돌아섰고, 기혁은 활짝 웃으며 손을 흔들고는, 현지를 아주 조심스레 보호하듯 감싸며 함께 나갔다.

그렇게 두 사람의 관계가 몇 단계를 넘어 훅 진전된 상태였다.

"참, 태명은 '복덩이'로 하려고."

기혁이 웃으며 말했다.

"그래, 걔가 복덩이지. 아무리 생각해도 참……, 어떻게 이런 일이 다 있냐."

"나 아직도 안 믿긴다. 정말."

꿈을 꾸는 듯한 표정이었다. 정말 좋아 죽겠다는 얼굴.

그런 기혁을 보니 민우는 웃음이 났다. 복덩이 덕분에 짝사랑도 청산하고, 결혼도 하게 되고, 심지어 부모까지 되다니. 기혁에게는 세상이 뒤집힌 것처럼 요란한 변화가 일어난 것이다. 물론 과부하가 걸린 듯, 신생아 용품을 넘어서서 유아, 어린이, 심지어 청소년이 쓸 법한 용품까지 사들이려는 모습이 제정신은 아닌 걸로 보였지만 얼마나 좋으면 그럴까 싶어 이해를 해주기로 했다.

"그럼 왕 대표님은 완전히 받아주신 거야, 형 마음?"

"당연하지."

이보다 더 뿌듯한 표정은 없을 것이다.

"제대로 고백은 했고?"

남 대표의 어깨가 한껏 올라갔다.

"그럼. 내가 어제 프러포즈를 했거든."

"프러포즈? 그새? 벌써?"

민우의 눈이 커졌다.

그럴 새가 있었나? 육아용품이나 사들이고 있는 줄 알았더니. 그야말로 속전속결이다. 긴긴 시간 이어졌던 짝사랑이 무색하게도, 남 대표는 한번 물꼬를 트자 정신없이 나아가고 있었다.

"왕현지 성격에 오글거리는 건 진짜 싫어할 것 같고. 그래서 이 벤트니 뭐니 했다가 역효과만 날 수 있으니까, 담백하게 반지랑 꽃다발 사서 선물했어. 편지도 써서 주고."

그 편지 읽어주다가 자신이 먼저 울었다는 건 비밀이다.

"편지? 편지에는 뭐라고 썼는데?"

"뭐라고 썼겠냐. 내 진심을 다 들이부었지."

사고로 인한 책임을 지겠다는 게 아니라 너와 나, 우리의 인생을 책임지고 싶다는 말. 아이는 사고로 생긴 것이 아니라, 어쩌면 우리 사이에 시작될 사랑으로 인해 찾아온 것인지 모른다는 말. 그리고 오래전부터 내가 너를, 깊이, 아주 깊이, 마음에 품고 있었다는 말. 그 모든 말들을 쏟아냈다.

그렇게 긴 짝사랑의 마침표를 찍었다. 우연히도. 감사하게도. 복덩이로 인해.

"그래서 왕 대표님은 뭐라셔?"

"아, 멋진 우리 현지."

기혁이 두 손을 모으고 눈에 하트를 뿅뿅 뿜어냈다.

"책임은 남 대표만 지는 게 아니라, 같이 지는 거야."

"그러는 거야. 아직 초기라서 좀 더 조심하면서 상태 지켜보고서 배 불러오기 전에 식 올리자고도 했고. 하아…… 왕현지랑 내가 결혼을 하다니. 이렇게 '존버'는 승리한다. 나는 버티기 한 판으로 사랑을 쟁취한 거라고. 위대하지 않냐, 정말."

"……사랑을 쟁취하고, 서로 마음을 확인했다고 하기엔 좀 애매한 것 같은데."

기혁의 표정만 보면 천년을 찾아 헤맨 사랑이 서로에게 온 것 같다. 상호합의 하에 결혼하고 아기를 낳기로 한 것까지는 알겠는데, 감정의 진전이 있는지는 잘 모르겠구만. 기혁 쪽이 사랑이라면, 현지 쪽은 정말 책임감이 아닌가 싶은데.

그래, 아무렴 어떨까. 이렇게나 행복해하는데. 이들의 사랑은 이제 시작인 것을.

"나 진짜 착하게 살 거야. 잘 살 거야, 정말로."

이제 한 여자의 남편으로서, 그리고 한 아이의 아빠로서, 바른 인생에 투지를 불태우는 기혁을 보니 민우는 기분이 묘했다.

며칠 전까지만 해도 짝사랑에 끙끙 앓던 기혁이 이제는 완벽한 가장으로 보이니까. 기혁이나 자신이나 순서가 뒤죽박죽인 건 마찬가지지만 어쩐지 상황은 많이 다른 것 같았다. 갑자기 추월당한 기분도 들고.

자신은 결혼 후에야 다경과 차곡차곡 감정을 쌓아가고 있다. 진짜 결혼생활이라기보다 연애에 가까운 느낌이었다. 결혼식도 올렸고, 혼인신고도 했고, 세상 사람 다 아는 부부로 살아가고 있는데도 아직은 연인처럼 풋풋함이 더 컸다.

'그것도 나쁘지 않지.'

시작하는 사이니까.

"*아빠.*"

그런데 다경을 닮은 아이가 자신을 부르는 모습이 문득 떠올랐다. 아이를 바란 것은 아닌데, 자신이 본 장면이 가슴에 가시처럼 박혀 있었다. 그건 떨칠 수 없을 만큼 강력한 한 방이었다.

과거의 삶 어디선가 다경과 자신의 사이에 아이가 있었을까. 그럼 한 번쯤은 그녀와 자신이 결혼했었던 걸까.

서른 전에 그만한 아이가 있으려면 이십 대 초반에 결혼하고 출산까지 했다는 건데, 말이 되지 않는다. 겨우 이십 대 초반에 다경과 자신이 결혼했었다는 건. 게다가 다경은 결혼은커녕 아이도 낳고 싶지 않다는 주의인데, 그렇게 일찍 출산했을 리가 없지.

그게 아니라면 무얼까. 그 아이는 어디서 온 걸까. 언제 다시 만날 수 있을까. 한 번만. 꼭 한 번만 다시 볼 수 있으면 좋겠는데.

"야, ……지민우."

기혁이 놀란 얼굴로 티슈를 뽑아 건넸다.

"뭐야, 너 왜 울어."

민우가 손도 뻗지 못하고 가만히 있자, 안 되겠다는 듯 기혁이 얼른 다가와 티슈로 민우의 눈물을 닦아주었다. 얼마 전, 아주 예쁜 꿈을 꾸었다며 자다 말고 눈물을 흘리던 다경이 떠올랐다.

"……그러게. 나 왜 울었지."

모든 게 가슴을 아프게 두드렸다. 먹먹한 그리움은 민우에게도 찾아왔다.

"그러게. 나 왜 운대."

민우가 울면서 기혁의 손을 치우고 스스로 눈물을 닦아냈다. 조금은 어이없는 얼굴로. 자신이 울었다는 게 믿기지 않는 표정이었다. 평소 눈물이 많지도 않은 민우였다.

"지민우, 내 일에 관심 하나도 없는 줄 알았는데 이렇게 감격해 눈물까지 흘리면서 축하해줄 줄 몰랐다. 피는 안 섞였어도 내가 제일 아끼는 동생, 역시 우리 예쁜 지민우우우우."

"그래, 좋을 대로 생각해."

기혁이 주책을 바가지로 떨며 여전히 얼굴값 못하는 동안 민우는 남은 눈물을 털어냈다.

……아이를 만나고 싶었다. 묻고 싶은 말이 많은데. 아빠, 라고 부른 다음에 무슨 말을 했을지, 끊긴 장면이 못내 아쉬웠다.

그날 밤이 지난 새벽, 피곤한 얼굴로 다경이 귀가했다.

"아직 안 잤어?"

현관 앞에서 기다리고 있던 민우가 팔을 벌려 그녀를 품에 안았다. 그는 주아에게 부탁했었다. 다경이 집에 도착하기 전 미리 연락해달라고. 그녀를 기다리다 맞이하고 싶었다. 그냥, 그러고 싶었다.

"너 안 들어왔는데 잠이 오겠냐."

"먼저 자라니까. 어차피 난 다시 나갈 건데."

"……이번 작품 끝나면 좀 쉴까? 여행도 가고?"

"좋아. 너무 좋아."

다경이 민우의 허리를 꽉 안으며 말했다.

"나 이 작품 안 하고 먼저 좀 쉴 걸 그랬나 봐. 신혼인데 이게 뭐야."

"우리가 이럴 줄 알았나."

진짜 결혼도 아니고, 진짜 신혼도 아니었는데. 오히려 강유현과 작품을 찍는다고 호들갑 떨며 좋아했던 게 불과 얼마 전이다. 일을 많이 하게 되었다며 기뻐하기도 했었고. 결혼으로 인해 톱스타급으로 올라선 건 정말 행운이었다며 폴짝폴짝 뛰었지.

"세트장 근처에서 쉴까 하다가 집에 온 건데, 오길 잘했다."

현관에서 신발을 벗자마자 맞이한 남편의 품이었다. 다경은 민우에게 안긴 채로 눈을 꼭 감고 달콤한 휴식을 만끽했다.

"잠깐이라도 너 보니까 좀 살 것 같아."

제 삶의 비타민이 집에 있었다. 집이 이렇게 아늑하고 달콤한 곳이었던가. 촬영장에서도 몇 번씩이나, 민우가 기다리고 있을 집으로 달려가고 싶었다. 이렇게 민우의 품에 안기고 나니 모든 피로가 싹 사라진다.

"여행은 어디로 가고 싶어?"

"무인도. 아니면 숲속 오두막도 좋고. 그냥 우리 둘이서만 같이 있을 수 있는 곳이라면 다 좋아, 난."

감출 수 없는 사랑. 솔직하게 내보이는 다경의 마음에 민우가 웃었다.

"관광 필요 없어? 신행 때는 그렇게 기를 쓰고 돌아다니며 구경하려고 하더니."

"구경은 무슨 구경. 아무것도 안 해도 좋아. 이렇게 내 남편 얼굴만 봐도 재밌는데."

다경은 밀착된 상태에서 고개만 살짝 들어 민우의 볼을 손으로 감쌌다. 그를 올려다보는 시선에 사랑이 가득했다. 사람이 이렇게 잘생길 수가 있을까. 보기만 해도 시간 가는 줄 모르겠다. 이 집 얼굴 잘하네, 정말.

"남해에 기혁이 형 별장이 있어. 너 이번 작품 끝나면 거기 빌려달라고 하자. 형이 언제든 가서 쉬고 오라고 전부터 그랬거든."

"아아, 좋아. 보름 정도 푹 쉬고 오면 안 될까?"

"보름 말고 한 달."

"콜."

한 달간 별장에서 한 발자국도 안 나갈 테다. 품에 꼭 안고서 둘이 하나인 것처럼 꼭 붙은 채로 먹고 자고 다 해야지. 영화도 만화도 실컷 보고. 물론 키스도 질리게 하고 밤낮으로 만지고 사랑을 나누며, 알찬 한 달을 보내고야 말 것이다.

그럼 무슨 준비를 해둬야 하나. 밖으로 안 나올 거니까 식량은 든든히 쌓아둬야 할 테고, 옷은…… 아마도 옷은 별로 필요 없을 거다.

"나중에 별장 갈 때 잠옷은 챙기지 마. 특히 그 땡땡이 잠옷이랑 강아지 잠옷."

"한참 있다 오는데 그걸 왜 안 챙겨?"

민우의 입술이 다경의 볼을 스쳐 귓가로 향했다. 짜르룻, 순식간에 그녀의 등줄기를 타고 전기가 흘렀다.

"넌 안 입을수록 더 예뻐."

"어……?"

"왜. 자세히 설명해?"

"아, 아닙니다."

"아니긴 뭐가 아니야."

민우의 입술이 조금 더 내려갔다. 다경의 목덜미를 부드럽게 빨아들이는 입술이 뜨거웠다. 그녀의 허리가 살짝 뒤틀렸다. 반응을 보이기 시작한 것이다.

"설명이 싫으면 지금 바로 확인해봐도 되고."

"나 곧 또 나가야 하는데……."

"지금?"

민우가 입술을 떨어뜨리며 눈을 마주 바라보았다. 그의 입술이 멀어지자 아쉬워진 건 오히려 다경이었다.

"바로 나가야 해?"

다경은 선뜻 대답하지 못하고 눈동자를 데굴데굴 굴렸다.

너무 피곤한 상태로 집에 왔는데. 주아가 한 시간 후에 온다고 했는데. 딱 30분만 눈 붙이고 30분 동안 씻고 나가려고 했는데.

하지만 그건 즉, 한 시간의 여유가 있다는 뜻이다. 갑자기 에너지가 솟는 깨달음이었다. 피곤이 뭐야. 먹는 건가.

"아니, 나 30분 쉬고, 30분 씻고 가려고."

그 말의 의미를 남편은 찰떡같이 알아듣는다.

"그럼 욕실."

다경이 고개를 끄덕끄덕했다.

"욕조에 물 받는다."

"응."

바쁜 아내의 시간은 효율적으로 흘러간다. 쉬는 것도, 씻는 것도, 그리고 남편에게 더 예쁜 모습을 보이는 것도 모두 한 큐에 해결이었다.

손바닥을 들어올리자 찰랑거리는 물이 함께 올라왔다가 쪼르륵 떨어졌다.

다경의 손이 몇 번을 반복해 오르내렸다. 작은 폭포처럼 손바닥의 물이 욕조로 다시 떨어졌다. 그 모습을 바라보는 두 사람의 눈이 평화로웠다. 물론 조금 전까지는 전혀 평화롭지 않았지만.

"얼마 남았지? 20분?"

"응. 내가 시계 보고 있어. 알람 맞춰뒀으니까 좀 쉬어."

민우는 욕조에 등을 기대고 앉아 있고, 다경은 그런 그에게 등을 댄 채 품에 안기듯 앉아 있다.

민우는 제게 그녀를 더 가깝게 붙여 안았다. 길고 탄탄한 팔이 다경을 감쌌다. 노곤하게 풀어지는 그녀의 몸이 제게 맞춘 듯 꼭 안겨들었다.

욕실을 가득 채웠던 야릇한 열기는 어느새 따뜻한 온기로 바뀌고 있었다. 이대로 시간이 멈추면 얼마나 좋을까. 그러니 더더욱 별장에서의 휴가가 기대되는 것이다.

별장 안에선 이 상태로 다니게 해야지. 나무꾼은 선녀의 날개옷을 감췄지만, 자신은 다경의 잠옷이 하나라도 보이면 다 없애버리겠다 다짐했다.

목에서 어깨로 유려하게 이어지는 선, 가늘고 탄탄한 팔, 진주처럼 매끄러운 피부, 잘록한 허리, 어디 하나 예쁘지 않은 곳이 없다. 손에 닿을 때마다 움찔 떨리는 몸이 매우 자극적이었다.

"너 교복 치마 줄였냐? 보는 사람 눈도 생각해야지, 완전 시각공해네."

"안 줄였거든. 키가 커져서 치마가 작아진 거거든."

"살이 찐 게 아니고?"

그렇게 구박하던 시절도 있었는데.

시각공해는 무슨. 널리 사람의 눈을 이롭게 하는 여신의 자태가 아닌가. 이 예쁜 모습을 평생 모르고 살 뻔했다니. 이젠 보는 사람 눈을 생각해서가 아니라, 자신만 보고 싶은 모습이었다. 짧은 치마도, 딱 달라붙는 티셔츠도, 아니면 실오라기 하나 걸치지 않고 다 벗어버린 지금 같은 모습도.

"소. 너 배우, 계속할 거지?"

민우가 잠긴 음성으로 묻자, 앞에 있던 다경이 얌전히 물장난을 지속하며 말했다.

"당연한 소리를."

"언제까지?"

"죽기 전까지."

"그래, 뭐."

타인의 인생을 연기로 표현하는 배우는 얼굴도, 몸도, 계속 내보일 수밖에 없는 직업이다. 민우도 같은 배우니 충분히 이해하고 있다. 더욱이 연기에 대한 다경의 열정은 자신이 죽어도 따라가지 못할 것이었다.

사랑하는 여자에게 드는 이 마음은, 그저 순수한 욕심일 뿐이다. 그녀를 독차지하지 못하는 게 이토록 아쉬울 줄이야. 이렇게 아름다운 내 아내, 나만 보고 싶은데.

"예쁘다."

"내가 좀 예쁘……, 웃."

민우가 욕조에 기댄 등을 앞으로 당기며 그녀에게 좀 더 밀착했다. 다경의 목, 어깨를 따라 뒤에 앉은 그의 입술이 움직였다. 번지는 열기에 다경의 고개가 옆으로 돌아갔다. 다른 극 자석이 끌리듯 서로의 입술이 맞닿았다.

키스를 하면서도 민우의 손은 계속 움직였다. 눈으로 보지 않아도 손에 닿는 감촉으로 아내의 예쁜 모습을 충분히 알 수 있었다. 그녀의 가슴을, 허리를, 배를, 부드럽게 안아 만지고 쥐었다가 놓는 행동 모두가 사랑이었다. 깊고도 진한, 두 사람의 인생을 완벽히 어루만지는 사랑.

어쩌면 이렇게 좋을까. 그저 서로의 몸에 닿아 있는 것만으로도, 이 사랑만으로도, 세상을 다 가진 듯 어쩌면 이렇게 충만할 수 있을까.

"너 예쁜 거, 나만 알았으면 좋겠다."

욕심인 걸 알면서도, 때로 그런 꿈을 꾸어본다.

"아무도 모르고, 나만."

그녀의 인생이 그럴 수 없다는 걸 알면서도, 애타는 마음으로 바라본다.

"……나만."

"너만 알아."

다경이 속삭였다.

연기가 아닌 진짜는 너뿐이니까. 이렇게 사랑하는 마음으로 닿는 건, 오직 너뿐이니까. 대중도, 상대 배우도, 전부 모르는 진짜 나는 오직 너만이 아니까. 우리 서로가 서로에게, 이토록 특별하니까.

"그래, 나만."

민우가 더욱 깊게 입을 맞췄다. 기꺼이 그녀의 입술이 열리고, 사이로 뜨거운 숨결이 뒤섞이며 그의 마음에 화답했다.

아쉬움을 채우고도 남는 짙은 키스였다. 상대를 구속하지 않되, 간절한 마음은 오롯이 전하는 키스. 내 사람임을 감사하게도 확인하는 키스. 안전하고도 성숙한, 사랑의 키스.

"……더 하면 안 되겠다."

이내 하아, 숨을 몰아쉬며 민우가 입술을 떨어뜨렸다. 좀 더 나아가면 아까보다 훨씬 더 위험해질 것이다. 아슬아슬 자극적인 부부의 시간이 시작될 뻔했다.

지금 멈추지 않으면 안 된다는 걸 아는 민우는 자신을 간신히 제어했다. 다경을 놓아주고 싶지 않았다. 전화도 꺼버리고 밖으로 나가지도 않고 이대로 잠수를 타게 할지도 모르지. 그러면 촬영장에 나타나지 않는 배우 때문에 다경의 소속사나 촬영 스태프들 모두 곤혹스러워질 것이다. 소다경 실종사건이라고 기사라도 나면 어쩌나.

말도 안 되지만, 그만큼 다경의 입장을 염려해 민우는 멈출 수밖에 없었다.

"난 왜 이렇게 이성적일까."

"쓸데없이."

다경이 싱긋 웃으며 맞장구쳤다. 그나마 좋은 시간을 한번 가졌으니 참는다 싶어 다경은 애써 쿨하게 먼저 일어섰다. 이제 나갈 준비를 해야 할 시간이다.

촤르륵. 그녀의 젖은 몸에서 물이 떨어졌다. 물의 여신이 밖으로 몸을 드러내면 이런 모습일까 싶을 정도로 눈부실 만큼 아름다웠다.

민우가 정확했다. 입지 않을수록 더 예쁜 다경이었다. 이대로 촬영장으로 돌려보내야 하는 것이 원통할 지경이었다.

다경은 커다란 배스타월을 꺼내 몸에 두르려 했다. 민우가 욕조에서 나가 거침없이 그녀에게로 다가갔다. 이성 좋아하네. 그런 건 개나 주라지. 민우는 배스타월을 낚아채 대충 몸의 물기를 흡수시켜준 후, 그대로 땅에 떨어뜨렸다.

"그냥 있어."

아무것도 입지 말고 그냥.

"언니 올 시간 거의 다 됐는데……."

"잠깐, 쉿."

민우가 손가락으로 다경의 입술을 막았다. 세면대 옆 대리석 상판 위에 올려둔 휴대전화에서 스피커폰으로 주아의 목소리가 흘러나왔다.

— 어, 민우야.

"네, 누나."

민우가 먼저 주아에게 전화를 했다.

"다경이 너무 피곤한지 곯아떨어져서 못 일어나고 있는데. 한 시간만 더 재워도 돼요? 시간 괜찮을까요?"

— 한 시간? 잠깐만.

그 대화에 다경의 눈이 동그래졌다. 시간 미루려고?

곧 주아가 대답했다.

— 응, 괜찮을 거 같아. 가자마자 다경이 신이 아니라서. 안 그래도 피곤해했는데 좀 더 자게 해줘, 그럼. 내가 한 시간 있다가 주차장 가서 전화할게. 그때 다경이 내려오면 되겠다.

"네, 그럴게요."

전화를 끊었다. 꿀 같은 한 시간이 추가되었다. 노래방에서도 처음부터 시간 넉넉히 받는 것보다 조금씩 추가하는 시간이 더 달콤할 때가 있다.

"내 남편, 완전 상남자네. 혈기가 엄청 왕성하셔."

"예쁜 네 탓이야."

"그래, 내 탓이니 내가 책임을 져야겠네."

다경이 웃으며 까치발을 들고 그에게 쪽, 입을 맞췄다. 민우가 그녀의 허리를 안고 들어올렸다. 매달리듯 안긴 몸은 세면대 옆 상판에 안착했다.

보너스 한 시간은 좀 더 뜨겁고, 달콤할 것이다. 다시 시작된 키스부터 아까보다 훨씬 더 짜릿하였다. 욕실 안, 잔뜩 젖은 소리가 다시금 차올랐다.

✦➤※◄✦

민우는 다경의 손을 잡고 주방으로 함께 갔다.

"앉아. 따뜻한 차 줄게."

"더우니까 아이스커피나 한 잔 마실래."

거실에 내내 에어컨을 틀어두었어도 여름으로 접어든 날씨 특유의 후덥지근함은 쉽게 떨칠 수 없었다. 방금까지 뜨거운 시간을 보내고 온 탓도 있겠지만.

민우는 커피 머신에서 에스프레소를 추출하며 얼음을 꺼냈다.

"촬영장에서, 강유현 선배는 별 얘기 없어?"

"응. 전혀."

소품실 사건 이후로 조용했다. 강유현은 카메라 앞에서 압도적인 연기를 펼치는 배우였고, 카메라 밖에서는 매너 좋고 신사적인 동료였다. 다경은 불편해하거나 피할 이유도 없었고, 촬영도 순탄하게 진행되었다.

그런데도 민우는 조금 꺼림칙했다. 이미 시작한 작품을 별 이유 없이 도중에 그만두게 할 수도 없고, 그렇다고 마냥 마음을 놓고 있을 수도 없었다. 다경이야 아무것도 모르겠지만, 열 번째 생을 사는 자신에겐 강유현이란 존재가 가볍게 느껴지진 않았다.

"안심하지 말고, 조금이라도 이상한 점 보이면 나한테 바로 연락해."

"그럴게."

다경은 협조적으로 대답했다. 이제는 그런 걱정이 오버라며 민우를 구박하지 않았다. 뭐든 조심해서 나쁠 것 없다는 생각이었다.

"맞다. 나 어제 대기하면서 그 영화 다시 봤거든."

"무슨?"

민우가 유리컵에 담긴 아이스커피를 다경 앞에 놓아주며 맞은편에 앉았다.

"그때 같이 본 영화. '온리 유'."

신혼여행 이후, 이탈리아를 배경으로 나온 영화를 섭렵하며 봤던 작품이다. 여자주인공이 운명적 사랑을 찾아 헤매는 스토리로, 그때 함께 보다가 후반부를 확인하지 못했다. 민우는 두 번째 본 거였지만 하도 예전에 본 영화라 잘 기억이 나지 않았고.

그 얘기를 다경이 다시 꺼냈다.

"운명, 그건 정해진 대로 흘러가는 게 아니더라."

"아니면?"

"영화에서 그 여주가 로다주랑 사랑에 빠지며 끝나거든. 자기가 찾아 헤매던 운명의 남자가 아닌 걸 알게 됐는데도."

"……그랬나."

순간 민우의 가슴이 두근두근, 세차게 뛰어댔다. 운명이 아닌 남자와 사랑에 빠지는 결말이었어?

어쩌면 스포라 할 수 없을 만큼 당연한 전개인지 모른다. 남자주인공은 로버트 다우니 주니어가 확실하니까, 로맨스 영화 특성상 두 남녀의 사랑이 이루어지는 건 뻔할 수밖에 없다. 하지만 그 속에 담긴 의미가 다경과 민우를 흔들어놓았다.

"그 여자한테는 어릴 때부터 그때까지 '운명'이 굉장히 중요한 부분이었잖아. 결혼식을 앞두고 이탈리아까지 달려갈 정도로. 그런데 그건 중요하지 않다는 걸 알게 된 거야."

"그러니까 운명은 정해진 게 아니라……."

"스스로 만들어가는 거지."

우리가 살아가는 이 삶도, 순간순간이 모여 하나로 이어지듯이, 정해진 운명대로 사는 게 아니라, 우리가 내딛는 걸음대로 만들어지고 있는 거야. 그래서 우리가 만났고, 지금 여기 있고, 사랑하게 된 거잖아. 비로소. 너와 내가 만든 '운명'대로.

그때였다. 지금까지 중 가장 강한 소리가 민우의 귓속을 세게 긁었다. 이어 펼쳐진 장면.

"아빠."

노란색 원피스를 입은 여자아이가 보였다. 그 애가 숨을 몰아쉬더니 살짝 웃으며 몸을 일으켰다. 민우가 그토록 궁금해했던, '아빠' 다음 장면이었다.

다부지고 야무진 입술을 움직여, 아이가 말했다.

"드디어 만났다, 우리."

"……너 누군데, 나한테 아빠라고 부르는 거야?"

어리둥절한 목소리는 자신의 것이었다.

"모를 수도 있지. 날 못 알아봐도 별로 섭섭하지 않아. 어차피 아빤 날 엄청 사랑해줄 거라는 거 다 아니까."

"그게 대체 무슨……."

"자, 아빠, 이거."

아이는 메고 있던 가방을 열어 무언가를 꺼내 내밀었다. 크고 납작한 나무 상자였다.

민우는 여전히 모르겠다는 듯 천천히 상자 뚜껑을 위로 열었다. 열 개의 만년필이 가지런히 꽂혀 있었다.

"운명은 정해진 게 아니라, 만들어가는 거래."

"뭐?"

"엄마가 그랬어."

첫 번째 삶.

"그러니까 괜찮아, 아빠. 너무 슬퍼하지 마."

"……."

"단추는 다시 끼우면 되니까."

이십 대의 마지막 겨울, 혹독한 아픔을 겪기 바로 직전. 딸이 찾아와 운명의 열쇠를 안겨준 날이었다.

※

평탄한 하루하루가 지나갔다. 아니, 표면적으로는 그렇게 보였다. 민우와 다경 사이에는 아무 일도 일어나지 않았으니까. 다경은 연일 스케줄을 소화하느라 바빴고, 민우는 되도록 그녀의 행동반경에서 크게 벗어나지 않는 선에서 생활했다. 친구에서 신혼부부가 된 그들의 일상은 틈틈이 짜릿했고 행복했다.

그리고 주말을 맞아 화보 촬영을 위해 출국한 그들은 홍콩으로 향했다.

모든 게 좋았다. 그날, 그 전화를 받기 전까지는 적어도 그런 줄로만 알고 있었다.

홍콩에서 첫날 일정을 마친 후였다. 호텔에서 휴식을 취하고, 다음 날 남은 촬영을 진행한 후 저녁에 귀국하는 일정이다. 의외로 다경과 민우를 알아보는 인파가 제법 몰려들었고, 모르는 이들조차 눈에 띄는 외모의 두 사람을 그냥 지나치지 못했다. 고되지만 즐거운 분위기 속에서 밤까지 이어진 첫 촬영이 끝났다.

수많은 옷을 갈아입으며 사진을 찍느라 녹초가 되었기에, 두 사람은 호텔방으로 돌아오자마자 커다란 침대에 대자로 누워버렸다.

"아…… 피곤해. 씻기 싫다."

"내 말이."

민우의 말에 다경이 동조했다.

예전에는 다른 동료가 화보나 작품 촬영으로 해외에 간다고 하면, 여행도 겸할 수 있을 테니 부럽다고도 생각했었다. 하지만 다경은 그게 아님을 다수의 경험으로 확실히 알게 됐다. 자신이 어디에 서 있는지 분간도 되지 않을 정도로 바빴고, 이국적인 풍경을 구경할 정신은 전혀 없었다.

입고 벗고 또 갈아입고 벗고. 많은 스태프들과 함께 이동하고 또 이동하고. 카메라 앞에서 시선을 정리하고 포즈를 취하고 결과물을 확인하고. 일의 연속이었다.

게다가 하루만 더 체류해도 진행비는 무섭게 치솟으니, 타이트하게 잡힌 일정 안에 많은 컷을 소화해야만 했다. 여유는 거의 없었다.

"일단 그냥 잘까. 새벽에 씻고."

"난 벌써 눈 감았어."

들어와 옷도 갈아입지 못하고 침대에 누운 몸은 이미 녹아버린 듯했다. 세상에 거저 버는 돈은 없다. 힘들어 지친 두 사람은 더 이상 대화를 이어가지 못했다.

그런데, 다경의 휴대전화가 울렸다. 민우가 그녀의 허리를 손으로 툭툭 쳤다.

"받아야지."

"아아, 받기 싫다……."

지친 그녀의 음성에, 민우는 몸을 일으켰다. 대신 전화를 받아주려 손을 뻗다가 화면을 본 그가 말했다.

"왕 대표님이네."

"대표님이 왜 하셨지?"

긴 촬영도 아니고, 오늘 새벽에 왔다가 내일 밤에 돌아가는 짧은 일정인데 단순히 안부를 물으려 전화하진 않았을 것이다.

"일 때문에 뭐 하실 말씀 있는 거 아니야?"

"그런 거라면 주아 언니한테 전화하셨을 것 같은데."

다경이 의아하고도 걱정스러운 낯으로 민우에게서 휴대전화를 건네받았다. 아무래도 직접 전화를 받아야 할 것 같았다.

"네, 대표님. 저예요."

— 오늘 일정 끝났지?

인사도 없이 현지가 바로 물었다. 무슨 일이 있긴 있나 보다.

"네, 끝났어요. 지금 민우랑 방에 들어왔어요."

— 일단, 주아한테는 전화해서 말했고 너한테도 내가 직접 말한다고 했어. 놀랄 일은 아니고, 어느 정도 예상했던 일이기도 하니까 너무 당황하진 말고 들어.

다경이 전화를 스피커폰으로 돌렸다. 민우도 함께 듣기 위해서.

— 너희 어머니 일이 잘못돼서 조금 곤란해졌어. 설마설마했는

데.

그러지 않길 간절히 바라기도 했었고. 그저 조용히 살아주시길, 아무 일 없기를, 바라고 또 바랐는데.

"······일이 잘못되다니요?"

─ 중간에서 일하던 분이 사라졌어. 빌린 돈을 모조리 빼내서. 그러니까 너희 어머니를 카페 주인 쪽에 소개해서 인수받을 수 있게 도와주고, 또 여러 군데서 자금을 빌릴 수 있게 도와주고. 그랬던 사람인데 잔금 진행하기 직전에 없어진 모양이야.

누구랬더라. 박 사장이라 했나. 얘기를 들어보니 어머니와 이성 관계로 만나는 사람인 것 같았는데. 그러니까 어머니가, 그 사람에게 사기를 당했다는 건가.

─ 카페에서는 남은 절차가 진행이 안 되고 있으니 계약을 포기하든가 잔금을 가져오든가 결정하라고 하고. 투자 명목으로 돈을 빌려준 사람들은 어머니도 그치와 같은 편이 아니냐며 당장 토해내라 압박을 하고. 이래저래 중간에서 어머니가 돈 때문에 많이 곤란해진 상태야.

"그 사람은 의도적으로 접근했던 거예요?"

─ 아무래도 그런 것 같아.

계약을 포기하거나 그대로 진행하는 일, 어느 쪽을 선택할 수도 없었다. 두 선택 모두 돈이 필요했다. 그리고 정 여사는 스스로 문제를 해결할 능력이 없었다.

─ 카페 쪽도, 돈 빌려준 사람들 쪽도, 다 '소다경' 이름 하나 보고 한 거라고 하는 중이야.

"······내 이름을 판 거네요."

그럴 줄 알았지만 직접 확인하는 기분은 생각보다 더 참담했다. 딸의 이름을 대며 뭐든 쉽게 하려 했지만 결과는 역시나 좋지 않았다.

　─ 일이 터져도 이렇게 빠르게 터질 줄이야.

　혹시 모를 사건에 착착 대비하고 있던 왕 대표도 중간에 낀 사람이 먼저 사기를 치고 내뺄 건 예상하지 못했다. 정 여사가 카페를 인수하고서 그 뒤에 사고를 치는 거면 몰라도, 황당하게도 정 여사는 피해자가 되어 있었다.

　─ 카페를 제대로 인수하는 것도 아니면서 돈은 잔뜩 융통해놨지, 빌려준 사람들이 가만히 있지는 않을 모양이야. 이러다 어머니도 어디로 가버릴지도 모르니까. 그럼 돈을 돌려받을 수가 없는 거고.

　한때 어머니와 아예 연락도 하지 않고, 연을 끊고 살고 싶다고도 생각했었다. 어쩌면 이제 그렇게 될지도 모르겠다. 하지만 이런 식을 바란 게 아니다.

　─ 어머니는 본인 잘못은 없다고 하시고, 박 사장이란 그 사람을 찾아서 돈을 받으라고 하는데. 카페고 뭐고 일은 완전히 어그러졌어.

　문제는 돈이다. 처음부터 정 여사가 돈에 집착했듯 일이 생긴 것도 돈 때문이었다.

　─ 그분들은 돈부터 돌려받으려고 하니 일단 너를 걸고넘어지려하는 상황이야.

　그리고 그 돈은 다경의 발목을 잡았다.

　"저한테 요구하겠네요, 그 돈."

　─ 응. 그렇지.

　부당하게 피해를 입은 사람들에게 이쪽 상황을 설명해봤자 통하지 않을 것이다. 다경의 회삿돈도 들어가 있고, 이쪽도 피해를 받은 건 마찬가지라고 해봤자다. 어머니와 딸 아닌가. 정 여사와 다경을 떨어뜨려 생각하진 않는 듯했다.

  ─ 널 보고 빌려준 돈이니, 네가 갚아야 한다고 하는데……. 좀 강경하게 나오는 분들은 매스컴에 제보해 터트리겠다고도 하고. 우선 상황을 더 자세히 파악해야 하니까 조금만 기다려달라고 하고 막는 중이야. 이게 불과 하루도 안 된 일이라서.

  "대표님 고생 많으세요. ……죄송해요."

  당장 달려가 어머니에게 따지고도 싶었다. 대체 무슨 일을 하고 다니는 건지, 어째서 어머니 욕심으로 벌인 일에 피해는 내가 당해야 하는지, 전부 묻고 싶었다.

  그러나 지금 다경이 직접 할 수 있는 건 아무것도 없어 숨이 막히고 손발이 떨렸다.

  ─ 고생은 무슨! 너는 그런 말 마. 일단 네가 알고는 있어야 하니까 얘기한 거고, 내일 일 잘하고 돌아와. 아무 일 없는 것처럼 해결해줄 테니까, 너도 아무 일 없는 것처럼 있어. 알겠니?

  왕 대표의 음성이 든든했다. 때로 핏줄의 굴레가 너무 가혹하게 느껴지다가도, 주변에 이토록 좋은 사람들을 많이 두었으니 그걸로 되었다는 위안을 받는다. 모든 걸 다 가질 수는 없겠지.

  "대표님 가뜩이나 지금 조심하셔야 할 때인데, 괜히 저 때문에."

  임신 초기인 현지가 이걸로 스트레스 받아 몸에 무리가 갈까 그게 걱정이었다.

  ─ 나는 내가 알아서 해. 넌 네 걱정이나 해.

  "그래도 제가 직접 해결해야 할 일인데요."

  ─ 그랬으면 애초에 이렇게 되지도 않았어. 이런 일은 네가 나서기 더 힘든 법이야. 너는 건강하게 촬영 잘하고 돌아오는 게 나 돕는 거야. 그럼 끊는다. 쉬어.

  다경의 걱정이 길어질까 봐 현지가 서둘러 통화를 종료했다. 갑작스러운 소식을 듣게 된 다경은 멍하니 휴대전화를 내려다보았다.

옆에 있던 민우가 그녀의 어깨를 감쌌다. 다경의 고개가 민우에게로 힘없이 툭 떨어졌다.

"……왜 이런 일이 생기는 거지."

말해 뭐 할까. 자식을 자식으로 보지 않고, 돈으로 보는 어머니를 두었기 때문이지.

자식은 부모를 선택할 수 없다. 어떤 부모에게서 태어나는지 모른 채로 세상에 온다. 세상에 오는 것조차 본인의 의지가 아닌데, 하물며 부모를 어떻게 택할 수 있을까.

이 고통을 고스란히 감내해야 한다는 게 다경에겐 지울 수 없는 상처로 남았다. 다경의 아픈 마음이 민우에게 그대로 전해졌다.

"잘 해결될 거야. 대표님 능력 알잖아."

민우가 그녀를 토닥였다. 아마도 왕 대표는 이 순간에도 원만한 해결을 위해 백방으로 노력하고 있을 것이다. 정 여사를 이용한 박 사장은 당장 찾아낼 수 없을지라도, 다경의 이름을 더럽히는 꼴까지는 만들지 않을 것이다.

"돈이 얼마나 들지 봐야겠어. 내일 한국에 돌아가면 그것부터."

조금 정신을 차린 다경이 강단 있는 목소리를 냈다. 계약금을 물어주고, 빌린 돈을 돌려주는 것이 사건을 무마하는 가장 바른 길일 터다.

민우가 조금은 냉정한 음성으로 말했다.

"……그런 식으로 해결해주면 너희 어머니는 무서운 것 모르고 앞으로도 또 그러실 수 있어."

그게 사실이다. 아마 지금도 정 여사는 사태의 심각성을 느끼지 못하고 있을지도 모른다. 믿는 구석이 있으니 지금껏 당당했겠지.

"하지만 엄마는 내가 도와줄 거라며 날 방패 삼을 텐데. 그렇게 안 되면 언론을 이용할 수도 있고."

여차하면 정 여사는 언론 플레이를 하려고 들 것이다. 그걸로 다 경을 옥죄려 하겠지. 원하는 것을 얻어내기 위해서 언론을 이용할 것이다. 일종의 협박인 셈이다.

"그래서 왕 대표님이 이것저것 준비하신 거잖아."

어머니인 정 여사로부터 완전히 벗어나야만 했다. 왕 대표가 쥐고 있는 수많은 증거를 효율적으로 사용할 때, 이제야 그때가 온 것이다.

"사람들은 원래 떠들기를 좋아해. 어머니와 네 사이에서 이런저런 말들을 많이 하겠지만, 거기에 너무 연연하지 마. 어차피 한 번은 터질 일이었어."

"그렇지……."

아무리 대비하고 있었다지만, 어머니가 지금껏 자신에게 어떻게 대했는지 그걸 밖으로 내보이는 것 자체가 그리 후련하진 않았다. 가족이란 이름은 서걱서걱, 심장에 걸려 숨 쉬는 것조차 힘들게 했다.

"선을 긋자. 어렵지만 그렇게 해야 해."

민우는 자신의 휴대전화를 가져와 연락처를 검색했다. 저장해둔 정 여사의 번호가 떴다.

"엄마한테 전화하려고?"

"응."

민우가 스피커폰으로 두고 정 여사에게 전화를 걸었다. 이런저런 연락을 차단하려고 아예 꺼두었을지도 모르겠다 생각했지만, 의외로 정 여사는 금방 전화를 받았다.

— 우리 사위가 전화를 다 했네.

큰 사기를 당한 사람의 목소리라곤 생각할 수 없이 밝았다.

– 화보인가 뭔가를 찍으러 다경이랑 홍콩에 갔다면서?

근황도 이미 꿰고 있었다.

민우는 흠, 하고 헛기침을 해 목소리를 다듬고는 말했다.

"네, ……소식 들었습니다."

안녕하시냐는 인사는 차마 할 수 없었다. 너무 안녕해 보여서.
이쪽은 전혀 안녕하지 않은데.

– 어머, 벌써? 다경이도 알고?

"……네."

옆에 앉아 있는 다경의 안색이 좋지 않았다. 민우는 그녀의 손을
꽉 잡아주었다.

– 내 참 별일을 다 겪지 뭐야. 박 사장 그놈, 나한테 간이며 쓸개
다 빼줄 것처럼 살살거릴 때부터 알아봤어야 하는 건데. 어쩜 그렇
게 사람 뒤통수를 치고 튀었나 몰라.

정 여사는 태연하게 박 사장을 탓했다. 사고를 쳤으나 해결할 의
지는 보이지 않고 목소리에는 여유마저 느껴졌다. 이런 태도로 채
권자들을 대했다고 생각하니 아찔했다. 그러니 사기꾼 박 사장과
피해자 정 여사가 한패라는 오해를 하는 거겠지.

– 뭐, 어쩌다 보니 이런 일이 생기긴 했지만 이미 벌어진 거 어
쩔 텐가. 살다 보면 그럴 수도 있는 거지. 그래도 내가 딸을 잘 키
웠으니 마냥 불안하고 그러진 않네. 내 걱정은 하지 않아도 돼. 다
경이가 한국에 오면 돈 빌려준 사람들 만나서 해명 좀 해주고, 돈
도 차차 갚으면…….

"어머니."

민우가 차가운 음성으로 말허리를 잘랐다. 예상은 했지만, 생각
보다 더 뻔뻔한 정 여사의 태도에 기가 질렸다.

"어머니께서 벌이신 일입니다. 다경이는 끌어들이지 마세요."

어쩌면 이건, 마지막 경고인지도 모른다.

— 민우 너 지금 뭐라고 하는 거니?

정 여사가 확 기분이 상한 목소리로 물었다. 당연히 돈을 갚아줄 거라 생각했던 모양이다.

민우는 숨을 삼키며 말했다.

"다경이 지금까지도 충분히 힘들었습니다. 더 괴롭게 하지 말아 주세요."

어린 시절부터 쌓이고 쌓인 아픔. 어찌 그걸 외면하려 할까. 그뿐일까. 정 여사는 더한 상처를 아무렇지 않게 주려 했다.

— 지 엄마가 그깟 돈 때문에 다 죽게 생겼는데, 다경이가 힘들다 고? 보자 보자 하니까 말 너무 막 하는 거 아니야? 다경이는 저 키 워준 엄마 은혜 생각해 당장 한국에 달려와 일부터 해결해주고 싶 어 할 텐데, 민우 네가 중간에서 훼방 놓는 거잖아? 결혼하면서부 터 애가 쌔하게 변한 게, 다 네가 조종하는 거 아니냐고.

변한 게 아니다. 오히려 정 여사가 만년 조연배우로 전전하던 다 경과 거리를 두고 살아왔다. 이제 와 다경이 빛을 보기 시작하니 콩고물을 얻어먹으려 모녀지간의 정을 운운하며 가깝게 다가든 거 뿐이다. 그러면서 어머니의 역할은 나 몰라라 내팽개쳐놓고, 지금 은 딸과 소원한 이유가 사위 때문이라 탓하고 있다.

— 우리 다경이가 엄마 생각을 얼마나 많이 하는 앤데. 내 말 한 번 거역한 적 없어. 그동안 내가 참았는데, 민우 너만 아니었으 면 우리 모녀 오순도순 잘 지냈을 거라고. 내 말이 틀리니?

다경은 민우에게 적대감을 드러내는 정 여사가 당황스러워 입을 열었다.

"엄마, 그건 아니죠. 말씀이 좀 심하세요."

– 다경이도 옆에 있었구나. 내가 심하긴 뭐가 심해. 우리 딸 보고 싶을 때 마음대로 보지도 못하는데. 민우고, 민우네 부모고 다 똑같아. 우리 모녀 갈라놓으려고 혈안이 되어 있다고.

정 여사의 논리는 이상했다. 다경이 자신의 돈을 갚아줘야 할 의무가 있다는 듯 말하더니, 이젠 그렇게 하지 않는다면 그게 다 민우 때문이라고 뒤집어씌우려 하는 것이었다. 그야말로 억지였다.

– 말이 나와 말인데, 너희 지금 그렇게 사는 것도……, 아니다. 그건 됐고.

생략한 말이 뭔지 다경과 민우는 알았다. 두 사람의 관계가 비즈니스라는 걸 왕 대표의 사무실에서 계약서를 보아 알고 있다더니, 그걸 약점 삼아 자신의 말을 듣게 하려는 것이다.

하지만 말을 아끼는 걸 보니, 그건 잠시 미뤄둘 건가 보다. 귀한 키를 함부로 쓸 수는 없다는 계산이겠지. 나중을 위해 아껴둘 심산일 것이다. 그 속이 훤히 보여 더 환멸이 느껴졌다.

"어머님 생각은 잘 알겠습니다."

하지만 민우는 치솟는 분노를 가까스로 눌러 참으면서 언성을 높이지 않고 정중하게 응대했다. 아마도 민우를 자극해 막말을 하게 만들려는 모양이지만, 그는 정 여사가 파는 덫에 순순히 말려들 생각이 없었다. 이 또한 정 여사가 어떻게 써먹을지 알 수 없기에.

"일단 제 마음도 제대로 전달했다고 생각하고요. 어머님께서 다경이에게 피해 가지 않도록 잘 마무리하시길 바랄게요."

분명히 해두고 싶었다. 다경의 곁에는 자신이 있다는 사실을, 정 여사가 잊지 않도록 못 박아둬야 한다. 애초에 이 통화의 목적은 그것뿐이었다.

전화를 끊은 후 다경은 헛웃음을 지으며 민우를 보았다.

"너한테 부끄러울 정도야."

민우는 그녀를 가볍게 당겨 안았다.

"그런 생각 하지 마. 그리고……."

"……."

"죄책감도 느끼지 말고."

정 여사가 바라는 건 바로 그런 것이다. 핏줄에 약해지고 마는, 그 빌어먹을 천륜. 마치 사람의 도리를 다하지 않는 것처럼 느껴지게 하는 심리.

"네가 아파할 필요 없어. 의무감 때문에 스스로 병들게 하지도 말고."

핏줄이라고 다 같은 핏줄, 어머니라고 다 같은 어머니가 아니니까. 그러니까 다경아.

"끌려다니는 순간, 괴로운 건 너뿐이야."

날 믿어. 내 품을 의지해. 부디, 네 전부를 사랑하는 내가 있다는 걸, 잊지 마.

"내 인생에 네가 없었으면, 난 어땠을까."

다경은 그의 품에서 눈을 감았다. 그런 지옥은, 차마 상상하기도 싫었다.

❖❖❖❖

전화를 끊은 정 여사는 휴대전화를 사납게 노려보았다. 자신이 이런 큰일을 당했는데, 사위란 놈이 달려와 위로해주지는 못할망정 저렇게 차갑게 굴어?

"당장 돈부터 갚아준다고 해도 모자랄 것을."

싸가지 없는 놈.

지민우 저놈은 어릴 때부터 그랬다. 자신이 예경을 데리고 나가고 들어올 때 밖에서 마주치기라도 하면, 어린놈이 눈을 똑바로 뜨고서 절 노려보곤 했었다. 그 눈빛이 아이답지 않게 너무도 차갑고 시려서, 어른인 자신을 마치 야단이라도 치는 것처럼 싸늘하기만 해서, 그래서 민우를 볼 때마다 기분이 나빴었다.

"이러다 일 잘못되는 거 아니야?"

그래도 다경이 해결해줄 것이다. 하기 싫어도 해야겠지. 까딱하다가는 전국적으로 이름이 나게 생겼는데.

정 여사는 여차하면 대대적으로 인터뷰할 생각이다. 억울하게 사기를 당한 후 자신이 얼마나 죽고 싶을 만큼 힘든지 떠들어대면 된다. 그런 엄마를 매정하게 모른 척한 다경에게로 그 화살이 다 날아들 테니까.

다경이 그걸 모를 리 없다. 소속사도 그렇고. 이미지 망가지는 걸 세상에서 제일 싫어하는 족속들인데. 그러니 제 비위를 맞추지 않을 수가 없을 것이다.

"약점 잡아놓은 것부터 얘기할 걸 그랬나?"

그러다 정 여사는 고개를 절레절레 저었다.

"아니지. 그건 쥐고 있다가 좀 더 크게 터트려야지."

이러나저러나 유리한 쪽은 무조건 자신이다. 정 여사는 마음이 든든하기만 했다.

"진짜 똑똑하다면 지들이 어떻게 해야 하는지는 잘 알 거고, 나야 마음 편히 기다리기만 하면 되겠지."

물론 사위 놈이 마음에 걸리긴 하지만.

정 여사는 얼굴에 올리려고 얇게 썬 오이를 하나 집어 먹었다.

켜둔 TV에는 연예 프로그램에서 강유현의 남성 화장품 광고 촬영을 스케치한 화면이 흘러나오고 있었다. 투명하게 웃는 얼굴이 그야말로 매력적이었다.

"아휴. 잘생겼네."

아삭아삭. 오이를 씹는 정 여사의 눈에 탐욕이 흘렀다. 강유현은 저 대단한 얼굴로 지금도 세상 돈을 다 쓸어 담고 있겠지.

"마누라 예쁘면 처가 말뚝에 절도 한다는데. 지민우 그건 가짜로 결혼해서 그런가, 정이 없어, 정이."

강유현을 보며 정 여사는 민우에 대한 불만을 중얼거렸다. 민우가 새삼 눈엣가시처럼 성가시게 느껴졌다.

"강유현 같은 톱스타도 나한테 그렇게나 깍듯한데."

지난번 술자리가 꿈만 같았다. 나리호와 강유현이 자신에게 어찌나 설탕물처럼 달콤하게 굴던지, 그날 일을 다시 떠올리는 것만으로도 자신이 마치 뭐라도 된 듯 어깨가 으쓱 올라갔다.

그때, 전화벨이 울렸다. 믿기지 않는 이름이 화면에 떠올랐다. 저장만 해두고 평생 쓸 일 없다고 생각했던 그 이름이다.

[강유현]

먼저 전화를 해오다니.

정 여사는 먹던 오이를 집어 던지고 냉큼 전화를 받았다.

"어머, 이게 누구예요. 강유현 씨?"

부드러운 중저음의 목소리가 건너왔다.

– 어머님, 안녕하세요. 저, 강유현입니다.

알아요, 알아! 정 여사의 눈이 환하게 빛났다.

→>>•<<←

다음 날, 애써 정 여사의 일은 머릿속에서 미뤄두고 다경과 민우는 촬영에 임했다.

전쟁은 벌어지기 직전이고, 상대의 공격이 들어오면 반격할 준비도 왕 대표의 지휘 아래 착착 진행되고 있을 것이다. 스케줄을 마치고 비행기를 타기 전, 기혁과의 통화에서 민우는 진행상황을 전해 들었다.

– 이야, 우리 왕 장군, 일을 얼마나 잘하는지. 세상에 무슨 자료를 그렇게 많이 모았냐. 나 진짜 깜짝 놀랐다.

"형 바람피우면 끝장나는 거야. 절대 그러지 마."

– 나도 그렇게 생각해. 평생 그럴 일도 없지만.

여유가 생겨 농담까지 할 수 있었다. 차가운 머리, 뜨거운 가슴으로 다가올 일에 대처하는 왕 대표를 보니 말 그대로 든든했다.

비행기에서는 창밖 몽실몽실한 구름을 내다보며 말없이 앉아 있는 다경의 손을 가만히 잡아주었다.

예상하는 상황은 이러했다.

1) 정 여사는 다경에게 자신 대신 돈을 갚아 일을 마무리 지으라고 종용한다.

2) 다경은 더 이상 정 여사의 일에 개입하지 않겠다고 선언한다. 돈을 갚아주지 않을 테니 정 여사 스스로 해결하라는 말이다.

3) 박 사장의 행방은 묘연하고, 정 여사는 채무를 갚지 않을 경우 사기죄로 입건될 수 있다. (차용증은 모두 정 여사의 이름으로 작성되었다.)

4) 정 여사는 언론 플레이에 나선다.

5) 다경이 곤경에 처한 어머니를 돕지 않는 매정한 딸로 낙인찍힌다.

정 여사는 다경이 이런 상황을 무서워하여 제 말을 들을 거라 생각했을 것이다. 하지만 다소 소란스러워지는 한이 있어도 전면전에 나서기로 했다.

이에 따른 플랜은 이러했다.

1) 이번 일에 정 여사가 다경의 이름을 앞세워 무리하게 투자금을 모은 상황.

2) 정 여사가 정기적으로 다경과 소속사를 찾아와 폭언하고, 금전적 갈취를 해온 상황.

3) 이로 인해 그간 다경이 정신적으로 괴로움을 겪어온 상황.

이와 같은 상황을 모두 증거 자료와 함께 밝힐 예정이다.

어린 시절부터 당해온 방임, 폭행, 폭언 등의 학대는 다 밝히지도 못할 것이다. 그저 성인이 된 후에 겪어온 일만 해도, 다경이 어머니로부터 벗어나야 할 이유는 충분했다.

카페 인수와 관련한 이번 돈 문제는, '소다경의 어머니'가 아니라 '인간 정화숙'으로서 짊어지고 가야 할 일임을 밝혀 명확히 선을 그어야 했다. 다경이 왜 어머니의 일에 개입하지 않는지를 밝혀 대중을 설득해야 했고, 여기엔 왕 대표가 준비한 자료들이 도움을 줄 것이다.

그래도 일이 커지면 시끄러워진다. 그러면 아무래도 다경은 또 다른 상처를 받을 터.

사람 마음은 다 같지 않다. 아무리 다경의 입장을 잘 내보여도 그녀를 탓하는 소리는 분명 있을 것이다. 그래도 부모인데. 그래도 엄마인데. 그래도 딸인데. 아무것도 모르는 사람들은 그런 말들로 또 상처를 주겠지.

"다 잘될 거야."

민우는 다경의 손을 가만히 토닥였다. 차라리 모르는 사람들이 입히는 상처가 낫다. 그만큼 어머니는 그녀에게 무섭도록 아픈 칼날이었다. 민우는 오랫동안 고생한 다경에게도 휴식이 찾아오기를 진심으로 바랐다.

한국에 도착하자마자 다경과 민우를 태운 밴은 다경의 소속사로 향했다. 공 부장이 운전하는 차였다.

다경은 앞 조수석에 앉은 주아를 향해 물었다.

"그게 무슨 말이야, 언니?"

긴급소집이었다. 덕분에 홍콩에서 들어온 다경과 민우, 주아와 공 부장은 쉬지 못하고 곧바로 회사로 가는 중이었다.

"일이 해결됐다는데……, 되긴 됐는데 이상하게 됐다는 거지."

갑자기? 그새 일이 해결됐다니 그게 무슨 말일까.

주아는 비행기가 착륙하자마자 켠 전화기에서 왕 대표의 연락을 확인했다. 그리고 그 호출을 받아 모두를 데리고 회사로 가고 있다.

공 부장이 말했다.

"싸우지 않고 해결됐다면 좋은 거긴 한데, 그 해결이 이상하게 된 거라니 영 불안하네."

"그러니까요. 일단 와보라고 하니, 얼른 가봐요."

민우와 공 부장도 함께 오라 했다. 남편으로서, 비즈니스 파트너로서, 이쪽 팀도 무관하지 않은 일이었다.

매스컴을 타지 않고도 세상모르게 일이 잘 마무리된 건 정말 다행이다. 하지만 어떤 사정이 있는지 알아야 했다.

회사에 도착하자, 기다리고 있던 왕 대표와 남 대표가 이들을 맞이했다. 다른 직원들이 들어오지 못하게 대표 전용 회의실의 문을 걸었다.

"촬영 수고했고, 잘 왔어. 일단 앉자."

현지가 모두 앉힌 후 자신의 말을 기다리는 이들을 향해 다시 입을 열었다.

"……다경이 어머니 돈을 강유현 씨가 다 갚아주셨대."

생각지도 못한 그 이름이 여기서 터져 나왔다.

→>※<←

한 장, 두 장. 다경의 사진이 책상에 놓였다.

그녀는 훌륭한 피사체였기에 날마다 새로운 사진들이 쏟아졌다. 대중의 관심으로 먹고사는 직업을 가진 이상, 다양한 모습이 사진으로 찍히는 건 그냥 일상이었다. 그런 그녀의 사진을 손에 넣는 것도, 어려운 일이 전혀 아니었다.

유현은 무표정한 얼굴로 사진 속 다경을 가만히 바라보았다.

'사진은 이렇게 쉬운데.'

마음만 먹는다면 뭐든 손에 넣는 것은 이렇게나 쉬운데, 왜 그녀는 그다지도 어려운지 어이가 없어 웃음이 났다. 자신이 동료 배우의 사진을 일부러 찾아보는 날이 올 줄 정말 몰랐으니까.

같은 업계에서 일하는 후배. 자신에게 사심은 전혀 갖지 않는 동료. 그리고 다른 남자의…… 아내.

"젠장."

쾅! 유현이 손에 잡히는 티슈 케이스를 던졌다. 원목으로 만든 케이스는 둔탁한 소리를 내며 벽에 부딪혀 바닥으로 떨어졌다. 뚜껑이 열리고 하얀 티슈가 제멋대로 흩어졌다.

다시 손이 나갔다. 이번에는 새 모양의 유리 장식품이었다. 쨍그랑! 어느 장인이 공들여 만들었을 섬세한 장식품은 허무하게 깨져버렸다. 형체를 알 수 없게 부서진 장식품이 조각조각 바닥에 떨어졌다.

"풋……."

웃음이 났다. 감정을 억누르는 건 별로 어려운 일이 아니라고 생각했었는데, 틀렸다. 촬영장에서 아무 일이 없었던 것처럼 그녀를 대하기란 죽기보다 더 힘들었다. 누르면 누를수록 욕망이 뒤틀려 삐져나왔다.

참아야 하기에 더 간절해졌다. 가질 수 없다고 생각하니 더욱더, 욕심이 생겼다.

"나도. 나도 사랑해."

"몰라, 왔다 갔다 하면 30분쯤? 아니, 한 시간 정도 여유 있으려나. 그래도 일단 집에 갈래. 지금 안 보면 또 언제 봐."

"휴우, 지친다. 나도 빨리 보고 싶어."

그녀가 통화하는 소리를 들을 때도 있었다. 그 달콤한 사랑의 속삭임은 자신에게 닿지 않았다. 다른 남자를 향한 것이었다. 남편이라는 이름.

그런 다경이 안타깝다 못해 밉기까지 했다. 왜 자신을 봐주지 않는 건지. 남들은 말 한마디 섞지 못해 안달인 자신에게 왜 이런 초라한 기분을 느끼게 하는 건지.

제게 찾아온 이 감정을 도저히 이해할 수 없었다.

"미친 새끼……."

그건 자신에게 하는 말이었다. 그때까지만 해도 헛된 욕망을 품는 스스로가 경멸스럽기까지 했다.

하지만 그것도 잠시, 처음으로 '갖고 싶은 것'이 생긴 그는 쉽게 마음이 풀어지지 않았다. 살아가며 한 번쯤, 욕심이라는 걸 부려도 되지 않을까. 힘들게 살았는데. 내게도 그런 기회 한 번쯤, 신이 허락해주지 않을까.

다경은 지민우와의 동반 촬영으로 출국하여 영화 세트장에는 나오지 않는 날이었다. 나리호가 무척이나 걱정스러운 얼굴로 그의 대기실로 찾아왔다.

"다경 언니 어떡해요?"

리호는 아버지를 통해 이쪽 업계에 아는 사람이 많았고, 특히 연예부 기자 쪽에 연줄이 깊었다. 그렇게 알게 된 소식을 자신에게 말해준 것이다.

"기자분들이 그런 일을 놓칠 리가 없죠. 터지기만 해라, 하고 벼르고 있나 봐요. 의견 조율이 안 되면 바로 인터뷰 따려고 지금 다들 대기 중인 것 같아요."

다경의 어머니가 사기를 당해 곤란한 상황에 처했다는 이야기.

카페를 인수할 거라더니 일이 안 된 모양이다. 게다가 돈을 빌려준 쪽들은 '소다경' 이름만 보고 담보도 없이 큰돈을 내어줬다는데, 그 어머니 참 간도 크다 싶었다. 딸의 이름을 함부로 휘두르다니.

"언니네 어머니 너무 안되셨어요. 소속사에서도 이 일에서는 발 빼려고 하는 모양이던데."

리호는 안타까운 듯 말했지만, 사실 유현은 다경의 어머니가 가엽게 느껴지지 않았다. 오히려 멀리하고 싶은 인간 유형에 속했다. 어쩌면 돌아가신 자신의 어머니와 비슷하기 때문인지도 모른다.

그래도 유현은 몇 번이고 다경의 어머니에게 친절을 베풀었다. 그녀의 가족에게 쉽게 환심을 사고 싶은, 단순한 마음이었다.

"언니네 어머님이 언니가 돈을 안 갚아주려고 할지도 모르겠다고 말씀하고 다니신대요. 이러다 잡혀가면 어쩌나 걱정하시고요."

뒷일을 고려해 정 여사가 미리 깔아두는 말들이, 호사가들 사이에 벌써 파다하게 퍼지고 있는 듯했다. 겨우 하루도 지나지 않았는데, 정 여사는 자신의 입장을 철저히 보호하고 나섰다.

"어머니가 좀 오버하시는 면은 있는 것 같지만 그래도 엄마잖아요. 민우 오빠한텐 장모님이고. 이런 일에도 모른 척하는 건 좀 너무하는 것 같아요. 언니가 매정한 구석이 있었네요. 아, 험담은 아니고요. 그래도 가족인데, 가족은 서로 사랑하고 끝까지 책임져야하는 존재잖아요. 저로선 좀 이해가 안 돼서 그래요. 너무 안타깝기도 하고."

세상 순진한 얼굴로 리호는 걱정을 늘어놓았다.

그리고 그날 밤, 유현은 정 여사에게 전화를 걸었다. 지난번 바에서 우연히 만나 리호와 함께 자리했던 날, 그가 먼저 정 여사의 번호를 알려달라 했었다. 그걸 이렇게 쓰게 될 줄은 몰랐지만.

유현은 그렇게 정 여사를 만나러 갔다. 일을 해결하는 데 필요한 자금이 얼마인지 묻고, 그 자리에서 매니저 강호를 시켜 정 여사의 계좌로 바로 입금하도록 했다. 강호는 아무것도 묻지 않고 유현이지시한 대로 했다.

"아니, 강유현 씨가 이걸 왜……."

너무도 큰돈이었다. 그걸 단 몇 분 만에 제게 보내주는 유현을, 정 여사는 놀란 얼굴로 바라보았다.

그리고 보았다. 그녀의 눈에 흐르는 기쁨의 빛을. 유현은 거기서 희망을 느꼈다.

"널 데리고 여기까지 온 내가 한심한 년이지. 너 때문에 고생한 거 생각하면 짜증나, 정말."

"엄마, 다시 할게요. 가서 잘할게요."

"어휴, 잘한다고 말만 하면 다야? 왜 연습한 대로 못 해서 엄마한테 이 망신을 주니?"

어린 딸을 다그쳐 촬영장으로 내몰았던 어머니였다. 그런 다경의 어머니가 지금 자신의 앞에 있다. 여전히 딸을 마음대로 휘두르면서.

순간 떠오른 제 어머니에 대한 기억으로 유현은 머릿속이 지끈거렸다.

"또 틀렸잖아! 정신 똑바로 못 차려? 오늘 밤에도 옷장 안에서 한 발짝도 못 나오고 싶어서 이래?"

어머니는 어린 유현을 툭하면 굶기고, 툭하면 옷장에 가두었다.

학대로 얼룩진 아역생활은 그를 병들게 했다. 그럼에도 불구하고 어머니를 벗어나지 못했다. 배우를 그만두지도 못했다. 어머니가 돌아가신 후에도 지금까지 발목이 묶인 어린 코끼리처럼, 이제는 다 자라 끈을 스스로 끊을 수 있게 되었지만 도망가지 못하고 아직 그 자리에 머물러 있었다.

다경도 아마 같을 것이다. 자신의 마음과, 자신의 처지와, 자신의 불행과…… 그녀도 결국 같을 것이다.

"다경인 제가 아끼는 후배니까요. 도와주고 싶었습니다."

그건 사실이었다. 다경이 곤란해지기 전에, 아예 그럴 일이 생기지 않도록 해주고 싶었다. 이런 유형의 부모는 앞으로 어떻게 나올지 유현이 더 잘 알았다. 한번 일을 해결해주면 그다음, 또 그다음. 나중에는 고마운 줄도 모르고 당연하게 계속 뜯어내려 할 것이다.

유현은 밑 빠진 독에 물을 붓는 심정으로, 다경의 어머니가 돈을 요구한다면 몇 번은 더 해줄 수도 있다고 생각했다. 다경을 괴롭히지 않는다면. 그녀를 자유롭게 놓아준다면. 그러면 얼마든지.

하지만 기름기가 번들거리는 눈을 깜빡이며, 정 여사가 웃는 입으로 물었다.

"아끼는 후배, 그게 다예요?"

유현은 말없이 그녀를 응시했다.

"아니, 사람이 염치가 있어야지. 내가 이렇게 강유현 씨한테 큰 도움을 받았는데 가만히 있으면 되나. 보답을 해야죠."

보답이라…….

"말해봐요. 내가 다경이 엄마잖아. 혹시 알아요? 받은 만큼, 크게 돌려줄 수 있을지도 모르는데."

part 11
비뚤어진 마음

　아름다운 조명이 줄지어 늘어선 산책로에 제법 시원한 여름밤 바람이 불어왔다. 산책로 중간 벤치에 앉은 유현은 불 꺼진 창문을 가만히 바라보았다. 자신의 집 바로 아랫집이다.

　어제오늘, 다경과 민우는 집을 비웠다. 의류 화보 촬영을 위해 동반 출국을 했다가 오늘 밤 돌아온다고 했다. 그리고 아마도, 지금쯤 두 사람도 다경의 어머니 일이 깨끗이 해결되었다는 것을, 그가 그에 관여했단 것을 들었겠지.

　유현은 어제의 일을 떠올렸다.

　"말해봐요. 내가 다경이 엄마잖아. 혹시 알아요? 받은 만큼, 크게 돌려줄 수 있을지도 모르는데."

　반질거리는 눈빛이 뇌리에 진득하게 들러붙었다.

　어떤 도움을 주겠다는 건지, 어떤 보답을 하겠다는 건지, 정 여사는 먼저 말하지 않았다. 그저 간을 보듯 미끼만 던질 뿐. 하지만 그녀의 눈에는 분명, 자신을 향한 호의가 서려 있었다.

　날 믿어봐요. 내가 편이 되어줄 테니. 그런 눈빛이었다.

　'무슨 생각인 거지, 이분?'

　정 여사는 제 딸을 생각하는 마음이 '아끼는 후배', 그게 전부냐고 물었다.

유현은 잠시 아무 대답도 하지 않았다.

뭐라고 해야 하나. 그녀가 매일 밤 다른 남자가 있는 집으로 돌아가는 게 미치도록 싫다고 해야 하나. 그녀에게 좀 더 일찍 다가가지 못했음을, 그 남자보다 더 일찍 사랑하지 못했음을 죽도록 아쉬워하고 있다 해야 하나. 어린 시절의 인연, 그리고 지금의 우연한 만남, 그 모든 걸 운명이라 생각하고 있다고, 그렇게 다 말해야 하나.

"무슨 말씀 하시는지 모르겠지만, 후배의 일에 제가 도움을 줄 수 있는 게 있다면 그걸로 족합니다."

유현은 경계심을 실어 말했다. 아직 확실한 건 없다. 그런 상황에서 타인에게 제 감정을 고백할 필요 역시 없다. 더욱이, 세상에 환영받지 못할 감정이라면 속으로 썩어 문드러지더라도 품고 있는 게 낫다. 그래야만 했고.

하지만 거침없이 달려온 이 걸음은 제 감정을 숨기지 못하고 있었다.

"그냥 아끼는 후배의 일이라서 나선 것뿐이라면, 다경이랑 연락은 했어요? 상의한 거죠? 이 돈, 강유현 씨가 갚아주겠다고 하니까 우리 다경이는 뭐라고 해요?"

미리 말했을 리가 없다. 상의했을 리도 없고. 유현은 그저 자신의 감정에 빠져 혼자 달려왔을 뿐이다.

"얘기는 미리 하지 않았지만, 다경이가 고마워하겠죠."

그건 아닐 것이다. 아마도 다경은 크게 곤란해하겠지.

그걸 모르는 바 아니지만 유현은 자신의 생각을 그냥 행동으로 옮겨버렸다.

동의는 구하지 않았다. 부담을 느낀다면 그것도 괜찮다. 그녀가 느낄 감정이 부채의식이어도 괜찮다. 다경이 자신을 마주 바라봐주지 않는다면, 빚진 마음을 갖게 하는 것도 나쁘진 않지. 갚아야할 테니까. 갚으려고 할 테니까. ……갚길, 바라니까. 어떤 식으로든.

그렇게 유현은 소리 내어 고백하지 않았지만, 정 여사는 잘 알겠다는 듯 의자에 등을 기대며 여유로운 얼굴로 웃었다.

"그래요. 다경이가 참 고마워할 거예요. 나 역시 마찬가지고요."

유현이 원하지 않아도 기꺼이 보답을 해주겠다는 듯 정 여사가 입을 열었다.

"다경이가 강유현 씨 같은 분이랑 결혼했으면 얼마나 좋았을까요. 내 사위로 과분하고 또 과분한 사람이지만 그래도."

"……좋게 봐주셔서 감사합니다."

"진심이에요. 우리 다경이가 그런 결혼만 안 했더라면, 나도 사위 욕심 한번 내봤을 텐데."

정 여사는 도박하는 심정으로 미끼를 던졌다. 그리고 유현은 그것을 덥석 물었고. 기다리고, 또 기다렸던 말을 들을 수 있을지 모르기에. 정 여사의 탐욕스러운 눈빛에서 읽은 희망이, 코앞으로 닥쳐왔다.

두 사람 모두가 원하는 방향이 일치했다.

"그런 결혼이라니요……?"

"아니에요. 내가 별소리를 다 하네. 아무것도 아니에요."

정 여사는 일부러 뜸을 들였다.

서로의 수를 읽으려는 시도는 끝났다. 한 발을 뺐던 유현 쪽에서 다시 한 발을 내디디면 제자리. 조금만 솔직해진다면, 두 사람은 서로가 원하는 걸 함께 얻을 수 있으리라.

"말씀해주세요. 그런 결혼이라니, 그게 무슨 뜻인지."

"강유현 씨가, 우리 다경이 일에 관심이 아주 많으신가 보네요."

"……네, 그렇습니다."

그가 결국, 한 발짝 다가왔다.

순순히 시인하는 유현을 보며 정 여사는 빙긋 웃었다.

"내가, 강유현 씨 팬이에요. 아주 오래전부터, 저렇게 완벽한 남자가 내 사위가 되면 얼마나 좋을까, 그런 과분한 꿈을 꾸었었죠."

지민우라는 사위를 두었으면서 딸과 결혼한 진짜 사위를 뒤로하고, 자꾸만 유현에게 사위, 사위 운운하는 태도가 기묘했다.

"혹시나 강유현 씨가 우리 다경이를 '아끼는 후배' 그 이상으로 여기고 있다면, 내가 해줄 말이 아주 많은데. 어때요, 들어볼 생각 있어요?"

물건을 두고 흥정을 하는 태도였다. 유현은 거부감이 들면서도 강한 끌림을 느꼈다.

양가감정으로 그가 혼란스러워하는 사이, 정 여사가 결정적인 한마디를 했다.

"원한다면 나는 강유현 씨를 도와서, 해달라는 대로 해줄 수가 있어요. 나한테는 그러고도 남을 만한 중요한 키가 있거든요."

말로는 보답하겠다고 하지만, 정 여사에게 더 유리한 일이기도 했다.

차라리 잘됐다. 어느 한쪽이 손해 보는 상황이면 일이 어긋나기 마련이다. 어떤 이유로든 이익이 한 방향으로 통할 때, 모든 건 성공할 수밖에 없었다.

두 사람의 이익이 그렇게 맞아들어갔다.

그리고 그들이 모르는 것이 하나 있었는데, 사실 둘이 아닌 셋이라는 점이다. 유현과 정 여사는, 나리호가 움직이는 장기판 위의 말일 뿐이었다.

"'그런 결혼'이라고 말씀하셨던 것, 맞습니까?"

"아, 그렇죠. 그 결혼이 정상적인 건 아니니까."

정 여사의 말을 듣는 유현의 심장이 거세게 날뛰었다. 그동안 몇 번이고 의심했었다. 다경과 민우의 결혼이 진짜인지 가짜인지 판단하려 애썼다. 각방을 쓰는 상황이나, 갑작스러운 결혼이나, 결혼 직전까지 친구 사이로만 알려져 있던 점이나, 의아한 구석이 하나둘이 아니었다.

하지만 두 사람의 다정한 태도는 의심할 여지 없이 '서로 사랑하는 신혼부부' 그대로인지라 무엇이 진실인지 궁금했었다.

유현이 바라는 건, '가짜' 쪽이 당연했다. 그런데 그 결혼이 정상적인 게 아니라고?

들을 말이 많아졌다. 아무도 없는 술집 밀실에서 만난 것이 다행이었다. 매니저 강호도 내보내고 나누는 두 사람만의 대화. 거리낄 것이 없었다.

"더 말씀해주시죠. 사실 제가 다경이를, 마음에 두고 있습니다."

"그런 것 같았어요."

정 여사의 얼굴이 더욱 환해졌다.

"다경이도 오래전부터 제게 좋은 감정을 품고 있었다고 알고 있고."

유현은 다경이 자신의 팬이라는 말을 그렇게 이해해버렸다. 그러고 싶었다.

"그런데 지민우와 결혼을 했다길래 하는 수 없이 마음을 접어야 한다고 생각했습니다. 그런데, 제가 그럴 필요가 없는 거겠군요."

"그럼요. 바로 그거죠. 강유현 씨가 마음만 먹으면, 얼마든지 우리 딸과 이루어질 수 있어요. 내가 꼭 그렇게 도울게요. 무슨 수를 써서라도."

정 여사는 그 말과 동시에 자신의 휴대전화를 열더니 한 문서를 찍은 사진을 보여주었다. 다소 흔들림이 있긴 하나, 어떤 글씨인지 정도는 알아볼 수 있었다.

"……이건."

"걔네 둘, 지금 돈 때문에 엮여 있는 거예요."

다경과 민우의 비즈니스에 관한 계약서였다.

유현의 눈이 다소 놀라움으로 벌어졌다. 정 여사가 마냥 우기는 게 아니다. 이렇게 '증거'가 존재했다.

"얘들은 내가 이걸 봤다는 사실도 몰라요. 아마 측근이랑 당사자만 알고 있다고 생각하겠죠. 그러니까 계획만 잘 짜보면, 별문제 없이 두 사람 헤어지게 하고……."

헤어지게…… 한다, 라.

"강유현 씨가 다경이를 만날 수 있게 되는 거죠. 표면적으로는 이혼녀겠지만, 그건 사실이 아니잖아요. 애초에 결혼이 가짜였는데."

정 여사의 말이 사실이라면 유현에게도 희망이 있다. 계약서를 확대해 자세히 보니, 기간은 3년이었다. 이후 재계약을 논의하기로 했는데 그건 즉 이혼을 전제로 한 '가짜 결혼'이 맞다는 뜻이다.

의외로 쉽게 갈 수 있을지도 모르겠다. 다경이 돈 때문에 지민우와 결혼했다면 그 돈을 해결해주면 되는 것이고, 인기와 명성, 혹은 연기에의 열정 때문에 결혼했다면, 그 역시 자신이 훨씬 확실하게 뒷받침해줄 수도 있다. 하물며 지민우의 아내보다는, 강유현의 아내가 더 강력한 타이틀이 되지 않겠는가.

"헤어지는 과정만 자연스러우면 되는 거죠. 그러고서 우리 다경이가 강유현 씨와 만나고 다시 결혼하는 걸 세상에 알리는 거야 좀 천천히 해도 되는 거고요. 오해를 사지 않으려면 되도록 늦게 발표해야겠죠. 어쨌든 다경이와 강유현 씨, 얼마든지 제대로 시작할 수 있는 사이다, 이 말이에요. 물론, 강유현 씨가 원한다면."

정 여사의 말에, 유현도 그 미래를 그려보았다. 지민우와는 친구 이상의 감정이 아니니 헤어지는 거야 쉬울 터다. 연기로, 가짜로, 거짓으로 한 결혼이라니 얼마나 다행인 일인가. 깨뜨려도 되는 가정이라니, 애초에 망설일 필요가 없던 것이다.

"……도와주신다고 하셨죠, 어머님?"

"아휴, 그럼요."

이제야 좀 말이 통하려나 싶단 얼굴로 정 여사가 손뼉을 짝 치며 대답했다.

"얼마든지요. 말만 해요. 아무렴 우리 딸 행복을 위한 일인데, 엄마인 내가 못 할 일이 어디 있겠어요."

유현은 정 여사의 가증스러운 웃음조차 반가웠다. 다경의 가짜를 부수고, 자신이 새롭게 진짜를 안겨줄 차례였다. 유현은 원래도 다경의 어머니 돈을 갚아준 것이 전혀 아깝지 않았지만, 지금은 더더욱 잘한 일이라 느껴졌다.

나리호에게 그 소식을 전해 듣지 못했더라면, 자신이 한달음에 달려가 그 돈을 갚아주지 않았더라면 이렇게 중요한 소스는 얻지 못했을 테니까.

그 순간, 다경과 민우가 사는 집에 불이 켜졌다. 지하주차장으로 도착해 바로 올라온 모양이다.

유현은 시선을 돌리지 않고 가만히 그쪽을 응시했다. 정 여사가 덧붙였던 말이 떠올랐다.

"혹시나 해서 말인데, 다경이랑 제대로 얘기가 되기 전까지 민우에게는 이거 우리가 아는 티 절대 내지 말아요. 내가 걔 어릴 때부터 옆에서 봐서 아는데, 남자 여우가 따로 없어요. 얼마나 영악스럽고 빠릿한지, 두 사람 헤어지게 하려는 걸 알게 되면 가짜 결혼 아니고 진짜라고 딱 잡아뗄 거예요. 아무래도 민우도, 다경이를 오래 붙들고 있는 게 이로울 테니까요. 그치만 우린 민우를 위한 게 아니고, 다경이를 위해서 이러는 거잖아요. 다경이한테 더 좋은 쪽은 강유현 씨와 만나는 거니까."

서로 든든한 아군을 얻은 셈이다. 아슬아슬 경계선을 넘고 나자 연합은 일사천리였다. 유현은 정 여사 앞에서 다경에 대한 마음을 감출 필요가 없어졌고 정 여사 역시 유현과 제 딸의 새로운 미래를 마음껏 꿈꾸었다.

그때였다. 빌라의 1층 출입문을 통해 누군가 나오는 모습이 유현의 시야에 들어왔다. 지민우였다. 트레이닝복을 입은 그가 바지 주머니에 양손을 찌른 채 유현에게로 천천히 걸어오고 있었다. 편안한 차림과 다르게 눈빛은 매서웠다.

"민우 그 앤, 다경이를 좋아하는 마음이 눈곱만큼이라도 있으면 나한테 그리 막 대하진 못하죠. 이번 일만 해도 그래요. 돈 값아줄 생각이 전혀 없다고 아주 무정하게 말하더라니까요. 다경이를 진짜 사랑하고 생각한다면 그렇겐 못 해요. 내가 다경이 하나뿐인 엄마인데. 강유현 씨만 해도 봐요, 당장 달려오잖아요. 그게 다 뭐겠어요. 다경이 아끼고 생각하는 마음 아니겠어요?"

그녀의 가짜 남편, 지민우가 다가와 유현의 앞에 섰다. 벤치에 앉은 유현은 고개를 들어 그를 올려다보았다. 긴장감이 두 남자 사이에 위태롭게 흘렀다. 어느 한쪽에서 탁 놓아버린다면 그 줄이 팅겨 나갈 만큼 팽팽한 기가 느껴졌다.

"일단 오늘은 늦었으니 좀 쉬자."

주차장에서 집으로 올라온 다경과 민우는 다사다난했던 하루를 마무리했다.

공항에서 다경의 회사로 바로 가서 회의를 했었지만, 딱히 결론을 내린 건 없었다. 애초에 이해할 수 없는 전개였으니까. 정 여사의 사기 사건과 전혀 상관도 없는 강유현이, 왜 그 돈을 갚아준단 말인가.

강유현과 직접 대면하지 않는 이상 풀리지 않는 숙제였다. 아니, 어쩌면 답은 알고 있는지도 모르겠다. 확인하고 싶지 않을 뿐이지. 다경은 마음이 불편했고, 민우는 마음이 복잡했다.

"나 반신욕하고 자야겠어."

어지간히 피곤했던지 다경이 머리카락을 틀어 올려 묶으며 욕실로 향했다.

다른 욕실에서 간단히 샤워하고 트레이닝복으로 갈아입고 나온 민우가 그녀가 반신욕 중인 욕실로 들어갔다. 욕조에 양손을 짚고 허리를 굽힌 민우가, 다경과 눈을 맞추며 말했다.

"나도 같이 하고 싶긴 한데 욕조에도 못 들어갈 정도로 너무 피곤하다. 기절할지도 모르니까 난 그냥 먼저 잘게."

"그래, 너 욕조에서 기절하면 내가 끌어내기도 힘들어."

다경은 자신을 따라 들어와 양해를 구하는 민우의 입술에 쪽, 입을 맞췄다. 민우는 물 위로 드러난 그녀의 상체가 자신을 유혹하듯 아름다웠기에 잠시 망설였지만, 좋은 시간은 나중으로 살짝 미뤄 두기로 했다.

"얼른 가서 자."

"너도 너무 오래 하지 말고 나와."

"응, 응."

민우는 욕실에 다경을 두고 나와 침실로 가려다 말고 주방으로 향해 작은 크리스틸 잔을 꺼내고, 양주병을 꺼내어 딱 한 잔만 따랐다. 술을 마시고 잠자리에 드는 취미는 없지만 오늘은 그러고 싶었다.

테라스 쪽으로 나가 그 한 잔을 아껴 마시려고 하는데, 저 멀리 산책로 벤치에 앉은 누군가가 보였다. 민우는 테이블에 잔을 내려놓고 그대로 몸을 돌려 1층으로 내려갔다. 인적이 드문 산책로로 들어서 강유현이 앉아 있는 벤치 쪽으로 향했다.

자신이 나올 때부터 바라보고 있던 그였다. 느릿느릿 걸어와 그의 앞에 선 민우는 거침없이 내뱉었다.

"선배 되게 이상한 거 아십니까?"

유현을 내려다보는 눈빛은 그 어느 때보다 사나웠다.

민우의 말에 유현은 피식, 웃었다. ……웃어, 지금?

"내 눈엔 너야말로 이상한데."

유현이 일어나 장신의 두 남자는 마주 서서 서로를 차갑게 바라보게 됐다.

"선배를 봤으면 인사를 하는 게 먼저 아닌가."

"제가 좀 싸가지가 없어서요. 존댓말도 간신히 하고 있는 겁니다."

으득, 이를 갈듯 하는 말에 유현의 눈빛이 더욱 싸늘해졌다.

"빙빙 돌릴 것 없고. 왜 그러셨어요? 제 장모님 일 말입니다."

민우가 '장모님' 소리에 힘을 주었고, 유현은 재밌다는 듯 다시 웃었다. 분위기는 여전히 차가웠지만.

"아, 너희 장모님."

흠, 헛기침으로 웃음기를 거둔 유현이 말을 이었다.

"금전 문제로 곤란을 겪으신다는 얘기를 들어서. 내가 도와드릴 수 있는 범위길래 그렇게 해드린 것뿐이야. 깊게 생각할 것 없이."

"그러니까, 선배님이 왜요."

"같이 일하는, 아끼는 후배님 일이니까."

강유현은 훈훈한 미담이 많은 배우이다. 주변에 사람을 많이 두지 않으면서도, 그리 친한 사이가 아님에도 선뜻 도움을 주는 일이 많다고 들었다. 그래서 더 평판이 좋았다.

"같이 작품 하고 있는데 시끄러워지면 곤란해서. 충분히 도와줄 수 있는데 외면할 필요가 없지. 그 정도야 선후배 사이에 별 뜻 없이 해줄 수도 있는 거야, 나한테는."

유현은 아무렇지 않다는 듯 말했고, 큰돈이 아니라 마치 만 원 정도 갚아준 것처럼 그 태도가 무겁지 않았다.

"그 얘기는 어디서 들으셨습니까?"

"소문이 안 나는 게 더 이상하지. 다경이 이름이 여기저기 퍼져 있었다는데."

"설마 나리호가 전한 소식인가요?"

합리적 의심이다. 유현의 곁에 다경에 대한 이야길 흘릴 사람이 라곤 현재 나리호 외엔 없다.

"그게 중요한 건 아니고. 어머님 일로 다경이까지 곤란을 겪게 생긴 상황에, 너는 나설 생각을 조금도 안 하고 있었다는 게 더 이 해가 안 가는데."

"……선배와 이야기할 문제는 아닌 것 같은데요."

"정말 사랑하는 여자라면 그럴 수 없지 않나, 하고."

민우의 신경이 곤두섰다. 바지 주머니에 찔러넣은 손에 힘이 들어갔다. 감히 지금 누구 앞에서 사랑을 운운하는지.

"혹시 다경이 이미지가 더럽혀질까 봐, 이름이 망가질까 봐, 그게 안타까워서라도 그냥 있을 수는 없는 거 아닌가. 아니면 아무것도 못 할 정도로 능력이 없는 거야, 설마?"

"원래 잘 모르는 사람들이 아무 말이나 편하게 지껄이는 법이죠."

"……지껄인다?"

"그 말이 거슬리는 걸 보니, 선배님께서 지껄이셨나 봅니다."

순간 유현이 민우의 멱살을 쥐었다. 흥분한 얼굴은 아니다. 오히려 평온했다. 하지만 잘 갈아둔 칼날처럼 첨예하게 빛나는 눈이 민우를 향해 있었다.

"후배님께서, 말씀이 지나치시네."

"지나친 건 지금부터야."

멱살을 잡혔지만 민우의 기는 꺾이지 않았다. 오히려 일부러 반격하지 않는 듯 순순히 당해주겠다는 얼굴로 덧붙였다.

"모르면 가만히 닥치고 있으라고."

민우가 내뱉는 말에 유현의 미간이 좁혀졌다.

"남의 집안일에 함부로 끼어들지 말고."

말을 마친 민우가 유현의 손목을 확 쳐냈다.

유현의 입술엔 조소가 스쳤다. 소름이 끼칠 만큼 차가운 웃음이었다. 그토록 신사적이고 매너 좋기로 소문났다는 사람이 맞나 싶었다. 평소의 따뜻하고 부드러운 분위기는 어디에도 없었다.

민우는 기분이 껄끄러웠다. 그의 태도만으로도 알 수 있는 것이 있었다.

'……강유현은, 다경이에 대한 마음을 접지 않았어.'

그리고 앞으로도 결코 접을 생각이 없어 보였다. 그동안 다경 앞에서는 별 내색을 하지 않았겠지만, 이제 그걸 감추고 싶은 마음도 없는 것 같다.

이 남자, 미친 거 아닌가.

"민우야!"

작게 외치는 소리지만 두 사람 모두 들었다.

민우와 유현은 소리가 들린 쪽으로 고개를 돌렸다. 다경이 빌라에서 나와 이쪽으로 오고 있었다.

❖≫❈≪❖

씻고 나와 머리카락을 말리기 전, 다경은 침대에 자고 있을 민우를 살피기 위해 욕실 밖으로 고개를 내밀었다. 하지만 침대는 비어 있었다.

"어디 갔지?"

다른 욕실에 들어갔나?

다경은 잠옷을 걸치고 나와서 집 안 곳곳을 살폈지만, 어디에도 민우는 없었다.

"불안하게 왜 이래. 숨바꼭질하자는 것도 아니고."

전화를 걸었다. 벨 소리는 침실 안에서 들렸다. 민우의 휴대전화가 침대에 그대로 던져져 있었다.

"뭐야, 전화기도 여기 있는데."

다른 방들도 살피고 주방도 살피다가 정원 방향 테라스로 가보았다. 양주잔이 테이블에 놓여 있었다.

의아한 얼굴로 돌아서려는데, 저 멀리 낯익은 실루엣이 보였다. 두 남자. 민우와 유현이었다. 심지어 유현이 민우의 멱살을 쥐고 있다. 다경은 제 눈을 의심했다.

"헐……, 큰일 나겠네."

잠옷 위에 롱 카디건을 아무렇게나 둘러 입고 서둘러 집을 나섰다.

빌라 주민들이나 빌라에 근무하는 직원들이 볼 수도 있다. 아무리 보안이 철저한 빌라 내라고 해도, 저렇게 무방비 상태로 있으면 안 되는데. 남 일에 관심 없는 주민들이어도 연예인을 상대로 하면 또 다르다. 가십거리는 그저 쉽게 소비할 수 있었다.

"민우야!"

내려가자마자 그들에게로 빠르게 걸어가며 민우의 이름을 조그맣게 외쳤다.

이미 멱살은 놓은 상태고, 다행히 아무 일도 일어나지 않았던 모양이다. 그들이 다경 쪽으로 고개를 돌렸다.

다경은 서둘러 다가가 민우에게 말했다.

"하하하……, 한참 찾았네. 어디 갔나 하고."

그리고 유현에게 깍듯하게 인사했다.

"선배님, 안녕하세요. 매번 촬영장에서 뵙다가 이렇게 뵈니 또 새롭네요. 아래윗집 살아도 빌라 내에서 뵙기는 참 힘들어요."

아무렇지 않게 웃으며 말했다. 저쪽으로 보안실 직원들이 지나갔다. 다경의 등줄기에 식은땀이 흘렀다.

"화보 촬영은 잘 다녀왔지? 피곤하겠다."

"네, 괜찮아요. 그보다, 저희 엄마 일에 괜히……."

"그건 나중에 따로 얘기하자."

유현이 부드럽게 웃으며 말했다. 그런 상황을 다경이 반길 리 없겠지만, 그는 아마 신경 쓰지 않을 것이다. 유현은 어떻게든 그녀에게 짐을 지우려 하겠지. 다경이야 부담스러워하든 말든.

"감사하지만 선배님이 해주실 일은 아니었어요."

다경은 똑 부러지는 어투로 말했다.

사실 이 일을 접한 모두가 한 가지 생각을 했다. 유현이 다경에게 선후배 사이 이상의 감정을 품고 있다는 것. 그게 아니라면 설명이 안 된다.

하지만 유현의 마음을 재차 확인하게 된 다경은 그를 밀어낼 수밖에 없었다. 제가 원한 건 그의 사랑이 아니다.

"조만간 제가 저희 대표님과 함께 찾아뵙고, 도와주신 부분은 조속히 되갚을 수 있도록 하겠습니다."

해서 알면서도 외면하기로 했다. 제 하늘의 별일 때 빛나던 사람이다. 유부녀인 자신에게 다른 마음을 품은 남자는, 그 빛을 잃었다. 어둠에 푹 파묻힌 채로 자신을 원한다면, 제겐 내어줄 마음이 없다.

"그러지 않아도 돼."

"아니요. 그러겠습니다."

게다가 그건 제대로 된 사랑이 아니다. 기이하게 비뚤어진 행태로 그가, 다가오고 있었다.

"다경아."

옆에 가만히 서 있던 민우가 그녀의 고개를 돌려 자신을 보게 하며 마주 섰다. 카디건을 좀 더 여며주며 젖은 머리카락을 매만지는 움직임이 매우 다정했다.

"머리도 안 말리고 나왔네. 추운데."

"춥기는, 여름인데."

다경은 다소 어색하게 웃었다. 마음이 불편해 죽을 것 같았다. 하지만 민우는 어떤 것도 개의치 않는 눈빛이다.

"하여튼 나 없으면 아무것도 못 하지. 들어가자. 머리 말려줄게."

그리고 다경의 어깨를 부드럽게 감쌌다. 돌연 사나워진 눈빛은 그대로 유현에게 가서 꽂혔다.

"그럼 먼저 들어가겠습니다. 선배님."

✦➤➤※❆❆❆❆➤➤✦

위이이잉. 드라이어 소리만 방 안에 가득했다.

민우는 다경의 머리카락을 정성스럽게 말려주었다. 따뜻한 바람에 머리카락이 부드럽게 감겨들었다. 다 말린 머리카락을 정돈해주고, 민우는 다경의 앞에 의자를 끌어와 앉았다.

"힘들지?"

"내가 뭘."

다경은 애써 밝은 얼굴로 웃어 보였다.

"그런데 엄마가, 선배님이 주시는 돈을 선뜻 받았다는 게 좀 찝찝해."

두 사람의 연결고리가 어디 있었는지도 의아했다.

"아무래도 어머니께서, 우리 결혼에 대해 알고 있는 걸 강유현에게도 말하지 않았을까 해."

"정말?"

"그렇지 않고서야……."

민우는 유현의 눈빛을 떠올렸다. 든든한 뒷배라도 있는 것처럼 자신만만하고도 강인한 빛이 가득 어려 있었다.

"그래도, 우리 사이가 이렇게 좋은데 설마 의심을 할까."

"연기라고 생각할 거야. 너나 나나 밥 먹고 하는 게 그건데, 그 정도 연기야 얼마든지 가능하다고 여기겠지."

"……."

"그래서 너한테 더 쉽게 다가갈 수 있을 거고. ……아마도 그러려고 할 거야."

정 여사의 예감은 적중했다. 민우는 금세 눈치를 챘다.

"선배님이 왜 그렇게까지……."

"운명이라잖아."

전에 유현이 했던 말을 떠올리며 덧붙였다.

"운명 같은 여자를 기다린다고. 그게 너라고 생각하는 걸 거야."

"……말도 안 돼."

다경은 한숨을 내쉬었다. 강유현의 마음이 그렇게나 절절하다면, 자신의 도덕성으로는 도저히 이해가 되지 않는 감정이다.

이성으로서 호감이 들더라도, 다른 남자와 결혼한 여자라면 응당 포기해야 하는 거 아닌가. 오랫동안 동경하고 존경했던 우상일지라도, 그런 사람이 제게 적절치 않은 감정을 갖는 건 사양하고 싶었다. 민우와 결혼한 이상. 그리고 민우를 이토록 사랑하게 된 이상 유현에게는 기회가 없었다.

민우는 그렇기 때문에 유현이 더 엇나갈 수 있다고 생각했다. 깊이 침전된 그의 눈빛이 말해주었다. 너무 많은 것을 품고 있어 대체 그게 뭔지 알 수도 없을 만큼 가라앉은 그 눈빛은, 어쩌면 유현 스스로조차 모르고 있을 마음의 반영일 것이다. 상처받지 않기 위해 상처를 주지만, 그마저 자신의 상처라고 생각하는 건강하지 못한 마음 말이다.

민우는 다경의 볼을 한 손으로 어루만졌다.

"어머니에게서 강유현의 돈을 다시 찾아올 수는 없으니까."

그건 불가능하다. 정 여사는 이미 그 돈으로 일 처리를 다 했을 테니.

"일단 우리가 강유현 돈을 돌려주고."

받지 않는다면 억지로라도.

"그리고 이제 어머니와는 완전히 연락을 끊도록 해. 그러자. ……힘들겠지만 그렇게 하자."

당연하지만 어려운 결정이었다. 남들 말처럼 쉬운 일이 아니었다. 그래도 그렇게 해야만 했다.

"응. 그럴 거야."

다경이 아픈 눈빛으로 민우를 바라보며 고개를 끄덕거렸다.

상황은 다시 악화되겠지. 잠시 무기고에 넣어두었던 총칼을 재차 꺼내들어 전쟁판에 들어가야 할지도 몰랐다. 시끄러움을 감수하고라도 반드시 해야 할 일이다. 핏줄을 끊어내는 아픔을 겪게 될 다경을, 민우는 가만히 안아주었다.

❖⟫⟫⟪⟪❖

그날 밤, 다경은 민우의 팔을 베고 깊이 잠들어 있다. 그는 품에 있는 그녀의 어깨를, 볼을, 눈썹을, 귀를, 가만가만 어루만졌다. 너무도 소중하고 귀해서 잃을까 두려웠다. 악귀처럼 달려드는 존재들이 둘을 가르려 할까 두렵기도 했다.

심장이 뻐근했다.

소다경을 살리려면

가시처럼 박힌 말.

올해는 아직 지나지 않았다. 과거의 삶에선 대체 어떤 일들이 있었던 걸까. 다경에게 불행이 닥쳤다면 누구와 관련이 있었던 걸까.

끼이이익, 이명이 찾아왔다. 눈을 질끈 감은 민우는 괴로움에 고개를 살짝 저었다. 그래서일까. 다경이 그 품에서 움찔 떨었다.

꿈이라도 꾸는 걸까? 자면서도 잔뜩 웅크린 그녀를 느끼며, 민우는 눈앞에 펼쳐진 장면을 바라보았다.

'……다경이야.'

웨딩드레스를 입은 다경이다. 그토록 많이 보았던 그녀의 모습.

하지만 오늘은 다른 점이 있었다. 다경의 손을 잡고 옆에 서 있던 남자가 천천히 몸을 돌리는 것이다.

'누구…….'

민우는 숨이 막혔다.

영화의 한 장면 같았다. 아름다운 장식, 흩날리는 꽃잎, 사람들의 환호와 박수 소리. 그리고 다정한 신랑 신부.

예상은 했지만, 돌아본 남자는.

'……강유현?'

그가 진짜 신랑이었다.

유현이 더없이 매력적인 미소를 띠며 다경의 이마에 입을 맞추었다. 사랑스럽다는 듯 다경을 바라보는 눈빛이 너무도 비현실적이었다.

"허어억……!"

민우가 몸을 일으켰다. 장면이 사라지고 눈을 뜬 민우의 시야에는 그들의 침실 벽이 들어왔다.

현실이다. 이게 현실이다.

"……하아."

이마의 땀을 대충 닦아냈다.

다경의 지난 삶 속 신랑이 강유현이리라 추측만 했던 것과, 이렇게 눈으로 확인한 것은 기분이 천지 차이였다.

강유현과 결혼했던 사이라니. 두 사람이 부부였다니. 누가 심장을 비틀어 쥐는 것만 같이 아팠다. 그리고 그 순간이었다. 민우의 옆에 누워 있었던 다경이 갑자기 상체를 일으키며 잠에서 깨어났다. 마치 자신이 방금 그랬던 것처럼.

민우는 서둘러 협탁의 스탠드를 켰다.

"하아, 하아……."

숨을 몰아쉬는 다경의 눈빛이 심히 불안정했다.

"뭐야, 꿈꿨어?"

민우가 걱정하며 묻자 그녀가 하염없는 눈으로 그를 보았다. 충격이라도 받은 듯한 얼굴이었다.

"소다경, 정신 차려. 괜찮아?"

다경이 고개를 끄덕였다.

"괜찮아."

그러다 고개를 저었다.

"아니. ……괜찮지 않아."

그녀는 아직 꿈속에서 빠져나오지 못한 듯했다.

'내가 미쳤나 봐.'

다경은 멍해졌다. 이토록 충격적인 꿈이라니.

드문드문 기억나는 꿈속은 그녀를 당황스럽게 했다. 화려한 결혼식이 이뤄지고 있고, 신부는 자신이었다.

그것까진 좋은데 왜…….

'신랑이…… 선배님이야?'

제 곁에 있는 사람은 강유현이었던 것이다.

세상에. 강유현과 결혼하는 꿈을 다 꾸다니. 자신이 미치지 않고서야 그런 꿈을 꿀 리가 없는데. 민우와 이미 결혼했고, 또 지금은 강유현으로 인해 심경이 복잡하기까지 한 상황인데, 어째서.

"괜찮아? 물 좀 가져다줄까?"

깨어 있던 민우가 바로 반응해주었고 다경은 고개를 끄덕거렸다.

"응, 얼음 넣어서."

일단 시원한 물을 마시고 정신을 좀 차려야겠다. 민우가 침실에서 나가고, 다경은 머릿속을 정리했다.

전에도 단순한 꿈이 아닌지 잠에서 깨어난 후에 감정이 복잡했던 적이 종종 있었다. 하지만 어떤 꿈인지 내용이 기억나지 않을 때가 대부분이라 신경이 좀 예민하거나 스트레스를 받아서라고 생각했었다.

이렇게 꿈속 장면이 명확하게 그려진 적은 거의 없었다.

'하아, 미쳤어, 정말…….'

마치 영화처럼 선명하게 찍힌 장면.

자신은 설레는 얼굴로 그를 보며 수줍게 미소 지었다. 유현은 웃으며 자신을 바라보고, '다경아'라고 부른 것도 같았다. 제 이름을 불렀으니 촬영 중이라 생각을 할 수도 없는 상황이었다.

"자, 물."

민우가 돌아와 얼음물이 담긴 유리컵을 내밀었다. 다경은 타는 속을 물로 달랬다. 시원한 물이 식도를 타고 넘어가자 그제야 좀 진정되는 듯했다.

"왜 그래, 무슨 꿈을 꿨는데?"

빈 컵을 받아 협탁에 놓으며 민우가 물었다.

다경은 민우의 얼굴을 가만히 바라보았지만 차마 대답을 할 수 없었다. 강유현과 결혼하는 꿈이라니. 그런 꿈을 꾸다니 대체 자신의 머릿속에 무슨 생각이 들어 있는 건지, 스스로 용납할 수도 없었다.

"전부터 결혼하고 싶다고 생각했던 사람은 딱 한 명 있지. 말도 안 되는 꿈이긴 하지만."

"그게 누군데?"

"강유현."

민우에게 그런 말을 한 적도 있었다.

"강유현 어디가 그렇게 좋은데?"

"자상하잖아. 다정하고. 부드럽고. 또, 상냥하고, 배려심도 깊고. 뭐든 다 이해해줄 것 같고……."

그를 신처럼 여긴 적도 있었다. 존경하는 배우로, 동경하는 우상으로, 한편으론 좋은 남편감으로 꿈꿨던 적도 있었다. 하지만 이건 아니다.

꿈까지 꿀 정도로 그를 가슴에 품고 있었던 걸까. 제 안에 그런 바람이 내재해 있는 건가.

그런 꿈을 꾼 것만으로도 민우를 보는 마음이 죄스럽고 미안했다. 가뜩이나 강유현과 어머니 때문에 신경 쓰고 있는 상황에서, 자신이 그런 꿈까지 꾸었다는 말을 어떻게 할 수 있을까. 제 마음은 결코 그런 게 아닌데.

"악몽을 꿨어."

"스트레스 받나 보다."

꿈속 결혼식은 그 어떤 로맨스 영화 속 장면보다 행복해 보였다. 그 신랑이 강유현이라니, 기가 막혀. 내 신랑은 바로 내 옆에, 여기 있는데.

다경은 팔을 뻗어 민우를 꽉 껴안았다.

"응, 그런가 봐."

미안해, 그런 꿈을 꿔서. 미안해, 내가 사랑하는 사람은 너인데.

"조금만 기다려보라니까. 일단 거기서 지내고 있어봐요. 더 좋은 게 있으니까."

휴대전화를 귀에 댄 정 여사의 음성이 진득하게 가라앉았다.

"아직 설명할 단계는 아니고."

한쪽 입가에는 비릿한 미소가 걸려 있다. 통화 상대인 박 사장이 언제 일이 해결되는지 몰라 불안한 목소리로 재촉했지만, 그러거나 말거나 정 여사는 조금도 신경 쓰지 않았다.

"그래, 끊어요. 전화 자주 하지 말고. 내가 연락할 테니까."

통화를 마친 정 여사가 테이블에 휴대전화를 내려놓았다.

"거 되게 난리네. 딴마음은 무슨 딴마음이야. 지금 상황이 얼마나 좋게 돌아가는데 그것도 모르면서."

불만 섞인 목소리로 혼잣말을 중얼거렸다.

"귀찮게 됐단 말이야. 이런 기회가 올 줄도 모르고 괜히 박 사장이랑 엮여서는…….."

한숨이 터져 나왔다.

휴대전화 번호는 일부러 바꾸지 않았다. 자신도 박 사장에게 당한 피해자로 되어 있는 이상, 여기저기서 몰아치는 연락을 피할 이유는 없어야 하기 때문이다.

하지만 채권자로부터 독촉을 받는 건 생각보다 꽤 귀찮고 스트레스 받는 일이었다. 갚아야 하는 건 당연하지만 공식적으로는 자신 역시 박 사장에게 뒤통수를 맞은 입장 아닌가.

"박 사장이랑 그렇고 그런 사이 아니었소? 정 여사랑 짜고 이러는 거 누가 모를 줄 알고?"

"당장 내 돈 내놔요! 박 사장은 대체 어디로 튄 거야!?"

"소다경이고 뭐고, 그 잘난 딸내미한테 돈부터 당장 갚으라고 하라니까!"

하여튼 사람들 교양도 없지. 어찌나 소리를 빽빽 질러대던지 귀가 다 아팠다. 짜증도 나고.

카페 인수가 진행되던 중에 박 사장이 넌지시 건넨 제의를 받아들인 게 살짝 후회도 되려고 했다. 이렇게까지 번잡스러울 줄이야.

박 사장이야 일찌감치 태국으로 떠서 한량처럼 좋은 세월 보내고 있겠지만, 이곳에서 자신은 욕받이, 총알받이가 되어 일 해결까지 다 마쳐야 하는 상황이 조금 억울하기도 했다.

왜 나만 이렇게 개고생이야. 이 모든 게 딸 잘 키워 이름값 하게 한 내 덕인데.

"아무래도 카페 운영하느라 골치 아플 텐데. 여기서 복닥거리고 사는 것보다야, 물가 싸고 경치 좋은 곳에 가서 여생 편하게 보내는 게 낫지 않겠어요?"

박 사장의 말이 다 옳다고 생각해 홀딱 넘어간 탓이다.

어차피 나가서 살면서 돈이 부족해지면 다경에게 보내라고 하면 될 것이고, 이 남자 저 남자 만나느니 그냥 박 사장에게 정착해 함께 지내는 것도 나쁘지 않겠다고 생각했었다.

다경도 이렇게 궁지에 몰리면 울며 겨자 먹기로라도 돈을 내놓을 수밖에 없을 것이다. 그래서 이번 일만 해결되면 시간차를 두고 박 사장 있는 곳으로 나가려고 했었다.

다경이 어서 갚아줘야 일이 끝날 텐데 싶던 차였다. 생각지도 못한 호박이 넝쿨째 굴러들어온 것이다. 아니, 호박이 아니라, 로또다. 그것도 로또 1등. 강유현, 그가 그 큰돈을 턱 하니 내놓은 것이다.

이쯤 되면 돈이 문제가 아니다. 그 돈을 준 이가 바로 강유현이라는 게 포인트였다. 너무도 기뻐서 정 여사는 그날 밤 잠을 이루지 못했다. 그리고 우선 강유현이 내어준 돈으로 카페와 관련된 일은 다 해결했다.

연락이 뜸해지자 박 사장은 보채는 중이었다. 하긴, 빼돌린 돈은 정 여사가 다 쥐고 있으니 초조한 마음이 들기도 할 것이다. 하지만 정 여사는 박 사장에게 가는 게 더 이상 중요하지 않은 상황인지라 기다리라, 기다리라, 앵무새처럼 되풀이하는 중이다.

"다경이가 강유현이랑 재혼만 하면……."

저절로 웃음이 새어나왔다. 눈엣가시 같은 지민우도 치워버리고, 제게 껌뻑 죽는 강유현을 사위로 맞아 평생 호의호식할 일만 남았다. 제 딸 다경도 아마 그걸 더 좋아할 것이다. 돈 때문에 친구 녀석이랑 부부인 척 붙어 있는 것보다야, 자신을 사랑해주는 강유현과 결혼해 잘 사는 편이 훨씬 낫겠지.

꿩 대신 닭도 아니고, 봉황 중의 봉황 아닌가. 강유현 같은 엄청난 남자를 누가 마다해.

정 여사는 소파에 누워 TV를 보면서도 머릿속은 뱅그르르 돌아갔다. 뭐부터 할까. 고것들을 이제, 어떻게 찢어놓을까. 생각만 해도 흐뭇했다.

→>※<←

"컷!"

우 감독의 음성이 다소 날카로워졌다. 벌써 몇 번째 NG인지.

"죄송합니다. 죄송합니다."

다경이 허리를 숙여 사과했다.

"괜찮아?"

유현이 부드럽게 물었고, 다경은 그에게 잡힌 손목을 어색하게 빼내며 대답했다.

"네. 죄송합니다, 선배님."

우 감독이 다가왔다.

"아니, 소다경 오늘 왜 이래? 어디 몸 안 좋은 거 아니야?"

비서 고영주가 몸을 돌리다가 차 의원에게 손목이 잡혀 그 품에 안기는 신이었다. 탐욕을 숨기고 연약한 척 차 의원의 동정심을 끌어내며, 남자로서 그의 욕망을 일깨우는 장면으로 표정과 호흡, 대사와 몸짓 모든 게 섬세한 계산 아래 이뤄져야 했다. 차 의원에게 안긴 채 복잡한 표정 연기를 해야 했고, 그의 등을 가만히 어루만지는 손가락 하나까지도 세밀한 움직임을 보여줘야만 했다.

하지만 차 의원, 아니, 강유현에게 손목이 잡히고 그 품에 가득 안기자 다경은 알 수 없는 거부감이 일어 몸이 파르르 떨렸다. 연기가 무너지는 것은 당연지사였다.

"죄송합니다."

다경은 그 말만 반복할 수밖에 없었다.

"일단 좀 쉬고 하자고. 10분 쉬어 가지."

우 감독이 한숨을 섞어 지시했고, 촬영 중단 지시에 스태프들이 다음을 준비하기 위해 분주하게 움직였다.

"가뜩이나 스트레스 받는데, 안 그러던 다경이까지 왜 이러냐, 오늘."

우 감독은 부채를 빠르게 펄럭거리며 열기를 식혔다.

다경은 더욱 면목이 없었다. 안 그래도 요즘 투자자, 제작사와의 마찰로 우 감독의 심기가 꽤 불편하다고 들었는데, 자신까지 피곤을 보탠 셈이 되어 죄송했다.

"다경아, 괜찮아?"

주아가 텀블러에 든 시원한 물을 내밀며 걱정했다.

"응, 언니. 고마워."

다경은 자신의 전용 대기의자에 앉아 물을 받아 한 모금 마셨다. 타는 속이 조금 진정되는 기분이었다.

다음에는 한 큐에 가야지, 꼭. 자신 때문에 재차 고생하는 감독과 스태프들을 보니, 복잡한 생각을 떨치고 집중해야겠다는 생각만 들었다.

그녀의 사정을 아는 주아는, 오늘 있을 스킨십 장면이 안 그래도 신경 쓰였었다. 앞으로 이런 촬영을 다 어떻게 해야 할까 싶기도 했다. 그러게 강유현은 왜 나서서 돈까지 갚아주고 난리일까. 소문이라도 이상하게 나면 어쩌려고.

"언니, 얼굴이 너무 안 좋아 보여. 어떡해."

리호가 다가와 다경을 걱정해주었다.

"컨디션 안 좋으면 언니 촬영은 다음으로 미루자고 하지, 너무 무리하는 거 아니야?"

다경은 씁쓸하게 웃었다.

리호는 툭하면 자신의 스케줄을 마음대로 조정하고는 했다. 대단한 민폐 행동이었다. 그로 인해 상대 배우나 스태프들의 일정까지 어긋나며 곤란을 겪는 때가 한두 번이 아니다. 누구도 그녀를 제어하지는 못했다. 리호는 아무것도 모르는 것처럼 그저 방긋방긋 웃기만 하면 되었다. 어차피 아버지를 비롯한 연줄이 다 알아서 편의를 봐주기 위해 힘써주니까.

다경은 그녀와 같은 처지가 아니었다. 마음대로 일정을 바꿀 수도, 미룰 수도 없었다. 자신이 결정한 작품은 끝까지 책임을 지는 수밖에 없었다. 설령 강유현과의 촬영일지라도, 연기는 연기, 작품은 작품이다.

"난 괜찮아."

평소 같았으면 걱정해줘서 고맙다는 한마디라도 덧붙일 텐데, 다경은 말을 줄였다. 리호의 관찰하듯 주시하는 시선, 일부러 다가오는 친절이 불편하게만 느껴졌다. 강유현이 자신의 어머니와 접촉한 것도 모두 리호의 이 과잉친절로 비롯되었다고 생각하니 더 참아줄 수 없기도 했다.

"선배님도 아까 언니 걱정 엄청 많이 하시던데."

리호는 고운 눈에 웃음을 머금으며 말을 이었다.

"언니가 파트너 복이 진짜 많은 것 같아. 민우 오빠도 그렇고, 유현 선배님도 그렇고. 호흡 맞추는 상대역마다 언니를 엄청 잘 챙겨주잖아."

속이 메슥거렸다. 좋은 의도인지 나쁜 의도인지 알 수 없는 리호의 말과 웃음이 그녀의 심장을 할퀴었다.

"리호 씨, 다경이 좀 쉴게요."

주아가 다경의 앞을 살짝 가로막았다. 리호가 피식 웃었다. 그러더니 언제 그랬냐는 듯 화사한 미소를 지어 보였다.

"네, 그래요. 전 대기하러 갈게요. 언니, 힘내."

리호가 가고 난 후, 주아는 대본을 보고 있는 다경을 물끄러미 내려다보았다.

한여름에 접어들어 한창 더운 시기지만, 촬영 배경은 겨울이었다. 모직 재킷은 벗고 앉아 있긴 해도, 도톰한 재질의 블라우스가 꽤 더울 것이다. 주아는 가만히 미니 선풍기를 다경의 얼굴과 목 쪽으로 대어 바람을 보내주었다.

다경이 고개를 들고 살며시 미소 지었다. 슬프기도, 아프기도 한 웃음이었다.

"하아, 남 대표 진짜……."

"자, 일단 먹어."

기혁이 한입 크기로 자른 수박을 포크로 찍어 현지의 입가로 가져갔다.

더블유 엑터스 대표실이다. 촬영을 마친 후 다경이 민우와 함께 이쪽으로 오기로 했고, 남 대표는 먼저 와서 자리 잡고 있었다. 강유현에게 돈을 돌려주는 문제로 상의할 일들이 있었다. 물론, 지금 기혁에게 가장 중요한 건 현지에게 수박을 먹이는 일이었지만.

"먹어야 힘을 내서 일도 하지. 너 입덧하느라 뭐 제대로 먹지도 못하고, 이러면 안 된다니까?"

"알았어, 알았어. 내가 먹을게."

현지가 어제, 지나가는 말로 시원한 수박이나 먹으면 좋겠다고 했었다.

혼자 사는 사람이 커다란 수박을 사서 잘라 먹는 일이 그리 쉬운 건 아니었다. 현지는 집안일을 맡아 해주는 도우미에게도 음식에 관한 건 거의 부탁하지 않는 편이다. 집에서 잘 안 먹기도 하고, 먹는 것보다 버리는 것이 더 많아지는 까닭이다. 그저 수박이 먹고 싶으니, 잘라서 소포장으로 파는 제품을 도우미에게 사다 달라고 할까 생각하기만 했었다.

그런데 오늘 미팅에 앞서 일찌감치 달려온 기혁이 3단 찬합을 테이블에 늘어놓았다. 예쁘게 자른 수박, 참외, 복숭아가 가지런히 담겨 있었다. 직접 잘랐단다. 요리하는 걸 옆에서 보기도 했었지만, 어쩜 이렇게 섬세할까 새삼 감탄스러웠다.

현지는 기혁의 손에서 포크를 빼앗아 스스로 수박을 입에 넣었다.

"흐음, 맛있네."

얼음팩까지 찬합 주변으로 잔뜩 넣어 온 덕에 아직 싱싱한 냉기가 느껴졌다.

"그치? 맛있지? 또 다른 거 먹고 싶은 건 없고? 다 해줄게. 말해 봐."

"됐어. 이거면 충분해. 남 대표도 바쁠 텐데 괜히 이런 것까지 싸 나르고 그러지 마. 부담스러워."

"부담이라니. 무슨 소리를 그렇게 섭섭하게 하실까. 나 그냥 일 다 맡겨놓고 24시간 왕현지 옆에만 있으면 좋겠는데."

"그러다 회사 망해."

"그럴까 봐 초인적인 힘으로 버티는 거야."

호들갑이 일상인 기혁을 보자, 현지는 다경의 일로 복잡했던 마음이 조금 달래졌다. 남 대표가 도움이 될 때도 있네.

"그거 말고, 이걸로. 예쁜 것만 먹어, 예쁜 것만."

현지의 포크가 움직일 때마다 기혁이 직접 이거, 이거, 하고 짚어주었다.

"다 예뻐. 다 예쁘게 썰어서 아무거나 먹어도 예뻐."

현지가 대답하며 수박, 복숭아, 참외를 번갈아 먹었다. 기혁이 뿌듯한 표정으로 웃었다.

그놈의 밥 냄새, 빵 냄새는 맡기도 힘들더니 과일은 꿀떡꿀떡 잘도 넘어간다. 그나마 다행이다. 정말 별 보기 직전이었으니까.

기혁도 사뭇 진지해진 얼굴로 현지를 바라보았다. 자신의 아이를 가진 여자가 왕현지라는 사실이 아무리 보고 또 봐도 믿기지 않았다. 이렇게 행복해도 될까 싶었다. 자신만 행복하면 안 되니, 다른 사람들도 모두 행복했으면 좋겠다. 태어날 아이의 주변이 모두 행복으로 물들었으면 좋겠다.

아빠의 시선으로 세상을 보니, 그의 마음이 더욱 너르고 고와졌다.

"다경이, 그 돈 아직 안 되는 거 맞지?"

기혁의 말에 현지가 고개를 들었다. 강유현이 정 여사에게 내어준 돈을 가리킨다. 이제 그걸 이쪽에서 돌려줄 생각을 하고 있었고.

"응. 다경이가 요즘 많이 벌기 시작은 했지만, 아직 그만큼을 현금으로 확보한 건 아니지. 당장 내주긴 힘들어."

정 여사의 돈을 갚아줄 생각이 없었지만, 강유현이 끼는 바람에 그런 결과가 되어버리긴 했다. 그러니 돈을 마련하기 위해 상의를 해야 했다. 이 과정이 오래 걸리면, 일을 해결하는 데까지 질질 끌게 되니 그것도 걱정이었다.

"민우가 가지고 있는 것도 대부분 다 묶여 있어서 일단 현금화하려면 시간이 좀 걸리니까, 최대한 빨리⋯⋯."

"그래서 내가 먼저 해주려고."

기혁이 말했다. 입가에는 아주 옅은 미소가 어려 있었다.

"남 대표가 그 큰돈을? ⋯⋯정말 가능하겠어?"

"우리 복덩이 이모 삼촌이니까, 해줘야지. 내가 해주고 싶어. 그리고 네가 요즘 가장 힘들어하는 일이 이거니까."

앞으로 해결해야 할 일이 많다면, 우선 할 수 있는 것부터 하나씩.

"내 사람들 힘들게 하는 것들, 아주 싹 다 쓸어버릴 거야, 내가."

복덩이가 태어날 세상, 반드시 아름다워야만 했다.

현지는 결연한 표정의 기혁을 바라보았다.

뭐지, 이 느낌. 심장이 쿵쾅거린다. 남기혁이 좋은 사람인 건 알

앉지만, 멋진 남자라는 생각은 해본 적 없는데. 제 사람들을 지키겠다는 그 의지가 느껴지는데, 사람이 아예 달라 보였다.

아니지. 외모나 능력이나 성격이나, 뭐 하나 빠질 게 없는 남자긴 했지.

"왜? 뭐 묻었어?"

자신을 빤히 바라보는 현지에게 기혁이 조심스레 물었다.

"아니. 안 묻었어."

"아닌 게 아닌데. 잘생김이 묻었나 본데."

현지가 입술을 꾹 닫았다. 알 것 같다, 자신이 지금까지 남 대표를 돌아보지 않았던 이유를. 물론 남자 자체를 만날 여유나 엄두가 나지 않기도 했지만, 남 대표는 아예 생각도 못 했었다. 그게 다 이런 모습 때문이었겠지. 주책바가지.

"왜? 새삼스럽게 막 잘생기고 멋있고 그래? 어떤데? 구체적으로 얘기 좀 해봐."

"입 좀 다물지. 그 입이 다 까먹는 걸 왜 모를까."

"나는 말 안 하면 너무 차도남이라 안 돼. 거리감 느껴지잖아."

"그 거리감 좀 느껴보고 싶네."

그렇게 말하는 현지도 싫은 기색은 아니었다. 어쩌면 남기혁이 조금 귀엽다고 느끼는지도 모른다. 그가 동성애자라는 오해를 받을 정도로 오랜 시간 여자들에게는 조금의 호의도 보이지 않았다는 사실을 알고 있다. 이유가 모두 자신 때문이었다는 사실은 이번에 새롭게 알게 되었고. 고백을 왜 진작 안 했는지, 기혁이 바보처럼 느껴지기도 했었다.

하지만 고백했다면 어땠을까. 자신은 분명 받아주지 않았을 것이다. 정말 거리를 두고 지냈을지도 모르겠고. 그랬다면 지금의 이 관계는 이뤄지지 않았겠지.

"남 대표."

새삼 당신이 고맙다. 그 말이 꼭 하고 싶었어.

"응, 왜?"

"나……."

전보다는 훨씬 덜 외로워진 요즘이 신기해서 이게 무슨 일인가 싶고. 내 인생에 찾아든 변화가 나쁘지 않게 느껴지고. 어쩌면 나도 당신을, 마음에 조금은 담아두고 있었는지도 모르겠…….

"뭔데? 왜 그렇게 그윽하게 부르는데? 할 말이 생겼어? 내 얼굴에 대해, 빛나는 이 외모에 대해 얘기 좀 해보고 싶어졌지?"

입만 다물어주면 좋, 겠, 는, 데.

"……됐고. 이따 애들한테 남 대표가 얘기 잘해. 어차피 아예 주는 건 애들도 싫다고 할 거고, 민우랑 다경이 지금 정리될 때까지만 빌려주는 정도로 하면 될 거야."

"알았어. 어찌 됐든 난 다 상관없으니까."

기혁은 그저 좋아서 웃었다. 현지의 가슴에까지 살랑살랑 번지는 봄꽃 같은 미소였다.

→≫※≪←

손끝에 남은 감촉이 유현의 마음을 어지럽혔다. 얼마 전, 다경의 여린 손목을 거머쥐고, 제게로 당겨 품에 안을 때의 그 느낌이, 쏟아지듯 안겨드는 그 몸이 심장 어딘가를 건드리고 일깨웠다.

그녀의 표정이 연기와 맞지 않았던지 몇 번이나 NG가 났다. 덕분에 한 번 더, 또 한 번 더, 계속 이어졌던 강렬한 포옹에 복잡한 일은 단숨에 잊히었다. 이대로. 그냥 이대로, 널 안고 세상이 끝나 버리면 어떨까. 아무 생각도 하지 않고 너만 안은 채 모든 게 끝나면 차라리 좋을까.

유현은 쓰디쓴 술을 한입에 삼켰다.

"걱정하지 말아요."

정 여사의 음성이 악마의 달콤한 그것처럼 귓가에 맴돌았다. 정 여사가 그의 돈과 명성 때문에 딸을 제게로 밀어붙이려 한다는 것쯤은 알았다.

싫지 않았다. 정 여사의 생각이야 끔찍했지만, 자신이 바라는 것과 맞아떨어지니 거부할 이유가 없다. 오히려 잘됐다. 정 여사는 다른 누구도 아닌, 다경의 가족 아닌가. 그것도 다경이 어쩌지 못하는 엄마라는 이름.

"강유현 씨를 마다할 수가 있나요, 우리 다경이도 남자 보는 눈이 있는데. 그런 이상한 결혼만 하지 않았더라면 강유현 씨와 만나 먼저 잘해볼 수도 있었을 텐데. 일이 참 복잡하게 됐다, 그쵸?"

다경의 남편은 지민우가 아니라 자신이어야 했다. 친구와 일을 꾸미며 그딴 가짜 결혼이나 하는 게 아니라, 자신과 만나 먼저 사랑을 해야 했다.

그랬다면 좋았을 텐데. 앞뒤가 뒤바뀐 상황이 거추장스럽기만 했다. 그래도 바로잡을 것이다. 어린애 장난 같은 가짜 결혼에 휘둘릴 필요 없다고, 다경을 제 품에 끌어올 것이다.

그때 누군가의 방문을 알리는 벨이 울려 유현은 술잔을 내려놓고 일어섰다. 푸른 비디오폰 화면에 다경의 얼굴이 비쳤다. 심장을 불로 지진 듯 뜨거운 통증이 새겨졌다. 그 옆에는 그녀의 가짜 남편 지민우가 보였다.

"이럴 필요 없어."

받는 쪽에서 거부하는 상황에서는 돈을 갚고 싶다고 마음대로 갚을 수도 없었다.

"돌려주지 않아도 돼."

유현이 테이블 위의 서류를 검지 끝으로 짚어, 다경과 민우 앞으로 주욱 밀었다. 채무 변제를 확인하는 서류들이다. 물론 수표 포함이었다. 액수가 크기도 했지만, 그 큰돈을 현금으로 마련하기까지 시간이 꽤 걸릴 뻔했다. 유현에게 돈을 돌려줄 일이 까마득했는데, 다행히 남 대표가 내어준 돈 덕분에 유현에게 오는 일이 빨라졌다.

하지만 유현은 이 절차를 이행하고 싶지 않아 했다.

"후배 위해서 한 일이야. 받을 생각 없었어."

다경이 약간 인상을 쓰며 말했다.

"부담스럽습니다. 선배님, 이건 아니에요."

옆에 있는 민우 역시 낮은 음성으로 보태었다.

"당사자가 원하지 않는 일을 하신 겁니다."

대체 뭘 바라기에. 얼마나 큰 걸 바라기에.

"도와주려는 것뿐이야."

"아뇨. 이건 도와주시는 게 아닙니다."

다경이 고개를 저었다.

강유현은 왜 마음대로 생각하고 행동하는 걸까. 애초에 이쪽에서는 어머니의 돈을 갚아줄 생각이 없었는데 강유현이 중간에서 제멋대로 대신 돈을 갚아주는 바람에 일이 꼬이게 되었다. 그런데 그 돈마저 돌려받지 않겠다니, 어쩌란 말인가. 이대로 강유현에게 빚을 진 채 살라는 건가?

그를 이해할 수 없었다.

"어머니께 이런 일이 생긴 게 매스컴 통해 나가면, 다경이 너만 힘들어지니까."

유현의 그 말에 민우가 입을 열었다.

"몇 번을 말씀드립니까. 저희 일은 저희가 알아서 합니다. 채무 변제는 변호사 통해 진행하도록 하겠습니다. 이제 더 이상 어떤 식으로든, 선 넘지 마세요."

강한 경고에도 유현은 웃었다. 애쓴다는 듯한 표정으로.

민우는 깨달았다. 아, 이 사람은 정말 우리가 거짓 부부라고 알고 있구나. 정 여사에게 그렇게 들었을지도 모르겠다고 생각했던 게 확실해졌다. 다경을 '무늬만' 유부녀라 보고 있을 것이다. 지금 자신이 하는 행동이 어떤지 스스로 알지도 못하겠지.

"다경아."

유현은 민우를 무시하듯 대답을 생략하고 다경을 불렀다. 순간 다경의 팔에 미미한 소름이 돋았다. 그녀의 눈앞에 꿈속 장면이 그려졌다. 너무도 행복해 보였던 두 사람의 결혼식. 그 안에서 웃고 있던 자신. 무척이나 근사한 유현.

어째서 그런 꿈을 꾸었을까.

"언제든 도와줄 테니 상의할 일 있으면 얘기해."

마이웨이인 그의 방식에 기시감이 일었다. 언젠가 이런 꿈을 또, 꾸었던 것처럼.

✦⟫⟫⟫⦂⦂⟪⟪✦

"떠먹여줘야 하는 거야, 뭐야."

밴에 들어온 리호가 신경질적으로 중얼거렸다.

인터뷰가 있었다. 자신의 이야기를 마치고 정리하던 중에, 기자에게 은근슬쩍 강유현과 소다경에 대해 흘렸다.

"제가 직접 물어볼 만한 얘기는 아니고, 서 기자님은 아시지 않을까 해서요."

"강유현 씨가 그걸 갚아줬대요? 소다경 씨랑 그렇게 친한 사이였어요? 와, 새롭네."

"저도 잘 모르고, 어디서 나온 얘기를 들은 거라 확실치 않아요. 기자님도 모르셨구나."

"전혀 몰랐어요."

모르면 좀 알아보라고.

기자는 단순히 강유현의 미담 정도로 여기는 것 같았다.

그게 아니라니까. '유부녀' 소다경의 어머니 빚을 강유현이 나서서 대신 갚아준 게 키포인트인데, 왜 그걸 못 짚나. 어쨌든 미끼는 던져놨으니, 얘기가 돌기는 할 거다. 그럼 그중에 빠릿빠릿한 누군가가 파고들려 하겠지.

강유현이 소다경에게 관심을 보인다?

제법 흥밋거리가 될 것이다. 재밌어 죽겠다. 일이 이렇게 잘 돌아갈 줄은 몰랐는데.

"출발한다."

매니저 석중이 시동을 걸었다.

"어? 뭐야, 이 주스? 복숭아 아니잖아?"

리호는 석중이 사다 놓은 주스를 들어 보였다. 그녀가 좋아하는 카페에서 테이크아웃한 것이다.

"아, 그게. 오늘 다 떨어졌다고 해서, 너 청포도도 좋아하잖아. 그래서……."

"지금은 복숭아. 복숭아라고! 왜 마음대로 바꿔서 사오고 난리야!"

리호가 역정을 내는 바람에 석중이 차를 출발시키지 못하고 돌아보았다. 그놈의 복숭아.

"재료가 떨어진 걸 내가 어쩌겠……."

"그럼 다른 데 가서 사오기라도 해야지, 그런 성의도 없어? 아, 진짜 별게 다 짜증나게 하네."

아마 다른 카페에 가서 샀으면 그건 또 그것대로 뭐라 했을 것이다.

석중은 애써 한숨을 삼켰다. 요정처럼 사랑스럽다는 나리호의 매니저가 왜 그렇게 많이 바뀌었는지 알 것 같다. 아니, 매니저가 된 지 며칠 만에 알아버렸다. 지겹고, 또 지겹다. 정말 그만둬버릴까.

하지만 석중은 그녀의 아버지, 배우 나은기가 넌지시 건넸던 말을 기억했다.

"세상에 힘들지 않은 일이 어디 있겠어. 다만, 어디서든 입을 함부로 놀렸다가는 큰코다치는 경우가 종종 있지. ……아들 같아서 하는 말이야."

그땐 그게 무슨 소린지 몰랐다. 지내고 보니 알게 되었지만. 리호에 대해 함부로 말하고 다녔다가는 이 바닥에 발도 못 붙이게 된다는 뜻이었다. 아마 더한 일을 겪게 될 수도 있고.

"○○호텔로 가. 거기 라운지 딸기에이드로 마실래."

"아, 지금 시간이……."

"늦는다고 연락하면 되잖아. 일일이 말해줘야 알아? 아, 진짜 눈치는 국 말아먹었나. 요즘 진짜 왜 이래? 월급은 꽁으로 받아?"

"……알았다."

석중은 할 수 없이 대답했다. 어차피 나리호의 뜻대로 해야 했다. 그럴 수밖에 없는 자신의 신세가 참 처량해서, 뭐라도 하고 싶은데 뭘 해야 할지 몰랐다. 그저 만약을 준비할 뿐.

"나리호 씨 매니전데요……, 오늘 저희가 시간을 좀……."

전화로 일정을 조율하는 목소리조차 무겁게 버석거렸다.

→≫⋙᠃⋘≪←

영화 '화인火印'의 촬영이 잠시 중단되었다. 감독의 지시가 있었지만, 그 사정이 무엇인지는 전해지지 않았다.

촬영이 없는 날, 유현은 보좌관 역할을 맡은 배우와 함께 이전에 우 감독이 추천했던 장소로 갔다. 신내림을 받은 이의 신당이었다.

극 중 차 의원이 보좌관과 함께 신점을 보러 가는 장면이 있었다. 실제로 출입해본 적이 없다는 유현에게 우 감독이 권했다.

"내가 연락해놓을 테니 주환 씨랑 한번 가봐. 그냥 분위기 정도 익히는 거니까 가볍게 다녀오면 돼."

촬영에 필요한 준비는 뭐든 직접 하려는 유현의 스타일을 알기에, 우 감독도 그에게는 생소하다는 신당을 미리 둘러볼 수 있도록 도운 것이다.

"진짜 유명하신 분이잖아요. 그분한테 점 보는 거 예약 잡기 완전 힘들다던데."

함께 가기로 한 배우 주환이 들뜬 목소리로 말했다.

"우리 점 보러 가는 거 아니잖아요."

"아, 그렇긴 하지만 뵙게 되면 한두 가지 살짝 물어볼 수 있지 않을까요?"

유현은 그럴 마음이 없기에 대충 웃어 보였다. 애초에 이쪽에 흥미가 있는 것도 아니고, 믿는 것도 아니었다.

정, 재계 인사들마저 어렵게 약속을 잡아 만나러 온다는 인물이 있다는 장소를 방문했을 때, 역시나 주인은 자리에 없었다. 관계자의 안내를 받아 이곳저곳을 돌아볼 수 있을 뿐이다.

우 감독과 미술팀이 여기를 배경으로 세트를 준비했다니, 유현은 미리 장소의 느낌을 몸에 익히는 데만 집중했다.

"그분은 못 보는 건가."

돌아갈 준비를 하는 주환은 영 아쉬운 기색이다.

"아, 잠시만요."

그러다 전화가 와서 통화를 하기 위해 주환이 잠시 자리를 비웠다.

유현은 현란한 장식으로 채워진 신당을 좀 더 천천히 둘러보았다. 거부할 수 없이 자꾸만 다가드는 비서 고영주를 밀쳐내지 못하고, 혼란스러운 마음을 빌어 어디든 기대고 싶었던 차 의원.

우습고도 나약해진 마음이 이런 곳을 배경으로 그려지다니, 씁쓸하고 한심했다.

유현은, 차 의원보다 비서의 마음에 좀 더 가깝게 가 있었다. 사랑 없이 맺어진 약혼녀에게서 차 의원을 빼앗고 싶은 고영주의 마음. 자신이 가질 수 없다는 걸 알면서도 어떻게든 빼앗아 손에 쥐고 싶을 정도로 간절했을까.

망가질 텐데. 결국 부서질 텐데. 그건 사랑이 아닐 텐데.

그때 유현의 등 뒤에서 낯선 음성이 들려왔다.

"빼앗고 싶어 죽겠는가 보네."

놀라서 돌아보았다. 선득이는 눈빛을 한 중년 여성이 서 있었다.

"빼앗긴 뭘 빼앗아. 빼앗을 필요 없어."

그녀의 말에 유현의 눈썹이 살짝 일그러졌다. 하지만 그녀가 덧붙인 말은 뜻밖이었다.

"원래 네 거야."

"……그게 무슨?"

"처음부터 네 거니까, 되찾는 거지. 그게 어디 뺏는 건가. 말은 바로 해야지?"

거센 풍랑을 일으키는 소리였다. 그 여인의 목소리는 차고 깊은 동굴 속에서 울리는 것만 같았다.

유현이 잠시 멍해 있는 사이, 주환이 돌아왔다.

"어, 어! 안녕하세요."

여인을 발견하고 힘차게 인사한 주환은 냅다 질문을 쏟아내려 했다.

"혹시 제가 올해……."

"그만."

그녀는 손을 들어 주환을 제지했다.

"묻고 싶은 게 있거든 우리 조 실장이랑 얘기하시고. 보던 일이나 마저 보고 가시게."

주환을 가볍게 물리친 여인은 유현을 슥 보고 웃더니 몸을 돌렸다.

그녀가 가고 난 후, 주환이 아쉽다는 듯 중얼거렸다.

"예약 잡으면 반년은 더 걸린다는데. 아주 칼 같으시네요."

주환의 목소리가 웅웅거리며 제대로 들리지 않았다. 유현의 가슴속에는 여인이 남기고 간 한마디가 깊이 박혀버렸다.

"*처음부터 네 거니까, 되찾는 거지. 그게 어디 뺏는 건가.*"

처음부터 내 것.

내 것. ……내 것이라.

그렇지. 다경은 민우와 허울뿐인 관계니, 자신이 되찾아오는 것이 맞다. 사랑하지도 않는 사이면서 억지로 지민우와 함께 있는 것일 수도 있고. 그 얼마나 괴로운 일인가. 자신에게로 오면 다 좋을 것을.

비뚤어진 마음은 기어이 정점을 찍었다.

유현은 다경이 미치도록 보고 싶었다.

→→※←←

정 여사의 아파트 주차장에 민우가 차를 멈춰 세웠다. 다경과 단둘이 온 참이다. 상의한 대로 정 여사에게 뜻을 전하기 위해서였다.

강유현에게 돈을 돌려주는 문제는 이제 변호사를 통해 진행하고 있고, 남은 건 정 여사와의 절연뿐이다. 더 이상 모녀지간으로 살아갈 수 없다는 이야기를 하러 왔다.

다경의 착잡한 눈빛을 본 민우는 차에서 내리지 않고 조수석에 앉은 그녀의 손을 가만히 잡았다.

"다 괜찮을 거야."

아니다. 괜찮을 리 없다. 싸움은 이제 시작일 거다. 정 여사는 다경의 뜻을 순순히 받아들이지 않을 테니까. 이 문제를 바깥으로 끌고 나오려 할 수도 있다. 정 여사가 무기처럼 휘두르는 다경의 직업을 이용하겠지. 낳고 키워준 어미까지 내치는 매정한 딸로 만들어 다경의 이미지를 망치기 위해 애쓸 것이다.

하지만 각오는 이미 했다. 이미지에 생채기가 나는 것쯤은 감수하기로 했다.

다경이 희미하게 웃으며 말했다.

"그래, 괜찮아. 못된 딸로 생각하는 사람들이 좀 있으면 어때."

"그렇진 않아. 어차피 어머니가 하신 일들이 있고, 그걸 다 입증할 수 있으니까."

왕 대표가 준비한 자료들은 아직 유효했다. 덕분에 다경이 일방적으로 궁지에 몰릴 일은 없을 것이다. 다만, 정 여사를 세상에 '나

뻔 어머니'로 내보여야 한다는 것이 다경의 마음을 힘들게 했다.

어째서일까. 왜 당하는 쪽만 늘 아프고 힘들까.

정 여사는 딸을 이용해 돈을 갈취하고, 그게 여의치 않으면 천하에 배은망덕한 매정한 딸로 만들기를 서슴지 않는데. 보복이라는 말도 칼끝이 되어 심장을 후벼 파니 차마 할 수조차 없는데. 세상은 왜, 늘 이래야 하는 걸까.

"자."

이리 와.

민우가 가만히 손을 뻗어 다경의 어깨를 당겼다. 가볍게 안기는 그녀의 몸이 요 며칠 사이 많이 야윈 느낌이었다.

핏줄을 끊어내는 게 어디 쉬운 일일까.

"다경아, 너는."

네가 아프지 않았으면 좋겠다.

"그냥 있어."

있는 것만으로도 충분히 아플 테니까, 그냥 있어만 줘. 지금처럼 내 앞에, 내 옆에, 내 곁에.

"악역은 내가 할게."

받아야 할 비난이 있다면 내가 다 받을게. 뾰족한 화살도, 날카로운 칼도, 전부 다 내가 받아낼게.

"네가 왜."

"……사랑해서."

그 이유 하나뿐이야. 너를 사랑하니까. 아주 오래전부터, 나는 네가 아픈 게 싫었으니까.

민우는 그녀의 등을 가만히 어루만졌다.

그래, 사랑은 까마득한 날로부터 시작되었다. 깨닫지 못했던 사이, 봄처럼 스며든 사랑에 길들어 있었다. 그녀가 아니면 안 되도록, 인생의 전부는 그녀일 수밖에 없도록 제 삶은, 이미 그러했다.

"마지막?"

정 여사가 코웃음을 치며 되물었다.

"지금 마지막이라고 했니?"

다경과 민우가 나란히 찾아와서 하는 말이 기가 막혔다. 강유현의 돈을 갚아서 이 일은 매듭짓기로 했고, 이제 더 이상 정 여사와 모녀지간으로 만날 일은 없을 거라 했다. 연을 끊겠다는 얘기다.

"우리 다경이가 그런 생각을 했을 리는 없고."

정 여사의 마뜩잖은 시선이 민우에게로 향했다.

"민우 너, 정말 무서운 애구나?"

돈 때문에 가짜 결혼이나 한 사이에, 다경을 부추겨 연까지 끊게 만들어? 이제야 다경 덕을 좀 보려나 하는데, 민우가 이렇게 나오자 정 여사는 속이 타올랐다.

"네가 뭔데 모녀 사이를 갈라놓니? 어릴 때부터 싸가지 없는 건 알았지만, 그래도 우리 다경이랑 결혼해 내 사위가 됐으니 예쁘게 봐주려 했더니만, 아주 가지가지…….."

"네, 가지가지 하겠습니다."

민우의 새까맣고 또렷한 동공이 자신을 향해 있었다. 정 여사는 그 매서운 기운에 살짝 움찔했다.

"다경이 위해 못 할 것이 없어요, 저는. 그러니 이제 아주머니께서 다경이에게 연락을 하시거나 곤란하게 만드시면, 제가 나설 테니 그렇게 아셨으면 합니다."

"네, 네가 나서면 어쩔 건데?"

"아주머니께서 많이 힘들어지시겠죠."

나직한 경고는 위협적이었다.

정 여사는 그저 분했다. 뭐? 다경이를 위해 못 할 것이 없어? 돈을 위해서겠지! 그 비즈니스인지 뭔지, 가짜 부부 사이를 포기할 수 없으니까! 뻔뻔한 저 얼굴을 아예 들고 다니지도 못하게 하면 좋으련만.

"다경아, 어쩜 네 남편이라는 애가 이렇게 못된……."

"아줌마."

딸의 입에서 흘러나온 '아줌마' 소리에 정 여사가 말을 멈췄다. 입술이 벌어져 다물어지지 않았다. 큰딸은 좀 쌀쌀맞긴 했어도, 자신을 밀어내지 못하고 항상 해달라는 대로 다 해주긴 했었는데. 그러니 남들 눈이 무서워 어쩌지 못하는 딸을 실컷 이용해먹을 생각까지 하며 살았던 건데 아줌마라니?

"소다경! 나 네 엄마야!"

"호적정리는 법률적으로 불가능하다고 해요. 그러니 법적으로도, 혈연으로도, 저와 아줌마는 죽을 때까지 모녀지간이겠죠. 하지만."

차갑지 않았다. 다경의 음성은 오히려 뜨거웠다. 어쩌면 고통을 껴안고 있기에 그렇게 들렸는지도 모르겠다.

"제 인생에 '엄마'는 더 이상 없다고 생각하며 살아갈 거예요. 이제 무슨 일을 하셔도, 저와는 상관없는 분이에요, 아줌마는."

또박또박 내뱉는 말.

"그러니 앞으로는 제 이름 팔지 마시고, 제게 뭔가 바라지 마시고, 이번 일을 마지막으로, 서로 인연 끝내요."

한 음절, 한 음절에 가시가 배어 있었다. 내뱉는 소리에 그 가시가 떨어져나가길 바라면서 다경은 덧붙였다.

"행여 돌아가시더라도, 찾아뵐 일 없을 거예요."

"너, 그, 그게 무슨……!"

정 여사는 충격에 휩싸였다. 제멋대로 휘두를 수 있다고 믿었었는데 절연을 선포하는 딸이 너무도 낯설고 당황스러웠다.

다경이 소파에서 일어섰다. 가자는 듯 민우의 손을 잡고서 정 여사에게 마지막 한마디를 남겼다.

"엄마의 딸로서, 단 한 순간도 행복한 적이 없었어요."

늘 외로웠고, 아팠고, 고단했어요. 그래서, 불행했습니다.

거침없이 현관으로 가서 신발을 신고 나가는 딸과 사위를 보던 정 여사가 냅다 소리를 질렀다.

"이, 이, 미친것들이! 소다경! 너 내가 낳아주고 키워준 공을 어떻게 이렇게……."

쾅! 현관문이 닫혔다.

정 여사가 어안이 벙벙한 얼굴로 닫힌 문을 바라보았다. 저것들이……?

낭패다. 다경이 이런 식으로 나오면 정말 곤란하다. 민우와 헤어지게 하고, 강유현과 재혼을 시키려고 했는데. 그래서 강유현의 장모로 평생 대우받으며 잘 살겠다는 꿈을 꿨었는데. 이렇게 다경에게 절연을 당하고서 '모르는 사이'가 된다면 앞으로 어떡하란 말인가.

사실 이미 빼돌린 돈을 들고 원래 계획대로 박 사장이 있는 곳으로만 가도 될 일이다. 하지만 더 큰 욕심을 품게 된 이상 정 여사는 그럴 수가 없었다.

"뭐든 해야 해. 뭐든……."

이대로 끝낼 순 없지. 파르르, 그녀의 눈에 불꽃이 일었다.

정 여사의 집 현관문을 쾅 닫고 나와서, 한 층 아래의 1층으로 내려가기 위해 계단을 밟던 순간이다. 다경의 다리에 힘이 풀리며 그만 휘청거렸다.

탁, 하고 민우가 붙잡아주었다. 이대로 그의 단단한 팔에 몸을 다 맡겨도 좋을 것만 같았다. 아니, 너덜너덜해진 마음부터 모두 맡기고 싶었다.

"잘했어."

민우가 다경의 머리를 가만히 쓰다듬었다. 정 여사의 집에서 모든 기운을 쏟아냈을 다경이 안쓰러웠다. 그녀를 안정감 있게 부축하여 남은 계단을 마저 내려왔다. 무거운 걸음을 옮겨 차까지 가는 길이 멀게만 느껴졌다.

차 문을 열고, 민우가 다경을 조수석에 앉도록 붙잡아주었다. 시트에 파묻히듯 앉자 문이 다시 닫혔다. 고요하고 평온한 실내에 앉은 채로 다경은 전면을 바라보았다. 보닛을 돌아 운전석 쪽으로 오는 민우가 보였다.

세상 전부인 그가. 이제 남은 것 하나 없이 정말 외톨이가 되어버린 자신에게, 오직 전부인 그가.

문이 열리고 민우가 운전석에 앉았다.

"고생했어."

다경이 먼저 건넨 말에 민우가 웃었다.

"내가 고생이라니. 그건 네가 했지."

이렇게 칼 들고 무 썰듯 썰어버리면 되는 관계였던가. 질긴 혈연은 어린 시절부터 지금껏 다경을 내내 괴롭혔지만, 돌아서고 나니 아무것도 아니었다. '엄마'에서 '모르는 아줌마'가 된 사람.

다경은 차창 밖으로 정 여사의 아파트를 물끄러미 바라보았다. 그리고 고개를 돌려 민우를 재촉했다.

"그만 가자."

나는 이제 친정이 없어.

"우리 집으로."

내 집은 딱 하나, 너뿐이야.

✦⟩⟩❋⟨⟨✦

집으로 돌아온 후, 다경은 씻고 나오자마자 밥을 안쳤다. 냉장고에서 채소를 꺼내고 된장을 꺼내 바글바글 찌개도 끓였다.

"나 뭐 할까? 시켜."

"아니야. 내가 할 거니까 앉아 있어."

민우도 주방에서 내보냈다. 찌개에 두부를 톡톡 썰어 얹고, 청양고추를 잘게 썰어 넣었다. 그리고 샐러드에 얹어 먹으려고 했던 갈빗살도 꺼내어 프라이팬에 구웠다. 부추를 매콤하게 무쳐내 고기와 함께 담았다. 민우의 어머니, 서 여사가 보내주신 고추장아찌와 김치도 접시에 담았다.

"나도 오늘은 김치 먹어야지."

맛깔스러운 빛을 내며 익은 김치를 보며, 다경이 웃으며 말했다.

그간 엄마 때문에 김치에 학을 뗀 후로 절대 입에도 대지 않으려 했던 다경이다. 헛헛한 마음은 민우의 사랑, 그리고 맛있는 음식으로 가득히 채워졌다.

"맛있겠다, 완전."

오랜만의 집밥 한 상에 민우가 감탄하며 식탁 앞에 앉았다.

"우리 소, 안 해서 그렇지 한번 하면 뚝딱뚝딱 진짜 잘하네."

"그럼, 내가 하면 또 잘하지."

다경이 어깨를 으쓱하며 맞은편에 앉았다.

고슬고슬 갓 지은 밥에 김이 모락모락 올라왔다. 마음이 편안해지는 기분이다. 몇 가지 없는 찬이지만 찌개와 고기로 충분히 푸짐

한 밥상이었다.

"와아……, 미쳤다."

다경이 직접 만든 찌개를 한 입 먹더니 스스로 감격했다.

"나 뭐야, 너무 맛있게 끓였잖아."

"어디."

민우가 웃으며 제 몫으로 덜어둔 찌개를 한 입 먹었다. 역시다.

"소, 완전 맛있어."

"헤헤, 그렇지?"

마주 앉아 먹는 밥 한 끼가 이토록 맛있는 건, 서로에 대한 마음
이 그득하기 때문일 것이다. 고기를 밥 위에 얹어주고, 큰 김치를
잘라주고. 너 먹어, 너 먹어. 더 맛있어 보이는 건 서로에게 먼저
내어주는 소박한 밥상. 아픈 마음이 저절로 달래졌다.

다경은 모처럼 활짝 웃으며 남편과의 저녁식사를 마쳤다.

"너 앉아 있어, 이건 내가 치울 테니까."

"같이 해."

"어허, 손대지 마."

민우가 그릇을 붙잡은 다경의 손을 떼어내고, 등을 돌려 거실로
내보냈다.

"커피도 한잔?"

"응, 마시자."

"아아?"

"아아. 콜."

커피까지 주문받고서 민우는 금세 상을 치웠다. 그릇을 정리해
물에 대충 씻어 식기세척기에 넣고, 남은 음식을 덜어 냉장고에 넣
어두고는 커피를 추출했다.

민우는 시원한 얼음을 채운 잔에 커피를 붓고 아이스 아메리카

노 두 잔을 만들어 거실로 가지고 나왔다. 소파에 옆으로 길게 누운 다경은 긴 속눈썹을 드리운 채 눈을 감고 있었다.

은은한 장스탠드 불빛 아래, 다경의 입꼬리는 살짝 올라가 편안해 보였다. 다경은 실제로도 그랬다. 주방으로부터 들려오는 달그락달그락 그릇 부딪치는 소리가 좋았다. 쏴아아, 흐르는 물소리도 참 좋았다.

어린 시절 자신의 집에서는 느껴보지 못했던 아늑함. 옆집에 들어가, 염치 불고하고 그 집 딸이 된 양 버티고 있을 때나 겨우 느껴보았던 안락함.

이제는 진짜 '내 집'이다. 내가 믿고, 내가 사랑하는, 진짜 내 가족. 네가 있는 바로 이곳이.

소파 옆 바닥에 앉아 가만히 자신의 머리카락을 쓸어주는 민우의 손길이 느껴져 다경은 살며시 눈을 떴다.

"깼어?"

"안 잤어."

"좀 잘 거야? 들어갈래?"

"아니."

한층 부드러워진 민우의 목소리가 좋았다.

고마워. 나를 사랑해줘서. 나와 결혼해줘서. ……내 가족이 되어줘서.

다경은 그대로 누운 채로 민우를 바라보았다.

네가 나를 지켜주는 것처럼, 나도 너를 지키고 싶어.

"나 생각해봤는데."

또 하나, 어렵게 내린 결정. 다경은 차분한 음성으로 말을 이었다.

"영화 말이야. 나 지금 하는 거."

그토록 원하고, 그토록 좋아했던 작품이지만 이젠 그 의미조차 멀어졌다. 가장 중요한 건 내 곁에 있는 사람을 지키는 일이다.

자신을 바라보던 강유현의 눈빛, 제 손목을 세차게 거머쥐던 손, 품에 안긴 순간 터질 듯 뛰고 있던 심장박동…….

"'운명' 같은 여자를 기다리거든. 좀 바보 같지. 요즘 같은 세상에."

그 모든 건 확실히 비정상적이었다.

"하차할까 해. 그만하려고."

운명 따위. 강유현과의 접점은 스스로 없애고 싶었다.

민우는 심장이 철렁 내려앉았다. 다경이 '화인火印'에서 하차하겠다니. 그게 어떤 결정인지 그도 잘 알고 있다.

배우라면 누구나 부러워하는 작품. 그리고 감독, 엄청난 배우의 상대역이다. 톱배우 반열에 오를 수 있는 절호의 기회였다. 어쩌면 세계 유수의 영화제에 초청돼 레드카펫을 밟을 수도 있고, 영화계에 길이길이 이름이 남을 수도 있다. 그 작품에 참여한 것만으로도 소위 말하는 '급'이 달라지는데. 한번 손에 쥐면 놓기 힘든 그런 기회를, 스스로 버리겠다고?

"소, ……너 하차하고 나면…….."

"우 감독님과는 다시 일하기 힘들겠지."

다경이 덤덤히 말했다.

"우 감독님만이 아니라 다른 감독님들도 책임감 없는 배우라고 날 꺼릴 수도 있고. 앞으로 좋은 작품은 들어가기 어려울지도 몰라."

그 정도야 이미 생각했다는 듯. 앞으로 벌어질 모든 일을 전부 감수하겠다는 듯.

"난 하차 이유를 사실과 다르게 둘러대야 할 거고, 그분들은 뚜렷한 이유를 모를 테니 그저 날 욕하시겠지."

그녀의 목소리는 더없이 평화로웠다.

다경은 소파에서 몸을 일으켜 앉았다. 바닥에 앉아 있는 민우의 손을 당겨 잡고 그의 눈을 내려다보았다. 다경의 눈빛은 그 어느 때보다 강건했다.

감독과 제작사에는 말할 수 없겠지만, 그녀가 하차 의사를 밝힌 건 오로지 강유현 때문이다. 그리고 이대로 하차하게 되면, 업계 다른 이들로부터 두고두고 오해와 비난을 받을지도 모른다.

"그런데도 너 정말 하차를 하겠다고……?"

민우의 목소리에 물기가 어렸다. 다경처럼 굳센 음성으로 반문하고 싶었지만 그러지 못했다. 자신이 더 강한 모습으로 그녀를 지켜주고 싶었지만 어쩐지 자꾸만 약해졌다.

다경의 일이라서. 내 일이면 나만 참고 견디면 되는데, 그게 아니라 그녀의 일이기에. 다경이 이 직업을 얼마나 사랑하고 좋아하는지 너무도 잘 알아서, 스스로 포기를 말하는 그녀가 안타깝고 애처로웠다.

민우의 걱정을 모두 받아내며 다경은 흔들림 없이 말했다.

"응, 그럴 거야. 아니, 그래야지."

민우는 사실 계속 걱정했었다. 몇 번이나 이십 대를 계속 살아왔던 이유. 다경이 서른을 넘기지 못하고 불행한 시간을 보냈던 이유. 자신이 말도 안 되는 시간의 굴레 속에 거듭 갇혀 있던 이유.

어쩌면 그게 '강유현과의 결혼'이라는 과거와 무관하지 않다는 생각 때문에 무섭게 다가드는 강유현의 존재가 다시 다경을 아프게 하는 건 아닐까, 심장이 조여들었다.

앞으로 다경은 강유현과 수위 높은 장면도 찍어야 했고 그 사실 역시 신경이 무척 쓰였었다. 아무리 카메라 앞이라 한들 다경을 그의 품에 내어주고 싶지 않았다. 타는 가슴으로, 그날이 오지 않기를 바랐는지도 모르겠다. 멀리 떨어지고 싶었다. 강유현으로부터 영영 벗어나고 싶기도 했다. 더 이상 부딪칠 일이 없다면 좋을 텐데.

불안한 마음은 마침내 간절한 바람에 닿았다. 민우는 강요하지 않았고, 다경은 스스로 결정했다. 이 삶은, ……이 두 사람의 삶은, 지극히 정상적으로 흘러가고 있었다.

두 손과, 두 눈빛과, 두 마음과, 두 사랑이 서로만을 향해 있어서, 이제야 제자리를 찾은 조각들처럼 퍼즐의 한구석이 조금씩 맞아들어갔다.

"내 인생에 정말 중요하고 대단한 기회였던 건 맞지만."

"……."

"너와 나를 아프게 하면서까지 고집하고 싶진 않아."

이대로 이 작품을 끝내고 나면 무엇이 남겠니.

"그러니까 난 내 결정이 옳다고 생각해."

끝내 만신창이가 된 우리가, 아니길 바라니까. 이렇게 서로 마주 보는 순간이 너무도 소중하니까.

"지금이 좋아. 이대로 계속 행복하게 살고 싶어."

내가 사랑하는 사람이 나를 사랑하는 기적. 우연히 찾아온 것 같지만, 아닐 거야. 모든 건 우리가 지나온 걸음걸음에 새겨져 있을 테니 지금의 선택 또한 우리의 미래를 책임지는 과정일 거야.

"어쩌면 우리, 지금처럼 사랑을 받지 못할 수도 있고, 시끄러운 일에 휘말릴 수도 있어. 사람들은 더 이상 우릴 응원해주지 않을 수도 있고."

다경의 말에 민우가 고개를 끄덕였다.

"아주머니가 우리 비즈니스 결혼 문제를 수면 위로 올릴 수 있으니까. 이제 막다른 골목에서 뭐든 하려고 들 거야."

각오를 다지는 뜻이다.

"맞아. 거기다 내 하차 문제까지 겹쳐서, 제대로 이미지 망가질 지도 몰라."

주거니 받거니 최악의 경우를 천천히 그려보니, 오히려 차분해졌다.

민우가 다시 말했다.

"해명이고 뭐고 전혀 안 먹힐 수도 있고."

"나 전에 어떤 작가가 쓴 칼럼 봤어. 대중들은 스타가 결혼하는 걸 제 주변의 일인 것처럼 기뻐하고 축하하고, 또 임신과 출산 소식을 기다리고 반가워한다고. 그런데, ……그 스타가 이혼하고 갈등이 생기는 건 더 재미있어한다는, 그런 내용."

"맞아. 우리가 결혼한 덕을 본 건 사람들의 관심을 받았기 때문이잖아. 이 결혼에 문제가 있다는 걸 알고도 우리 편에 서줄 사람은 많지 않을 거야. 그냥 흥밋거리로 쓰이고 버려지겠지."

잔인한 현실이 펼쳐지겠지만, 그들은 두렵지 않았다. 바닥을 확인하는 것도 나쁘지 않다. 치고 올라갈 지점이 어디인지 확인할 수 있으니까.

"다시 단역만 맡게 되어도 좋아. 아주 작은 역할이라도, 어디서든 연기할 수만 있다면 그걸로 만족해. 스타가 되고 싶었던 게 아니니까."

다경은 자신의 인생을 똑바로 바라보고 있었다.

"그래, 우리 소 배우. 장하다."

"너는 괜찮겠어?"

"나야 당연히 괜찮지."

너만 있으면.

"내 손 놓지 마."

"나는 딱 잡았거든. 너나 놓지 마."

이 와중에도 장난스레 서로 툭툭 내뱉는 말끝에 미소가 번졌다.

중요한 건, 혼자가 아니라는 사실이다. 그것만으로도 이 상황을 견뎌낼 힘은 충분히 넘쳤다.

"아유, 갑자기 연락해서 미안해요."

"아닙니다."

밀실 문을 열고 유현이 들어가자, 정 여사가 미안하단 말로 인사를 대신했다.

"내가 다경이 때문에 경황이 없고 너무 속상해서요……."

"무슨 일이세요?"

정 여사가 다경과의 관계에 도움을 주겠다고 했었다. 그 얘기는 즉, 완벽한 제 편이 되어주겠다는 말이기도 했다. 그러니 유현은 갑자기 온 연락이 오히려 반가웠다.

현재 영화 촬영은 감독의 지시로 중단이 되었기에, 다경을 쉽게 볼 수도 없는 상황이었다. 차라리 채무를 핑계로 만날 기회가 있으면 좋겠지만 그것도 어려웠다. 다경은 항상 지민우를 대동했고, 그도 아니면 이제 아예 변호사를 통해서만 접촉해오고 있으니 말이다.

이런 가운데 다경에 대한 이야기를 들을 수 있다면 뭐든 좋았다. 사무치게 보고 싶은 그녀였으니.

"민우 걔가 보통이 아니에요. 정말. 어쩜 그렇게 못됐는지."

정 여사는 사위의 험담을 늘어놓았다.

"우리 다경이를 어떻게 꼬드겨놨는지, 이제 모녀 사이까지 매몰차게 갈라놓고……."

지민우가 다경을 앞세워 정 여사와의 관계를 끊어놨다고 했다. 우리 딸은 그런 애가 아니라고, 마음이 여리고 착해 엄마 말이라면 뭐든 듣는 애라며 정 여사는 가슴을 쥐어뜯었다.

"사랑 없는 결혼이 이렇게 끔찍해요. 걔는 우리 딸 생각을 조금도 안 해주잖아요. 다경이가 그러고 갔어도 지금쯤 제 엄마 걱정에 엄청 속 끓이고 있을 건데. 우리 모녀, 이게 웬 생이별이래요."

과연 그럴까. 유현조차 그건 아니란 생각이 들었다.

"그러니 내가 당분간은 다경이랑 연락하기 힘들겠지만, 다경이가 민우와 헤어지기만 하면 되는 거니까 걱정하지 말아요."

"두 사람이…… 헤어질까요?"

그런 날이 오긴 할까?

오지 않을 것만 같아 애가 타고 가슴이 시렸다. 그럴수록 유현의 마음은 점점 더 다경에게로 향했다. 그녀는 자신을 봐주지 않는데. 자신을 보던 그 설레던 눈빛은 어디로 가고, 밀어내는 마음만 짙게 느껴지는데. 그래서 더 분했고, 더 원했다.

가만히 있어도 제 관심을 끌려 애쓰는 이들에게는 상대가 남자건 여자건, 한 번도 흥미를 느껴본 적 없었다. 하지만 제게서 자꾸만 멀어지는 다경은 손을 뻗어 붙들고만 싶었다.

가짜 결혼이라며, 가짜 남편이라며, 왜 가짜인 지민우만 하염없이 보고 있는지 이해되지 않았다. 제 품에 가두어야 속이 후련할 것 같았다. 네가 진짜 사랑할 사람은 바로 나라고. 이제 그만 나를 보라고.

"당연히 헤어지죠! 그래야 하고요."

정 여사의 말에 유현이 잠시 생각하더니 입을 뗐다.

"헤어지길 기다리는 건 너무 늦을 것 같네요."

"아, 그러면 걔들 그 계약서, 어디 제보라도 먼저 하는 게 낫겠죠?"

적극적으로 움직일 태세를 갖추며 정 여사가 웃었고, 유현은 고개를 저었다.

"아뇨, 어머님. 괜히 일 복잡하게 만들 거 없습니다. 굳이 시끄럽게 하지 않아도 충분히 쓸 수 있어요, 그 카드는."

"어떻게요?"

"다경이가 '가짜'가 아닌, '진짜'를 스스로 선택하게 하는 거죠."

빼앗는 게 아니라 되찾는 거다. 그녀는 원래 내 것이고, 내 운명이니까.

❖

"죄송해요, 정말."

다경이 고개를 숙였다.

남 대표와 왕 대표, 두 사람을 맞은편에 두고 민우와 다경은 죄인이 된 심정으로 앉아 있었다. 서로 앞으로의 일을 예견하고 마음을 다질 때와는 다를 수밖에 없었다. 사람이 염치란 게 있으니까. 아무래도 두 대표와 각 회사에는 손해를 끼칠 부분이 있기에 죄송한 마음이 앞섰다.

"하차를 쉽게 생각한 건 아니지만요, 그래도……."

"소다경."

다경이 조심스럽게 입을 떼는데, 현지가 탁 막았다.

"네, 그게……."

"잘했어."

그녀의 말에 그럴 줄 알았다는 듯 옆에서 기혁이 고개를 끄덕였다. 역시 내 현지.

"맞아, 나도 그렇게 생각해. 다경이 아주 잘했네."

감히 그런 칭찬을 들어도 될까요, 하는 얼굴의 다경을 보며 현지가 말했다.

"내가 봐도 강유현 이상해. 그 돈을 왜 자기가 갚아? 그것도 너한테 말도 안 하고 너희 어머니를 따로 만나 먼저 갚아주는 게 정상은 아니지. 너한테 다른 마음 품은 건 확실하고, 그냥 안 엮이는 게 최선인데, 그렇다고 너한테 차마 작품을 그만둬라 마라 할 수 있는 사람은 아무도 없으니까 어떻게 해야 하나 싶었어. 그런데 네가 스스로 생각하고 결심했다니, 잘했다. 정말 잘했어."

현지가 쏟아내는 말에 다경과 민우의 긴장한 표정이 조금씩 풀렸다. 그럼에도 미안한 마음이 남아 있어 다경이 조심조심 입을 열었다.

"이게 사실 제 개인적인 일인데, 자꾸만 회사에 피해를 주고 있어서……."

"맞아. 손해가 막심하겠지. 논란도 생길 거고. 그러니까 더 대단하다는 거야."

"네?"

"회사에 손해 끼칠 거 알면서도 내린 용단. 크흐으, 소다경 많이 발전했어."

현지가 엄지를 척 올리며, 세련된 외모와 상반되는 구수한 리액션을 선보였다. 민우가 푸홋, 웃음을 터뜨렸고 분위기는 한결 부드러워졌다. 현지도 웃음을 머금은 채 말을 이었다.

"네 성격 나도 알지. 남 신경 쓰고, 피해 안 주려고 노력하고, 어쩔 땐 너보다 다른 사람 생각을 더 많이 하는 거. 그런데 회사 눈치

보면서 네가 전전긍긍하고, 그 상태로 작품 계속해나갔으면 아마 무슨 일이 나도 더 크게 났을 거야. 버티고 버티다 힘들어졌을 거라고 생각해. 그래서 잘했다는 거야. 때로는 좀 나쁜 사람이 될 필요도 있어. 내 걸 지키려면."

다경의 마음을 알고 있었다. 그녀가 하차할 수밖에 없는 이유를, 현지는 너무도 잘 알고 있었다.

다경이 느낀 죄송함은 고마움으로, 그 고마움은 다시 말하기 벅찬 감정으로 번져 가슴이 뻐근해졌다. 비즈니스 결혼과 어머니, 그리고 강유현은 각기 다른 문제 같았지만 왜인지 하나로 엮여 동시에 다가들고 있었다. 이걸 이겨낼 힘은 '사람', 그리고 '사랑'이었다.

"강유현이 아무리 중간에 끼어들었다고 해도, 어머니가 돈을 받지 않으셨으면 일이 꼬이진 않았을 텐데. 아무래도 어머니는 강유현과의 인연이 꽤 탐이 나셨나 봐. 돈보다 그게 더."

"그래서 두 사람에게 뭔가 빌미를 주면 안 될 것 같았어요."

다경의 말에 현지가 고개를 끄덕여 수긍했다.

"부모는 내가 선택할 수 없지. 세상에 태어난 것도 내 선택이 아니고. 처음 만난 가족도 내 선택은 아니야."

현지는 꼭 해주고 싶었던 이야기를 다경에게 건넸다.

"어떤 사람들은 운이 좋게도 훌륭한 가족을 만나는 걸로 삶을 시작하지만, 그렇지 않다고 해서 내 잘못은 아니잖아. 내 선택은 아니었으니까."

어머니와의 절연을 선포한 다경의 마음에 찌꺼기가 남지 않길 바랐다. 영화에서 하차하기로 한 결정 역시, 죄책감을 떨치기를 바랐고.

"그러니까 돌아섰다고 해도 마음 무겁게 먹지 말고, 앞으로 일어날 일들은 각자의 방식으로 같이 잘 견뎌내자."

"대표님……."

"이건 너와 나의 선택이고, 여기 있는 사람들의 선택이니까."

우리의 인연은, 우리가 선택한 거니까.

"……네, 감사해요."

먹먹한 음성으로 고마움을 전했다. 이제 미안한 마음보다는 곁에 있어서 고맙다는 마음, 그게 더 컸다.

민우가 다경의 손을 잡았다. 따뜻하고 커다란 그의 손이 제 손을 감싸자, 다경의 눈에서 눈물이 후드득 떨어졌다.

한때 친구였던 아이. 그리고 지금은 남편이 된 남자. 약해진 순간마다 제 옆에 있어준 사람. 지민우, 내가 스스로 만들고 선택한 '진짜' 운명.

"아이고, 다경아아, 울지 마."

앞에 앉은 기혁이 호들갑스럽게 티슈를 착착착 뽑아 건넸다. 그걸 민우가 받아 곱게 접고는, 다경의 고개를 돌려 자신을 향하게 했다.

"다경아, 나 봐."

그가 접은 티슈로 눈 끝을 눌러 물기를 닦아주었다. 훌쩍, 어째 참았던 눈물이 더 쏟아졌다. 다경은 입을 삐죽거리며 괜히 기혁을 향해 말했다.

"흐윽, 대표님, 얘가 제 남편이에요."

"……어, 그래. 누가 뭐래."

"우리 남편, 너무 멋있져……. 흐흑."

"아니, 지민우가 지금 뭘 했길래? 눈물이야 누구나 닦아주……는 게 아니고, 지민우가 하면 특히 멋있지, 아아, 진짜 멋있지."

대체 어느 포인트에서 멋짐을 느꼈냐는 듯, 기혁이 아리송한 얼굴로 어깨를 으쓱하다가 옆에서 현지가 툭 치자 재빨리 수긍했다.
세젤멋 인정, 인정.

"너희, 이제 '진짜' 부부 같다."

현지가 흐뭇한 얼굴로 웃었다. 다경의 눈물이 갑자기 터진 건 아닐 거다. 수많은 감정이 쌓여 있다가 이제 조금 삐져나온 것일 뿐.

"당연하져어……. 흐으흑, 저 애랑 결혼 안 했으면 어쩔 뻔했어여……, 흑."

결혼은, 내 가족을 스스로 선택하는 일. 어찌 보면 인생의 또 다른 출발, 진정한 시작인지 모른다.

민우가 이제 자신의 가족이다. 서 여사와 지 교수, 그리고 윤우가 자신의 가족 전부였다. 민우와의 결혼이 제 인생에 얼마나 큰 축복인지 새삼 깨달았다.

다경의 마음은 더 확고해졌다.

"흐어어엉……, 미누야……, 지미누……."

그녀는 민우의 목을 꼭 끌어안았다. 헤어지지 말자, 우리 절대로 헤어지지 말자.

민우는 가만히 눈을 감으며 그녀의 등을 토닥토닥 쓰다듬었다.

애틋함이 흘러넘치는 두 사람을 보고, 현지가 자리를 피해줄 요량으로 조용히 일어섰다. 하지만 옆에 앉은 기혁은 두 사람을 보며 작게 끄덕거리고만 있다. 뭔가 감동이야, 이런 얼굴로. 현지는 계속 자리를 차지하고 앉아 있는 기혁의 팔을 붙들고 일으켰다.

"응? 왜?"

어휴, 이 사람이, 진짜. 얼굴만 잘생기면 다인가, 해맑고 순수하다 못해 눈치가 아주 청정구역이신데.

"앞으로 내가 애를 둘 키우게 생겼네."

"뭐?"

"아니야."

어어, 왜, 왜, 뭔데, 하는 기혁을 질질 끌고 회의실 밖으로 나가는 행동에는 거침이 없었다.

눈물에 물든 입술을 더듬어 여린 키스를 시작하는 민우와 다경을 뒤로하고, 현지는 문을 조심히 닫았다.

part 12

열 번째 삶

"우 감독님 미팅은 아직 못 잡았어."

주아가 근심 섞인 목소리로 다경에게 소식을 전했다.

"정말? 얼른 말씀드려야 하는데…….'

"그러니까."

다경이 영화에서 하차하겠다는 의사를 아직 전하지 못했다. 우 감독을 만나야 하는데 영 쉽지 않았다. 주아는 고개를 갸웃했다.

"근데 좀 이상하지 않아? 대체 무슨 문제길래 촬영은 계속 진행도 안 되고, 감독님은 연락하기도 힘들고 그러는지."

"아예 연락이 안 돼?"

"아니, 긴히 드릴 말씀 있다고 해도 다시 연락할 테니 기다려달라고만 하셔. 그렇다고 그런 큰일을 다짜고짜 전화에 대고 말씀드릴 수도 없고."

무슨 일이 생기고 있는 걸까.

"가뜩이나 스트레스 받는데, 안 그러던 다경이까지 왜 이러냐, 오늘."

얼마 전 촬영장에서 우 감독의 안색이 좋지 않았던 게 영 마음에 걸렸다.

"언니, 감독님이랑 제작사 사이에 문제 있는 거 같다고 했었지?"

"응, 대표님 들으신 바로는 그렇다고 해. 처음부터 투자자 쪽에서 개입이 심하다고 했고, 제작사는 그걸 조율을 못 하고, 그게 아무래도 우 감독님 작품 하시는 데 좋은 여건은 아니겠지. 지금도 그 문제 때문인 것 같긴 한데, 자세한 내막은 잘 모르겠다."

"응……."

다경은 하루빨리 이 일이 정리되길 바랐다. 지금까지 촬영분이 많은 건 아니지만, 그래도 주조연급 배우의 갑작스러운 하차로 인해 제작하는 입장에선 크게 곤란을 겪을 것이다. 사죄의 뜻도 전해야 했고, 앞으로의 일도 의논해야 하기에 다경 측은 마음이 급할 수밖에 없었다.

"그건 그렇고, 오늘 저녁에 주 실장님 숍에 가는 거 잊지 말고."

주아가 스케줄을 체크했다.

"너 데려다주고 나는 송희 촬영하는 데 잠깐 갔다 와야 해. 거기 새끼 매니저였던 애 처음 전담으로 붙였는데 대표님이 가서 살펴봐주라 했거든."

"그럼 나 혼자 피팅해보고 있으면 돼?"

"응, 어차피 직원들이 다 있어서 내가 해줄 건 없고, 피팅할 때는 매니저랑 코디도 못 들어오게 되어 있대. 지연이도 내일 들러서 셀렉한 의상 픽업만 해 오면 된다고 했으니까. 끝날 때쯤 맞춰 데리러 갈게."

이틀 후의 한 시상식에 다경은 시상자로 참석할 예정이다. 그때 입을 의상을 피팅하기 위해 스타일리스트의 개인 숍에 가기로 되어 있다.

"내가 그분 옷을 다 입어보다니."

다경이 조금은 설레는 음성으로 말했다. 업계 톱으로 꼽히는 스타일리스트의 매장으로, 웬만한 스타가 아니면 근처도 갈 수 없다.

"지금은 즐겨. 어쩌면 다신 꿈도 못 꿔볼 옷들일 테니."

주아가 싱긋 웃으며 말했다. 잘잘못을 떠나 일단 논란이 불거지면 이런 대우는 못 받을 게 분명하다. 그 사실을 주아도 알고, 다경도 알았다.

다경 역시 웃으며 고개를 끄덕였다.

"응, 그럴게. 좋은 꿈을 꾼다 생각해야지."

상을 받는 자리는 아니지만, 누군가에게 의미가 큰 상을 건네주는 자리. 거기에 근사한 옷을 입고 아름답게 꾸미고 갈 수 있는 시간이다. 좋아하는 연기를 하면서 부차적으로 누리게 되는 귀한 기회인데, 이것도 당분간 마지막이라 생각하니 살짝 아쉽기도 했다.

"감독님 연락은 내가 계속해볼 테니까 너는 일단 신경 쓰지 마. 지금 진행 중인 건도 광고주들 만나 처리하는 건 나랑 왕 대표님이 알아서 할 거고."

"휴, 어려운 일 하게 해서 미안해, 언니."

"사과할 것도 많다. 이거 어차피 우리 일이야. 너랑 계약 유지하면서 대표님이 이 정도도 생각 안 하셨을까 봐?"

생각해보면 처음 다경을 회사에 영입할 때부터 왕 대표는 과감했다. 만년 조연으로만 전전하던 다경의 가능성을 보고 왕 대표는 먼저 손을 내밀었다.

"회사 없으면 나하고 일해요, 소다경 씨."

왕 대표는 감언이설 따위 모르는 사람이었다.

"단번에 벼락스타 만들어준다는 말은 못 해요. 그건 가능하지도 않고, 나는 편법 쓸 줄도 몰라. 그렇지만 하나 약속할게요. 소다경 씨 연기생활하면서 서럽고 힘들다는 생각은 안 하게 내가 열심히 할게요. 다경 씨는 연기 열심히 하고, 나는 그런 다경 씨 서포트 열심히 하고. 그렇게 우리 서로 일 열심히 하면서 지내봐

요."

왕 대표의 프러포즈는 담백하고 믿음직했다. 마치, 손에 물 한 방울 묻히지 않는다는 거짓말은 못 해도 서로 믿고 열심히 살아보자고 청혼하는 사람 같기도 했다. 그래서 신뢰감이 더 생겼었다.

마음먹고 띄워주는 게 아닌 이상 빛을 보기 어려울 정도로, 이 바닥엔 미인도 많고 연기 천재도 많은 막막했던 현실에서, 왕 대표는 다경이 만난 한 줄기 빛이었다.

큰일이 닥쳐보니 더 잘 알 수 있었다. 그런 사람을 만난 게 얼마나 큰 행운인지를. 게다가 주아처럼 믿고 의지할 수 있는 매니저를 붙여주었다.

남 대표가 스타감을 보는 안목이 뛰어나다면, 왕 대표는 사람의 성품을 보는 데 정확한 면이 있다. 둘 다 작지만 탄탄한 회사를 잘 끌어가는 이유가 여기 있었다.

"언니, 고마워."

"고맙긴."

다경은 무섭게 불어닥친 허리케인 속에서도 무척이나 안락한 솜이불에 싸여 있는 기분이었다. 이런 사람들과 함께라면 두렵지 않다. 이들을 만난 것만으로도 이미 충분히 위로받은 삶이었다.

"아빠! 그게 무슨 말이야?"

리호는 언성을 높였다. 여기는 그녀의 집이니 참을 필요도 없었다. 그래도 나은기는 몸에 밴 조심성을 발휘해 딸의 흥분을 가라앉혔다.

"리호야. 아빠 말 자세히 들어. 목소리 낮추고 차분히."

"차분하게 생겼어, 지금? 영화가 엎어지게 생겼다는데? 그것도 지금 나 때문이란 얘기잖아!"

나은기가 후우, 한숨을 내쉬었다. 이 일을 어째야 할까. 꼬여도 단단히 꼬여버렸으니.

"우 감독이 고집 있는 건 알았지만 이 정도일 줄은……."

"아빠 무슨 말을 그렇게 무책임하게 해?"

리호는 화를 버럭 냈다. 그런 딸을 나은기는 선뜻 나무라지 못했다.

모든 건 딸아이를 위해서였다. 리호가 맡은 '약혼녀' 배역의 비중이 너무 작아서, 극 전개에 있어 리호의 역할이 임팩트가 느껴지도록 수정했으면 좋겠다, 하는 생각을 투자자와 제작사를 통해 감독에게 전한 게 전부다. 시나리오를 통째로 바꾸라는 무리한 요구도 아니고, 그 정도야 감독이 충분히 수용할 수 있는 범위라고 생각했다.

물론 현장에서 리호의 편의를 위해 이것저것 지시한 건 또 다른 얘기다. 우리 애가 더위에 약해서, 우리 딸이 아무 음식이나 먹지 못해서, 우리 리호가 불편한 게 있으면 연기에 집중하지 못하니까 등등 갖가지 이유로 나은기는 딸의 일에 개입했다.

그 자신이 국민배우라 불릴 만큼 업계에서 탄탄히 쌓아올린 명성이 있기에 말 한마디면 충분할 정도로 수월했다. 리호의 데뷔 이후로 나은기는 늘 그래왔다.

이에 대해 아무도 불평하지 않았고, 나은기의 요구대로, 나리호의 편의를 위해 모두가 애써주고 맞춰주었다.

우장호 감독의 작품에 리호를 밀어넣은 것도 딱히 어렵지 않았다. 그 작품의 돈줄을 쥐고 있는 투자자 양순현 대표가 나은기의 내연녀였다. 아니, 나은기의 오랜 스폰서란 말이 더 적합할 것이다. 관계가 소원한 아내 대신 두 살 연상의 양 대표와 내밀한 사이로 지내온 지 벌써 20년인지라 차라리 이쪽이 더 부부 같은 사이다.

아내와는 이미지 때문에 이혼하지 않은 채 오히려 잉꼬부부인 척 살아왔다. 다소 부정한 방법을 통해 부를 쌓아온 양 대표의 덕을 입어 나은기는 승승장구해왔고, 아내는 껍데기인 남편과 사는 세월을 보상받듯 그 돈을 마음껏 써댔다.

하나뿐인 딸 리호에게 온전한 가정을 주지 못한 죄책감으로 나은기는 리호의 말이라면 뭐든 다 들어주며 잘못된 부성애를 갖게 됐다.

대중이 아는 국민배우 나은기와, 인간 나은기의 실제 삶은 그렇게 괴리가 깊었다.

"연기파고 뭐고, 그런 수식어 난 필요 없다니까. 이게 다 아빠 욕심 때문에 이렇게 됐잖아. 아, 진짜 짜증나!"

딸이 지금 화를 내고 있다. 예쁜 내 딸이. 방긋방긋 웃는 얼굴이 예쁘고 예쁜 내 딸이.

"아빠 우리 공주 잘되게 해주려고 한 거야."

"난 광고나 찍으면서 편한 예능 좀 하고 명품 행사 다니고, 그렇게 사는 게 딱 좋단 말이야. 누가 그딴 힘든 연기가 하고 싶다고 했어? 아빠나 해, 아빠나 실컷 하라고!"

나은기는 자신이 충분히 커버해줄 수 있으리라 생각해 스타의 화려한 면만을 보고 업계에 뛰어들려는 리호를 막지 않았었다. 그리고 그건 지금까지 유효했다. 리호가 보다 편하고 재미있게 배우 생활을 즐길 수 있도록 아낌없이 지원해주었다.

하지만 언제까지나 발연기 논란에 시달리는 딸을 보고 있을 수만은 없었다. 기자들을 구워삶아 늘 호의적인 기사만 쓰게 하는 것도 하루 이틀이지, 해가 갈수록 리호에 대한 대중의 반응은 차가워졌다.

이쯤에서 연기로 한 방 크게 터뜨려주지 않으면 안 된다고 판단했다. 욕심이라면 그게 욕심이었다. 그리고 그 모든 건 제가 아닌, 딸을 위해서였다.

"우 감독도 진짜 뭐야, 성질은 더러워가지고. 그거 좀 고치랬다고 때려치우고 엎는 게 말이나 돼?"

리호는 씩씩거리며 우 감독을 욕했다. 물론 '그거 좀' 정도가 아니었을 것이다. 제작 전부터 마찰이 있었고, 썩은 곳이 곪고 곪아 터져버린 것일 뿐.

투자자는 돈을 쥐고 제작사는 압박을 해대며 안팎으로 감독을 흔들었을 거고, 결국 영화를 제대로 만들 수 없다는 무력감이 우 감독으로 하여금 손을 떼게 만들었을 터였다. 이럴 바에야 아예 그만두는 것이 낫다고 판단할 만큼 지긋지긋했을 것이다.

처음부터 우 감독은 나리호의 캐스팅을 탐탁잖아 하긴 했지만, 그래도 이렇게 영화를 엎겠다고 나올 줄까진 상상도 못 했다.

"아, 이제 어떡할 거야! 나랑 아빠 때문에 이 영화 엎어졌다고 소문나면 그건 어쩔 거냐고!"

리호는 바락바락 소리를 질러댔다.

나은기가 딸 나리호 때문에 투자자와 제작사를 통해 작품에 압력을 행사한 것이 알려지면, 그로 인해 우장호 감독이 작품을 포기하기까지 한 상황이라면 그건 정말 걷잡을 수 없다. 이게 세상에 알려지면 정말 낭패다.

"우 감독이 가만있겠어? 가만있겠냐고! 무슨 마음을 품고 무슨 소리를 떠들고 다닐지 어떻게 알아? 아빠 진짜 괜히 나서가지고 일을 이따위로 만들어, 왜!"

영화계에서 우 감독의 작품에 주목하는 시선은 상당했다. 그러니 이 영화가 촬영 단계에서 엎어지면 이를 두고 뒷말이 무성할 것이다.

그때 리호의 휴대전화가 울렸다. 매니저를 통하지 않고 직접 오는 전화는 대부분 중요한 연락이었다.

"아우, 짜증나는데 또 뭐야."

신경질적으로 전화기를 집어 든 리호는 발신인을 확인하고 통화 버튼을 눌렀다.

"아, 왜! 뭔데!"

─ 나 수진이야. 저기, 오늘 저녁 예약 말인데.

수진은 주 실장의 숍에서 일하는 직원으로, 예전에 리호의 코디로 잠시 일한 적이 있다.

주 실장에게 발탁된 수진이 숍으로 이직할 때 리호는 순순히 보내주었고, 대신 그녀를 통해 꽤 많은 이득을 챙겨왔다. 쉽게 피팅 예약을 잡는 것은 물론 협찬도 수월하게 받았다. 오늘도 한 명품 시계 브랜드의 기념행사를 앞두고 의상 협찬을 위해 예약을 해 두었었다.

"예약 왜?"

─ 그게, 오늘 저녁 말고 내일 오전으로 바꿔야 할 것 같은데. 오전 괜찮아?

"아 씨, 왜 멋대로 또 바꾸고 난리야. 이번에 또 뭔데?"

또 다른 이점도 있었다.

베일에 싸인 궁처럼 그곳은 무척이나 비밀스러운 장소였다. 스타 중에서도 대단한 톱스타만이 까다로운 예약을 통해 출입할 수 있었기에, 극비리에 관계자와 미팅을 한다든지, 몰래 열애 중인 커플이 밀회를 한다든지, 아니면 새로운 만남이 이뤄진다든지 의상

270

착장이 아닌 다른 목적으로 사용되기도 하는 곳이다.

노는 물조차 다르다는 천상계 스타들의 비밀이 수없이 생겨나고 사라지는지라, 그곳에서 일하는 이들은 보고 들은 것을 절대 밖으로 내돌리지 않는 것이 엄격한 철칙이었다.

나리호는 수진을 잘 구슬리고 때로 협박 비슷한 것도 일삼아가며 흥미로운 소식들을 접해왔다. 의상 협찬보다도 그 재미가 더 쏠쏠하기도 했다.

— 아 그게, ……강유현 예약이 잡혀서.

"그런데?"

혼자 숍을 쓰기 위해 단독으로 예약하는 스타들도 있었지만, 강유현은 예민하게 구는 편이 아닌지라 그 부류에 해당하지 않았다.

— 좀 아까 갑자기 예약 잡으면서 다른 건 정리해달라고 요청이 들어왔거든.

동시에 예약이 잡히는 경우가 많아야 두세 건일 뿐인데 뒤늦게 연락하며 기존 예약까지 정리해달라고 했다니, 강유현답지 않다.

"뭐야. 그럼 나 말고 또 취소당한 사람들 있겠네?"

— 아니, 그게…….

말끝마다 그게, 그게, 하면서도 수진은 할 말 다 하고 있었다.

— 소다경 예약이 먼저 잡혀 있었거든.

"뭐? 소다경?"

뜻밖의 이름이 튀어나오자 리호의 눈이 커졌다. 숍에서 다경의 예약을 받아줬다는 것이 그 놀라움의 첫 번째 이유였고,

"그런데? 소다경 예약은?"

— 어, 그게……, 강유현이 예약자 확인하고 소다경 예약만 빼고 정리해달라고 해서…….

이게 그 두 번째 이유였다.

그러니까, 강유현이 소다경을 거기서 따로 만나시겠다……?

"너는? 숍에 있을 거야?"

– 아니, 다들 그 전에 퇴근 지시 있고. 강유현이 직원도 최소로, 명단 보고 직접 지정했어. 제일 오래된 사람으로만.

"일단 알았어."

– 그럼 예약은…….

"내일 오전이랬지? 난 그때 가는 걸로 해."

– 어, 그래. 매니저 오빠한테 내가 연락해둘게.

"알았어."

전화를 끊을 때쯤에는 아까까지만 해도 짜증이 잔뜩 나 있던 리호의 표정이 한결 부드러워져 있었다. 머리가 빠르게 돌아갔다.

"아빠."

리호는 자신을 걱정스러운 눈으로 바라보고 있는 나은기를 불렀다.

"방법이 있어."

"……방법?"

"응, 그것도 아주 좋은 방법."

싱긋 웃기까지 하면서.

역삼동 대로변 뒤쪽의 단독주택가 안 높다란 담 안쪽에 현대적인 양식으로 지어진 저택 앞에 민우는 차를 세웠다.

"간판도 없네, 정말."

주 실장의 숍이다. 상업적인 공간이지만 전혀 그렇게 보이지 않기도 했다. 골목 근방에 스튜디오가 많아 종종 찾아왔던 동네인데도 여기 이런 데가 있는지 몰랐다.

"분위기, 뭔가 포스 쩌는데?"

"내 말이. 은근 좀 위축된다."

긴긴 여름 해가 어느덧 떨어지며 어둠이 밀려오고 있었다. 어스름에 물든 건물은 규모에 비해 고요한 분위기가 왜인지 부담스럽기까지 했다.

민우는 조수석에 앉은 다경의 손을 꽉 잡았다.

"위축되긴 뭐가. 너 눈빛은 저 안에 있는 옷들 다 씹어먹을 거 같은데. 아주 이글이글 불타고 계십니다."

"뭐, 예쁜 옷들 입어보는 건 행복한 일이니까."

이런 기회가 어디 흔하겠냐며 다경이 활짝 웃어 보였다.

"암튼 데려다줘서 고마워."

"고맙긴. 이런 건 얼마든지."

원래는 주아가 데려다주고 다른 배우의 촬영장에 가기로 했었지만, 그럴 바에야 자신이 하겠다며 민우가 나섰다. 덕분에 민우의 차를 타고 데이트하듯 여기까지 올 수 있어 더 좋았다.

"이러다 너 진짜 내 로드 하겠다."

"곧 망할 배우, 로드는 무슨."

민우의 능청에 다경은 푸훗, 웃었다. 자꾸 말로 최악의 경우를 되짚으니 별로 무섭지도 않다. 까짓것, 일 터져봐야 욕밖에 더 먹나. 아무렴 어때.

"집으로 바로 갈 거야?"

"아니, 회사 근처니까 가서 남 대표님 좀 괴롭히고 있지 뭐. 끝날 때쯤 전화해. 데리러 올게."

민우는 웃으며 다경의 머리카락을 쓰다듬어주었다.

"예쁜 옷 많이 입고, 제일 예쁜 드레스로 찜해. 뭐, 어차피 넌 안 입은 게 제일 예쁘지만, 그건 나밖에 못 보는 거니까."

"또, 또 그런다."

"어휴, 우리 다경이 예쁜 거 오늘 밤에도 봐야지. 보고 또 봐도 그건 왜 지겹지도 않은가 몰라."

"뭐래애애."

다경의 앙탈에도 아랑곳하지 않고 민우는 꿋꿋이 할 말을 다 하고 싱긋 웃었다.

"얼른 들어가. 말 길어지면 그냥 집으로 데려가고 싶어지니까."

"어, 음, 일단 이것도 일이니까, 일부터 좀 하고."

"그래. 보내줄 때 빨리 가."

다경은 민우의 팔을 당겨 제 쪽으로 오게 하여 입을 맞췄다. 쪽, 소리가 경쾌하고도 사랑스럽게 차 안을 채웠다.

"나 그럼 빨리 하고 전화할게."

"응. 들어가."

다경이 차에서 내렸다. 주차공간에서 멀어져 돌계단을 오르는 그녀의 뒷모습을 가만히 바라보다가, 민우는 시동을 걸었다.

그의 잘빠진 세단은 숍이 있던 골목을 천천히 벗어났다. 그리고 반대편에서 온 밴 하나가 스치듯 지나가 골목으로 접어들었다.

"형, 이제 다 왔어요."

밴 안에 눈을 감고 있던 유현이, 매니저 강호의 말에 천천히 눈을 떴다.

'와아……. 끝내주네.'

다경은 숍을 돌아보며 감탄했다. 화이트와 골드로 장식한 실내는 깔끔하고도 고급스러웠다. 거기에 벽을 따라서 진열된 갖가지 옷은 하나하나가 너무도 아름다웠다.

"소다경 씨 피팅룸은 이쪽이고, 미리 드레스 몇 벌 셀렉해두었어요."

간단히 인사를 끝낸 후엔 주 실장이 직접 다경을 안내했다.

일반 탈의실이라고 하기엔 규모가 상당한 공간으로, 의상을 입혀놓은 마네킹이 세 개 줄지어 서 있고, 행거에는 또 다른 의상들이 잔뜩 걸려 있었다. 이 중에서 단 한 벌만을 골라야 한다는 게 아쉬울 정도였다.

"너무 예쁘네요."

"보는 거랑은 또 다르니까, 직접 입어보면서 다경 씨랑 잘 맞는 드레스를 찾아봅시다. 개인적으로는 다경 씨 이미지에 이런 스타일이 잘 맞을 거 같은데, 일단 이것부터."

주 실장이 가리킨 것은 검은색의 롱 드레스로, 가슴 라인이 깊이 파이고 앞면이 눈부신 비즈로 장식되어 있어 세련되고 고혹적인 느낌을 풍기는 디자인이었다.

다른 직원이 와서 피팅을 준비해주었다. 그사이 주 실장이 피팅룸을 나갔고, 직원의 도움을 받아 다경은 드레스를 입었다. 보통은 주 실장이 직접 착장을 도우며 사이즈라든가 피팅 느낌을 점검하더라고 들었는데 그게 아닌 모양이다.

"주 실장님은 다른 고객님 오실 시간이라 잠시 나가셨어요."

피팅룸 문을 주시하는 다경의 시선을 느꼈는지, 직원이 먼저 얘기했다.

"아, 네에."

"진짜 예쁘세요. 이미지랑 너무 잘 맞고, 역시 잘 어울려요."

쏟아지는 칭찬에 다경은 미미한 웃음으로 답했다.

"이거 마음에 들어요. 일단 체크해주세요."

"네, 네. 그럼 주 실장님 모셔올게요."

직원이 대형거울 앞에 다경을 남겨두고 피팅룸을 나갔고, 곧 문 밖에서 무슨 소리가 났다.

"지금요? 어, 아직……."

"쉿."

"아아, 네."

금세 작아진 목소리.

무슨 일이 생겼나? 다경이 의아해하며 고개를 돌렸다. 돌아오려면 시간이 좀 걸리려나. 소파에 가서 앉아 있을까 하다가 포기했다. 드레스 피팅을 완전히 마무리한 상태가 아닌지라 움직이기 거추장스러운 감이 있다.

다경은 다시 거울로 시선을 두며 어깨와 허리를 틀어 훤히 드러난 등 쪽을 바라보았다. 운동을 게을리하지 않은 덕분에 등허리 라인은 내놓아도 부끄럽지 않을 듯했다. 그건 다행인데, ……적막한 피팅룸에 마냥 혼자 있으려니 1초조차 길게만 느껴졌다.

'왜 안 오시지?'

이상한 느낌 때문이었다. 왜인지 불안한 기운에 휩싸였다.

문이 열렸다. 시선을 내려 드레스 자락 아래로 드러난 오픈토힐 앞코를 바라보던 다경이 얼른 고개를 들었다. 반사적으로 웃던 입은 거울을 통해 뒤편의 문 쪽을 보자마자 굳어버렸다.

"……선배님?"

문을 열고 들어온 사람은, 강유현이었다.

딸깍, 문이 닫혔다. 다경은 놀라서 돌아보았다. 거울에 비쳤던 그는 정말 강유현이 맞다. 머릿속이 복잡해졌다. 지금 여기 저 사람이 왜 있지?

다경은 경계하는 눈빛으로 그를 보았다.

"안녕하세요."

그럼에도 불구하고 인사는, 다경이 지켜낸 최소한의 예의였다. 문을 닫고 선 유현이 눈부시고 아름다운 미소를 지었다.

"그래, 안녕."

아니요. 저는 전혀 안녕하지 않아요.

불안이 가득한 얼굴로 다경은 재빨리 피팅룸 안을 스캔하듯 보았다. CCTV 같은 건 보이지 않는다. 그도 그럴 것이 여기는 옷을 갈아입기 위해 알몸이 되는 공간이니까. 그런 게 있을 리도, 있어서도 안 되는 곳이다.

어깨에 걸린 가느다란 드레스 끈이 위태로웠다. 희게 드러난 등이 차가웠다.

"선배님도 볼일이 있으셨나 봐요, 여기."

다경은 애써 웃으며 말을 이었다.

"저는 시상식 때문에, 아, 제가 시상을 하게 되어서요. 드레스 피팅하러 왔어요. 내일모레라 좀 늦긴 했는데 그래도……."

"나는, 너와 얘기하고 싶어서 왔어."

쓸데없는 말을 자르며, 유현이 용건을 툭 떨어뜨렸다.

짐짓 뜨거운 기운이 가라앉아 다경의 발목을 휘감았다. 지금 다경의 뛰는 심장은, 한때 자신이 열광했던 스타에 대한 동경 때문이 아니다. 거부하고 싶은 남자의 강렬한 열기 때문이었다.

"일부러 오신 거예요? 저 여기 있는 거 아시고?"

예의 따위 더 이상 필요치 않다. 다경의 날 선 눈빛이 유현에게로 날아들었다.

하지만 그녀의 반응은 상관하지 않는 듯 유현은 여전히 부드러운 얼굴로 웃었다.

"네가 날 피하니까. 이렇게라도 만나지 않으면 안 되겠어서."

그는 감출 생각이 없었다. 이제 아무것도, 숨기지 않을 작정이었다.

"선배님과 할 얘기 없어요."

저 부드러운 눈빛 어디에 그런 광기가 있었을까. 다경은 유현이 낯설고, 또 낯설었다.

"너는 없어도, 내가 있잖아. 일방적으로 막는다고 되는 게 아니야, 다경아."

자신의 이름이 어째서 오싹하게 들렸는지 모를 일이다. 저토록 완벽한 남자가, 대중의 관심과 사랑을 한몸에 받는 남자가, 그리고 자신마저 가슴 깊이 존경하고 사랑했던 남자가 왜 지금 나를 이렇게 아프게 할까.

유현이 다가와 다경은 한 걸음 물러섰다. 하지만 차디찬 거울이 등에 닿았다.

"오지 마세요."

"왜? 소리 지르려고?"

한 걸음.

"네, 그럴 거예요."

"해. 올 사람은 없겠지만."

또 한 걸음.

연예인으로 살아오면서, 빈번하게 이미지 세탁을 하는 동료들을 숱하게 봐왔다. 하지만 강유현이 그러리라곤 생각 못 했다.

지금 누가 이걸 믿을까. 이토록 아름다운 얼굴로, 호수처럼 한없이 맑고 깊은 눈빛으로, 자신을 거부하는 여자에게 한 발 한 발 다가서는 강유현. 이게 실제상황이라니 제가 겪지 않았다면, 다경도 못 믿었을 것이다.

"선배님, 설마 저를 진심으로…… 좋아하시는 거예요?"

"그래. 그렇게 됐어."

마음을 전하는 유현의 입술은 어느 여자라도 매혹당할 정도로 근사했다.

"좋아하는 정도가, 이미 넘는 것 같은데."

그런데 상대가 틀렸다. 자신에게 이러면 안 된다. 유현이 보이는 애정의 방향은 완전히 비뚤어져 있었다.

"저는 민우와 결혼했어요. 선배님, 이건 아니에요."

"결혼, 이라……."

그의 입술이 비틀렸다.

통하지 않을 걸 안다. 아마도 정 여사로부터 들었을 것이다. 계약에 의한 비즈니스 결혼이라는 것을. 그러니 이제 '진짜' 서로 사랑하는 사이라 해도, 그가 믿을 리 없다. 아니, 믿고 싶지 않겠지.

다경은 제대로 전해야만 했다. 그가 이 진실을 믿어야만 했다. 제게로 다가서는 유현을 똑바로 올려다보며, 거울에 등을 붙이고 선 그녀가 차분히 입을 뗐다.

"저는 민우와 사랑하고 있고, 이혼하거나 헤어질 생각도 없어요. 그러니 제가 다른 남자와 이러고 있을 이유, 더더욱 없죠. 선배님 지금 실수하시는 거예요. 비켜주세요."

"실수?"

"네, 후회하실 거예요."

"아니. 난 그런 거 안 해."

세상에. 이런 사람이었나.

"너는 원래 나를 좋아했잖아."

"그건 팬이었을 때 얘기예요. 이성으로서 좋아한 게 아니었어요. 설령 그렇다 해도, 지금은 아니고요. 남자로서도, 선배로서도,

동료로서도, 가까이하고 싶은 사람이 아니에요, 이젠."

다경의 심장이 거세게 요동쳤다.

"너 지금 거짓말하는 거야. 아니, 거짓말이라고 해줘."

더없이 애처롭고 절절한 눈빛이었기에, 그를 보기 더 힘들었다. 마치 심장을 쥐어짜는 듯 애틋한 로맨스 영화의 한 장면에 들어와 있는 듯한 기분이었다. 그의 외모도, 그의 감정도, 모든 건 완벽했다.

강유현은 지금 자신의 감정에 빠져버린 것이다. 오직 자신만의 세계에 빠져 상대의 감정 따위, 들여다볼 여력도 없는 것이다. 다경을 정말 좋아하고 아낀다면 이럴 수는 없다.

"내가 왜 너를 좀 더 일찍, 다시 만나지 못했을까."

"……."

"나는 그게 괴로워서 미칠 것 같아."

차가운 거울과 닿아 있는 등줄기에 소름이 스쳤다.

"그랬다면 너와 결혼한 사람은, 나였을 텐데."

꿈에서 본 장면이 떠올랐다. 그 안에서 눈부시게 웃고 있던 신랑은 분명, 강유현이었다.

민우와 결혼하기 전에 유현을 다시 만나고, 그의 감정이 지금과 같다면 어쩌면 그랬을지도 모른다. 아마 그가 조금만 친절과 관심을 보였어도 다경은 크게 동요했을 것이다. 변명의 여지 없이 강유현은 제 삶을 지탱해준 강렬한 빛이었으니까. 멀리서 빛나던 별이 자신을 감싸 안으니 황홀했을 것이다. 그의 구애에 두 번 생각도 하지 않고 이끌렸겠지.

그리고 이 모든 건, 다경이 그가 이런 사람인지 몰랐을 때의 이야기다.

그의 부드러운 눈빛에 감춰진 채 들끓는 소유욕을 어떻게 알 수 있었을까. 타인의 아내에게 앞뒤 가리지 않고 이렇게 다가드는 사람인 줄 알았으면, 그와 결혼하지 않았을 거다.

그러니 민우와 결혼하지 않았더라면 제 앞에 약속된 건 불행뿐이었으리라.

"나는 끊임없이 얘기했었어. 날 봐주지 않은 건 너야. 나를 이렇게 만든 것도……,"

"…….."

"너야."

내가 사랑하는 너. 나를 망가뜨리는 너. 이제 너 없인 숨조차 쉴 수 없게 만드는, 너.

유현의 한 손이 거울을 짚었다. 다른 한 손은 다경의 어깨를 스쳐 흘러내린 머리카락을 부드럽게 감싼다.

"지민우와 헤어져. 3년? 난 이제 3개월도 못 기다려."

이로써 확실해졌다. 3년이라는 기간을 말하는 걸 보니, 그는 계약에 대해 아는 것이 분명했다.

"뒷일은 내가 다 책임질게. 아무것도 신경 쓰지 마. 너는 그냥 내옆에서 행복하기만 해. 내가 그렇게 해줄 거야. 너를 세상에서 가장 행복한 여자로 만들어줄 테니까."

강력한 프러포즈를, 그가 건넸다.

하지만 다경은 그의 옆에 있으면 자신이 절대 행복해질 수 없다는 것을 안다. 발목은 뜨겁고, 등은 차갑다. 가슴이 시리고 머릿속이 조여들었다.

"저는 싫습니다."

다경은 유현의 손을 치워냈지만, 그는 한쪽 눈썹을 치켜세우더니 이내 그녀의 턱을 잡았다. 뿌리치려 했지만 쉽지 않았다.

유현의 눈빛도 조금 달라졌다. 이대로 그가 어깨를 붙들고 입을 맞춘다면, 다경은 남자의 강한 힘을 뿌리칠 수 없을지 모른다. 밀폐된 공간이고 소리를 질러도 듣고 와줄 사람이 없다 하니, 여기는 이미 위험한 곳이었다.

"그깟 가짜 결혼이나 소꿉친구 우정에 의리를 지킬 필요 없어. 이혼과 재혼으로 시끄러워질 일도 없고. 내가 막아. 내가 알아서 다 해. 그러니까 너는 나한테, 그냥 오기만 하면 된다고."

그윽한 시선이 가만히 얼굴을 훑었다. 하얗게 드러난 목을 따라서, 깊이 팬 가슴골을 따라서, 숨길 수 없는 욕망이 닿아 부서졌다.

"선배님, 이거 범죄예요."

"아니, 사랑이야."

끔찍했다.

"내가 너한테 사랑한다고, 다른 여자에게는 한 번도 해보지 않은 말을 지금 하고 있는데. 무슨 소리인지 모르겠어?"

그러니 너는 이 사랑을 받아야 한다. 내 말을 들어야 한다. 내게 와야 한다.

유현은 일방통행 중이다.

"지금 네 표정, 마음에 안 들어."

그는 다경의 눈을 들여다보았다.

"너무 슬프잖아."

다경의 손을 잡아 제 가슴에 얹게 했다. 마치 유혹하는 것처럼.

"자꾸 이러면 나는 널 가해자로 만들 수도 있어. 너는 날 너무도 사랑해서, 유부녀면서도 내게 집요하게 접근하는 거지. 그런 설정, 어때?"

다경이 소스라치게 놀라 그의 손을 뿌리치며 어깨를 틀었다.

"그건 제가 아니라 선배님이잖아요."

"내가 그렇게 만들 수도 있다니까."

급기야 협박이다.

"그러면 어떻게 될까. 너는 완전히 재기할 수 없이 추락하겠지. 네 곁에 남는 사람들은 아무도 없을 거야. 무엇도 네가 가질 수 없도록, 내가 전부 망가뜨릴 수 있으니까."

유현의 눈빛은 더 이상 제가 알던 것이 아니었다.

"차라리 네가 망가지는 편이 갖는 게 더 쉬워진다면, 기꺼이."

빠져나가고 싶었다. 어떻게든, 이 사람의 눈앞에서 사라지고 싶었다.

세상이 이토록 어두운 동굴처럼 느껴진 건 처음이다. 어린 시절, 엄마에게 뺨을 맞고 폭언을 들었을 때도 이만큼 무섭지는 않았다. 엄마에게선 스스로 벗어나고 싶은 마음이 드는 게 아니었다. 엄마가 내게 조금만 친절했으면, 조금만 사랑해줬으면, 조금만 바라봐줬으면, 그런 애타는 바람이 전부였다. 마치 짝사랑처럼, 엄마의 등만 바라보는 마음이 비참하게 구겨졌다.

하지만 지금은 아니다. 이건 다르다. 이 남자는 자신의 삶을 송두리째 집어삼키려 하고 있었다. 벗어날 수 없도록 옥죄려 했다. 도망을 쳐도 그 발목을 붙들고 휘두를 것처럼.

"그러니까 곱게 와."

강유현은 지금껏 자신이 정성껏 쌓아올린 커리어를 권력으로 이용하려 했다. 그가 만든 링에 끌려 올라가면 약자는 분명 자신일 것이다.

"그만큼 내가 너를 사랑한다는 거야."

"선배님은 저를 사랑하는 게 아니에요."

차라리 연기라면 좋겠다. 하지만 이건 엄연한 현실이다. 감당할 수 없는 애정이 그녀의 여린 몸을 큰 파도처럼 덮쳐들었다.

유현이 다경의 한쪽 손목을 틀어쥐고 거울에 올려붙였다.

"아니, 사랑이야."

그의 매혹적인 입술이 아래로 내려왔다. 아찔한 섬광이 눈앞에 번쩍였다.

"사랑해, 다경아."

"널 절대 놓아주지 않을 거야."

"그 자식이 오라고 했어? 그래서 갈 거야? 나를 버릴 거야?"

"가지 마. 가지 마, 다경아. 그 자식한테, 가지 마."

그녀는 피가 나도록 입술을 굳게 다물며 뿌리치려 했다. 잡힌 손목은 끊어지도록 아팠다. 어쩔 수 없이 다경은 다른 한 손으로 제 드레스 자락을 잡아 들었고, 반경이 자유로워진 그녀의 다리가 단번에 접혀 올라갔다. 순간, 힘차게 올린 무릎이 유현의 허벅지 사이를 강타했다.

"흐어어억!"

폴더처럼 몸을 접으며 쓰러진 유현의 등을, 다경은 옆에 있던 행거에서 옷걸이를 쥐어 채어 마구잡이로 내리쳤다.

"이게 진짜 미쳤나!"

이 미친놈, 미친놈!

"어어억!"

대단한 우상이, 오랜 위안이, 제 별이, 무너지는 순간이었다. 형편없는 추락에 뒷골이 다 당겼다. 마음 같아서는 힐을 벗어 얇고 튼튼한 굽으로 머리통이나 세게 두드렸으면 좋겠지만 일단 여기를 벗어나는 게 급선무였다.

다경이 거추장스러운 드레스 자락을 잡고 서둘러 문 쪽으로 가려 할 때였다. 머리채가 잡혀 고개가 뒤로 확 꺾였다.

"으아아악!"

"다경아……. 네가 나한테 이러면 안 되지……."

드레스까지 그의 다른 손에 잡히며 가늘다가는 한쪽 끈이 끊어졌다. 그렇게 속절없이 붙들린 순간, 동굴 끝처럼 아득하게 보이던 문이 벌컥 열렸다. 빛이 쏟아져 들어오는 느낌이었다.

"……이 또라이 새끼가."

살벌한 음성이 그 빛을 갈랐다.

"지금 누굴 건드려."

남편이었다.

다경의 머리채를 잡아 뒤에서 안고 있던 유현이 흠칫 놀랐다.

저벅저벅. 열린 문 사이로 나타난 민우가 다가와 다경의 몸을 잡아 옆으로 빠져나오게 한 후 주먹을 쥐었다. 형언할 수 없는 분노로 일그러진 눈빛이 가히 위협적이었다.

"배우는 얼굴이 생명인데."

그는 유현의 멱살을 잡고 주먹을 올렸다.

"그 생명, 오늘로 끝이다. 이 새끼야."

민우의 단단한 주먹이, 유현의 고운 얼굴을 향해 빠른 속도로 뻗어나갔다.

퍼어억! 반동을 이용한 아주 강한 타격이었다. 둔탁한 타격음과 함께 유현의 고개가 돌아갔다. 동시에 멱살을 놓아버리자 유현은 바닥으로 쓰러졌다.

사실 민우는 할 수만 있다면 얼굴이 아니라, 목숨줄을 완전히 끊어놓고 싶었다.

"어머, 어떡해."

"웬일이야. 어쩜 좋아."

"와, 대박……."

문밖에서 안쪽을 들여다보며 호들갑을 떠는 사람들이 있었다. 이곳의 직원들이다. 민우가 고개를 돌려 그쪽을 보자 다들 흡, 입을 막았다.

민우는 나가떨어진 유현을 다시 붙들어 올렸다.

겨우 얼굴 한 대 맞았다고 쓰러진 건 아니었다. 다경에게 니킥으로 영 좋지 못한 곳을 얻어맞았을 때 이미 '크리티컬 데미지'를 입은 상태다. 그나마 비껴 맞은 터라 심각한 상황은 아니겠지만, 심신이 너덜너덜해질 만큼은 됐다.

"이 미친 새끼, 내가 진짜 죽여버릴 거야."

주먹질이 이어졌지만, 겨우 그걸로 분이 풀릴 리 없다.

유현이 가까스로 정신을 차리고 반격하려 했지만, 민우의 끓어오르는 혈기는 이미 이 세상 것이 아니라 당해낼 수 없었다. 민우는 퍼억, 흉기에 버금가는 맨주먹을 그의 얼굴에 다시 꽂았다.

"으억!"

입술과 코가 터져 금세 피범벅이 된 얼굴은, 영화계에서 추앙받는 톱배우의 것이라고 믿을 수 없었다.

"……겨, 경찰, 경찰 불러, 뭐 하는 거야!"

바닥에 나뒹굴며, 유현이 문가에 서 있는 직원들을 향해 소리 질렀다. 매너 좋기로 소문난 강유현이 맞나 싶은 광경이었다.

하지만 곤란한 얼굴로 다들 서로 쳐다보기만 할 뿐, 누구 하나 전화기를 찾는 이는 없었다. 경찰이라니, 말이 될 소리인가. 지민우를 폭행으로 넣으려면 그에 앞서 강유현의 모든 행적을 다 밝혀야 할 판이다. 더불어 이에 공조한 숍 직원들도 줄줄이 조사를 받으러 가야 할 것이고, 베일에 싸인 이곳이 사람들 입에 오르내리는 건 순식간일 터다.

지민우를 신고한다? 그러면 안 된다는 건, 아마 강유현이 제일 잘 알 텐데.

'모시고 나가.'

주 실장의 눈짓에 보안직원 두 명이 강유현에게로 와서 부축했다. 남은 직원들도 서둘러 그쪽을 따라 나갔다.

이곳 사람들이 할 수 있는 것이라곤, 지민우의 핵폭탄 같은 주먹으로부터 강유현을 보호해주는 것뿐, 그리고 민우와 다경이 이 일을 문제 삼지 않도록 구슬리는 일이었다.

"죄송합니다. 어떤 상황인지 모르고, 강유현 씨가 자리만 만들어달라고 해서……."

주 실장이 다가와 민우와 다경의 앞에 고개를 숙였다. 자신들은 유현이 시키는 대로 했을 뿐이니, 이곳에서의 일을 크게 키우지 말아달라는 의미였다. 그들만의 세상. 이 비밀스러운 공간의 이야기가 조금이라도 밖으로 새어나가는 걸 원치 않을 터였다.

"엄연한 범죄였습니다. 그에, 방관자이자 목격자셨고요. 아니, 장소를 제공해주셨으니 공범인가요."

"아뇨, 아뇨! 저희는 무슨 일이 일어나는지 절대 몰랐어요! 강유현 씨가 그냥 동료끼리 할 이야기가 있다고만 해서……."

"그래서, 제 와이프가 안에서 지르는 비명이 문밖까지 들리는데도 키득거리고 계셨군요."

민우의 말에 주 실장은 입을 다물었다.

"그냥 넘어가지 않을 겁니다. 책임 물을 테니 그렇게 아세요. 가자."

그는 다경의 어깨를 감싸고 숍을 나왔다. 너무도 끔찍했던 시간이었다.

"어, 소다경 전화기를 놓고 내렸네."

287

아까 민우는 다경을 바래다주고 돌아오는 길에, 조수석 시트에 놓인 휴대전화를 발견했었다. 일하는 중인 남 대표 옆에서 시간이나 보내려고 회사 앞에 다다른 참이었다.

차에서 휴대전화를 보고 가방에 다시 넣는 것 같더니, 그게 빠져버린 모양인데 어차피 한두 시간 후면 제가 다경을 데리러 갈 것이고, 숍에서 다경은 딱히 휴대전화가 필요할 것 같지 않았다.

"그냥 이따 주지 뭐."

하지만 뭔가 찜찜했다. 다시 가, 말아. 그냥 가서 줘?

피팅에 방해가 될까 봐 들어가지도 않았는데, 괜히 폐만 되는 게 아닐까 걱정도 됐다. 잠시 고민하던 민우는 차를 돌렸다. 설명할 수 없는 마음이지만 왠지 가봐야 할 것만 같았다.

메이데이, 메이데이, 메이데이(Mayday, Mayday, Mayday).

덩그러니 놓인 휴대전화가 마치 그렇게 외치는 것처럼 들렸다.

그래서 숍으로 향했다. 대문을 통과할 때 무료하게 서 있던 보안직원은 아까 들렀던 소다경의 차량임을 확인하고 들여보내주었고, 거기까진 문제가 없었다.

"와……, 강유현이랑 소다경이랑 무슨 사인데?"

주차공간에 차를 대고 돌계단을 오르던 민우는 모퉁이를 돌아 흘러나오는 소리에 걸음을 멈추었다. 습관이 된 듯 숨죽여 나누는 대화 소리는 그리 크지 않았지만 그럼에도 불구하고 민우의 귀에 꽂히는 이름이 있었다.

"다 내보내고 자기들끼리만 있겠다는데, 무슨 사이겠어. 뻔하지."

"대박. 뻔한 그 그림 나도 좀 보고 싶다."

사람들이 건물과 담벼락 사이에서 담배를 피우며 이야기를 나누고 있었다. 이곳 직원으로 보이는 남녀들이다.

"소다경은 모르는 것 같던데. 그냥 피팅인 줄 알고 온 거잖아."

"어? 서로 얘기된 자리 아니었어?"

"아니야, 강유현이 일방적으로 다른 예약 전부 취소시키고 잡은 거야. 소다경 예약 있는 거 먼저 확인한 다음에."

수군수군, 흥밋거리로 전락한 정보를 나누는 사람들.

"헐, 그럼 뭐야?"

"동료끼리 나눌 얘기가 있어서 마련하는 자리라고는 했대. 그런데 그게 말이 돼? 한쪽은 모르고 왔는데, 뻔하잖아. 떳떳하면 촬영장이나 식당에서 했겠지, 왜 여기까지 와서 피팅룸 안에서 얘길 하겠어."

"둘이 눈 맞은 거라고 해도 대박인데, 강유현이 일방적으로 들이대는 거면 와, 이거 진짜 뉴스감이다. 게다가 소다경 결혼한 지 얼마 되지도 않았는데."

"소다경 복 터졌네. 남편은 지민우에, 이제 세컨드가 무려 강유현이야? 와아아, 이건 정말 입이 근질거린다. 누가 믿겠어. 눈으로 보지 않은 이상."

밖으로 내돌릴 수 없는 이야기였다. 그러니 안에서만 소비하는 이야기의 수위는 겁 없이 높아졌다.

"강유현이 안에서 무슨 소리가 나도 절대 들어오지 말라고 했다며."

"엄청 격렬할 예정이신가. 푸후훕."

"원래 몰래 먹는 밥이 더 맛있거든."

"봐서 알잖아. 평범한 일반인들하고는 모럴의 기준 자체가 다르다니까. 소다경이 마다할 이유 있겠어? 근데 강유현도 다를 거 없네. 신사인 척하더니 유부녀나 꼬시고."

"여기서 일한 지 하루 이틀도 아니지만, 진짜 별별 꼴을 다 보네."

분이 치솟은 민우가 걸음을 옮겨 숍 안으로 들어가니, 로비에 해당하는 공간이 텅 비어 있었다. 직원들은 건물 밖에 있고, 다른 고객은 보이지 않는다.

그때 "으아아아악!" 하는 소리가 났다. 민우는 그쪽으로 재빨리 뛰어갔다.

소리가 터져 나온 룸에서 조금 떨어져 나온 곳에 고급스러운 의자에 앉아 잡지를 넘기고 있는 주 실장이 보였다. 그 옆에는 보안요원인 듯한 두 명의 장정이 서 있었다. 룸을 등지고 앉은 주 실장의 입가에는 재미있다는 듯 미소가 걸려 있기까지 했다.

민우를 발견하고 보안요원이 막으려 했지만, 소용없었다. 민우는 앞을 가로막는 그들을 밀치고서 문을 벌컥 열었다.

강유현이 제 아내를 안고 있었다. 그것도, 다경이 도망가려다 붙들린 듯한 모습으로. 산발이 된 머리채가 강유현의 커다란 손에 휘어잡혀 있고, 드레스는 흐트러진 채 한쪽 어깨끈이 끊어져 내려와 있었다.

간신히 다른 손으로 드레스 앞쪽을 잡고 있던 다경의 눈과 정면으로 마주쳤다. 공포와 두려움으로 범벅이 된 그녀의 눈빛을 본 순간, 민우는 이성을 잃을 수밖에 없었다.

→≫◈≪←

"괜찮아?"

무슨 정신으로 집까지 왔는지 모르겠다. 차 안에서 덜덜 떨리는 손을 민우가 잡아주었다. 그 덕분에 간신히 견딜 수 있었다. 집에 도착해 현관 안에 들어온 순간, 그제야 다리에서 힘이 풀렸다. 다경은 거실까지 가지도 못하고 그대로 주저앉았다.

"다경아."

다소 충격을 받은 듯 멍하니 있던 다경이 서둘러 정신을 차렸다.

"으응, 괜찮아."

애써 민우를 올려다보며 고개를 끄덕였다. 그는 다경의 앞에 함께 앉았다. 그녀를 안고 안으로 들어가는 대신 잠시 이곳에서라도 안정을 취하는 쪽을 택한 것이다.

다경은 아직 심장이 벌렁거렸다. 그 안에 자신이 강유현과 함께 있었다는 사실이 아직 믿기지 않았다. 직원들은 분명 알고 있던 것이다. 강유현이 룸에 들어오게 도와준 것도 그들이었고.

새삼 모든 게 다 끔찍했다. 민우가 오지 않았더라면 어떻게 되었을까.

울컥 뜨거운 것이 치솟아 다경은 팔을 벌려 민우를 확 껴안았다. 눈물이 터지려는 걸 간신히 참아내고, 그의 품을 느끼며 마음을 가라앉혔다. 안락하고 단단하고, 한없이 커다란 내 남편의 품으로, 엄마를 잃어버렸다 찾은 아이처럼 단번에 안겨들었다.

그런 다경을 안은 채로 민우는 숨을 몰아쉬었다. 다행이야. 너무 늦기 전에 가서.

"고생했어. 무서웠지."

"응, 무서웠어. 너무너무."

다경은 그를 꽉 끌어안은 채 고개를 끄덕거렸다.

아까 문을 향해 가려는데 유현에게 머리채가 잡혔던 순간, 알 수 없는 기시감이 온몸을 뒤흔들었다. 차가운 손. 흐느끼는 음성.

"가지 마. 너 없으면 난 죽어버릴 거야."

"아니. 내가 널 죽여버릴 거야."

애원하는 눈빛. 갈구하고 겁박하다 이내 스러지는 혼.

수없이 명멸하는 빛이 자꾸만 멀어졌었다.

언제 이런 적이 또 있었던가. 아니면 영화나 드라마에서 보았던 장면인가.

생생한 듯하면서도 낯설기만 한 느낌에 다경은 혼란스럽고 두려웠었다.

민우는 조심스럽게 그녀를 품에서 놓고 가만히 얼굴을 들여다보았다.

"정말 괜찮아?"

다행히 늦지 않은 덕에 큰일이 없었다는 걸 알고는 있지만, 그녀가 받았을 정신적 충격이 걱정되었다.

다경은 고개를 끄덕거리며 몸을 일으켰다.

"이거 갈아입을래."

이 드레스를 입고 있기 싫었다. 걸치고 있는 옷감에서 유현의 손길과 숨결이 느껴지는 듯하여 끔찍했다.

"그래, 벗고 좀 씻자. 욕조 물도 받아놓을게."

민우는 다경을 드레스룸에 데려다주었다. 욕실로 가려는데 그녀가 붙잡았다.

"나 뒤쪽 좀. 허리쯤에 핀이 꽂혀 있어."

드레스를 몸에 맞게 표시하기 위해, 피팅할 때 꽂은 핀들이었다. 그걸 빼야 드레스를 벗을 수 있다. 민우가 핀을 빼주려고 보니 옷감에 꽂혀 있어야 할 핀 몇 개가 다경의 등허리에 눌려 있었다.

"……뭐야, 너 안 아팠어?"

아니, 이러고 집까지 왔단 말인가.

"핀이 허리에 꽂혀 있잖아. 이 멍청아. 아프면 아프다고 해야지."

"아아앗. 살살. 따가워."

그제야 다경이 몸을 비틀었다. 살짝 피가 맺힌 부분도 있었다. 여태 육체적 고통조차 느끼지 못하고 있던 다경의 공포가 어느 정도였는지 실감할 수 있었다.

"어휴, 이 미련퉁이……."

그 핀이 제 심장에 꽂힌 듯 아파 민우는 괜히 그녀를 타박했다.

"다 뺐지?"

"그래."

대답하는 목이 타올랐다. 이 정도만으로도 이렇게나 아픈데, 이렇게 죽겠는데, 대체 그 전에는 무슨 일이 있었던 거지? 그 시간을 어떻게 견뎠던 걸까.

아니, 견디지 못했을 거다. 그러니 지금에 이르렀을 것이다.

"욕조 들어갈 수 있겠어? 그냥 샤워만 할래?"

"아니, 반창고 붙이면 될 것 같은데. 몸 좀 담글래."

민우는 그녀의 얕은 상처들에 연고를 바르고 방수패치를 붙여주었다.

"그럼 물 받고 있을게."

그녀가 편하게 옷을 벗고 가운으로 갈아입고 올 수 있도록 민우는 먼저 욕실로 향했다. 다경을 품어줄 따뜻한 물이 욕조에 찰랑찰랑 차올랐다.

믿을 수 없을 만큼 감사한 평화였다.

다경은 목욕을 한 후에 깊은 잠에 빠져들었다. 그녀의 곁에서 잠들 때까지 안아주고 토닥이던 민우는 평온한 숨소리를 확인한 후에야 침대에서 내려왔다.

휴대전화에 잔뜩 찍힌 부재중 전화 목록을 확인했다. 발신인은 전부 남 대표였다.

"형, 나야."

– 야!

통화가 연결되자마자 기혁이 소리를 내질렀다. 귀청 떨어질 뻔한 얼굴로 전화기를 떼어내며 민우는 거실로 나갔다. 그제야 미안한 마음이 들었다. 사고는 이쪽에서 치고, 수습은 또 그쪽에서 하겠구나.

일반인이라면 책임 정도야 당연히 성인인 자신이 지겠지만 이건 또 다른 문제다. 배우 지민우와 배우 소다경, 배우 강유현 간의 일이니 회사의 개입이 있을 수밖에 없다. 면목이 없다.

"어, 형, 그게…….."

– 아주 죽여버리지 그랬냐! 모가지를 확 분질러버리지!

하지만 기혁은 지금 이 순간 회사 대표가 아니었다. 동생 부부를 아끼는, 친형 같은 존재일 뿐이었다. 민우가 강유현을 두드려 팬 일로 골치 아프게 되었을 텐데도, 기혁은 두 사람의 완벽한 아군이었다.

– 그딴 새끼는 전치 18주는 나오게 패야 하는 건데, 최소 18주! 모자라면 28주!

– 나 좀 바꿔줘. 민우야, 나야. 다경이는 괜찮아? 우리가 안 가도 돼?

그리고 형수이자, 다경의 친언니 같은 왕현지가 있었다.

아까 민우는 집에 돌아온 후 주아에게 전화해 간단히 상황을 알렸었다. 피팅을 하러 간 숍에서 그런 일을 겪고, 망가진 드레스를 입은 채 집으로 돌아오게 됐으니 다경의 매니저에게 사실을 알리는 게 우선이었다.

그러니 대표들은 이를 전해 듣고 숍, 그리고 강유현의 현재 상황까지 파악을 모두 마쳤으리라. 그리고 이렇게 걱정을 한 아름 안은 채 전화가 연결되기만을 기다렸을 것이다.

"네, 지금 다경이 막 잠들었어요. 죄송합니다, 이런 일까지 생겨서."

─ 죄송은 네가 왜! 아주 잘 팼어. 어디 감히 우리 다경이한테 손을 대? 내가 걜 얼마나 애지중지 품고 살았는데. 강유현 그 미친 새끼 진짜 머리가 어떻게 된 거 아니야?

현지가 씩씩거리는 소리가 전화기 너머로도 생생했다.

─ 워워, 우리 왕 대장, 워어어. 욕은 내가 할게, 내가. 우리 복덩이 듣는다아아.

─ 남 대표도 하고 나도 해! 그 새끼는 죽을 때까지 욕 들어먹어도 싸! 우리 복덩이도 알 건 알아야지! 그쪽 회사 대표도 쓰레기더만! 사과는 시킬 생각도 안 하고 증거 있냐 소리만 해대는데, 이 미친놈들이 진짜. 강유현 얼굴 걸레짝으로 만들어놓은 것만 가지고 폭행죄로 고소를 하니 마니 이러고 있다니까. 지금 지들이 이럴 때야? 납작 엎드려도 모자랄 판에?!

─ 아아, 민우야, 지금 현지가 너무 흥분 상태라, 조금 가라앉히고 다시 전화할게.

임산부인 현지를 달래는 소리를 끝으로 전화가 끊겼다.

대표들은 이미 강유현의 회사와도 접촉한 모양이다. 그쪽에서 고소한다는 건 진심이 아닐 것이다. 일이 커질수록 불리한 건 강유현일 테니. 그러니 그냥 적당히 넘어가달라는 뜻이겠지. 그 회사에서도 강유현처럼 사생활 깨끗했던 배우가 이런 문제를 일으킬 줄 몰랐을 테니 비상도 이런 비상이 없을 것이다.

민우는 작게 한숨을 쉬며 침실로 들어갔다. 잠든 다경은 여전히 침대에 누워 있었다.

그는 침실 한쪽에 있는 제 낡은 책상으로 다가갔다. 책 사이에서 열쇠를 꺼낸 민우는 서랍을 열었다. 여린 스탠드 불빛 아래 만년필과 쪽지를 꺼내놓았다.

적어도 29세 여름 전까지는 반드시 소다경과 결혼에 성공할 것. 무슨 수를 써서라도.

지금은 여름이 한창이다.

이전의 삶에서는 가을에 다경이 결혼했었다. 그러니 쪽지에 생략된 퍼즐 조각이 있다면, '강유현보다 먼저'라는 말이겠지. 강유현과 만나 몇 번이고 가을에 결혼했던 운명이라면 그보다 먼저 다경과 결혼해야 한다고, 억지로라도, 말도 안 되는 핑계를 만들어서라도, 그야말로 '무슨 수를 써서라도' 하는 간절함으로 민우는 그렇게 마지막 쪽지를 적어내렸을 것이다.

결국 자신은 무척 다행스럽게도 '남편'의 이름으로 그녀를 지킬 수 있었다. 이런 가짜 결혼이라도 하지 않았더라면, 그리고 그 계기로 다경과 사랑을 확인하지 않았더라면, 어쩌면 이번 삶에도 불행이 찾아왔을지 모른다.

"아까 그 사람, 제정신이 아닌 것 같았어⋯⋯. 너와 결혼했다는 사실을 인정하지 않으려고 하고. 말이 전혀 통하지도 않고⋯⋯, 무섭더라. 정말 무서웠어."

욕조에 몸을 담그고 있던 다경이 피팅룸에서의 기억을 차분히 떠올려 전해줬었다.

강유현의 사랑한다는 말은 잔인한 폭력이었다. 그럴듯한 가면 뒤에 가려진 집착이 끔찍하기만 했다.

이번 생은 다르다. 끝이 어떻게 될지 알기에 더욱 필사적으로 지켜야만 했다. 딱 하나 남은 만년필을 바라보는 민우의 감정은 뜨겁게 끓어올랐다.

"아아아아아악!"

다경이 갑자기 엄청난 비명을 지르며 벌떡 일어났다. 놀란 민우가 그녀에게로 가서 재빨리 안아주었다.

"다경아, 소다경, 정신 차려."

눈물과 땀으로 흠뻑 젖은 그녀는 사시나무처럼 떨고 있었다.

"괜찮아, 나 여기 있어. 다경아, 꿈이야, 꿈."

무슨 꿈인지는 몰라도 악몽이 분명했다. 그런 다경을 꽉 안고, 민우는 그녀의 머리며 어깨, 팔, 등을 연신 손으로 쓰다듬어주었다.

덜덜덜 떨던 그녀가 파래진 입술을 열어 말했다.

"……꿈이 아니야."

다경의 눈에서 눈물이 쏟아졌다.

"민우야."

그녀가,

"내가 죽었어."

엉킨 실타래의 매듭을 찾아냈다.

"몇 번이나, 내가…… 죽었어."

믿을 수 없다는 듯 울면서 중얼거리던 다경의 시야에, 민우 너머로 책상이 보였다.

이상할 정도로 그의 곁을 꽉 지키고 있던 낡은 책상의, 언제나 잠겨 있던 첫 번째 서랍이 지금은 열려 있었다. 그리고 책상 위에는 낯선 물건이 놓여 있다.

다경이 민우를 밀어내며 침대에서 내려서 휘청거리며 책상으로 걸어갔다. 나무 상자, 하나의 만년필, 비어 있는 아홉 칸, 그리고 쪽지를 본 다경은 팔뚝으로 아무렇게나 눈물을 훔쳐내고는 빛바랜 쪽지를 손에 들었다.

찬찬히 글씨를 읽어가는 다경의 눈에 여러 빛깔 감정이 뒤섞였다. 숨이 막히는 듯 흡, 하고 삼킨 공기를 겨우 머금더니 마침내 그녀가 돌아보았다.

이 순간을 어찌 잊을까.

시선이 그림처럼 아름다웠다. 눈물이 가득 맺힌 눈망울도, 붉게 번진 코끝도, 풍부한 사랑으로 넘실거리는 입술도, 전부 벅찬 마음을 품고 있었기에.

"민우야……. 너, 알고 있었구나……."

잘못 끼워진 단추를.

고통과 불행의 고리를.

그로 인해, 모르는 사이 쌓아온 사랑으로부터 시작된 순간을.

외롭게 버텨온 그의 지난한 세월을.

애타는 마음으로 살아온 이 마지막 생을.

이제 다경도 전부 알게 됐다. 운명의 방향이 제자리로 돌아오고 있었다.

→»·§·«←

울면서 소리를 지르고 잠에서 깨어났다.

다경은 쏟아지는 기억의 더미 속에서 정신을 차릴 수가 없었다. 잠이 든 시간은 짧았겠지만 아주 긴 꿈이었다. 아니, 꿈이 아니었다. 모든 건 생생했다. 손에 잡힐 것처럼 명확하기 그지없었다. 분명 자신이 살아온 인생의 한 부분이었다. 그것도 한 번이 아니라 여러 번.

시작은 모두 달랐지만 끝은 하나였다. 그 안에서 다경은 죽었다.

죽고, 또 죽었다.

"가지 마, 다경아. 가지 마."

"가면 죽여버릴 거야. 지구 끝까지라도 찾아가서 내가, 죽여버릴 거야."

그의 손을 피해 필사적으로 뛰쳐나간 새벽, 흐트러진 잠옷 차림으로 집을 벗어나 정신없이 내달렸지만 그 어디에도 닿지 못했다. 그토록 헤매며 달려간 곳이 경찰서인지, 회사인지, 아니면 그리운 이의 품이었는지 그녀는 끝내 찾을 수 없었다.

아무것도 바랄 수 없다는 걸 알았기 때문일까. 남은 건 오직 절망뿐이라서.

차디찬 새벽녘. 저택을 빠져나와 맨발로 달리던 골목에서, 미처 피하지 못한 차에 받혀 몸이 붕 떠올랐다가 낙화하는 꽃잎처럼 힘없이 나뒹굴었다. 휘영휘영 기운 달빛 아래, 붉은 피가 번졌다.

몇 번이고 반복된 죽음이었다.

"어떻게…… 알았어? 넌 이걸 다 어떻게 안 거야?"

다경은 쪽지를 손에 든 채 민우를 향해 물었다.

소다경을 살리려면

마지막 문구가 놀랍기만 했다.

물론 그 위의 내용도 전부 믿기 힘든 것들이었다. 민우가 지금까지 살아온 이십 대의 모든 이야기가 거기 쓰여 있었다. 심지어, 모델로 활동하다가 남기혁 대표의 회사에 들어가야 한다는 지침까지 있었다. 대표 이름까지 꼭 집어서 기재한 쪽지는 범상치 않았다. 그러니 무슨 수를 써서라도 자신과 결혼하라는 문구가, 민우를 여기까지 이끌었을 것이다.

그는 쪽지대로 살아온 것이다.

"말도 안 되는 거 아는데, 너무 신기해서 그래. 너…… 다시 태어난 거야?"

다경은 심장이 터질 것 같았다.

민우가 다가와 그녀의 앞에 섰다. 가만가만 들여다보는 눈빛이 다정했다. 그는 고개를 가로저으며 대답했다.

"아니, 다시 태어난 게 아니고, 스무 살로 돌아갔었어. 서른 살 직전에 스무 살로. 열 번째 이십 대를 사는 거야, 나는 지금."

"……왜?"

물어볼 필요 없는 질문이었다. 답은 이미 알고 있는데.

"널 살리려고."

아니, 민우가 다시 고개를 저었다.

"내가 살려고."

실은 그게 진짜 답이었다.

"너 없는 삶, 아무 의미 없었을 테니까."

이 거짓말 같은 현실을 어찌 믿을 수 있을까.

또, 아니다.

믿는다.

서로 사랑하여 마주하게 된 기적을, 믿지 않을 수가 없었다.

얼마나 어렵게 만나게 된 건지 이제 알 수 있기에, 얼마나 귀하고 중한 인연인지 너무 잘 알아버렸기에 믿을 수 없어도 믿었다. 온통 거짓말로 가득한 세상 속에서도 이 사랑만은 진짜임을, 두 사람은 믿고 또 믿었다.

"……그런데, 봤어? 네가 왜 죽었었는지."

민우가 조심스럽게 물었다. 자신은 아직 알지 못하는 과거의 한 부분이었다. 어쩌면 지나온 생에서도 그 이유는 확실히 알지 못했을지 모른다.

"열 번을 겪었다면서, 그건 모르는 거야?"

"스무 살이 되면 기억이 포맷되더라. 내가 돌아온 줄도 모르고 살아가다가, 하나둘씩 단서를 찾으면서 깨달았었어. 내가 돌아오기 전의 기억을 다 갖고 있었으면 아홉 번이나 삽질하지도 않았겠지."

"그러네."

"다 알고 있었으면 주식도 좀 크게 사고, 빵빵 터질 지역으로 부동산도 사놓고 그랬을 텐데."

"아, 맞아. 너 그런 정보가 하나도 없는데도 투자를 그렇게 잘했던 거야? 말도 안 돼."

"그건 다 내 귀신같은 판단력과 과감한 추진력, 투자에 있어 동물적 감각만으로도 이 정도…….."

"네, 네."

너님 상당히 잘나셨습니다. 마뜩잖은 얼굴로 대답해주자, 민우가 싱긋 웃으며 대화의 본 궤도로 돌아왔다.

"아무튼 시간이 갈수록 하나씩 알게 된 사실이 늘어갔으니까 아마 서른 직전에는 이전 삶을 다 기억해냈을 거야. 그런데 쪽지에는 과거 이야기를 쓰면, 지워지더라. 과거를 토대로 앞으로 지켜야 할 수칙을 쓰는 건 괜찮은데."

"헐, 그게 말이 돼?"

"뭐는 말이 돼?"

"……그렇지."

그 순간, 떠오른 말이 있었다.

"운명은 정해진 게 아니라, 만들어가는 거래."

왜 쪽지에 적은 과거 이야기가 사라지나 했었는데, 이제 이해가 되었다.

중요한 건 과거가 아니었다. 살아가는 현재, 그리고 만들어가는 미래. 열 번을 돌아온 생에서야 그게 더 중요함을 알게 됐다.

"그러니까 괜찮아, 아빠. 너무 슬퍼하지 마."

"……."

"단추는 다시 끼우면 되니까."

민우는 다경을 침대에 걸터앉게 했다. 그리고 의자를 끌어와 그 앞에 자신도 앉았다.

평온한 밤의 한가운데, 그들은 서로의 지나간 시간을 나누었다.

다경은 어쩐지 그 책상 서랍이 수상했었다고 했다. 그가 고질병처럼 겪는 이명도 그런 이유였다니, 무척 놀랍기도 했다. 그렇게 민우는 자신이 경험했던 일들을 하나둘씩 들려주었다.

"그러나 이전 정보 하나도 없이 난 리셋된 이십 대를 살아온 거야. 덕분에 이 직업, 저 직업, 다양하게도 많이 가졌지. 이러면 널 지킬 수 있나, 저러면 살릴 수 있나 해서."

"그때도 너 나, 정말 사랑했구나."

아닌 척 발뺌하려 해도 소용없었다. 살아온 생이 온통 사랑을 가리켰다.

"맞아, 그랬나 봐."

사랑이 아니면 설명할 수 없다. 기왕 이렇게 된 거 사랑꾼으로 한평생 살아도 억울하지는 않겠다. 태어나 우물을 하나 이렇게 깊게 팠으니, 이만하면 성공한 인생 아닌가.

짝사랑을 길게 했던 남 대표를 안쓰러워할 것도 없었다. 따지고 보면 자신이 훨씬 기나긴 시간 동안 짝사랑에 울어야 했을 테니.

"이제 얘기해봐. 내가 완전히 기억하는 게 아니니까, 나는 네가 어떤 이유로 죽었었는지 아직 몰라."

그 열쇠가 다경에게 있는 줄 몰랐다. 이제 해답이 풀릴 시간이었다.

"나, 결혼했었어……."

다경이 힘겹게 입을 열었다.

"그래. 그건 알아."

"강유현이랑."

"그래."

그것도 안다. 여기까진 특별할 것 없었다. 그럼 정말 죽음의 이유가 강유현에게 있던 걸까?

"사랑인지 아닌지도 모르고 시작한 거야. 무대인사를 갔다가 우연히 부딪혔고."

다경은 조금 전 몰아쳤던 기억을 떠올려 말했다. 꿈이 아니라, 바로 어제 있던 일처럼 아직도 생생했다.

"우 감독님 영화 찍게 되면서 가까워졌어."

"거기까진 지금이랑 똑같네."

생이 거듭되며 바뀐 부분들도 있었지만, 다경이 강유현과 만나 영화를 찍고 친해지는 건 어쩔 수 없는 운명이었나 보다.

"너무 빨라서 무서울 정도로 관계가 급진전됐어. 그땐 강유현이 왜 나를 택했고, 나와 결혼을 서둘렀는지 몰랐어. ……그냥 좋았던 것 같아."

많이 외로웠고, 많이 힘들었기에 사랑까지는 아니었어도, 오래도록 동경했던 우상이 제게 보인 호감에 정신없이 휩쓸렸다.

"그런데 왜……?"

서로를 바라보았다면, 그 두 사람이 진짜 운명이었다면 불행할 이유가 없는 결혼 아니었을까.

하지만 그게 아니었다.

"내가 너를,"

"⋯⋯."

"사랑했었더라."

그것도 아주 많이. 깨닫지 못한 가슴에 못내 사무치도록.

아픈 어린 날에 유일하게 따뜻한 구석이었다. 추운 골목에서 햇살이 내리쬐는 곳을 찾아들듯, 민우의 집에 가서 그 식구들로부터 위안을 얻으며 자라났다.

친구라는 이름이었다. 서로 구박하고 비난하고 타박을 하면서도, 챙겨주고 아껴주며 함께 성장했다. 제 삶의 전부를 같이했다고 해도 과언이 아니었다. 그런 존재였다, 지민우는.

"유학? 유학을 왜 가? 그냥 한국에서 공부하면 되잖아. 하여튼 미국병 단단히 걸려서는, 그거 약도 없다는데 유학을 가겠다고? 야, 너 그거 외화 낭비야."

마음에도 없는 소리를 지껄였다. 민우가 유학을 가겠다니, 마음 한구석이 뻥 뚫린 것처럼 허하고 쓰렸었다.

그를 막을 수는 없었다. 민우는 민우의 인생을 살았고, 자신은 자신의 인생을 살 뿐이었다.

자주 그리웠다. 같이 놀 사람이 하나 줄어서라고 생각했었다. 티격태격 싸울 사람도, 엄마에게 상처받은 날 투정을 늘어놓을 사람도 사라졌다. 고된 알바에 지칠 때도, 촬영현장에서 단역생활을 하며 이리저리 치일 때도, 마음 편히 털어놓을 사람이 없어졌다.

제 삶의 커다란 부분이 지워졌지만, 그게 사랑인지 몰랐다. 지민우의 부재는 알 수 없는 그리움이었다.

― *이야, 소다경 인생 성공했네.*

단역에서 조연으로 촬영하는 날이 많아지고, 왕 대표를 만나 계약을 하게 됐다. 결국 강유현과 만나 단번에 결혼까지 약속하게 된

다경에게, 멀리 있는 민우는 그렇게 말했다. 학기가 시작되는 때와 맞물려 결혼식에는 오지 못했다.

다경은 아름다운 신부였지만, 신랑인 강유현에 비해 네임밸류가 한참 떨어지는 배우였다. 모두가 세기의 결혼식이 아니라, 세기의 신데렐라 탄생이라 떠들어댔다.

하지만, 결혼 직후부터 압박하듯 집요하게 구는 강유현의 실상은 아무도 알지 못했다.

"누구랑 통화했어?"

"아, 전화한 거 아니고요, 잠깐 뭐 검색 좀 하느라…….."

"그 미국에 사는 친구한테 전화한 거 아니야? 아니면 메일? 연락 지금도 하루에 한 번씩 하는 건가?"

지나친 과민반응이었다. 그녀의 주변에 '남자'는 친구가 아니라 동료들까지 용납하지 않았다. 심지어 스태프조차 경계했다. 그런 유현이 '지민우'의 존재에 예민하게 반응하는 건 당연했다.

"말끝마다 지민우는, 지민우는 하고 노래를 불렀던 건 너야. 그 친구 없는 집에도 여전히 드나들고, 그 부모며 동생이며, 네 진짜 가족보다도 더 가깝게 생각하잖아. 나를 바보로 알아?"

습관처럼 민우의 얘기를 했다. 단순한 친구가 아니라, 제 삶의 일부였다. 민우를 빼놓고 자신을 설명할 순 없는데 유현은 다경과 결혼하기 전부터 그게 너무도 거슬렸다고 했다.

"아니지, 그래서 네가 더 갖고 싶었는지도 모르지. 나도 이해가 가지 않았거든. 왜 하필 너일까. 네가 아니면 왜 안 됐던 걸까. ……이제 알았어."

다경은 온전히 그의 것인 적이 없단 사실이 유현을 자극했다. 사랑이 아니라, 소유욕이었다. 온 세상이 우러르며 그만 바라보는데, 다경은 다른 곳을 향해 있는 것 같았다.

말로는 운명이라 하면서, 말로는 자신을 동경해왔다 하면서, 말로는 나도 당신을 사랑한다 하면서 그 모든 건 오로지 '말'뿐이었다. 심장은 다른 이의 것이었다.

다경과 유현은 여름이 시작되기 전에 만나 가을에 결혼했다. 초고속이었다. 그리고 추운 겨울이 되기 전까지, 다경은 내내 속으로 썩어들어가는 병을 앓았다.

유현에게서 벗어나고 싶었다. 꿈꾸던 결혼생활과는 달랐다. 민우의 이야기를 하지 않으려 조심해도 소용없었다. 관련 없는 모든 일상조차 그에겐 의심거리였다. 빠져나갈 구멍이라곤 없었다.

엄마는 하루가 멀다 하고 돈을 뜯어갔다. 딸의 이름을 팔며 곳곳에서 갑질을 해댔다. 문제가 생기지 않을까 전전긍긍하며 다경은 끌려다녔다. 안팎으로 괴로운 삶 속에 위로라곤 먼지만큼도 없었다.

광고 촬영차 미국에 가게 되자, 유현은 미친 듯이 의심했다.

"일부러 그 스케줄 넣어달라고 한 거지? 그 자식 만나러 가려고?"

"아니요. 지민우 있는 곳은 동부고, 내가 가는 곳은 서부예요. 쉽게 만나러 갈 거리가 아니라니까요."

그의 두 손이 자신의 목을 감쌌다. 손가락에 힘이 들어가고, 다경은 눈을 질끈 감았다. 금방이라도 숨이 끊어질 것 같은 고통이 엄습했다.

"당장 활동 다 접어. 그만두고 집에만 있으라고. 은퇴 발표, 내가 직접 해줘?"

"제발. ……유현 씨, 제발."

24시간 한 발짝도 나가지 않는 게 가능이나 한 걸까.

하지만 유현은 다경을 그렇게 가둬두고 싶어 했다. 점점 더, 심해졌다.

가까스로 광고 촬영은 떠날 수 있었다. 왕 대표까지 나서서 설득해 겨우 받아낸 승낙이었다.

비행기 안에서 창문을 통해 흰 카펫처럼 드넓게 펼쳐진 구름을 본 순간, 다경은 저 위로 떨어지고 싶다는 생각을 해버렸다. 눈물이 쏟아졌다.

지민우가 미친 듯이 보고 싶었다.

촬영이 끝나던 날, 다경은 호텔을 빠져나와 혼자 공항으로 가서 지민우가 있는 도시로 가는 비행기를 탔다. 그러는 중에도 어디서 강유현이 나타날까 봐, 손발이 덜덜 떨렸다. 그럴 리가 없는데. 여기는 아주 먼 나라인데 너무나 무서웠다. 환청이 들리고 환영이 보였다. 불쑥불쑥 강유현이 제 앞을 가로막았다.

간신히 지민우가 공부하는 학교로 찾아갔다. 유현이 그를 신경 쓴다는 사실을 알게 된 후로 그토록 조심했었는데. 아무리 목소리를 듣고 싶어도 참고, 영상통화를 하고 싶어도 참았는데, 이렇게 단숨에 그를 만나러 와 봇물 터지듯 흘러나온 마음은 어찌할 바를 몰랐다.

"뭐냐. 결혼해서 깨가 쏟아진다더니. 연락까지 다 끊고 사는 줄 알았는데, 여기까지 어쩐 일이야?"

"너무 늦게 알았어. 나 그 사람, 사랑해. ……내가 그 사람을 그렇게까지 좋아하는지 몰랐어."

후드득후드득 눈물이 소나기처럼 떨어졌다. 고백하지 않고는 견딜 수 없었다.

"……뭐래. 그래서 뭐. 그 얘길 왜 나한테 해. 네 남편한테 전화라도 대신 걸어줘?"

삐딱하게 응수하는 민우를 보며, 다경은 속으로 칼날을 삼킨 듯 아픔을 느꼈다.

그 사람, 강유현이 아니야. 내가 사랑한 사람…… 진짜 내가 사랑하는 사람은, 너야. 힘들어 죽고 싶은 순간마다 나를 버티게 한 것도 너고, 미치게 보고 싶던 것도 너였더라.

차마 말할 수 없는 진실이었다. 지민우는 받아들이지 않을 테고, 강유현에게선 벗어날 수 없을 것이다. 그 사이에서 자신은 가시덤불에 끼인 짐승인 양 끝도 없는 고통만 느끼겠지. 이런 아픔이 없었더라면, 평생 모르고 지나갈 감정일 수도 있었다.

그대로 한국에 돌아왔다.

유현은 그녀가 지민우를 만나고 온 것을 이미 알고 있었다. 그는 점점 더 화를 냈고, 점점 더 감정을 주체하지 못했다. 물건을 던지고, 손을 휘둘렀다. 다경을 아프게 하기를 서슴지 않았다. 그녀의 몸에 자주 상흔이 생겼다.

그가 정신을 차리면 미안해할 거라고 생각했다. 그러나 아니었다. 자신만이 다경에게 유일하게 고통을 줄 수 있음에 만족하기까지 했다. 유현은 그녀를 점점 더 옭아맸다. 덫과도 같았다.

그녀는 말수를 잃어갔다. 활동을 지속할 힘도 없었다. 약이 없으면 잠들 수 없는 나날이었다. 희망이라곤 조금도 없는 삶이었다. 꿈, 그리고 사랑. 그 모든 게 손가락 사이로 빠져나갔다.

새벽녘, 유현을 피해 차가운 바닥을 맨발로 디디며 도망가다가 차에 치여 바닥에 뒹굴었을 때, 사실 안도했다. 이제 모두 끝났구나. 이대로 눈을 감을 수 있어서 다행이다. 정말 다행이다.

……아, 어디서부터 잘못됐을까.

민우를 사랑하는 내 마음을, 나조차 모르고 살았던 게 잘못이었을까. 그 마음을 깨닫지 못한 채 강유현과 결혼한 게 잘못이었을까.

아니, 애초에 태어난 게 잘못이었는지도 몰라.

숱한 절망 끝에서 그렇게 그녀는 생을 마감했다. 아프게 맞물린 운명 속에서.

"으으윽."

다경의 이야기가 끝남과 동시에 민우는 이명을 느꼈다.

듣는 내내 마음이 괴로웠었다. 다경이 자신을 사랑했었다니, 그때 말한 '그 사람'이 바로 자신이었다니, 왜 진작 알지 못했던가. 왜 그토록 아프게 헤매었던가.

끼이이익! 괴로운 파열음이 울렸다. 무언가 감정이 격해질 때 종종 느끼던 이명이라 어쩌면 당연한 수순이었다. 그리고 눈앞에 펼쳐진 장면은, 다경이 모르는 그다음 일이었다.

겨울, 그 무렵 민우는 연말을 보내기 위해 한국에 들어와 있었다.

다경은 전화를 받지 않았다. 서 여사는 다경이가 신혼생활로 바쁜가 보다, 하고 웃었다. 행복한 결혼인 줄로만 알았다. 그땐 다들 그랬다.

그러던 중에 비보를 듣게 됐다.

[소다경, 오늘 새벽 음주운전 차량에 치여 사망, 충격에 빠진 연예계……(1보)]

[(단독) 왜 故소다경은 맨발에 잠옷 차림으로 거리에 나갔나]

['교통사고 사망' 소다경, 심한 우울증으로 수면보행증(몽유병)까지 앓아]

[故소다경 빈소 앞에서 오열하는 남편 강유현, 동료들 애도 물결]

그녀가 겪은 불행도, 절망도, 고통도, 전부 사라지고 없었다. 결혼한 지 백 일도 되지 않은 아내를 잃은 강유현이, 세상에서 가장 슬픈 남자가 되어 있었다.

민우는 미칠 듯한 괴로움을 고스란히 느꼈다. 심한 우울증이라니, 다경에게 그런 게 있을 리가 없었다. 설령 있더라도 자신이나 서 여사가 모를 리 없다. 석연치 않은 부분이 하나둘이 아니다. 그녀의 우울증이며 몽유병이 제법 오래되었다는 얘기까지 흘러나오자 이해할 수가 없었다.

하지만 진짜 가족이 아니기에 유족의 권한이 없어 그녀의 죽음에 더 다가서지 못했다.

"누가 보면 내가 아니라, 네가 소다경 남편인 줄 알겠어."

울어서 핏줄이 터진 눈으로 자신을 매섭게 쏘아보면서 강유현이 말했다.

자신을 향한 감정이 단단히 비틀려 있는 그에게 뭔가 있다고 생각했다. 유현과의 결혼생활이, 다경을 죽음에 이르게 할 정도로 불행했음을 직감했다. 몽유병 따위는 유현이 꾸며낸 핑계고, 그녀가 한밤중에 집에서 뛰쳐나간 이유는 따로 있는 게 분명했다.

뼈가 갈리는 고통이었다. 다경과 민우는 각기 다른 곳에서 아파했다. 그땐 서로가 서로를 알지 못했다. 스며든 마음이 얼마나 깊었는지. 그 아픔이 친구라서가 아니라, 죽어서도 잊지 못할 만큼 사랑하는 사람이기 때문이었는데, 친구라는 벽에 부딪혀 마음을 알아보지 못했다.

그제야 아무렇게나 팽개쳐둔 물건이 생각났다.

"그러니까 괜찮아, 아빠. 너무 슬퍼하지 마."

"……."

"단추는 다시 끼우면 되니까."

비보를 접하기 직전, 우연히 오토바이에 치일 뻔한 아이를 구해주고 받은 열 개의 만년필.

다경과 꼭 닮은 그 아이. 자신을 아빠라고 부르던 그 아이. 운명은 만들어가는 거라고 하던 그 아이.

그 아이는 기적처럼 찾아온 선물이었다.

다경과의 운명은 다시 만들어가게 되었다. 숱한 시행착오를 겪으면서 한 번 더, 한 번 더, 마침내 열 번째 '스물아홉 살'을 살게 되며 이렇게.

파바밧, 화면이 꺼지고 그는 천천히 눈을 떴다. 다경이 앞에 있었다.

민우는 손을 뻗어 그녀의 얼굴을 만졌다. 애틋하고 절절한 손끝이 파르르 떨리며 그 숨결을 천천히 확인했다. 두 사람이 만든 운명대로, 다경은 지금 바로 제 곁에 있었다.

이 얼마나 감사한 기적인가.

입술이 겹쳐졌다. 벌어진 틈으로 번지는 뜨거운 열기는 생명의 증거였다. 살아 있음을, 사랑하고 있음을 실감했다.

오래도록 이어지는 키스는 그 어느 때보다 깊고 진했다.

쪽지 위 글자들이 빛처럼 부서지며 사라지고, 마침내 쪽지도 하얀 재가 되어 날아갔다. 단 하나 남아 있던 마지막 만년필 역시 상자와 함께 천천히 부서졌다.

그저 사랑이 이끄는 대로, 운명은 제자리로 돌아왔다.

part 13

자업자득

"확실한 거지?"

"응."

리호의 물음에 수진이 고개를 끄덕였다.

"정말 직원들 아무도 모르게 한 거 맞는 거지?"

나리호의 밴 안에서 재차 이어지는 확인에 수진은 한숨을 폭 내쉬었다. 언제까지 이렇게 끌려다녀야 하는지 모르겠다. 제 상황이 갑갑했다.

"아무도 모른다니까. 카메라 놓을 때도 그렇고, 가져올 때도 얼마나 조심했는데. 그 룸이야 직원들 워낙 많이 드나드니까 누가 했는지도 모를 거야. 그러니까 안심해."

주 실장의 숍에서 일하는 수진은, 과거 리호의 코디를 했던 인연으로 아직 그녀와 친분을 유지하고 있었다. 그래봐야 일방적인 관계지만. 툭하면, '이 바닥에서 일 그만하고 싶어?' 하는 말로 두려움을 느끼게 했다.

나리호의 눈 밖에 났다가 골치 아픈 일이 생기는 건 사양이다. 더럽고 치사해도 잠자코 나리호의 말에 따르는 게 평탄하게 사는 비결일 것이다.

그런데 리호가 이번에는 무슨 생각인지 모를 부탁을 건넸다. 소다경의 피팅룸에 초소형 카메라를 설치해달라고 했다.

"그런데 이건 왜 필요한 거야?"

소다경의 룸에 강유현이 들어가 불미스러운 일이 생길 뻔했는데 마침 지민우가 나타났다고 난리가 났었다.

나리호의 부탁대로 초소형 카메라를 액자와 화병 옆에 붙이고 퇴근을 했던 터라, 수진은 나중에 다른 직원들에게 그 일에 대해 전해 듣기만 했다.

'그럼 여기 카메라에 다 찍혔다는 거네?'

여유가 있으면 어떤 게 찍혔는지 결과물을 좀 보고 싶기도 했지만, 나리호는 바로 내놓으라며 들이닥친 참이다.

"왜 필요하냐니. 나한테 지금 묻는 거야?"

감히 질문이란 걸 하냐는 듯 나리호가 둥근 눈을 치켜떴다.

수진은 나리호가 외양은 참 예쁘게 타고났는데 심보가 못됐으니 표정도 점점 꼴사나워진다고 생각했다.

"어, 혹시 위험한 일이 생기진 않을까 하고."

푸하핫, 나리호가 웃었다.

"누굴 걱정해? 나한테 위험한 일이 왜 생겨? 우리 아빠 누군지 몰라?"

"아아, 그래."

"위험한 게 아니라, 푸훗, 재밌는 일이 생기긴 하겠지."

여전히 새된 웃음소리를 흘리던 나리호는 이제 용건이 없어진 수진을 쳐다보았다.

"뭐 해? 시간 없는데, 그만 내려."

"응, ……필요한 거 생기면 또 불러."

수진은 겨우 마음에도 없는 말을 하고는 밴에서 내렸다.

숍 근방의 건물, 인적이 드문 지하주차장 제일 아래층이다. 차량 곁에서 대기하고 있던 매니저 석중이 밴에서 내리는 수진을 빤히 바라보았다. 수진도 그를 보았다. 아직도 나리호랑 일하는 그쪽이 참 불쌍하단 표정으로.

하지만 매니저 석중이야말로 수진을 안쓰럽게 바라보았다. 너는 벗어나서까지 나리호한테 질질 끌려다니는구나.

서로 처지는 매한가지였다.

수진이 돌아가고 석중이 운전석에 올랐다. 영화가 엎어지게 생겨 복잡한 상황인데도 나리호는 어째 다른 쪽으로 관심이 많아 보였다.

"오빠, 지난번에 얘기했던 친구 있잖아. 영상 편집한다는 오빠 친구."

웬일인지 나리호가 살가운 목소리를 내 석중이 고개를 돌려 뒤쪽의 그녀를 바라보고 끄덕였다.

"어, 걔는 왜?"

"내가 오빠니까 믿고 맡기는 거야. 그 친구한테 일 좀 부탁하자. 입은 무겁겠지?"

"……그래, 언제 데려올까?"

"당장 데려와야지, 무슨 소리야. 바로 오라고 해. 쓸데없는 생각 안 하게 간은 좀 작은 편이면 좋겠는데."

쿡, 나리호가 웃었다.

수진을 이용해 숍에서 뭔가를 빼내는 것 같더니, 이번엔 그걸 이용해 일을 꾸미는 모양이다. 대체 무슨 짓을 하려는 거지, 겁도 없이?

그녀는 세상 모든 것을 제 마음대로 휘두를 수 있다고 믿었다.

"물론 오빠가 다 책임져야 하니까, 중간에서 어련히 잘하겠지만."

석중을 향한 경고도 잊지 않는다. 친구에게 일을 맡기고, 행여 틀어지기라도 하면 너부터 큰일이라는 뜻이다.

"……그럼 어디로 부를까?"

"아빠 사무실로. 그리고 우리도 지금 출발하고."

나은기가 개인적으로 아지트처럼 쓰는 공간을 사무실이라 불렀다.

리호는 석중이 시동을 걸어 움직이기 시작한 밴 안에서 다리를 쭉 펴고 편하게 앉아 나은기에게 전화를 했다.

"응, 아빠! 이제 됐어. 내가 뭐랬어, 된다고 했지? ……응, 진짜야. 자료 확보했다니까? 보나 마나 확실하지 뭐. 일단 지금 가서 확인해볼 거야. 아빠도 올 거지? 푸하핫, 엄청 재밌을걸. 편집이야 하기 나름이지. 그건 껌이야. 뭐 어때, 어차피 원본은 나한테만 있는데."

깔깔거리는 리호의 웃음이 밴을 가득 메웠다.

"서 기자한테 익명으로 쏘면 돼. 그 여자가 또 이런 거 엄청 좋아하잖아. 덥석 물어버릴걸. 스타일 알지, 내가."

룸미러를 통해 자신을 쏘아보는 석중의 시선을, 그녀는 알아차리지 못했다.

→→※←←

"……중단이라니. 완전히?"

침대에 누워 있던 유현이 몸을 일으켰다. 강호가 전해준 소식에 가만히 있을 수가 없었다.

"네. 잠깐 쉬는 게 아니라, 완전히 접는 걸로 결론이 날 것 같아요."

'화인火印'의 촬영이 일시적으로 중단된 상태인데, 이게 아예 엎어져버리다니.

"혹시…… 내 일 때문이야?"

"아뇨. 그럴 리가요. 아직 우 감독님도 모르시는데요."

지민우에게 흠씬 두들겨 맞아 아직도 회복되지 않았다. 잔뜩 붓고 상처가 난 얼굴로 유현은 집에 틀어박혀 있었다. 그나마 촬영이 일시 중단된 상황이라 다행이라고도 생각했다. 이런 몰골로 카메라 앞에 설 수 없으니, 촬영이 재개되기 전까지는 이 얼굴을 어서 정상으로 돌려놓아야 할 텐데 했었다.

그런데 아예 끝나게 생겼어?

"형이랑 소다경 씨 사이의 일은, 아직 회사랑 숍 안에서 잘 막고 있어요. 업계로도 퍼지지 않도록요."

수치스러운 일이다. 다경에게 거절당한 것이 아니라, 지민우에게 맞은 것이 그렇다. 그보다 더한 것도 각오했던 유현은, 다경을 완전히 제 곁으로 데려오지 못했다는 사실이 못내 아쉽고 분했다.

차라리 다경을 끌고 나갔어야 했는데. 차에 태워 근교에 사두었던 주택으로 가서 아예 문을 걸어버릴걸. 지민우가 찾아오지 못하도록 멀리, 눈에 띄지 않는 곳으로 갔어야 했다. 주 실장의 숍이 그렇게 안전하고 보안이 철저하다 하여 믿었는데 패인이 되었다.

"의사분 다시 다녀가시라고 할까요? 입 옆이 또 터지는 거 같은데……."

"됐어."

"죽은 왜 안 드시고……."

"됐다니까."

모든 게 귀찮고 머릿속은 온통 다경 생각뿐이다. 그녀가 그를 밀어낸 것이 오히려 유현을 더 불타게 했다. 손에 쥐었다 놓은 다경의 머리카락 느낌이 생생했다. 부드럽고 풍성한 그 머리카락을 휘어잡았을 때의 쾌감이 그를 떨게 했다.

"대표님 화 많이 나셨어요……. 소다경 씨 쪽에서 이 일 문제 삼고 크게 터뜨리면 어쩌나, 지금 전전긍긍……."

"그렇게는 못 할 거야. 거긴 CCTV도 없고, 숍 직원들이나 주 실장도 나한테 유리하게 말해줄 거고. 그걸 다 알면서 문제 삼아봤자 소다경만 우스워져."

소다경과 지민우의 편을 들어줄 사람들은 그곳에 없었다. 게다가 실제로 폭행을 당한 건 유현이다. 그는 다경에게 겨우 말 몇 마디 한 게 다였다. 경찰에 넘겨봤자 대체 무엇을 조사할 수 있단 말인가.

"지민우가 숍에 다시 찾아가서 뒤집어엎어놓았다고 하던데요……. 주 실장님 울고불고했다고……. 이대로 그냥 넘어가진 않을 것 같아요."

강호가 불안한 음성으로 말했다. 그가 생각하기에도 이번 일은 유현이 한참 잘못했다. 어째서 유부녀인 소다경에게 그러는 것일까. 유현을 좋다고 하는 여자가 차고도 넘치는데.

"그래서. 하고 싶은 말이 뭐야?"

"대표님도 그렇게 말씀하시고, 형이 적당히 사과해서 일을 마무리해야 될……."

"사과?"

유현이 입술을 비틀어 웃었다. 사과라니? 내가 내 것을 찾아오는데 누구한테 사과해?

하지만 강호는 길길이 날뛰던 대표의 음성을 기억했다.

"하아, 미친놈, 진짜. 원래 속 안 썩이고 큰 자식이 다 늦게 지랄한다더니, 이래서 중2병은 중2 때 겪고 커야 해. 왜 이제 와 난리냐고. 거기 카메라가 없어서 증거랄 게 없으니 다행이지, 경찰이 문제가 아니라 소다경이 이거 터트리면 강유현 이미지는 어쩔 거냐고."

강호가 보기에 유현은 자신의 이미지 따위 전혀 걱정하지 않는 듯했다. 그뿐일까. 모든 걸 다 버려도 좋다는 듯, 아예 정신이 나간 것만 같았다.

강호는 푸욱 한숨을 쉬었다.

"우 감독님 연락은 돼?"

유현이 영화에 대해 물었다. 강호의 걱정하는 얼굴은 보일 리 없었다.

"아뇨. 일단 휴식을 취하는 중이라고, 정리된 다음에 말씀하신다고. 직접 연락 주신다고 하셨어요."

촬영을 접을 정도의 큰일이라니, 아마 관계자들과 입장 조율하는 데 시간이 걸릴 것이다. 제작비 문제도 복잡할 테고. 그때까진 이쪽도 반강제 휴식이다.

설마, 나리호 때문인가? 그쪽에서 우 감독을 너무 괴롭히긴 했었다. 저러다 사달이 나도 나지 싶었는데.

"그런데 형, 소다경 씨 일은……."

"내가 알아서 해."

유현이 싸늘하게 말허리를 잘랐다.

"제가 진짜 형 좋아해서 그러는 건데, 이번 건은 좀……."

"입 닫고, 나가."

강호는 더 이야기하고 싶었지만, 할 수 없이 그만두었다. 유현은 대화를 하고 싶지 않아 보였다.

완벽한 내 배우가 어쩌다 저렇게 되었는지.

다시 침대에 눕는 유현을 두고 강호는 조심스럽게 빠져나왔다.

문을 닫으면서 슬쩍 돌아보는데 자신이 알던 강유현이 아닌 것만 같아 서글퍼졌다.

✦➤➤⋙ ❖ ⋘◀◀✦

왕현지의 대표 사무실.

"아…… 나리호."

고민에 빠진 얼굴로 기혁이 테이블을 손가락 끝으로 톡톡 쳤다.

"그래, 나리호 때문이었어."

현지는 초콜릿을 먹으며 분해했다.

"우 감독님 스트레스 장난 아니었나 봐. 지금 치료받으시는 중이고, 제작 중단에 대한 이야기는 다음 주쯤에 전하실 거라고 했어."

"치료받으실 정도라니, 나리호 대단하네."

"나은기 꼿발 봐. 어떻게 그런 명감독을 쥐고 흔들 생각을 다 했는지. 아주 다 자기네 세상이지. 아버지나 딸이나. 그런데도 국민 배우, 국민배우. 아후, 다들 알아야 하는데, 그 실체를."

'급'을 이용해 본인 유리하게 역할이나 장면을 수정시키는 스타들이 있기는 하지만, 이건 정도를 지나쳤다.

아예 작품을 훼손할 수준까지 간 데다가, 투자자를 등에 업고 제작사를 중간에 두고서 연일 압박해댔으니 우 감독이 진절머리 날 법도 했다.

"이 썩어빠진 바퀴벌레 같은 것들."

"가뜩이나 다경이 어머니에, 강유현에, 아주 골치가 아픈데 영화까지 엎어지고. 휴, 다경이 마음이 안 좋겠네. 현지 너도 그렇고."

"영화는 차라리 잘됐어. 강유현 저따위로 사이코 짓을 해대면서 다경이한테 껄떡거리는데 어떻게 계속 같이 작업을 해? 어차피 다경이 하차하겠다고 했었고, 이래저래 잘된 거야."

하지만 현지는 뾰족한 눈빛을 반짝 빛내었다.

"마음에 걸리는 게 하나 있지만."

"그게 뭔데."

"나리호나 나은기나 본인들 때문에 영화 엎어지는 거 그냥 둘 리 없거든. 평판에 얼마나 신경 쓰는 부녀야? 아마 대비책을 마련하려고 할 거야."

항상 사태를 파악하여 한발 앞서가는 왕 대표였다.

"좀 알아봐야겠어."

아그작, 아그작. 현지의 입안에서 초콜릿이 험악하게 부서졌다.

"아우, 현지야. 그거 그만 먹고 밥 먹으라니까. 내가 아까 유부초밥 싸 온 거 어디 있더라? 무지하게 새콤하게 만들었는데."

"단무지 다져 넣고?"

새 초콜릿 포장을 까려다 말고 현지가 물었다.

"응, 단무지 넣고."

"다진 소고기 빼고?"

"응, 빼고. 저번에 너 그거 싫다고 했잖아."

"새우는?"

"구워서 하나씩 끼워놨지."

현지가 싱긋 웃으며 기혁의 뒤쪽 보조 테이블을 턱짓했다.

"저깄네, 도시락."

"아, 여기 뒀었지. 잠깐만."

기혁은 얼른 도시락을 가져와 현지의 앞에 풀어냈다. 아까 현지는 입맛이 없다며 안 먹을 테니 치워두라 했었다. 지금 먹는다고 할 때 얼른 열어서 하나라도 먹이는 게 수다.

현지가 먹을 만한 것을 해 나르느라 요즘 기혁은 새벽마다 바빴다. 혹시 매일 같은 도시락통 지루해할까 봐 찬합이며 원목 통까지 여러 가지를 사들이기도 했다. 하드웨어에 그렇게 신경 쓰는데 소프트웨어는 오죽할까.

기혁이 펼친 도시락은 신의 손길이 스치고 간 것처럼 완벽하기 그지없었다. 가지런한 유부초밥 안에 통통한 새우를 하나씩 박아넣고, 초록초록 풀때기와 토마토, 구운 방울양배추, 파인애플 등으로 장식한 도시락은 돈을 받고 팔아도 될 것처럼 훌륭했다.

먹기 아깝네, 현지는 속으로 생각했다.

"자, 아."

기혁이 현지의 입에 유부초밥을 넣어주었다. 우물우물 씹어 넘기며 현지가 말했다.

"도시락 전문으로 만들어도 되겠네. 요즘 애기들 도시락도 엄청 예쁘게 만들던데."

"안 그래도 내가 도시락 이런 영상 찾다 보니까, 애들 도시락 만드는 거 재밌겠더라. 캐릭터 모양으로. 나중에 매일 만들어줄 거야."

"복덩이는 좋겠다. 남기혁이 아빠라서."

이 남자, 이렇게 자상한데 나중에 애한테는 또 얼마나 잘할 거야.

"너는?"

기혁이 진지한 얼굴로 물었다.

"나 뭐?"

"너는 내가 남편이 될 거라서, 어떤데?"

갑자기 훅 들어오는 질문에 현지의 심장이 덜컹했다.

"나는 복덩이 아빠 되는 것보다, 왕현지 남편 되는 게 더 좋아.

더 감사하고. 너는 나, 어떠냐니까."

그렇게 말하는 남기혁, 얼굴은 왜 저렇게 잘생겼나. 눈, 코, 입 어디 하나 빠지는 게 없네.

"뭐, 2세 외모는 걱정 안 해도 될 것 같아. 나쁘지 않네."

현지가 새침하게 하는 말에, 기혁이 그녀의 앞으로 바짝 다가왔다.

"나한테 관심 좀 가져주지. 아기 생각만 하지 말고."

"너무 가까워, 좀 떨어져."

현지는 기혁의 어깨를 손으로 밀었다.

뭐야, 나 왜 떨려. 숨까지 차올랐다. 심장이 너무 빨리 뛴다. 이건 다 호르몬 때문이야, 호르몬 때문.

얼굴이 굳어진 현지를 보고, 그는 웃으며 몸을 떨어뜨렸다.

"그래, 천천히."

지금만으로도 충분하니까, 네 마음은 천천히 열어줘.

현지를 보는 기혁의 눈에선 사랑이 뚝뚝 떨어졌다.

※→∗∷∗←

아홉 번의 이십 대를 거치며 경험했던 날들과, 지금부터 겪게 될 것엔 차이가 있었다. 운명이 완전히 달라졌으니까.

다경은 더 이상 강유현의 아내가 아니다. 그의 집착과 소유욕에 불행한 시간을 보내지도 않는다. 미처 깨닫지 못했던 민우에 대한 마음에 무너져 내리지도 않는다.

민우 역시 그랬다. 다경을 잃은 후에야 뒤늦은 후회로 가슴을 치는 일은 없다.

모든 건 제자리. 두 사람은 함께 있고, 서로를 보고, 서로를 사랑하고 있다. 그리고 그 사실을 서로 나누며, 감사하며, 가슴 벅찬 순간을 보내고 있었다.

"여기 진짜 좋은데?"

서울 근교의 타운하우스에는 독채로 된 빌라들이 잘 다듬은 조경을 사이에 두고 띄엄띄엄 늘어서 있었다. 다경과 민우는 그중 한 채에 들어와 있는 참이다.

그녀는 통유리로 된 창가에 서서 너른 정원을 내다보며 행복한 얼굴을 했다.

"마음에 들어, 여기."

"나도 마음에 든다. 기혁이 형이, 네가 좋아할 거라고 했는데. 정말 그러네."

"대표님들이랑 이웃사촌이라니 그것도 좋아. 뭔가 든든하고."

다경이 웃으며 돌아보았다.

바로 옆집이 기혁과 현지가 살게 될 신혼집이다. 얼마 전에 그들이 먼저 계약했고, 옆집이 비어 있는 것을 알고 민우와 다경에게 알려주었다. 혹시, 이사할 생각이 있으면 여긴 어떠냐고.

다경과 민우는 한달음에 와서 집을 구경했다. 서울에서 멀지도 않고, 조용하고 아름다운 마을이라 마음에 쏙 들었다.

"이사 오자. 여기 당장이라도 들어올 수 있다고 했지?"

다경은 이사를 서두르고 싶어 했다. 강유현과 같은 빌라에 살기 싫은 까닭이다. 그 후로 아직 단지 내에서 마주친 적은 없지만, 행여 주차장이나 빌라 밖에서 보게 될까 봐 불안해했다.

"그래. 당장 이사 오자."

민우가 고개를 끄덕이고 다경의 어깨를 살짝 감싸 안았다.

함께 온 중개사가 잠시 통화를 위해 밖에 나가 있었기에, 들어오면 계약하러 가자고 말할 것이다.

그때 다경의 전화벨이 울렸다. 발신인은 왕 대표였다.

"네, 대표님."

– 민우랑 같이 있는 거지?

"네, 지금 집 보러 와 있어요."

– 그래. 방금 기사 떴어. 다른 데로 가지 말고 회사로 들어와.

"……바로 갈게요."

예상했지만 설마 했고, 그러겠거니 했지만 그러지 말았으면 했던 일이 벌어졌다. 그동안 이쪽도 준비는 해왔고, 신호탄이 발포되기만 기다리고 있었다.

전화를 끊고 휴대전화 전원을 꺼두려고 하는데, 곧바로 다른 이에게 전화가 걸려왔다. 누가 이렇게 빠른가 했는데 역시나 나리호였다.

민우가 받아보라며 고개를 끄덕였다. 다경은 숨을 크게 마셨다가 내쉰 후 전화를 받았다.

"어, 리호야."

– 언니! 어머, 어떡해, 언니. 나 방금 기사 봤는데.

벌써? 빠르기도 하시지.

다경은 씁쓸한 헛웃음을 간신히 참았다.

– 아니, 어떻게 이런 일이 생겨. 나는 언니 믿어. 언니가 그렇게 파렴치한 사람이라고 생각 안 하거든. 근데 어떡해, 큰일 났네, 정말.

큰일 난 건 너야.

전화기 너머 나리호는, 제 발등을 시원하게 찍은 것도 모른 채 웃고 있을 것이다.

이제 시작이다.

"이게 무슨 일이야?"

다경의 엄마, 정 여사는 눈이 동그래졌다. 지인이 전화해서 네 딸 도대체 어떻게 된 거냐고, 지금 난리가 났다고 말해줘 포털사이트에 접속해보았다.

실시간 검색어 1위부터 10위까지 골고루 분포되어 있는 단어. S양, S양 누구, 화인 제작중단. 급기야 소다경, 강유현, 실명까지 오르내리는 중이다.

[영상 독점입수− 영화 '화인火印' 제작에 찬물 끼얹은 S양, 그 이유는?]

손이 덜덜 떨렸다.

이게 뭐야. 지금 내 딸 어디 잘못된 거야?

기사를 클릭해 들어가니 댓글에는 온갖 욕이 다 있었다. 물론 다경을 향한 악플이었다.

다경이 자신에게 '아줌마'라며 절연을 선포했을 때보다 정 여사의 심장은 더 크게 요동쳤다. 딸이 상처받았으면 어쩌나 하는 걱정과 두려움 때문이 아니다.

'얘 지금 어떻게 된 거지? 욕을 이렇게 많이 먹을 정도면, 배우 일 이제 아예 못 하는 거 아니야? 그럼 나는 어떡하고? 대체 이게 뭔 일이야?'

자신의 앞날에 대한 걱정이었다.

다경이 제게 모진 소리를 하고 갔어도, 시간이 지나면 될 일이라 생각했다. 그래도 내가 지 어미인데 어쩔 거야, 그래도 내 속으로 낳은 자식인데, 그래도 우리가 핏줄인데.

그래도, 그래도, 그래도.

그 한마디에 정 여사는 모든 희망을 걸고 있었다.

강유현을 믿고 있기도 했다. 그는 분명 제 딸 다경일 진심으로 사랑하고 있다. 가짜 사위 지민우 따위 금세 내쳐버리고 강유현이 다경과 진짜 결혼을 할 것이란 믿음만 가득했다. 그러면 지금 잠시 숨죽여 지내는 것 따위는 아무렇지 않았다.

누구는 부귀영화를 위해 악마에게 영혼도 판다는데, 이 정도 참는 거야 어때서. 자신의 인내와 희생이 핑크빛 미래를 가져오리라, 정 여사는 그렇게 어이없고도 헛된 믿음으로 하루하루 버티고 있던 참이다.

그런데, 이게 다 무슨 일인가.

[S양은 대담하게도 선배이자 대스타인 K군을 향한 유혹을 멈추지 않았다. 입수한 영상에서는 K군에게 과감하게 손을 뻗고 안기려 하는 등의 스킨십하는 모습까지 볼 수 있었다.]

다경이, 강유현을 유혹하다니?

정 여사는 기사 중간에 있는 영상 클립의 재생 버튼을 눌렀다. 멀리서 찍혔지만 화면 속 두 남녀가 어떤 모습인지 정도는 또렷이 보였다.

얼굴은 모자이크가 되어 있어도, 늘씬한 몸에 감긴 섹시한 드레스가 유독 눈에 띄었다. 여자는 제게 다가선 남자의 가슴에 손을 얹은 채 고개를 들어 그를 보고 있었다. 어떤 눈빛인지는 모자이크 때문에 당연히 보이지 않는다. 그저 실루엣만으로도 두 남녀 사이에 흐르는 긴장과 열띤 분위기는 충분히 감지할 수 있었다.

"아니, 이런 게 왜 찍힌 거야?"

누가 봐도 다경이 유현에게 들이대는 듯한 모습. 사실 여부와 관계없이 다경은 비난받아도 마땅한 여자로 보였다.

[더욱 충격적인 사실은 S양이 얼마 전 결혼한 유부녀임에도 불구하고, 평소 팬이었던 K군과의 영화 출연을 위해 부단히 노력해 왔다는 것이다. 촬영 중에도 K군을 대기실이나 세트장 내에서 따로 불러 사적인 시간을 갖는 모습이 자주 눈에 띄었다는 관계자의 말이 있었다.]

"얘가, 얘가……."

뒤로 호박씨를 깠나. 싫다 하면서도 사실은 뒤로 강유현을 꼬시고 있었던 거야?

제 딸이 그럴 리 없다는 사실을 정 여사는 전혀 알지도, 믿지도 못했다.

[충무로 최고의 기대작, 영화 '화인火印'은 이로 인해 제작을 완전히 중단한 상태며, 관계자는 최근 우장호 감독이 스트레스로 치료를 받고 요양하는 중이라 전했다. 이처럼 공과 사를 구분하지 못하는 여배우 S양의 미숙한 행동은 끝내 영화계의 큰 손실을 불러왔다.]

영화 이름과 감독까지 다 밝혀놓고 S양, K군 하는 게 웃기기까지 했다.

[심지어 S양은 자신의 앞으로 쌓인 부채마저 K군이 해결하게끔 종용하고, 같은 빌라에 살며 밀접한 관계를 이어왔다는 사실이 밝혀져 연예계의 큰 파장이 예상된다.]

이 기사대로라면, 다경은 연예계 퇴출을 당해도 할 말이 없다.

감히 강유현을 건드리네? 소다경 미쳤네? 지민우 불쌍해서 어떡해? 불여우 스킬 장난 아니네? 알고 보니 소다경 천하의 꽃뱀이었네?

입에 담을 수 없는 욕까지 곁들여 다경을 비난하는 댓글이 쇄도했다.

정 여사는 초조했다. 얼마 전 박 사장이 전화해서 앞으로 어쩔거냐 물었다. 그는 당연히 정 여사가 원래 계획대로 자신에게 와서 함께 살 거라고 믿는 눈치였다.

강유현이 준 돈으로 채무는 모두 변제했기에 사기로 몰릴 일은 없어졌지만, 그래도 채권자였던 이들은 박 사장과 정 여사에 대한 의심을 거두지 않은 상태다. 얼마 전에 누가 태국으로 여행을 갔다가 박 사장과 비슷한 사람을 본 것 같다고 했단다.

하지만 정 여사는 태연하게 한국에서 자리를 뭉개고 있으니 박 사장은 기약 없는 기다림에 애간장이 탈 지경이었다. 하기야 박 사장은 돈을 떼어먹고 도망간 사람이니 한국에 발도 붙이지 못하는 상황이다. 물론 그 돈이야 뒤로 **빼돌려** 정 여사에게 모두 가 있지만.

그쪽에서 하도 재촉을 해대길래 정 여사는 버럭 소리를 질렀었다.

"거참, 되게 귀찮게 하네! 돈 부쳐준 거 있으니 그걸로 일단 살고 있으라고 했잖아요! 뭐, 쥐꼬리만큼이라고 타박하는 거야? 어

차피 숨겨놓은 그 돈이 다 박 사장 것도 아니잖아요? 내 딸 덕에 받은 내 돈이지!"

그 후로 박 사장의 연락을 아예 받지 않았다. 매정하게 끊어버렸더니 속이 다 시원했다. 진작에 이럴 걸 싶었다.

그런데 다경이 이렇게 매장당한다면 이도 저도 안 될 텐데 이제 어쩐담. 평생 알짜배기인 줄 알았던 주식이 휴지조각으로 변해버릴지도 모르는, 허망한 상황이다.

하지만 하늘이 무너져도 솟아날 구멍은 분명 있다. 전화벨이 울렸고 강유현의 이름이 떴다.

"어머나!"

구세주가 손수 솟아날 구멍을 뚫어주었다. 차마 유현에게 연락해볼 수조차 없는 상황에 그가 먼저 전화를 하다니, 정 여사는 얼른 통화를 연결했다.

"강유현 씨!"

– 어머님. 기사, 혹시 보셨습니까?

"지금 봤어요. 봤어. 아유, 이게 무슨 일이야. 우리 다경이 어떡해요!"

나 이제 어떡해요, 그런 소리였다. 내 딸 망하면 나도 망하는 건데!

– 어머님, 걱정하지 마세요.

마치 이런 일이 생겨 다행이라는 듯이, 차라리 잘됐다는 듯이 유현은 지나치게 차분했다.

– 제가 다 책임지겠습니다.

"책임이라면 어떻게……?"

– 다경이의 일방적인 감정이 아니라, 저와 서로 좋아하는 사이라는 걸 밝힐 겁니다.

정 여사는 어안이 벙벙했다. 서로 좋아하는 사이라니. 아직 그건 아니지 않나?

유현을 부추겨 딸과 맺어지게 하려 했지만, 다경을 대해보니 정 여사도 알 수 있었다. 아직 다경은 유현을 이성으로 좋아하는 정도 까진 아니라는 걸.

유현이 착각을 하는 건지, 알면서도 저러는 건지 모르겠지만, 아무렴 어때. 하늘의 별처럼 대단한 존재, 강유현이 직접 나서겠다는데. 이참에 다경이를 제 것으로 도장 꽝꽝 찍을 모양인데, 정 여사로선 마다할 이유가 없다.

— 다경이의 결혼은 계약에 의한 거라 아무 의미 없다는 것도 밝히고. 저와 진심으로 사랑하고 있다는 사실을 대중에 호소하면, 우리를 이해해주는 사람들이 분명 있을 겁니다.

아, 그 키를 이제 여기서 이용하는구나!

이 난리통을 틈타 다경을 취할 생각을 하다니. 정 여사는 자신이 물어다 준 박씨, '비즈니스 결혼' 사실을 제대로 써먹을 날이 온 것이 뿌듯했다.

— 다경이 곱게 데려오겠습니다. 최대한 상처 입지 않도록.

이제 됐다, 다 됐어. 정 여사는 활짝 웃었다.

유현도 정 여사도, 자신들의 생각이 잘못됐다는 사실은 알지 못했다. 당사자 다경의 입장은 전혀 고려하지 않고, 본인들의 이익만을 위해 눈 귀 모두 닫고 달려가는 상황이 분명 정상은 아니었다. 그걸 판단할 제대로 된 머리가 있었다면, 여기까지 오지도 않았겠지.

나리호, 강유현, 정 여사. 셋은 지금 서로의 얼굴을 가린 채 허우적대며, 각자의 덫을 파는 중이었다. 그 덫에 누구의 발이 먼저 걸릴지도 모르고서 말이다.

"우와, 편집 너무 잘했다. 진짜 그럴듯한데요."

왕 대표가 커다란 PC 화면으로 영상을 반복 재생하는 사이, 뒤에 서 있던 다경이 순수하게 감탄했다.

민우가 고개를 끄덕였다.

"군더더기가 없어. 아주 깔끔해. 누가 봐도 소다경이 나쁜 여자야."

남 대표 역시 엄지를 치켜들었다.

"암, 편집을 하려면 이 정도는 해야지. 같은 소스를 가지고도 이렇게 뽑아낼 수 있는 능력자 많지 않아. 그분 스카우트하고 싶다, 정말. 연락처는 받아놨지?"

"석중 씨한테 얘기하면 된댔어. 안 그래도 나도 우리 회사 홍보 영상 부탁하고 싶었는데."

왕 대표와 남 대표가 주고받는 대화 사이에, 민우는 영상을 보며 새삼 "크흐." 하고 경탄의 소리를 흘렸다.

"어떻게 우리 소, 미모는 모자이크를 해도 가려지질 않냐. 어쩔 거야, 이 미친 미모. 화면을 뚫고 나오네."

"또 그래. 얘는 쑥스럽게 왜 자꾸 사실만을 말하고 그래."

다경이 민우의 팔을 툭 치며 배시시 웃었다.

온라인, 오프라인이 발칵 뒤집힌 상황이라곤 믿을 수 없을 정도로 여유가 흘러넘쳤다. 네 사람, 거기에 공 부장과 주아까지 모두가 그랬다. 예상하고 준비했던 일이니만큼 다들 차분했다.

"자, 그럼 찬찬히 정리해볼게요."

주아가 입을 열었다.

이곳은 더블유 엑터스의 대회의실로, 민우와 다경의 키스 스캔들이 일어났을 때 여섯 명이 처음 모인 장소이기도 했다. 지금 이곳에서 다경과 유현의 불륜 스캔들에 맞서 대응을 준비하게 됐다.

그때는 아주 추운 겨울이었고, 지금은 후덥지근한 여름이다. 계절의 변화만큼이나 많은 일이 있었고, 상황도 많이 달라져 있다.

"풀영상의 카피본은 여기, 그리고 다섯 군데 서버와 클라우드로 나눠서 백업 완료해두었습니다. 서 기자님이 전체 영상은 보지 못했고 제보받은 편집영상으로만 기사를 썼다는 사실까지 확인했고요. 추측성 기사 작성과 허위사실 적시 여부는 현재 법무팀에서 검토 중입니다. 또한, 서 기자님은 기사 배포에 앞서 더블유 측에 언질하긴 했으나, 이 과정에서 금품 요구가 동반되었기에 이 또한 법률적으로 위배 여부를 따지고 있습니다."

우습게도 기자는 특종으로 터트리기에 앞서 왕 대표에게 이 사실을 알리며 무리한 수준의 돈을 요구했다. 그 요구를 들어줄 필요는 없었다. 어차피 돌아가는 판을 이쪽에서도 다 알고 있는 상황인데 뭐 하러 애먼 돈을 쓰나.

그래서 거절했더니 기자는 대번에 기사를 써낸 것이다. 지금 그 기사의 조회수가 폭발하고 있으니, 허락해준 데스크도 무척이나 좋아하고 있을 터다.

공 부장이 입을 뗐다.

"나리호 씨 매니저는 어떻게 하고 계시지?"

"석중 씨는 사건이 정리될 때까지 고향에 내려가 있기로 했어요. 물론 문서는 미리 작성해둔 상태입니다. 조사가 시작되면 올라와 협조하기로 했고, 이후 유학 준비를 한다고 하는데 왕 대표님 의견대로 저희 쪽에서도 일부를 지원해주려 합니다. 아무래도 큰 도움을 준 부분이 있으니까요."

먼저 나선 건 왕 대표였다.

영화 '화인火印' 촬영 중단의 배경에 나리호와 나은기 부녀의 제작 개입이 있었다는 사실은 관계자들 사이에 쉬쉬하며 퍼져가던 중이었다. 이들 부녀가 다른 핑곗거리를 찾으리라 예상했다. 본인들 때문에 영화가 엎어졌다는 사실을 감추기 위해서 다른 희생양이 필요했을 터다.

나리호가 다경을 이용할 거라 생각했다. 어떤 방식인지는 몰라도, 대상이 다경인 건 확실하다고. 그러니 현지로서는 다경을 보호하기 위해 미리 나설 수밖에 없었다.

현지는 나리호가 다니는 뷰티숍에 잠복하듯 며칠이나 드나들었고 드디어 나리호가 나타난 날, 현지는 숍을 오가는 매니저 주변을 얼쩡거렸다. 나리호는 VIP룸 안에서 단장하느라 정신이 없을 때였다.

"혹시, ……더블유의 대표님 아니신가요?"

용케 나리호의 매니저가 먼저 현지를 알아보고 인사를 건넸다.

"저는 나리호 씨 매니저 이석중입니다."

할 말이 아주 많은 얼굴로 그가 명함을 내밀었다. 나리호의 매니저라면 결코 편한 자리만은 아니었으리라 생각했다. 어쩌면 매니저의 숨통을 아주 조금만 터줘도 나리호의 음흉한 진실에 한 발 더 가까이 다가갈 수 있지 않을까 했다.

"안 그래도 뵙고 드려야 할 말씀이 있는데, 소다경 씨 일로요. 언제 시간 좀 내주시면 감사하겠습니다. ……되도록 빨리요."

현지의 예상은 적중했지만, 이 정도로 정확하게 맞아떨어질 줄 몰랐다.

석중은 마치 고구마 줄기의 끝을 쥐고 있는 것처럼 캐도 캐도 끝이 없는 진실을 품고 있었다. 그 역시 고민했었단다.

따로 시간을 내어 만나자, 그는 조곤조곤 그간에 있었던 일들을 털어놓았다.

"사실 언론에 직접 터트릴 용기는 없었어요. 제가 제보해봤자, 기사화되기도 전에 기자들 통해서 리호가 먼저 알게 될 거고, 그러면 저는 위험해질 수도 있으니까요."

"그간 고생 많으셨네요."

"……그래서 그냥 그만두기만 하려고 했어요. 이 바닥 뒤도 안 돌아보고 떠나서 하고 싶었던 공부 하려고, 그렇게 그냥 조용히 관두고 떠나려고요. 그런데 이건 좀 심하잖아요."

매니저인 자신이나 다른 스태프들, 주변인들에게 함부로 대하는 건 더럽고 치사해도 참을 수 있었지만, 타인의 인생까지 짓밟아버리는 만행은 봐줄 수가 없었단다.

주 실장의 숍에서 일하는 수진을 시켜 다경의 피팅룸에 카메라를 설치하고, 또 그 영상을 편집해서 다경을 천하의 나쁜 여자로 만들어버리는 게 과연 사람이 할 짓인가.

석중은 영상을 편집하는 친구까지 데려와야 했기에, 일이 어떻게 돌아가는지, 나리호가 아무런 죄책감 없이 소다경을 궁지로 몰아가는 과정을 바로 옆에서 다 지켜보게 되었다.

끔찍했다. 예쁜 얼굴로 생글생글 웃으며 제 계획대로 잘되어간다고 좋아하는 나리호가 인간으로 보이지 않았다.

석중의 부탁을 받아 할 수 없이 이 일을 해야 했던 친구마저 힘들게 했다. 나리호의 요구대로 영상을 편집하는 동안 우락부락한 장정들이 주변에서 공포 분위기를 조성했다.

석중은 자괴감과 죄책감에 시달렸다.

"아빠, 이제 다 됐어. 소다경 때문에 영화 어그러진 걸로 나가면 이제 우리 이름은 거론될 리가 없다니까. 이게 엄청 큰 건이니까 당분간 진짜 시끄러울 거야. 유부녀가 남자를, 그것도 강유현 같은 톱스타를 꼬드겨 문제를 일으켰다니 아마 재기는 불가능할걸?"

나은기는 딸을 말리지도 않았다. 그저 본인들의 잘못을 덮을 수 있다는 사실만 중요하게 여겼다. 꿩이 제 머리를 감추고 숨어봤자 몸은 다 드러나 있다는 걸, 왜 모를까.

그래서 석중은 혼자 전전긍긍했고, 이 사실을 다경 쪽에 알려주고 싶단 마음이 굴뚝같았다.

"제가 미리 막지는 못하겠지만, 또 그럴 능력도 없지만, 그래도 귀띔이라도 해드리고 싶었어요. 대비는 할 수 있도록."

그가 낸 최소한의 용기였다. 그렇게 해야만 자신도 인간임을 잊지 않을 수 있을 것 같았다. 다만 어떻게 전해야 하나, 다경의 회사를 찾아가야 하나, 다경을 어떻게 만날 수 있나, 고민하던 차에 거짓말처럼 왕 대표와 마주친 것이다.

알고 보니 우연이 아니었다. 왕 대표도 이미 사건을 터질 것을 인지하고 자신의 곁을 맴돌았음을 알게 된 석중은 그녀를 믿고 처음부터 끝까지의 이야기와, 편집한 친구를 통해 확보해두었던 풀 영상까지 전부 전달해주었다.

공개된 편집영상에는 마치 다경이 유현을 유혹하는 것처럼 보였지만, 사실은 그렇지 않았다. 유현이 강압적으로 다경을 밀어붙이고, 그녀가 그런 유현을 뿌리치고 피하려는 모습도 다 담겨 있었다. 심지어 다경이 유현을 '고자킥'으로 걷어차고 빠져나가려다가 머리채가 잡히는 모습까지도 찍혀 있었다.

그러니 지금 다경을 비난하는 대중은 빙산의 일각만을 본 것이다. 진실은 아직 수면 아래 거대하게 숨겨져 있었다.

"이게 공개되면, 강유현은 어쩌나. 이런 식으로 밝혀지는 건 생각도 못 했을 텐데."

기혁의 말에 민우가 날카롭게 응수했다.

"어쩌긴. 자업자득이지."

씹어먹어도 시원치 않단 얼굴이었다.

결국 나리호가 강유현의 발목을 잡은 셈이 되었다. 일전에 유현
이 다경에게 몹쓸 짓을 하려 한 것도 증거가 없지 않냐며 비아냥거
리던 그쪽 대표가 떠올랐다. 그 대단한 증거를 나리호가 손수 정성
껏 확보해주었다.

심지어 이런 일이 있었다는 사실이 퍼지지 않도록 애를 쓴 것도
그쪽 대표가 아니었던가.

나리호와 강유현은 한 회사 소속이었기에, 발목을 잡은 쪽도 잡
힌 쪽도 모두 그 대표의 배우들이었다. 끼리끼리라는 말이 달리 있
을까.

"그럼 이제 이 영상이 고의적이고 의도적으로 편집된 거라고 밝
히고, 출처가 나리호라는 것도 밝히고, 그렇게 되면 강유현도 덩달
아 타격을 엄청 입긴 할 텐데 그야 본인이 한 행동이 있으니 어쩔
수 없는 노릇이고."

현지가 조금은 찝찝한 얼굴로 말하던 중이었다.

"잠깐만요……."

휴대전화를 들여다보던 다경이 입을 열었다.

"지금 강유현이 긴급 기자회견을 한다는데요?"

찝찝해할 필요가 전혀 없었다. 그는 나리호에게 제 운명을 맡기
지 않고, 스스로 나서서 나락으로 떨어질 준비를 하는 중이었다.

➤➤❖◄◄

[강유현, 소다경과 결혼을 약속한 사이]]

그의 긴급 기자회견 중 화면 하단에 떠오른 자막에 다경은 실소를 머금었다.

옆에 앉아 있던 민우가 벌떡 일어섰다.

"저 미친 새끼가 진짜!"

"워, 워. 지민우 진정해."

기혁이 말리지 않았더라면, 함께 보고 있던 데스크톱 모니터를 주먹으로 부숴버렸을지도 몰랐다.

포털사이트 영상 페이지에 실시간으로 송출되는 강유현의 기자회견 장면을 다 같이 보는 중이다.

"다경 씨는 지민우 씨와 좋은 동료 사이로서, 우연한 계기로 결혼생활을 하는 중이지만 실제 부부는 아닙니다. 두 사람이 오랜 친구 사이였기에 가능했던 연기였습니다. 물론 저도 이미 알고 있던 사실이고, 많은 분께 피치 못하게 실상과 다른 모습을 보여드리고 있었기에 죄송한 마음입니다. 이 기회에 모든 걸 제대로 바로잡고, 이제 제 아내가 될 소다경 씨의 기존 결혼계약을 종료시키려 합니다. 그러니 소다경 씨가 일방적으로 제게 감정이 있다는 건 사실이 아니고 저희는 서로 사랑하는 사이……."

제 눈으로 보고도 못 믿을 장면이었다. 폭탄을 아무렇지 않게 던지는 강유현은 제정신이 아니었다.

다경은 헛웃음을 흘렸다. 일말의 동정심까지 깡그리 사라졌다. 아마 그 영상의 풀버전이 다경 쪽에 있으리란 생각은 하지 못하나 보다. 그게 공개되면 지금의 발언들이 문제가 될 게 뻔한데도, 강유현은 한 치 앞을 내다보지 못했다.

"그래, 해라, 더 해라. 아주 끝을 봐야 정리를 하지."

그녀는 모니터 속의 강유현을 바라보며 이를 악물었다. 자신이 몇 번이고 죽음으로 끝맺게 되었던 삶 속에서 왜 그토록 그에게서 벗어나고 싶었는지 알 수 있었다.

그때의 자신은 저런 강유현을 감당할 수 없었다. 아무리 피하고 견디고 버텨도 막다른 골목에 갇힌 쥐 같았다. 불행의 굴레 속에서 울고 또 울었다.

하지만 지금은 다르다. 이제 그런 죽음은 겪지 않을 것이다. 사랑하고, 사랑받고, 따뜻한 품에서 위로하고, 위로받으며 그렇게 살 것이다. 존중하고 배려하며, 의지하고 보듬으며, 그렇게 살아갈 것이다.

웃고 울고, 때로 싸우고 투정하고, 다시 화해하고 안아주면서, 오색의 감정으로 물든 하루하루 감사히 살아가다가, 오랜 세월 끝에 아름답고 평온한 마지막을 맞이하고 싶었다.

죽어서 다행이다. 이제 끝이라 다행이다. 그런 마음 말고.

잘 살았다. 감사히 잘 살았다. 당신과 함께라서…… 참으로 행복한 삶이었다. 그런 마음으로 마지막을 겪고 싶었다. 아마도 그보다 더한 기쁨은 없으리라.

하지만 전 국민을 상대로 거짓을 늘어놓는 강유현은 여전히 다경에 대해 폭력을 휘두르고 있었다. 온당하지 않아 가여운 사랑이었다. 그리고 무섭고, 아픈 사랑이기도 했다.

"다경이의 어머니로서, 저 또한 진실을 전하려고 이렇게 나오게 됐어요."

또 놀라운 건 정 여사의 등장이었다.

"두 사람, 지금 뭐 하자는 거야?"

급기야 현지도 화가 나서 벌떡 일어섰다. 아무래도 강유현과 정
여사는 이인삼각에 출전한 선수들처럼 가운데 맞닿은 양 발목을
하나로 묶고 있는 것이 분명했다.

"이게 다경이와 민우의 계약서 사본입니다. 두 사람은 일 때문에
잠시 부부 행세를 한 것뿐이고, 다경이는 지금 옆에 있는 유현 씨
와 연애를 하는 중이에요. 어찌 보면 이게 대중을 기만하는 일이기
도 하니까, 더 늦기 전에라도 이렇게 진실을 알려야 한다고 생각했
어요."

정 여사는 조곤조곤 딸의 계약결혼 사실을 밝혔다. 아마 이렇게
하면 다경이 빠져나갈 구멍이 없을 거라 계산했겠지. 오직 강유현
에게 오는 것만이 이 일을 수습하고 헤쳐갈 유일한 방법이니, 순순
히 민우와 헤어지고 이쪽으로 올 수밖에 없을 거라고, 거짓으로 충
분히 그녀를 옭아맬 수 있으리라 생각했을 거다.

그게 얼마나 어리석은 행동인지, 왜 그들은 알지 못했을까.

나쁜 마음을 품고 상대를 무너뜨리려 하면 언제든 잘못된 판단
을 하게 된다. 무리수에 자충수는 그렇게 두게 되는 것이다.

"와아아, 대박."

나리호는 깔깔깔 웃었다. 잔잔한 수면에다 돌멩이 하나 살짝 던
졌을 뿐인데, 자신의 노력에 비해 훨씬 거대한 파도로 보답을 해주

었다.

일단 다경이 천하의 나쁜 년이 되었다. 영화 중단도 그쪽 핑계로 돌릴 수 있으니 아주 흡족했다. 거기에 강유현이 나서서 다경은 자신과 진짜 사랑하는 사이라고 주장을 하고, 다경의 어머니까지 등장했으니 그야말로 대박이었다.

소다경과 지민우가 대중을 속이고 비즈니스 결혼으로 활동했다는 것까지 밝혀지고, 불꽃이 펑펑 터지듯 대중 앞에 새로운 사실이 쏟아졌다.

"푸하하, 진짜 웃겨 죽겠네."

나리호는 차명으로 가입한 아이디를 여러 개 로그인, 로그아웃을 반복해가며 기사에 댓글을 달아댔다.

[소다경 미친 거 아님? 몸뚱이 하나 가지고 남자 여럿한테 팔아대는 거 꼴 보기 싫다. 이참에 좀 꺼져줬으면!]

[강유현이 아깝다. 소다경 같은 미친년한테 걸려들어서 어쩔? 지민우는 또 무슨 죄?]

이 정도는 양반 수준이다. 나리호는 손가락에 불이 붙은 듯 더한 욕을 찾아 키보드를 두드려댔다. 자신이 쓰는 욕은 실시간 댓글에 묻힐 정도로 악플이 어마어마했다. 다경이 이걸 보고도 정신이 온전할까 싶을 정도였다.

"그러게 얌전히 좀 살지 누가 나대래? 지 무덤 지가 판 거 이제 어쩔 거야. 푸훕."

강유현과 정 여사는 다경의 명예를 위해 나선 건 아니었을 거다. 강유현은 어떻게든 다경을 민우에게서 떼어내 제게로 오게 하려 했고, 다경의 어머니는 그로 인한 콩고물을 기대했겠지. 아무리 세상이 시끄러워져도 그게 두렵진 않았던 거다. 그저 자신들이 원하는 것만 손에 넣는 것이 목적일 터다.

"아아, 너무 재밌어."

까르르, 까르르. 손 하나 까딱했더니 제 뜻대로 굴러가는 세상이 재미있어 죽을 지경이다.

"다경이 언니 좋겠네. 강유현 같은 완벽한 남자한테 이렇게나 사랑을 받다니. 설마 굴러들어온 복을 제 발로 걷어차진 않겠지? 나한테 감사해야 할 거야. 아휴, 내가 해준 거라고 말도 못 하고, 아까워라."

만 하루도 되지 않아 S양 유혹 영상에 더불어 강유현이 직접 나선 기자회견까지 나오니, 가장 욕을 많이 먹는 사람은 여전히 다경이다. 유현의 기자회견 이후로 더했다.

민우와의 비즈니스 결혼도 욕할 거리요, 강유현의 사랑을 받는 것 또한 욕할 거리였다. 이래도 욕, 저래도 욕. 한마디로 강유현은 불난 집에 기름을 들이붓고 간 꼴이었다.

리호는 재미있을 수밖에 없었다. 애초에 이 어마어마한 스캔들 유포의 시초가 자신이라는 걸 아무도 모른다고 생각했기에 안전한 곳에서 제 손바닥에서 놀아나는 꼴들을 보는 게 즐겁기 그지없었다. 첫 기사를 작성한 서 기자조차 영상과 정보를 보낸 이가 나리호임을 모르고 있으니, 리호는 마치 전지전능한 신이라도 된 것처럼 손 하나 까딱하면 이뤄지는 일들을 만끽하는 중이다.

다경이 형편없이 몰락하는 꼴이 너무도 고소했다.

"왜 주제도 모르고 깔짝대선. 푸후훗."

리호는 일이 터지자마자 다경이 어떤 마음일지 궁금해 바로 전화를 걸었다. 그땐 그녀가 아직 기사를 확인하기 전이었기에 제대로 대화를 나누진 못했다. 아마 지금쯤은 놀라 쓰러질 지경이겠지?

리호는 다경의 반응이 너무 궁금해 다시 전화를 걸었다. 혹시 전화기를 꺼두었을지도 모른다고 생각했지만, 의외로 다경은 금방 받았다.

– 어, 리호야.

"아아, 언니. 어떡해. 좀 괜찮아? 언니가 너무 걱정돼서 나도 지금 아무 일도 못 하고 있어."

다경에 대한 악플 읽고 새로 악플을 다느라 재밌어서 아무 일도 못 하는 거지만.

– 걱정해줘서 고마워.

고맙단다. 멍청하기는.

"고맙긴. 언니 걱정 내가 안 하면 누가 하겠어. 힘든 거 나한테 꼭 얘기해. 내가 그리로 갈까? 이럴 때일수록 언니 기운 차리고 있어야 하는데. 내가 진짜 마음이 아파 죽겠어."

근심으로 반쪽이 된 실물을 구경하는 것도 꽤 재미있을 거다.

– 아니야. 너도 바쁠 텐데.

"괜찮아. 언니가 우선이지."

잠시 전화기 건너 침묵이 이어졌다. 뭐야, 울기라도 하는 거야? 그럼 더 재밌는데. 영상통화라도 할걸.

– 리호야.

하지만 목소리는 건조했다. 물기가 하나도 느껴지지 않는 걸 보니 울진 않은 모양이다.

"응, 언니. 얘기해."

– 너, 혹시.

"응."

– '자충수'가 뭔지 아니?

"응?"

리호의 얼굴에 거대한 물음표가 떠올랐다.

뜬금포 질문이다. '자충수'가 여기서 왜 나와? 그걸 나한테 왜 물어?

"……그게 뭐?"

몰라서 그런 건 아니다. 하지만 친절한 다경 씨는 기꺼이 사전적 의미를 읊어주었다.

— 국어사전 찾아보니까 '스스로 행한 행동이 결국에 가서는 자신에게 불리한 결과를 가져오게 됨을 비유적으로 이르는 말.'이라고 나오네.

리호가 당황해 물었다.

"아니 그러니까, 그게 왜."

— 네가 당할 거, 그 뜻은 알고 있어야지 싶어서.

심장이 쿵 떨어진다. 이 언니가 지금 뭐라는 거야?

＊>ː＜＜

나리호. 나리호 조작영상. 나리호 녹취파일.

강유현. 강유현 거짓말.

실시간 검색어가 단숨에 바뀌었다. 파란만장한 하루 끝에 화살은 나리호, 그리고 강유현에게로 향했다.

[저는 나리호 씨의 전 매니저입니다.]

포털사이트 게시판에 올라온 글이 빛보다 빠른 속도로 일파만파 퍼져나간 이후였다. 이게 언론의 힘을 빌지 않고도 가능했던 건,

현재 엄청난 화젯거리였기 때문이다.

[S양, 그러니까 배우 소다경 씨가 강유현 씨와 함께 찍힌 영상은 풀버전에서 극히 일부에 지나지 않습니다. 악의적으로 편집된 영상은 마치 소다경 씨가 강유현 씨를 유혹하는 것처럼 보이지만 이는 사실이 아닙니다.

전체 영상을 보면 오히려 소다경 씨는 강유현 씨에 의해 곤경에 처해 있고, 간신히 현장을 벗어났습니다. 남편 지민우 씨가 오지 않았더라면 소다경 씨가 어떤 일을 당했을지 알 수 없었습니다.]

첨부) 영상_fullver.avi

풀버전 영상이 글 사이에 삽입되어 있었다. 아마 강유현 쪽에서 알아차리고 차단시키기 전까지는 재생 버튼만 누르면 누구나 이 영상을 볼 수 있을 것이다.

편집영상에서는 '꽃뱀'이나 다름없이 보였던 다경은, 전체 영상을 보자 위험한 상황에 빠진 피해자였다. 더구나 유현의 가슴팍에 손을 얹고 바라보는 그 장면도 사실은 유현 스스로 그녀의 손을 잡아끌었던 것임을 알 수 있었고, 도망가려는 다경의 머리채를 휘어잡는 모습은 가히 충격적이었다.

이로 인해 강유현이 다경과 서로 사랑하는 사이라는 건 모두 새빨간 거짓말임을 만천하가 알게 되었다.

[이 영상이 어디에서 어떻게 찍혔는지, 그리고 이 영상이 어떤 경로로, 무슨 이유로 인해 고의로 편집된 상태로 기사화되었는지는 반드시 밝혀져야 할 부분입니다. 이에 나리호 씨의 전 매니저로서 저는 제가 알고 접한 사실만을 전하도록 하겠습니다.]

"뭐야……. 이게 대체 뭐야."

리호의 손이 부들부들 떨렸다. 내 전 매니저? 하나둘이 아닌데?

그런데 이 사건의 전말을 알고 있는 매니저는 오직 한 사람, 석중뿐이다. 그는 퇴사가 아니라 휴가 중이지 않은가. 영상 편집 건으로 애썼으니 기꺼이 휴가를 허락해줬는데, '현' 매니저인 석중이 누구 마음대로 '전' 매니저야? 그건 즉, 석중이 이제 더 이상 제 사람이 아니라는 뜻이다.

아래에는 영화 '화인火印'이 엎어지게 된 과정까지 상세히 적혀 있었다. 진짜 이유는 자신과 아버지 때문이다. 그토록 감추고 숨기고 싶었던 바로 그 이야기였다.

[이로 인해 '고의적으로' 소다경 씨의 불륜 스캔들을 내고자 하는 게 나리호 씨 스스로 밝힌 영상 조작의 이유였습니다. 영화 중단의 책임을 소다경 씨에게 뒤집어씌우기 위함이었습니다. 그리하여 나리호 씨는 소다경 씨와 강유현 씨의 부적절한 관계 때문에 영화 '화인火印'의 제작이 중단되었다는 허위사실을 직접 유포했습니다.]

첨부) 음성1_뒤집어씌워야.mp4

"소다경한테 제대로 뒤집어씌워야 아빠랑 내가 산다니까? 걱정하지 마. 그깟 영상 편집하고 조작하는 거야 일도 아니야. 나만 믿으라고."

"익명으로 제보하면 된다니까. 서 기자는 분명히 앞뒤 안 가리고 터트릴 거야. 내가 그 여자 한두 번 봐? 내가 그 전에 귀띔해놓은 얘기들도 있고 하니, 이 영상만 가지고도 아주 소설을 써서 낼걸.

그럼 한바탕 뒤집어지는 건 시간문제지."

언제 녹음했는지도 모를 말들이 툭 튀어나왔다. 그뿐만이 아니다. 마치 '증거'로만 승부하겠다는 듯, 사실을 밝힌 글마다 꼬박꼬박 녹취파일이 덧붙여져 있었다.

첨부) 음성4_소다경은끝이야.mp4

아니다. 나리호가 끝이었다.

첨부) 음성11_휘둘리는사람이바보.mp4

아니, 휘두른 사람이 악마.

리호는 심장이 무너져 내리는 기분이었다. 대체 뭘 얼마나 녹음해온 거야!?

끝없이 이어진 녹취파일은 부정할 수 없이 전부 제 목소리였다. 심지어 석중에게 소리를 지르고 발길질을 하거나 병을 던지는 소리까지 알차게 담겨 있었다.

항상 묵묵히 일하는 그를 믿었다. 더구나 아버지 나은기가 늘 그에게 알아듣게 이야기, 또는 위협을 가해왔기에 이처럼 다른 생각을 품고 있을 줄 몰랐다.

허튼 생각을 하는 모습이 조금이라도 보였으면, 아예 이 바닥에 발을 못 붙이게 해주려고 했는데 그 발, 이제 자신이 붙이지 못하게 생겼다.

"아빠! 아빠, 왜 전화를 안 받아. 아아아, 어떡해! 나 어떡해!"

리호는 손톱을 물어뜯으며 휴대전화를 들고 서성였다. 나은기는 계속 전화를 받지 않았다.

글을 다 읽지도 못했는데 머리가 어질어질했다.

[대배우 나은기 씨, 그리고 촉망받는 배우 나리호 씨, 또한 만인에게 사랑받는 배우 강유현 씨까지. 이렇게 제 앞은 거대한 산들로 가로막혀 있었으나 이제는 용기를 내어 넘어보려 합니다.]

석중을 어떻게 해야 할까! 어떻게 보내버려야 할까. 이걸 다 어떻게 수습해야 할까!

때마침 나은기가 전화를 받았다. 아버지의 목소리를 듣자마자 리호는 울먹거렸다.

"아빠, 아빠아아아."

한숨 섞인 대답.

— 이 미친년. 너 때문에 나까지 망하게 생겼구나. 그러니 아빠가 늘 입조심해야 한다고 했는데…….

'우리 공주'에서 '미친년'이 된 나리호가 마지막 발악을 했다.

"아니야, 아니야. 아빠, 방법이 있어. 다 수가 있다니까! 그거 몰라? 신뢰도를 떨어뜨리려면 그 사람의 치부를 드러내거나 역으로 공격해서, 그래, 물타기야, 물타기. 그런 게 있다니까. 아, 내가 전부터 생각해둔 게 있었는데……."

— 너, 그 글 끝까지 안 읽었니?

식은땀이 주르르 흘렀다. 설마, 그 말까지 녹음했던 거야?

리호는 파르르 떨리는 손으로 노트북 화면 스크롤을 내렸다.

[만약의 경우, 나리호 씨는 저를 곤경에 빠뜨릴 수도 있다고 재차 말한 바 있습니다. 입을 막기 위해서였습니다. 저뿐 아니라 주

변인을 이용할 때마다 각기 다른 이유로 협박을 일삼아 자신의 뜻대로 따르게 했습니다. 누군가에게는 일자리를 무기로, 누군가에게는 가족의 신상을 무기로. 그리고 저에게는 다음 녹취파일의 내용대로 누명을 씌우겠다는 위협을 가했습니다.]

　첨부) 음성25_범죄자되기싫으면.mp4

　"노파심에 하는 말인데, 아, 오빠가 어디다 떠벌리고 다닐 스타일은 아니지만 혹시나 해서 하는 소리야. 나랑 일하려면 입 무거워야 하는 거 정도는 알지? 또 모르잖아. 내가 오빠한테 성추행을 당했다거나, 절도를 당했다거나, 뭐 그렇게 말할 수도 있는 거 아니겠어?"

　"……무슨 그런 소리를 해. 내가 그럴 리 없잖아."

　"아아, 누가 오빠가 진짜 그런대? 내 한마디로 그렇게 될 수도 있다는 거지. 그런 사람 말을 누가 들어주겠어? 사람은 항상 본인 주제를 잘 파악해야 해. 어쨌든 오빤 내 덕분에 월급 받고 살잖아. 그러니까 나한테 충성하고, 내 말 잘 들으라는 소리야. 범죄자 되기 싫으면."

　"아아아아아아악!"

　리호는 그만 제 귀를 막으며 주저앉아버렸다.

　끝장, 나버렸다.

　"나리호가?"

　"엄청 착하게 생긴 배우 아니야? 애교도 많고?"

"헐, 나리호가 그랬다니, 안 믿긴다. 말도 안 돼."

대중은 귀엽고 사랑스러운 이미지의 배우 나리호가 실은 악마와 다름없었다니 혼란에 빠졌다. 하지만 믿지 않을 수 없었다. 증거가 너무 많다. 이야기가 끝없이 터져 나왔다.

포털사이트에 올라온 나리호 매니저의 폭로를 시발점으로, 기자들까지 앞다투어 그녀에 대한 기사를 쏟아냈다. 지금까지 어떻게 참았나 싶을 정도로 폭발적이었다.

[막말에 고성, 누명 씌우기에 협박까지! 호감 배우 나리호의 반전 실체!]

[깜찍한 배우 나리호가 사실은 끔찍한 인성의 소유자?]

[나리호 막말 녹취 또 공개, "우리 아빠 누군지 몰라?" "XX, 별것도 아닌 게! 아, 짜증나!"]

["내 말 안 들어봤자 너만 손해" 나리호의 겁 없는 질주, 그리고 몰락]

심지어 인터뷰 중간에 녹음했던 걸 풀어버린 기자도 있었다. 안하무인인 나리호 때문에 '하도 빡쳐서' 쉬는 시간에도 녹음 상태로 두었단다. 다른 연예인들과의 관계를 생각하면 공개가 쉽지는 않았을 텐데, 오죽하면 그랬을까 싶다.

그동안 기자들이 결코 나리호와 나은기 부녀를 좋아해서 협조적이었던 건 아니란 방증이다. 할 수 없이 숨죽였던 것뿐, 이제 끈 떨어진 연 신세가 된 그들 부녀를 알아서 옹호해줄 이유가 없다.

지금까지는 얻는 게 있거나 혹은 무서운 게 있으니 감싸주었다. 그리고 이제 붙어 있어봐야 아무런 이득이 없으니 버린다. 이 바닥의 단순한 생리가 지금 나리호 부녀를 뒤흔들고 있었다.

[나은기, 딸 나리호를 위해 제작현장에 갑질했다? 새로운 폭로자들 등장]

['화인' 제작중단의 진실, 나은기와 나리호 부녀는 무슨 짓을 했나]

"한두 번이 아니었어요. 이 바닥에 아는 사람 다 아는 건데 늦게 터졌죠. 근데 이걸 누가 터트리냐가 문제잖아요. 불이익받고 퇴출당할 거 뻔한데, 무서워서 누구 하나 말이나 제대로 할 수 있었나요. 하도 그 부녀 권세가 대단들 하셔서."

"대본 고치기는 기본이고, 화면에 조명 혼자 독점하려고 별짓 다 했죠. 소품 던지는 건 예사, 마음에 안 드는 배역 갈아치우고, 감독님 협박도 하고."

"이건 사실 동료 배우들도 모르는 경우 많았어요. 겉으로는 착한 척 엄청 하거든요. 만만한 게 스태프들이죠. 저흰 무지하게 많이 당했어요."

"감독님들이나 스태프들이 진짜 지겹게 시달렸어요. 이런 일 다신 없었으면 좋겠어요."

"소름 끼쳐. 왜 엄한 사람한테 뒤집어씌운대요? 다른 사람은 몰라도 소다경 씨는 절대 아니에요. 사람이 얼마나 깍듯하고 바른데요. 스태프들한테도 잘 대해주고 엄청 착해요. 그런데 무슨, 소다경 씨 때문에 제작이 중단돼? 가짜 뉴스도 정도가 있지, 이거 진짜 악질이에요."

나리호에 대한 여론은 순식간에 안 좋아졌다.

갱생 불가. 빠져나올 구멍이 없었다. 온몸으로 쏟아지는 욕을 그냥 처맞기만 할 뿐, 그마저도 지금까지 그녀가 한 짓에 비하면 부드럽게 쓰다듬는 수준이었다.

사실 이 와중에 나리호의 아버지, 나은기는 곤경에 빠진 가운데
서도 어떻게 잘만 견디고 넘기면 될 거라 생각했다.

"조금만, 조금만 참으면 돼. 이것도 다 지나가."

지금까지 그런 경우를 많이 보아오지 않았던가. 대중은 죽일 것
처럼 욕을 해도 금세 잊고, 혹은 다른 대상이 나타나면 또 관심을
옮겨간다. 잊히고, 무뎌지고, 상관없어지면 스멀스멀 기어 나올
수 있다. 초췌한 모습으로 서서 눈물로 호소하면, 충분히 가능하
다.

믿을 만한 뒷배도 있다. 자신의 뒤를 든든히 봐주는 양순현 대표
가 있지 않은가. 그녀의 돈과 권력이라면 힘든 시간도 견디기 어렵
지 않을 거다.

[나은기—러츠 코퍼레이션 양순현 대표의 수상한 관계, '화인'의
우장호 감독이 밝힌다]

끝내 터질 게 터졌다. 우장호 감독이 기자를 불러 인터뷰를 한
것이다. 그는 참고 참았던 걸 쏟아냈다.

"현장만은 끝까지 지키고 싶었지만 제 능력이 미천해, 그렇게 되
고 말았습니다. 하지만 그들 사이에서 일종의 카르텔을 형성해, 입
맛에 맞춰 작품을 쥐락펴락하는 상황이……."

자본을 앞세워 제작 갑질을 서슴지 않는 이들의 고질적 병폐에
대하여, 결국 작품을 제대로 진행할 수 없는 환경에 대해 그는 세
차게 고발하였다.

"또한 나은기 씨의 경우, 러츠의 양 대표와의 오랜 친분을 이용
해 더욱 적극적으로 개입하기도 했습니다. 양 대표는 나은기 씨의

말이라면 무엇이든 다 들어주었고, 나은기 씨는 무리한 요구까지 거침없이 했죠. 그 힘이 제작현장에까지 미친 것입니다. 나은기 씨는 딸을 위해 한 일이라고 하지만, 진정 딸을 위했다면 부적절한 관계에 있는 사람 힘까지 빌려선 안 되는 거죠. 가정을 지키는 게 우선 아니겠습니까. 그게 아니라면 깨끗이 정리를 하든가."

사실 적시 명예훼손까지 감수하고서 터트린 폭로. 투자자인 양순현 대표와 나은기의 내연 관계까지 세상 밖으로 터져 나온 것이다.

이 또한 충격이었다. 바른 생활로 유명한 국민배우 나은기의 불륜이라니. 그것도 꽤 오랫동안 이어져왔다지 않나.

알음알음으로 퍼져나가던 '찌라시' 루머가 사실임이 밝혀졌다. 이에 나리호의 어머니, 그러니까 나은기의 진짜 아내는 눈물로 호소하며 인터뷰했다.

"그이는 아무리 사정해도 돌아봐주지 않았어요. 그게 벌써 수십 년입니다. 양 대표한테 가서 무릎을 꿇은 적도 있었어요. 그런데도 두 사람은 절 우습게만 여겼고요. 그이 이미지 때문에 이혼조차 해주지 않았어요. 딸은 절 투명인간 취급했죠. 저한텐 힘이 하나도 없으니까요. 지 아빠나 양 대표한테 자주 찾아가지, 저하고는 일절 말도 안 섞으려 했어요. 너무나 예뻤던 내 딸인데……. 내 딸까지 빼앗기다시피 하고, 저는 생명 잃은 인형처럼 지금껏 그렇게 살아왔습니다. 행복한 척하면서요."

사람들은 자극적인 뉴스, 나은기의 불륜에 큰 관심을 가졌다.

나은기가 승승장구했던 뒷배경에 양 대표라는 거물의 손길이 있었다는 것도 파헤쳐졌다. 그녀가 만들어준 왕국에서 좋은 이미지를 쌓아올리고, 돈과 힘으로 훌륭한 배역과 광고를 따내면서 '국민배우' 나은기가 탄생한 것이었다. 그리고 그걸 딸인 나리호에게까지 물려주려다 이 사달이 났다.

기어이 손절. 양 대표는 나은기를 내쳐버렸다.

"이만큼 했으면 많이 했어. 당신 딸까지 거둘 생각 없으니까, 이쯤에서 그만하지, 우리."

나은기는 다 늙어 그 잘난 딸 때문에 내연녀에게 버림받았다. 당연히 아내에게 돌아갈 수도 없다. 그러기엔 너무 멀리 와버렸다. 대중의 사랑과 관심이라고 남아 있을까. '국민배우' 나은기는 국민이 경멸하는 배우가 되어갔고, 나리호에 대한 폭로전은 일파만파 확대됐다.

"학교 다닐 때도 그랬어요. 자기 말 안 들으면 교묘하게 따 시키고, 걔한테 당한 애들 하나둘이 아니에요. 다 참고 있어서 그랬지, 언제 한번 터질 줄 알았다니까."

"맨날 자기 아빠 누군지 아냐고 입에 달고 살더니, 아직도 그러고 사네요. 인성 어디 안 간다니까."

"자기 좋아하는 남자애들 있음 이용해서 온갖 못된 짓 다 했어요. 진짜 사람 비참하게 하는 데 뭐 있어요, 걘."

학창시절 동창들까지 음성변조로 전화 인터뷰하여 매스컴을 탔다. 그뿐일까, 전 매니저들, 동네 사람들까지 적극적으로 인터뷰에 응했다. '나리호'에 대해 할 말이 많은 사람들이 어쩜 그리 많을까 싶을 정도였다.

차라리 욕만 먹으면 감사한 지경으로, 나리호에게 소환명령이 떨어졌다.

"나, 나를? 아니, 조, 조사까지 왜?"

리호는 당황했다. 갈 데까지 갔다고 생각했지만 그래도 경찰서 문턱까지 넘어야 한다고는 생각하지 않았다. 도의적인 책임을 물어 지탄받긴 해도 불법을 행한 적은 없…….

"아…… 불법촬영……."

는 게 아니었다.

"아니에요, 전 나, 나리호가 시키는 대로만 한 거예요. 어떤 게 찍혔는지도 몰랐어요, 전."

그건 사실이다. 나리호가 수진에게 억지로 촬영을 종용하고, 또 결과물을 약탈하듯 가져간 상황은 석중이 제출한 블랙박스 자료로 증명이 되었다. 밴 안에서 많은 대화가 오가고 많은 일이 있었기에, 석중이 별도로 녹음한 파일 말고도 블랙박스는 효자 노릇을 톡톡히 하는 중이다.

그렇다고 해도 피팅룸에서 촬영이 이루어졌고, 불법촬영물을 편집하는 데 가담했기에 수진과 석중, 그의 친구까지 모두 조사를 받게 되었다

이 과정에서 나리호의 협박을 받아 피치 못하게 요구에 따른 점, 다른 악의가 없었던 점, 피해자인 다경 측의 이해와 선처가 있는 점 등을 고려하여 이들은 훈방조치로 마무리되었다.

물론 주 실장과 숍 직원들도 조사가 불가피했다. 제 책임을 피하느라 서로의 탓을 하고 또 서로 고발하는 가운데 새로운 죄가 툭 튀어나오기도 했으니 그야말로 아수라장이 따로 없었다. 그리고 그 사건의 최종보스 나리호가 소환된 것이다.

성폭력특별법상 카메라등이용촬영죄가 그녀의 혐의였다. 이른 바 불법촬영 등으로 받는 혐의인데, 나리호는 자신이 이런 이유로 소환된 것이 억울하기만 했다.

"내가 무슨, 내가 뭐! 소다경 몸 뭐 볼 게 있다고 내가 왜! 난 그냥 강유현이랑 둘이 피팅룸에 잠깐이라도 같이 있으면 그거 이렇게 저렇게 편집해서 퍼뜨릴 생각밖에 안 했다구웃! 난 결백해!"

뜻밖의 자백이 튀어나왔다. 불법촬영 혐의는 억울하지만, 악마

의 편집과 허위사실 유포, 모욕, 협박은 전부 내가 한 게 맞다고요.

"물론 그것도 혐의 추가가 될 겁니다. 기다리세요."

경찰서 공기는 차갑고 살벌했다. 나리호가 지금까지 살면서 경험해보지 못했던 세계였다. 차라리 아버지가 양 대표와 지금까지 각별한 관계로 있다면 도움이라도 받을 수 있을 텐데, 그마저 불륜 스캔들로 사이가 멀어졌으니 요원한 바람이었다.

지금껏 누렸던 위세가 허망하게도, 도움을 줄 이 아무도 없었다.

"그리고 성폭법에 해당하는 거 맞습니다. 해당 장소는 나체로 옷을 갈아입는 탈의실 개념의 룸이었죠? 그래서 CCTV도 설치되지 않은 곳이었고요. 그런데 나리호 씨가 위력을 행사해 그곳에 몰래 초소형카메라를 설치했고, 결과 소다경 씨의 신체가 촬영되었습니다."

"아, 그러니까 그건 내 관심사가 아니라고요! 유포도 안 했잖아요! 편집할 때도 그건 뺐는데! 나도 그 정도 매너는 있다구요!"

"유포하지 않았어도 촬영했으니 죄가 됩니다."

석중이 대중에게 공개한 풀버전 영상은 강유현이 들어온 장면부터지만, 사실 진짜 의미의 '풀버전'은 소다경이 입고 온 옷을 벗고 드레스를 착장하는 모습까지 전부 담겨 있었다. 물론 속옷을 입고 있긴 했지만, 어쨌든 반나체 상태가 찍힌 것이다.

그저 은밀한 공간이니 강유현과 소다경 사이에 뭔가 이뤄질 것 같아서였는데, 단지 그 이유뿐이었는데 나리호의 계략이 제 발목을 잡았다.

"그리고 해당 영상의 편집과 유포가 이루어졌던 나은기 씨의 사무실과, 나리호 씨의 노트북, 휴대전화를 압수 수색한 결과."

발목은 한 번만 잡으면 섭섭하지.

"한 아이피에서 다중 아이디로 포털사이트에 접근한 내역이 발견되어, 포털사이트 업체에 협조를 구해 확인하였더니."

두 번, 세 번, 야무지게도 잡았다. 아주 끝내주게 잡았다.

"단시간에 수백 건의 악성 댓글을 작성한 정황이 포착되었습니다."

나리호의 눈에서 초점이 사라졌다.

"소다경 씨 측에서 현재 심한 악성 댓글 작성자에 대해 고소가 진행 중인 것으로 아는데요, 아무래도 그에 해당하지 않을까 합니다. 곧, 추가 소장을 받으시겠는데요."

가지가지 했다.

나리호는 고개를 푹 숙였다. 지금 살아 숨 쉬는 이곳이 지옥인가 싶었다. 물론 자신이 직접 만든 곳이었다.

→→※←←

그 와중에 다경은 정해진 스케줄을 소화해야 했다. 시상식 참석이 바로 그것이다. 제 개인적인 사정 때문에 펑크를 낼 수는 없었으니 말이다.

"와, 진짜 예쁘다. 너무 예뻐, 다경아."

주아가 감탄한 얼굴로 두 손을 모으고 다경을 바라보았다. 자신의 어여쁜 배우를 바라보는 주아의 눈에 사랑이 가득가득했다.

"잠깐 서봐. 사진 좀 찍자. 민우 보내주면 좋아할 거야."

뷰티숍에서 준비를 막 마친 참이다. 다경은 주 실장의 숍에서 입었던 것보다 제게 훨씬 더 잘 어울리는 드레스를 입고 있었다. 크림빛 드레스에 비즈가 빼곡하게 수놓여 별을 흩뿌려둔 듯 아름답고 우아했다.

"여신이네, 여신이야!"

"아, 언니 그만…….."

자신이 너무 호들갑이었나 싶어 주아가 입을 다물려는데, 인형처럼 예쁜 얼굴을 하고선 다경이 주책을 한 바가지 떨었다.

"팩폭 아파, 그만…….."

자기 예쁜 게 팩트란다. 새삼 정신이 번쩍 든 주아가 눈을 곱게 흘겼다.

"자기 이쁜 거 아는 이쁜 애가 세상에서 제일 싫어!"

다경이 배시시 웃음을 흘렸다. 농담이었다. 어쩐지 몸이 긴장되는 것 같아 마음이라도 부드럽게 풀어보려고.

"다경 씨, 파이팅이야."

"힘내세요!"

원장과 어시들은 준비를 끝내고 뷰티숍에서 출발하려는 다경을 힘차게 응원했다. 시상식 준비를 하는 내내 아무것도 묻지 않아준 사람들이었다. 궁금한 게 많을 텐데도, 묻고 싶은 게 많을 텐데도 입 밖으로 그 비슷한 말 한마디 내지 않았다.

비즈니스 결혼, 강유현의 거짓말과 스토킹, 나리호의 못된 짓, 엄마의 빚 문제까지도 연일 터져 나오는 사건들의 중심에는 다경이 있었다. 당사자인 다경의 마음이 어지러울까 차마 건드리지 못하고, 뷰티숍의 원장과 직원들은 그저 평소처럼 태연하게 굴었다. 덕분에 폭풍우가 세상을 흔들어대는 중에도 그녀는 평온한 시간을 보낼 수 있었다. 감사한 일이다.

"출발할까?"

주아가 밴의 시동을 걸며 활기차게 입을 뗐다.

"응!"

다경은 웃으며 대답했다. 아직 해결해야 할 일이 많다. 대부분의 사건에서 그녀는 피해자였지만, '비즈니스 결혼' 문제만큼은 달랐다. 그 사실이 수면 위로 올라온 만큼 대중을 속인 책임도 분명 져야만 했다. 이미 마음의 준비를 단단히 했고 굳게 각오한 일이다.

악인들은 제 잘못을 인정하지 않고 더 큰 잘못을 거듭하려 하지만, 평범한 일상을 살아가는 범인(凡人)은 그렇지 않다. 정면으로 바로 부딪쳐 인정하고 뉘우쳐 담대히 새로운 순간을 맞이하는 일, 그것만이 자신의 생을 온전히 살아가고 굳게 지키는 방법일 것이다.

다경은 민우와 함께, 그리고 자신이 사랑하는 사람들과 함께 그 책임의 무게를 감당할 준비가 되어 있다.

"응, 민우야."

그러니 두렵지 않았다.

"이제 거의 도착. 나 잘하고 갈게. 사진? 아, 언니가 벌써 보냈어? ……푸하, 그치, 끝내주지. 그러엄, 누구 마누란데. ……그래, 그래, 걱정하지 말고. 응, 끊어. 이따 봐."

시상식이 열리는 장소에 다다랐다. 관계자의 확인과 진행에 따라 밴이 순서에 의해 홀 앞으로 다가갔다.

수상을 하는 것도 아닌데, 그저 상을 전달해주는 역할에 불과한데 괜한 이슈로 부득이하게 시선을 끌지 않을까 조심스럽다. 게다가 항간의 일에 대해 추궁하는 이들이 있을까 그것도 부담스럽다.

그러나 주아가 부드럽게 달래주었다.

"너무 긴장하진 마. 잔칫날인데 너무 무례하게 파고드는 분들은 없을 거야. 일단 오늘은."

기자들도 오늘만큼은 참아줄 것이다. 조만간 정식으로 날을 마련할 것도 알아줄 테고.

"있다 해도, 곧 자리 마련한다고 전해둔 상황이니 넌 적당히 넘기면 돼."

"일단 오늘은?"

"그래, 일단 오늘은."

주아가 싱긋 웃었다.

"그러니까 잘 견디자."

"응, 언니. 문제없어."

최선을 다해 '오늘'을 살자.

밴의 문이 열렸다. 앞에서 기다리고 있던 경호직원들의 도움을 받아 다경은 사뿐히 차에서 내렸다.

레드카펫이다. 높다란 힐을 가뿐히 내디며 붉은 카펫을 밟는데, 어쩐지 가슴이 뭉클해졌다.

내게 이런 기회가 다시 주어지지 않을 수도 있겠지. 그래도 괜찮아. 주인공으로서 서지 않은 오늘이, 이대로 마지막이라고 해도 내 삶에선 언제나 내가 주인공이니까. 앞으로 민우와 같이 내가 밟는 그 모든 길이, 아름다운 레드카펫일 테니.

괜찮아. 마지막이어도.

팡팡! 팡! 찰칵! 찰칵찰칵!

하얀 섬광이 부서졌다.

다경은 긴 머리를 쓸어올리며 고개를 들었다. 기다리고 있던 갤러리들 사이에 탄성이 터져 나왔다.

"언니! 예뻐요!"

"꺄아아악! 소다경!"

"여신이야! 너무 예쁘다!"

"힘내요! 힘내요!"

한 발 한 발 내딛던 다경이 소리가 나는 쪽을 돌아보았다. 플래시가 사정없이 터졌다.

복사꽃처럼 화사한 미소가 그녀의 얼굴에 가득히 퍼졌다. 다경은 다시 걸음을 내디뎠다. 천천히 숨을 고르며 웃고, 여유롭게 손을 흔들었다.

꽃이 만개하듯 당차고 아름다운 순간이었다.

반면에, 나리호는 대중 앞에 원치 않는 모습으로 서야만 했다.

영장실질심사에 출석하고 나오는 길, 심사 후 구속 여부가 결정되기까지 구치소에서 대기하기 위해 마스크로 입을 가리고 두 손이 포승줄로 묶인 채 끌려 나왔다.

온갖 혐의가 다 추가되었다. 그녀는 사람들 사이를 벌레처럼 파고든 존재나 다름없었다. 눈치채지 못한 사이에 속을 갉아먹으며 피해를 주는 존재들. 아픔을 주고도 나 몰라라 뻔뻔함으로 일관하는 족속들. 그들을 대표하며 나리호가 법원을 나섰다.

그녀는 분을 참지 못하는 듯 그 와중에도 턱을 들어 모자 아래 싸늘한 눈빛으로 정면을 바라봤다. 쉼 없이 플래시를 터트리는 카메라는 익숙했으나, 여기가 법원 앞이라는 게 낯설었다.

화가 치민다. 내가 어쩌다 이딴 곳에…….

"야, 이 나쁜 년아!"

어디선가 날달걀이 날아들었다. 퍼억!

쏘아보는 나리호의 눈빛이 마음에 들지 않았던지, 누군가 준비해 온 달걀을 던진 것이다. 그것도 명중.

대중은 어리석지 않다. 대중은 악을 쉽게 잊지 않는다. 대중은 바로 우리 한 사람 한 사람으로, 각자의 기준에 따라 선악을 판단할 충분한 역량이 있다. 그리하여 하나의 소리는 곧 모두의 힘이 된다.

대중이 우매하길 바라는 건, 악인들의 바람일 뿐이었다.

나리호의 머리에 날아와 처참하게 부딪힌 달걀은 모자부터 그녀의 볼, 어깨로 진득하게 흘러내렸다. 달걀을 낳느라 고생한 닭의 노고에 죄송한 순간이다. 영양가 넘치는 달걀은 나리호에게 아깝기까지 했으니 말이다.

으앗, 하고 눈을 질끈 감았던 나리호는 이내 정신을 차리고 달걀이 날아온 방향을 쏘아보았다.

잔뜩 모인 기자와 카메라맨들, 그리고 그 주위를 둘러싼 사람들이 웅성거렸다. 그중 제게 날달걀을 던진 이가 누구인지 알 수가 있나.

속이 부글부글 끓어오른 나리호가 버럭 소리를 질렀다.

"야! 누구야! 나와! 너 내가 누군지 몰라!?"

양옆에서 자신의 팔을 붙들고 있는 이들의 몸이 흔들릴 정도로, 나리호는 성난 짐승처럼 허공에 발까지 차올렸다.

카메라 셔터 소리가 빨라졌다.

그날, 실시간으로 계란 맞은 나리호의 발길질이 온라인을 강타한 건 당연지사였다. '러블리'의 대명사에서, 전무후무한 악녀 캐릭터로 자리매김하는 순간이었다!

물론 같은 시간, 눈부신 자태로 레드카펫 위를 걷고 있는 다경과는 비할 수 없이 처참한 광경이기도 했다.

→>※<←

나리호 부녀 말고도 곤경에 빠진 이가 또 있었다. 강유현, 그리고 정 여사가 바로 그 당사자들이다.

서로가 서로의 악행에 영향을 주었다. 그리고 그것이 드러나는데 서로의 역할이 또한 중요했다. 그야말로 환상적인 팀플레이, 아니, 팀킬이다. 나리호에게 목덜미가 잡힌 강유현부터 따져보자면,

그 죄질이 심각한 수준이었다.

"세상에 믿을 사람 아무도 없네. 강유현 대박이다, 진짜."

"헐, 진짜 소다경 어떻게 해보려고 했나 봐."

"좋아해도 곱게 좋아해야지, 사람이 어쩜 그럴 수가 있냐. 무섭다, 정말."

수많은 사람이 강유현에 대한 실망을 드러냈다.

"그것도 사실 아니라며. 소다경이 자기 빚 강유현한테 갚으라고 한 거."

"그거 강유현이 억지로 대신 갚아준 거라고 나오더라. 소다경이랑 지민우가 계속 돈 돌려주려고 해도 끝까지 안 받는다고 해서 중간에 변호사까지 끼고 변제했대."

"돈으로 인질 잡은 거구먼."

"소다경네 신혼집 빌라에도 강유현이 나중에 들어간 거라대. 그 공인중개사가 인터뷰했잖아. 소다경이 강유현 따라서 온 거 아니라고. 그 반대라고."

"아, 나리호 역시 무섭네. 사실이랑 교묘히 섞어서 헛소문 퍼뜨리고."

"그러니 진짜 소다경이 그 욕을 다 먹었던 거 아냐. 진짜 강유현 꼬신 줄 알고."

연기로써 웃음과 기쁨, 아픔과 슬픔까지 안겨주었던 명배우를 잃게 되었음에 안타까워한 이도 많았다. 그렇지만 사생활은 사생활이라며 논외로 치기에, 이 건은 너무 컸다.

"이제 강유현 연기하는 건 못 보겠지? 지난번 영화는 진짜 좋았는데, 좀 아깝다."

"소름 끼쳐서 어떻게 봐. 어휴, 나는 못 본다."

"나도 못 봐. 볼 때마다 소다경 머리채 잡은 거 생각날 것 같아."

그야말로 '범죄'였기 때문이다.

"그러니까 내가, 고소하지 않아도 처벌이 이뤄진다는 거야?"

"응, 그렇지."

다경의 물음에 민우가 고개를 끄덕여 수긍했다. 연일 터지는 뉴스로 정신이 없는 요즘, 두 사람은 호텔생활 중이다. 도저히 강유현이 사는 빌라 아랫집에서 일상을 이어갈 수 없어 두 사람은 새로운 집의 계약을 마무리하고 이사할 때까지 당분간 호텔에서 지내기로 했다.

창가의 테이블에 마주 앉아 룸서비스로 주문한 전복 미역국으로 아침을 먹으며, 민우가 대답을 이었다.

"이게, 성범죄는 피해자가 직접 고소하지 않더라도 다른 사람이 신고하거나 수사기관이 직접 인지할 경우 사건을 진행할 수 있다는 거지."

친고죄에 해당하지 않는다고 했다.

"지금은 네가 신고하지 않았어도 강유현이 그런 미친 짓 한 거 온 세상이 알게 됐으니 어쩌겠어. 이게 다 전지전능하신 나리호 덕분이지."

뚜렷한 증거가 만천하에 공개되었다. 강유현은 억지로 다경의 신체에 접촉하고 키스하려 했으며, 겨우 벗어나려는 그녀를 우악스럽게 붙잡았다. 다경이 무릎을 들어 그의 급소를 공격한 것만으로도 '거부하려 한 의사'를 충분히 읽을 수 있었기에 강유현은 말 그대로 강제추행 혐의였다.

미수이긴 하지만, 미수범도 무겁게 처벌하는 것이 요즘 시류다. 더불어 만인 앞에서 '다경과 서로 사랑하는 사이'라고 기자회견을 벌인 건 강유현의 크나큰 실수였다. 그의 마음이 정상의 범주가 아님을 증명한 일이기 때문이다.

"그러게 미친 짓은 집에서만 아무도 모르게 해야지, 밖에서 티 내고 다니면 큰일 나는 건데."

쯧. 민우가 혀를 찼다.

그게 진짜인 줄 알았던 사람도 다수였단다. 어찌나 절절한 눈빛 으로 '우리 서로 사랑해요.'를 외쳤던지, 다들 홀딱 넘어가고 말았 단다.

연기력을 그런 데다 써먹다니. 제대로 재능 낭비였다. 그러니 오 히려 강유현에게 속은 데 괘씸죄까지 추가된 것이다.

"어우, 나까지 헷갈릴 뻔했다니까."

민우가 덧붙이는 말에 다경은 풋, 웃었다.

농담도 진짜 재미없게 한다. 헷갈리긴 개뿔. 강유현이 기자회견 을 하는 모습을 보며 그 무시무시한 주먹을 쥐었다 폈다 한 게 누 군데. 강유현 얼굴 상처가 낫자마자 다시 산산조각이 나는 줄 알았 다.

옆에서 그런 개소리를 했다가는 곧바로 얼굴이 갈가리 찢겨나갔 을 것이다.

"배우는 얼굴이 생명인데. 그 생명, 오늘로 끝이다. 이 새끼야."

민우가 친절히 설명해준 그의 미래는 적중했다.

얼굴을 다쳐서가 아니다. 강유현은 스스로 배우인생을 끊어놓 았다. 비뚤어진 사랑, 잘못된 그 마음을 온 세상에 대고 알린 셈이 되었다.

사람들은 강유현의 얼굴을 스크린을 통해 보고 싶은 마음이 없 어졌다. 불편했고, 씁쓸했다. 작품에 몰입할 수 없는 중대한 결함 이, 그의 얼굴에 생긴 것이다. 스스로, 얼굴에 날카롭게 새긴 낙인 이었다.

그리고 '화인火印'. 중단된 영화가 그의 운명이 되고 말았다.

"가질 수 없다면, 부수면 되지."

그만 자기 자신이 부수어진 채로.

"……생각해보면, 나리호가 그 영상 찍지 않았더라면 더 오래 걸렸을지도 모르겠어."

다경이 천천히 말했고, 민우도 긍정하며 끄덕거렸다.

"맞아. 아마 강유현은 점점 더 미쳐 돌았을 거고, 더 위험한 상황이 발생했을지도 모르지. 강유현을 떨쳐내기까지, 네 말대로 더 오래 걸렸을 수도 있어."

"응……."

상상하는 것만으로도 끔찍하다. 더 위험한 상황이라니. ……하긴. 아홉 번이나 죽음에 이르기도 했었는데.

"나리호한테 고마워해야 하는 건가?"

"감사의 의미로 사식 좀 빵빵하게 넣어줘라. 걘 뭘 좋아하나."

어쩌면 지난 아홉 번의 이십 대와 다를 것 없이, 이번에도 불행한 결말이 기다리고 있었는지도 모르겠다. 하지만 운명의 방향은 이미 틀어지지 않았던가. 민우와 다경이 결혼한 때부터 모든 건 달라졌다. 기억하는 이전 삶과 모든 것이 달랐다. 심지어 서로 아낌없이 사랑하는 순간마저 그랬다.

그러니 다행이다. 다행이고, 또 다행이다. 이렇게 마주 앉아 아침식사를 함께하는 현실이 소중하고 감사하게 느껴졌다.

그리고.

"생일 축하해."

민우가 웃음과 함께 다정한 목소리로 건넨 인사.

오늘은 다경의 생일이다.

현재 나리호와 강유현은 앞다투어 빠르게 몰락하는 중이다. 서로 경쟁이 아주 치열했다. 더구나 나리호는 시시때때로 많은 이에게 협박했듯, 이제 본인이 이 바닥에 발을 못 붙이게 될 지경에 이르렀다. 스스로 뿌린 씨앗, 스스로 잘 거두며 풍작의 계절을 맞이한 것이다. 기특하게도, 결자해지의 달인이었다.

이런 난리통에 한 가지 희미해진 사실이 있었다. '지민우와 소다경의 비즈니스 결혼'. 만약 단독으로 터졌다면, 어쩌면 대중에게 비난을 받았을지 모르는 일이다.

"그걸 누가 이해하겠어. 여기선 멀쩡한 커플 보고도 혹시 쇼윈도 아니냐고 의심하는 마당에."

민우와 다경이 투숙 중인 호텔방에서 기혁이 케이크 박스에서 커다란 크림 케이크를 꺼내며 말했다. 다경의 생일 케이크였다. "여기 거, 진짜 맛있어." 덧붙이면서.

겉으로는 깨끗하리만치 흰 생크림 케이크지만, 속 안은 층층이 과일 필링으로 가득 차 있다. 입덧이 짧고 굵게 지나가 이제는 왕성한 식욕을 자랑하는 현지가 케이크를 보며 침을 삼키고, 초를 하나씩 정성껏 꽂으며 입을 뗐다.

"너희가 이젠 서로 사랑하고 진짜 부부라는, 그 해명이 통한다는 확신이 없지. 그걸 당장 누가 믿겠어."

"맞아요. 아무도 안 믿죠. 증명할 방법은 또 어딨겠어요. 안 믿는 사람들은 뭘 해도 안 믿을 텐데."

주아가 맞장구쳤고, 공 부장이 한마디 보탰다.

"애초에 그 위험부담은 안고 시작한 거나 마찬가지죠, 사실."

결국 그들은 '가짜 결혼'을 통해 '건강하고 아름다운 부부'라는 이미지를 얻어, 이른바 대박을 쳤으니 말이다.

그야말로 비즈니스였고, 연예인으로서는 최고의 순간이었다.

주목과 관심, 사랑을 받았고, 많은 광고를 찍으며 트렌드를 대표했고, 수익까지 엄청나게 창출했었다.

그게 모두 '가짜'에서 비롯되었다니, 애정을 준 대중은 분명 배신감을 느낄 터였다.

"각오했었죠."

그럴 수 있다고 생각했다. 그래서 몇 번이나 마음을 다져 먹었었다.

다경은 비난을 받다가 외면당할 수도 있다고 생각했다. 어쩌다 보니 휩쓸려 여기까지 왔다 한들, 얻은 이익이 워낙 크다 보니 쉽게 이해해주진 않을 거였다. 그러니 지금 이 자리를 내놓게 되어도 할 말이 없다. 아니, 전보다 훨씬 더 힘든 자리로 내려간다 해도 감수해야만 했다.

그래도 견딜 수 있는 건, 이제는 제 곁에 민우가 있다는 사실이다. 그건 무엇보다 큰 재산이고, 따질 수 없는 행복이다.

주인공은 맡지 않아도 좋았다. 거액의 모델료를 받고 광고를 찍지 않아도 괜찮다. 아주 작은 단역이라도 현장에서 제 몫을 이어갈 수만 있다면, 연기에 대한 욕심은 그것만으로도 충분할 거였다.

"이렇게 시끄러워지고 나면, 더 이상 우리가 제어할 수 없다는 것도 알고는 있었고."

그런데, ……그런데 말입니다.

"다 각오했었는데…… 왜 이렇게 관심을 안 가져주지……?"

사람들이 이 건엔 영 관심들이 없는 것이다. 아무리 봐도, 두 사람의 비즈니스 결혼에 대해 꼬투리를 잡는 이들이 별로 없었다.

그러기엔 나리호와 나은기 부녀의 반전 실체가 너무 컸다. 강유현의 성추행 미수 건이 너무도 대단했다. 그들의 범죄가 양파 껍질 까듯 하나하나 드러났고 여기에 모든 관심이 집중되어 있었다. 하루 반나절이라도 뉴스를 안 보면 사건의 진행을 놓칠 정도였으니, 그야말로 폭풍전개였다.

시상식에 참석했던 날은 온몸에 힘이 들어갈 정도로 얼어붙었는데. ……괜히 했다, 긴장.

"이슈는 이슈로 묻는다더니. 우리는 이슈가 되기도 전에 묻혔네. 화제성 하면 우리였는데."

민우가 어쩐지 분한 음성으로 말했고, 다경이 그의 머리를 쓰담쓰담해주었다.

"아서라, 우리 친구 별 쓸데없는 데 승부욕 부리는 거 아니죠. 그러면 안 되죠."

민우가 큰 초 두 개와 아홉 개의 작은 초에 불을 붙였고 다들 진지한 얼굴로 고깔모자를 나누어 썼다.

호텔방에서 벌이는 단출한 생일파티다. 사람들 눈에 띄는 밖에서 이럴 수는 없으니까 민우와 다경이 묵는 방으로 이들이 찾아온 것이다.

다만 그리 규모가 크지 않은 방에 여섯 명의 성인이 복닥거리며 붙어 있으니 정신없고 참 좋다. 앞날이 어찌 될지도 모르는데 호화스러운 스위트룸을 잡아 장기투숙을 할 순 없었으니 이 정도로도 감지덕지인 생일이었다.

"생일 축하합니다. 생일 축하합니다. 사랑하는 다경이 생일 축하합니다!"

짝짝 손뼉을 치며 다들 노래를 불렀고, 다경은 행복한 얼굴로 웃었다. 잠시 눈 감고 두 손을 모아 소원을 비는 그 모습이 예뻐서, 민우는 물끄러미 바라보았다.

지나간 첫 번째 삶, 너의 생일마다 나는 참 멀리 있었겠구나. 그리고 돌고 돌아 오늘에 이른 지금, 이렇게 나는 네 곁에 있고.

이게 운명이 아니면 무얼까.

너를 사랑하는 내 마음이, 네가 아니면 죽을 것처럼 힘들고 아픈 내 마음이, 그리하여 너와 내가 서로를 바라보는 이 시선이, 맞닿은 마음이, 간절한 바람이, 우리가 만든 운명이 아니면 대체 무엇이겠어.

다경이 가만히 눈을 떴다. 힘껏 후우우, 불어 촛불을 껐다. 소원은 비밀.

"와, 맛있겠다. 이제 케이크 자를게요."

"잠깐."

현지가 손을 들어 제지했다. 기혁, 주아, 공 부장과 서로 눈빛을 나누더니 이내 다시 입을 열었다.

"선물이 있어."

"아, 선물. 주세요. 받을 준비 됐습니다!"

크고 아름답고 부담스러운 것도 좋고요, 작고 반짝거리는 것도 좋고, 물론 마음만 주시는 것도, 좋아요. 다 좋아요!

방긋방긋 웃는 다경에게 현지가 말했다.

"뭐, 너희 가짜 결혼에 대중은 관심이 없다지만, 그게 영원히 없다고 볼 수도 없는 거잖아. '아직' 없는 거지, '아예' 없는 건 아니니까."

선물이라더니, 어쩐지 불안한 서두다.

"그걸 미리 반영하는지 너희 계약한 광고들 줄줄이 취소되고 있어. 다행히 손해배상 청구나 위약금 소송까지 가는 건 없지만. 아무래도 다경이가 너무나 확실하게 피해자 롤이라서 그렇겠지. 나리호한테 당했다는 점이 크니 비즈니스 결혼도 '기만'의 이미지보다는 '뭐, 사정이 있었겠지.' 그렇게 보인다나 봐, 분석한 쪽에 따르면. 그래서 타격이 큰 건 아니니 취소 선에서 멈출 것 같아. 근데

이 정도는 우리도 예상했잖아. 이런 반응 가장 빠른 쪽이 또 광고
계이기도 하고."

아아, 욕을 안 먹는다고 끝날 문제가 아니다.

두 사람이 서로 사랑하는 '부부'로서 이미지를 소비하는 광고니,
비즈니스 결혼 사실은 알게 모르게 매출에 지장을 줄 터. 아직 계
약기간이 남은 광고나, 새로 계약한 광고들의 경우 문제가 될 수
있는 거였다. 그나마 다행인 건 위약금을 물지 않아도 되는 것이랄
까. 그것도 업체 측의 많은 배려가 있어야 하는 거였다.

그런데 왜 이게 선물이냐고. 계약 취소 러쉬가. 어리둥절한 다경
과 민우를 보며, 이번엔 기혁이 말했다.

"그 와중에도 한 군데 업체에서는 모델 계약을 취소할 생각이 없
다고 했거든."

"네? 왜요?"

그게 오히려 더 이상하다. 진실은 별개로 하고, 가짜 결혼에 가
짜 부부인 게 드러난 마당에 거액이 오가는 광고시장에서 누가 그
런 위험부담을 안고 간단 말이야?

"너희를 믿는다고."

뭐야, 혹시 자선사업가야? 우리를 동정하는 건가?

"어딘데요?"

"이 케이크 만들어주신 분들. 아, 이제 오셨다네."

기혁이 휴대전화를 슬쩍 확인하고는 일어서서 문 쪽으로 걸어갔
다.

케이크 만들어준 분들? 우리가 베이커리 광고도 계약한 적이 있
었나?

기혁이 문을 열자, 한 쌍의 남녀가 서 있었다.

"언니, 생일 축하드려요!"

밝게 터지는 웃음을 보고, 다경이 놀라움과 반가움으로 벌떡 일어섰다.

"해수 씨!"

샤인어패럴 최혁준 대표, 그 옆에는 그의 아내이자 케이크 장인 신해수였다.

→>>%<←

"나는 다르지."

난 엄마니까.

정 여사는 파르르 떨리는 입술을 말아 물며 뉴스를 보고 있었다. 며칠 사이 혼잣말을 중얼거리는 게 습관이 되었다. 자신과 뜻을 같이했던 이들의 몰락을 보는 건 두렵고 무서운 일이라 매일 밤 꿈자리마저 뒤숭숭했다.

"그치만 난, 난 잘못한 게 없잖아? 쟤들이랑 나는 다르지, 다, 달라."

나리호가 잡혀갔다. 그리고 오늘은 강유현이 뉴스에 등장했다. 심지어 그는 휠체어를 타고 나타났다. 심신미약으로 저지른 일이라나 뭐라나, 말 같지도 않은 소리를 지껄이며 조사에 임하는 중인 모양이다. 저러다 수면제 한 움큼 먹고 쇼라도 하는 거 아닌지 몰라.

정 여사는 썩어빠진 동아줄인지도 모르고 붙잡은 자신을 탓했다.

"내가 미친년이지, 내가 미친년이야."

불똥이 튈까 두려웠다. 괜히 강유현에게 휘말려 기자회견에 얼굴까지 팔고.

정말 다 잘될 줄 알았다. 다경이 궁지에 몰려 강유현의 손을 잡는 방법밖에 없는 줄로만 여겼다. 그런데 나리호 고년이 그딴 영상을 몰래 찍은 걸 어떻게 알았겠는가. 거기에 강유현이 그 미친 짓을 해댔는지 그건 또 어떻게 알고.

"어휴, 진짜. 속 터져."

심지어 강유현의 집에서는 다경과 민우가 함께 찍힌 사진들이 갈기갈기 찢겨 있는 것이 발견되었단다. 한두 장도 아니고, 수십, 수백 장이.

얼마나 좋아했으면 그랬을까 싶어 안타깝다가도, 그래봐야 또라이밖에 더 되나 하고 고개가 절레절레 저어졌다.

사실 정 여사도 감은 있었다. 강유현이 정상이 아니라는 것쯤은. 그래도 모른 척하고 싶었던 거다. 무슨 일이 있겠나 싶어서. 그저 다경을 화려한 공주님으로 만들어줄 근사한 왕자님이고, 제겐 마르지 않는 돈 우물을 안겨줄 물주 사윗감이었을 뿐이다.

망했다, 망했어!

게다가 자신의 빚 얘기까지 얽혀서 사람들 입에 오르내리고 있으니 어떤 폭탄이 제 앞에 터질지 몰라 마냥 불안한 날들이다.

그때 초인종이 울렸다. 정 여사가 죄지은 사람처럼 화들짝 놀라 조심조심 비디오 인터폰에 다가가자, 그 화면에 낯익은 얼굴이 비쳤다.

"어……."

머뭇거리다가 현관 쪽으로 나아갔다. 알면서도 괜히 우아한 음성으로 물었다.

"누구시죠?"

금세 후회했다. 그냥 집에 없는 척할걸.

"사부인, 접니다."

민우의 어머니, 서태희 여사였다.

"아아, 지금 내가 몸이 안 좋아서……, 다음에…….."

"문 여시죠. 개수작하지 말고."

❖❖❖

현관문 너머는 조용했다. 방금 전까지만 해도 정 여사가 몸이 아프다며 핑계를 댔는데, 갑자기 쥐 죽은 듯 고요해진 것이다.

"엄마, 잠깐만."

옆에 있던 윤우가 서 여사를 살짝 밀곤 제가 나서보았다. 그는 주먹을 말아쥐고 쿵쿵 문을 두드렸다.

"얼른 여세요, 아줌마. 안에 계시면서."

"너는 가만히 있으라니까."

참다못해 나선 윤우를 서 여사가 밀었다. 윤우가 통 튕겨나간다. 건장한 이십 대 청년을 어깨 어택으로 가볍게 치워내는 전 국대 클라스.

"2 대 1로 공격하는 거 안 좋아. 본인 잘못한 건 생각도 못 하고 2 대 1 진영이 불리하다고만 여겨서, 피해자인 척하기 딱 좋다니까."

"아니, 엄마. 난 공격하러 따라온 거 아닌데."

"난 공격하러 온 건데."

닫힌 문을 앞에 두고 번득이는 서 여사 눈빛이 살벌하기만 하다. 공격수는 혼자로도 충분해 보였다.

"어련하셔. 그래서 나는 엄마가 너무 심하게 하면 말리려고 온 거야."

큰일 날까 봐. 우리 엄마 자제가 안 되실까 봐.

"그나마 아빠까지 온다는 걸 간신히 떼어놓고 왔잖아. 내 임무가 아주 막중해."

윤우는 슬쩍 서 여사의 손목을 잡았다. 이 살상무기가 함부로 휘둘러질까 걱정스럽다. 강유현의 기자회견에 정 여사가 등장한 이후로 서 여사가 이야기 좀 해야겠다며 별렀을 때부터 그 걱정은 이어졌었다.

하루 이틀 참아온 게 아니었으니까.

이윽고 현관문이 조심히 열렸다. 찾아온 손님이 끈기가 넘치는 인물이라는 걸, 숨어봤자 소용없단 걸 알았는지 문 사이로 정 여사가 모습을 드러냈다. 기죽고 싶진 않은지 그녀는 서 여사를 아래위로 훑어보며 쌀쌀맞게 입을 뗐다.

"연락도 없이 이게 무슨 경우예요? 불쑥 찾아오…….."

"하도 전화를 안 받으셔서."

서 여사는 팔짱을 끼고 바짝 다가선 채, 턱을 치켜들고 빤히 내려다봤다. 시선으로 압도한다. 일단 체급 차가 컸다. 키와 몸집으로 이미 절반은 먹고 들어가는 거다.

꽤 오랜 인연이지만 그녀와 가까이 마주할 일이 많지 않았던 정 여사는, 막상 이렇게 마주 서게 되자 주눅이 들어버렸다.

"……일단 들어오세요."

"그럼 실례 좀 하겠습니다."

작은아들까지 대동한 것이 마음에 안 드는 듯 정 여사는 윤우를 빤히 바라보았다. 이를 본 서 여사가 말했다.

"이건 병풍입니다. 아니, 아예 그냥 없는 존재라고 생각하세요."

뒤에 선 윤우가 고개를 끄덕거렸다.

"네, 전 그냥 공기입니다. 많은 비율의 질소와 산소, 그 밖에 아르곤, 이산화탄소, 수소, 뭐 그런 걸로 이루어져 있다고 보시면 돼요. 말 그대로 공기."

공기답게 있는 듯 없는 듯 있을 테니 신경 쓰지 마시고 말씀 나누시라며, 윤우는 정중한 얼굴로 웃어 보였다. 정 여사는 뭐라는 거야, 하는 표정으로 고개를 돌렸다. 어디서 말장난들이야. 누구 놀리러 왔나.

정 여사가 자리도 권하지 않고 멀뚱히 있자, 서 여사가 먼저 입을 열었다.

"좀, 앉아도 될까요?"

"아, 네, 그러시죠."

"마실 건 됐습니다. 피차 좋은 얼굴로 마주 앉을 사이는 아니니까요."

"어차피 드릴 것도 물밖에 없네요. 물이라도 괜찮으면 드릴 수야 있는데."

"그 물, 내오지 마세요."

서 여사의 눈빛이 차가웠다.

"당신 얼굴에 뿌리고 싶어질지도 모르니까."

정 여사가 발끈했다.

"아니, 사부인. 뭐가 그렇게 화가 나셨어요. 돈 떼어먹힌 것도 아니고."

"돈보다 더한 걸 떼어먹혔죠. 사람의 도리랄까, 예의랄까."

"대체 내가 뭘 잘못했다고 자꾸 그러는 거예요? 사부인이야말로 예의가 너무 없는 거 아니에요? 무슨 사돈지간에 이렇게 다짜고짜 찾아와 행패를 부려요?"

정 여사는 분한 눈으로 서 여사를 노려보았다. 시종일관 혼을 내는 그녀가 마음에 들지 않았다. 내가 왜 이런 소릴 듣고 있어야 해?

"여보세요, 정화숙 씨."

"……"

"사돈지간이라고 생각은 했어요? 우리 사이가?"

서 여사의 톡 쏘는 말투가 따가웠다. 얼음장처럼 시리기도 했다.

"아니, 그럼 우리가 사돈이 아니면 뭐예요?"

뻔뻔하게 대꾸하는 정 여사에게 그녀가 다시 물었다.

"제가 옆집 여자였던 건 알고요? 따님 친구의 엄마였다는 것도, 알아요?"

"다, 당연한 소리를 왜 자꾸……."

"그러니까 그쪽이 다경이 엄마라는 사실은 잊지 않은 거, 맞아요?"

정 여사는 화가 치밀었다.

"내가 다경이 엄마가 아니면 뭐겠어요? 그 애를 내 배로 품고 낳아서 키운 게 바로 나인데!"

"그런데 사람이 왜 그래?"

서 여사의 음성이 낮아졌다. 경멸의 색을 입어 무겁게 가라앉은 목소리였다.

"딸을 돈으로 보고, 딸 가지고 장사를 하고, 딸의 이용가치가 없으면 철저하게 내버리는 당신이, 사람이 맞긴 해?"

"아, 아니…… 무슨 말을 그렇게……."

이제껏 누구도 자신에게 이런 말을 한 적 없었다.

정 여사는 노골적인 비난에 말문이 막혔다. 내가 다경이 엄마인데. 어떻게 키우든, 어떻게 지내든, 누가 왜 참견을 하는 거야, 내가 엄마인데!

"낳았다고 다 부모가 아니라는 말, 당신 보니 알겠어. 자격도 없는 부모가 아이를 얼마나 불행하게 하는지도."

서 여사는 다경의 오랜 아픔을 모두 지켜보아 알고 있었다. 지켜보다 뿐일까. 다경을 안아 보듬고 사랑으로 채워준 이가 바로 서 여사였다.

　그래도 이제껏 정 여사를 탓한 적 없었다. 그건 제 영역이 아니라 생각했기 때문이다. 다만 자신이 할 수 있는 만큼 최선을 다해 다경을 챙겼다. 친모녀 사이에 함부로 끼어들 순 없으니 그 정도가 전부라 여겼다.

　하지만 끝끝내 다경을 이용하려는 정 여사를 본 순간, 그러니까 기자회견에서도 사그라지지 않던 탐욕의 그 눈빛을 본 순간 더 이상 그녀를 인간 대 인간으로 대우할 가치가 없다는 걸 깨달았다. 아니, 이미 알고 있었지만 이제 더는 참을 수 없게 된 것인지 모른다.

　"무, 무슨 얘긴지는 알겠는데요. 전부 다경이를 위해서 한 일들이에요. 하물며 엄마인 내가 다경이 잘못되게 하려고 했겠어요?"

　"……."

　"가, 강유현이 좀 지나쳤던 건 사실이지만, 그래도 다, 다경이를 진심으로 사랑하고……. 그래서 나는 그걸 좋게 봤던 것뿐이에요. 일부러 다경이를 강유현한테 찍어다 붙이려고 했던 게 아니라. 사, 사실 그렇잖아요. 민우랑 다경이는 진짜도 아니고……."

　"진짜도 아니고, 라……."

　"가짜로 결혼한 거 맞잖아요? '돈' 때문에."

　"진짜인지 가짜인지, 그걸 왜 모르시죠?"

　서 여사가 진심으로 의아한 음성으로 물었다. 질문이 아니긴 했다. 어쩜 모를 수 있나 한심하다는 투였다.

　두 아이가 어떻게 자라왔는지, 서로의 인생에 어떤 의미였는지 이 여자는 그걸 왜 모를까. 하나가 없으면 하나가 찾고, 곁에 있는 게 당연하기만 하던 두 아이를, 서로 죽고 못 사는 두 아이를, 귀찮아하면서도 서로를 챙겨줘야만 직성이 풀리던 두 아이를, 씨실과 날실이 엮이듯 삶이 하나로 엮여 있던 두 아이를 당신은 왜 몰랐을까.

"비즈니스 결혼……. 진짜 그 애들이 돈 때문에 그런 결혼을 감행했다고 생각했어요? 뭘 몰라도 한참 모르시네."

이렇게 얘기해줘도 끝까지 모르겠지만. 아니, 알아도 인정하지 않으려 하겠지만.

"다 됐고, 애들 인생에 끼어들지 마세요. 그 얘기 하러 온 겁니다, 난 이제 당신 낯짝, 다경 엄마랍시고 볼 일 없길 바라니까."

"사부인."

"더 이상 '사부인'이라고 서로 부를 일 없어요. 다경이도 이제 당신, 엄마로 생각 안 한다고 했죠."

절연했다는 이야기는 들었다.

얼마나 힘든 결정이었을까, 서 여사는 그 말을 듣는 것만으로도 마음이 아팠다. 핏줄을 끊어내며 다경이는 속으로 얼마나 울었을까.

"무슨 소리예요. 우리 다경이야 지금은 이런저런 복잡한 일 때문에 그럴지 몰라도 혈연이 어디 그리 매정하게 딱 쳐낼 수 있는 건가요? 결국 엄마 찾을 거고, 이러니저러니 해도 엄마가 최고라는 건 틀림없어요. 애들한텐 엄마가 최고니까."

"아니. 그건 당신 착각이고."

엄마도 엄마 나름이지.

"당신은 이제 엄마 자격 없어요."

모욕감을 느낀 정 여사가 벌떡 일어섰다.

"정말 너무하시네! 무슨 말을 그따위로 해요!"

소리를 버럭 지르며 항의하는 정 여사의 목에는 핏줄이 섰다.

"말이 나와 말인데, 옛날부터 그쪽 진짜 마음에 안 들었어. 애 빼돌려 밥해 먹이고 그러면서 정붙여서 거의 내 딸 뺏다시피 한 거 아니에요!"

안하무인으로 서 여사를 삿대질하기에 이르렀다.

"내가 조금 바빠서 소홀했던 건 있지만, 아무리 그래도 허구한 날 애보고 집에 오라고 해서 정신 쏙 홀려놓고 말이야. 당신도 오늘날 이렇게 다경이가 잘될 거 알고, 다 바라는 게 있어서 그런 거 잖아? 애가 아역일 때부터 드라마 챙겨 봤니 뭐니 해대면서. 그러니까 지금 우리 다경이가 자기 낳아준 엄마랑 동생은 나 몰라라 팽개치고 그쪽 가족을 더 챙기고 하는 거 아냐. 어릴 때부터 데려가 그렇게 키우다시피 했으니 이게 지금 유괴나 다름없지 뭐예요!"

"……뭐라고?"

"유괴범이라고, 당신!"

휘잉! 서 여사가 펼친 손바닥이 정 여사의 따귀를 내리칠 듯하다가 닿기 바로 직전에 딱 멈추었다.

시간이 멈춘 듯한 공간에서, 손에서 일어난 바람 소리만 세차게 몰아닥쳤다. 장풍을 쏜 것도 아닌데 마치 바람만으로도 벌써 한 대 맞은 것처럼 아찔했다. 눈을 질끈 감았던 정 여사가 살살 눈꺼풀을 올리며 침을 꼴깍 삼켰다. 엄청난 손바닥이 제 뺨 바로 옆까지 와 있었다.

"서, 설마, 이걸로 나 치려고?"

다경의 아픔. 우리의 분노. 그 모든 걸 내리누를 수밖에 없었다. 못 쳤다. 아니, 안 쳤다. 서 여사는 죽을힘을 다해, 간신히 직전에 멈추었다. 지금 자신의 눈앞에 있는 이와 똑같은 사람이 되기는 싫었다.

"그럼 큰일이죠. 아시다시피 내 손바닥은 살인무기나 다름없거든."

윤우조차 제 엄마를 말리지 못했을 것이다. 다경의 친모 정 여사는 바닥을 보여주고 있었으니까.

정 여사는 서 여사의 쫙 펼친 손바닥을 두려운 눈빛으로 곁눈질했다.

"진짜 치, 치기만 해봐, 지금 포, 폭행으로 내가 고소할 수도 있⋯⋯."

"그러니 어디 한마디만 더 해."

"⋯⋯."

"아주 죽여버릴 거니까."

고소는 저승에서 하게 될 거야.

세상 가장 무서운 것을 본 듯 정 여사의 입술, 손발까지 달달 떨렸다.

"그래도 당신한테 고마운 건 하나 있는데."

"⋯⋯."

"다경이 낳아준 거. 내 딸 다경이."

그 말에 정 여사는 진짜로 딸을 빼앗긴 양 발끈한 얼굴이었지만, 아무 소리도 하지 못했다. 서 여사가 정말로 자신을 죽여버릴까 봐. 진짜 그럴 것처럼 살벌한 눈빛은 당해낼 수 없었다. 20여 년을 벼르고 별렀던 서 여사의 분노가 농축된 시선이었다.

"오늘 같은 날, 손 더럽히고 싶진 않거든."

서 여사가 입술을 짓이기며 물었다.

"오늘이 무슨 날인지, 알아?"

마치 마지막 시험 문제를 받아 든 듯, 하지만 그 답을 전혀 모르겠다는 듯 정 여사의 동공이 크게 흔들렸다. 이건 되물어도 상관없겠지⋯⋯? 너무 뜬금없잖아. 오늘이 무슨 날이냐니.

"무, 무슨 날인데?"

그 질문에 서 여사의 입술 사이로 기가 찬 헛웃음이 흘러나왔다. 뒤에 선 윤우조차 질렸다는 얼굴이다.

"왜, 왜. 무슨 날인데 그래요…….."

나만 몰라. 왜 나만 몰라?

정 여사가 갑갑한 마음에 되물었지만, 쉽게 대답해주지 않겠다는 듯 서 여사는 입을 다물고 돌아섰다.

"가자."

윤우와 함께 현관으로 거침없이 나아가는데, 정 여사가 빽 소리를 질렀다.

"무슨 날인지 얘기는 해주고 가야지!"

나가려다 말고 서 여사가 고개를 돌렸다. 설마 진짜 모를 줄이야. 한심하단 얼굴로 한때 사부인이었던 여자를 바라보다가, 서 여사가 말했다.

"당신과 전혀 상관없는 날."

내 딸 생일.

당신이 고통을 이겨내며 내 딸을 낳았던 그날.

이제는 당신이 기억하지도 못하고, 이맘때려나 가늠조차 못 할 정도로, 당신과는 전혀 상관없는 날.

"기억했으면 정말 딸을 빼앗은 것 같아 조금 미안할 뻔했네."

사람답게 살길 바랐던 내가 바보였어.

"당신은, 쓰레기야."

이미 사람이 아니었는데.

쾅! 현관문을 닫았다. 이걸로 정 여사와의 인연은 완전히 끝이다.

하나, 그녀는 쉽게 뉘우치지 않을 것이다. 실수가 아닌 잘못으로 궁지에 몰린 이는 어떻게든 빠져나가려 더 큰 잘못을 저지르기도 한다.

서태희 여사는 현관문을 닫기 전 정 여사의 눈빛을 보고 알았다. 절벽 끝에 서 있는 저 여자는 스스로 발을 헛디뎌 떨어지고 말겠구나. 그리고 그 손을 잡아줄 사람은 아무도 없겠지.

그걸 모르니 반성을 모르고 여태 저러고 있는 것이다. 결국 스스로 판 그 무덤에 스스로 들어가야 끝이 나려나.

"다경이 보고 싶다."

차로 돌아와 조수석에 앉은 서 여사가 지친 목소리를 흘렸다.

윤우가 운전석에 올라 시동을 걸며 대꾸했다.

"형이랑 형수님 주말에 오기로 했잖아. 오늘은 회사분들이 호텔에 다녀가신다고 했고, 또 그게 아니더라도 둘이 생일 보내고 싶겠지. 시집 식구들이랑 함께가 아니라. 막 보고 싶다고 갑자기 오라 가라, 아니면 함부로 쳐들어가고 그런 거 전근대적 마인드야. 우리 엄마는 그런 시어머니 아니잖……."

"보고 싶다고, 그냥 보고 싶다고. 보고 싶단 말도 못 해? 보고 싶은데?"

서 여사는 울컥 서러워져 고장 난 라디오처럼 같은 말을 반복했다. 누가 간다고 했나. 누가 오라고 했나. 왜 말도 못 하게 하는 건지. 무늬만 사돈한테 온갖 소리를 다 쏟아내고 더한 것도 하고 싶었지만 겨우 참고 나오는 길인데, 이놈 내 새끼는 엄마 마음을 이렇게 몰라주나.

"아아, 난 또. 엄마가 형 있는 호텔 가보자고 하는 줄……."

"됐어. 아들 녀석 다 필요 없어. 아마 지민우 고것도 너랑 똑같이 얘기했을 거야."

엄마는 단단히 삐쳤다. 윤우가 배시시 웃으며 애교를 부리기 시작했다.

"어머니, 제가 오늘부로 거듭나보겠습니다."

급기야 손가락 하트를 날리며 생글생글 웃는다.

사춘기 때, 어린 시절 사진을 보고 충격받은 적이 있었다. 민우와 윤우, 두 형제에게 나란히 머리를 예쁘게 묶어주고 화사한 원피스를 입힌 사진이 집 안 어디선가 발견되었기 때문이다. 네 살과 두 살쯤 되어 보였다. 윤우는 아무것도 모르고 방긋 웃고 있고, 민우는 마음에 안 드는 듯 새침한 표정이었다.

문제는, 웬만한 여자아기보다 더 원피스가 잘 어울렸다는 사실. 길게 드리운 속눈썹과 커다란 눈망울이 인형처럼 예쁜 두 자매, 아니, 형제였다.

어릴 때부터 성장기 내내, 그리고 성인이 돼서까지 운동만 했던 엄마는 훗날 딸을 낳게 되면 온갖 치장을 다 해주겠다 벼르고 있었는데 안타깝게도 아들만 내리 둘을 낳았으니 한이 됐나 보다.

그래도 그렇지, 여장이 뭐냐며 사춘기 때는 밥도 안 먹고 화를 냈는데.

"응? 엄마. 마음 풀어. 내가 잘할게."

이젠 자발적으로 엄마를 달래주려고 살갑게 굴고 되도 않는 애교를 부린다. 서 여사의 토라진 입술 사이로 그만 웃음이 새어나왔다.

"못 산다, 내가. 너 때문에."

윤우가 팔을 뻗어 엄마를 안아주며 말했다.

"못 살면 안 되지. 나 때문에, 아빠 때문에. 형 때문에, 형수 때문에 살아야지, 우리 엄마. 재밌게 살아야지. 내가 그렇게 해줄게. 우리 덕분에 즐겁게 살게."

부모는 저절로 되는 것이 아니라, 매 순간 끊임없이 노력하고, 또 노력해서 되는 것임을, 한 아이의 인생을 책임지는 게 얼마나 무거운 일인지 잊지 않아야 함을 윤우는 자신의 어머니와 아버지를 통해 배웠다. 그렇기에 옆집에 살던 다경 누나의 불행이 더욱 안쓰럽기만 했었다.

"다행이야. 형수가, 우리 엄마 딸이라서."

그 불행이 오래도록 이어지지 않아도 되어서. 내 엄마 아빠지만 훌륭하신 분들, 이분들의 따뜻한 애정을 나누어 가질 수 있어서. 나눈다고 작아지는 게 아니라, 더 커지는 애정이라서. 그래서 다행이었다.

"형수가 엄마 딸……, 뭔가 족보가 이상한데."

"엄마는 며느리가 딸이라니 어쩔 수 없지. 근데 그거 알지? 진정한 딸 같은 며느리는, 시댁에 가도 밥 기다리면서 소파에 누워 있어야 하는 거. 그게 진짜 딸이지, 암."

"다경이는 원래 그러잖아."

걱정할 필요가 없다.

"얼른 출발해. 집에 가서 청소도 좀 해놓고, 장 보러 갈 거 적어봐야지."

이내 서 여사의 음성에 생기가 돌았다.

"잡채랑 갈비찜이랑 해물탕이랑. 아, 다경이 저번에 토마토랑 모짜렐라 그거 네가 만든 샐러드 잘 먹더라."

"카프레제?"

"그래, 그거. 바질도 사야겠네."

타지에 나간 딸 생일을 챙기듯, 서 여사는 애틋한 시선으로 손가락을 꼽아가며 사야 할 식재료를 읊었다.

그녀는 또 그녀가 할 수 있는 최선을 다하는 중이다. 소다경을 소다경으로 사랑해주는 일. 있는 그대로 사랑해주는 일에 전력을 기울였다.

딸이든, 며느리든, 상관없었다.

part 14

매듭

민우와 다경의 호텔방은 손님들이 돌아가고 나자 다시 한적해졌다.

"여기 꽤 넓었네. 이렇게 둘만 있으니까."

"그러게. 좁은 게 아니었어."

다경이 웃으며 대답했다. 이렇게 세상일이 다 생각하기 나름이다. 같은 방이라도 사람이 있고 없고에 따라 좁게 느껴지는가 하면 또 숨통이 트여 넓게 느껴지기도 하니 말이다.

"이렇게 저녁 먹어도 되겠어? 그래도 생일인데."

그나마 식사는 단둘이 오붓하게 하라며 손님들은 알아서 빠져주었다.

두 사람은 호텔 내 레스토랑에서 저녁을 먹을까 했지만, 그마저도 포기했다. 다른 고객이든, 직원이든, 두 사람이 어떤 얘기를 하는지 관심을 가질 수밖에 없을 것이다. 한창 떠들썩한 이슈의 중심은 이들이었으니 편안하게 식사할 수는 없을 것이다.

"오늘만 날인가. 그리고 생일이 대수도 아니고. 그냥 같이 있는 걸로 충분해."

또 룸서비스다. 그나마 통유리창 너머 서울의 야경이 반짝반짝 아름다웠고, 음식을 세팅해준 직원은 초까지 켜주었으니 나름 분위기가 났다. 시킨 요리는 스테이크를 비롯한 양식으로, 특급호텔 주방 솜씨답게 맛도 좋았다.

"지금, 너무 좋아."

다경이 와인잔을 내밀었고 민우가 제 것을 뻗어 살짝 부딪치자 챙, 하고 맑은 소리가 퍼졌다. 산사에 퍼지는 풍경 소리만큼이나 이 순간, 와인잔 소리마저 아름답기만 했다.

"근데 정말 다행이다. 아까 광고 얘기 말이야."

정말 큰 선물이었다.

왕 대표가 선물이 있다며 하던 이야기 끝에, 샤인어패럴 최혁준 대표와 아내 신해수가 이곳까지 찾아왔었다. 샤인어패럴의 새 브랜드 모델로서 두 사람이 찍었던 광고가 예정대로 집행될 예정이라는 소식과 함께 말이다.

다른 광고들은 거의 계약이 무산되거나 취소되고 있는 와중에 뜻밖이었다. 내용도 내용이지만, 실무자가 아닌 대표가 이런 소식을 전하려고 직접 걸음한 데다 심지어 대표의 아내 신해수는 미리 케이크까지 만들어 다경의 생일을 기념해 전달했다고 한다.

전부터 다경의 팬이라 했던 해수는 그녀의 생일까지 알고 있었다.

"응, 다행이긴 한데. 정말 괜찮을까? 우릴 모델로 쓰고 손해 크게 보면 어떡해, 그 회사."

"그 대표님이 호락호락한 분은 아닌 것 같은데. 사업 손해 보면서까지 우리 사정 봐주진 않을걸."

"그렇겠지?"

다경은 최혁준 대표를 떠올리며 고개를 끄덕였다.

"비즈니스 결혼이었다는 사실이 두 사람 이미지에 악영향을 줄 수도 있지만, 저는 다르게 생각했습니다. 가장 친한 친구, 제일 가까운 동료, 서로가 서로에게 중요한 존재라는 사실은 변함이 없으니까요. 두 사람의 환상에 가까운 케미, 그리고 건강한 이미지와 비주얼, 이건 무너지지 않으리라 판단했습니다."

그는 이런저런 구설수 다 차치하고서 모델로서의 두 사람을 높이 평가했다.

"어차피 진짜 사랑인지 아닌지는 앞으로 두 분이 차차 증명하면 될 일이고, 저는 차라리 둘 사이의 파트너십을 부각시키는 것도 괜찮다고 봤습니다."

그야말로 정면승부다. 가짜 결혼이든 아니든, 이를 보고 소비할 대중이 직접 판단하는 것이다.

"애초에 두 사람 사이에 릴레이션십이 없었더라면 비즈니스 결혼이니 뭐니 그런 걸 시도하지도 않았겠죠."

억지로 꾸며내어 속인 것이 아니라고, 구구절절 설명하기보단 직접 보고 판단할 수 있게끔 내어놓기로 한 것이다. 샤인어패럴은 이를 믿었다. 다경과 민우가 분명히 대중을 진실로써 설득할 수 있으리라 믿고 결정한 것이다.

"불편해하는 사람들도 분명 있겠죠. '돈' 때문에 가짜로 연애하는 척에, 결혼까지 한 두 사람을 계속 봐야 하냐며. 하지만, 진짜 '돈' 때문이었다면 두 사람은 이렇게 모습을 드러낼 필요가 없을 겁니다. 비즈니스 결혼이라는 사실이 밝혀진 순간, 그 '돈 때문에'는 더 이상 의미가 없을 테니까요. 한마디로, 사업성이 없어진 겁니다."

그럼에도 불구하고 계속 함께라면, 대중이 외면할지라도, 수많은 계약이 무산되고 기회를 박탈당할지라도 두 사람이 헤어지지 않고 계속 함께라면 그걸로 설명은 충분했다. 비록 시간이 오래 걸리는 해명일지 몰라도, 진실은 바로 삶 속에 있다.

"맞아요. 단순히 '돈' 때문이라면 가능하지 않은 눈빛과 마음이 두 분께는 있었거든요. '진짜'는 다 알아봐요, 사람들이."

해수 역시 동조했다.

워낙 시끄러운 풍파에 휘말리다 보니, 이렇게 묵묵히 믿어주는 이들이 오히려 신기하기까지 했다.

"해수 씨랑 최 대표님도 결혼하고 한동안 힘든 일들이 있었대. 그쪽도 결혼이 보통 사연은 아니라서."

다경이 말을 이었다.

"그래서인지 우리 상황이 어떤지도 더 잘 이해해주는 느낌이야."

"다른 사람들 말이 중요한 게 아니라, 모든 건 본인들의 책임이라는 걸 아시는 거겠지. 살아가는 것도, 계속 사랑하거나 헤어지는 선택을 하는 것도, 남들이 중요한 게 아니라 우리 자신이 중요하다는 거."

"그래, 맞아."

감사한 인연이다. 일로 맺어진 관계를 떠나, 인간적으로 따뜻하고 좋은 사람들을 알게 되었다. 다경은 새삼 정말 커다란 선물을 받은 것 같아 가슴이 뭉클해졌다.

"그래도 인터뷰는 해야겠지?"

"형식적이지만 일단 해야지. 당장은 사람들이 크게 관심 없는 것 같아도 매듭은 잘 지어야 하니까. 나중 일은 또 어떻게 될지 모르는 거고."

기자회견까지는 아니지만, 처음 이들의 열애설 기사를 쓴 최 기자를 통해 인터뷰하기로 했다. 어쩌면 인터뷰가 아니라, 서로를 향한 절절한 고백이 될지도 모르겠다.

우리는 지금 서로, 사랑하고 있어요.

"자, 짠."

다시 건배를 제안하며 다경이 잔을 들었다.

챙! 유리가 서로 부딪치며 소리가 한데 얽혔다. 하나의 잔으로는 낼 수 없는 소리, 둘이라 가능한 예쁜 소리였다.

✦➤⫸✖⫷◀✦

서 여사와 윤우가 돌아간 후, 정 여사는 씩씩거리며 소파에 앉아 있었다. 화르륵 불길이 이는 마음은 달랠 길이 없다.

"뭘 믿고 저렇게 당당해? 남의 딸 데려다가 진짜 제 딸로라도 만들겠다는 거야, 뭐야."

심지어 저더러 '쓰레기'라고까지 했다.

"당신은, 쓰레기야."

그런 소리를 들을 이유가 어디 있단 말인가. 딸은 딸대로 절연하겠다며 야멸치게 돌아섰고, 사위나 사돈은 저렇게 자신을 쓰레기 취급을 하는데.

"억울해 못 살겠네."

부글부글 화가 끓어오른다.

전화벨이 울렸다. 작은딸 예경이다. 시끄러운 날이 이어져도 여태 모른 척하고 있더니 갑자기 웬 전화야, 얘는.

"무슨 일이야!"

전화를 받은 정 여사는 대뜸 소리를 쳤다. 가뜩이나 화가 나는데 귀찮게.

— 아, 깜짝이야. 소리 좀 지르지 마.

"용건만 말하고 끊어. 짜증나니까."

— 언니랑 연락돼?

"안 된다고, 안 돼! 내 전화 안 받는다니까!?"

정 여사는 소리를 바락바락 질렀다. 아니, 뜬금없이 얘는 왜 또 염장을 질러.

– 다른 때는 몰라도, 그래도 오늘 같은 날 통화라도 해야지 하고 전화했는데, 안 받네.

정 여사는 콧김을 뿜어냈다. 오늘 같은 날. 대체 그 오늘 같은 날이 뭔데! 서 여사는 끝까지 말해주지 않고, '당신과 상관없는 날'이라며 가버리지 않았던가.

"오늘이 무슨 날이길래 그러는 거야, 다들?"

– ……엄마.

예경이 한숨을 쉬었다.

"말해."

– 언니한테 그러면 안 되지.

"뭐라고?"

– 엄마가 이제 나한테 신경 안 쓰니까 나는 너무 좋은데, 그거야 내가 너무 시달렸으니까 그런 거고.

예경이 또박또박 잇는 말에 정 여사는 조금 놀랐다. 어화둥둥 끼고 살았던 작은딸이 아닌가. 늘 제 품에 안겨 제게 의지하던 작은딸 예경. 그런 아이가 갑자기 악기를 때려치우고 도망갔을 때 느낀 배신감은 이루 말할 수 없었다. 이제껏 투자한 게 얼만데. 할 수만 있다면 손해배상 청구라도 하고 싶은 지경이었다.

그러나 그것도 시간이 지나니 감정이 무뎌져 그러려니 하고 살았다. 훌훌 털고 서핑보드 하나 끼고 바닷가로 가버린 예경 대신, 배우 소다경의 커리어에 집착한 것도 그때부터였다.

그런데 예경에 대한 배신감은 지금이 더 컸다. 은혜도 모르고 싫은 소리를 거침없이 하고 말이야.

- 언니는 아니잖아. 엄마가 나만 끼고도는 동안 언니는, ……언니는 혼자였잖아. 언니도 어린애였는데.

"너, 너 지금 무슨 소릴 하는 거야. 다른 사람은 몰라도 예경이 네가 그러면 안 되지!"

- 다른 사람은 관심 없어도, 나는 얘기했어야 하는 거야, 더 일찍.

"뭐?"

- 나도 애였고, 언니도 애였고, 엄마의 관심을 내가 선택한 건 아니었으니까……. 그러니 내가 잘못한 건 아니라고 생각해. 언니가 이 말 듣고 서운하다고 생각해도 할 수 없어. 나는 나대로 힘들었으니까.

이어지는 말에 정 여사는 계속 충격을 받았다. 그래도 예경만큼은 제 마음을 제대로 알아주리라 생각했는데. 음악이 힘들어 달아나긴 했어도, 자신의 청춘을 바친 그 세월을 예경이 모를 리는 없다고 생각했는데.

"네가 힘들긴 뭐가 힘들어! 내가 널 어떻게 키웠는데!"

- 그건 엄마 생각이고.

예경은 쌓았던 걸 풀어내듯 술술 쏟아냈다.

- 언니는 언니의 시간 속에서 불행했고, 나는 내 시간 속에서 불행했어. 엄마의 관심이 언니한테 가버릴까 봐, 나도 언니처럼 내팽개쳐질까 봐 늘 불안했고 그래서 더 열심히 하려고 했었고, 그러면서도 엄마 욕심 채워줄 수가 없어서 너무 힘들었어.

다경에게 소홀했던 건 사실이지만, 예경에겐 넘치는 관심과 사랑을 주었다. 그건 부인할 수 없는 사실이다. 그런데 그 사랑을 다 받고 자란 예경이 이렇게 나오니 정 여사는 연달아 터지는 폭탄을 껴안은 듯한 기분이 들었다.

– 그땐 언니가 눈에 보이지 않았지. 난 그냥 엄마를 차지해서 다행이다. 언니처럼 불쌍하게 살긴 싫다 그 정도였으니까. 그런데 옆집에서 언니를 좀 챙겨줬어? 난 사실 언니가 안됐다 싶으면서도 나중엔 질투도 좀 났었어. 난 엄마랑 같이 있어서 좋기도 하지만 답답하고 힘들 때도 많았는데, 언니는 어디서든 사랑받는 거 같으니까.

"얘가 지금 무슨 소릴 하는 거야, 정말."

– 그런데 이젠 알겠어. 언니한테 엄마는, 엄마도 아니야. 나하고는 비교도 할 수 없이 힘들었을 거야, 언니는.

"엄마도 아니라니. 너 진짜 못 하는 말이 없어……."

– 그런데 이제 와 언니한테 왜 그러고 사는 거야? 언니 이름으로 빚도 졌다며. 인터넷에 그 얘기까지 돌던데 진짜 맞아? 그걸 왜 강유현한테 또 돈을 받아내고? 그거 사실이야?

"아니, 왜 다들 그걸로 수군거리는 거야? 내가 못 받을 돈 받았어? 무슨 내가 강도질을 했니, 사채질을 했니? 딸이 엄마한테 그 정도도 못 해줘? 내가 지금 그것 때문에 얼마나 골치가 아프게 생겼는데, 겨우 그 정도로……."

– 엄마 정말 미친 거 아니야?

"뭐라고?"

– 딸이라고 하지 마, 언니한테.

기어이 예경이 차갑게 잘랐다. 엄마가 버겁고 힘들긴 했어도, 차마 끊어낼 수 없는 연이라 생각했는데.

예경의 목소리에는 견디기 어려운 지긋지긋함이 묻어 있었다.

– 나는 지금까지 언니 생일에 미역국 먹어본 적이 한 번도 없어, 엄마.

"……생일?"

– 그래. 생일.

아.

다경의 생일이…… 오늘이었나.

"……."

– 엄만 정말, 최악이야.

→→❖←←

– 형이 봤어야 해. 어후, 우리 엄마 포스 진짜……, 그때 눈빛이
완전…….

윤우와 통화 중인 민우는 직접 보지 않았어도 알 것 같았다. 오
늘 엄마와 함께 가서 정 여사를 만나고 왔다는 얘기를 듣는 중이었
다.

"설명 좀 그만해……."

이미 무서워.

– 아무튼 상황은 그랬고, 근데 그 아줌마 아직 뜨거운 맛을 못
봐서 그런지 뭐라도 더 할 셈 같더라. 이대로 죽진 않겠다, 뭐 그런
눈으로 씩씩거리더라고.

"그럴 분이지."

그래봐야 자기 무덤 파는 일일 텐데.

– 주말에 너무 늦지 않게 와. 엄마 벌써 형수님 좋아하는 거 잔
뜩 해주실 거라고 아주 신나셨어. 따로 먹고 싶은 거 있음 얘기하
랬고.

민우는 욕실 쪽을 바라봤다. 불투명한 유리로 막힌 욕실에선 물
소리가 들리고 있다. 자신은 먼저 씻고 나온 참이고, 지금은 다경
이 씻는 중이었다.

"응, 생각나는 거 있음 전화하라고 할게."

– 오케, 형수님 선물은 주말에 줄 거야. 생일 축하한다고 전해줘!

"그래, 끊어."

전화를 끊고 나자 다경이 막 욕실에서 나왔다.

"아, 나도 윤우한테 인사하려고 빨리 나왔는데."

"이미 끊었어."

안에서 통화하는 소리를 듣고 급히 나왔나 보다. 머리는 말리지도 못한 채 수건으로 말아 올리고, 몸은 큰 배스타월로 감싼 채였다.

민우는 먼저 씻었으니 이제 정리하고 잠만 자면 되는 밤이다. 하지만 영 아쉬운지 다경이 딱 한 잔만, 을 외쳤다.

"다 못 먹은 케이크랑, 응?"

"아까 그 와인도 다 비웠잖아."

다경이 기분 좋은지 생글생글 웃었다.

"아까 건 레드고. 난 지금 케이크랑 같이 스파클링 와인 마시고 싶단 말이야."

"과음인데."

"당분간 화보도 없고 촬영도 없고, 이럴 때 안 마시면 언제 마셔."

평소 얼굴이나 몸이 부을까 봐 타이트한 식이조절을 하는 다경이기에, 가끔 주어지는 이런 시간이 소중하기만 했다. 그걸 알기에 민우도 더 말하지 못했다.

"그래, 마셔라. 마셔. 인생 뭐 있냐."

썬나, 썬나! 다경이 어깨와 엉덩이를 흔들며, 박스에 넣어뒀던 케이크를 꺼냈다.

해수가 만들어 보내준 케이크는 다 같이 모였을 때 촛불을 끄고, 반쯤 먹고 다시 넣어두었었다. 남 대표가 가져다준 와인이 여러 병 있는데, 다경은 그중 산뜻한 패키지의 스파클링 와인을 얼른 집어 들었다.

아까 그럭저럭 근사했던 저녁식사에 이어, 와인 타임이 시작되었다. 비록 한자리에 머물러 있는 중이나 지인들과의 즐거운 파티, 둘만의 로맨틱한 저녁, 마무리로 와인까지 모두 가능했다.

이 밤, 깊고 깊은 이 밤. 어쩐지 꽤 마음에 드는 밤이다.

"접시 새로 보내달라고 할까?"

"아니, 그냥 먹지 뭐."

컨시어지에 요청하려는 민우를 말리고, 다경은 반 남은 케이크를 통째로 가운데 두고서 포크만 쥐었다.

길고 날씬한 잔에 보글보글 기포가 올라온다. 청량하고 달콤하고 시원한 와인은 여름밤과 잘 어울렸다.

"결혼하니까 좋네. 밤에 이렇게 막 와인도 마시고. 따로 약속 안 해도 되고. 뭐, 물론 너랑 나는 딱히 약속 안 해도 집에 가면 만날 수 있긴 했지만. 그래도 둘만 이렇게 있는 건 다르니까."

기분이 좋은지 연신 웃음이다. 다경의 눈꼬리가 접히는 모습이 무척이나 사랑스러웠다.

"올해 생일은 뭔가 다르다, 느낌이."

"뭐가 다른데?"

잠시 생각하던 다경이 이내 답을 내놓았다.

"네가 있어서."

"……늘 나는 있었지."

"응. 언제나 너는 있었지."

하지만 이전의 '있음'과 지금의 '있음'은 다르다. 그건 둘 다 아는 사실이다.

"그런데 지금 이렇게 있으니, 너무 좋아. 진짜 좋다. ……되게 좋아."

'좋아'라는 말만으로 표현하는 게 아쉽다는 듯, 하지만 그 이상 더 벅찬 표현은 없다는 듯, 다경은 그렇게 자꾸 좋다는 말을 반복했다. 아까 저녁 먹을 때도 홀짝홀짝 와인잔을 잘도 비우더니, 샤워하고도 술이 완전히 깨진 않았나 보다.

민우의 눈엔 그게 또 너무나 예쁘다. 살짝 상기된 볼에, 붉은 입술에, 홀리듯 흐트러진 눈빛까지 전부 다.

"머리도 안 말리고, 옷도 안 입고, 좋단다."

"아, 맞네. 나 안 입었네."

아까 수건으로 머리카락을 감싸고, 배스타월로 몸을 감싼 그대로였다.

"귀찮아. 그냥 이따가."

"그래, 이 와인바에 복장 규제는 없으니까."

"아유, 좋네, 여기."

그저 행복한 눈웃음을 지으며, 다경이 케이크를 한 입 먹고는 말했다.

"그런데 해수 씨 말이야. 케이크를 너무너무 좋아해서 만드는 일을 업으로 삼기까지 했대."

하고 싶은 이야기는 또 어찌나 많은지, 입술은 쉴 틈이 없었다.

"그게, 해수 씨도 친정……에서 자라는 동안 마음이 힘든 일이 많았다는데."

다경은 와인과 케이크를 바라보며 말을 이었다.

"어릴 때부터 세상에 자신 혼자인 것 같고. 외롭고, 무섭고. 그런데 생일이 되어 케이크를 앞에 두면 주인공이 된 것 같고, 관심

받고 사랑받는 기분이 들고, ……그렇더래. 그래서 생일이 아닌 날에도 케이크를 먹으면 용기가 생기고 기분이 좋아지고, 해수 씨는 그랬대. 케이크는 사람을 특별하게 해준다고."

아픔이 있는 아이들에게 저마다의 치유제가 있길 바라는 마음으로, 해수는 불우한 환경의 아이들에게 케이크를 선물하는 기부와 봉사 역시 꾸준히 해오고 있었다.

그런 얘기를 듣고 나니 다경도 케이크를 앞에 둔 마음이 어쩐지 이전과는 달랐다.

내 치유제는 무엇이었을까.

"나는 너희 집에서 늘 특별함을 느꼈던 것 같아."

나의 케이크는, 너였어.

"우리 집에서 사랑받진 못해도, 내 빈 곳을 언제나 틈 없이 메워 준 곳이 너희 집이었으니까."

수많은 아이가 관심과 사랑을 갈구하는 불행 속에서, 나는 기적처럼 너희 부모님을, 너를, 윤우를, 그렇게 너희 가족을 만난 거야. 그야말로 기적처럼.

"난 운이 좋았어, 정말."

민우네 가족이 아니었다면 자신이 어떤 삶을 살았을지, 상상만으로도 끔찍했다.

그런데 이렇게 성인이 되어서도, 민우는 자신을 살렸다.

사랑으로 자라서, 사랑으로 완벽해지는 삶. 그가 없이 어떻게 자신의 인생을 설명할 수 있을까. 처음부터 끝까지 그게 가능했던 적은 한 번도 없었다.

"아니, 내가 운이 좋았지."

민우는 옅게 웃으며 말했다.

"생각해보면, 어릴 때부터 난 누구와 쉽게 친해지는 애가 아니었어. 곁을 잘 안 주기도 했고, 싫은 소리도 잘하니 날 별로 안 좋아하는 애들도 있었고."

중고등학교를 거치며, 가끔 민우와 친한 자신을 신기해하는 애들도 있었다. 어쩐지 민우는 좀 차갑고 뚱한 구석이 있어서 가까이하기 어렵다고.

끝내주게 잘생긴 얼굴과 피지컬, 운동에 공부까지, 늘 이목을 끌며 살면서도 그 자신이 또래와 어울리는 걸 별로 좋아하지 않으니 민우의 교우관계는 그저 그랬었다.

"소, 네가 아니었으면 나 진짜 외로웠을 거야."

허물없이 어울리는 친구는 다경이 유일했다. 가까운 다른 친구들조차 민우에겐 거리감이 느껴진다고 할 정도였으니 말이다.

워낙 어릴 때부터 집의 경계 없이 드나들었던 다경이기에, 민우는 장난도 치고 구박도 하고 챙겨주기도 하면서 가깝게 지내온 것이었다. 그리고 그게 언제부터인지 모르게 사랑으로 싹이 트기까지 했다. 다경이 아니면 안 되는 삶은, 그 역시 마찬가지였다.

"그래, 나랑 있으면 심심하지도 않고 외롭지도 않지? 그거 엄청 대단한 거야. 인생의 반려로서, 그보다 더 좋은 조건이 어디 있겠어? 원래 같이 살려면 코드가 맞아야 하거든. 일단 우리는 그게 맞으니까. 그러니까 나한테 잘해, 앞으로 계속, 쭉."

다경은 의기양양하게 외쳤고, 민우가 대꾸했다.

"그게 아니더라도 잘할 거야. 앞으로 계속, 쭉. 알아서 잘해줄 테니까, 강요하지 마."

"하여튼 잘해준다는 소리도, 참 지민우답게 해."

"지민우답게, 가 뭔데."

"싸가지 없게."

"원래 사람이 자기 정체성이 확실해야 해. 그런 면에서 난 일관성 있는 사람이지."

"그래, 일관성 있게 싸가지 없고 좋다."

그런 민우도 좋다는 듯 다경은 웃다가 뭔가 생각난 듯 말했다.

"그런데 선물은? 내 생일선물은?"

"아."

이 난리에 선물 사러 갈 정신이 어디 있나. 선물을 마련할 시간이 없었다는 건 알고 있었다. 그래도 다경은 괜히 민우를 건드려보고 싶었다.

"뭐 갖고 싶어? 늦더라도 사줄게."

밤이라서일까. 와인 때문일까. 그 누구도 방해할 수 없는 호텔방이라서일까. 아니면, 시간도, 장소도, 술까지 전부 다 완벽한 날이라서일까.

"갖고 싶은 게 있긴 한데."

취기가 어른어른 돌았다. 기분 딱 좋다. 가슴이 저릿하고, 손끝이 간지럽다.

"사주진 못하고, 그냥 주면 되는 건데."

다경이 의자에서 일어나 테이블을 돌아 민우 쪽으로 다가갔다.

가까운 친구였던 시절엔 상상도 하지 못했던, 더 가까운 거리가 가능한 연인 사이. 그리고, 부부 사이.

둘 사이의 거리가 점점 좁혀졌다. 한 발 한 발 다가가니 민우가 살짝 당황한 얼굴로 다경을 올려다보았다.

그냥 주면 되는 거.

"……그게 뭔데?"

다경이 케이크 상자를 묶었던 민트빛 리본을 집어 들고 민우의 앞에 서서, 테이블에 살짝 엉덩이를 걸쳤다.

"생일선물은,"

정해주었다. 받고 싶은 선물을 직접 알려주는 친절을 베푼 것이다.

"너야."

민트빛 리본을 민우의 턱부터 시작해 정수리로 올려 두 손으로 가볍게 묶었다. 리본이 참 예쁘다. 지나치게 잘생긴 얼굴에는 안 어울리는 게 없다.

역시 선물은, 포장이 생명인가.

"그것도, 아주 야한 너."

게다가 선물이 훌륭할수록 포장을 뜯는 일은 더욱 즐겁다. 리본 끝을 만지작거리며, 다경은 얼굴을 내려 그의 입술을 머금었다. 짧게 이어진 키스만으로도 등줄기를 타고 짜릿한 전기가 일었다.

아, 너무 좋다. 오늘 내내 좋다, 좋다 했지만, 지금이야말로 너무나 좋다, 정말.

민우가 갑자기 리본을 확 잡아채버리더니, 그대로 일어나 다경의 몸을 뒤로 넘겼다. 순식간에 테이블에 눕혀진 다경을 두 팔 안에 가둔 채 내려다보며 민우가 말했다.

"후회하지 마."

원하는 선물 지금 줄 테니까. 그것도, 아주 야한 나.

젖은 머리를 감싼 수건이 흐트러졌다. 테이블 위로 상체가 눕혀진 다경은 심장이 멎을 것 같은 분위기에 민우를 올려다보았다.

지금이 얼마나 좋은지, 너는 알까. 사랑이 전부인 삶이 이토록 근사한 줄 예전엔 정말 몰랐는데, 이제 너도 나와 같은 마음일까.

"소다경."

그가 불렀다. 느른한 말소리가 입술에 걸린다.

민우의 손이 흐트러진 머리카락을 살짝 치우자 다경의 흰 어깨가 드러났다. 겨우 수건 한 장. 크고 폭신한 배스타월 한 장으로만 몸을 감싼 상태다.

그의 시선이 다경의 얼굴에서 어깨로, 다시 앞쪽에 단단히 말아 넣은 수건 끝자락으로 천천히 옮겨간다. 샅샅이 훑는 시선이 제 몸에 닿는 것만으로도 화르르 달아올랐다.

다경은 숨이 막혔다. 발끝에 전기가 올라 움찔움찔 떨렸다.

"너 진짜 예쁜 거, 알아?"

민우의 손이 다경의 피부를 스친다. 안쪽으로 말아 넣은 수건 끝으로 손가락이 서서히 다가갔다.

어릴 때부터 보아온 그녀는, 정말 예쁜 사람이었다. 얼굴이 인형처럼 예쁜 건 눈에 보이니 말할 필요도 없고, 그보다 더 예쁜 건 마음이었다. 예쁜 그녀를, 오래오래 보며 함께 자라서 참 기쁘다. 제 삶의 케이크가 자신이라고 말해주어, 민우는 정말 기뻤다.

가만히 내려다보자 다경의 볼이 잔뜩 붉어졌다. 어쩜 이렇게 예쁜지. 아무리 말해도 부족하기만 했다. 아마도 바라보는 시선에는 기쁨과 사랑이 촘촘히 박혀 있을 것이다. 감출 수 없는 마음이었다.

"예, 예쁘다니 다행이고……."

다경은 달리 할 말이 없었다. 자신이 무슨 소리를 듣는지, 또 무슨 얘기를 하는지도 모를 만큼 정신도 없었다.

민우가 웃는다. 섹시한 공기와 상반되는, 소년처럼 맑은 웃음이다. 눈꼬리가 말리고 투명한 빛이 흩어진다.

다경은 예쁜 건 내가 아니라 너구나, 생각했다. 거기에 민우의 손가락은 여전히 색기가 넘쳐흐른다. 우악스럽게 잡아채는 손길이 아니라, 가만가만 만지는 손끝이 섬세하고 부드러웠다. 사랑받는 느낌이 가득히 전해진다. 이보다 더 행복한 순간이 어디 있을까.

이내 미로의 끝을 발견한 듯, 그는 수건 끝을 찾아 꺼냈다. 천천히 움직이는 그 손길에 다경은 숨을 멈췄다.

수건 자락을 쥔 민우의 손이 이대로 공중으로 올라가 활짝 펼쳐진다면, 아무것도 입지 않은 자신의 몸이 오렌지빛 은은한 조명 아래 그대로 드러날 거다. 물기 어린 몸이 그의 눈 아래, 그의 몸 아래, 그리고 그의 숨 아래 무방비 상태로 열릴 것이었다.

"어떡하지."

다경의 목소리가 떨렸다.

"뭘 어떡해."

"심장이 터질 것 같아."

처음도 아닌데 왜 이러지? 사랑하는 사람과의 시간이 얼마나 황홀한지 익히 알기에 더욱 좋았다. 원래 음식도 아는 맛이 더 무섭다니까.

"나 이러다 호흡곤란 오는 거 아니야?"

"호흡곤란치고 말만 잘하는데."

"아니야, 숨도 막히고 잘 못 쉬겠고, 심장도 너무 빨리 뛰고……."

다경이 제 증상을 주절주절 늘어놓는다. 좋기도 하고, 부끄럽기도 하고, 설레기도 하고, 온갖 감정이 다 드니 자꾸 입만 살아 움직이는 것이다. 정작 몸은 꼼짝도 못 하면서.

"괜찮아."

"……."

"내가 잘하니까."

민우가 싱긋 웃었다.

"그게 자, 잘하는 거랑 무슨 상관……."

"네 호흡 내가 관리해준다고."

나만 좋도록 밀어붙이는 게 아니라, 널 행복하게 해준다는 말이야.

그의 손이 다시 움직인다. 천천히 수건이 젖혀졌다. 툭, 그 수건은 바닥으로 떨어졌다. 공기와 맞닿아버린 맨살마다 얕은 소름이 돋는다. 드러난 몸을 그냥 둘 수 없다는 듯 민우의 입술이 움직였다.

아주 야한 너를 갖고 싶다. 그런 너를 선물로 받고 싶다.

다경의 바람이 실현되는 순간이었다.

이대로 정말 가슴이 터져버릴지도 모르겠다는 생각에 그녀는 눈을 질끈 감으며 고개를 돌렸다. 한 손으로 제 허리를 잡고 가장 말랑한 곳을 찾아 입술을 묻는 민우의 움직임에 흠칫 놀랐다. 바르작거리며 저절로 움직인 손에 날씬한 잔이 걸려 툭 넘어졌다.

"앗."

남아 있던 스파클링 와인이 차르르 쏟아졌고 잔은 테이블에서 굴러 카펫 위로 떨어져 깨지지 않았다. 다경이 놀라 일어나려다 옆에 있던 케이크를 치는 바람에 손과 팔에 크림이 푹 묻어버렸다. 애초에 테이블 위에 눕혀지는 게 아니었는데. 깔끔하게 침대로 갔어야 했나.

엉망이 돼버렸다, 생각하는데 민우가 그녀를 붙들었다.

"쉬잇."

진정하라는 듯 다경의 허리와 손을 붙잡고, 차분하게 내쉬는 소리.

테이블 위로 쏟아진 청량한 와인은 누운 그녀의 몸을 적셨다. 반쯤 남았던 케이크가 푹 묻은 다경의 손을 그가 잡아 올렸다. 어차피 먹으려 했던 케이크. 꼭 포크로 먹어야 한다는 법은 없지.

다경을 바라보는 시선을 거두지 않으며, 그는 붉은 혀를 내밀어 살짝 크림을 핥았다.

아, 미치겠다.

다경은 자신이 실수를 해도 아주 큰 실수를 했음을 깨달았다. 오늘부로 나는 툭하면 이 장면을 떠올리게 될 거야. 끝내주게 잘생긴 내 남편이, 이토록 야한 눈으로 나를 내려다보며, 내 손에 묻은 케이크를 천천히 핥는 이 장면을.

순간이 완전히 각인되고 말았다. 아마도 평생 잊지 못할 거다. 그 어떤 아름다운 로맨스 영화의 카메라 앵글도 이처럼 완벽하진 않은 것이다.

다경은 침을 겨우 삼켰다. 네가 맛있게 먹는 건 케이크일까, 내 손일까.

"이 집 케이크 잘하네."

민우는 여전히 느릿하게 웃었다.

"넌, 예뻐 미칠 것 같고."

그렇게나 섹시한 모습으로 또 웃었다. 천사처럼, 악마처럼.

그는 케이크와 와인을 먹었다. 처음 맛보는 방법으로, 느리고 뜨겁게.

불빛이 흔들렸다. 침대에 옮겨진 후로 끊임없이 몰아치는 파도에 정신없이 휩쓸렸다가, 다시 고요한 수면 위에 두둥실 떠 있는 기분이 반복되었다.

예뻐, 네가 정말 예뻐.

그가 계속 눈빛으로 말해주었다. 마음이 가득 차오른다. 외롭고 아팠던 시간은 항상 그가 어루만져주었다.

다경은 민우의 목을 끌어안으며 답했다.

좋아, 네가 정말 좋아.

이 사랑을 어떻게 설명할 수 있을까. 아니, 우리가 서로 사랑하는 마음은 설명할 필요가 없겠지. 존재하는 우리 그대로가 온통 사랑인데.

"아…… 잠깐만."

민우의 움직임이 서서히 멈춰졌다. 무언가 생각난 듯 둘만의 시간에서 떨어져나와 잠시 멀어지려 했다.

뭘 찾으러 가는지 안다. 다경은 고개를 저으며 그의 목을 확 끌어안았다.

"가지 마."

"가려는 게 아니라, 콘…….."

"아는데, 하지 마."

민우는 조금 의아한 눈빛으로 그녀를 보았다. 피임은 당연하다 생각했던 두 사람인데.

"……그냥 우리 이렇게, 둘이서만 살면 안 될까?"

"아이 없이 그냥, 우리 둘이서만."

"상처 줄 것 같아. 내 아이한테…… 나도 상처를 줄지 모르잖아."

그녀의 생각을 존중하고, 그녀의 두려움을 헤아리기에 민우는 그게 너무나 당연히 해야 하는 일이라 생각했었다.

"……알아. 네 마음 알아."

"둘이서만 살자. 네가 바라는 대로 하자."

그랬었는데.

힘껏 목을 안은 손은 풀어주지 않은 채, 지금 제게서 벗어나는 건 절대 용납하지 않겠다는 듯, 다경은 젖은 눈빛으로 그를 바라보고 있다.

민우의 심장이 쿵쿵 뛰었다. 삶이 또 한 번 바뀌는 순간이다. 그녀의 눈빛이 말해주고 있었다.

다경은 굳게 먹은 마음을 그에게 다시 전했다.

"나는 엄마가 되고 싶어."

"……."

"너만 괜찮다면."

우리 엄마 같은 엄마 말고, 너희 엄마 같은 엄마.

자신 없다고 생각했었는데, 이젠 아니야. 네가 있으면, 너만 옆에 있으면, 너와 내가 꾸린 가정이라면 나는 이제 두렵지 않아.

"민우야, 나, 아기 갖고 싶어."

행복으로 물든 삶 속에서, 우리를 닮은 아기를 키우고 싶어.

다경의 목소리가 미세하게 떨렸다. 미래에 대한 약속. 함께 그릴 앞날, 그리고 희망. 이 모든 것이 다경의 말 속에 있었다.

민우는 가슴이 벅차올랐고, 그건 자신의 감정만이 아님을 다경의 눈을 보며 알았다. 통한다. 마음이 통하고, 사랑이 통한다. 비로소 '우리', 그리고 '하나'가 된 기분이었다.

그는 다경에게 화답하듯 깊게 입을 맞추고는 대답했다.

"어떤 미래라도 좋아."

아기가 있는 미래든, 없는 미래든 그냥 네가 그런 마음을 가졌다는 것만으로도 충분히 행복해.

민우는 그녀를 가만히 끌어안았다. 다경에게 얼마나 큰 결심인지 알기에, 지금껏 자신의 두려움을 전부 이겨내고 신념을 바꾸면서까지 다짐해낸 것임을 알기에 그저 고마웠다.

"네가 원하는 거면 뭐든지 할게."

아니, 고맙다는 말로는 표현할 수 없는 그 이상의 감동이었다. 참으로 기쁜 날들이다.

"벽지는 이런 게 어때?"

커다란 태블릿 PC 화면에 아기자기한 사진이 가득했다. 기혁이 연이어 보여주는 건 아기 방 인테리어로 침대며 모빌, 벽지까지 계속 샘플을 보여주었다.

"이거 봐. 이건 새로 나온 건데, 톤이 차분해서 요란하지 않고……."

민우는 심드렁하게 그를 보다 참다못해 한마디 했다.

"적당히 좀 하지. 다 그게 그거 같은데."

"어디가 그게 그거야. 다 다른데. 전부 예뻐서 못 고르겠단 말이야. 디자이너한테 맡기려고 해도, 그래도 어느 정도 엄마 아빠 취향은 반영이 되어야지. 그래도 우리 아기 방인데."

"그러니까. '엄마'랑 '아빠'가 같이 결정하시라고. 나한테 그만 좀 물어보고."

인터뷰 때문에 회사에 나왔더니, 기혁은 제게 찰싹 달라붙어 이러고 있다. 본인 아기 방 인테리어를 왜 나한테 묻냐고.

"아아, 현지……, 우리 현지……."

"그래, 형네 현지. 아기 엄마랑 상의해서 결정하시라고."

"현지가……."

기혁은 침울한 얼굴로 말했다.

"한 번만 더 물어보면 죽여버린대."

아. 민우는 그제야 고개를 끄덕였다. 그래, 자신에게 이 정도인데 현지에겐 오죽했으랴. 아마 숨 쉴 때마다 사진을 보여주며 귀찮게 했으리라.

왕 대표는 뭐든 전문가의 추천을 받아 시원시원하게 결정하는 스타일이고, 남 대표는 하나하나 자신이 다 꼼꼼하게 챙기는 스타일이니. 게다가 기혁은 부푼 꿈에 젖어 뭐든 함께하고 싶은 마음일 텐데, 현지는 복잡하지 않게 해치우길 좋아했다.

정반대인 두 사람이 의견 맞추기가 쉽지는 않을 것이다.

"걔는 심지어, 자기가 입을 드레스도 딱 하나 입어보더니 '좋아요, 이걸로 할게요.' 한 애야. 웨딩드레스가 디자인이 얼마나 다양하냐? 흰색이 다 같은 흰색이 아닌데. 내가 신부였으면 진짜 벨 라인, 머메이드라인, 홀터넥 스타일, 오프 숄더, 막 다 입어봤을 텐데."

"어련하시겠어."

이미 맞춤 슈트도 그런 식으로 꼼꼼히 진행했다는 걸 알고 있다. 기혁과 현지, 두 사람은 곧 결혼식을 올리기 위한 준비로 한창이었다.

"그런데 적당히 배 가려주는 디자인이면 만사 오케이라며, 어떻게 딱 하나만 입어볼 수가 있어. 드레스가 예쁜 게 그렇게 많았는데. 우린 촬영도 안 하는데 아쉽지도 않은가."

기혁은 현지를 이해할 수 없다는 듯 중얼거렸다. 그런 현지가 아기 방 인테리어를 두고 이렇게까지 고심하는 기혁과 말이 통할 리 없다.

목마른 자가 우물을 판다고, 기혁은 하는 수 없이 스스로 결정 지옥에 빠진 것이다.

"지민우 감각이 또 좀 좋냐. 보고 어떤 게 괜찮은지 좀 얘기해줘봐."

"우리 둘이 고르는 아기 방 인테리어가 참 예쁘기도 하겠다."

민우는 아예 어둠의 기운이 뿜뿜하는 방으로 만들어버리겠다 생각하며,

"사진 봐봐."

기혁이 내미는 화면을 들여다보았다.

"아들이라고, 딸이라고?"

"아직 성별 몰라."

"하아, 모르는데 벌써?"

내 이 형을 이해하려야 이해할 수가 없다. 좋은 마음으로 같이 골라주려 해도 이 성급한 아비를 어찌할꼬.

"근데 뭘 이렇게 빨리 해. 방은 이사 가고 꾸며도 되잖아. 차라리 다른 걸 먼저 사지."

"이미 다 샀지. 웬만한 건."

"아우……. 성별을 알아야 핑크든 블루든 고를 거 아니야."

"난 여자라고 핑크, 남자라고 블루 그런 거 싫다. 베이지 우드 톤으로 깔끔하게 갈 거야."

"무슨 소리야, 남자는 핑크지."

주거니 받거니 떠들며 장신의 두 남자가 머리를 맞댄 채 화면 속 샤방샤방한 아기 방 사진들을 들여다보았다.

보다 보니 민우의 마음이 간질간질했다. 파스텔 톤의 벽지, 앙증맞은 침대, 귀여운 모빌, 인형의 집 같은 가구들.

"아빠."

순간 아이의 목소리가 귓가에 맴돌았다.

그 아이, 만날 수 있을까. 정말 그 아이가 오게 되는 걸까. 그게 진짜일까.

"나는 엄마가 되고 싶어."

그렇게 되면 불안한 운명이니 뭐니 하는 것도 완전히 다 떨쳐낼 수 있겠지. 우리에게 그런 미래가 펼쳐진다면, 이전의 삶과는 완전히 달라지는 거니까.

"이거랑 이게 예쁘네."

"그래? 나도 이거 괜찮더라."

민우가 순순히 협조하면서 선택의 폭이 조금씩 좁혀지자 기혁의 얼굴이 점점 밝아졌다. 이내 민우는 그에게 요청했다.

"나한테도 메일로 자료들 좀 보내줘."

"무슨 자료?"

"이거. 아기 방이랑 뭐…… 또 뭐가 있는지 모르겠는데 아무튼 형이 준비했던 것들. 다 정리해놨을 거 아냐, 형 성격에."

"……너 사고 쳤어?"

"사고는 형이 친 거고. 나는 정상적인 부부 관계거든."

"아, 그렇지."

기혁이 웃으며 고개를 끄덕거렸다.

"그래서, 이제 가족계획을 세우시겠다?"

"그래도…… 되겠지?"

아직 세상이 시끄러운데 이런 결심을 해도 괜찮은 걸까, 새삼 걱정스러웠다.

하지만 기혁은 웃으며 답했다.

"다경이랑 네가 같이 원하는 거라면 당연히 되지."

그러던 기혁은 갑자기 미간을 찌푸리며 덧붙였다.

"……혹시 네 생각만은 아니지? 다경이도 아이를 원하는 거 맞지?"

"당연하지, 이 형이 지금 무슨 소리를 하는 거야."

기혁은 이제야 안도했다는 듯 활짝 웃었다.

"그럼 됐네."

아무리 그래도, 비즈니스며 이미지며 생각을 안 할 수는 없을 텐데. 자신은 몰라도 다경은 이 일을 천직으로 생각하고, 계속하고 싫어 하니까. 그런데도 기혁은 앞뒤 다 덮어두고 다경과 민우의 결정을 응원해주었다.

그럼 좀 적극적으로 임해도 되겠네, 민우는 생각했다.

"임신하고 출산하고 그러면 다경이가 당분간 활동하기 힘들긴 하겠지만, 사실 그게 아니라도 왕성한 활동은 어렵지. 샤인어패럴 광고야 그대로 나갈 거라 다행이지만 다른 건 끊긴 상태고, 당장은 작품 들어가기도 힘들 테니까. 쉬엄쉬엄 가는 것도 좋을 거야."

아기가 원하는 대로 당장 오는 건 아닐 테니 서두를 필요는 없겠지. 일단 마음은 조금이나마 편해졌다.

"그래서, 다경이는 아직 나왔다는 연락 없고?"

"응, 나오면 바로 전화한다고 했어."

다경은 왕 대표, 주아와 함께 강유현을 접견하러 갔는데 이후 민우의 회사로 와서 인터뷰를 하기로 했다.

그간 강유현의 변호인 측에서 끊임없이 합의 의사를 물어왔지만 모두 거절했다. 계속된 합의 요구는 2차 가해라며 딱 잘라버렸다. 수사와 재판은 제대로 진행되겠지만 피해자와의 합의 여부는 참작에 도움이 될 것이다. 그의 죄를 가볍게 해주고 싶은 마음은 절대 없었다. 합의는 안 될 말이다.

강유현의 일부 팬들은 다경을 비난했다. 별의별 욕이 다 있었다. 강유현에겐 아무런 잘못이 없고 그를 유혹한 다경에게 죄가 있다고 우기는 이들도 있었다. 소다경이 뭔데 강유현을 거절하냐며, 분수도 모른다는 소리는 양반이었다. 하다못해 자신이었으면 강유현에게 납치, 감금을 당했어도 감사했을 거란 미친 소리도 있었다. 범죄자를 옹호하고, 피해자를 조롱하는 행태에 기가 막혔다.

그렇지만 그 또한 각오한 일이라 이를 악물고 참아냈다. 어떻게 응원만 받고, 어떻게 좋은 소리만 듣겠는가. 동전엔 앞뒤가 있고 세상일도 무엇이든 양면이 있으나 그보다 중요한 건 본인의 의지였다.

자신이 마음먹은 곳을 향해 나아가야만 흔들림 없이 살아갈 수 있을 것이다. 그게 아니면 의미를 두지 않아야 했다. 비난도, 욕도, 조롱도, 내가 받지 않으면 그저 날아오다 코앞에서 힘없이 고꾸라지는 화살일 뿐이다.

"다경이 인터뷰 시간은 알고 있지?"

"맞춰서 온다고 했어. 늦지는 않을 거야."

마지막으로 유현을 만나러 간 자리다. 어떤 일에든 끝맺음은 필요하다.

→≫※≪←

"네가 날 고소하지 않았어도 수사를 진행한다고 하고."

"……."

"네가 내 처벌을 원하지 않는다고 해도 나는 실형이든, 벌금형이든, 받게 된다고 하고. ……그나마 잘해야 집행유예겠지."

다경은 법의 테두리 안에서 그의 편이 되어줄 수도 없고, 그럴 마음도 없었다. 절차대로 진행될 것이고, 그는 벌을 받을 것이다.

사랑이라더니, 참으로 추잡한 죄였다.

키스 등의 직접적 신체접촉이 있던 게 아니라 성추행 미수로 들어가는 줄 알았더니, 나리호의 불법촬영물에 찍힌 걸 세세히 분석했을 때 강유현이 드레스를 잡아당겨 끈이 끊어지는 등의 행동이 있었기에 이는 미수가 아니었다.

혐의는 성추행으로 명시되어 기소된 상태였다. 거기에 폭행 여부도 법적다툼의 여지가 있었다. 너무나 명확한 증거가 있기에 빠져나갈 구멍이 없었다. 지금은 미결수 신분이나 곧 그는 형을 선고 받을 것이다.

그토록 환히 빛나던 유현은 진짜 죄인이 되어 무력하게 앉아 있을 뿐이었다. 초라하고, 볼품없이 꺾인 채.

"그런데 다경아."

"……."

"어떻게 내 사랑이 죄가 되는 거니."

유리창 너머 그의 눈에서 눈물이 후드득 떨어졌다. 참회의 눈물이 아니었다. 억울하고 애가 타는 눈물이었다.

그걸 보는 다경의 가슴이 먹먹해졌다. 사람은 쉽게 바뀌는 게 아니구나. 안타깝지만 그게, 현실이구나.

"선배님. 사랑이 아니에요."

몇 번이나 말했다. 사랑이 아니라고. 누구도 그걸 사랑이라 부르지 않았다. 하물며 법조차, 그걸 죄라 명했다.

"사랑이 아닌지, 맞는지, 그걸 네가 어떻게 판단해. 이건 내 감정인데."

"그래서 무서운 거예요."

자신의 감정에만 빠져 상대를 보지 못하고 밀어붙이는 게 어떻게 사랑이란 말인가. 상대가 가진 걸 모두 망가뜨리겠다는데, 심지어 상대를 가해자로 만들면서까지 무너뜨려 자신이 가지고 싶다 했는데 그런 게 어떻게 사랑인가.

"나는 널 행복하게 해주려고 했는데. 단지 그뿐이었는데. 너는 어떻게 나한테 이럴 수가 있어. 내 마음을 어떻게 이렇게까지 짓밟을 수가 있어."

저 사람은 자기연민에 빠져 있다. 지독한 사랑도, 지독한 슬픔도 오직 그만의 것이었다. 그의 세상엔 아무도 없었다.

"선배님."

그렇다고 용서할 수는 없다. 그의 마음이 아프다고 하여 모든 죄가 용서받을 수 있는 건 아니었다. 더더욱, 자신의 죄를 모르는 사람이기에 반성할 시간이 필요하다.

"뉘우치세요."

다경은 조금 더 모질게 말했다. 그녀 또한 가슴이 찢기는 것 같았다. 어찌 됐든 사람의 마음을 거절한다는 건, 힘든 일이었으니. 그것도 이런 곳에서, 죄의 대가로 자유를 박탈당한 사람 앞에서.

"선배님은 사랑이 아니라 폭력을 휘두른 거였어요. 저는 사랑을 받은 게 아니라, 폭행을 당한 겁니다."

옷이 뜯기고 머리채가 휘어잡힐 때의 충격은 아마도 오래갈 것이다. 밀폐된 공간에서 얼마나 무서웠는지, 그 공포가 어떤 의미인지, 자신을 사랑한다는 그는 진정 모르고 있다.

심지어 또 다른 삶 속에서, 그를 피해 도망가다 죽음에 이르기까지 했었다. 몇 번이고 불행한 끝을 맞이했었다. 생각만 해도 끔찍하다.

"그걸 사랑이라는 이름으로 포장하지 마세요."

진짜 자신을 좋아한 게 아니다. 그가 말하는 사랑의 시작조차, 자신의 곁에 민우가 있고 그래서 그를 거부했기에 갖고 싶어진 거라 했었으니까.

눈물이 그렁그렁한 유현의 눈은 비뚤어진 마음이 아까울 만큼 여전히 아름다웠다. 그러한들 근사한 얼굴이 어떻게 면죄부가 될 수 있겠는가. 절대 안 될 일이다.

실제 형량은 높지 않을지라도 그는 아마 살아가는 동안 지금의 과오에 대한 대가를 계속 치러야 할 것이다.

이미 세상 사람들에게 도덕적으로 비난받고 낙인찍혔으며, 그가 평생을 바쳐 쌓아올린 커리어마저 무너졌다. 잘못된 사랑의 말로는 처참했다.

"지금은 아마 깨닫지 못하시겠죠. 제가 원망스러우실 수도 있고."

그래도 할 수 없다.

"하지만 언젠가는 정신을 차리고, 후회하고, 제게 미안한 생각이 드실 수도 있겠죠."

"……."

"나중에 선배님이 정말 뉘우치고 사과를 하신다고 해도 저는 받고 싶지 않아요. 그러니 진심으로 미안하다면 제 앞에 다시는 나타나지 말아주세요. 그게 유일하게, 제게 용서받는 길이란 걸 잊지 마셨으면 해요."

이내 유현이 고개를 숙였다. 어떻게 해도 그녀의 마음을 가질 수 없음을 뼈저리게 깨달았다. 겨우 이제야.

"오히려 이게 잘된 거예요. 선배님과 저는, 더 많이 불행해질 수도 있었어요."

어쩌면 그는 자신의 특기를 살려 연기할 수도 있었을 것이다. 이렇게 엇나간 사랑이 아니라, 보다 정상적으로 보이는 사랑을 꾸며낼 수도 있었을 것이다.

그는 그러지 못했다. 텅 빈 그의 가슴은 언제나 채워지길 원했다. 미숙했고, 어리석었다. 무엇으로도 정당화될 수 없는 폭력은 이제 천천히 죗값을 치러나갈 것이다.

"선배님."

아주 잠시 허락된 접견이 끝났다.

"아프지 않으시길 바랄게요."

몸도, 마음도.

그게 자신이 가질 수 있는 유일한 바람.

천천히 고개를 든 유현이 미약하게 고개를 끄덕였다. 그의 눈빛에 원망은 없었다. 야속함도 남아 있지 않았다. 그저 감정에 지쳐 허망하고 공허한 눈빛일 뿐이었다.

아픔은 그 스스로 극복해야 할 일. 자신의 미래는 이제 자신이 그려나가야 할 것이다. 앞으로 내딛는 발에 따라 생의 빛이 달라지겠지. 그나마 이렇게 끝이 나서 다행이다.

다경은 일어서서 그에게 허리를 숙여 인사했다. 스크린 속 그의 웃음, 그의 눈물, 그의 목소리, 그의 모든 것에 위로받았던 지난날, 제 유일한 우상이었던 그에 대한 마지막 예의였다.

"괜찮아?"

현지가 다경의 손을 잡아주었고, 주아도 다가와 그녀의 어깨를 가만히 토닥였다.

"저야, 괜찮죠."

다경은 살며시 웃어 보였다.

구치소 밖으로 나와 고개를 들자 푸른 하늘에 몽실몽실 떠가는 구름이 보였다.

살아 있다. 여기 이렇게, 숨 쉬고 있다.

불행한 날은 이제 완전히 과거로 묻혔다.

다경은 휴대전화를 꺼내 민우에게 전화하려다 그의 이름을 가만히 바라보았다.

지민우.

사무치게 그리운 이름.

존중하고 존중받고, 배려하고 배려받는 사랑이 얼마나 귀한 것인지, 너와 내가 그런 사랑을 할 수 있음이 얼마나 감사한 일인지. 새삼 가슴이 먹먹해졌다.

잊지 말자, 우리.

마음껏 사랑하며 감사하며, 우리에게 허락된 시간 내내 그렇게 살자. 그렇게 살아가자.

– 어, 나왔어?

통화연결음이 한 번도 채 울리기 전에 기다렸다는 듯 민우가 전화를 받았다. 코끝이 찡해져 다경은 옅게 웃으며 말했다.

"보고 싶다. 빨리 갈게."

오늘의 사랑에 감사하면서.

➻➺❈❈≪←

다경은 강유현의 접견을 마치고 민우의 회사로 왔다.

"왔어?"

"응, 나 왔어."

자석이 착 들러붙듯 다경은 자연스레 민우의 허리를 안고 인사했다. 왜 이리 반가운지. 한때는 저 얼굴을 아침저녁으로 보는 게 아주 지겨워 죽을 것 같았는데.

학창시절, 교복을 입은 두 사람이 대문을 나서다 마주치면 민우는 다경을 노려보곤 했다. 사실 진짜 노려본 건 아니다. 일부러 그런 게 아니라 원래 눈매가 길쭉하니 싸늘해서 차게 보이는 면이 있던 것뿐이다.

어쨌거나 다경은 쏘아보는 대신, 톡 쏘아붙였다.

"뭘 봐? 예쁜 애 처음 봐?"

민우는 기가 찬 얼굴로 대꾸했었다.

"소, 아침부터 왜 그러냐, 진짜. 무섭게."

"너야말로 눈을 왜 그렇게 무섭게 뜨는데."

"디폴트가 이 눈이야. 원래 이렇게 생겼는데 어떡해?"

"심보가 고약하니 눈도 째졌지. 나 봐, 마음이 착하니 눈도 얼마나 동글동글 예뻐?"

"그게 예쁜 눈이냐? 맹한 눈이지. 하여튼 주제 파악 안 되는 애가 공주병까지 걸려서, 아침부터 피곤하네. 진짜."

민우는 무시하듯 걸음을 옮겨 골목으로 접어들었고, 다경은 발끈해 쪼르르 따라가곤 했다.

"공주병이라니? 이야, 누가 누구 보고? 너 잘생겼다고 우길 땐 언제고?"

"그건 병이 아니라 진실이고."

민우는 교복 바지 주머니에 손을 푹 찌른 채 긴 다리를 뻗어 걸어갔고, 그의 느릿한 걸음을 따라잡기조차 힘겨운 다경은 총총 달리며 따져댔다.

누가 먼저랄 것도 없는 시비. 논해봐야 쓸데없는 걸 가지고 아침부터 기운을 빼곤 했다. 다경은 뒤처져서 씩씩거리며 너 이따 보면 진짜 가만 안 둬, 되지도 않는 협박을 했고, 다경이 뒤에서 버럭대는 걸 들으며 민우는 싱긋 미소를 흘렸었다.

그런 하루하루가 지나갔다. 둘 사이에 차곡차곡, 그런 하루가 쌓여갔다.

예쁘다 소리는 한 번도 안 했지만, 민우의 눈에도 다경이 밉지 않았다. 너무나도 예뻐 보여 당황스러운 적도 있었다. 내 눈이 미쳤나, 내 머리가 미쳤나, 금세 정신을 차리려고 노력하기도 했다.

서로 조금씩 커가는 모습을 가까이에서 볼 수 있었다.

매일 같은 하루인 듯 느껴졌지만, 돌아보면 수많은 날이 지나 있었다. 자그마한 아이들에서 소년과 소녀로, 그리고 남자와 여자로, 시간은 쉼 없이 흘러 그들을 어른으로 만들었다. 사랑인 줄 몰랐던 감정에 젖어들었고, 사랑인 줄 모르고 결혼을 했으며, 뒤늦게 사랑임을 깨닫게 되었다.

그런 시간이었다. 둘 사이에 그런 시간이 흘러 지금에 이르렀다.

서로의 허리를 안고 바라보는 눈에는 꿀이 뚝뚝 떨어졌다. 언제 '웬수'였나 싶게. 그런 시절이 정말 있었던가 싶게.

"잘 만나고 왔어? 어때 보여, 그 미친놈은?"

"뭐 아직…… 같은 소리만 반복하지."

"사랑한다고? 지금도 그래? 반성은 안 해?"

"음, 그렇……."

"내 이 미친 새끼를……."

워워. 어금니를 악물고 주먹을 쥐는 민우를 꼭 안아 달랬다.

그는 금방이라도 뛰어나갈 것만 같았다. 모든 일에 심드렁한 민우는 다경에 관련된 일만큼은 그렇지 못했다. 법의 응징도, 세상 사람들의 비난도, 자신의 주먹 한 대와 비할 수 없는 모양이다.

어쩌면 강유현에게는 지금 있는 곳이 가장 안전한 곳인지도 모르겠다. 거기 갇혀 있지 않았더라면 벌써 민우의 손에 위험해졌을지도.

"그래도 시간이 지나면 뭐가 잘못되었는지 본인도 알게 되겠지."

다경은 씁쓸한 음성으로 말했다.

오늘 유현을 접견하고 나와 현지, 주아와 함께 차에 오르기 전에 그의 매니저 강호를 만나게 됐다.

강호는 머뭇머뭇 다가와 인사를 건넸다. 사실 대화하고 싶진 않았다. 이미 내키지 않는 걸음은 유현에게 다녀온 것만으로 충분했다. 제대로 끝맺고 싶어서 겨우 그를 마주하고 잠깐이나마 이야기를 나누고 온 것인데, 유현의 매니저였던 강호와 또 말을 섞는 건 부담이었다.

하지만 그는 시간을 잠깐만 내달라고 부탁했다. 합의나 선처를 바라는 건 아니라고 그가 먼저 말했다.

"형 어머니께서 좀 심한 편이었던 것 같아요. 그런 얘기는 저도 얼마 전에야 들었어요. 형이 한 번도 말한 적 없었거든요. 대부분의 사람들도 몰랐던 일이고요."

유현은 어머니로부터 심한 학대를 받았다고 한다.

한동안 강호 역시 유현이 왜 그러는지 이해할 수 없었고, 자신이 알던 사람이 아닌 것 같아 서글프기도 했었다. 그리고 나중에야 유현에게 이런 이야기를 듣게 된 것이다.

어머니는 그를 유명한 아역배우로 만들기 위해 어릴 때부터 촬영장에 끌고 다니며 지독한 트레이닝을 시켰다고 했다. 대사를 제대로 외우지 못하면 밥을 주지 않고 때리거나, 옷장 안에 가두는 일도 빈번했다고 했다. 그러면서도 겉으로는 착하게 보이게끔 감정을 감추도록 했고, 지적인 모습을 보여야 한다며 공부도 독하게 시켰다.

키가 커야 한다면서 아이의 컨디션과 상관없이 수시로 병원으로 끌고 다니고, 건강해야 한다며 입에 영양제를 끊임없이 처넣은 건 당연했다.

아이에게 편안한 밤잠과 따뜻하고 영양가 넘치는 밥을 허락하지도 않았으면서, 무엇이 아이의 마음과 몸을 살찌우는지 그것도 모르면서, 안팎으로 완벽한 배우가 되게끔, 아니, 그렇게 보이게끔 그의 어머니는 유현을 다듬고 또 다듬었다고 했다.

결과적으로 유현은 만인에게 사랑받는 배우로 성장했다. 연기력과 인성, 외모, 무엇 하나 빠질 게 없는 스타 중의 스타였다. 표면적으로만 완벽했다.

그가 처음 남우주연상을 휩쓸던 해, 이제야 어머니의 기대를 충족시켰으려나 했는데 아니었다. 격려와 축하는 없었다. 아무리 해도 어머니는 부족하다고 했다. 텅 빈 유현의 마음은 채울 길이 없었다.

그를 지독하게 몰아붙이던 어머니는 병을 얻어, 짧고 굵게 병원 신세를 지다가 일찍 돌아가셨다. 하지만 어머니의 그림자는 언제나 유현을 뒤덮고 있었다.

그는 여전히 자신을 통제하고 억압하면서, 어머니가 없는 세상에서도 완벽한 배우로 살아왔다. 아니, 껍데기만 살아 있었다.

"형이 잘못했죠. 정말 잘못…… 많이 했죠. 용서해주셨으면 하는 건 절대 아니에요."

"그런데 그런 얘기, 저한테 왜 하세요?"

강호는 다경의 무거운 표정을 보며 힘겹게 말을 이었다.

"형은 다경 씨를 보고 자신과 동일시했던 것 같아요. 같은 아픔을 겪었으니, 반드시 같은 마음일 거라고. ……소다경 씨가 왜 자신을 좋아하지 않는지 도저히 이해가 되지 않는다고 했거든요. 지민우가 아니라, 자신과 사랑해야 하는 것 아니냐고."

"……."

"형이 왜 그렇게 맹목적이었는지, 왜 그렇게 나쁜 마음까지 먹을 정도로 비뚤어졌는지, 소다경 씨도 모르고 있으면 답답하실 것 같아서요. 저도 그 이유를 알게 되고선, 다경 씨에게 꼭 전해주고 싶었어요."

"……."

"소다경 씨가 빌미를 줬다거나 먼저 유혹한 게 아니냐고 떠드는 사람들이 있으니……. 행여나 다경 씨도 스스로 돌아보며 갑갑하거나 괴로운 마음이 드실까 봐. 그런 게 아니라는 말씀을 꼭 드리고 싶었어요."

어디나 피해자를 욕하는 이는 있기 마련이다. 그에 따라 피해자
는 혹시 정말 자신이 잘못한 건 아닌가 헷갈리다 못해 불안을 겪기
도 하고, 속내를 갉아먹혀 병이 들고 마는 것이다.

다경도 사실 그런 마음이 조금 들기도 했었다. 한없이 높은 곳
에 떠 있는 별, 강유현이 왜 제게 이렇게 집착할까. 어떤 계기가 있
었던 것도 아니고, 친분이 있던 것도 아닌데, 왜 이런 일이 벌어졌
을까. 행여 자신이 여지를 준 건 아닐까. 무언가 잘못한 건 아닐까.
그 이유가 정말 내게 있던 것은 아닐까.

일부 사람들이 하는 소리에 그녀 역시 휩쓸릴 뻔도 했었다.

그러나 강호의 이야기를 듣고 나니 이제야 알 것 같았다. 다경
때문이 아니라, 유현 내면의 문제였다고. 그걸 스스로 다스리지 못
해 엇나가버린 유현의 잘못이지, 결코 다경의 잘못이 아니라고. 강
호는 그 얘기를 해주고 싶었던 거다. 비난을 받아야 할 쪽은, 당한
쪽이 아니라 저지른 쪽이라고, 그 어떤 이유로도 뒤바뀌어서는 안
될 일이라고, 다경의 마음만큼은 다치지 않도록 사실을 바로잡아
주고 싶었을 뿐이다.

"그렇게 불우한 성장 과정이 있었다고 해서, 이해받을 수 있는
건 아니죠. 그런 이유로 누구나 범죄를 저지르는 건 아니고요."

"그야 물론입니다. 형은 소다경 씨뿐 아니라 다른 사람들에게
도 이해받지 못할 거예요. 그리고 아마 재기할 수 없겠죠. 엄청난
사랑을 받았던 만큼, 그 대가도 크게 치러야 할 테니까요."

그의 측근이었던 강호마저 쐐기를 박았다.

용서받을 수 없는 짓을 했다. 집착은 결코 사랑의 다른 이름이
될 수 없다. 강호는 아무리 자신이 유현에게 많은 도움을 받으며
고마운 마음을 갖고 있다 한들 그를 옹호할 수도, 해서는 안 된다

는 것도 알았다. 그저 다경의 아픔을 덜어주는 것, 딱 거기까지가 강호가 할 수 있는 일이다.

"이제 그 사람 이야기는 그만하고 싶어요. ……말씀해주셔서, 감사해요."

그래도 자신을 걱정해 찾아와준 강호에게 고맙다는 인사는 건네고 돌아섰다.

다경은 끔찍하고 아찔했던 순간을 떨쳐내고 싶었다. 이유도 알았고, 과정도 알았다. 결과는 이해할 수 없었지만 어쨌든 이렇게 매듭은 완벽히 지어졌다.

그를 만나고 돌아온 일을 찬찬히 듣던 민우가 말했다.

"너만 보낸 건 오늘이 마지막이고, 이제 만날 일이 생기거나 볼 일 생기면 나랑 같이 가. 무조건."

"응, 그럴게. 그리고 이제 만날 일 없어. 만나고 싶지도 않고. 절대."

자신이 사랑했던 여자가, 자신을 생각하는 것만으로도 치가 떨린다는데 그보다 더한 형벌이 어디 있을까. 강유현은 이대로 끝이다. 벌은 이제 시작이고.

"……고생했다."

민우가 안쓰러운 얼굴로 그녀를 다시 꼭 끌어안았다.

"장해. 잘하고 왔어."

정말 고생을 했다. 어려운 일을 치렀다.

이게 마지막이길. 다시는 그녀가 이런 경험을 하지 않길 바랐다. 자신이 곁에 있는 한, 그건 꼭 지켜질 일이 분명했다. 다경의 아픔은 이제 조금도 용납하지 않을 것이다.

→→�֍←←

호의 반, 반감 반.

비즈니스 관계로 시작한 이들 커플에 대해 속았다, 배신감 든다 하는 반응도 있었고, 누가 뭐래도 두 사람을 응원한다는 반응도 있었다.

나리호나 강유현의 잇따른 소환과 구속 소식에 시끄러웠던 분위기가 잦아들자, 슬슬 두 사람의 거짓 결혼 쪽으로 관심이 돌아오고 있었다.

[가상 커플 보고도 망붕 오지는데 오죽했겠음. 둘 케미 끝내준다니 돈이 된다 싶었겠지.]

[그래도 지금은 진짜라던데?]

[어떤 스태프가 자기 SNS에 올린 거 보니 둘이 진짜 좋아하는 사이라더라. 가는 곳마다 깨 쏟아지고 난리였댔음.]

[드라마 찍다가도 눈이 맞는다는데 가짜래도 결혼까지 하고 여태 눈이 안 맞았을 리가 있음?]

[비즈니스는 개뿔. 애초에 둘이 서로 좋아하지 않는데 그게 가능했겠냐?]

[이제 뭐가 진짜인지도 모르겠고 둘이 잘 어울리는데 그냥 백년해로했으면!]

워낙 많은 사랑을 받았던 커플인 만큼, 비즈니스가 아닌 진짜 연인, 진짜 부부이길 바라는 목소리도 컸다. 그간 긍정적인 모습을 보여온 덕분이다. 두 사람이 나란히 서 있는 장면은 그대로 화보가 되었고, 그 안에서 주고받는 눈빛에서는 진심이 아니고는 설명할 수 없는 애정이 엿보였다.

나리호의 케이스와는 다르게, 다경과 민우의 경우에는 이들을 돕는 주변의 목소리도 심심치 않게 전해졌다.

　[고등학교 동창인데 얘네 학교 때도 유명했음. 서로 좋아하는 거 뻔한데 맨날 본인들만 아니래. 결국 결혼하는 거 보고 다들 그럴 줄 알았다고 함. 누가 봐도 찐이구만 속긴 뭘.]
　[모 드라마에서 함께 일했던 스태프입니다. 두 분 가까이에서 본 사람들은 가짜라는 말 못 해요. 이분들 장난치고 투닥거리는 것조차 사랑이던데요. 뭐 하러 그런 계약서를 썼는지는 몰라도 두 사람 헤어질 사이론 안 보였어요. 아주 천생연분입니다.]

　동창들과 스태프들의 증언 아닌 증언이 이어졌다. 심지어 두 아이가 서로 챙기는(구박하는) 모습이 참 예뻤다며 초등학교부터 고등학교 시절 교사들이며 이웃 주민들까지 어디선가 툭툭 튀어나와 한마디씩 더했다. 다경과 민우, 그들의 온 생에 걸쳐 쌓여온 소리였다.

　둘 사이에 강유현이 엮이면서 잡음이 생겨 불편해하는 사람들이 있긴 했지만, 어디까지나 다경은 피해자였다. 강유현에게 추행을 당하고, 또 그걸로 나리호는 교활하게 이용하고, 심지어 다경의 모친은 거기 끼어서 딸을 곤란에 빠지게 하는 역할까지 자처했으니 돌아가는 상황을 보았을 때 상식이 있는 이라면 누구나 가해자인 세 사람을 비난했다.

　그 가운데 처음 진행한 다경과 민우의 인터뷰는 순조롭게 끝났다. 기자회견을 열까도 했지만 너무 유난인 것 같아서, 최초 열애설 보도를 맡겼던 기자와 간단하게 단독 인터뷰를 했다.

　인터뷰가 끝날 무렵, 기자가 넌지시 말했다.

"두 분처럼 연기하려고 해도 힘들겠어요."

웃으면서 그는, 다경과 민우가 내내 잡고 있던 손을 바라보았다. 저건 진짜구나, 두 사람을 믿을 수밖에 없다는 눈빛이었다.

입장표명 기사는 비교적 빨리 인터넷에 올랐다.

아무리 갑작스러운 스캔들을 무마하기 위해서라고 하지만 굳이 결혼까지는 할 필요 없었다는 의견이 많은데요?

지민우(이하 지) : 맞아요. 결혼까지 할 필요 없긴 했습니다.

그런데 무리해서 결혼하신 이유는요? 정말 광고 계약 때문이었나요?

지 : 인기를 얻고 수입이 늘어난 건 사실이고 감사한 일이지만, 그건 부차적인 결과였습니다. 그보다 더 중요한 건, 이미 제가 그때 소다경 씨를 마음에 두고 있었다는 것이고요.

대중들은 몰랐던 이야기가 기사에 실렸다.

이미 마음에 두고 있었다? 지민우 씨가 소다경 씨를 좋아하고 있던 겁니까?

지 : 저도 몰랐는데, 이 기회를 놓치면 안 되겠다는 생각이 들더라고요. 모두의 이해관계에 맞으니 결혼을 추진하자고 했었는데, 결국 그건 다경이와 함께하고 싶은 마음에서 비롯된 거였어요. 돌아보니 그때 이미 전 다경이를 사랑하고 있었습니다. 깨닫지 못했을 뿐, 그 전부터, 어릴 때부터. 아니, 그보다 훨씬 오래전부터일지도 모르죠. 전 다경이가 아니면 안 되는 삶을 살아오고 있었으니까요.

더없이 진솔하고 로맨틱한 답변이었다.

비즈니스니 뭐니, 그건 핑계였다고. 처음부터 나는 사랑이었다고. 우리의 시작은 그렇게 거짓이 아니라, 진짜일 수밖에 없었다고.

물론 그보다 더한 진실은 밝히지 못했다.

다경과 유현이 함께 얽힌 과거의 삶. 이를 바로잡기 위해 몇 번이고 다시 살아야만 했던 민우의 삶.

이게 사랑이 아니면 무엇이었을까.

두 사람이 아니고는 알 수 없는, 오직 둘만의 이야기였다.

그래서 더욱 비밀스럽고 신비롭게 엮인 진짜 운명의 끈. 그 주인은 바로 우리.

너와 나.

지 : 저희의 사랑이 진짜인지 아닌지 판별해주십사 하는 건 아닙니다. 그건 어렵죠. 어디까지나 저와 다경이의 일이고, 감정이니까요. 겉으로 보이는 게 다가 아니니 아직 믿지 못하는 분들도 많으실 거고요. 하지만 이로 인해 실망을 안겨드렸던 부분, 진심으로 죄송하단 말씀 드리고 싶어요.

소다경(이하 소) : 저도 정말 죄송합니다. 그리고 천천히 지켜봐주셨으면 합니다. 어디선가 두 사람이 서로 사랑하며 예쁘게 살고 있구나, 마음 한편으로 믿어주시면 더할 나위 없이 기쁠 것 같아요. 그 믿음에 반드시 보답하겠습니다. 노력하며, 아끼며, 열심히 살아갈게요.

인터뷰 페이지에는 두 사람이 함께 인사하는 영상도 담겼다. 자연스럽게 찍힌 사진도 실려 있었다.

논란을 피하지 않고 전면에 나서서 대응했으나, 그 방식이 공격적이지 않았다. 대중에게 차분히 해명했고, 용서를 구했고, 훗날을 기약했다. 남은 건 이 사랑을 증명하는 일뿐. 그건 시간이 해결해줄 터였다.

"할 수 있는 건 다 했어, 우린 이제."

기사와 댓글 반응까지 모두 확인했다. 노트북을 덮으며 민우가 후련한 표정으로 기지개를 켰다. 다경 역시 참았던 숨을 길게 내쉬었다. 이제 더 할 수 있는 건 없다.

다행히 이들의 편인 사람들이 훨씬 많았다.

"좀 쉬자. 한동안 우리 진짜 정신 없었······."

다경의 말이 끝나기도 전에 전화벨이 울렸다.

"어, 대표님이시네. 결혼식 일정 때문에 뭐 물어보신다고 했는데."

그 전화인가 했다. 민우가 받아보라며 턱짓하고, 다경은 여유롭게 전화를 받았다.

"네, 대표······."

– 대표고 뭐고, TV 좀 틀어봐. 아니, 인터넷을 열든, 뭐든지 얼른.

뭐가 또 이렇게 급할까. 다경은 서둘러 민우에게 거실의 TV를 켜라며 손짓했고, 자신은 노트북을 다시 열었다.

– 저 박 씨가, 그 박 씨 맞지?

긴급체포 뉴스가 나오고 있었다.

[사기죄 혐의 박 모 씨, 인천공항에서 귀국길에 긴급체포]

정 여사에게 카페 인수를 알선했던 박 사장이다.

모자이크 처리된 화면이지만 연행되는 이가 중년의 남성이란 것 정도는 알 수 있었다.

귀국길? 해외에 나갔다가 들어오는 길에 체포가 되었단 말인가? 도망을 갔는데 제 발로 왜 돌아왔지? 어떻게 공항에서 바로 체포가 된 거고?

언뜻 이해가 가지 않았다.

오늘도 잡혀갔을 전국의 많은 사기꾼 가운데 유독 박 씨의 모습이 뉴스 화면을 장식한 것도 수상했다. 이에 놀라운 소식이 다시 자막으로 붙었다. 이유는 따로 있었다.

[배우 소다경의 모친 정 모 씨와 사기 공모 후 도주. "난 정말 억울해. 다 정 씨가 시킨 짓."]

이제야, 동굴 속에 홀로 웅크리고 있던 교활한 짐승 한 마리가 잡혀갈 차례였다.

→→→※←←←

"오늘 오전, 사기죄 혐의가 있는 박 모 씨가 인천공항으로 자진 입국하다 공항경찰대에 의해 현장에서 체포되었습니다. 지난 7월, 박 씨는 친분이 있던 정 모 씨의 사업자금 투자를 알선하고, 이 투자금을 중간에서 모두 가로채 태국으로 도주한 바 있습니다. 현재 기소중지자로 확인된 박 씨는 입국과 동시에 검찰에 통보되어 긴급체포 조치가 이뤄졌습니다."

박 사장은 귀국하면 바로 잡힐 게 뻔한데도 제 발로 돌아온 것이다. 그 결과 그는 공항에서 바로 붙들렸다.

"정 씨는 달아난 박 씨로 인해 상당한 빚을 떠안게 되었으며, 이후 가족의 도움으로 채무를 변제했고 박 씨를 사기 혐의로 고소했습니다. 하지만 체포된 박 씨의 주장은 이와 상당히 다른 부분이 있는데요. 들어보시겠습니다."

"사기는 내가 혼자 친 게 아니라니까요. 정XX이, 그 여자 때문에 일이 이렇게 된 거라고요."

취재진을 향해 박 사장이 털어놓는 소리는, 모자이크와 음성변조로도 그 억울함은 가릴 수 없었다.

"돈도 지금 정XX이가 다 들고 있습니다. 그 여자가 뒤로 **빼돌려**서 나한테는 한 푼도 없어요, 없어. 애초에 내가 돈을 가지고 간 게 아니었다고요."

아닌 척 잠자코 있던 정 여사가 사기 공모라니?
박 사장과 한패였다는 게 그의 증언으로 드러났다.

"그 여자가 돈 들고 자기도 금방 따라 나온다고 해놓고 딴소리를 한 거예요. 강XX을 사위로 만들 수 있을 거 같으니까 마음이 바뀌어서. 계속 기다려라, 간다 간다, 그러더니 어느 순간 연락까지 끊어버리고. 내 참, 그런 여자를 믿고 혼자 타국에서 새빠지게 고생한 걸 생각하면, 어휴. 그래놓고 지가 날 고소해?"

정 여사는 엄연한 피해자였다. 카페 잔금을 치르기 전 박 사장이 혼자 돈을 들고 도망간 것이니까.

그 일을 해결하는 과정에서 강유현이니 뭐니 일련의 사건이 또 있긴 했으나 어쨌든 지금은 다 갈무리가 된 상태였다. 투자자들의 돈이나, 카페 계약 문제는 모두 해결이 되었다. 돈을 들고 튄 박 사장을 대신해 정 여사와 주변인이 피해를 입은 걸로 일단락된 것이다.

정황상 정 여사가 계속 피해자로 남아 있으려면, 박 사장을 직접 고소하는 건 불가피했다.

"나랑 짜고 친 고스톱이라는 거 들키면 안 되니까, 정XX이가 나한테 다 뒤집어씌우고 피해자인 척 뭉개고 앉은 모양인데 말도 안 되지!"

억울하게 혼자 사기꾼이 되어 고국 땅을 밟지도 못할 바에야, 빼돌린 돈으로 잘 먹고 잘 살겠다는 정 여사 발목을 잡기로 한 것이다. 현명한 물귀신은 스스로 몸을 던져 마녀와의 동반 다이빙을 자처했다.

박 사장은 정 여사가 연락을 끊어버리자, 한국의 지인에게 겨우 연락하여 상황을 알아보게 했고 정 여사가 자신을 고소했다는 사실을 알게 됐다.

출국 이후의 고소라, 소재 불분명으로 기소중지 처분이 내려진 상태인데 한국에 돌아가면 바로 체포될 것을 알면서도 박 사장은 귀국을 강행했다. 이대로 빈털터리로 해외를 떠돌다 혼자 죽을 순 없지, 하는 맘이었을 거다.

그 결과 당당히 입국했고, 우습게도 박 사장의 귀국길은 떠날 때와 달리 외롭지 않았다. 안 그래도 자수하려던 박 사장은 떳떳하게 긴급체포를 당하고 모든 걸 털어놓았다.

"지는 떼어먹은 돈 따로 숨겨놨으니 앞으로 걱정은 없었겠죠. 그런데 나는 어떡하라고? 그런 마녀 같은 여자가 뭐가 좋다고 내가 목을 맸는지. 나도 피해자, 피해잡니다! 그 여자 좀 잡아와요, 나도 나지만, 그 여자를 처넣어야 한다니까!"

이 일에 연루된 정 씨가 소다경의 어머니라는 사실은 금세 알려졌다. 꺼져가던 화제에 다시 불이 붙었다. 민우와의 비즈니스 결혼 문제가 대충 수습되는가 싶었는데, 소다경의 이름은 계속해서 언론에 오르내렸다.

'소다경의 어머니', '소다경 모친', '소다경 엄마'.

그녀의 이름이 빠지고는 뉴스가 되지 않았다. 엄마는 다경을 단한 번도 편안하게 해주는 법이 없었다.

"……그래서요?"

왕 대표가 싸늘하게 되물었다.

여기는 그녀의 집무실로, 정 여사가 연락도 없이 들이닥친 참이다. 만나지 않으려 했지만, 건물 로비에서 난리를 칠 기세였기에 잠깐만 시간을 할애하기로 했다. 비서에게는 안쪽에서 소리가 커지면 보안직원들을 불러오라고 언질을 해두었다. 여차하면 정 여사를 바로 내보낼 생각이다.

"아니, 내가 곧 소환을 당하게 생겼다니까요."

그거야 당연한 거 아닌가.

"네, 그러시겠죠."

"그게 다예요?"

"관련이 있으시면 가서 조사도 받고 혐의가 드러나면 벌도 받고 하셔야죠. 당장 끌고 가도 모자랄 판에 곱게 불렀다는데 그게 무슨 문제입니까?"

"왕 대표, 무슨 말을 그렇게 해! 그러면 안 되지!"

상대는 버럭 소리를 질렀다.

현지는 잠시 인상을 찡그렸다가 입을 뗐다.

"그럼요?"

"유능한 변호사부터 선임해달란 말이에요. 그걸 꼭 말로 해야 알아요?"

"그걸, 제가, 왜요?"

"이거 봐, 이거 봐. 대표란 게 다경이 생각은 눈곱만큼도 안 하지."

정 여사는 파르르 떨며 삿대질했다.

"내가 억울하게 끌려 들어가고 누명 쓰고 하면 우리 다경이는 어떡하라는 거야, 대체? 이미지가 생명인 애를, 이렇게 복잡한 일에 휩쓸리게 하면 되겠어요? 이 여자가 생각이 있는 거야, 없는 거야!"

앞뒤 안 가리고 흥분하던 정 여사는 맞은편에 앉은 현지가 아무런 대답이 없자 스스로 침착을 되찾았다.

"흠흠, 아휴……. 내가 다경이 걱정에 화가 나서 그만 말이 너무 세게 나갔네. 이해해요. 그러니까 자, 생각을 좀 잘 해보자고요. 이럴 때일수록 차분하게 대응해야 하는 거예요."

혼자 북 치고 장구 치고 바쁘다. 절벽 끝이 영 위태롭긴 한가 보다. 손잡아줄 이가 전혀 없으니 눈에 보이는 것도 없는 모양이고. 게다가 나리호고, 강유현이고 아무도 남아 있지 않다. 이제 그녀는 진짜 혼자다.

"우리가 힘을 합쳐야 해요."

그래서 더더욱 말도 안 되는 소리를 지껄였다.

어디서 우리래.

"다경이 속 시끄럽지 않게, 이번 일 잘 마무리하자고요. 그러니까 왜 그런 데 있잖아. 엄청 빵빵한 로펌. 거기에 승률 좋은 변호사 좀 알아봐서 붙여줘 봐요. 이게 다 누굴 위해서야, 다경이 위한 거잖아요. 벌써 못된 것들이 다경이 이름 입에 담고 그러는데. 이제야 좀 잠잠해지나 했더니 또 시끄러워지면 안 되죠."

"······."

"이럴 때 일 잘하는 회사들 보면 언론도 잘 막고, 소송도 잘하고 그러던데. 왕 대표가 그 정도 능력은 있잖아요, 그죠?"

하아, 현지는 한숨을 내쉬곤 바로 입을 열었다.

"이런 말까진 안 하려고 했는데."

"그래요. 무슨, 좋은 수 있어요?"

"쓰레기라는 말도 아깝네요."

사람이 뻔뻔해도 정도가 있지, 절연을 선포했던 딸의 회사 대표에게까지 찾아와 막무가내로 구는 꼴이 개탄스러웠다.

"뭐, 뭐야!?"

"······."

"나한테 쓰레기라고 했어, 지금?"

정 여사는 잔뜩 화가 나 앞에 있던 주스잔을 들어 현지에게 촤아악 뿌렸다.

"이게 진짜 보자 보자 하니까, 야! 너 몇 살이야? 네 눈에 어른도 안 보여? 뭐어? 쓰레기?"

현지의 머리카락과 얼굴에 끼얹어진 오렌지 주스가 뚝뚝 떨어졌다. 눈을 질끈 감고 있던 그녀가 천천히 티슈를 뽑았다.

현지가 티슈로 주스를 닦아내는 동안에도 정 여사는 성난 짐승처럼 소리를 질러댔다.

"내 딸 데려다가 가짜 결혼에 뭐에 별짓을 다 시키더니! 이렇게 나오면 나도 가만히 안 있어! 내가 여기, 악덕 소속사라고 까발리고 그러면 왕현지 너도 그냥 바닥 처박히는 거야, 알아?"

"지금 하시는 거, 협박입니다. 허위사실 유포, 명예훼손이고요."

"하! 고소해! 고소해!"

현지는 벌떡 일어섰고, 정 여사는 그 기세에 움찔 놀랐다. 하지만 현지는 끝까지 교양을 잃지 않았다. 그녀는 타박타박 걸어 문으로 다가가 문고리를 잡고 서서, 정 여사를 바라보았다.

"혹시나 다경이에게 진심으로 사과를 하시는 건 아닐까, 뉘우치고 계신 건 아닐까, 제가 헛된 기대를 했습니다."

정 여사의 동공이 흔들렸다.

"깨끗이 무너뜨려주셔서 감사해요. 더 이상 미련도 없네요, 이젠."

"그, 그게 무슨…….."

"저희가 왜 정화숙 씨를 도와야 합니까? 빼돌린 그 돈을 저희가 물어드렸었는데요. 아시죠? 강유현 씨가 갚아주신 돈, 저희 쪽에서 다시 변제했던 거. 그거 이제 토해내셔야죠. 지금 정화숙 씨가 다 가지고 계신다면서요. 반환소송 들어갈 겁니다."

정 여사는 사색이 되었다. 안 그래도 박 사장과 얽혀 경찰서에 소환될 일로 눈앞이 캄캄한데 돈까지 토해내라니?

"그, 그 돈이 나한테 있다고 누가 그래? 박 사장 그게 거짓말을 하는 건데! 난 억울해요, 억울하다니까?"

"그런 말씀은 경찰서에 가서 하시고, 이제 그만 나가주시죠."

정 여사는 분하고, 또 분했다. 이미 수중에 돈은 하나도 없다. 강유현이 잘못된 후에 앞날이 불안하게 느껴진 그녀는, 뭐라도 해야겠다는 심정으로 어딘가로 향했었다. 전부터 누군가가 돈을 크게 불릴 방법이 있다며 함께 가자 꼬드겼던 곳이었다. 그리고 집으로 돌아올 땐, 수중엔 한 푼도 남아 있지 않았다.

허망했다. 억장이 무너져도 방법이 없었다. 이제 정 여사에겐 아무것도 없다.

"와, 왕 대표. 내가 말이 너무 심했어요. 마음은 안 그런 거 알잖아, 내가 그래도 우리 다경이 생각을 얼마나 하는데. 괜히 누명 써서 일 복잡하게 만들 거 없이……, 앗!"

결국 현지가 다시 정 여사 쪽으로 걸어와 그녀의 손을 잡아 일으켰다.

"더 늦으면 끌려 나가실 것 같은데, 보안직원들 올라오기 전에 그냥 두 발로 곱게 나가시는 게 좋겠네요."

"아니, 진짜 이 여자가!"

문으로 안내하려는 현지를 눈이 뒤집힌 정 여사가 냅다 밀어버렸다. 생각지도 못하게 밀침을 당한 현지는 순간 휘청하더니 몸이 기울어 소파 옆쪽으로 배가 부딪히며 바닥에 풀썩 주저앉았고, 그때 막 문이 열리더니 비서와 함께 건물의 보안직원이 들어왔다.

"나가시죠."

"이거 놔, 놓으라고!"

정 여사는 끌려갔다. 끝까지 바락바락 내지르는 소리에 건물이 떠나갈 듯 울려댔다.

주스 벼락을 맞아 끈끈하게 젖은 머리를 푹 숙인 채, 소파 옆 바닥에 배를 안고 앉아 있는 왕 대표에게로 비서가 다가갔다.

"대표님, 대표님, 괜찮으세요?"

"……나, 병원에 좀. ……아니, 구급차 먼저 불러줘. 얼른."

"네! 자, 잠깐만요!"

비서가 놀라 휴대전화를 찾았다. 부랴부랴 119를 부르는 비서의 손이 떨렸다. 남 대표와 다경에게도 이어서 전화했다.

"대표님!"

병실로 다경이 뛰어 들어왔다. 환자복을 입고 침대에 기대앉아 있던 현지가 활짝 웃었다.

"나 멀쩡해. 괜찮다니까."

자신의 배를 쓰다듬으며 안심하라는 듯 웃음을 보여주었다. 위급했던 상황은 다행히 지나갔다.

처음 연락을 받고 심장이 철렁 내려앉았던 다경은, 달려오던 중 다시 전화를 받았다. 병원으로 와서 검사를 받았는데, 아기와 엄마 모두 문제가 없다는 연락이었다. 하늘이 무너졌다가 다시 살아난 기분이었다.

"정말이죠? 정말 괜찮죠?"

다경이 울먹거리며 현지의 배에 손을 대었다. 우리 복덩이, 괜찮은 거 맞죠?

"아이고, 괜찮대도."

현지는 부드럽게 웃었다.

소파에 널브러져 있던 기혁이 몸을 일으켰다. 현지가 검사받는 동안 얼마나 마음고생을 했는지 얼굴이 눈물로 범벅돼 있었다.

"멀쩡하긴. 빈혈이 그렇게 심하다는데. 그러니 픽픽 쓰러지지. 소파가 아니라 옆에 테이블이나 더 딱딱한 게 있었으면 어쩔 뻔했어. 하물며 계단에서 구르기라도 했으면. 그러게, 무리하면 안 된다니까."

걱정이 한가득이다.

"알았어, 조심할게."

기혁의 마음을 아는 터라 현지는 순순히 답했다.

다경은 너무나 미안했다. 현지가 요즘 가장 스트레스를 받는 일도, 무리하는 것도, 전부 자신 때문일 테니.

"죄송해요, 저 때문에."

"어어, 아니야! 다경이 미안하라고 하는 말이 아니고."

기혁이 손을 내저었고, 현지도 말했다.

"그래, 누가 너 때문이래. 쓸데없는 소리 한다."

다경은 여전히 미안했고, 동시에 화가 치밀었다. 절연까지 했지만, 여전히 어머니는 안하무인이었다.

"대표님."

나 하나를 힘들게 하는 건 괜찮아도, 내 사람들까지 힘들게 하는 건 도저히 참을 수가 없다.

"그동안 모아두셨던 파일 주세요. 주아 언니한테 받으면 될까요?"

지긋지긋한 고리를, 기어이 끊고 말 것이다.

＊＞※≪＜

정 여사의 소환조사가 있는 날. 그녀가 일반인임에도 불구하고 경찰서 앞은 많은 기자로 붐볐다.

정 여사는 은은한 화장에 세련된 원피스 차림이었다.

"사기 혐의 인정하십니까?"

"공모자의 진술이 모두 사실인지요?"

"소다경 씨도 연루된 게 아니냐는 의혹도 있는데요?"

우르르 에워싸는 기자들 사이에서 정 여사는 걸음을 멈추고 큰 카메라들을 응시했다.

"음, 어디 보고 얘기해야 해요? 여기? 여기?"

순간 정적이 흘렀다.

정 여사는 무척이나 떳떳해 보였다. 워낙 시끄러운 사안이라 얼굴을 가리고 급히 들어가겠거니 생각했다. 그래서 빠르게 묻고 촬영하려 했던 기자들마저 정 여사의 태도에 당황했다.

"제가요. 드릴 말씀이 너무나 많습니다."

뭔가 새로운 이야기가 나오려나 싶어 이내 셔터 소리가 빨라졌다.

"억울한 건 그 사람이 아니라 저죠. 사기라니요, 말도 안 되는 일입니다."

마치 기자회견이라도 연 듯했다.

"아시다시피 제가 소다경의 엄마 되는 사람입니다. 다경이가 잘됐으면 하는 바람에 어미 된 마음으로 못 할 일이 없었죠. 자식 잘못되길 바라는 엄마가 어디 있겠어요? 아무리 다경이네 회사에서 돈 때문에 우리 딸 말도 안 되는 결혼까지 시키고 부려먹어도, 혹시나 불이익이 있을까 봐 빼내 오지도 못하고."

정 여사는 자식을 끔찍이 여기는 어머니로 자신을 포장했다.

"그러니 제가 어떻게 회사를 믿고 우리 다경이를 끝까지 맡기겠어요? 다경이는 또 애가 워낙 착해서 시키면 시키는 대로 하고, 회사에 반항 한번 제대로 못 하는데요. 엄마인 제가 직접 지켜야만 했죠."

다경의 소속사를 겨냥한 발언이었다. 자신을 착한 엄마, 좋은 엄마로 포장하려다 보니 상대적으로 나쁜 역할을 맡겨야 할 곳이 필요했고, 그게 다경의 회사였다. 증거 없이, 뭉뚱그려, 그냥 그랬다고만 하면 화살은 당연히 그리로 향할 테니까.

벼랑 끝에 몰린 정 여사는 세상 무서운 줄 모르고 거침없이 쏟아냈다.

"그래서 제가 경제적인 기반을 마련하고 다경이에게도 도움을 좀 주려고 했던 건데, 그 과정에서 이렇게 오해가 생겼네요. 다경이를 위해 뭐든 하려고 했는데 불미스러운 일이 생겨 송구스럽습니다. 어쨌든 사기니 사기 공모니, 그런 건 전부 사실이 아니고요. 모든 건 조사받으며 다 말씀드리겠습니다. 이렇게 억울한 일에 휘말리게 되어 지금 우리 다경이도 걱정을 많이 하고 있는데요, 성실히 조사받고 나오겠습니다. 심려 끼쳐 죄송합니다."

정 여사는 언론을 이용했다. 스스로 약자로 포지셔닝하는 일은 쉬웠다. 이렇게까지 해두었으니, 설마 다경이 자신을 버릴 리 없다고 생각했다. 사회적 통념이란 게 있지 않은가. 어떻게 딸이 엄마를 내쳐. 어떻게 딸이 그럴 수가 있어. 그러면 안 되지.

설사 그런다 해도 딸을 매정하다고 욕하면 욕했지, 자신이 손해 볼 건 없다고 계산했다. 그러니 막판까지 몰린 정 여사는 자신을 등진 다경에게 발악하듯 매달린 것이다.

다경이 세상 눈치에 하는 수 없이 제 손을 잡을 것이라고, 그럴 수밖에 없고, 다경에게도 그 방법뿐일 거라고, 그때까지 자신은 그저 자식 걱정에 밤잠 못 이루는 어머니의 모습만 보여주면 된다고, 정 여사는 그렇게 쉽게 생각했다.

그리고 정 여사의 계산은 어느 정도 통했다.

[소다경이 적극적으로 나서서 투자받게 해준 거라며? 사람들이 뭘 보고 빌려줬겠어. 소다경이 책임져야지.]

[강유현이 자기 좋아하는 거 알고 그 돈 대신 갚게 하려고 했나

보네. 그렇게 안 봤는데 소다경 무섭다. 결국 떼어먹은 거 아냐?]

　[자기 엄마가 사기죄로 누명 쓰게 생겼는데 소다경은 아무것도
안 함?]

　[회사는 뭐야? 여태 소다경 등쳐 먹었다며 나 몰라라 하는 거?]

　기어이 여론을 자신의 편으로 만들었다. 그렇게 자신에게 주어
진 마지막 기회조차 그녀는 스스로 망치고 말았다.

　다음 날, 다경의 정식 기자회견이 열렸다.

　"말도 안 돼, 이게 다 무슨 소리야?"

　휴대전화를 통해 이를 보던 정 여사의 손이 부들부들 떨렸다.

　나리호가 당할 때도 그건 남의 일이라고만 생각했었는데. 자신
이 무엇을 잘못했는지도 몰랐고, 그 잘못이 낱낱이 기록되어 있으
리라고는 생각하지 못했었는데.

　"저걸 어떻게……."

　자신이 왕 대표의 사무실 이곳저곳을 들추다가 캐비닛을 뒤지는
CCTV 화면이 나오고 있었다. 그건 그녀가 한 일의 일부에 불과했
다.

　"내 딸 스타로 만드는 게 그렇게 어려워요? 스폰서 그런 거 있잖
아, 그런 거 좀 붙이라니까. 뭘 그렇게 고상을 떨고 있어? 쉽게 가
요, 쉽게 가."

　"웃음 파는데 몸은 왜 못 팔아? 하여튼 유난은. 어차피 죽으면
썩어 없어질 몸, 돈방석에 앉게 해준다는데 못 팔 게 뭐가 있대?"

　세상이 이제 비정한 어미의 그 전부를 알게 될 차례였다.

"……거짓말을 하셨네요."

의뢰인인 정 여사를 믿고 그녀의 입장을 대변하던 변호사가 한심하단 표정을 지었다.

기자회견에서는 그간 정 여사가 했던 언행이 고스란히 담긴 증거자료가 쏟아져 나오는 중이다.

"거, 거짓말이라니! 아니에요, 아니, ……아닌데, 이게 뭐야, 진짜."

"제게 말씀하신 내용과 전혀 다른데요. 이러면 곤란하죠."

정 여사는 변호사에게까지 진실을 털어놓지 않았다. 그저 피해자인 척, 약자인 척 자신을 포장하고 항변했다. 그렇게 억울하다는 입장을 고수하던 정 여사의 앞에 마침내 날벼락이 떨어졌다.

화면을 보는 정 여사의 팔다리가 후들거렸다.

"지극히 개인적인 가정문제에 대해 이렇게 말씀드리는 게 과연 옳은 일인가 하는 고민을 많이 했습니다. 이로 인해 불편을 느끼실 분들께 미리 죄송하다는 말씀부터 드리고 싶습니다."

기자회견을 시작할 때, 앞을 향해 인사하고 앉은 다경은 침통한 얼굴로 조심스럽게 한마디 한마디 이어갔다. 그 옆에는 소속사 대표 왕현지가 앉아 있었지만 발언은 다경이 직접 했다.

"하지만 사실과 다른 부분은 바로잡고, 앞으로의 향방에 대해 꼭 말씀드려야 해서 이렇게 자리를 마련하게 되었습니다."

큰 규모의 회견이 아닌데도 많은 기자가 자리를 찾은 모양이다. 말 중간마다 터지는 플래시 소리와 빛이 상당했다.

비즈니스 결혼에 대한 해명도 간단히 인터뷰를 이용했던 다경은, 어머니와 관련한 사건이 점점 커지자 기자회견이 불가피하다고 판단했다.

"우선, 제 어머니의 주장은 대부분 사실과 다릅니다. 저는 어머니의 사업장 투자자금 유치를 도운 적이 없으며, 이와 관련한 부탁을 거절했었습니다. 하지만 어머니가 거듭 요구하여 제 소속회사인 더블유 엑터스에서는 회사 이름으로 투자를 결정했으며 일부자금을 대차해주기에 이르렀습니다. 이에 그치지 않고 어머니는다른 투자자들로부터 돈을 빌렸으며…….

정 여사의 자금 융통 과정이 제법 적나라하게 밝혀졌다.

"오랜 기간 어머니는 일방적으로 제 이름을 이용해 주변 지인들에게까지 무리하게 돈을 빌리거나 도움을 받아…….

가장 핵심은 돈이었다. 다경의 입을 통해 터져 나오는 정 여사의만행에 기자들마저 황당해했다.

"또한 어머니는 어린 시절부터 제게 폭언과 폭행, 방임을 비롯한학대를 일삼았으며, 이는 성인이 된 이후에도 이어졌습니다. 게다가 제 소속사 대표님과 매니저님께도 무례한 요구를 해왔으며, 제배우생활과 수입에 대해 지나친 관여와 협박을 하였습니다. 해당자료는 지난 몇 년, 제 어머니로 인해 괴로움에 시달리던 왕현지대표님께서 만약의 사태를 대비해 준비한 것입니다. 저희의 주장을 뒷받침하기 위한 자료로써, 부득이하게 공개하게 되었음을 밝힙니다."

세상 앞에 친어머니의 죄를 고발하는 것은 쉽지 않은 일이었다.그래서 사실 왕 대표가 회견의 주체가 되려고 했었다. 다경의 곁에서 오래 그 모습을 지켜봐온 자신이 폭로하는 쪽이 더 자연스럽다고도 생각했었다. 그래서 현지는 모두 제게 맡기고 다경에겐 잠시 물러나 있으라 했다.

하지만 그녀는 고개를 저었다.

"제가 해야 해요."

"네 마음이 다칠 수도 있다니까. 더 이상 그러지 않아도 돼. 나는 그래도 남이잖아. 널 보호하기 위한 일이니까 난 좀 더 이해받을 수 있어."

"물론 제가 너무하다고 욕하는 사람들도 있겠죠. 그런데 그런 게 무섭지는 않아요. 지금까지 엄마를 참아내야 하는 게 얼마나 힘들었는데, 이 정도는 아무것도 아니에요."

다경은 끝내 자신이 직접 나서겠다고 했다.

"제가 할게요. 그러는 게 맞아요. 모든 매듭은 제가 지을 거예요. 제 일이잖아요."

진짜 매듭을 맺을 시간이다.

다경은 단단히 각오하고 그동안 현지가 모은 자료들을 전부 넘겨받아 회견을 준비했고 사람들 앞에 나섰다. 두려움이 없다면 거짓말이다. 하지만 다경은 굳게 용기를 내었다.

회견장에 들어가기 전, 민우는 마지막까지 아내를 걱정했다.

"차라리 내가 하는 게……."

"이게 뭐라고 다들 본인이 하겠대. 그렇게 관심 독차지하고 싶은 거야?"

"너한테만 플래시 펑펑 터질 텐데, 감당할 수 있겠어?"

"어휴, 네 마누라 얼굴이 얼마나 두꺼운데. 걱정 놉."

민우의 손을 꼭 잡으며 다경은 힘껏 웃었다.

쏟아지는 스포트라이트는 레드카펫 위에서와 다르지 않았다. 다만, 그 앞에서 자신을 낳아준 어머니의 본모습을 신랄하게 까발려야 한다는 점이 그녀의 마지막 고통이었다.

다경은 시종일관 차분하게 준비한 내용을 읽고, 자료를 내보였다.

아무도 다경이 거짓으로 정 여사를 몰아가는 거라 말할 수 없었다. 화면 속 왕 대표에게 손찌검하거나 사무실을 뒤지는 모습, 그리고 녹음파일의 쨍쨍한 목소리까지 그 전부는 누가 봐도 정 여사의 것이 확실했으니까.

"대단하네요."

내내 회견을 지켜보던 변호사가 쯧쯧, 혀를 찼다.

"정말 여러 가지 하셨네요."

정 여사는 부들부들 떨었다. 있는 돈, 없는 돈 싹싹 긁어모아 의뢰를 한 변호사마저 제게서 등을 돌리게 생겼다. 아니지, 변호사가 문제가 아니다. 눈앞에 온통 먹구름이 끼었는데, 이 깜깜한 어둠에 처박혀 이제 어떻게 한단 말인가.

그간 경찰조사를 받으면서도 정 여사는 한결같았다.

"내가 표면적으로 빚진 건 없는 상태잖아요. 돈은 우리 딸이 나 걱정해서 다 알아서 해결해줬다니까? 내가 박 사장한테 당한 피해자가 아니면 그랬겠어요? 아니, 처음에 빌린 돈은 그때 현금으로 싹 인출해서 바, 박 사장한테 줬는데 그 사람이 전부 들고 튀었다니까요? 잔금이니 뭐니 자기가 알아서 처리해준다고 해서 난 믿은 게 다예요. 그게 무슨 죄야? 몇 번을 말해, 사기를 당한 건 나라니까?"

박 사장한테 모두 뒤집어씌우고 공모 사실만 무혐의로 입증한다면 본인은 잘 빠져나갈 수 있을 것이라 생각했다. 어차피 현금인데 그걸 자신이 가졌는지, 박 사장이 들고 도망갔는지 누가 알아. 그저 우기면 그만인 것을.

잘되어가는 줄 알았다. 이제 다경도 제게 손을 내밀며, 그간 무정하게 대한 걸 사과하고 도움을 주겠지. 그런 딸과 함께 다정한 모녀의 모습을 내보이면 되리라 생각했었다.

이제 다 틀렸다. 빠져나가기는커녕, 제 죄를 더 높이 차곡차곡 쌓는 꼴이 되었다. 거짓은 또 거짓으로, 치러야 할 죗값은 눈덩이처럼 불어났다.

기자회견장을 실시간으로 연결해 인터넷으로 송출하고 있는 매체의 댓글은 빛처럼 빠르게 늘어났다. 영상 채팅창에 쓰이는 글은 다 읽지도 못할 정도고, 접속자는 미어터질 지경이었다. 전부 정여사에 대한 비난이었다.

[와, 소다경 진짜 어떻게 참았냐.]

[저건 엄마도 아니네. 진짜 미친 거 아님?]

[너무한다. 저번에 기자 붙잡고 아니라고 하지 않았나?]

[인터뷰에선 딸 위하는 척 겁나 하던데 뒤로는 저러고 있던 거? 소름 대박.]

[스폰서 얘기는 뭐야? 저 엄마 돌았나 봐.]

[딸 팔아서 돈 벌려고 한 거잖아. 소다경 진짜 불쌍하다. 인연 끊을 만하네.]

[이제 이해가 간다. 그래서 그때 강유현한테도 들러붙었던 거였어.]

입에 담을 수 없는 욕도 많았다. 하지만 모두 정 여사가 저지른 일에 비하면 약한 수준이었다.

"이러한 이유로 저는 어머니와 절연했습니다. 천륜을 끊어낸 저를 무정하다고 하실 수도 있겠지만, 그동안 받은 고통을 청산하고 남은 인생은 저와 제 주변 분들의 행복을 위해 살아가고 싶어 어려운 결정을 내리게 됐습니다."

마무리하는 다경의 음성은 참담했으나, 여전히 차분했다.

"더블유 엑터스는 어머니가 주장하시는 것처럼 제게 부당한 요구를 하거나 무리한 계약을 진행한 적도 없습니다. 제가 배우생활을 하는 데 전폭적인 지원과 지지를 아끼지 않은 회사를, 어머니께선 더 이상 모욕하지 않으셨으면 합니다. 이제는 잘못을 인정하고 부디 참회하시길 바라며, 현재 받고 계신 의혹을 푸는 데 저를 이용하지 마시길 부탁드립니다."

드디어 깨끗하게 잘라냈다. 어머니와 등을 졌다는 사실을 만방에 알렸다. 절벽에서 떨어지며 자신의 옷자락을 붙든 엄마의 손을, 쳐내고 말았다.

"절 지켜봐주신 분들께 거듭 불미스러운 일로 인사드려 죄송합니다. 배우 소다경으로서 좋은 모습 보여드리도록 더욱 노력하겠습니다."

눈물이 나진 않았다. 마음은 공허했으나, 후련하기도 했다. 어릴 때부터 벼락이 치듯 제 작은 몸으로 쉼 없이 쏟아지던 엄마의 감정 찌꺼기가 걷힌 듯한 기분이었다.

질문이 이어졌다. 왕 대표가 몇 개의 질문을 받아 답해주었다.

그리고 기자회견이 끝난 후의 파장은 예상대로 컸다. 아니, 그 이상이었다. 기자들은 바로바로 기사를 작성해 송고했다. 물론 이미 사람들은 기사보다 빠르게, 실시간으로 회견을 보고 있어 사태를 파악할 수 있었다.

'소다경의 엄마'는 말 그대로 악마가 되어 있었다. 증거로 제출한 건 실상에 비하면 극히 일부에 불과하지 않으나, 그것만으로도 정 여사는 비난을 듣기 충분했다.

"이제 정말 끝이네."

현지가 팔을 벌려 다경을 안았다. 회견이 있던 호텔 홀에서 빠져나와 잠시 숨 돌리기 위해 미리 체크인해두었던 룸에 올라온 후, 현지가 가장 먼저 한 일이었다.

다경이 그녀의 품에서 고개를 끄덕였다.

"네, 진짜 끝이에요."

정 여사의 말을 믿어줄 이는 이제 세상에 없다.

어쩌면 수없이 많은 기회가 있었는지도 모른다. 좀 더 나은 선택을 할 기회, 좀 더 올바른 판단을 할 기회는 여러 번 주어졌을 거다. 하지만 정 여사는 그 모든 걸 제 손으로 떨쳐냈다. 오늘의 운명은, 그녀가 지금껏 촘촘하게 이어온 생의 순간들이 만들어낸 것이니 스스로가 책임져야만 했다.

"네가 마음 약해질까 봐 걱정도 했는데, 힘든 일 해냈다, 정말."

"……기자회견 봤겠죠, 엄마도?"

"그렇겠지."

"뉘우칠까요?"

"그럴 리가."

현지가 희미하게 웃으며 고개를 저었다.

"……저도 그렇게 생각해요."

애초에 그런 건 바라지도 않았다.

"대표님, 이리 주세요."

다경이 손을 뻗었다.

정 여사는 왕 대표에게 끈질기게 전화를 했다. 현지가 마지막이라며 전화를 받자, 정 여사는 마치 짐승처럼 소리를 바락바락 질러 댔다. 뭐라고 하는지 알 수 없을 정도였다. 흥분이 가라앉자, 이번에는 이럴 수는 없다고 따져댔다.

다경은 현지에게서 휴대전화를 받아 들고, 차갑게 정 여사를 불렀다.

"아줌마."

— 어, 그래, 다경아!

엄마도 아니고, 아줌마라 부르는데도 정 여사는 그저 반가워했다. 먹구름 낀 하늘에서 동아줄이라도 내려온 듯한지 그 음성이 밝아졌다.

— 다경아, 엄마는 괜찮아. 걱정했지? 아휴, 이게 다 무슨 일이니. 너도 그렇지, 엄마한테 먼저 얘기를 좀 하지, 그게 다 뭐야. 왕 대표 그 여시 같은 년이 또 얼마나 널 구워삶았으면…….

"아줌마, 이제 끝났어요."

— 무, 무슨……. 끝나긴, 내가 뭘 그렇게 잘못했다고. 그리고 너 아직도 화났니? 아줌마라니. 엄마한테 얘가 아직도…….

"제발 정신 차리세요."

— 얘! 너 진짜 이러기야?

정 여사가 급기야 소리를 빽 질렀다.

— 너고 예경이고 다 똑같아! 어쩜 엄마 알기를 똥으로 알고, 너흴 키우느라 내가 얼마나 고생을 했는데. 아이고! 진짜 자식 키워봐야 소용 하나도 없다니까!

"그럼 끊……."

— 다경아, 다경아! 잠깐만!

정 여사는 애가 탔다.

– 엄마가 잘못했어! 자, 잘못했다, 다경아!

순간 제가 잘못 들었나 했다.

– 엄마가 너무 미안해. 엄마가 잘못했어. 만나서 이야기하자, 응? 너 힘들게 한 거 있으면 엄마가 사과할게. 무릎이라도 꿇을게. 엄마 얘기 좀 들어봐, 다경아, 다경아?

지금까지 들어본 적 없는 톤이었다. 금방이라도 울 것처럼 정 여사는 간절히 사정했다.

"……."

– 다경아, 드, 듣고 있지? 착하지, 그래. 엄마 딸, 아유 이쁜 내 딸. 엄마가 미안한 게 너무 많아. 오해가 있으면 다 풀고, 엄마 누명도 네가 얘기 조금만 잘하면 다 풀어줄 수 있잖니? 이제 우리도 다른 모녀들 부럽지 않게 잘…….

"아줌마."

다경은 겨우 입술을 열었다. 목소리가 갈라져 나올 것만 같았다.

– 그래, 다경아.

"아줌마한테 듣고 싶은 얘기 없어요. 하고 싶은 얘기는 더 없고요."

– 다경아!

마지막이라고 하여 건강하길, 잘 살길 바라지도 않았다. 그저 세상에 없는 사람이라고 생각하며 살아갈 것이다. 그게 다경의 마음 전부였다.

"그럼 끊겠습니다."

뚝. 휴대전화를 내려놓았다.

다경의 입술에서 헛웃음이 새어나왔다. 잘못했다는 말도, 미안하다는 말도 가슴에 스며들지 않았다. 정말 그런 소리를 들은 게 맞는지 의심스러울 정도였다. 마음은 조금도 흔들리지 않았다. 마지막은 모질고, 길었다.

민우가 그녀의 등을 쓰다듬었다. 다경은 고개를 들고 그를 보았다.

"제일 속상한 게 뭔지 알아?"

그녀의 물음에 민우는 고개를 저었다.

"이제는 가슴이 아프지도 않다는 거야."

다경은 헛헛한 음성으로 말을 이었다.

"연을 끊자고 할 때만 해도 가슴 어딘가가 뻥 뚫린 거 같고, 세포 하나까지 저리고 아팠는데. ……그런데 끝까지 그러시는 걸 보니, 이제 마음은 전혀 쓰리지가 않아. 낳아줬다고 다 부모가 아닌데, 나만 그 이름에 너무 매달렸구나 싶어서."

"……."

엄마의 미안하다는 말에는 진심이 느껴지지 않았다. 목소리가 너무 간절해서 잠시 멈칫했지만, 그 어디에도 진짜 마음은 없었다. 결국 엄마는 상황을 모면하기 위해서 또 거짓을 말했다. 그러니 더욱 머리가 차가워졌다.

엄마의 머릿속에 '딸'이란 존재는 과연 무엇일까. 왜 낳은 걸까. 왜 키운 걸까.

서글펐다. 마치 자신의 존재가 세상으로부터 부정당하는 기분이 드니까.

엄마는 아이의 인생 전부고, 삶의 기원이었다. 나를 세상에 보내준 곳. 언제든 돌아갈 수 있는 곳. 믿고 의지할 유일한 안식처인 그게 제겐 없다는 사실이 자꾸만 아프고 서러웠다. 제 삶이, 제 하늘이 무너져도 받쳐줄 기둥이 어디에도 없는 것처럼 느껴졌다.

그런데 어쩜 그렇게 미안하다는 말에 가식이 뚝뚝 묻어나올까.

"이렇게 끝이 없는데. 진작 그 이름, 내 인생에서 지웠어야 했는데. 더 빨리 끊었어야 했는데. 그런 생각만 들어서, 그게 속상해."

마음이 아프지 않아서 속상하다는 말. 그건 다경이 느끼는 마지막 고통이었다.

→>※<←

[소다경 엄마 정 씨 측 변호사 사임, '인면수심'의 어머니 변호 거부]

[소다경 母, 변호사까지 등 돌린 가짜 모정]

변호사는 일찌감치 물러났다. 정 여사가 전 국민의 비난을 듣는데다가 자신 또한 그녀가 경멸스러웠기에 내린 결정이었다.

"아악! 나는 그럼 어떡하라고!"

미친 듯 변호사 사무실을 찾아다녔지만, 나서주는 이 하나 없다.

물론 국선 변호사의 도움을 받게 되겠지만, 이 상황이 나아지리란 보장은 없다. 비싼 수임료를 내며 고용한 변호사마저 집어치우고 간 마당에, 이제 누가 얼마나 자신을 정성껏 변호해주겠는가.

게다가 생각지도 못한 사건까지 이어서 펑펑 터졌다.

["나도 정 씨에게 돈 못 받아……." 소다경 엄마 지인들, 새로운 채권 주장]

[소다경 엄마, 상습 사기 혐의로 피소]

앞선 사건의 조사가 채 끝나기도 전이었다. 몇 차례의 소환을 통해 혐의를 입증하기 충분하다 하여 구속 기소를 하려 했으나, 그러기도 전에 이미 혐의가 추가된 것이다.

몇 달 전, 정 여사에게 돈을 빌려주고 여태 받지 못한 지인들이 사기죄로 고소를 했다.

"아니, 그게 어떻게 사기야! 그냥 돈 조금 빌린 것뿐인데, 아직 돈이 없어서 못 갚은 거고. 가, 갚는다니까. 갚으려고 했다니까?"

정 여사는 상당히 억울해했다.

몇백에서 몇천까지, 돈을 빌려준 지인들은 정 여사를 믿고 지금까지 기다렸던 것이다. 툭하면 내가 소다경 엄마라며, 다경의 인지도가 조금씩 올라갈 때마다 딸의 이름을 팔아 돈을 조금씩 빌려왔다. 다들 갚을 의지 정도는 있다고 알았다. 유명한 소다경의 엄마인데, 설마 떼어먹기야 하겠냐는 믿음도 있었다.

하지만 일이 터지고 보니, 지인들도 이제 깨닫게 된 것이다. 그냥 딸의 이름을 판 것뿐이구나. 순순히 갚을 생각은 전혀 없었구나, 하고.

거기서 끝이 아니었다.

[소다경 어머니 구속 영장 청구, 도박 혐의 추가]
[추락의 끝은 어디인가. 사기에 불법도박까지, 소다경 엄마에 네티즌 분노]

"다음은 소다경 씨 어머니에 대한 소식입니다. 요즘 이 문제로 무척 시끄러운데요, 연예인인 딸의 이름을 팔아 상습적으로 돈을 빌리고 갚지 않은 것으로 밝혀져 공분을 사고 있는 소다경 씨의 어머니가 이번에는 도박 혐의까지 추가되었다는 소식입니다."

"도박이요? 돈을 빌려서 그 돈으로 도박을 했다는 겁니까?"

"네, 사기를 쳐 빼돌린 돈으로 불법도박장에 출입했다는 사실이 조사과정에서 드러났다고 합니다. 모든 돈은 이미 도박장에서 날린 상태고요."

"공모자인 박 씨의 말이 사실인 거네요. 그 돈은 모두 정 씨가 가지고 갔다고 했었는데요. 그렇게 되면 정 씨가 그동안 계속 거짓말을 해온 셈이고요."

"맞습니다. 그간 거짓으로 일관한 정 씨의 진술로 인해 형이 더 무거워질 거라 보고 있습니다."

끝을 모르는 정 여사의 악행이 TV에서 흘러나왔고, 사람들은 모두 혀를 끌끌 찼다.

"자식 앞길을 막아도 유분수지, 뭐 저런 엄마가 다 있어."

"그냥 이름만 엄마지, 저건 사람도 아니네."

"소다경 어렸을 때부터 저 엄마가 그렇게 괴롭혔다며. 동네 사람들이 다 알던데."

"밥도 제대로 안 줘서 그 어린애가 고생 꽤 했대. 맨날 옆집 가서 살다시피 하고, 그때 그 옆집이 지금 남편네라잖아. 지민우네 집."

"아역 시킨다고 좀 닦달을 했겠어. 그러고선 내팽개쳤다가 이제 좀 뜨니까 들러붙는 꼴이라니. 소다경이 참 불쌍하네."

연일 흘러나오는 뉴스는 정 여사 이야기로 시끄러웠다.

어떻게 저런 사람이 아이를 낳아 키웠을까. 다경이 얼마나 힘들었을까. 자식을 키우는 부모들의 마음마저 아프게 했다.

part 15

천생연분

"엄마! 양파 다 깠어!"

"마늘은?"

"마늘도 다 깠어!"

"새우는?"

"새우는 아까 다 깠다니까!"

윤우가 고무장갑을 낀 채 주방 창문 앞에 서서 소리를 질렀다. 시키는 일 다 했으니 이제 장갑을 벗겠다는 뜻이다.

양파를 까느라 윤우의 눈에 눈물이 글썽글썽했다. 왜 그리 깔 게 많은지, 엄마가 까고 싶은 건 양파가 아니라 내가 아닌지 의심스러울 정도다.

마당에 나가 있는 서 여사는 꽃을 따고 있었다.

"여보, 다 깠다는데. 당신이 좀 들어가봐."

아내가 건네는 꽃을 바구니에 정리해 넣고 있던 지 교수가 고개를 끄덕였다.

"내가 먼저 들어가서 불 올릴게. 고기는 냉장고에 있지?"

"김치 냉장고 첫 번째 서랍에."

"알겠어, 당신도 얼른 들어와."

지 교수는 바구니를 서 여사에게 넘기고 얼른 안으로 들어갔다.

주방 일을 맡겨둔 작은아들이 분통을 터트리기 전에 서두르는 뒷모습이었다.

서 여사는 싱긋 웃으며 다시 꽃가위를 움직였다. 천일홍이 화단 한쪽에 소담하게 피어 있었다. 봄이 지나갈 때쯤 피어난 천일홍은 여름을 견디고 견뎌 가을에 이르러 활짝 만개하였다. 지난주에 이미 골라내 예쁘게 말려두었는데, 오늘은 생화 조금을 식탁에 장식해둘 생각이다.

"아줌마, 이 꽃은 뭐예요?"

"이거? 이건 천일홍이야."

"예쁘다. 되게 되게 예뻐요. 색깔도 예쁘고 모양도 동글동글 예쁘고. 아줌마 집에는 예쁜 꽃이 많아서 진짜 좋아요."

이 화단 앞에서 함박웃음을 짓던 어린 다경이 바로 곁에 있는 듯 생생하기만 했다.

"그중에 가장 예쁜 꽃은 우리 다경인데?"

"헤헤, 진짜요?"

"그럼 진짜지."

천일홍을 바구니에 담는 서 여사의 입가에 미소가 떠올랐다.

"아줌마, 근데 천일홍은 꽃말이 뭐예요?"

"꽃말?"

"네, 꽃마다 다 뜻이 있대요."

"글쎄. 찾아본 적이 없는데. 뭘까?"

"되게 예쁠 거 같아요. 꽃이 예쁘니까, 뜻도 예쁘겠죠?"

나중에 알았다, 천일홍의 꽃말이 '변하지 않음', '변치 않는 사랑'이라는 것을. 다경의 말대로 이 꽃의 뜻도 자태만큼이나 곱고 어여뻤다.

서 여사는 이 집에 이사 온 후로 20여 년간 마당의 화단을 정돈

하며 꽃이나 나무 종류를 바꾼 적이 더러 있었으나, 천일홍만큼은 그대로 잘 관리했다.

마치 제집에 머무는 다경 같아서, 천일홍만 보면 그 앞에서 활짝 웃던 어린 다경이 떠올라서, 예쁘고 예뻐서 이곳에 계속 머무르게 하고 싶었다. 변치 않는 사랑이 여기 있음을, 잊지 않았으면 했다.

"가을이네……."

식탁의 화병에 꽂을 만큼만 조금 골라낸 꽃을 바구니에 담아 안고 서 여사는 하늘을 올려다보았다. 먼지가 걷힌 하늘이 높고 푸르고 더없이 맑았다. 오늘따라 청쾌한 하늘을 보니 가슴까지 시원해졌다.

담 너머 차가 멈추는 소리가 들린다. 곧이어 시동이 꺼지고, 문소리가 났다.

"야, 소, 소! 너 지금 차문 벽에 찧은 거 아니야?"

"아니거든. 아슬아슬하게 안 닿고 잘 내렸거든?"

"아닌데, 지금 탁 소리 들렸는데."

"내리면서 가방 부딪힌 소리네요. 네가 벽에 너무 붙였잖아. 내리기 힘들게."

"이 골목에 차 교행하려면 어쩔 수 없다니까. 그래서 먼저 내리랬잖아. 내리고 차 붙인다니까."

투닥투닥 주고받는 소리도 담을 넘어 흘러들었다. 미리 열어둔 대문을 끼익 미는 소리가 났다.

"어, 엄마 나와 계셨네."

"어머니!"

서 여사는 바구니를 내려놓고 양팔을 벌렸다.

어서 와, 내 예쁜 아이들아.

민우가 웃으며 다경에게 먼저 가라고 어깨를 슬쩍 밀어주었고,

다경이 미소 가득한 얼굴로 달려왔다. 언제 오나 기다리고 기다렸던, 예쁜 딸이다.

달려오는 다경의 눈에는 보석처럼 고운 눈물이 눈에 가득 맺혀 있었다. 서 여사는 품에 힘껏 안기는 다경의 머리를 쓰다듬었다.

현관문이 열리고, 우리 다경이 왔구나, 누나 왔네, 소리가 들렸다.

나는 안 보이나 봐, 민우의 장난 섞인 불퉁한 목소리도 들리고.

보인다, 보여, 우리 아들 어디 한번 오랜만에 안아보자, 지 교수의 자상한 음성도.

어어 뭐야, 징그러워, 질색하는 윤우의 타박도.

시끌시끌, 아름다운 날이었다.

잘 관리한 집은 오래되었으나 크게 낡은 느낌이 없었다. 오히려 곳곳에 가족의 손길이 남아 눈 닿는 곳마다 온통 추억거리였다.

다경은 2층으로 올라가는 계단 옆 벽에 가득한 눈금과 날짜를 바라보았다. 민우와 윤우, 그리고 자신까지 월초면 앞다퉈 자라는 아이들의 키를 지 교수가 벽에 표시해주었다.

"야아, 지민우, 너 까치발 들지 마라, 치사하게?"

"까치발 아니거든?"

"맞는데, 너 이만큼 크게 나왔잖아."

"다시 재, 다시 재. 아빠 여기, 나 다시."

형, 누나가 투닥거리면 그게 다 무슨 의미가 있나 하는 표정으로 윤우는 아이스크림을 문 채 바라보곤 했다. 어린 날의 그 장면이 떠올라 가슴이 뭉클하고 웃음이 새어나왔다.

"뭘 봐?"

민우가 다가와 같은 곳을 쳐다보았다. 지금의 키보다 훨씬 작은 눈금 표시를 내려다보다 이게 뭐, 하는 얼굴로 다경을 보았다. 그 뚱한 표정을 보니 눈물이 쑥 들어간다.

"하여튼 감성이 메말랐어."

다경이 고개를 절레절레 저었다.

"감성이 뭐, 왜."

"난 이것만 봐도 막 어릴 때가 떠올라서 여기가 막, 막, 찌르르하고 그런데. 넌 어떻게 아무렇지도 않냐."

"그게 그럴 일인가?"

다경이 제 가슴을 움켜쥐고 설명했지만, 민우는 모르겠다는 얼굴로 눈금을 쳐다볼 뿐이다.

"내가 더 커지니까 네가 꼬투리 잡았던 건 기억난다."

비슷했던 둘의 키가 민우의 급성장으로 벌어지기 시작했다. 눈금도 어느새 차이가 생기며 민우나 윤우는 쭉쭉 올라갔고, 다경 역시 평균에 비해 작은 키가 아님에도 불구하고 두 형제 사이에선 언제나 꼬꼬마가 되어버렸다.

그나마 중2 겨울 정도부터는 우리가 애냐며, 이걸 왜 하냐며 거부했기에 지 교수의 낙이 하나 사라졌었다.

그렇게 한 해, 두 해, 시간은 흘렀고 아이들은 자랐다. 벌써 이만큼 커서 성인이 되고, 또 부부의 연으로 새로운 인생을 시작한 두 아이를 보는 부모의 기분도 남달랐다.

"다경아, 수정과 줄까?"

지 교수와 윤우가 주방을 정리하고 있고, 두 사람이 가져갈 반찬을 싸고 있던 서 여사가 또 물었다. 실컷 밥을 먹고 난 후에도 왜 이리 먹을 걸 많이 주시는지.

"배 터질 것 같은데……."

다경은 그게 다 맛있어서 거절도 못 하고 계속 먹었다. 서 여사가 직접 만든 수정과가 또 얼마나 달고 시원한지 알기에 고개를 끄덕였다.

"네, 지금 먹을래요."

"야, 너, 너무 먹는 거 아니야? 아무리 쉬는 기간이라고 해도."

항상 식단 관리를 하면서도 집에만 오면 무장해제되곤 하는 걸 알지만, 이렇게 먹어도 되나 민우는 다경이 걱정스러웠다.

나중에 체중 조절하기 힘들다며 괴로워하는 건 아닐지.

"괜찮아, 괜찮아. 너 따라서 운동 갈 거야."

다경은 다시 서 여사를 쪼르르 따라 주방으로 들어갔다.

"어머니, 잡채는요? 잡채도 싸주세요."

"그거야 이미 쌌지. 여기, 이건 냉동실로 넣고, 이건 냉장실에 넣었다가 바로 먹고."

"아, 대박."

"너무 많아?"

"아뇨, 많아도 다 먹을 수 있어요!"

자신 있다는 표정이었다. 그 모습이 너무 예뻐 서 여사는 자꾸만 또 넣고, 또 넣고.

"뭐야, 형수님 가서 동네잔치 하는 거야?"

과장 조금 보태어 집채만큼 불어난 짐을 보며 윤우가 혀를 내둘렀다. 마치 시집간 누나가 친정 거덜내러 온 걸 보는 듯한 남동생의 얼굴이었다.

"많이 먹고, 다 먹고, 또 가져가. 먹고 싶은 거 있으면 미리 연락하고."

서 여사의 말에 다경은 고개를 열심히 끄덕거렸다.

"네, 네. 그리고 김장하실 때 말씀해주세요. 그때 저도 같이 김장하러 올게요."

"아, 정말?"

일손 하나 덜었다는 반가움에 지 교수의 눈이 반짝 뜨였다. 물론 그건 윤우도 마찬가지였다. 서 여사의 진두지휘 아래 매년 두 남자만 고생이었는데 손이 하나 더 늘어 반가운 거다.

"민우도 데리고 올 테니까, 꼭 날짜 얘기해주셔야 해요."

늘 바쁘다는 핑계로 이리 빠지고 저리 빠지고 했던 민우도 올해는 꼼짝없이 김장에 참여하게 생겼다.

"그런데 너, 김치 괜찮겠어?"

서 여사가 조심스레 입을 뗐다. 다경에게 김치는, 그리 좋은 의미가 아니라는 걸 알기에 묻는 것이다. 그녀의 어머니로 인해 생긴 트라우마였다.

"괜찮아요. 저번에도 민우랑 같이 먹었거든요. 맛있게."

누구와 함께하느냐에 따라 달랐다.

한때 김치는 다경의 기억 속에 어두운 주방, 텅 빈 냉장고에 덩그러니 놓여 있던 음식이었다. 뚜껑을 열어보면 불쾌한 냄새가 훅 올라왔고 썩기 직전의 김치에는 곰팡이가 피어 있었다. 어린 다경은 그걸 먹지 못하고 울면서 구역질을 했었다.

겨우 밥 한 끼였다. 배가 고픈 아이는 겨우 밥 한 끼를 먹고 싶었을 뿐이었다. 엄마의 외면으로 차갑게 얼어붙은 집은 다경에게 그조차 허락해주지 않았다.

이제는 다르다. 맛깔나는 김치는 입맛을 돋우고, 그 하나만으로도 풍성한 식탁을 만들어주었다. 김치가 이토록 맛있는 음식이었는지 다경은 예전에 알지 못했다.

온기가 가득한 집에서 이제 다경은 진짜 가족과 함께, 더없이 행복한 사람이었다.

그 해, 12월 31일.

"이놈의 포도 주스."

현지가 불만스러운 얼굴로, 와인잔에 채운 주스를 바라보았다.

"내년 이맘때엔 와인으로 건배하자."

기혁이 그녀를 달래듯 자신의 잔에도 포도 주스를 따랐다. 기혁과 현지의 집 커다란 식탁에 둘러앉은 민우, 공 부장, 주아는 입술이 불퉁하게 나왔고 대표로 민우가 항의했다.

"그런데 우리는 왜 주스냐고."

"고통 분담 몰라, 고통 분담?"

기혁이 당연하게 대꾸했다.

이제 배가 제법 나온 현지는 임신 중기에 접어들었다. 올해의 마지막을 정리하고 다가올 새해를 맞이하는 자리지만, 와인은 언감생심 꿈도 못 꾸는 입장이었다.

"고통은 형이랑 분담해야지. 우리가 무슨 죄. 우리는 와인 줘, 와인."

"이렇게 의리들이 없어요."

기혁은 와인이 아닌 포도 주스를 모두에게 따라주었다.

"병은 왜 돌려 따르는데? 주스 병 입구는 왜 또 닦아. 아 진짜, 이 형 주접 진짜."

비록 주스지만 기혁은 소믈리에 뺨치는 매너로 잔을 채워주었다.

다경은 쿡쿡 웃으며, 지나치게 고급스러운 잔에 담긴 주스를 보았다. 뭔들 어때. 와인이라고 생각하면 와인이지 뭐.

"주스 빛깔 끝내주는데요? 향도 좋고."

"어, 뭐야, 소다경. 네가 언제부터 와인 말고 주스를 좋아했다고."

"왜, 나 이거 너무 마음에 드는데."

"역시 다경이가 뭘 안다니까. 이게 그냥 포도 주스가 아니에요. 당분 하나도 안 넣은 진짜 천연……."

"알았어, 자, 건배, 건배."

민우가 기혁의 말을 얼른 끊었다. 자칫하다 주스를 넘어 포도의 영양정보, 나아가 그 유래까지 듣게 생겼으니 적당한 때 끊어줘야 했다.

다들 즐거운 얼굴로 건배를 위해 잔을 들었다.

"왕 대표님이 건배사 한번 해주세요."

공 부장의 제의에 현지가 거절하지 않고 웃으며 일어섰다.

"올해 모두 고생 많으셨습니다. 정말 파란만장한 한 해가 지나갔네요."

꼭 1년 전, 민우와 다경의 스캔들이 터졌었다. 키스 스캔들을 비즈니스 연애로 무마하자는 회의를 한 것도 바로 12월 31일, 작년 오늘이었다. 수많은 일이 1년 사이에 있었고, 이제 힘든 시간은 모두 흘러갔다.

"어려운 일이 많았지만, 모두 힘을 합쳐주신 덕분에 잘 지나올 수 있었어요."

연예계 숱한 사건사고 중 가장 큰 일은 나리호와 나은기 부녀, 그리고 강유현의 몰락이었다.

국민배우라 손꼽히던 걸출한 대배우 나은기가 본인의 불륜, 그리고 딸과 연루된 일로 무너졌다. 대중 앞에 사랑스럽고 귀여운 모습만 보이던 배우 나리호 또한 그간의 이미지와 다른 인성으로 모든 이에게 충격을 주었다. 심지어 세계적으로 인정받던 톱배우 강유현마저 동료배우 성추행 건으로 수감되는 모습까지 보였으니 이는 오래도록 남을 커다란 사건이었다.

그 가운데 지민우와 소다경의 사이는 풍파를 겪으며 더욱 굳건해졌다. 이들 부부에 응원을 보내는 사람들 역시 더 많아졌다.

"이사도 해서 이제 새 보금자리 마련을 끝냈고, 우리는 지겹게도 이웃사촌까지 되었고요."

웃음이 흘렀다.

남기혁 대표와 왕현지 대표가 먼저 계약했지만, 이사는 민우와 다경이 조금 더 빨랐다. 강유현과 같은 빌라에서 나오기 위해 이사를 서둘렀고, 가을이 깊어지기 전 두 사람은 새로운 곳에서 신혼을 맞이했었다.

집은 마음에 꼭 들었다. 너른 정원도, 햇살이 가득 들어오는 유리창도, 늦잠을 자고 일어나 거실 소파에서 뒹굴며 책을 읽거나 영화를 보는 시간이 너무도 좋았다. 멍하니 정원을 내다보고 있는 것도 좋았고, 비가 오는 날 빗소리를 들으며 함께 나누는 커피 한 잔도 참 좋았다. 느리게 흘러가는 시간 속에서 편안하고도 행복한 날들을 보냈다.

그 가을, 기혁과 현지가 결혼식을 올렸다. 무척이나 많은 이들이 자리를 함께하여 두 사람을 축복했다. 성대한 결혼식을 올린 둘은 신혼여행을 다녀오자마자 미리 계약해두었던 민우와 다경 옆집으로 이사를 왔다.

이웃이 된 두 부부는 이전보다 더 가깝게 지내는 중이다. 비가 오면 부침개를 부쳤다며 기혁이 건너오라 전화했고, 밤에 치킨을 시켰다며 민우가 벨을 누르기도 했다. 마당에 심을 꽃을 사왔다며 다경이 민우를 데려와 흙을 파고 우렁각시처럼 심고 가기도 했다. 주말에 현지가 거실의 로체어에 앉아 꾸벅꾸벅 낮잠을 자다가 눈을 뜨면 딱 보이는 위치였다. 크게 특별하지 않은 일상이지만 매

순간이 뭉클하니 행복했다.

"이제 내년이면 우리에게도 많은 변화가 올 텐데요."

현지는 가만히 이들을 둘러보았다.

"우리 양주아 실장은 남자친구와 결혼을 앞두고 있고, 공태근 부장님은 이사로 승진했고, 저와 남 대표 사이에는 아기가 태어날 예정이고요. 그리고 더블유 엑터스와 조이 엔터테인먼트는 합병 및 사업 확장을 차근히 준비 중이죠."

결혼과 동시에 두 회사는 하나가 되기로 하여 이전부터 단계를 밟아나가고 있었다. 여기엔 남 대표의 의지가 컸다. 새롭게 이끌어 나갈 회사의 대표는 왕현지였다.

그리고 공 부장이 공 이사로, 파격적으로 영입한 기획부장은 바로 지민우다. 사실 경영이나 기획에 더 많은 관심과 소질이 있던 민우는, 이를 내내 눈여겨본 기혁의 제안을 선뜻 받아들이기로 했다.

기혁의 눈썰미와 판단력은 역시나 날카로웠다. 연기자 생활은 민우가 지난 생의 반복을 거치며, 다경을 옆에서 지키기 위해 선택했을 뿐이었다. 하지만 그걸 알 리도 없는데 기혁은 과감히 민우를 회사 운영 쪽으로 끌어들였다.

다경은 민우의 결정을 존중하면서도 조금은 아쉬웠다.

"연기는 그만둬도, 모델 일 정도는 계속할 거지? 쇼는 안 서도 광고나, 화보나 그런 걸로."

"일이 계속 들어와준다면 감사히 해야지. 형도 그렇게 하면 좋겠다고 했고, 에이전시 계약도 유지하기로 했어."

"그래도 연기까지 그만두는 건 좀 아깝긴 하다. 나 네 연기 되게 좋아했는데. 너 진짜 잘하잖아."

아마도 다경 이상으로 아쉬워하는 팬들도 많을 것이다. 하지만 민우는 오히려 홀가분해 보였다.

"내가 하면 뭐든 잘해서 그렇지, 연기를 좋아해서 잘한 건 아니었어."

"아, 네에. 그 와중에 잘난 척은 깨알 같고요."

"잘난 걸 어떻게 숨기냐. 그건 사랑이나 재채기만큼 감추기 힘든 거야."

"암요. 네, 그럼요."

"이제 연기는 내 몫까지 네가 다 해. 외조는 확실하게 해줄 테니까."

어쩌면 서로에게 더 좋은 결정인지도 모른다. 일과 생활이 전보다 안정될 것이다.

"다경이와 민우도 이전과는 다른 시간을 보내겠지만, 다가오는 해 새로운 일과 환경에 잘 적응할 수 있기를 바랍니다. 좋은 일도 많이 생기길 바라고요."

현지는 싱긋 웃었다.

"그간 힘들었던 시간도 우리 삶에 좋은 양분이 되어주기를. 앞으로 모든 날 행복하고 기쁜 일만 있는 건 아니겠지만, 지금처럼 서로 아끼고 사랑하며 힘이 되어주기를. 그러면 분명 웃는 날들이 더 많을 거라 믿고요. 오늘은 날이 날이니만큼 좀 오글거렸더라도 다들 이해해주세요. 자, 그럼 우리의 한 해를 마무리하며, 건배합시다."

사랑을 담아.

서로의 삶을 응원하며.

우리가 만들어갈 날들을 아름답게 그리며.

"건배."

챙.

실로폰을 두드린 듯 맑은 소리가 웃음 속에 퍼져나갔다.

담소를 나누며 천천히 식사를 마친 후, 다경과 민우는 정원의 테이블 의자에 앉아 까만 밤하늘을 올려다보고 있었다.

통유리 너머 거실에는 두 대표와 두 매니저가 각 방송사의 연예대상, 연기대상, 가요대상을 번갈아 돌려보는 중이다. 민우와 다경은 시상식에 참여하지 않았지만, 두 회사의 소속 연기자들이 여럿 가 있었다. 스타들의 잔치를 보면서 직업병이 발동한 넷의 대화가 심도 깊어지자, 다경과 민우는 살짝 빠져나와 정원으로 나와 있었다.

"아까 들었지? 1월에 신년모임으론 주아 언니 남자친구도 오고, 공 부장, 아니, 공 이사님 가족들도 오기로 했어. 남 대표님은 벌써 메뉴 뭘로 할까 신나셨던데."

"그 형 아무래도 수상해. 곧 나한테 회사 맡기고 자긴 지분만 차지하고서, 살림하고 싶다고 할 것 같은데."

"안 그래도 왕 대표님 출산하면 남 대표님 바로 휴직 들어간다고 하셨지?"

"바로?"

"어, 왕 대표님 그러시던데."

민우가 기가 막혀 하, 웃었다.

"어쩐지, 빡세게 가르치더라."

자신을 붙들고 회사 운영에 대해 열성적으로 전수하던 남 대표의 모습이 떠올라 민우는 한숨을 내쉬었다. 재벌도 아닌데 후계자 트레이닝을 받는 기분이다. 앞으로 꽤 험난해지겠네.

"너 엄청 잘한다고 남 대표님이 진짜 좋아하신대. 생각보다 훨씬 명석하다고. 하긴, 우리 남편이 머리가 좀 좋긴 하지."

"머리만 좋은 게 아니야. 얼굴……."

"말해 뭐 해. 얼굴이면 얼굴, 피지컬이면 피지컬, 힘이면 힘……."

다경은 말하다 말고 배시시 웃으며 민우의 팔짱을 끼고 어깨에 머리를 대었다.

"무슨 생각을 하는 거야, 생각만 해도 좋아?"

"내가 뭐얼."

"왜 힘이면 힘에서 멈추는 건데. 하여튼 우리 소. 때와 장소를 가리지 않고 너무 밝혀."

"내가 언제, 내가 언제."

"알았어. 네 기대에 어긋나지 않게 그 힘, 앞으로도 아끼지 않을게."

"어휴, 진짜."

다경을 놀리던 민우가 별을 보며 다시 입을 열었다.

"우 감독님 미팅은 잘했지?"

경황이 없어 늦게 물었다. 오늘 오후에 다경은 우장호 감독과 미팅을 하고 왔다.

"응, 잘했지."

"구체적으로 한 얘기는 있고?"

'화인火印' 이후로 우 감독은 활동을 접고 휴식을 취하는 중이었다. 아무래도 사건이 컸던 만큼, 제작이 엎어진 후의 타격도 컸다.

그리고 얼마 전 연락이 와, 다경은 반가운 마음으로 주아와 함께 미팅에 응했다.

"아직 시나리오 준비단계이긴 한데."

"응."

"날 원톱 주연으로 해서 작품을 기획하실 거래."

"뭐?"

민우가 깜짝 놀라 되물었다. 이미 준비 중인 작품에 주연으로 캐스팅한다고만 해도 놀랍고 기쁠 텐데, 이건 그 정도를 넘어선 제안이었다. 아예 처음부터 다경을 두고 작품을 기획한다니? 그것도 원톱으로?

"응, 전부터 여자주인공 원톱으로 한 작품 찍고 싶으셨었대. 여러 안이 있는데, 그중에 나한테 맞는 걸로 시나리오 준비 들어가고 싶으시대. 아직 시간이 좀 있으니까 그 전까지 시기 잘 맞춰보자고 하셨어."

"와……, 소다경, 진짜……."

민우가 말을 잇지 못했다. 그게 다경의 삶에 있어 어떤 의미인지 잘 알기에 감격했다.

"우리 소, 진짜……."

축하한다는 말로는 표현할 수 없는 기쁨이었다. 하나가 되어, 같은 감정을 느끼고 있었다. 담담히 말하던 다경도 그제야 벅찬 마음을 조금씩 흘렸다.

"너무 좋아하면 다 물거품이 되어버릴까 봐, 그래서 조금 불안하기도 했는데."

"이리 와."

민우가 팔을 뻗어 그녀를 안았고, 편안해진 다경은 말을 이었다.

"그런데 이제 괜찮아. 행여 실제 제작까지 안 간다고 하더라도, 눈에 보이는 성과로 이어지지 않는다고 해도, 그래도 괜찮아. 그만큼 인정받았다는 거니까. 그것만으로도 충분해. 그렇게 생각하니까 불안한 것도 없어졌어. ……그냥 우 감독님한테 그런 인정을 받고 제안해주셨다는 사실 자체로 너무 좋아. 너무 기쁘고."

일을 아예 못 하게 되는 건 아닐까 걱정한 적도 있었다. 아무리 연기하는 걸 좋아하고 스타가 되길 원한 게 아니라고 해도, 대중의 외면을 받으면 기회조차 사라지는 게 이 직업이기에 괜한 기우가 아니었다.

혹시나 그 좋아하는 일을 전혀 할 수 없게 될까 봐 모든 소란을 두려워했던 적도 있다.

그러나 용기를 내어 그 산을 넘었더니, 아주 밑바닥이라도 찍고 올라오겠다며 마음을 다졌더니, 감사하게도 새로운 기회가 찾아왔다.

비즈니스 결혼 문제로 그들이 계약했던 수많은 광고가 중단되거나 취소되기도 했다. 하지만 민우와 다경의 샤인어패럴 새 브랜드 광고는 예정대로 선보이게 되었으며, 반응이 상당히 뜨거웠다. 아시아 전체를 겨냥한, 규모가 꽤 큰 프로젝트였다.

중간에서 일을 진행하는 광고대행사는 논란 중인 민우와 다경의 광고 모델 건을 접고자 했으나, 샤인어패럴의 최혁준 대표가 이들을 포기하지 않고 강경하게 밀고 나갔고 그의 예상과 판단은 적중했으며, 새 브랜드는 두 사람의 건강하고 밝고 아름다운 이미지에 힘입어 성공적으로 자리 잡게 되었다.

물론 다경 역시 큰 도움을 받아 업계에서 다시 일어설 수 있는 발판을 마련했다.

아무리 상처받은 피해자라 해도 그녀의 그림자에 나리호나 강유현, 또 어머니가 계속 걸려 있는 건 부정적인 이미지로 이어질 수밖에 없었다. 하지만 이는 점차 희미해졌다. 민우와 찍은 광고 덕분이었다. 가짜 부부의 의혹마저 훌훌 벗어낼 만큼, 두 사람은 완벽히 아름다운 그림이었다.

다경에게 광고나 배역 제의가 활발히 들어오기 시작했고, 우 감독의 연락까지 받게 되었으니 그녀의 앞에 이제야 진정한 꽃길이 펼쳐질 차례였다. 그건 모두 두 사람이 만든 운명이었다.

"별 진짜 많다. 서울에서 조금만 벗어나도 하늘이 이렇게 예쁜

게 너무 신기해."

밤하늘에 별이 총총 빛났다. 그리고 다경과 민우 서로의 눈에, 서로가 이미 아름다운 별이었다.

"민우야, 다경아! 이제 카운트다운 들어간다!"

유리창이 열리고, 기혁이 소리쳤다.

"빨리 들어와!"

"빨리, 빨리!"

"끝나기 전에 얼른!"

고개를 내밀고 주아와 공 부장, 현지도 마구 손짓했다.

10,

자리에서 일어선 민우와 다경이 환히 빛나는 달과 별을 등지고 집 쪽으로 걸음을 옮겼다.

9,

발이 빨라졌다. 달빛 아래 웃음이 퍼졌다.

8,

모두가 바쁘게 움직이는 모습이 슬로모션처럼 돌아갔다.

7,

다경은 민우에게 아직 하지 못한 말을 입안에 머금었다.

6,

아무래도 우 감독의 영화는, 2년은 지나야 촬영을 시작하게 될 것 같다고.

5,

지금 우리에게 찾아와 있는, 너와 나의 아이를 만난 이후가 될 거라고.

그래서 사실 나도 아까 와인 대신 남 대표님의 포도 주스가, 참 좋았다고.

4,

희망을 말하는 모두의 음성이 하나가 되어 숫자를 외쳤다.

굴레를 벗어나, 새 시간은 다가오고 있었다.

이토록 서른이 되길 기다렸던 적이 있던가.

3,

이제 잘못된 운명의 고리를 끊고,

진짜 우리의 삶, 우리의 운명을 시작할 때.

2,

인연이라 생각하면 인연.

사랑이라 말하면 사랑.

갑작스럽지만, 그렇게 우리는 오늘부터 천생연분.

1,

아니, 함께하는 한 이제 매일매일 천생연분.

하루마다 특별하고, 하루마다 소중한 날들의 연속이다.

"Happy new year!"

커다란 TV 화면 가득 웅장한 종소리와 함께 사람들의 환호가 퍼졌다. TV 앞에 모여 있던 그들도 손에 꽃가루를 한 움큼씩 쥐고 있다가 기다렸다는 듯 위로 던졌다.

오늘만큼은 청소 걱정을 미루고 시작하는 해를 마음껏 축하하며, 별처럼 반짝이는 가루들이 아름다운 미소에 섞여 하늘하늘 흩날렸다.

그들이 만들어낸 운명,

진짜 사랑이었다.

아들일까, 딸일까?

인터넷의 한 주부 커뮤니티에 글이 올라왔다.

[오늘 검진 다녀왔는데요, 대박 사건 있었어요.]

임신 중인 주부들이 글을 올리는 카테고리에 올라온 글이다. 그
들 사이에서 검진이라 함은 당연히 산부인과 정기검진을 뜻했다.

[애기 초음파 보고 나왔는데, 원장님 방 쪽으로 누가 들어가는
거예요. 피지컬 대박에 얼굴도 완전 작은 남자 여자였거든요. 두
사람 손잡고 지나가는데 광채가 막 나고 잘생기고 예뻐서 멀리서
도 눈에 확 띄더라고요. 그런데 그 두 사람이 지민우랑 소다경이었
어요.]

두 사람의 목격담은 원래도 인터넷에 심심치 않게 올라온다. 원
체 거리낌 없이 공공장소도 잘 돌아다니는 두 사람인지라, 이를 보
고 사진을 찍거나 글을 올리는 사람들도 많았다.
그런데 그 목격담이, 오늘은 '맘까페'에 올라온 것이다.

[두 사람한테 좋은 소식 생겼나 봐요. 피검사 때문에 다시 진료 기다리다가 봤는데 원장님 방에서 나올 때 소다경 손에 산모수첩 있었어요. 저 여기서 왕현지도 가끔 보는데 소다경한테 추천해준 거겠죠?

근데 지민우 왜 이렇게 잘생겼나요? 어리게만 생각했는데 오늘 보고 완전 심쿵했음요. 눈빛도 장난 아니고 키도 진짜 크고 어깨도 넓고 고급스럽게 잘생겼더라고요. 소다경 살짝 안아주고 가는데 제 옆에 다른 산모들도 자기도 모르게 다…… 하고 있었어요.]

산부인과 목격담이라니, 그건 지금까지와 차원이 다른, 새롭고 신선한 소식이었다.

사람들의 이목을 끄는 두 사람이긴 하지만, 산부인과에서 산모수첩을 손에 든 소다경이라니.

[소다경도 너무 예쁘고 인형인 줄 알았어요. 두 사람 애기는 얼마나 예쁠까요. 그 둘 보고 왔더니 안구 정화 제대로 한 느낌이에요. 오늘 대박이었어요, 진짜. 이제 지민우 사진 좀 찾아봐야겠어요. 오늘부터 제 태교는 지민우입니다.]

댓글이 어마어마하게 달렸다.

[둘이 애기 생긴 거예요? 대박!]

[비즈니스 어쩌고 시끄러웠는데 아닌가 보네요.]

[아닌 줄 알았어요. 아니라고 인터뷰해도 계속 꼬투리 잡는 사람들 있더니 아가까지 낳으면 아무 소리도 못 하겠네요.]

[사인은 안 받으셨어요? 하긴 산부인과에 검사하러 갔는데 사인

해달라고 하면 난감하긴 하겠어요.]

[원글: 네~ 사인 안 받았어요. 병원이라서 다들 좀 조심해주는 것 같더라고요. 사진도 못 찍었어요. 병원이 같으니 이제 또 볼 수도 있겠죠? 너무 좋네요.]

[소다경 임신 축하축하!]

[새해부터 좋은 소식이에요. 두 사람 잘됐네요!]

[작년에 마음고생 많이 했을 텐데 다행이에요. 좋은 일만 많이 생겼으면~]

[저는 전에 커피숍에서 두 사람 봤는데 서로 챙겨주는 모습이 진짜 예쁘더라고요. 잘 사는 것 같아서 보기 좋았는데 아기까지 생겼다니 축하할 일이네요.]

[2세 비주얼 기대돼요. 공개는 안 하려나요?]

[둘이 리얼리티 같은 것 좀 찍어줬으면 좋겠어요. 그 커플 너무 예뻐요.]

[저는 딸인데 소다경으로 태교할래요~ 진짜 예쁘게 생겼어요. 연기도 잘하고 얘기 나오는 거 보니 심성도 착한 거 같아요.]

그 카페 글의 여파로 두 사람의 임신 소식은 널리널리 퍼져나갔고 기자들의 확인전화가 끊임없이 이어졌다.

잊을 만하면 다시 화제에 오르는 두 사람은, 여전히 핫한 커플이었다.

❖≫⠿≪❖

"임신 초기라 조심해야 하는데. 어후, 진짜."

현지가 걱정스레 말했다.

[소다경, 지민우 "올해 엄마 아빠 된다" 임신 소식에 네티즌 축하 물결]

["가짜 부부 아니에요" 지민우♥소다경, 산부인과 목격담 화제]

태블릿 PC로 발 빠르게 올라오고 있는 기사들을 확인하는 중이다. 그 앞에서 빨대로 오렌지 주스를 쪼오옥 빨던 다경이 싱긋 웃었다.

"괜찮아요. 어쩔 수 없죠."

현지의 사무실이다. 계속해서 밀려드는 일, 그리고 임신으로 인한 스케줄 조정 문제, 임신 소식에 쏟아지는 관심 등으로 상의할 사항이 많았다.

주아가 바쁜 일을 처리하는 동안, 다경은 현지와 이야기를 나누고 있었다.

"안정기 접어들기 전까지는 밝히지 않는 편이 좋은데, 이건 뭐, 온 국민이 알아버렸네."

"숨어다닐 수도 없는걸요. 제가 조심할게요."

현지의 염려에 다경은 의연하게 말했다.

초기에는 가족들에게조차 비밀로 하고 조심하는 산모가 많다는데, 자신은 극초기에 이렇게 사방팔방에서 알게 됐으니 참 난감하긴 했다. 그래도 어쩌겠는가. 얼굴이 알려진 직업이고, 관심을 받는 게 생활인 것을.

아직 모든 게 명확하지 않은 초기, 처음 산부인과를 찾는 일조차 조심스럽긴 했다.

하지만 죄를 지은 것도 아니고 오밤중에 몰래 스케줄을 잡아 병원에 가고 싶진 않았다. 특별대우는 더더욱 싫었고. 그래서 고민하던 다경은 민우에게 테스트기를 내밀며 말했다.

"두 줄이야. 확인하러 병원에 같이 갈 거지?"

처음 그걸 본 민우는 한동안 멍해 있었다.

아기를 낳을 자신이 없다는 말에도, 엄마가 되고 싶어졌다 번복한 말에도, 그 모든 것에 민우는 뭐든 네가 원하는 대로 하자고 해줬다. 존중해주었고 배려해주었다.

변덕에 가까웠지만, 다경이 그러는 이유를 알고 있기에 민우는 다경의 모든 결심을 받아들여주었다. 거기다 부모는 억지로 될 수 있는 게 아니란 걸 잘 알고 있으니, 시간에 맡긴 채 기다렸다.

그런데 날아든 것이다. 나풀나풀, 좋은 소식이.

시각의 힘은 컸다. 두 줄이 선명하게 새겨진 임신 테스트기는 민우에게 뭐라 형언할 수 없는 감정을 안겨주었다.

서른이 되자마자였다. 억센 불행의 고리를 끊고 새로운 시작을 맞이하자마자 알게 된 '아기'의 존재에 가슴이 일렁였다.

그의 옆으로 뻗은 눈매 끝에 서서히 가느다란 웃음이 맺혔다. 말없이 다경을 안아주었다. 어디 병원만 함께 가겠는가. 그녀가 가는 곳 어디든 함께일 텐데.

그렇게 손잡고 찾은 병원이었다. 이미 현지가 다니고 있는 곳이고, 진료시간 중에서도 그나마 환자가 적은 시간대로 예약해 다녀왔다.

처음 초음파로 아기집을 확인한 순간 두 사람은 지금껏 느껴보지 못한 강렬한 감동에 한동안 얼어붙어 있었다.

"이게 정말 우리 아기야?"

민우는 조금 얼떨떨했다.

우리 아기. 너와 나의 피가 섞인, 우리의 아기.

믿기 어려운 듯, 신기한 듯, 초음파 사진 속 콩알보다도 훨씬 작은 까만 점을 보고, 또 보았다.

이렇게 찾아온 아기 소식에, 너무 이르게도 많은 사람의 관심과 축하를 한 번에 받으니 부담스럽기도 했지만 다경과 민우는 순순히 받아들이는 중이다.

"그래, 초기엔 무조건 조심해야 해. 오늘도 그냥 집에서 얘기하면 됐을걸, 괜히 나왔어."

"집에만 있으면 우울할 것 같아요. 벌써."

다경의 말에 현지가 웃어버렸다.

"그래, 산모 좋은 대로 해야지."

저야말로 기혁의 걱정을 가득 등에 업은 채 꿋꿋이 나와서 일하고 있지 않은가. 아마 만삭이 되어 출산하러 가기 직전까지도 일하고 있을 것 같으니, 누가 말릴까.

"시부모님도 좋아하시지?"

"네, 어어어어어엄청."

생각지도 못한 손주 소식에 서 여사와 지 교수는 극도의 흥분상태였다. 윤우도 옆에서 난리를 치는 통에 전화 통화마저 힘겨웠었다. 그만큼 온 가족이 하나가 되어 기뻐했다.

"너랑 나랑 같은 해에 아기를 낳을 줄 상상이나 했겠니."

생각할수록 신기하고 재미있는 듯 현지는 자신의 부른 배를 보고, 다시 다경을 바라보며 연신 웃었다.

"그러니까요. 우리 애들 동갑이라 나중에 같이 잘 놀겠어요."

다경은 기혁, 현지와 바로 옆집에 살게 된 것도 좋은데 아기들까지 함께 키우게 되어 더욱 든든하고 좋았다. 정말 가족 같은 느낌이라 행복했다.

"아들일까, 딸일까? 넌 어느 쪽을 원해?"

현지의 질문에 다경은 생각할 것도 없었다.

"만약에 서로 못 찾아서 못 만나면 어떡해?"

"그럼 윤서가 얘기해주러 오면 되지."

"내가? 어디로 가서?"

"어디든지 윤서는 찾아올 수 있어."

다경도, 민우도, 알고 있는 아이.

"와서 꼭 알려줘. 엄마 아빠가 윤서를 만날 수 있게."

시간을 거슬러 와, 두 사람을 이어지게 한 존재.

돌이켜 생각해봐도 믿기 힘든 일이었다. 민우가 경험했다는 열 번의 이십 대도, 그의 환영 속에, 자신의 꿈속에 나타난 미래의 아이도 아무리 생각해도 이해하기 어려운 이야기다.

세상 누가 이 말도 안 되는 일을 순순히 믿어줄까. 민우와 자신만이 간직한, 그야말로 기적이었다.

"딸이에요."

다경은 가만히 웃으며 말했다. 딸이면 좋겠다는 바람 정도가 아니라, 아예 딸이라 못 박아 장담하자 현지가 살짝 갸웃했다.

"너무 확신하는 거 아니야? 그러다 아들이면 실망하려고."

"아들도 좋은데, 그냥, 딸일 것 같아요. 느낌에."

살며시 짓는 미소, 흔들리지 않는 눈빛에 현지도 웃고 말았다.

"그래, 공주님 기대된다."

문을 열고 들어온 기혁이 함박웃음을 지었다.

"진짜 딸이래? 벌써 성별 나왔어?"

회사 합병 문제로 시도 때도 없이 드나드는 비즈니스 파트너이자 남편을, 이제 현지는 자연스럽게 맞이했다.

"아니, 성별이 나오긴. 그건 좀 더 나중이지."

"그런데 무슨 말이야?"

"그냥 제가 딸일 것 같아서요."

"거참 신기하네."

기혁이 웃으며 자리에 앉았다.

"아까 민우도 똑같은 소리 하던데. 딸일 거라고."

"이 집 아들이면 큰일 나는 거 아니야? 이렇게 부부가 강력히 딸을 원하는데."

기혁의 말에 다경이 손을 내저었다.

"아니에요. 아들도 좋아요. 정말 좋아요."

다만, 우리 윤서가 딸이라서 그런 것뿐이에요. 설마 아들인데 머리를 묶고, 샛노란 원피스를 입고 있던 건 아닐 테니까요.

"그냥 딸일 것 같은 느낌이 와서 그래요."

"우리 복덩이가 아들이니까, 그럼 너희 딸하고 완전 소꿉친구, 베프 되겠다. 너랑 민우보다 훨씬 더 일찍 아기 때부터겠네."

"그러게. 우리 아들이 너희 딸 예뻐서 엄청 쫓아다닐 것 같다. 벌써 눈에 보여."

확신에 찬 다경의 태도에, 기혁과 현지는 이미 이 집 아이가 딸임을 인정하고 있었다. 벌써 낳지도 않은 아이들을 두고, 아들딸 이야기하며 사무실은 즐거운 웃음으로 가득했다.

❧

"떨려?"

"응, 떨려. 지난주보다 오히려 더 떨린다."

일주일 후, 다경과 민우는 다시 병원을 찾았다. 아기의 심장 소리를 듣게 되는 날이라 기대와 설렘으로 진료실에 들어섰다.

그리고, 뜻밖의 소식을 듣게 되었다.

"네? 둘이요?"

초음파 확인 도중, 원장의 말에 다경은 튕겨 일어날 뻔했다.

"아기집이 분명 하나였는데, 여기 조그맣게 하나가 더 보이네요. 쌍둥이 맞습니다."

헐.

민우의 입술도 벌어졌다.

이 아이는 하나, 그리고 분명히 딸, 그 애가 바로 '윤서'라고 생각했는데 쌍둥이라곤 전혀 예상하지 못했다.

"아, 신기하다……."

진료를 보고 자세한 설명을 들은 후에 집으로 돌아오며, 다경은 조수석에 앉아서도 계속 초음파 사진을 들여다보았다. 자연임신으로 쌍둥이가 찾아오는 일은 흔하지 않다는데, 지난주엔 분명히 하나였던 아기가 둘로 늘어난 것이 신기했다. 더욱이 마음의 준비도 되어 있지 않았는데 아기가 쌍둥이라니 놀랍기만 했다.

"그러니까 둘 중 하나가 윤서란 말이지."

신호에 걸리자 운전하던 민우가 고개를 돌려 다경을 바라보았다. 가만히 다경의 한 손을 잡은 채다.

"쌍둥이는 많이 힘들다는데, 우리 소 어떡하지."

"둘은 있었으면 했는데 한 방에 잘됐지 뭐. 그런데 힘들긴 진짜 힘들대. 해수 씨 친한 언니 있잖아, 왜 그 변호사라는 최 대표님 친구분."

"미스코리아였다던?"

"응, 그 집도 여자애 쌍둥이라는데 진짜 임신했을 때도 힘들었고, 난산이라 고생했다더라고. 근데 육아는 더 헬이래. 각오 단단히 해야겠어."

민우가 가만히 한숨을 쉬었다.

"후우, 진짜 내가 했으면 좋겠다, 임신."

기쁜 일이면서도 앞으로 다경이 고생할 일에 벌써 걱정이 산더미였다. 민우는 그제야 남 대표, 기혁이 그토록 극성이었던 것이 바로 이해가 되어버렸다. 사랑하는 사람의 고생이 제 아픔보다 더 크게 느껴지니 말이다.

　"내가 진짜 잘할게."

　"말이라도 고맙네. 구박이나 하지 마시죠."

　"구박을 왜 해, 이렇게 귀한 내 마누라한테."

　임신과 출산을 예정하며, 다경은 좋아하는 일조차 마음껏 못 하고 조절해야만 했다. 민우는 그 사실이 미안하기도, 고맙기도 했다.

　신호가 바뀌고 민우는 부드럽게 액셀러레이터를 밟아 출발했다. 차에 임산부가 타고 있으니 뭐든 조심하게 된다.

　"그런데 누굴 윤서라고 하지?"

　다경의 질문에 민우가 금방 대답했다.

　"먼저 나오는 애를 윤서라고 하자."

　"그래, 그러자."

　그럼 윤서는 우리의 첫째 딸이 되겠구나. 두 사람은 함께 웃었다. 운명처럼 찾아올 아이들을 기다리며. 미리 본 기적이 현실이 되길 간절히 기다리며.

　하지만 그 운명은, 이미 정해진 것이 아니었다. 지금까지 쭉 경험해왔듯 그들의 예상을 벗어난 것이었다.

　― 이번 주쯤엔 성별 나오니?

　봄이 되었다. 서른이 된 후 처음 맞이하는 봄이다.

다행히 임신 초기는 무사히 지났고, 입덧도 없이 비교적 평온하게 보냈다. 다경의 배 속에서 아기들은 좁쌀에서 콩알로 잘 자라고 있어 여름이 되고, 가을이 되면 아기들을 만나게 될 것이다. 아니, 쌍둥이니 보통의 출산보다는 조금 더 빠른 시기에, 늦여름쯤이면 정말 아기 엄마 아빠가 될 것이다.

병원에 가는 길에 서 여사로부터 전화가 왔고, 원장이 넌지시 알려줄 아기들의 성별이 궁금했는지 그것부터 물어오셨다.

"네, 성별 이젠 알 수 있는 시기예요."

— 알려주시려나? 요즘도 얘기 안 해주시는 건 아니고?

"아니에요. 성별 고지 금지했던 거, 헌법불합치 결정된 지 좀 돼서 요즘은 다들 얘기해주신대요."

다경은 담담히 대답했다. 궁금해하고 말고 할 것도 없이, 두 사람은 딸이라 알고 있으니 특별하지 않게 느껴지건만, 오히려 주변에서 더 호들갑이었다.

— 아들인지, 딸인지 꼭 전화해줘. 네 아빠랑 윤우랑 난리다, 난리야. 쇼핑하고 싶어 안달이 났어. 둘이서 뭔 애기 옷을 그렇게 보고 다니는지.

"지금까지도 많이 사주셨는데……."

— 성별만 나오면 그에 맞게 본격적으로 모자나 소품들 산다고 벼르고 있다니까. 못 말려, 진짜.

첫 손주, 첫 조카에 대한 사랑이 벌써 넘쳐흐르는 모양이었다.

"네, 진료 보고 나오면 바로 전화 드릴게요."

— 뭐 먹고 싶은 건? 너 저번에 완탕 잘 먹길래 이번 주말에 오면 또 해주려고 하는데 괜찮아?

"어, 완전 좋아요. 새우 듬뿍 넣어주세요."

— 당연하지.

다경은 이런저런 이야기를 더 나누고는, 웃으며 전화를 끊었다.

여전히 서 여사와의 통화나 만남은 그녀에게 행복한 기운을 안겨주었다.

"하여튼 극성들이야."

옆에서 민우가 쯧쯧, 혀를 찼다.

"난 그 극성, 너무너무 좋은데?"

"네가 좋으면 됐다."

"진짜 좋아. 짱 좋아. 넌 내 마음 모를 거야."

다경의 말에 민우는 잠시 그녀를 바라보았다. 모르긴 왜 몰라. 네 마음이 곧 내 마음인데.

"어휴, 우리 소, 오늘따라 더 예쁘네. 이렇게 예쁜데 어떡하지."

"어떡하긴 뭘 어떡해?"

"우리 딸들 엄마 미모가 화려해서 태어나자마자 기죽는 거 아니냐?"

"립서비스가 과하시네요."

"아닌데? 진심인데?"

"그래봤자 우리 아기들 태어나면 난 찬밥일걸 뭐."

"아니야. 절대 그럴 일 없어. 내 인생 영순위는 너야, 죽어도 너."

그 말에 과장은 하나도 없다는 걸 다경이 더 잘 안다. 얼마나 힘든 시간을 돌고 돌아 만난 두 사람인데.

병원 주차장에 차를 정차하자마자, 다경이 입술을 내밀었다.

"들어가기 전에."

민우가 싱긋 웃으며 다가와 쪽, 입을 맞췄다. 다경이 만족한 얼굴로 차에서 내리려고 하자, 그가 손을 다시 뻗었다.

"어딜 그냥."

뽀뽀로는 절대 만족할 수 없다는 듯, 다경의 머리를 부드럽게 당겨와 깊게 입술을 머금었다. 다경의 눈이 사르르 감겼다.

언제 해도 좋은 키스. 달고 간지러운 기운이 살랑살랑 퍼져나갔다. 얘는 어쩜 이렇게 키스를 잘할까, 부부로 함께하는 시간 늘어가는 건 사랑뿐 아니라 스킬도 해당하는 것 같다.

자칫 위험할 지경까지 흘러가는 키스를 간신히 멈추고, 우리 좀 자중하자며 서로를 도닥거린 두 사람이 병원 진료실로 올라왔다.

처음에는 두 사람을 보고 몰래 호들갑이었던 병원 직원들도 이제는 여느 부부를 대하듯 자연스러워졌다. 그만큼 시간이 흐르기도 했고, 두 사람이 워낙 격의 없이 드나든 덕도 있다.

"심장도 잘 뛰고,"

몇 번을 들어도 감동적인 아기들의 심장 소리에 가슴이 설렜다.

"크기도 괜찮고, 위치도 좋고, 잘 있네요."

이란성 쌍둥이라는 아기들. 드문 경우라 이야기를 들어서인지 매 순간이 특별하고 애틋하게만 느껴졌다.

그때, 이리저리 확인하던 원장이 씩 웃으며 말했다.

"벌써 사이가 좋은가 봅니다, 두……."

"……."

"……아드님들이."

민우와 다경의 눈이 커다래졌다.

"네?!"

"아, 아들이요?!"

집으로 돌아온 후, 오늘 받은 초음파 사진을 들여다보는 다경은 여전히 멍했다. 아들이라 불만인 게 절대 아니다. 그냥 철석같이 믿어왔던 사실에 배반당한 기분이 들어 어안이 벙벙할 뿐이다. 두 사람이 봤던 아이가 남자아이였으면 이러지 않을 텐데. 윤서가 아니라 윤재나 윤호 같은 아들이었다면, 지금 이렇게 충격을 받진 않을 텐데.

"어떻게 된 걸까?"

대체, 우리가 본 건 뭐였을까?

민우도 황당하긴 마찬가지였다. 채 1년도 지나지 않은 일이고, 환영 속에서 아이를 본 건 겨우 반년이나 지났을까, 샛노란 원피스를 입은 여자아이가 아직도 눈앞에 생생했다.

"그러니까 괜찮아, 아빠. 너무 슬퍼하지 마."

"……."

"단추는 다시 끼우면 되니까."

사랑스럽던 그 아이는, 날 아빠라 부르던 그 아이는, 우리를 다시 만날 수 있게 해준 그 아이는 대체 어떤 존재일까.

아직 미래는 경험하지 못했다. 그러니 그 아이가 진짜 딸인지 사실 확신할 수는 없었다. 그럼에도 불구하고, 다경을 꼭 닮은 외모와 자신에게 '아빠'라고 불렀단 것만으로도 '딸'이라 그렇게 믿었다.

한 대 단단히 얻어맞은 기분이다. 딸이 아니라, 다경의 배 속에는 지금 두 아들이 자라고 있으니 말이다.

"푸흡."

민우의 입술 사이로 웃음이 새어나왔다. 갑작스러운 웃음에 다경이 고개를 들어 그를 보았다.

"너무 놀라서 드디어 미친 건가."

민우의 웃음소리가 커졌다. 그가 생글생글 웃으며 다경을 보았다.

"미친 게 아니라, 정신을 차린 거야."

"정신을 차려?"

"그래, 너랑 나. 이제 제대로 살아야 할 것 같다."

언제는 막 살았나.

여전히 다경은 뚱하게 바라보았고, 민우는 소파에 앉은 제 다리 위로 그녀의 손을 잡아 끌어왔다. 단단한 허벅지에 다경의 엉덩이가 폭 눌려 앉혀지자 민우는 그녀의 허리를 안고, 배에 가만히 손을 대었다. 기분 좋은 웃음도 여전했다.

그러니까 이 배에, 딸이 아니라, 아들들이 있단 말이지.

"운명이니 뭐니, 더 신경 쓰지 말란 뜻 같은데."

"신경 쓰지 말라고?"

"응, 그때 본 미래가 꼭 정답은 아니니까."

누가 그게 진짜라고 확언할 수 있을까.

"정해진 건 아무것도 없잖아."

우리가 살아갈 미래는, 우리가 만들어가는 것이니 매달릴 필요는 없다. 과거가 바뀌었듯, 미래도 얼마든지 바뀔 수 있으니까.

다경이 그에게 안겨 앉은 채로 조금은 아쉬운 목소리를 흘렸다.

"그래도 참 신기했는데. 네가 본 아이를 나도 본 거라서. ……진짜 우리 딸인 줄 알았단 말이야."

"그렇긴 하지."

"나는 미래를 본 셈이고, 넌 미래에서 온 아이를 만났던 거고. ……이거 말로 하니까 진짜 신기하고 웃기다. 어떻게 그런 일이 다 있었지?"

우리에게 생긴 수많은 일 중 하나. 놀라움은 평범해졌고, 일상에 묻혀갔다. 기적에 감사하며, 그 마음만 잊지 않는다면 마냥 신기했던 일들이야 이대로 흘러가도 좋지 않을까.

"아깐 아들 쌍둥이라 그래서 좀 놀라긴 했는데, 이젠 좀 진정이 된다. 널 구하는 것까지가 내 일이었고, 그다음은 전부 백지여야 말이 되지."

미래까지 정해져 있으면 재미없으니까. 우리의 인생은 아직 멀고 먼 여정이니까.

"맞아. 어쩌면 태어날 우리 애들이 아들딸 상관없이 그냥 날 닮은 애일 수도 있고."

"그래, 아들이라고 노란 원피스 못 입으란 법 없지. 한 번쯤 입혀 주지, 뭐. 싫어하면 말고."

"응, 싫어하면 억지로 입히면 안 돼."

"당연하지."

아들이면 어떻고, 딸이면 어떤가. 하나면 어떻고, 둘이면 또 어때. 이제 만들어갈 날들이 오롯이 우리 것이라는 게 중요하지.

비로소 다경의 입술에도 미소가 번졌다.

과거, 운명, 미래. 가슴을 메우고 있던 그 무거운 의미들에서 벗어나 조금 더 자유로워진 기분이다.

이제 현실을 살자. 바로 눈앞의 오늘을 살자. 행복으로 하루하루를 물들이다 보면, 우리의 미래는 따뜻한 과거가 되어 있겠지. 그렇게, 사랑하며 계속 살자.

✦➤➤※◅◄✦

그로부터 2주 후, 기혁과 현지의 아기가 태어났다. 아들로, 복덩이의 이름은 지호였다. 하루하루 시간이 갈수록 두 사람을 반씩 닮은 외모가 도드라지며, 지호는 벌써 꽃미남의 싹을 푸르게 틔웠다.

그간 준비해온 대로 두 회사는 합병을 마치고 큰일을 하나씩 해결해가는 단계였다. 공 이사와 지민우 기획부장을 비롯해 믿을 만한 인재를 적재적소에 배치하여 회사를 맡겨둔 두 대표는 갓 태어난 새 생명에 온전히 집중할 수 있었다.

현지는 늦은 나이의 출산에도 불구하고 비교적 회복이 빠른 편이었고, 기혁은 온 마음을 다해 그녀와 아기를 보필했다. 모든 게 처음이라 서툰 두 사람이 서로 발을 맞춰 육아의 길로 접어든 상황, 밤에도 빽빽 우는 아기를 먹이고 달래느라 좀비가 된 둘은 끈끈한 전우애를 다지고 있었다.

"나 결혼 잘한 것 같다, 정말."

우루루, 까꿍, 하며 아기를 안은 기혁을 바라보며 현지가 작게 중얼거렸다.

까만 밤, 쉬이 잠들지 못하는 세 식구의 집 거실이다. 정원에 켜둔 불빛이 너른 거실로 은은히 스며들어왔다.

"응? 뭐라고 했어?"

기혁이 돌아보고 묻는 말에 그녀는 가만히 그를 바라보았다.

그는 자신을 오랫동안 사랑해왔다 말했다. 그 고백으로 지금에 이르렀다. 어쩌면 지호가 생기지 않았더라면, 눈앞의 이 풍경은 제 인생에 없는 순간일지 모른다.

부서질 듯 작은 아기의 목을 조심히 받쳐서 안고 있는 기혁은 연일 제대로 못 자 초췌하지만 남자답게 잘생긴 얼굴과 미끈하게 뻗은 기럭지는 감출 수 없었다. 여러모로 뜯어봐도 외모만큼은 현직의 모델들 못지않게 근사한 수준이다. 거실 창가에 서 있는 그는 그야말로 그림이었다.

"설마 반한 거야?"

"……뭐래."

진중하고도 카리스마가 느껴지는 얼굴과 달라도 너무 다른 언행. 경박스럽기까지 한 그의 참모습이 매력적으로 보이는 걸 보니, 콩깍지가 쓰이기 시작한 모양이다.

"어허, 딱 봐도 지금 내 남편 너무 잘생겼다, 현직에 있는 애들 못지않다, 완전 그림 같다, 뭐 그런 얼굴인데 어디 발뺌을 해."

얼굴에 진짜 다 쓰여 있나.

마음을 들킨 것 같아 현지의 귀 끝이 살짝 붉어졌다.

"아니, 외모가 아니라."

"외모가 아니라고? 내가 얼굴 빼면 어디 볼 게 있다고?"

기혁의 넉살에 현지는 웃었다.

"내가 어디 가서 당신 같은 남편을 만났겠나 싶어서."

짙은 밤공기는 사람의 마음을 말랑하게 했다.

현지는 한 번도 그에게 제 감정을 전한 적이 없다. 사건을 수습하는 정도로 결혼과 출산을 받아들였을 뿐, 거기에 감정은 전혀 섞이지 않았다고 생각했었다.

하지만 아니다. 결혼을 준비하는 과정부터, 임신한 자신과 함께한 시간 내내 기혁은 무척이나 훌륭한 모습을 보여줬다. 좋은 남편으로, 좋은 아빠로, 평생을 함께할 반려로, 그보다 더 좋은 남자는 없을 것이다.

사랑이 전부란 걸 알았다. 기혁이 제게 좋은 남자인 건, 자신을 사랑하기 때문이라는 걸 현지는 누구보다 잘 알고 있었다. 이에 자연스레 감정이 생기는 건 어쩌면 당연한 일인지 몰랐다.

기혁을 보는 현지의 마음에 조금씩 조금씩 애틋함이 스며들었다. 마치 쓰디쓴 커피에 달콤한 시럽이 섞여드는 것처럼 그녀의 인생도 그렇게 달라졌다.

"세상에 남자는 다 형편없는 사람만 있는 줄 알았는데."

현지가 엷은 미소를 띠었다.

아버지의 탓이 컸다. 자신을 힘들게 했던 아버지 때문에, 연애고 결혼이고 남자와 가정을 이룬다는 것 자체가 끔찍하게 느껴진 적도 있었다. 업계 특성상 순수하고 착한 남자를 만나기란 더더욱 힘들었고.

그런데 제게 다가와 손을 내민, 남기혁은 정말 선물처럼 느껴지는 사람이다. 따스한 가정, 온유한 사랑, 그 모든 걸 제게 안겨준 남자.

"당신은 나한테, 유일하게 멋진 남자야."

처음으로 그에게 마음을 표현했다. 특별할 것 없이 흘러가던 밤의 한복판에서, 함께 보내는 일상의 한 자락에서 그렇게 아무렇지 않게, 감정을 툭 내비쳤다.

"……나, 잘못 들은 거 아니지."

기혁의 눈가에 벅찬 마음이 어른거렸다. 짝사랑이 사랑으로 이뤄지는 순간순간, 세상 모든 것에 감사하게 된다. 기혁은 지금 세계 평화를 위해 무엇이든 다 할 수 있는 얼굴이었다.

현지는 일어서서 아기를 안고 있는 기혁에게 다가가 손을 뻗어 그의 한쪽 볼을 살며시 감쌌다.

인색할 필요 없겠지. 내 마음, 감출 필요 없어, 이제.

"잘못 들은 거 아니고."

"…….'

"내가 당신, 사랑하게 된 것 같아. 아니, 그렇게 됐어. 나도."

돌이켜보면 그에게 늘 호감이 있었다. 그렇기에 쓸데없는 인연을 만들려 하지 않았던 현지도, 그와는 스스럼없이 지내곤 했었던 거다. 그런 기혁에게 이제 사랑을 말하고 있다.

이 설렘, 나쁘지 않았다. 아니, 짝사랑이라도 시작하는 어린 소녀처럼 가슴이 세차게 두근거렸다.

"와…… 이런 날이 오네, 나한테."

기혁은 벅찬 음성으로 현지를 한 번, 또 안고 있는 아기를 한 번 바라보았다. 세상을 다 가진 것처럼 행복한 얼굴이었다.

아기는 기혁의 품 안에서 쌔근쌔근 잠이 들었다.

"지호 이제 눕힐까?"

기혁은 아기를 내려놓고, 현지를 제 품 가득 안고 싶었다. 자신을 향해 사랑한다고 말해준 아내. 서로를 바라본다는 사실이 꿈만 같은 지금, 하고 싶은 건 그뿐이었다.

현지가 고개를 살짝 끄덕였고, 부부는 침실로 향해 둘의 침대 옆에 있는 앙증맞은 아기침대에 조심스럽게 아기를 내려놓았다. 이제 막 자라기 시작한 속눈썹을 드리우고서 깊게 잠든 아기는 너무나도 예뻤다.

그리고 기혁은 제 곁의 현지를 품에 끌어와 안았다. 가만히 안겨드는 그녀로 인해 가슴이 쿵쾅거렸다.

"고마워. ……고맙다, 정말로."

제대로 연애를 해보기도 전에 임신부터 하게 된 거라 다른 부부들과는 상황이 좀 달랐다. 아기까지 낳았지만, 여전히 연애 초기처럼 설레고 조심스러웠다. 물론 알고 지낸 기간이 길어 서로 편안한 건 별개의 이야기다.

"고맙다는 말, 이젠 좀 별로다. 무슨 은혜 입은 것도 아니고."

"은혜 맞는데."

기혁이 그녀의 머리를 쓰다듬으며 말했다.

"너, 내 여신이잖아. 너한테 난 은혜 입은 거 맞는……, 어어, 어딜 가."

현지가 몸을 빼내어 기혁의 품에서 빠져나왔다. 스윽 도망가려는데 당연히 손목이 잡혔다.

"어우, 그런 소리 오글거려 미치겠다고 했지. 하지 말라니까."

"알았어, 안 해. 안 한다고."

"또 하면 나 정말 간다."

"알겠습니다아."

장난스레 웃으며 다시 기혁이 그녀를 안았고, 현지는 순순히 안겨주었다. 밤낮으로 잠을 제대로 이루지 못해 피곤한데도, 이렇게 안고 있으니 발끝이 간질거렸다. 결국, 넘실넘실 선을 넘게 됐다. 서로의 눈빛이 닿고 입술이 가까워졌다.

"음……, 졸린데……."

투정 아닌 투정이 입술 사이로 사라졌다.

"우읍, 아직은 조심하라고 했……."

"뭐 안 해, 그냥 키스만."

그 이상을 염려했는지, 기대했는지 모를 현지를 안심시키며, 기혁이 그녀의 등을 어루만졌다. 사르르 풀어지는 몸이 느껴졌다. 서로 스킨십이 익숙해진 건 오래지 않았으니 키스할 때마다 가슴이 뛰어 미칠 것만 같았다.

그렇게 부부의 사랑이 깊어지려는 순간.

"……우애애애애애애앵!"

평온하게 잠들었던 아기의 입에서 울음이 터져나왔다.

화들짝 놀란 두 사람이 누가 먼저랄 것도 없이 침대 안의 아기를 들여다보았다.

"우리 지호, 깼구나!"

"오구오구, 우쭈쭈쭈."

기혁이 아기를 번쩍 들어 안고 토닥거렸다. 이제 시작한 연인 사이에, 가장 강력한 방해꾼이자 가장 사랑스러운 존재였다.

"너만 우냐, 나도 울고 싶다."

울상이 되어서도 아기를 정성껏 달래는 기혁이 귀여워, 현지는 두 팔을 벌렸다. 기혁과 지호, 부자를 가득 안은 그녀의 입가에 웃음이 떠나질 않았다.

→≫※≪←

쌍둥이 형제는 다경의 배 속에서 쑥쑥 잘 커갔다. 다행히 별 탈 없이 임신기간이 흘러갔고, 일상은 평화로웠다.

한여름 무더위가 잦아들면 쌍둥이를 출산하기로 예정했다. 임신주수를 꽉 채우지는 않고 좀 더 빨리 만나게 되는 셈이다.

처음엔 아무것도 몰라 무조건 자연분만을 해야 하는 줄로만 알았지만, 의사의 권유로 수술을 받기로 해 날짜를 잡아두었다.

그리고 마침내 출산일.

"잠을 못 자서 어떡하나."

아주 이른 새벽, 민우가 누워 있는 다경의 머리카락을 쓸어넘겨 주며 걱정스러운 목소리로 말했다.

전날 입원하여 이날 오전에 있을 수술을 기다리는 참이다. 다경은 제대로 자지 못했다. 막상 아기를 만난다고 생각하니 온갖 걱정이 앞서고, 두렵기도 했다.

그녀는 밤새 우 감독이 건넨 시나리오 초고를 읽으며 시간을 보냈다.

"괜찮다니까."

민우가 걱정하지 않도록 다경은 의연하게 웃어 보였다.

"이거, 대본 너무 재미있어서 밤새운 것뿐이야. 완전 대박각인데, 이거."

"그래, 진짜 재밌긴 하더라. 우 감독님 스타일 완전히 바뀌었던데.”

다경이 회복되는 시간을 따져보면 어느 정도 촬영시기가 맞을 것 같았다. 애초에 다경을 두고 작품을 썼던 만큼 우 감독은 그녀의 편의를 봐줄 생각이기도 했다.

어린 아기들을 떼어놓고 현장에 나갈 생각을 하니 벌써 염려가 되긴 했지만, 그래도 벼르고 별렀던 영화를 시작한다는 사실은 다경에게 설렘을 안겨주었다.

다행히 서 여사가 육아를 돕기로 했고, 안식년을 맞이한 지 교수도 이에 참여하겠다며 팔을 걷어붙인 상태였다. 게다가 누구보다 자신을 걱정하고 보살피려 애쓰는 민우가 곁에 있는 한, 다경은 마음이 든든하기만 했다.

“나 그럼 먼저 샤워 좀 하고 나올게. 어차피 오늘 종일 씻기 힘들 것 같은데.”

“응, 씻고 나와.”

병실 내의 욕실에 민우가 먼저 씻으러 들어갔다.

잠시 후, 화장실이 급해진 다경은 조금 기다리다가 아무래도 안 되겠기에 병실 밖으로 나왔다.

특실이긴 해도 다른 산모들의 입원실과 같은 층에 있다. 알려진 연예인이라고 특별대우를 바라는 건 ‘신(新) 귀족’이라 비판받는 일이었다. 그러니 다경은 스스로 경계하고 있기도 했다. 그래서 병원을 드나드는 일도 그렇고, 출산을 앞둔 상황에서도 여느 임산부들과 다를 바 없는 절차에 따라 움직이고 한 공간을 이용하고 있었다.

다경이 그렇게 층에 있는 화장실을 잘 이용하고 다시 병실로 돌아오려던 때였다.

밖은 아직 어둑한 새벽녘의 병원, 너스 스테이션 근처의 대기공간 소파에 앉아 있는 모녀가 보였다. 그 뒤를 지나 병실로 가야 하는 다경이 천천히 걸음을 옮기고 있는데 그들의 대화가 들렸다.

"다시 낳으라면 절대 못 할 것 같아. 어떤 건지 아니까 더 무서워."

출산한 지 얼마 안 된 산모였다. 병실이 답답해 대기공간에라도 바람을 쐬러 나온 모양이다.

"그것도 잠깐이야. 애 키우다 보면 예뻐서 다 잊는다니까. 그러니까 둘 낳고, 셋 낳고 그러는 거지."

"어후, 이걸 어떻게 잊어? 난 못 잊어, 절대 못 잊어."

산모의 투정 어린 목소리가 다경의 귀에도 콕 박혔다. 앉아 있는 것조차 힘들어 보이는데, 출산의 고통이 어땠을지 감히 상상도 할 수 없었다. 이제 그것도 자신의 차례가 되겠지.

"엄마."

가만히 들리는 말에 그 앞 병실에 거의 다 온 다경이 살짝 돌아보았다.

"엄마, 고마워. 나 낳아줘서."

"어이구, 간지럽게 얘가 왜 이래."

"아냐, 진짜로. 진통하는데 엄마 생각밖에 안 나더라. 애기 낳고도 엄마가 막 눈물범벅 된 얼굴로 나 쳐다보던 거 아직도 생생하고. 엄마는 나랑 오빠 낳을 때 두 번 다 죽을 뻔했었다고 아빠가 그랬는데. 그걸 어떻게 다 참고……. 아무튼 고마워. 엄마, 진짜 고마워."

옛말에 아이를 낳아야 철들고 어른이 된다더니, 저 산모는 비로소 엄마가 되어 깊은 헤아림을 얻었나 보다.

"어휴, 얘가 진짜."

홀쩍, 콧물을 삼키는 친정엄마의 목소리가 정겨웠다.

다경은 희미한 미소를 지으며 병실로 들어갔다. 문을 탁 닫는데 가슴이 미어졌다.

엄마.

그 이름이 제게 안겨준 건 상처뿐이었는데, 이제 그녀 자신이 '엄마'가 된다. 친정엄마의 부재 속에서, 엄마가 될 준비를 한다는 게 조금은 힘겹게도 느껴졌다.

임신한 내내, 자신을 가졌을 때 엄마는 어땠을까. 엄마도 입덧이 없었을까, 먹고 싶은 건 잘 먹었을까, 다경은 이런저런 생각을 하게 됐다.

열 달을 보내며 제 속으로 품어 낳은 자식인데 엄마는 자신을 왜 그렇게 귀하게 여기지 않았을까, 하여 원망이 짙어진 것도 사실이다. 자신이 엄마가 되려니, 정 여사를 더욱 이해할 수 없게 된 것이다. 서글픔에 목이 메었다.

그때 문이 열렸고, 기대서 있던 다경이 휘청했다. 중심을 잡고 뒤를 돌아보니 활짝 열린 문 앞에 반가운 사람이 있었다.

"다경아!"

피가 전혀 섞이지 않았으나, 내 남편이 나의 가족이 되었듯 이제 진정한 내 식구인 사람들.

"엄마 왔다!"

서 여사가 팔을 벌려 다경을 꼭 끌어안았다.

"아빠도 왔다!"

출산을 앞둔 며느리, 아니, 예쁜 딸에게 힘을 주기 위해 새벽부터 달려온 서 여사와 지 교수였다.

친정부모가 안 계시는 게 아니었다. 가슴으로 낳아 키워주신 진짜 부모의 사랑이, 다경을 포근하게 안아주었다.

그날 쌍둥이 형제는 무사히 잘 태어났다. 두려움을 깨고 다경의 인생이 한 발짝 앞으로 나아갔다.

알면 재미없고, 모르기에 더 열심히 살아갈 힘이 나는 미래가, 차곡차곡 쌓여가고 있었다.

운명의 주인

"이리 와서 다들 자리에 앉아!"

호통을 쳐도 소용없고,

"이거 다 식는다고, 따뜻할 때 먹어야지. 제발 좀 이리 와."

애원해도 소용없다.

"까아아아아악!"

"쿠어어어어어아아아!"

"으쿠쿠우캬캬캬!"

아기 익룡들이 주파수 높은 소리를 입에서 불길처럼 뿜어대며 우다다다 뛰어다니는 현장.

준서와 찬서 쌍둥이 형제, 그리고 지호까지 무럭무럭 자라 네 살배기 익룡이 된 아이들은 오늘도 역시 통제가 안 됐고, 기혁은 앞치마를 두르고 손에는 뒤집개를 쥔 채 눈 아래 다크서클을 길게 드리운 얼굴로 멍하니 서 있었다.

그런 그의 앞을 일부러 약 올리는 것도 아닐 텐데 얄밉게도 쪼그만 익룡들이 끄아아아아, 소리를 내며 또 뛰어서 지나갔다. 우당탕 탕탕. 1층에서 2층으로, 다시 1층으로 목적 없는 하울링과 뜀박질은 그칠 기미가 없었다. 이러다 집이 무너지지 싶다.

"하아……."

인내심을 시험하기 위해서라면, 신이시여, 성공하셨습니다. 그 나마 2층 난간에서 뛰어내리지 않는 것에 감사해야 할 지경이다.

"형, 아직도야?"

이 상황에 여유롭게 젖은 머리를 털며 나오는 쌍둥이네 아빠도 기혁의 혈압 상승에 한몫 톡톡히 했다.

"보시다시피."

"자신 있다며. 쟤들 정도는 가볍게 제압 가능하다면서."

물론, 씻으러 들어가기 직전까지 민우도 아기 익룡들에게 실컷 시달렸다. 여기는 민우의 집, 기혁이 오기 전까지 민우는 세 명의 아들들을 혼자 돌보며 지금의 그와 꼭 같은 처지였으니 말이다.

오늘은 민우가 어린이집에서 세 아이를 데려오기로 했고, 기혁이 조금 늦게 옆집으로 건너왔을 때 이미 상황은 처참했다.

"나는 해탈했다. 나는 해탈했다. 나는 관대하다. 나는 관대하다."

익룡들이 날지 못해 뛰어다니는 현장에서, 민우는 가부좌를 틀고 앉아 눈을 감은 채 그렇게 중얼거리고 있던 것이다. 홀로 속세를 떠나 도를 닦는 도인의 모습이었다.

물론, 그저 정신승리 중이었지만.

"야, 너는 쪼그만 애 셋을 못 보냐."

"쟤들을 봐. 애 셋이 그냥 셋이 아니야⋯⋯. 강적이야⋯⋯."

"네가 애 볼 줄 몰라서 그렇지, 쟤들이 얼마나 순한데."

"형이 해봐."

"그래, 잘 보고 배워라. 형이 괜히 형이 아니거든."

기혁은 자신만만하게, 간식으로 이 상황을 끝내주겠다며 민우 네 집 주방으로 들어갔었다.

"먹는 걸로 유인하시겠다?"

"당연하지. 쟤들이 얼마나 잘 먹는데. 나한테 노벨평화상을 주고 싶어질 거다."

"형님, 혼자 가능하시다면, 전 좀 씻어도 되겠습니까. 지금 땀이 범벅이라서요."

"씻어, 씻어. 야야, 사우나를 갔다 와도 된다."

허세를 부리며 기혁은 앞치마를 둘렀다.

그리고 정확히 20분 후, 그는 정신이 탈탈 털린 얼굴로 서 있었다. 모 배터리회사 제품과 아이들의 체력은 지치는 법이 없다더니 그 말이 딱이다.

"내가 뭘 잘못한 거냐……."

그런 기혁을 보며 민우는 웃었다.

"그러게 힘들 거라고 했지."

"아예 말이 안 통하는데? 쟤들이 말을 들어야 내가 말을 하지. 아 놔, 이놈들을 진짜아……."

기혁은 아직도 처음 놀기 시작한 것처럼 사력을 다해 우당탕 뛰어가는 아들들을 보며 뒷목을 잡았다.

얼마 전에는 정원에 둔 작은 미끄럼틀마저 부서졌다. 아무도 다치지 않아 다행이지만, 튼튼하기로 소문난 제품까지 부서졌으니 우리 아들들의 과격함은 두말하면 잔소리다. 뭐, 걷고 뛰기 시작한 후로 얼굴엔 반창고가 떨어질 날이 없었고, 팔다리엔 멍이 없는 적이 없으며, 심지어 번갈아 깁스까지 했던 아들들이니 앞으로 얼마나 더 개구쟁이 짓을 할까. 말썽꾸러기들.

"간식 뭔데?"

"옥수수전. 저번에 봤지, 쟤들 이거 진짜 잘 먹는단 말이야."

식탁에는 곱게 부친 노란 옥수수전이 각각의 접시에 가지런히 담겨 있다. 참 예쁘게도 부쳐냈다. 그 위에 치즈와 김으로 모양을

낸 옥수수전은 그 자체가 캐릭터 얼굴 모양이었다.

하지만 아들들은 거들떠보지도 않고 오늘이 생애 마지막 날인
것처럼 격렬하게 노는 중이다.

"전혀 먹을 생각이 없어 보이네."

"비장의 카드가 털리면 그다음은 어떻게 해야 하는 걸까."

"글쎄."

그동안 한 번도 1 대 3으로 아이들을 한꺼번에 돌본 적은 없었
다. 그건 기혁과 민우뿐 아니라, 현지와 다경도 마찬가지였다. 웬
만하면 2인 이상 1조가 되어 아이를 돌보곤 했었기에 오늘 같은 날
은 처음이었다. 쌍둥이의 조부모인 지 교수와 서 여사, 삼촌 윤우
도 문지방이 닳도록 드나들며 육아에 참여했기에 이런 기회가 있
지도 않았고.

지호 혼자 볼 때, 혹은 쌍둥이만 볼 때와는 차원이 달랐다. 익룡
어벤저스, 이른바 익벤저스는 셋일 때 가장 강했고, 상대가 하나라
면 더욱 천하무적이었다. 1 대 3 육아는 이제 죽어도 하지 말아
야겠다고, 두 아빠는 다짐했다.

"이제 지칠 때도 됐는데."

안 되겠다. 이쯤 되면 무력을 행사해야겠다.

기혁과 민우는 다람쥐처럼 오도도 빠져나가려는 아이를 잡기 위
해 나섰다. 곧 현지와 다경이 집에 올 시간이다. 그 전에 진정시키
고 간식을 먹여서 평화로운 모습을 보이고 싶단 욕심이 들었다. 아
빠들끼리도 잘할 수 있다고, 우리도 충분히 아들들과 여유롭고 우
아한 시간을 보낼 수 있다고 제대로 한번 보여주고 싶었다.

"우아아아아아아아!"

"꺅꺄까까!"

그런데 기혁과 민우가 잡으러 다가들자, 익룡들은 더욱 신이 나

서 세 방향으로 흩어지는 것이 아닌가.

"야 이놈들아아아아아아아!"

기혁이 큰 소리를 내며 달려갔지만, 그마저도 익룡들의 소리에
는 묻혀버렸다.

간신히 기혁이 쌍둥이 중 준서를, 민우가 찬서를 붙들었고, 빠져
나간 지호가 꺄하하하 웃으며 현관 쪽으로 달려나간 순간이었다.

"그만."

음산한 목소리에, 지호가 우뚝 멈추어 섰다.

베이지색 힐 위로 남색 슬랙스가 보였다. 바지 밑단을 따라 시선
을 점점 올리니 흰 블라우스가 보이고, 그 위로…….

"엄마!"

현지의 얼굴이 있다.

지호가 어색한 웃음을 흘리며 허리를 반으로 접었다.

"다녀오셨어요오오……."

현지의 한쪽 입꼬리가 올라갔다.

"남지호. 아빠랑 삼촌 말씀 잘 듣고 있었어?"

단순한 질문에도 카리스마가 뚝뚝 떨어진다.

"네!"

기혁과 민우는 허, 하고 입을 벌렸다. 쟤가 지금 뭐래. 우리 말씀
잘 들었대?

"아니야, 남지호 지금 뻥……."

"간식 먹을라고요오!"

지호가 쌩하니 욕실로 달려갔다.

"손 씻자! 손 씻자!"

기혁과 민우의 손에서 버둥거리며 빠져나온 준서와 찬서도 세면
대 앞으로 달려가, 언제 그랬냐는 듯 사이좋게 손을 씻더니 쪼르르

식탁에 와서 자기 자리를 찾아 앉아선 포크를 들고 옥수수전을 먹는 게 아닌가. 언제 말썽을 부렸냐는 듯 태연하고도 의젓하게.

다른 날 같았으면 '엄마!' 하고 부르며 안기기부터 했을 텐데, 방금까지 광란의 질주를 했던 아이들은 찔리는 게 있어선지 바로 간식부터 먹었다. 눈 마주치면 방긋방긋 웃기까지 한다.

"하, 참……!"

아기 익룡들이 사실은 아기 여우들이었나. 현지의 등장과 함께 난장판은 단숨에 수습됐다.

"와, 말도 안 돼."

민우가 다가와 허리춤에 손을 얹고는, 녀석들을 어이없는 얼굴로 내려다보았다.

"방금까지 꽥꽥 소리 지르면서 뛰어다니던 놈들이 어떻게…….."

"아빠, 말을 예쁘게 해야지."

접시에 코 박고 먹던 찬서가 고개를 들고 얄밉게 바른말을 한다.

"맞아. '놈들'이라 그럼 안 돼. 예쁜 말 고운 말만 써야지."

준서가 맞장구를 치고, 지호도 우물우물 씹으며 끄덕거렸다.

"우와아아아. 얘들 보게."

기혁이 다시 뒷목을 잡았다. 반나절 동안 이 악동들에게 얼마나 시달렸는지, 굳이 설명하지 않아도 두 아빠들의 표정만 보면 알 수 있었다.

다경이 들어서며 활짝 웃었다. 곧 있을 시상식에 앞서 상의할 일로 그녀는 현지와 함께 회사에 나갔다가 돌아오는 길이다.

작년에 한 우 감독과의 작업이 올해 초 개봉과 동시에 그야말로 대박이 났다. 작품성과 예술성, 화제성까지 한 번에 사로잡은 걸출한 작품의 탄생으로, 다경의 연기력 역시 좋은 평가를 받고 있었다. 유력한 여우주연상 후보로 거론되고 있는 대세 여배우지만, 다경도 집으로 돌아오면 꼼짝없이 육아와 살림에 한몫 보태야 하는 아내요, 엄마였다. 물론 요즘 회사 일에 한결 여유가 생긴 민우가 더 큰 몫을 차지하고는 있지만 말이다.

"알아, 알아. 그 마음 알지."

다경이 아빠들에게 공감해주었다.

"나도 저번에 혼자 애들 보던 날 죽을 뻔했다고 했잖아. 요것들 진짜, 고삐 풀린 망아지들이 따로 없다니까."

다경이 준서의 볼을 살짝 잡으며 말했지만, 아이들은 모르는 척 옥수수전을 맛있게 흡입했다. 이 곰돌이 봐, 코는 미역이야, 아니 야, 김이야, 해가면서.

"이 정도일 줄 몰랐지. 다시는 혼자 안 봐. 형도 별거 없지만, 그 래도 형이랑 둘이 동시에 보는 게 훨씬 나아."

"그래, 민우야, 너랑 나, 끝까지 함께하자. 배신하기 없기다."

육아 동지를 넘어서, 애처롭기까지 한 육아 연합군이었다.

2+1 조합은 뭘 상상해도 그 이상이었다. 지호까지 가세하고 나 면, 차라리 쌍둥이 형제만 보는 게 껌이구나 싶을 정도니까.

"그런데 형수님은 어떻게 나타나기만 해도 애들이 말을 잘 듣 지?"

"내가 매일 아침, 다섯 개의 앵두를 주거든."

"아, 그 스티커?"

기혁이 지호 방 앞에 붙어 있던 스티커 판을 떠올리며 말했다.

"응. 그래서 정리를 안 하거나, 밥을 잘 안 먹거나, 떼를 쓰거나 하면 앵두를 하나씩 가져가기로 협의했어. 규칙은 지호가 직접 정 하고."

지호가 끼어들었다.

"앵두는 우리한테 매일 주어지는 시간이나 마찬가지야. 선물처럼 주는 걸 내가 잘못하면 잃어버리게 되는 거거든. 반대로 잘하면, 잘 간직할 수 있는 거고."

아마도 엄마에게 들었던 말을 그대로 익혔다가 하는 듯했다. 한마디 한마디 공들여 말하는 모습이 너무도 예뻤다.

"준서랑 찬서도 이제 앵두를 받을 거야."

"엄마가 다음 주부터 주기로 했어."

다경이 스티커 판을 만드는 중이라며 고개를 끄덕였다.

현지는 다소 엄한 얼굴로 아이들을 보았다.

"그런데 너희들, 앵두를 줄 때나 안 줄 때나, 누가 볼 때나 안 볼 때나 다 마찬가지로 예쁘게 행동해야 한다는 거 잊었구나. 엄마 없다고 아빠랑 삼촌 힘들게 하면 안 되는데."

"그래! 사람 봐가면서 그러면 안 되지, 이놈들!"

든든한 아군을 얻은 듯 기혁이 냅다 맞장구를 쳤고, 현지가 자중하라며 눈짓했다. 그리곤 아이들을 향해 다시 차분하게 말했다.

"간식 먹으라고 하시는데도 계속 뛰어다니며 놀고 있었지?"

"……네."

아기 익룡들이 순한 양이 되어 고개를 끄덕였다.

"다른 사람이 이야기할 땐 어떻게 해야 할까?"

"눈을 보고 이야길 들어야 해요."

"끝까지 얘길 들어줘야 해요."

"그래, 나중에 아빠랑 삼촌이 너희가 무슨 말을 해도 듣지 않고 소리 지르면서 뛰어다니기만 하면 어떻겠어?"

"속상해요."

"힘들 것 같아요."

현지가 웃었다. 아기 새처럼 뻐끔거리며 앞다퉈 대답하는 아이들. 이렇게 예쁜 아이들이 어디 있을까.

기혁은 현지의 옆에서 이런 모습을 주로 봐왔기에, 통제에 자신 있던 것이다. 우리 아이들은 개구쟁이기는 해도 무척 순해서 무조건 말을 잘 듣는 줄 알고.

"그러면 아까 같은 경우에는 어떻게 해야 했는지 너희가 잘 생각해보고 조금 이따가 이야기해줘. 엄마도 잘 들을게. 알았지?"

"네!"

"엄마 아빠랑, 삼촌 이모는 너희랑 재미있게 뛰어놀 방법을 좀 더 생각해볼게."

"네!"

금세 현지의 말을 납득한 세 아들이 힘차게 대답했다.

준서, 찬서 형제와 지호가 곧 간식을 다 먹고 거실의 모형 자동차들을 꺼내 놀기 위해 우르르 몰려갔고, 식탁엔 네 사람만 남았다. 남은 옥수수전을 뜯어 먹으며 도란도란 이야기를 나누었다.

"에너지를 좀 빼줄 방법을 생각해봐야겠어. 갈수록 애들 체력은 더 좋아지고, 우린……."

왠지 슬퍼져 현지는 말을 이을 수 없었다. 세월이 야속하다. 민우와 다경은 몰라도, 자신과 기혁은 늦은 나이에 아들을 낳아 확실히 오늘내일 몸이 다른 걸 느끼고 있었다.

"대형 트램펄린 있잖아. 그거 설치하는 건 어때? 안 그래도 애들 에너지 발산하게 해주는 거 생각해봤는데, 여러 가지 좋은 거 있더라고. 그중에 트램펄린도 괜찮은 거 같은데. 매일 타게 해줄 수 있고."

"방방 뛰는 그거? 좋은데?"

기혁과 민우의 말에 다경도 동의했다.

"저도 찬성이요. 애들 체력, 점점 감당하기 힘드네요, 정말."

이미 두 집이 키즈카페 수준으로 변해버린 지 오래지만, 날마다 필요한 건 늘어만 갔다. 하다못해 다경이 촬영 때문에 오랜만에 집에 들어왔을 때도, 엄마 왔다고 반가워 안겨드는 것조차 너무나 격렬해서 갈비뼈가 나갈 뻔했으니 말이다.

"한 시간 간격으로 애기들 번갈아 기저귀 갈아주고, 우유 주고 안아줘야 했을 땐 조금만 커서 자기들 발로 걷고 뛰면 좋겠다 했는데…… 어휴, 지금은……."

다경이 고개를 절레절레 흔들었다.

얼마 전 서 여사도 말씀하셨다.

"얘, 말해 뭐 하니. 민우랑 윤우도 어릴 때 얼마나 개구쟁이였는데. 나도 이 손바닥 안 쓰고 우아하게 살고 싶었거든. 등 마사지 자초한 건 저놈들이지. 아무리 얌전하다고 해도 두 아들놈들 같이 있으면 전쟁터가 따로 없었어. 툭하면 담장에서 뛰어내리고, 방금 빨아둔 이불 쓰고 질질 끌며 돌아다니고……."

준서와 찬서 정도면 양호한 거라고 위로해주셨다. 그래도 안아주고 사랑해주며 잘 키우면 다 사람 노릇 하며 살기 마련이라면서.

요즘은 미운 일곱 살이 아니라 점점 연령이 낮아져 미운 네 살, 세 살이라는데, 하루에도 몇 번씩 한계를 경험하는 중이다. 하지만 단 한 번도 후회한 적은 없다. 뼛속까지 힘들다가도 까르르 웃는 형제를 보면 사르르 녹아버리니까.

누가 더 예쁠 것도 없이 똑같이 사랑스러운 준서와 찬서. 다경은 이 아이들을 낳은 것이, 태어나 가장 잘한 일이라 생각했다. 품 가득 준서와 찬서를 안고 있으면, 세상만사 힘들었던 일들이 모두 사라져버렸다. 눈물과 웃음이 공존하는, 참으로 스펙터클한 육아다.

"근데 애들이 형수님 말씀 잘 듣는 건 단지 앵두 스티커 때문이 아닌 것 같은데요."

아까 아이들과 대화하던 현지를 보고 민우가 말했고, 다경이 덧붙였다.

"동감. 언니가 애들 말 잘 들어주니까, 애들도 말을 잘 듣는 거죠. 나도 그렇게 해야지 생각하면서도 뜻대로 잘 안 되는데."

자상하고 부드러운 기혁과 시원시원하고 카리스마 넘치는 현지의 조합은 마치 지 교수와 서 여사 부부를 보는 것 같아서 더욱 정겨웠다.

그녀가 민우와 함께 쌍둥이 육아를 잘해온 것은 모두 이 좋은 사람들이 곁에 있어준 덕분이었다.

"나도 매일 배우는 중이야. 부모, 참 어렵다. 그치."

현지의 말에 다들 공감했다.

고개를 돌려 자연스레 아이들 쪽을 바라보았다. 햇살이 스미는 창가에 앉아, 주거니 받거니 장난감을 가지고 노는 아이들의 모습이 마치 동화책의 그림 한 폭처럼 아름다웠다. 물론 자세히 들여다보면, 네가 잘났니 내가 잘났니 별것도 아닌 걸로 투닥거리고 있는 거지만. 조금 있으면 셋 중 하나는 울면서 달려오겠지.

민우와 다경은 서로 마주 보고 풋 웃어버렸다.

저 안에서 아무리 투닥투닥 애들이 다퉈도, 이들은 그게 모두 우정이고 사랑이라는 걸 안다. 우리도 그랬지. 우리도 그렇게 부대끼며 자랐지. 서로가 서로에게 위안이 되던 날들이었지.

아이들도 저마다 자신의 인생 하루하루를 그려가고 있다. 그걸 지켜보는 부모들의 마음도, 행복하기 그지없었다.

더 바랄 것이 없는 날들이었다.

"……뭐?"

"동생이요, 동생, 동생."

"아기요, 우리도 아기!"

"우리들 소원이에요. 네?"

다경은 황당해 준서와 찬서를 바라보았다. 난데없이 이게 무슨 요구인지? 마치 맡겨둔 동생 찾아가듯 무척이나 당당한 태도다.

어린이집의 다른 친구에게 동생이 생겼고, 그 집에 놀러 가서 인형처럼 작은 아기를 보고 온 준서와 찬서 형제는 그날 이후로 매일같이 졸라댔다. 동생, 동생, 동생, 동생. 동생 타령을 휘모리장단에 맞춰 불러댔다. 우리 집에도 아기가 있었으면 좋겠단다.

다경과 민우는 고개를 절레절레 흔들었다. 민우는 이성적인 목소리로 충고했다.

"잠깐의 충동으로 아기를 원했다가 너희도 후회하는 수가 있어. 그건 그렇게 쉽게 정할 일이 아니야."

"아니에요, 후회 안 할게요. 동생 갖고 싶어요, 네?"

"음……. 양심이 있다면, 엄마 아빠한테 동생을 낳아달라고 하면 안 되는 거야. 엄마 아빠는 너희를 키우는 데 모든 체력과 에너지를 다 쏟아부어서 지금은 완전히 탈탈 털……."

"근데 양심이 뭔데요?"

"양심 아니고오오 안심이지, 안심."

"아아, 안심! 나는 등심이가 좋은데. 할미가 구워준 거 등심, 등심."

"……말을 말자."

준서와 찬서만으로 충분했다. 두 사람 모두 아기를 더 낳을 여력은 절대 없다고 생각했다.

그렇게 살다 보니 잊었다. 몇 번이고 경험했던 과거는 아득히 먼 옛날 일이 되어버렸고, 매일 육아로 바빴다. 노란 원피스, 다경이

를 닮은 딸 윤서, 그 존재마저 머나먼 옛 과거가 되어버리고, 부부
는 이를 잊은 채 살고 있었다.

"혹시 셋째, 생각 있는 거 아니지?"

아이들이 잠든 밤, 다경이 침대에 누워 살짝 묻자 민우는 고개를
저었다.

"난 아니."

"낳고 싶지 않아, 정말?"

"너 힘들어서 안 돼. 셋째는 무슨."

그에게 다른 건 고려대상이 안 되었다. 무조건 다경이 힘든 것,
그것만 중요했다.

쌍둥이 출산부터 지금껏 키우는 일까지 어느 하나 쉬운 게 없었
다. 다경은 작년부터 촬영현장에 나가기 시작했고, 배우로 복귀했
으면서도 틈만 나면 아이들을 돌보는 데 참여하느라 몸이 두 개라
도 부족해 보였다. 이제야 겨우 숨 돌리게 되었다.

그런데 다시 처음부터 시작이라니. 안 될 일이다.

아기들을 키우면서 분명 행복했지만 이걸로 충분하다 느껴지기
도 했다. 꼭 아기가 하나 더 있어야 더 행복한 것은 아니지 않은가.
그렇게 일정한 비율로 늘어나는 게 행복이라면, 자식을 열둘 낳아
도 모자랄 테니까.

"그래도 혹시, 그 아이가 올지도 모르잖아."

다경이 조심스레 꺼낸 말에 민우는 조그맣게 한숨을 쉬며 말했
다.

"아직 미련을 못 버렸네. 행여 셋째 가졌다가 또 아들이면. 그땐
정말 실망하려고?"

"……그러네. 꼭 딸이라는 보장도 없는데."

그 아이를 만나고 싶다는 욕심만으로 또 아기를 갖는 건 모험이

고 도박이다. 그만큼 위험한 일이었다. 인생이 또 한 번 바뀌는 것이니까.

"네 말이 맞아. 애들이 동생 얘기하니까 나도 모르게 혹시, 했던 거야."

민우가 중심을 잡아주었고, 다경은 다시 마음을 다스렸다.

부부가 서로를 도닥이는 사이, 잠든 줄 알았던 아이들의 방에서는 작게 소곤거리는 소리가 새어나오고 있었다.

"너는 어떻게 생각하는데?"

"난 꼭 동생이 올 거라고 생각해. 형아는?"

귀여운 침대 두 개에 나란히 누운 쌍둥이는 키득키득 웃으며 소곤거렸다. 둘 다 영락없이 지민우 베이비, 지민우 주니어였다. 이란성이지만 마치 일란성처럼, 누가 봐도 아빠를 판박이로 닮은 두 형제는 제법 자기들끼리 의미 있는 의사소통도 가능했다.

"나도 그렇게 생각해. 기혁이 삼촌이 동생 갖고 싶으면 엄마 아빠 밤에 괴롭히지 말고 우리들 침대에 일찍 들어가라고 그랬거든."

"맞아. 엄마 아빠가 밤마다 손 꼭 잡고 자야 동생이 온다고 했어."

그 이후로 밤마다 칭얼거리며 다경과 민우 사이를 파고드는 일도 없어졌다. 씩씩하고 용감하게, 둘이서만 나란히 방에서 자는 중이다. 너희가 웬일이냐며 놀라셨지만, 엄마 아빠는 우리들의 이런 노력을 알고 계실까.

"동생이 오면 이름을 뭐라고 할까?"

쌍둥이는 어느새 동생의 이름까지 짓기 시작했다.

"하부지가 그랬잖아. 우리는 '서'자가 돌림노래라고."

"돌림노래가 아니고 돌림자."

"맞아. 돌림자. 그래서 내가 준서고, 너는 찬서."

"응, 그러니까 우리 동생도 '서'로 끝나는 이름이어야 해. 하부지한테 뭐라고 해달라고 하지?"

민우, 윤우 형제가 '우'자 돌림이었고, 아이들의 돌림자는 '서'자였다. 요즘은 돌림자를 많이 사용하지 않지만, 지 교수가 혹시 쓸수 있겠냐고 물었고 다경은 이에 반대할 이유가 없어 그러자고 했다. 그래서 성명학을 공부한 지 교수의 지인으로부터 받아 온 이름이 준서와 찬서였다.

"민서 어때?"

"우리 어린이집에 민서 있잖아."

생각의 반경이 아직은 넓지 않은 쌍둥이였다. 그저 들어본 이름정도로 갖다 붙여보았다.

"이서, 정서, 혜서, 진서⋯⋯."

"소방서, 경찰서⋯⋯."

"꺄하하, 소방서래."

"쉿."

웃음을 터트리려던 쌍둥이들이 동시에 검지를 입에 대며 쉿, 쉿, 하며 숨을 죽였다. 떠들다가 엄마 아빠가 꼭 잡은 손을 놓고 여기로 달려오면 안 되니까. 그러면 동생이 안 오니까.

다시 진정한 쌍둥이는 천장을 보며 '서'자 돌림노래를 부르기 시작했다. 알고 있는 모든 단어에 다 '서'를 붙일 기세였다.

"기서, 혁서, 현서, 지서, 호서⋯⋯."

이번엔 기혁, 현지, 지호의 이름에다 '서'를 붙였다. 그렇듯 아는사람의 이름에도 전부 붙여보는 중이다. 마치 양 천 마리를 세는느낌으로 천장을 보며 무감하게 중얼거리던 쌍둥이가 그러다 거의동시에 내뱉은 말.

"윤서."

"윤서."

어! 하고 두 아이의 눈이 동그래졌다. 어쩐지 입에 착 붙는 것이 마음에 드는 이름이다.

"윤서 좋지?"

"응, 윤서 좋아."

"엄마 아빠한테는 비밀로 하자."

"그래, 동생이 올 때까지."

달이 가득히 차오른 밤, 쌍둥이는 아직 생기지도 않은 동생의 이름까지 지어놓고 뿌듯한 얼굴로 잠이 들었다.

이로부터 머지않은 날, 엄마 아빠가 유독 손을 꼭 잡은 날이 있었나 보다. 귀여운 쌍둥이의 소원이 이루어진 것을 보면.

→≫⫶≪←

"지 부장, 능력 끝내주네, 진짜."

여름과 가을의 경계에 있던 밤, 기혁이 간만에 바비큐를 해 먹자며 다경과 민우를 불렀다.

이제 여섯 살이 된 쌍둥이 준서, 찬서 형제와 지호는 유치원에서 캠프를 가 오랜만에 어른들만 모여 정원 한편에서 고기를 구워 맛있게 먹으며 즐거운 저녁 시간을 보내고 있다.

오늘은 'Joy & W' 엔터테인먼트에서 올해 발굴한 17세 신인 남자 모델이 이례적으로 세계적인 브랜드의 메인 모델로 캐스팅된 것을 축하하는 중이기도 했다.

그건 얻어 걸린 성과가 아니다. SNS에 친구끼리 찍은 사진을 올리던 소년을 데려와 아마추어에서 프로로 탈바꿈시키고, 그의 이미지에 맞는 브랜드와 디자이너 쪽으로 컨택을 시도하는 등 민우의 부단한 노력이 있었다. 이에 현지는 연신 민우의 혜안에 감탄했다.

"정우한 걔 데려오는 거 진짜 다 반대했었잖아. 이름처럼 집에 '우환' 있는 거 아니냐고, 애가 너무 울상이라고 말이야. 근데 그때 민우가 뭐라고 했었더라."

"우울해 보이는 게 아니라, 엄청 많은 이야기를 간직한 얼굴이라 독특하고 신비롭다고 했지. 님프 같기도 하고. 정우한이 지민우 확신의 픽이라기에 설마 했는데 그게 진짜 먹히네."

기혁 역시 놀랐다.

민우의 결정을 지지해주긴 했었지만, 생초짜와 다름없는 무명의 소년 모델과의 계약 자체를 달갑게 받아들인 건 아니었다. 그저 민우를 믿기에 컨펌했던 것이다. 그뿐 아니라, 민우가 손을 대는 신인이나 사업마다 착착 좋은 성과를 내니 신뢰도는 점점 상승했다. 연일 업계 화제였다. 그야말로 '마이더스의 손' 탄생이나 다름없었다.

다경은 연기로, 민우는 회사 일로, 부부 모두 각자의 위치에서 노력하며 본업에 충실한 날들을 보내는 중이다.

"민우가 연기에 신들린 줄 알았었는데, 그걸 그만둔다고 해서 아깝다 했더니 이렇게 기획, 발굴에 재능이 있었네. 경영에도 싹이 보이고. 머리가 그냥 좋은 게 아니야. 감도 대단하고."

기혁은 마치 제가 키운 아들이나 동생을 보는 듯 뿌듯한 얼굴이었다.

"얘 운동 그만둘 때도 다들 얼마나 아쉬워했게요. 그런데 정작 본인은 쿨하고. 배구 관두고 공부 시작하니까 그건 또 왜 그렇게 잘하는지. 하여튼 얘는 뭐 미련이 없어요, 미련이. 다 잘하니까."

"사기다, 사기야. 우리 민우, 내가 봐도 이렇게 기특하고 뿌듯한데, 배 아파 낳으신 민우 어머님은 애 볼 때마다 얼마나 뿌듯하실까."

"가끔은 내가 형 아들이 아닌가 싶기도 해."

농담을 주고받지만, 기혁과의 인연은 민우에게도 특별했다.

첫 번째 삶에서는, 학교로 매일같이 찾아오던 기혁의 제의를 거절했었다. 웬 사기꾼이 아닌가 싶었기 때문이다.

"또 왔네."

"매일 보니 친근하고 좋다, 그치? 내가 이렇게 의지가 강해. 너 분명히 스타 만들어준다니까."

"필요 없습니다."

"형이라 생각하고, 한 번만 믿고 따라와봐. 나 사기 치고 그런 사람 아니야. 아주 착한 사람이에요. 근데 지금 뭘 찾아?"

"전화기요."

"그건 왜……."

"신고해도 될까요?"

연예계 쪽으론 절대 뜻이 없었다.

하지만 무슨 일인지, 두 번째, 세 번째, 계속 되풀이되는 이십 대에서 이상한 기억, 그러니까 다경과 얽힌 기억을 하나하나씩 찾게되었고 그렇게 다른 직업들을 가지게 된 동안에도, 남기혁이란 사람은 매번 자신을 따라다녔다.

"아, 이 친구 어디서 본 것 같은데. 굉장히 낯이 익은데. 마스크가 너무 좋아서 그른가. 나 알죠? 내가 모델로 활동할 땐 꽤 잘나가기도 했는데, 지금은 후배들 발굴하고 양성하는 일 하거든요. 어때요, 나랑 일 한번 같이 해볼 생각……."

"없습니다."

그렇게 거절을 많이 했는데도, 여러 번 반복된 삶을 알 리 없는 남기혁 대표는 마치 이 인생이 처음인 것처럼 계속 들이댔다.

얼짱 소년, 얼짱 배구선수, 얼짱 대학원생, 얼짱 경호원, 얼짱 권투선수, 얼짱, 얼짱, 그놈의 얼짱······.

뭘 해도 지민우의 외모는 남의 이목을 끌며 화제가 되곤 했으니, 남기혁 대표가 어디든 찾아오곤 했던 것이다.

'아······, 이 형 또 왔네.'

그들의 인연은, 그랬다.

거듭된 인생 속에서 불행을 반복하고, 만년필과 쪽지를 사용하는 것마저 계속 실패하거나 별 성과가 없었을 때. 아홉 번째 회귀를 앞두고 그간의 모든 지식과 경험을 총동원해 부랴부랴 마지막 쪽지를 작성할 때. 단순한 지침만 적어야겠다, 마음먹고 열 번째 이십 대를 설계할 때.

그중 '남기혁'이라는 이름을 적어넣을 수밖에 없었다.

자신을 졸졸 쫓아다니던, 허접해 보이기만 하던 그 '형'이, 지켜보다 보니 좋은 배우들을 배출하며 회사를 건실하게 키워가는 대표라는 걸 몇 번이나 확인했었으니 말이다.

이제 마지막 만년필을 사용하며 다정의 곁을 지키기 위해 같은 업계에서 일하기로 마음먹었으니, 남기혁의 제안을 받아들이겠다는 결심은 어쩌면 당연한 수순이었다.

학교로 남기혁 대표가 찾아오면, 그의 제안을 받아들여 모델을 거쳐 배우가 될 것.

다시 돌아온 인생에서 아무것도 모르던 시기, 쪽지 속에서 그 낯선 이름을 발견하곤 웃기지도 않다고 생각했었는데, 군대를 열 번 다녀온 기억을 찾고 난 후, 진짜 학교로 어느 남자가 왔고.

"자, 여기 명함. 남기혁 대표라고 합니다."

소름이 돋았었다.

"그런데 어디서 진짜 많이 본 것 같은데, 막 남처럼 느껴지지 않고 말이죠. 이 기분 마치 형제, 그런 의미에서 우리 말 편하게 할까? 형은 말이야, 이상한 사람이 아니고……."

그런 그와 열 번째 인생에서야 인연을 맺게 되었고 이렇게 특별한 사이가 되었다. 남기혁은 이상한 사람도, 사기꾼도 아니었고, 민우의 인생을 끌어주고 밀어주고 함께 발 맞춰 걸어갈 훌륭한 동반자였다.

쪽지는 틀리지 않았다. 덕분에 불행의 고리를 끊고 이렇게 행복한 하루하루를 살아가고 있으니, 기혁과의 날들도 그 행복 속에 있었다.

선선한 바람 속에 맛있는 음식, 즐거운 대화는 계속됐다.

민우는 다경을 살피다 접시에 고기를 놓아주었다.

"그런데 너 왜 이렇게 못 먹어? 고기 먹고 싶다며."

이에 현지가 보탰다.

"그래, 다경이 너무 못 먹더라. 아침에 국수 먹고 싶다더니 그것도 잘 못 먹고. 웬만한 일정 거의 끝났고 당분간 쉬면 되는데 뭘 그렇게 빡세게 관리해."

"관리 아니고요, 이상하게 잘 안 먹히네요. 좀 메슥거리고."

안 되겠다 싶어 민우는 직접 쌈을 싸주었다.

"또 토 나올 때까지 운동한 거 아니야? 일단 좀 먹어. 당분간은 열량 보충한다고 생각하고. 자, 아."

"아아."

남편의 정성에 다경이 거절하지 않고 입을 크게 벌리다.

"우우욱."

곧이어 입을 꾹 틀어막았다.

"아무래도 속이 안 좋아. 안 되겠다, 나 들어가서 잠깐 누워 있을게."

다경이 고개를 저으며 집 안으로 들어갔다.

"왜 그러지."

걱정스러운 마음에 민우가 따라가려고 일어서는데, 현지와 기혁이 동시에 그의 양손을 턱, 턱, 잡았다. 두 사람의 눈이 반짝거렸다.

"혹시."

"설마."

무구한 그 눈빛을 내려다보던 민우가 웃음을 터뜨렸다.

"푸하, 뭘 생각하는 거야, 아니야. 아니에요."

현지와 기혁은 아무 말 없이 눈만 깜빡거렸다. 아니긴 뭐가 아니야.

"에이, 우리 셋째 생각 없다니까. 낳을 거면 진작 낳았지. 애들이 벌써 여섯 살인데."

다시 또 깜빡깜빡.

"하하하, 아니라니까. 다경인 쌍둥이 때도 입덧 안 했던 앤데, 헛구역질했다고 다 임신인가?"

초롱초롱. 반짝반짝.

"아 참, 이 사람들이. 요즘 나도, 소도, 워낙 바빠서 정신없이 사느라 그럴 일도 없……."

말을 멈춘 민우의 눈이 커다래졌다. 정적이 흘렀다. 순간 손을 뻗어 꼽아본다. 그때가……, 그때가…….

"혁."

그럴 일도 없……는 게 아니었나 보다. 그럼 그렇지. 눈만 마주

처도 깨가 쏟아지고 꿀이 흐르는 부부가 퍽도 그럴 일이 없기도 하겠다.

"혹시?"

"설마?"

기혁과 현지의 입술에 미소가 번졌다.

"뭐 해, 빨리 들어가봐."

이번엔 그의 등을 밀었고, 민우가 정신없이 뛰어갔다.

한동안 동생 타령을 잠시 쉬다가 다시 시작한 쌍둥이들이 이 소식을 알면 어떤 반응을 보일까. 기혁과 현지는 생각만 해도 흐뭇해졌다.

→≫❀≪←

갑자기 의젓해진 쌍둥이들에게 적응이 안 되는 요즘이다. 엄마의 배 속에 동생이 생겼다는 걸 알게 된 날은 쌍으로 앞구르기, 뒤구르기를 하며 좋아하더니 다음 날부터 엄청나게 듬직해졌다.

"엄마 힘들게 하면 안 돼."

"맞아. 우리가 까불면 엄마랑 동생이 힘들어지니까 조심해야해."

남동생이면 형아들, 여동생이면 오빠들이 된다면서, 준서와 찬서는 나란히 어른이라도 된 양 굴었다. 동생 타령을 해댄 지 벌써 몇 해인가. 그토록 원하고 또 원하던 동생이 찾아왔으니, 소원을 이룬 그 기쁨은 하늘을 찔렀다.

민우와 다경은 계획에 없던 셋째가 생기는 바람에 잠시 정신을 놓을 뻔했지만, 차분하게 앞으로의 일을 따져보았다.

"괜찮겠어? 내년에 드라마 들어가려고 했던 건 못 하게 됐는데.

그거 엄청 대작이잖아."

"어차피 캐스팅 결정된 것도 아니었는데, 뭐. 나랑 그 작품이 인
연은 아닌가 보지."

인연은 그 드라마가 아니라, 지금 배 속의 아기인 모양이다. 다
음 작품까지 휴식기를 가지려던 다경은 본의 아니게 좀 더 쉬게 되
었으나, 쌍둥이 출산 이후 열심히 달려온 터라 아쉽지는 않았다.

예상치 못한 아기지만, 막상 생기고 나니 이상하게도 가슴 뭉클
한 감정에 휩싸였다. 언제 셋째를 고사했나 싶게 두 사람은 태교에
힘썼다. 많은 이들의 축하가 이어졌다.

하지만 준서와 찬서 때는 없었던 입덧으로 잠시 고생을 하기도
했다.

민우와 아들들은 다경의 안정을 위해 밤낮으로 노력했고, 덕분
에 그녀도 비교적 평안한 생활을 이어갈 수 있었다.

그리고 어느 하루.

"아, 떨려……."

"나도, 나도."

서로 손을 꼭 잡은 준서와 찬서 옆에서 민우가 말했다.

"왜 너희가 더 그러는 건데."

"아빠는 우리 마음 모를 거야."

"그러니까 아빠보다 더하냐고, 너희가."

세 사람은 지금 병원이었다.

"보호자, 들어오세요."

간호사의 안내에 민우를 따라 쌍둥이들까지 쪼르르 안으로 들어
갔다.

초음파 검사 준비를 마친 다경이 아이들을 보고 정숙해야 한다
며 쉿, 소리를 냈고 준서와 찬서는 눈을 동그랗게 뜨고 고개를 끄

덕거렸다. 이미 익숙해졌다. 엄마 아빠를 따라, 동생을 만나러 병원에 드나든 것이 한두 번이 아니니까.

그리고 드디어 오늘, 아기의 성별을 확인할 수 있을 거라 했다. 두 아이는 좋아하는 만화영화의 개봉을 기다리는 것보다 훨씬 설렜다.

원장이 아기의 상태를 확인하며 좀처럼 성별을 말해주지 않는데, 참지 못한 아이들이 조심스레 입을 열었다.

"원장선생님. 저희가 형아가 되나요?"

"아님 오빠가 되는 거예요?"

원장은 아이들을 돌아보더니, 싱긋 웃으며 말했다.

"아기가 무척 좋겠구나."

"네?"

"이렇게 멋진 오빠들이 둘이나 있어서."

눈이 동그래졌다. 준서도, 찬서도, 그리고…… 다경도, 민우도.

"우와, 우리 오빠들이에요? 오빠래, 오빠."

"여자 동생이다아."

어쩌면.

혹시.

설마.

……두 사람의 가슴에만 살아 숨 쉬고 있던 그 아이가, 드디어 온 것인지도 몰랐다.

다음 해 봄, 쌍둥이는 일곱 살이 되었다. 그리고……,

"고생했다, 고생했어, 우리 다경이."

아기천사가 태어났다.

서 여사가 다경의 손을 꼭 잡았다. 힘들었을 다경을 바라보는 서 여사의 눈에 눈물이 글썽글썽했다. 의연하게 견뎌주는 다경이 고맙고 안쓰러워 가슴이 미어졌다.

"괜찮아요, 저."

"민우가 그러더라. 애들이 예뻐 죽겠지만, 그래도 너 이렇게까지 고생하는 거 다시는 안 보고 싶다고."

힘든 수술을 또 했으니 앞으로 회복해야 할 일이 까마득하다. 얼마나 고통스러울까. 민우는 다경의 걱정으로 가슴이 타들었다.

하지만 가장 중요한 건 산모와 아기 모두 별 탈 없이 건강하다는 사실. 참으로 감사한 일이었다.

"혹시 또 보고 싶더라도, 셋이면 됐죠, 이제."

"되기만 하니, 넘친다, 얘."

이토록 다복한 가정을 꾸리게 될 줄, 예전엔 미처 몰랐으니 말이다.

서 여사는 다경과 민우가 처음 만난 여덟 살의 모습이 아직 눈에 선했다. 조그맣던 아이들이 티격태격하며 자라 지금에 이른 것이 믿기지 않을 정도로 신기하고, 또 예쁘기만 했다.

그리고 며칠 후.

"네?"

"방금 이름이 뭐라고 하셨어요……?"

다경과 민우는 귀를 의심했다.

"지윤서. 별로 마음에 안 드니?"

지 교수의 입에서 나온 말에 깜짝 놀라 얼어붙었다.

"유, 윤서요?"

소름이 돋았다.

쌍둥이 때와 마찬가지로, 지 교수의 지인에게 부탁하여 이름을 짓기로 했다. 부부는 '윤서'라는 이름을 건네볼까도 했지만, 그건 너무 억지 같고, 미리 보고 온 미래를 어설프게 따라가는 것만 같아 내키지 않았다.

그래서 더더욱 지 교수에게 맡기고, 여러 개의 이름을 받아 오시면 그중 하나로 함께 고르려 했다. 물론 여러 개의 이름 중 '윤서'가 있다면 그쪽으로 마음이 쏠리겠지만, 처음부터 단정 짓고 싶진 않았다.

그런데 뜻밖에도 지 교수는 단 하나의 이름만 가져왔고, 그게 바로 '윤서'였던 것이다.

할 말을 잃은 얼굴로 다경과 민우가 서로를 바라보는 사이, 준서와 찬서가 의기양양하게 말했다.

"애기 이름 우리가 지은 건데."

"우리 둘이 정한 거예요."

"응?"

"너희가?"

다시 한 번 놀랐는데, 지 교수가 쌍둥이의 머리를 쓰다듬으며 말했다.

"얘들이 얼마 전에 종이에 뭘 적은 걸 내밀더구나. 한참 전부터 동생 이름을 지어주고 싶었다면서, 이걸로 해도 되냐고 물었지. 그래서 이 이름을 가지고 가서 써도 괜찮을지 물어보니, 김 교수가 아기와 아주 합이 잘 맞다면서, 성명학적으로도 좋은 획수 한자를 붙여주어 이렇게 이름을 정해준 거란다. 가져온 서류 여기 있다. 뜻풀이도 다 있고. 그래서 다른 후보는 가져오지도 않았는데. 만약 너희가 마음에 들지 않는다면 다시 지어줄 수도 있……."

"아니에요!"

"아뇨, 마, 마음에 들어요."

두근거리는 가슴을 누르며 민우와 다경이 대답했다.

만날 사람은 만나고, 사랑할 사람은 사랑하며, 운명은 그 힘으로 세차게 굴러간다.

준서와 찬서가 그토록 바라던 동생, 그리고 사랑을 담아 지어준 이름. 억지로 의도하지 않아도, 우리가 삶 속에서 차근히 만들어나 간 미래가 꽃처럼 펼쳐지고 있었다.

✦➤❖◄✦

"괜찮다……, 괜찮다……."

다시 시작된 육아의 굴레.

오랜만에 만난 신생아는 작고 소중했으며,

"으애애애애애애애애애앵!"

목청이 꽤 우렁찼다.

"나는 괜찮다……. 나는 괜찮다……. 군대도 열 번 갔다 왔는 데……. 이 정도쯤이야……."

퀭한 눈을 깜빡이며 민우는 하나도 안 괜찮은 얼굴로 아기를 안 아 달랬다. 쌍둥이 키워봤으니 여자아기 하나 정도야 놀면서도 키 우겠다고 누가 그랬더라. 기혁이 형이었나……? 가만 안 둔다, 이 형 진짜…….

닥쳐보지 않으면 어떤지 누구도 알 수 없는 게 인생이다.

"아기 한 번만 더 보고 오면 안 돼요?"

"내가 윤서 우유 한 번만 더 주면 안 돼요?"

"이제 그만. 너희 자야 할 시간이야."

멀리 쌍둥이와 다경이 입씨름하는 소리가 들려온다. 저쪽도 만만치 않다. 종일 인형처럼 조그마한 아기를 두고 좋아서 어쩔 줄 모르던 오빠들은, 동생이 눈에 밟혀 잠도 잘 수 없나 보다.

"아기 지금 우는데. 아빠가 안아주는 게 불편한 거 아닐까요?"

"혹시 체온 재봐야 하는 거 아니에요? 내가 체온계 가져갈까요?"

"트림을 제대로 못 했을 수도 있는데. 배가 아픈 걸지도 몰라요."

"……그므흐르쯔."

그만하랬지. 다경은 어금니를 꽉 물고, 육아 훈수에 도가 튼 쌍둥이를 겨우 침대에 눕혔다. 평소 생활습관이 잘 잡혀 밤이면 씻고 나서 동화책 본 후 스르르 잠도 잘 자던 쌍둥이들이었는데 그건 다 옛말이다. 이제는 밤낮 따로 없는 아기의 일과를 따르려고 하니 문제였다.

아기는 아기대로 먹고 자고 울고를 반복하고, 오빠들은 아기가 궁금해 유치원도 못 가고 잠도 못 자겠다 하니 이를 어쩌나.

그뿐일까. 옆집 지호까지 가세하여 매일 출퇴근 도장을 찍고 있으니, 안 그래도 정신없던 집이 매일매일 어린이날을 맞이한 놀이공원 수준이다.

등 센서가 제대로 작동하는 딸의 탄생으로, 세 아이가 있는 집은 전쟁 같은 하루하루가 계속되었다. 힘들지만 행복했다. 아니, 힘든 것 이상으로 행복이 훨씬 더 컸다.

준서와 찬서, 그리고 윤서. 복닥복닥 정신없이 깨 볶는 향기가 그들의 집으로부터 널리널리 퍼져나갔다.

다경과 민우는 안에서는 좋은 엄마, 아빠로, 그리고 밖에서는 능력 있는 배우와 경영인으로 나날이 성장해갔다. 두 사람의 삼십 대

는 사랑스러운 아이들에게 둘러싸여 선물 같은 하루를 쌓아가며
조금씩, 조금씩 흘러갔다.

✦❖✦

"엄마아아, 나 이거 입을래."

화사한 봄, 햇살이 가득 들어오는 창가.

윤서의 방에 들어서니 아이가 못 보던 옷을 들고서 활짝 웃어 다
경은 멈칫했다.

언제였을까. 10년 전, 아니 그보다 더 오래. 멀리 지나온 날 중
그 언젠가, 현실인 듯 꿈인 듯 눈앞에 보였던 모습이다.

샛노란 원피스. 윤서가 들고 있는 건, 바로 그 원피스였다. 윤서
는 올해 일곱 살로, 그때 그 아이도 이 나이쯤이었지 싶었다.

"……이 옷 어디서 났어?"

다경의 음성이 살짝 떨렸지만, 아이는 눈치채지 못했다. 그저 예
쁜 옷을 입을 설렘에 방긋방긋 웃을 뿐.

"엄마는 윤서 옷장에서 이 옷 본 적 없는데."

다경은 민우와 했던 대화를 떠올렸다.

"다경아, 그 노란 원피스 있잖아. 이제 그거 사줘야 하는 거 아
니야? 애 키가 지금이랑 비슷했던 거 같은데……. 이때쯤 아닐
까?"

"억지로 하지 말자면서 챙길 건 다 챙긴다니까."

"아니 뭐, 윤서가 좋아할 것 같고. 우리 윤서 노란색 좋아하잖
아."

"안 그래도 나도 생각해서 시간 날 때마다 찾아보기는 했는
데……."

하지만 비슷한 옷을 발견하지는 못했다. 찾으려면 쉽게 찾을 수도 있을 것 같은데, 언뜻 같아 보여도 디테일이 전혀 달랐다. 결국, 일부러 찾지는 말자는 결론을 또 내렸는데 그때 본 옷과 완벽히 같은 것을 지금 윤서가 들고 있는 게 아닌가.

"아까 아침에 할모니랑 할아부지, 삼촌 오셨잖아. 그때 삼촌이 주고 가셨는데?"

오늘은 윤서의 생일이다. 지 교수와 서 여사는 손녀의 생일을 축하하기 위해 아침에 들통 하나 가득 미역국을 끓여 음식과 선물을 바리바리 싸왔다. 윤우도 함께 왔었는데, 이런 선물을 줬는지도 몰랐다.

"나 전에 삼촌이랑 백화점 갔을 때 이거 보고 우우와 예쁘다, 막 그랬는데 삼촌이 사주셨어. 진짜 예쁘지!"

윤서는 좋아서 함박웃음을 짓고 있다.

"삼촌이 이렇게 세심한 사람이야. 대단하지?"

"응, 응, 삼촌 최고오오!"

깜짝선물로 윤우는 점수를 단단히 딴 모양이다. 윤서는 옷이 마음에 들어 행복에 겨운 얼굴이었다.

"할모니가 빨아서 다렸다고 바로 입어도 된다구 하셨어. 엄마 나 이거 입고 싶어."

어쩐지. 오빠들이 다 준비하고 내려갈 때까지 이 옷, 저 옷, 고른다고 시간을 끌더니 새 원피스를 입고 싶어서였나 보다.

쌍둥이 오빠들 준서와 찬서는 어릴 때도 아빠를 쏙 빼닮아 잘생겼지만, 자랄수록 더더욱 귀공자다운 외모를 자랑했다. 더불어 윤서는, 엄마인 다경과 붕어빵이었다. 모르는 사람들도 찬탄할 정도로 예쁜 아이의 외모는, 엄마의 얼굴을 복사, 붙여넣기 했다고 해도 믿을 정도였다.

"혼자 입으려고 했는데 단추가 너무너무 많아서. 엄마가 좀 도와주시면 안 돼요?"

애교 있는 얼굴로 웃으며, 반말 존댓말 섞어가며 부탁하는 윤서는 말 그대로 사랑둥이었다.

다경의 가슴에 거센 파도가 밀려들었다. 손끝이 떨리고, 금방이라도 눈물이 날 것만 같았다.

오래전부터 그리워했던 순간, 그게 이토록 먼 미래였구나. 내 삶에 가득 들어와 있던 너. 윤서야, 너구나. 정말 윤서, 너였구나.

창가에 서서 방실방실 웃는 윤서의 앞에 다경이 먹먹한 마음으로 마주했다. 입고 있는 옷을 벗기고, 말랑한 아이의 살갗에 샛노란 원피스를 걸쳐준다.

정말 단추가 많았다. 노란 원피스에, 하얀색 작은 진주 단추들.

"어?"

윤서가 고개를 돌렸다. 아이의 키에 꼭 맞는 앙증맞은 전신거울을 통해 제 모습을 보더니 까르르 웃었다.

"뭐야아."

일부러 그런 것이 아니다. 희미한 잔상으로 남은 장면은, 정확히 어떤 순서였는지 가물가물하기까지 해 그걸 그대로 재현할 의도는 아니었다. 그럼에도 파르르 떨리던 손끝이 단추를 잘못 끼워나갔다.

"잘못 끼웠잖아."

"맞아, 단추 잘못 끼웠어. 다시 해줄게."

그래, 엄마가 잘못 끼우고 말았어.

"내가 할 수 있는데."

"아니야, 오늘은 엄마가 해줄 거야."

아가, 엄마 아빠의 미래로 네가 정말 와주었구나.

"아아, 예쁘다, 진짜."

다경은 목이 멨다. 노란 원피스가 잘 어울리는 윤서를 보며, 예쁘다는 말밖에 할 수가 없었다.

윤서가 팔을 벌렸다. 뭘 아는지 모르는지, 그저 웃음이 가득 흘러넘치는 얼굴로 다경의 목을 꽉 안았다.

"운명이란 말이 있대. 우리도 만날 운명이었을까?"

윤서의 입에서 흘러나온 운명.

그건 지금까지 들어왔던 그 어떤 말보다 감격스러운 단어였다. 세상의 모든 기적이 바로 지금, 이곳에 있었다.

떨리는 목소리로 다경이 말했다.

"운명은 정해진 게 아니라, 만들어가는 거래. 아마 우리는 서로 찾고 찾아서 이렇게 만나게 된 걸 거야."

우리의 미래로, 우리의 과거로. 그리고 지금 우리의 현재로. 윤서야, 너는 네 운명을 이렇게 만들어 찾아와주었구나.

"만약에 서로 못 찾아서 못 만나면 어떡해?"

"그럼 윤서가 얘기해주러 오면 되지."

"내가? 어디로 가서?"

"어디든지 윤서는 찾아올 수 있어."

헤매고, 헤매던, 엄마 아빠에게로. 아가야, 너는 반드시 찾아올 거야.

"와서 꼭 알려줘."

그래서 잘못 끼운 단추를,

"엄마 아빠가 윤서를 만날 수 있게."

다시 처음부터 끼우게 될 거야.

아무리 어긋나도 제자리로 돌아오는 사랑.

"알았어! 내가 꼭 찾아갈게."

그게 엄마 아빠가, 네 오빠들이, 그리고 네가 만든, 우리의 운명이었어.

"소! 여보오! 윤서야아! 멀었어?! 언제 내려와?"

1층에서 민우가 외쳤다.

"윤서 친구들 오기 시작했어!"

오후엔 아이의 유치원 친구들을 초대해 생일파티를 하기로 했다.

얼마 전부터 기혁과 현지가 집 정원에 윤서의 생일 테이블을 꾸며주고 파티를 열어주겠다고 약속했었다. 두 사람의 생일마다 윤서가 예쁘게 노래를 불러준 보답이라면서 의욕이 가득했다.

창문으로 내다보니 커다란 벌룬과 화사한 장식이 정원에 가득했다. 윤서가 지금 입은 노란 원피스와도 꼭 어울리는 파티였다.

"지금 내려가!"

다경이 대답하고, 윤서의 머리를 마지막으로 단장해주었다.

"자, 마음에 들어?"

윤서는 고개를 끄덕거렸다. 긴 머리카락은 예쁘게 빗어내렸고, 조그만 왕관이 달린 머리띠도 착용했다. 생일의 주인공으로 손색없는 모습이었다.

별이 빼곡하게 들어찬 듯 윤서의 눈이 반짝거렸다.

"엄마, 고마워."

윤서가 다경의 볼에 뽀뽀를 쪽, 해주었다. 그리고 옷이 너무도 마음에 드는지 한마디 보탠다.

"나 이거 엄마 따라서 봉사하러 갈 때도 입고, 유치원 갈 때도 입고, 매일매일 입을 거야."

그래서 그 옷 하나 입고 네가 우리의 시간 속을 누비고 다녔구나. 다경은 미소 지었다.

"그래, 매일 입자. 삼촌이 엄청 좋아하겠네. 이제 내려가볼까? 친구들이 오기 시작했대."

다경의 손을 잡고 나서며 윤서가 속삭였다.

"오빠들이 오늘은 내 친구들한테 무섭게 굴지 않았으면 좋겠는데."

"엄마가 잘 살펴보고 얘기할게. 걔들 요즘 너무 오버하는 면이 있긴 해."

"그래도 오빠들 있으면 장난 막 치는 친구도 없고 좋아. 우리 오빠들 대따 멋있고 히어로들 같애."

내년이면 중학교에 갈 준서와 찬서, 그리고 지호까지 소년이 된 세 아이는 무뎌질 만도 하건만, 여섯 살 터울이나 나는 윤서를 아기 취급을 하는 건 여전했다. 게다가 윤서의 유치원 남자 친구들이 놀러 오면 어찌나 살벌한 눈빛으로 곁에 버티고 서 있는지. 특히나 왕자님처럼 잘생긴 아이가 요즘 유독 윤서를 따라다니는 터라, 세 오빠들의 경계심은 극에 달했다.

아니나 다를까, 그 아이도 파티에 초대받아 와 있다.

"쟤야?"

"응, 쟤 맞아."

이 화사한 봄날과 어울리지 않는 검은 기운이 세 소년을 둘러싸고 있다.

"그런데 저 옆에 꼬맹이는 또 뭐지?"

"무슨 선물 꾸러미를 저렇게 큰 걸 가져온 거야. 우리 윤서한테 지금 물량 공세를 하겠다는 거야?"

오늘은 어째 하나 더 보인다. 윤서를 애타게 기다리는 눈빛의 아이가 둘이었다. 아이들 여럿 중에서도 그 둘이 유독 요주의 인물로 보였다.

윤서의 남자친구가 될지 모를 그 아이들은 왠지 모르게 뒤통수가 따갑다고 느끼며 자꾸만 두리번거렸다.

준서와 찬서, 지호는 말끔하게 차려입고서 소년미를 뽐내대며 계속 파티 현장을 지키는 중이다. 어른들을 도와준다는 핑계를 댔지만 그 속이야 뻔했다. 조금이라도 수상한 자가 보이면 쫓아낼 기세다. 그래봐야 꼬맹이들뿐이지만.

"쟤들 진짜 대단하다. 지칠 법도 한데."

"누굴 탓해. 형 아들, 내 아들, 우리 아들들인데."

기혁과 민우가 고개를 절레절레 흔들었다.

"저 때는 동생이 놀아달라고 할까 봐 도망다니고 그러지 않나, 보통? 나는 그랬는데."

"쟤들은 절대 그럴 일 없을걸. 아마 나중에 윤서 결혼식에서 너보다 쟤들이 더 펑펑 울 거다."

소년들에게 동생은 귀찮은 존재가 아니었다. 오히려 윤서가 오빠들을 귀찮아하면 했지. 동생 바라기 준서와 찬서는, 옆에서 자신들보다 더 살벌한 기운을 뽐내대는 친구를 보며 물었다.

"그런데 남지호, 너는 여기 왜 있냐."

"우리 윤서, 저놈이 채가면 어쩌려고. 어떻게 키운 앤데. 그 핏덩이를 내가 먹이고 입히고 업어가며…….."

"야, 애 뭐래냐, 윤서 오빠는 우리 둘이거든. 둘이면 충분해, 넌 빠져."

"원래 둘보다 셋이 나아. 1대 3이면 나는 3이 좋고."

누가 남기혁 아들 아니랄까 봐, 아버지의 평소 지론이 아들의 사상에 진하게 녹아 있었다.

"너희도 나한테 감사해라. 내가 인원수 채워주려고 바쁜데도 여기 와 있는 거야."

"야, 무슨 꼬마들을 상대로 1대 3이야."

"요즘 애들이 얼마나 무서운데. 어리다고 얕보면 큰일 나."

"하여튼 남지호, 입만 살아가지고."

"아군은 쏘면 안 돼."

그때였다.

"와아, 윤서는 오늘 공주님이네. 진짜 예쁘다!"

"아, 더 늦기 전에 우리도 당신 닮은 공주 하나 낳았어야 했는데."

"어림없어. 이제 너무 늦었음."

"알아, 알아."

현지와 기혁이 집에서 나오는 윤서를 보며 감탄했다. 다경과 함께 투샷을 이루는 윤서는 너무도 사랑스러웠다.

그리고, 민우는 윤서를 보고 말을 잃었다. 저 노란 원피스. 조금 아까 다경이 놀랐던 것처럼, 그 역시 가슴이 철렁하고 소름이 돋았다. 생각지도 못한 장면을 마주한 민우는 멍해졌다.

아빠를 발견한 윤서가 팔을 벌리고 마구 달려왔다.

"아빠아아아아!"

사실 세 오빠가 아군이라 쏘지 못하는 사람들 중 지민우가 가장 강력한 상대이긴 했다. 윤서에게 최고는 바로 아빠였으니까.

달려오는 윤서를 번쩍 안아 올린 민우의 가슴이 마구 뛰었다. 시간을 거슬러 아주 오래전, 자신의 눈을 의심케 했던 샛노란 원피스의 주인공이 이렇게 코앞에 있으니 말이다.

윤서를 안은 민우의 눈에는, 저 멀리 할 말이 가득한 다경이 보였다. 그래, 우리 이야기를 나누자. 조금 이따가 실컷, 이야기하자.

그런데 민우의 귀에 대고, 윤서가 비밀을 속삭였다.

"아빠, 나 아까 낮잠 잘 때 아빠한테 선물 받았다?"

"……선물?"

아직 주지 않았는데. 윤서가 좋아하는 인형은 아직 쇼핑백에 포장된 채로 있는데.

"꿈을 꿨는데, 내가 아빠 보고 길 건너는데 차인지 오토바이인지 아무튼 뭐가 막 왔거든. 그래서 어어어엄청 무서웠는데."

나비가 나풀나풀.

"아빠가 날 보고 막 몸을 던져서 슈우웅! 이케이케 해서 막 구해줬어! 슈퍼맨처럼. 엄청 멋있게!"

시간 속으로, 운명 속으로 날아들었다.

"그래서 내가 아빠한테 고맙다고 가방에서 뭐 꺼내줬다? 뭔지 모르겠는데, 막 뭐라고 뭐라고 했어. 아무튼 아빠 대따 멋졌어. 나 구해주고 고마워, 아빠. 생일이라서 아빠가 나 구해주는 꿈 꿨나 봐. 선물로."

"……."

"아빠 엄마, 나 낳아줘서 고마워요. 사랑해."

벅찬 마음에 숨조차 쉬기 힘들다.

민우가 말없이 윤서를 꼬옥 끌어안았다.

"운명은 정해진 게 아니라, 만들어가는 거래."

나의 아내, 나의 아이들, 나의 운명.

"그러니까 괜찮아, 아빠. 너무 슬퍼하지 마."

"……."

"단추는 다시 끼우면 되니까."

하마터면 놓칠 뻔했던 나의 행복. 많은 생을 돌고 돌아 지켜낸, 나의 사랑.

윤서의 말은 민우와 다경만이 이해할 수 있었다. 그 말을 하는 윤서 자신조차 알 수 없는 것이기도 했다. 기적은 기적으로, 사랑은 사랑으로, 이토록 겹겹이 쌓인 운명의 무게가 아찔하게 다가왔다.

"자아, 우리 친구들, 아저씨가 진짜 맛있는 걸 많이 만들었거든? 윤서 생일 축하 노래 불러주고 같이 먹을까?"

기혁이 올망졸망 아이들을 먹을 걸로 유인하고, 현지는 귀여운 고깔모자를 하나씩 씌워주었다.

"거기, 잠깐 좀 볼까."

한쪽에서는 세 소년이 어린이들에게 면담을 신청한다. 윤서의 남자친구 후보로 추정이 되는 아이들이다.

"아버지 뭐 하시지?"

"네?"

꽃이 만발하고 하늘은 푸르다.

"꼭 대답하지 않아도 돼."

"그럼 다음 질문. 윤서에 대해서는 어떻게 생각하고?"

"네?"

"너무 진지하면 곤란한데."

"너희는 아직 어리고, 앞으로 살아갈 날이 많으니……."

올해도 봄은 어여뻤다.

다가올 계절도 우리의 인생 속에서 아름답게 흘러가겠지.

퍼즐은 제자리를 찾고, 단추는 새롭게 끼워, 남은 날들은 행복으로 채운다. 소중한 사람이 곁에 있기에 그 단순한 진리가 통하는 삶. 미래도, 과거도, 그리고 현재도, 모두 운명을 만들어가는 사람들의 것이었다.

"생일 축하합니다. 생일 축하합니다. 사랑하는 윤서의, 생일 축하합니다!"

"축하해!"

"윤서야, 생일 축하해!"

축하와 감사. ……그리고 사랑. 인생이 아름다운 이유.

시간의 경계를 촘촘히 채우며, 가슴에 사랑이 가득 넘치는 날이었다. 그들 모두가 바로, 운명의 주인이었다.

– fin.

"운명은 정해진 게 아니라, 만들어가는 거래."

등장인물들이 여러 번 말한 그 대사가, 제가 이번 글을 쓰면서 가장 하고 싶었던 이야기였습니다. 지금껏 여러 편의 소설을 쓰면서 매번 두 주인공의 사랑을 '운명적으로' 그려내는 데 많은 공을 들였는데요. 이번에는 거꾸로 그 운명을 스스로 만들어가는 인물들의 이야기를 해보고 싶었습니다. 그러다 보니, 열 번이나 생을 거슬러 온 민우의 삶이나 (군대 열 번은 정말 미안하게 생각합니다.) 미래의 딸 등장 등의 판타지 요소를 가미하게 되었어요. 그리고 '동네 친구', '소꿉친구'나 '비즈니스 결혼'을 비롯한 저 스스로 재미있게 여기는 소재들을 가지고 쓰다 보니 이번 작품은 시놉시스 단계부터 외전을 마무리할 때까지 내내 무척 즐겁게 작업한 기억만 가득합니다.

또 하나, 이번 소설에서는 확실한 악역을 그려보고 싶었어요. 누구에게나 사연은 있을 테고, 어떤 악한 행동은 또 다른 누군가에게는 선한 행동이 될 수도 있는 등 우리 사는 세상은 입체적이기 마련인데요. 하지만 그런 현실에 피로감을 느끼는 순간들도 더러 있으니 이번 이야기에서는 무조건 미워하고 마음껏 욕할 수 있는 악역을 그리고, 그 몰락을 보았을 때 후련하고 통쾌한 감정을 느낄 수 있길 바랐습니다. 사연이나 면죄부는 주고 싶지 않았고요.

그러다 보니 악랄한 인물이 셋이나 등장하여 이야기가 전개되는 동안에는 괴로움을 호소하시는 분들도 많으셨습니다. 그럴수록 후반부의 문제 해결과 응징을 더 확실하고 꼼꼼하게 하려 노력했고요, 넘치는 행복과 사랑 속에서 이야기를 마무리하고 싶었습니다. 조금의 찌꺼기도 남기지 않은 꽉 닫힌 결말로 이야기 내내 함께해주신 분들께 보답하고 싶었는데 제 바람이 잘 전해졌는지 모르겠어요. 고단한 현실에서 벗어나 잠시나마 즐거운 시간이 되셨기를 바랍니다.

다양한 인간군상을 그리고 싶기에 다음 이야기의 인물들은 어떨지 아직 저도 확언할 수 없지만, 결국 제가 하고 싶은 이야기는 언제나 '사랑'입니다. 두 남녀의 운명적인 사랑뿐 아니라 가족, 친구, 부부의 사랑 등 우리의 인생을 위로하고 보듬어주는 '사랑' 이야기를 계속해나가고 싶어요.

귀한 시간을 내어 글을 읽어주시는 독자님들, 말할 수 없이 늘 감사합니다. 덕분에 이렇게 또 한 편의 글을 마무리할 수 있었습니다. 독자님들이 계시지 않았다면 아마 한 줄도 쓰지 못했을 거예요. 긴 글을 시작하고 끝내는 순간마다 함께해주셔서 진심으로 감사해요.

나약한 저를 이끌어 계속 작업할 수 있도록 힘을 주시는 도서출

판 가하와 네이버 편집팀에도 항상 고맙습니다. 또한 지지와 배려, 벅찬 사랑으로 함께해주는 가족 덕분에 매일 웃음과 행복 속에서 작업할 수 있었습니다.

　고마운 분들께 깊은 사랑을 전하며, 또 다른 글로 인사드릴 수 있도록 노력하겠습니다.

　늘 반짝이는 하루 되세요.

2019년 늦여름에, 노승아

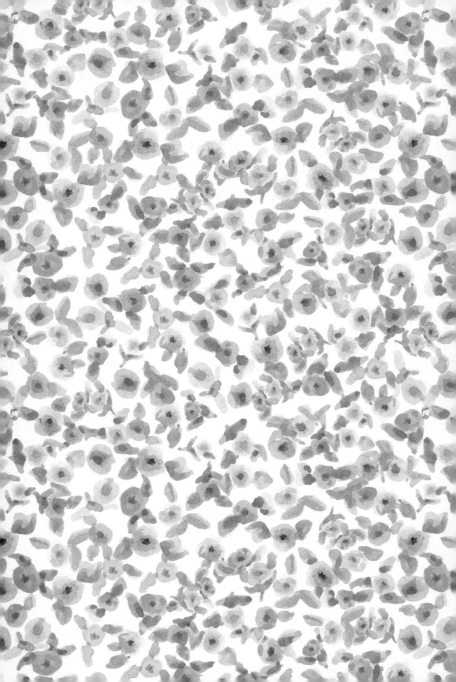